現代中国と少数民族文学

MODERN CHINA ETHNIC MINORITIES LITERATURE

劉大先［著］／陳朝輝・山城智史［訳］

東方書店

日本の読者へ

劉　大先

一冊の本も一旦世に出てしまうと、もはや作者の意思とは関係なく、本そのものの運命というものがあるように思う。それが理解されるものか、それとも批判されるものか、作者にはむろん再解釈ないし説明をする義務も権利もない。とは言え、本書は私にとって最初の著書であり、その良し悪しはともかく、大きな愛着を感じている。それに今般、清華大学の陳朝輝氏と名桜大学の山城智史氏の好意によって、この拙《つたな》き著書が日本語に翻訳されることになったので、これを機に、多少本書の経緯等について説明しても、決して蛇足ではないだろう。もっとも、本書は私の博士論文をもとにして完成したもので、当初から日本人読者をまったく想定していなかった。

まず何より、上述両氏の好意に感謝の意を申し上げたい。聞く処によると、今の日本では少数民族文学どころか、いわゆる主流文学である中国漢語文学に対しても、ごく少数の専門家を除けば、読者たる者は非常に少なくなっていると聞く。それでも両氏が敢えてこの翻訳の労を取ってくれたことに対して、原著者としてはやはり敬意を表さないといけない。

言うまでもなく、本書が作成当初意識していた読者は、いわゆる中国主流文学の研究者と中国少数民族文学の研究者である。それは中国主流文学の研究者たちが往々にして、少数民族文学がもとより「中国文学」体系の内にあることを迂闊にも意識せずにいたり、或いは少数民族文学の研究者自身もしばしば族別文学の枠に囚われて、自ら孤立を招いたりすることがあるからだ。しかし、とは言え、私は本書を一冊の「少数民族文学」の歴史と風貌を記録する概論書にはしたくない。或いは何らかの基準を設けて一部の代表的な少数民族作家と作品を収録して、ランキングを付けるようなものにもしたくない。その種の作業にはまったく新鮮味を感じないからだ。私の関心はむしろ最初から一種の思想史的な命題にある。つまり少数民族文学という言説が如何に人々の想像の中で形成され、また形成された後、如何に現代中国の政治と思想と文化の実践行動と連動してきたのか、という問いの追及である。本書の各章の設定が何れも総括的な理論命題になっている点からもこのことが確認できよう。具体的に言えば、第一章が「歴史と著述」、第二章が「少数民族文学の主体とその変遷」、第三章が「差異と記述」、第四章が「地理と想像」、第五章が「迷信と信仰」（第五章は紙面の関係で省略されたと訳者から聞いている）となっており、それぞれ時間、人間と身分、言語と翻訳、空間、心理と感情の五つの、何れも近代以来もっとも根本的な観念の転換に触れている。これらの命題は少数民族文学そのものの発生、発展、変遷と関係していることは言うまでもなく、同時に、現代中国一般の文化、政治の命題とも直結している問題である。

実は二〇世紀と二一世紀の転換期における中国の学界では、本書と密接に関係する思想史的な研究書が、すでに二冊も出ている。その一冊が汪暉氏の『現代中国思想の勃興』で、もう一冊が葛兆光氏の『中国思想史』である。前者の現代中国の文化、政治、思想に関する総合的な論述と、後者の一般知識、思想、信仰世界に関する探究は、何れも大きな影響力を発揮した力作であるが、しかし前者の問題は依然として思想的な座標を一人一人の「思想」的な先駆者が計画したビジョンと輻射的な影響力に照準を合わせており、恰も思想的な進展は飽くまでも一つ一つの街燈によって示された道路のように見ているところにあるように思う。後者の不足は、思想が実践の段階で現れて来る日常性に注意しながらも、余りにも儒教と道教の主流の面に視線を集中したが故に、いわゆる「小さな伝統」である中国多民族の、複雑で多様性に満ちた文化伝統に、留意が足りなかったように見える。

周知のように、フーコー以後のもっとも根本的な転換は、思想史が次第に系譜学化したことである。つまりあらゆる「思想」が、その実質において決して一部の指導的な人物の言説と記述によるものではなく、むしろ歴史の中での言説による実践に依拠するということである。従って、私が試してみたかったのは、少数民族という緯度を取り入れることによって、――つまり少数民族の文学を一つの言説的な実践として、一九世紀末から二〇世紀末までの間の思想的な継承と転換、文化的な参与関係、社会改造と政治的な連動を考察し、少数民族文学の実践を再認識するとともに、現代中国そのものをも再認識することである。この意味において、むろん日本の読者にも参考になる要素があるのではないかと思われる。

それに、中国東北地区の少数民族――とりわけモンゴル族と朝鮮族のような国境をまたぐ民族は、清末から今日まで、長らく北東アジアの政治や文化と密接に関係しており、中国、日本、ロシア、韓国、朝鮮などの国々と切っても切れない関係性を持っている。つまり、中国少数民族文学に関する議論はある意味、一種の「世界文学」的な話題でもあるかと言えよう。

例えば朝鮮語で詩を書く尹東柱は、本来中国の清末に、日本の植民政策から逃れるために中国へ移住した朝鮮族の子孫で、一九一七年、中国の現在の吉林省延辺朝鮮族自治州龍井市東明村に生まれ、一九三二年には龍井恩真中学、一九三五年にはピョンヤンの崇実中学（この時の中国の東北は日本に占領されていたので、当時は「満洲国」の間島省となっていた）へ、一九三八年にはソウルの延禧専門学校（現、韓国の延世大学の前身）、一九四二年には東京の立教大学へと進学している。その後、一九四三年に朝鮮独立運動に参加したために逮捕され、一九四五年に殺害されてしまった人物である。今、中国では彼を「中国朝鮮族の著名な詩人」と見なしており、彼の生まれた故郷龍井市には旧居まで建てられている。一方、韓国では彼を韓国の民族詩人と見なし、同様に大事に扱っている。しかし詳しく見れば、彼の一生は中国の東北、日本、日本に占領されていた満洲と朝鮮を行き来しており、一つの単純な身分で彼を限定することは難しい。このような人物の背後の歴史的および政治的な諸要素を再考することは言うまでもなく、決して無意味なことではない。

また、卓索図盟喀喇沁《ザアストメエンゴロチン》右旗（現、中国内モンゴル自治区赤峰市）の世襲札薩克親王貢桑諾爾布《グサンヌルブ》（一八七二～一九三一）も非常に開明的な人物で、維新思想を持っていたモンゴル王だった。彼は一九〇三年に、秘密裏に日本を訪問し、滞在中に日本の政治、経済、軍事、教育などさまざまな方面に関心を持ち、大阪で開催していた「勧業博覧会」にも足を運んでいる。日本各界の人々とも交流を持っていた。例えば東京実践女子大学の学長下田歌子とも面会し、この面会を一つのきっかけに、帰国後、彼は毓正女学堂を創設して、日本人の河原操子などを教師に招聘している。著名な人類学者鳥居龍蔵も教師に招聘されていた。貢桑諾爾布親王はさらに数十人の学生を日本へ留学させ、この時期に創設した守正武学堂も、ほぼ日本陸軍の操練教学法を導入していた。ちなみに、この貢桑諾爾布親王は辛亥革命の直後、新たに成立した国民政府を余り信用していなかったため、「蒙古王公連合会」を組織して、一時共和国を拒絶しただけではなく、独立の可能性さえをも模索していた人物である。幸いその後、民国政府が「五族共和」――つまり漢、満、モンゴル、回、チベットによる共和国の国策を打ち出し、モンゴル族の王公を優遇する条例を制定したため、彼も政策を調整して共和国を支持する立場に廻った。しかも一九一二年九月に蒙蔵事務局の総裁に就任し、一〇月には親王の号も与えられている。その後も、例えば一九一四年五月に蒙蔵事務局総裁に再任するなど、一九二八年まで長らく北洋政府の中央辺疆民族事務を取り仕切っていた。彼はモンゴル、満、漢、チベットの言語に通じ、『竹友斎詩集』という詩集を出版している。この才能を活かして、彼は漠南モンゴル地方の現代教育やマスコミ、工業など新生事業の発展に、大きく貢献した。なお彼は日本と今のモンゴル国とも親密かつ複雑な関係を持っていたようで、今も明らかにされていない問題がある。

一八八〇年、北京の香山健鋭営正藍旗に生まれた穆儒丐《ムルカイ》の経歴も注目に値する。彼は一九〇五年に公費留学生として日本の早稲田大学へ留学し、最初は師範、歴史、地理を専攻していたが、その後は政治と財政学へと転籍して、それぞれ三年間の勉強をした。その後、一九一一年に北京に戻っている。ただ周知のようにこの時、中国はすでに清王朝から中華民国へと変わっていたため、彼は北洋軍閥系の新聞社に記者として勤めるしかなかった。それも一九一五年に自身の小説が直系軍閥の逆鱗に触れたため、盛京（今の瀋陽）へ逃げざるを得なくなり、その後は三〇年間、『盛京時報』の主筆を勤めた。この間、彼は一九三七年七月から一九三八年八月の間に長篇小説『副昭創業記』を連載し、後に満日文化協会から「東方国民文庫」の一冊として単行本も刊行され、満洲国から「民生部大臣賞」を送られた。ただこの受賞があったが故に彼はその後、長らく中国文学史の研究者から「反逆文人」と非難されることとなった。しかしよく読むと、この満洲族の民族意識に覆われている作品は、一方においては中華民国の存在を認めておらず、日本帝国主義のイデオロギーにも必ずしも賛同してはいない。むしろ色々な力に挟まれても消えない種族的な民族主義そのものであったと言えよう。

上記の事例は何れも日本との関係が深く、或いは日本近現代文化と文学研究の課題にもなるであろう。本書はもちろんこの種の具体的な事例については殆ど触れていないが、本書の議論によって、この方面の研究が注目されるようになれば、との期待は持っている。それはこの分野の研究の進展によって、今はすでに忘れられた人物や歴史的な事実などが蘇り、それによって我々の文学（歴史）の景観がより完全なものになっていくものと信じているからである。

中日間には悠久な文化交流史がある。とくに現代日本の思想と学術は現代中国にとってなくてはならない存在となっている。現代漢語と文学概念の多くが日本と西洋からの翻訳によって輸入されたし、史学の分野においては、とりわけ東京学派の白鳥庫吉、桑原隲蔵、矢野仁一、羽田亨と、京都学派の内藤湖南、富岡謙蔵、岡崎文夫などの影響が大きい。中国少数民族研究と密接に関係する民俗学、人類学、民族学の分野においても、例えば柳田国男、橘瑞超、鳥居龍蔵などの研究が先行している。思想史や文学史の分野においても、例えば福沢諭吉、竹内好、丸山真男、子安宣邦などの思想論が、私の学術的な構成に大いに影響を与えてくれた。ここ十数年、和辻哲郎、西田幾多郎、小森陽一、柄谷行人、杉山正明などの著作も次々と中国に翻訳、紹介されている。しかし本書は私自身の知識の狭さにより日本人研究者の業績には殆ど触れることができなかった。非常に遺憾に思っている。何故なら、例えば河口慧海、能海寛、寺本婉雅、青木文教、井大慧、石濱純太郎、佐藤長之らのチベット研究や、石田幹之助、江上波夫、護雅夫、内田吟風、濱田正美、竹内和夫らのアルタイ研究とトルコ語学の研究、岩村忍、佐口透、青木富太郎、島田正郎、萩原淳平、愛宕松男、中見立夫、岡洋樹らのモンゴル族と満族に関する研究、伊藤清司、工藤隆のイ族に関する研究、君島久子、古野典之の西南少数民族神話に関する研究等々が、何れも中国少数民族研究の分野においてはなくてはならない優れた先行研究であるからだ。もし本書の日本語版刊行によって上記諸氏の研究に少しでも参考になれるところがあれば、と、贅沢にも期待をしている。

目次

本書は「中華社会科学基金（Chinese Fund For the Humanitics and Social Scienes）」の助成を受けて出版したものである。

序論

クリフォード・ギアツ（Clifford Geertz）は『文化の解釈学』の冒頭で、S・K・ランガー（Susanne K.Langer）の次の一文を引用している。

一部の観念たるものは往々にして巨大な衝突力をもって知的な世界に現れてくる。するとあらゆる敏感かつ活発な頭脳が、一斉にこの観念に対する探索と開発に向き始め、事実、これらの大観念（grande idée）たるものがまた確実に多くの問題を解決できるのである。しかもこれら（の大観念――訳者）は恰もすべての重大な問題を一気に解決できると人々に対して確約しているかのように現れ、すべての朦朧ないし曖昧になっているものを、はっきりさせる力を持っていると言っているようでもある。(1)

ギアツはさらに続けて、我々はこの観念を熟知した後、つまりその観念が我々の理論また概念の倉庫の一部となった後、我々がこの観念に附与する期待もまたこの観念の実際の用途とある種の均衡が取られ、次第にこの観念が事実上、発育と成長を待っている胚芽のように、我々の知的な武器倉庫の中の、永久かつ持続的な一部分となるのである、(2)とも述べている。清末から現代までの中国文学の研究用語の変動過程において、「現代性」（モダニティ、

modernity ——訳者）という言葉も、まさにこのような一つの大観念となっていると言えよう。

「現代性」に関する問題は、二〇世紀の後半から、西洋の学術用語が中国語として学術界へ導入され、現在に至っている。今は哲学から社会学、歴史学から文学まで、多くの分野において注目されており、これに関する理論的な探求や各分野に立脚して出された研究成果も、枚挙にいとまがない。その中に、むろん我々の耳目を一新する鋭い分析もあれば、取るに足らないものも当然ながら混在している。その見解はまさに十人十色と言えよう。本書の主たる研究対象「現代中国と少数民族文学」もまた、この「現代性」という概念とは切り離せない関係にある。しかしここで予め断わっておきたいのは、「現代性」という用語は飽くまでも歴史と現実のことを論述する一つの方法ないし方式であり、この意味においては、「現代性」の古典的な定義(3)であれ、或いはその後から出てきた多様的現代性(4)であれ、または代用的現代性(5)ないし「反現代的な現代性(6)」であれ、いずれも上記の「現代性」という大観念の思考構造から離脱するものではない。

しかし本書はこのような「現代性」に関する理論的な問題に引きずられて、にっちもさっちも行かない状態に陥ることを望まない(7)。従って、本書は主として中国現地の歴史における政治、社会、思想、文化の実情から出発するのであって、決してアプリオリ的（先験的）に、何かの特定の思考方式に限定されて議論を発するつもりはない。何故なら、「中国少数民族文学」の問題は「現代中国」の場で語られてはじめて、相関する問題が明らかになり、それに対する説明も有効であると考えているからだ。ある意味において、「少数民族」また「少数民族文学」とは、何れも「現代中国」の産物であり（もちろん、「少数民族文学」は一つの実在するものとして、現代以前の中国において、民族文学そのもの自体が存在していなかったという意味ではない。これはまた別問題である）、人間社会史に存在するすべての観念的な現実と同様、少数民族およびその文学もまた、自らある種の論述性と構造的な力を手に入れると、やがて主観的な能動性を有し、しかも自分を孕んでくれた母体と相互に影響し合うようになるのだ。そして言うまでもなく、この流れにおいて、「現代性」的なロジックは、本書が議論するすべての問題の下に潜伏し、一つの潜在的な背景として、終始その存在感を示すものになると思われる。

「現代中国」とは決して特定の時代或いは特別な政治形態を指すものではない。単に清末から始まった、外部からの攻撃と内部からの分裂によって、或いはその相混ざった全体的な雰囲気と環境と心理状態を総括して表現しているに過ぎない。王朝時代の中国は、西洋からの「現代性」の拡張（啓蒙主義、帝国主義、植民主義）と向き合う中で、受動的であれ主導的であれ、自らを世界史の発展行程に投げ込み、そこから自身の「現代性」を追求し始めたのだ。たとえば国（nation）の構築、民族―国家（nation―state）の確立、辺境地の勃興と権力の移行また民主と自由の理念の伸長などである。ところで、すでに多くの学者が指摘しているように、実は中国自身の伝統思想の脈絡の中にも、いわゆる「現代性」的な要素或いはそれに相当する「萌芽」的な因子が、早くも宋代――少なくとも明末からは現れ始めていたという。[8]ただその伝統思想の、体系の内部から発生して、自己を更新できるという可能性が、いわゆる蛮族の侵入によって、遅くなったり、或いは帝国主義の植民地運動によって、中断ないし埋没されたりして、成功に至らなかっただけである。よって、中国における「現代的」叙述は、ある意味においては非常に内発的なものであり、前述のように、すでに帝政王朝の末期からその萌芽があったことも、疑いの余地のない事実であると言えよう。しかもこの中国の内発的な「現代性」的な叙述は、まぎれもなく「中国」の内包と外延を大きく変えたものであった。[9]もっとも「現代中国」とは、前近代の帝国と区別するための、[10]一つの真新しい法学的、政治学的、文化的な概念に過ぎない。「現代中国」とは所詮一つの転換過程とそれに伴った結果であり、その内部にも、多元的で混合的なエスニック、文化、地域、経済スタイル、社会形態、政治制度等の要素が多く含まれている。当然ながら、帝制王朝の遺産も継承されているのである。[11]

しかし本書では、「中国」の道学の伝統、学問の伝統、政治の伝統などが、果たしてこの「現代」の「延長」上にあったのか、それともそれの「断裂」にあったのか、という思想史的な問題に介入するつもりはない。何故なら、これらの問題はその事実において、一つの断裂であり、その延長でもあったからだ。その関係はまさに「故きを吐きて新しきを納むる」という形態であって、常に更新と再生の繰り返しであった。言うまでもなく、中国少数民族文学もこの「現代中国」のコンテクストに於かれて生まれたものであり、しかも一つの学術的に議論できるテーマとも成れたのである。

従って、「現代中国」という概念に関しては、本書は余り細かく、過度な周到さを求めない。それは概念というものは、往々にして使用している中で自らの中身を限定していくものであるため、本書が掲げる「現代中国」という概念も、一種の動態的な変化に立ち、政治文化的な事実や思考認識の回路や、また精神的情感的な態度等々をも、多種多様な要素と意味を統合しての用語として、使用することとなる。この点については、以下の各章において順次論及していくつもりではあるが、その前に一点だけ予め断わっておきたいのは、本書は決して「中国」という主導的、なお且つイデオロギー色彩を強く帯びた角度から、中国の少数民族を分析しようとは考えていないということだ。また抵抗的な態度で、いわゆるマイノリティ話者の角度から主体となっている中国全体に反抗するために、議論を展開するつもりもない。本書が議論したいのは、飽くまでも「現代中国」と「少数民族」の相互の促成関係と対話の事実そのものであり、あえて詳しい説明を加えるとすると、つまり普遍的なものが如何にして特殊性を持つようになったのか、また特殊性の中にも実に普遍的なもの、普遍的な色彩を帯びた要素が潜在していることと、さらにこれらの要素が如何に相互転化を可能にしたのか、と言った連鎖的な問題を考察するものである。

第一節　「少数民族文学」について

少数者（マイノリティ）の文学とは、グローバル的な視点から見ると、凡そ多民族かつ統一国家が民族の団結と平等を図る政策を打ち出す時、或いは民権運動が高まる時、さらに周縁文化（フェミニスト、同性愛、移民、原住民運動およびその他のサブカルチャー）が勃興する時に、文化の多元主義またそれに似たような思潮と行動の傾向によって、興起して来る一つの観念であると言えよう。例えばアメリカの黒人、ラテン系、華僑の文学などがその代表で、カナダ、イギリス、ロシアのような多民族国家でも、このような現象が存在する。漢族と様々な少数民族が多元的に一体化している中国でも、少数部族・少数民族の文学は、昔から存在してはいた。しかし一つの独立した研究テーマまたは学術的な概念として扱われ始めたのは、やはりいわゆる現代的な産物であると言えよう。

周知のように、中国少数部族の文学研究の分野においては、政治的な民族識別活動において使用されていた専門用語、例えば「少数民族」という概念が、今は習慣的に使われている。しかしこの表現は一度明確な識別をしないと、場合によっては誤解を招く危険さえある。従って本節ではまず「民族」、「少数民族」、「少数民族文学」の概念について、考古学的な考察を行い、それによって中国少数民族文学の現代的な言説における発生学的な一面とその効果を分析した上で、本書が何故、それぞれの文脈によって「少数民族」と「少数部族（族裔）」と「少数部族」とを、区別して使っているのかを理解してもらいたい。

文化人類学或いは民族学における最近の研究成果によって「民族」の根源を遡ると、漢代の鄭玄（一二七〜二〇〇）が『礼記注疏』の中で「大夫は宗社を特設すべからず、民族と共用すべき。百家以上に達した場合は一社を共立しても可とする。これが今時の里社なり」[12]と述べていたことが分かる。しかしこの一段落の文章に見える「民族」という表現は、明白にその前後の単語とセットとなっており、よく見ると決して独立した一つの名詞ではないことが分かる。ある学者によると、「民族」という言葉はすでに唐代の李筌によって書かれた兵書『太白陰経』の序言に見られると言うが、該当する序言を調べると、確かに「知恵ある人間がこれを得た時には、己の国土の保全に活用し、強敵を下す。愚かなる人間がこれを得た時には却って宗社の傾きを招き、民族を滅する」と記されている。しかしこれも「民族」は「宗社」と相対して使われているのであって、実質上、並列の関係にあることが分かる。つまりここでの「民族」は「社稷」（国）と呼応して使われているのであり、「民衆」と理解すべきであろう。言い換えれば、この「民族」にもいわゆる現代的な民族の概念の意味が含まれているわけではない。但しこの事例によって、中国語における「民族」という表現そのものは、決して近代以後の「舶来品」ではなく、中国本土で生まれた単語であることだけは確認できる。つまり「民族」という概念に附与している意味を別とすれば、漢語の世界にその姿を初めて見せたのは、上記の事例であるということである。[13]ただ一方では、「民族」という言葉が『南斉書』列伝三十五「高逸伝」の「顧歓伝」の中にも既に現れており、しかも現代の私たちが使っている「民族」の意味と非常に近いということも分かっている。[14]ただ残念ながら、これらの言及は皆、ただ単に「民族」という一つの字句の意味の分析に留まっており、一つの概念としての「民族」の内包と外延については、殆ど議論されていない。この模索が、その後、西洋の文化を吸収しながら、また「民族主義」という概念とリンクして、ようやく出現してくるのである。[15]或いは民族主義の観念が存在してから、はじめて中国の伝統的な文化の民族主義が、現代の西洋における使用意義、つまり「種族」或いは「民族」という観念までに発展できるものだろうと思われる。[16]

近代以来、書籍や雑誌などにおいて「民」と「族」の二つの漢字が、連続して使用されるケースが多くなった。これはおそらく日本語からの重訳によるものだと考えられる。[17]韓錦春、李毅夫の両氏によると、その最も早い事例が一八八二年に出版された王韜の『弢園文録外編』であるという。この本の中に、確かに「我が中国は、天下至大の国の一つであり、国土が広く、民族も繁栄していて、資源も豊饒である[18]」という一句がある。しかし、王の用法は依然として「民族」を「民」と「族」の二つの言葉に分けて使用しているように見受けられるため、現代の我々が使い慣れている意味での「民族」とは、やはり異なると言わざるを得ない。よって、恐らく梁啓超によって書かれた『東籍月旦』（一八九九年）に出てくる事例、「日本人は十年前、西洋の書籍を翻訳する時に、文体と名称に関しては往々にして原文の表現を襲用していた。天野為之が『万国の歴史』を著した時に、その序において自らを東方民族と称し、世界史に貢献できる価値なるものを持っていない[19]」が最初ではないであろうか。なお、梁啓超はさらに『政治学の泰斗ブルンチュリの学説』の中で、ドイツ人のヨハン・カスパル・ブルンチュリ（J. K. Bluntchli 1801-1881）の「民族」について論じた八大特質の内容を翻訳しながら、系統的に西洋学術界における「民族」の定義について、以下のように紹介している[20]。

ブルンチュリに言わせれば、学者たちの議論は往々にして国民と民族を混同していて、その議論はまったくの愚見である。しかも民族の概念についてこのように述べている――民族とは民俗の沿革によって生じた結果なりと。民族の最も重要な特質は八つある。①最初から同じ所に居住すること（居住地が異なる場合は同族と見なせない）、②最初から同じ血統を持つこと（しかし時間が経てば他民族とお互いに同化したりするので、同じ血統でなくても同一民族になることがある）、③同じ体格を有すること、④同じ言語を使うこと、⑤同じ文字を使うこと、⑥同じ宗教を信じること、⑦同じ風俗を有すること、⑧生計を共有すること。この八つの要素を共有していれば、知らず知らずのうちに他民族との間に隔たりが生じ、更に特別な性質を持つ団体を造り出して、それが子孫にも受け継がれることとなるのである。これが民族と言うものである。

ブルンチュリは更に国民の概念についても二つの見解を示した。①「国民とは、人格なり。有機的な国家を以てその体を成し、意思表明もできる上に、権利者をも制定することができるもの」。②「国民とは、法的団体であり、生存する国家の中での一つの法律体系でもある」。国家は完成且つ統一、そしてまた永生を保証する共同体である。ただこの体を成すため、国民の活動精神を以てそれを充実する必要がある。よって国家があって国民が存在するのであって、国家がなければ国民もない。二者は実は同一者でありながら異なる名前を使っているに過ぎない。

ブルンチュリはドイツ国家主義の一八四八年革命後のスポークスマンである。彼は保守主義者と反動分子による憲法反対論にも反対していた。なお、勃興しつつあった共和主義にも反対の意思を表明していて、君主立憲に賛成していた人物である。つまりドイツの政治哲学の系譜においては、保守的な自由主義の一派に属する人物である。二〇世紀初頭の中国人留日学者の国家論説の中では、ブルンチュリはプラトンやアリストテレスらと同様、「西洋の古今に渡る大学者の一人」として受け入れられ、『政芸叢書』『江蘇』『浙江潮』等の書籍や雑誌等にも度々紹介されていた。梁啓超が述べているのはまさに彼の国家主義観念であると言えよう。このように、ブルンチュリは「民族」(Nation)と「国民」(Vlok)を区別することによって「国民」の概念を打ち出したが、民族はまだ「国民」と呼ばれておらず、飽くまでも「建国の梯子」的な存在で、国家とは様々な関係を持ちながら、イコールにはできない存在だった。しかし当時の中国は、「多くの民族が合わさって一つの国家を作り」、「国家がその人民を融合して一つの新しい民族に造り上げ」、「国境の問題が最重要で民族の問題は二の次、一つの国境の中には多くの民族者が存在する」ことが可能という立場を取っており、このような趨勢の下、「国内の大多数の民族を連合して一つの新しい民族を生み出す」(21)という大きな時代の流れにあったのである。梁はさらに大民族主義と小民族主義という表現方法を提起して、「わが中国で民族という言葉を提唱する時には、小民族主義の上に、更に大民族主義を提唱すべきだ。小民族主義とは何か。それは漢民族が他の民族を指して言うことである。では大民族主義とは何か。それは中国国内の全ての民族と部族を合わせて、国外の民族に対して、自己を表現する言い方である」[22]。いわゆる「新民族」、「大民族主義」とは、現代の民族また国家に相当するもので、国際的には帝国主義の侵入と国内の排満主義の勃興に応えて、生まれたものと言える。梁啓超が提起したのは一体化をより強く求める「大民族」の融合であり、「今研究してほしいのは、つまり中国が建国できるのかどうかという問題である。（中略）若しこれから中国が滅ぶことになるなら話は別だが、若し滅ばず今後も世界と対面していくなら、帝国的な策略を取り入れるしか術がない。つまり漢民族、満洲族、モンゴル族、回族、チベット族などを大統合して、一つの新しい民族を造り出すしかない」[23]という理念である。この思想の基礎には、言うまでもなく欧州民族主義的な要素を取り入れているが、しかし何より伝統的な文化民族主義的な普遍主義の思考方式に、足場を置いていることが分かる。

しかし梁啓超がこの文章を綴っていた時には、改良派はすでに立憲派へと転向していた。また国内の反満情緒が日に日に充満し、益々過激な革命派が現れ始めていた時にも、梁は依然として濃厚な文化主義的色彩の観念に拘っていたため、早くも不満を持たれる対象となってしまった。これがアヘン戦争後、一連の政治実験の効果の低さや、日清戦争の驚愕的な失敗によって、清朝政府の統治権威が日に日に下降の一途を辿り、さらに災難とも言える義和団事件が重なり、知識分子の当局への失望が愈々一層深くなっていく事態を招いていく。例えば、章太炎は百日維新の後、徐々に排満の方向へ傾きはじめた。『訄書』（一九〇〇年）の出版が、まさに彼の早期の欧州帝国主義に対する抵抗から、排満の急先鋒へと転向していく事実を示している[24]。しかし章太炎に言わせれば、「近世の種族に関する議論は、何れも歴史的な観点から民族を区切っているだけで、自然環境の観点から民族の境界線を画してはいない」[25]という。「歴史的な観点から民族」の問題を議論する時、何よりまず「種姓」の問題をはっきりしなければならないとも主張している。これは明らかに明末の王夫之の「種姓」（世襲的社会階級意識）概念を受け継いでおり、「種姓」を「封国」（王による領地の分封を基本にした制度）また「氏別」（血統・血縁関係による社会階級意識）と比べて、さらに重要な地位に置き、群衆を区別する一つの最重要キーワードとして使用していることが分かる。[26]『序種姓一』によると、「今の欧米諸国の現状を見渡すと、国民を重んじる処もあれば、民族を重んじる処もある。国民を重んじる処は政府を大事にする。民族を重んじる処は種姓を大事にする。しかし民族を以て議論を発するのは、その歴史はまだ短く、つい最近の傾向である」[27]とも述べている。なお、国民の立場で議論を発するものは、大概において国権を争い、民族（部族）の立場で議論を発するものは、大概において民権を争うことになる。従って、言うまでもなく章太炎の排満洲族政権の立場は、より民権と自主を求めるものであることが分かる。何故なら、当時「漢民族には民権がなく、満洲族にはそれが与えられているだけではなく、貴族権も与えられていた」からである。同時に、「満洲族を追い出さない限り、士なる人間の自らの切磋琢磨による自立を期したり、或いは民なる人間の敵愾心を呼び起こして抵抗に立ち上がらせたり、更にそのことによって独立、自由の世界まで推進して行くことなど、到底不可能なことである」とも認識していたようで、そうならないなら次第に衰弱化して、何れ欧米諸国の奴隷となる以外に選択肢がないとも見ていたことが分かる。つまり彼に言わせれば、「悪の種が除去されなければ、良種は育てられない。敗群を取り除かなければ、善群は増幅しない。一度我を捨てる位に反省して、旧家の汚れ物を全部駆除するように、一回徹底的に掃除を入れないと、ただ単に禹王の時代の再来を望んでも、問題が解決されるものではないし、それはあり得ない」[28]と言うのである。ここで、章太炎は満洲の中原征服を欧米の帝国主義・植民主義と同等に類比していることがわかる。そこで、対内的には民権の取得を訴え、対外的には自立を求める意思が、すべて排満行動へと収斂していったのである。

もちろん、章太炎だけがこのような考え方を持っていた訳ではない。無政府主義を強く主張していた劉師培も嘗て「西側が中国を侵略したのは、それは満洲族による侵略が先にあって、前例を造ってしまったからだ。（中略）もし満洲族の侵入がなければ、白人種による侵入もなかったかもしれない」[29]と述べたことがある。レベッカ・カール（Rebecca E. Karl）は嘗て清末の知識分子が自国の「亡国史」を書く時に、エジプト、ポーランドの亡国史やフィリピンまたボーア人の反植民地闘争等の史実を、グローバル的な視点から満洲の中原征服と類比し、それによって排満革命運動に合法性を持たせるという傾向があると、鋭く指摘したことがある。「植民地にされた経験が乏しい中国が、我々は今、まさに植民地にされているという現実を訴えることは、非常に扇動力を有するからだ。従って、今の中国はまさに植民地にされていると説明することは、これまでの歴史を解釈する上で非常に便利で、だからこそ、このような動きが非常に活発になっていたのだ（事実、漢民族の中国人は欧米ではなく満洲族に植民されていたからだ）。何より、満洲族の統治者に、植民者という非常に現代的な色彩を持つ印象を与えることによって、中国の民族的な独立運動を有利に動かせ、革命はまず満洲族の排除から始めなくてはならないと説明できるからだ[30]」。しかし章太炎のこの「種族」に関する議論の中で、「例えばこの言葉が内部構造において、この『族』という字の使い方が、ある程度欧州のそれと意義的に合致している部分があるにせよ、これを以て中国の種族を区分することは、やはり宗族的な意味合いが圧倒的に多くの分量を有するもの[31]」と見る人もいる。何より、章のこれらの議論は、実際には社会進化論（Social Darwinism）に基づいた血縁関係を基本とする歴史的な分類に過ぎない。言い換えれば、漢族の「族」は、ただ単に一つの「種姓」であっただけではなく、同時にまた民族・国家であったということになる。

従って、ある意味、排満洲族の革命運動は一種の社会動員のための便宜的な方法であっただけではなく、立憲派との論争の中で、人為的に造り出された、一種の政治的な用語でもあったと言えよう。もちろん、この用語は当時の特別な時間と空間において、言うまでもなく満洲人に侵入された外傷的な記憶と、民族が圧迫されたという現実に対する不満と、外来の帝国主義者に植民されるとの恐慌等々、多くの経済的、文化的、社会的、心理的な要素が混在して出現したものと受け止める方が、より事実に近い理解と言えるであろう。ジョセフ・R・レヴェンソン

(Joseph R. Levenson) が嘗て一九世紀と二〇世紀の変わり目において、中国の非常に抽象的な意味において成り立っていた「天下」という文化価値体系が、現代的な権力体系である「国家」へと、やむなく変わっていくプロセスにおいて、民族主義の問題が非常に突出していた、と指摘したことがある。その主旨は次のようにまとめることができる。つまり、現実社会の結果からではなく、ロジック的な意義から中国の民族主義およびその核心的な内容を見ると、中国の知識人たちは伝統的な中国文化の表象から、如何にも疎遠だったということである。例えば、章太炎ら満洲族排除論者たちの主張は、実際には「満洲」と「伝統」とを同じくするものと見立てており、満洲に対する排除運動は、ある意味においてはそのまま儒家の伝統およびそれに関連する一連の古き意識を拒絶することになる、との見方に立っている。[32] ただこの指摘は物事の表象的な要素に従った一種のロジック的な推論であって、満洲排除の革命運動における一連の言説は、それは既にイデオロギー化した儒学に対するある種の放棄であって、それが学術的に「小学」と「古文」を重んじる動きと、文脈を一つにしているのである。つまりこれらのものは全てが政治的、思想的、学術的な視点における鍔迫り合いであり、彼らが反抗した「伝統」は、よく見ると満洲族の専制によってイデオロギー化された部分の伝統のみであり、すべての伝統を放棄したわけではないということである。また、満洲族に対しても決して徹底的に殺戮し尽くそうという意思を持っていたわけでもない。例えば一九〇七年に、章太炎が『討満洲檄』の結語の中で、「そもそも建州の一衞こそ、汝らの元々の生活地域であり、今自らその吉林、黒龍江の地域へ帰還すべきである。もしこのまま中国に残留したい者が居るなら、皆農業または放牧業に帰化して、全員を一般の民と同等に扱うべし。我が政府はまさに楽器の簫と勺を調和させるように、これら乱を起こした奸と民を調和し、蚕を育て絹を作るように、彼らを素朴な良民に変え、その内、内地へ帰順する者がいれば、懐を温かくして礼を以て迎え、以前の古き習慣を革新してもらうことにある[33]」と書いている。一九〇八年、章太炎は『排満平議』においてさらに詳しく、「いわゆる満洲排除とは、飽くまでもその皇帝を排除するものであり、その仕官を排除するものであり、その兵士を排除するものである。もしこれらの人達が素朴で普通の農民となり、人に従って農耕または放牧の生活を送る民となった場合、ただ単に彼らが満洲人であるからと言って、なお刀で彼らの腹を切ろうとするものが果たしているだろうか？（中略）我らが排除しようと思っているのは、決して一切の政府でもなければ、全ての満洲人でもない。我らが排除しようとしているのは、満洲人が漢民族の地で持っている政府である。今の政府が満洲に乗っ取られていることは既に周知のことである。従って、ここで敢えてその詳細を説明し、標的となるものを明記する必要がある。これらの意味をすべて込めて、一言に略して排満という言葉に収斂することとする[34]」とも述べている。しかもこのような発想に従って、章太炎はさらに「漢民族の人が漢民族の人を統治し、満洲人が満洲人を統治すべき」だとの主張をも打ち出している。これを見ると、「排満」とはただ単に一つの便宜的な手段に過ぎず、それは「世の中の物事は往々にして些細なことと大事なことと、急ぎ求めることと後廻しにしても構わないことが混同しているから、政治的にはいつも損得が付きもので、外交も、むろん良し悪しがある。時と場合によっては取捨選択もやむを得ない。今、全体を見渡し、全ての問題を並べて置いてみると、満洲を排除することは何よりの急務となっている。よって、『排満』はいわゆる現実主義的な対処法であって、決して大げさとか誇張的な言い方とかではない[35]」。しかしこのような宣伝が成功したこともあって、更にこれが一般民衆の心理にも上手く迎合した点も背景にあって、この「排満」という思潮の勢いが、中々留まることを知らず、暫くはその過渡期を過ぎても、そのエネルギーが衰えることを知らず、辛亥革命後も長く一般知識人と民衆の心の中に残存してしまったのである。

よって、一九〇五年に汪兆銘が血統、使用言語と文字、居住地、習慣、宗教、精神と体質の六大要素によって提起した「民族」に関する定義が、恐らく中国人による最も早い民族に関する記録と思われる。汪も確かに「民族」と「国民」を同等に論じているが、しかし「民族」を人種学の概念とし、「国民」を政治学の概念として位置づけていることは注目に値する。つまり明白に「国民」と「民族」を異なるものと見なしているのである。そしてもしこの二つのものを統一するなら、解決法は二つあると提起している。その一つは、一つの民族を一つの国民とすること。もし異なる民族を一つの国民にしようとするなら、一つは異なる民族に変化を加えずに一つの国民とみなすこと。もう一つは異なる民族を同化して、一つの民族とすることである。汪はまた中国史における民族の同化過程、変遷、開閉の軌跡を、四つの事例にまとめて説明している。その「第一の例は、勢力がほぼ同等である幾つかの民族が自ら融合して一つの新しい民族を形成すること。第二の例は多数の征服者が少数の被征服者を吸収して、同化すること。第三の例は少数の征服者が非常な力を以て多数者を吸収し、多数者を同化すること。第四の例は少数の征服者が多数の被征服者に同化される[36]」ことである。「明の王朝が滅亡してから、我が民族は既に第二の例の地位を失っている。今日に至っては、既に第三の例に相当する位置にまで下がって来ている[37]」。言うまでもないが、ここで汪の言う「我民族」とは「漢民族」の代称である。彼は更に中国歴代の貴族による政治と君権専制の実例を列挙して、それが如何に公権と私権の不平等を引き起こしているかを論じている。その上に、彼は更に「民族主義を掲げてこの二百六十年も続いた貴族政治を終わらせ……国民主義を掲げて、この六千年も続いた君権専制を終わらせよう[38]」と呼びかけている。革命党の人であった汪兆銘は厳復、康有為、梁啓超らが持っている普遍主義とは異なるものを唱え、意識的に「国民」の種族特性を強調し、また西洋帝国主義による侵略という背景をも強調して、人民の気勢を高揚させ、世論を操作するために利用しようとしたようである。つまり一つの手段として、国内における部族間の独立を強化することによって——とくに満漢の関係がそうであったが、非常に便利なツールを手に入れようとしたのである。しかし、実際の革命運動においては、このような狭隘な民族主義的色彩を持った主張と感情は、必ずしも部族の団結と国家の統一にプラスにはならなかった。むしろ逆の働きを発揮した可能性さえある。そしてその反動として、国家と民族の一体化を図ろうとする意識が次第に醸成されていったのである。

章太炎の革命観念と同じような考えを持っていた孫中山（つまり孫文――訳者）も、革命党の人が「排満」を主張するのは、「満洲政府が排漢主義を実行しようとしたからだ。我々は満洲政府を打倒することは、満洲人を駆除するという面から言えば、これは民族革命であるが、君主制政治を滅亡させるという面から言えば、これは政治革命である。この二つの革命は二回に分けて行うものではない。同時に進めることである。なお、政治革命の面から言えば、その目的は民主立憲主義的な政治体制を成立するためであるから、今の政治体制から言えば、仮に今が漢民族の政権であっても、この革命はやはり起こされるべきだ(39)」と一九〇六年に明確に宣言していた。これは革命民族主義の政治目的は種族の闘争ではなく（許紀霖が現代中国について二種類の民族国家アイデンティティ観念を提示しているが、その言葉を借りて言えば）、これは一種の政治的共和愛国主義であり、伝統的な文化民族主義とは、その政治理念において、既に本質的な違いを有するものであると言えよう(40)。つまり理念の視点から言えば、政治民族主義とは普遍的な民主、共和等の観念において共通の認識を有しているので、時にはむしろ伝統的文化民族主義に対して、反対する立場にいる(41)。

一九二四年、孫中山はその巨大な影響力を持つ「三民主義」の中で、民族の起源について次のように述べている。「似たもの同士が何によって色々な民族を形成しているのだろうか？　それは言うまでもなく、まずは血統、生活、言語、宗教また風俗習慣からその力を得ているからでしょう。なお、この五つの力はいわゆる自然に形成するものであって、武力などによって得られるものではない。従って、この五つの力と武力を比較してみれば、民族と国家の違いも分かるはずだ(42)」と。要するに孫文が強調したかったのは、民族などは所詮帝国主義に対抗するために造り出された「国族」の概念であって、それ以上の意味はない。しかしこの概念がその後、意識的であれ無意識的であれ、数十年に渡って国内の少数部族に対する抑圧を造成させたのである。これは、一つは漢民族の群体の中にそもそも部族意識――すなわち「華夏情結」というものが存在していたことと(43)、もう一つは内外の情勢に圧迫されて、そもそも「中華民族」という一体化する意識が形成されていたことが挙げられよう。すでに多くの先行研究に取り上げられているように、「〈中華民族〉というこの称号自体、そもそも最初から西側の民族を意識して自我を限定し、アイデンティティを認識するためのものであった。言い換えれば、これは非常にモダニティな言説背景の下、民族と国家の構築のプロセスにおいて現れたものである。ただ、中国の近代民族思想の源泉となっているものは非常に多元的で、その中に西洋の近代民族主義的な思想もあれば、中国の伝統的な民族思想も当然入っているはずだ」[44]。つまり「中華民族」とは国民党に代表される民族主義者たちの心中にあった「国族」意識であり、その中には当然ながら中国の伝統的な帝国の内部に潜在していた多元的な要素を統一する意識も受け継がれているし、ソ連からの影響も少なからず受けていたはずだ。いわば万国群立の世界情勢において、民族と国が一体となって列強と対峙する一つの選択でもあったと言えよう。「主観的な面から見ると、現代中華民族の意識或いは観念の萌芽、発展、確立の過程は、むしろ中国各民族の人民が帝国主義列強の侵略と圧迫の下、近代西側民族主義思潮の転入と直接的な影響をうけながら、〈現代民族国家〉の実践的な運動の中で、目下または未来への共同の運命、前途、利益を感知し、体験する過程であったとも思われる。もちろん、長い歴史の中で形成された相互に潜在していた内部連帯性と一体化する過程に対する自覚と認識の深化でもあった。同時に、これは啓蒙的な認知、啓発、提唱、扇動する活動により国民全体のアイデンティティとする過程でもあった。客観的な面——或いは客観的な面と主観的な面の相互作用から見ると、これは帝国主義の侵略と中国各民族の独立と解放運動との相互作用の産物であり、西側と日本の現代的な〈民族〉思想と中国の伝統的な文化アイデンティティによる〈民族〉観の相互作用——とりわけ清末と民国期における中国の社会と政治の現実との相互作用であったと言えよう。同時に、中国各民族の長期に渡って相互融合してきた歴史の延長と発展でもあり、とくに中華民国が建立した後、この種の融合が更に加速し、深化した事実が、観念上において反映されたものとも[45]」思われる。何より、「中華民族」の観念ないし意識が、この時から徐々に広く浸透し、とくに外国からの侵略と圧力に抵抗する大部分の先進分子に受け入れられ、共産党が中華人民共和国を建国した後に推進した社会主義民族の団結と平等と互助理念の前提も、まさにこの中華民族の統一という理念に立っていると言える。

中国共産党の民族に関する認識は、その初期においてはソ連からの影響を大きく受けていた。その後、革命を実践する過程において、次第に中国の現実と結びつくようになり、「民族の自決」から「民族の自治」へと変遷していったのである。事実、「第一次国内革命戦争期には〈民族の自決〉の原則と〈連邦制〉の構想を掲げており、第二次国内革命戦争期には、各民族が自ら〈ソヴィエト共和国〉に加入するか、〈自分自身の自治区を建設〉するのかという選択が、共産党の民族政策の最も重要な主張となっていて、さらに抗戦期に入ると、〈一致抗戦の原則の下、少数民族が自分自身の事務を自分自身で管理する権利を認め、同時に漢民族と連合して統一国家を建立する〉ことを求めた。これによって、抗日のための統一戦線が構築され、解放戦争期になると、その内容がさらに〈各民族の平等な地位と自治権を承認〉し、〈少数民族自治区を建設すること〉であり、最終的には中華人民共和国が成立した後、これらの民族地域における自治政策が確立[46]」したのである。この変遷は言うまでもなく、革命の実践の中で見出したマルクス主義民族学の伝統と、中国本国の独特の民族的な伝統を同時に継承して、ようやく出来上がった民族路線であると言える。中華人民共和国の建国後、民族に関する問題において、影響力が最も大きかったのはスターリンの言語、地域、経済生活、文化上の共同心理の四つの特性論である。この論説が長く影響力を保ち、とくに二〇世紀九〇年代から、多くの学者が「部族」（ethnic group）の概念を使用して、少数民族或いは区域性の原住民群体について、議論を発するようになったのである[47]。

以上、中国の「民族」に関する基本的な知識と歴史的な流れを、考古学的にまとめてみた。言うまでもなく、その狙いは中国における「民族」という概念が、現代社会の政治的要素と性質を付帯していることを示すためである。[48]現在の中国の各少数民族は、まさにこの五、六〇年代の民族の歴史調査[49]と民族の識別活動と民族区域における自治制度によって、成立したものである。ここで最も注意してほしいのは、何よりこれは中央政府の批准によって初めて確定された、いわば行政的な実践であったということである。従って、このような「民族」には自然と「国家的」、「現代的」な性格が附されており、言葉を換えて言えば、これは文化的な要素を基礎として行った行政的な実践であると言える。それによって、主導的なイデオロギー的色彩が強く滲むのも事実である。

「少数民族」については、異なる国家と地域において、それぞれが異なる方法でその内容が規定されており、その背後には、各国のそれぞれの国内法や国際法などの多重多様な概念が内包されている。中国においても、前述したように「少数民族」という言葉はそもそも一九二四年の孫中山によって制定された国民党の第一回党大会の宣言において初めて現れた言葉である。

辛亥革命の後、満洲人による独裁政治体制は壊滅し、すでに痕跡も残っていない。よって、国内の各民族は平等に付き合い、融合することも可能となっている。国民党が掲げる民族主義とは、まさにこのことである。しかし残念ながら、今の中国は独裁政治体制から生き残った軍閥によってなおも割拠されており、以前の中国にあった旧帝国主義が今もなお息を吹き返す可能性を見せている。それが故に、国内の各民族はこのことに対して不安と危惧を持っており、とくに少数民族の人々にとっては、国民党の民族政策に誠意を感じられない状態が続いている。従って、今後は国民党が自分たちの民族主義の原理原則を凛として堅持し、それによって国内各民族の信頼と理解を得た上で、常に中国国民の革命運動が共同の利益になることを示すことが非常に重要である。[50]

ここで使用されている「少数民族」という用語の概念の意義は、ほぼ今の私たちが使っている現代的な意味と合致している。中国共産党がこの意味での概念として初めて「少数民族」という言葉を使ったのは、一九二六年の党の公文書「西北工作方針」においてのことである。この文書の中で、「馮（玉祥）の軍隊が甘粛においては、必ずと言っていいくらい、回民に対して適切な対策を取り、決してこの地域の少数民族の政治的、経済的な生存権利に損害を与えようとはしなかった」[51]と記している。管見の限り、この文書こそ、中国共産党が初めて少数民族の権利問題について提起した資料ではないかと推測される。さらに一九二八年の中国共産党第六回党大会において審議された「民族問題に関する決議案」において、「中国国境内にある少数民族（北部のモンゴル族、回族、満洲族、高麗人、福建の台湾人、および中南部のミャオ族、リー族などの原住民また新疆とチベット族など）の問題は、革命に対して非常に重要な意義を持つ」[52]ものと指摘している。その後、中国共産党と共産党政権の一連の文書においては、この「少数民族」という呼称が頻繁に使用されるようになっている。同時に、「弱小民族」、「小民族」、「落後民族」といった単語も、しばしば使われていた。これが長征と内戦を経て、いわゆる各「兄弟民族」間の相互交流と密接な協力関係を通じて、次第に辺境地の安定と各民族の連合戦線の統一などがより考慮されるようになり、中国共産党の特色を持った少数民族政策がようやく形成、成立することとなったのである。

一九四九年以後もむろん、この「少数民族」という言葉は使用され、党と国家の公的な文献のなかで一般的に使用されているが、しかしその概念の内包にはレーニンの理論やソ連の経験を多く踏襲していることは明白である。とくに一九四九年九月の「共同綱領」には「各少数民族」という言葉が多用されており、その後の中国憲法にも、この「少数民族」という概念が援用され、中国少数民族の権利もこれによって規定されている。現行憲法第三章第六節にはさらに民族が自治する地方の自治機関およびその権利が特別に規定されており、これに拠って「少数民族」という言葉は正式に中国に特有の法学概念となったのである。毛沢東の時代において、中ソ関係の転換や冷戦イデオロギーの対立などによって、中国が改めて独自の社会主義の道と革命の方向を模索しなければならない状況となったため、この時期に打ち出した中国各民族区域自治の政策や、その他の少数民族の優遇政策などは、まさにこの米国とソ連の二大陣営との対峙の過程において成立したものである。もちろん同時に中国国内の内部実情と社会的な公正さなども勘案した上で実現した、一種の措置という見方も出来よう。

一九八六年、中共中央政府の批准により、国家民族委員会がこの「少数民族」という言葉の内包する意味に対して、正式な解釈を下した。その具体的な内容は「1．この呼称は飽くまでも漢族との人口による相対的な数量差によって生まれた概念であり、わが国において少数民族への蔑視、民族不平等を意味するものではないこと、2．この呼称は漢族以外の民族の総称とする。事実、この表現はわが党は一九二六年から使用しており、今日に至っては既に六〇年間の歴史がある。つまり早くから一つの習わしとして既に一般化されてきた経緯があり、全国各族の幹部、群衆にも受け入れられてきたものである。しかし、『少数民族』の呼称は欧米諸資本主義国家において権利の不平等、蔑視、被統治者との意味も含んでおり、国際交流の場においてこの呼称を使用するときに、誤解を招く恐れがあるため、別個に解釈を加える必要がある[53]」となっている。この政府当局による権威ある解釈と、長年の時間をかけて形成されたのが、今日の「少数民族」という概念である。客観的に見て、これは既に中国各民族の人民に一般的に受け入れられ、しかも民族に対する何らの蔑視の感覚また民族的不平等の意味は帯びていない。そして民族の識別活動によって、中国の「少数民族」とはまさに漢族を除く五五の民族群を指す言葉で、今日に至っては中国法の特有の用法および釈義となっている。

ただ前述の通り、一つの政治概念として使用されてきたこの「少数民族」という表現には多くの中国独特な用法と意味が含まれているが故に、学術用語として使う時には、往々にして特別な解釈を附加する必要がある。従って、本書はこれからの論述において、前後の文脈や状況に配慮して、「少数民族」「少数部族（族裔）」「少数族群」

という三つの表現を併用して、議論を進めていく。それは主に以下の三点に配慮してのことである。その一は、「少数民族」は現代中国の政治概念として、民族の識別、認定によって確立されたものであること。つまり、この概念は比較的強い政治色を含んでおり、直接的に学術用語として使う時には、学術的に非常に扱いづらい多くの問題（例えば少数民族とまだ認められていない少数部族の共同体に対してどうすればいいのか、等）を避けることができないからである。その二は、「少数部族」という呼称は、前近代的な部族のことを指す時には適切な表現であるが、それ以外の時期には必ずしも適切ではないということである。例えば、古代においては往々にして具体的な族称或いは「×人」、「×種」を以てそれぞれの部族を呼称していたが、現代の私たちが馴染んでいる民族・国家構図の呼称としての「少数民族」用語とは大幅に異なる。その三は、西洋のコンテクストの中では、特に「民族」という概念の発祥地である欧州では、ごく少数の一部の国家を除けば、基本的に「民族」と「国家」を同一の「Nation」として扱っていることである（本書では「国族」を使って「Nation」を指すこともある）。しかし周知のように、「Nation」という単語には二重の意味が含まれており、「民族」を意味する以外にも「国家」を意味する場合もあるので誤解を招きやすい。第二次大戦後、連合国の書類では「United Nation」で国家を表し、「Nation」という言葉も徐々に国家を表すことが多くなった。それに伴い、各国の学者も徐々に「Nation」という単語を専ら国家を表す用語として使用するようになった。同時に、「Ethnicity」という単語が具体的な少数民族を表す言葉として定着した。ただ、中国のように多部族（漢族と各少数民族）の民族国家として、暗黙の了解が得られている中国国内の言説空間なら問題なく一般的に理解されるだろうが、「民族」という概念を余りにも注意せずに使用すると、国際的な場においては、概念上、誤用を招く恐れがある。よって、「少数民族」の意味上の「民族」は民族（Ethnic）であり、目下、中国では対外的には「Minority Nationality」に置き換えられて使われている。ただ、学術的な用語として使う時に、利便性と通用性を勘案して、本書においてはやはり「少数部族」という用語で前近代期の、言わば自然体であった少数部族のことを総称することにし、一方、新中国が成立した後、つまり識別と命名活動によって明確な身分と制度的な限界を自覚した後の少数部族のことを、「少数民族」と称することとしたい。

最近、「族群」(ethnic group)という概念は人類学と民俗学の学術界で、比較的流行しているが[54]、中国語の言語環境においても、早くは台湾の学者たちが「族群」という言葉を使用しているし、それが大陸の学者にも影響を与えている。むろん、今日に至ってもなお多くの議論があるが、この用語をいかに「中国化」するかが問題となっているのかもしれない[55]。まさに一部の学者たちが、「今の中国人が中国語の言語環境において『民族』という概念を使う時には、実はすでにある種の暗黙の了解のような共通認識を持っているため、例えばしばしば見かける〈中国各民族〉という表現の中で使われている『民族』という概念を、そのすべてを「族群」に置き換えるということは、却って妥当ではない[56]」と指摘している通りである。よって、本書においても、特定な時期について――とりわけ一九四九年以後から二〇世紀八〇年代までの、中国大陸にある五五の「少数民族」が徐々に識別・認定された後の「少数民族」については(言い換えれば「少数民族」という概念が既に人々の日常用語として使用されてからの時期については)、誤解が生じないように、様々な状況に合わせて異なる用語を慎重に使い分けることとする。

実は、「少数民族文学」の概念についても、今まで多くの議論がかわされてきた。例えば何聯華は、費孝通が雑誌『新建設』(一九五一年第四期)に発表した論文「少数民族のための文芸工作を発展させよう」において提出した「民族文学において最も根本的かつ重要な問題」に対して、「最も早い段階で、公に民族文学のために文芸界での一席を獲得し、その位置づけのための論理的な『吶喊』である[57]」と称賛している。それから言語学者の張寿康もほぼ同じ時期に、「私たちはひとつの民族国家である」、「少数民族の文芸は中国文芸にとって、なくてはならないものである」、「中国の文学は漢族の文学だけではなく、全中華の文学でもある[58]」と述べ、中国で初めて「少数民族文芸」という特定の概念を提起し、中国少数民族文芸の立ち位置の問題を明確にした人とも言われている。これらの議論は、むろん中国の民族文学の新生と発展に対して理論の基礎を打ち立てることとなり、「少数民族文学」という正式名称を誕生させた重要な過程である。

ところで、李鴻然は上述した観点を考察した上で、「少数民族文学」という概念が提起された時期は一九五一年ではなく一九四九年であると指摘している。また、「少数民族文学」という名称を正式に獲得させたのも上記の二者ではなく、作家の茅盾であると指摘している。それは、茅盾がこの概念に対する範疇を厳密に画定してはいないものの、少数民族文学の基本的な要素について、少なくとも以下の二つの点を挙げていたからである。つまり、第一には作者が少数民族であること、第二は、作品の内容と形式に少数民族の特徴を有すること、[59]この二点である。この二点を勘案すれば、モンゴル族の作家・瑪拉沁夫《マラチエンフ》は、「少数民族文学」の正式な誕生およびその形成の段階において、極めて重要な役割を果たした人物と言えよう。何故なら、彼は『ホルチン草原の人々』、『果てしない草原』等の、多大な影響力を持つ作品を執筆しただけでなく、少数民族文学の発展状況とそこに存在する問題について、一九五五年一月二〇日に彼が当時の中国文芸界のリーダーであった茅盾、周揚、丁玲に手紙を出し、同年三月に、中国作家協会から返事を貰い、さらにその二通の往復書簡を雑誌『作家通信』（第四期、一九五五年）に掲載したからである。そして、このことが五月の全国少数民族文学工作座談会の開催に繋がり、間接的には中国現代少数民族文学史上、最初の民族文学運動のピークを形成した。

このように歴史を振り返ると、「少数民族文学」とは、ごく最近の新興学科であり、しかもその初期段階においては、如何に国家の政治意識を代表する政府側の文学機関によって押し進められたかがわかる。ただここで留意してほしいのは、上述した事例は、何れも「少数民族系文学」の中の、専ら職業としての作家たちによる部分の文学であって、これよりもっと多くの量を有し、より繁雑かつ複雑な民間文学、口承文学およびこれらと関連する文学理論、文学批評によって構成されている部分については、まったく触れられていないということである。実際、

「少数部族文学」の大半がこの種類に属するものであることを忘れてはならない。例えば、漢代の劉向が『説苑・善説』に掲載した作品の「越人歌」などは、紀元前五〇〇余年前の旧越人が作成したもので、また『後漢書・西南夷列伝』の中の「白狼歌」等も、そうである。ただ繰り返しになるが、前述したように、帝制王朝（dynasty—state）時代の民族観念と現代民族国家時代の民族観念は異なるものである。その最も典型的な一例は、「中国少数民族文学」という分野は、完全に現代を背景として興ったものであり、一九五〇年代の初頭、中央民族学院を代表とする各地方の民族大学において、徐々に始まった少数民族文学と言語の教育にも同じことが言える。一九七九年、中国社会科学院に少数民族文学研究所が設立された。その後、同研究所によって創刊され、現在も同所が発行している学術雑誌『民族文学研究』は、比較的に標準化され、また制度化したものであり、学術研究としてもここから新たな段階に入ったと言えよう。[60]

言うまでもなく、「中国少数民族文学」という分野は、民族の団結、民族の融合、そして多民族文化の文学の共同繁栄を目標とし、その価値を追求するために確立したものである。イマニュエル・ウォーラースティン（Immanuel Wallerstein、一九三〇年—）らも「社会科学は昔も今も一貫して国家という中軸をめぐって動いている」[61]と述べている。従って、この分野の確立過程は、当然ながら国家の確立と現代イデオロギーの背景と関連しており、現代の文化政治と社会主義国家の文化的な指導権とも関わる問題である。[62]

三〇余年も続いた少数民族に関する認定と命名の過程において、少数民族文学は一つの学科として、近現代以前の中原地区における他の民族の口頭また無形文化遺産をも、自分の研究対象とした。そうすると、事実上、少数民族文学には古典と現代の文学、民間と文化人による文学、口頭と文章による文学など、多方面の要素が含まれており、民間故事、神話、歌謡、諺、笑い話、寓話、また職業的作家によって創作された文学なども、そのカテゴリーに入ることとなるため、その内容は実に多岐にわたるのである。例えば、史詩的な作品としてチベット族の

「格薩爾《ゲサル》」があり、モンゴル族の「江格爾《ジャンゲル》」があり、キルギス族の「瑪納斯《マナス》」などがある。これらの作品はむろん、ただ単に自己の民族の中で広く読まれただけでなく、全国的な学界においても研究対象となり、世界的にも注目と絶賛を浴び、モンゴル学やテュルク学等の東方学分野の一部分ともなっている。このような特殊な民族文化の土壌において生み出された民族文化、例えばモンゴル族の「好力宝《ホリボー》」、カザフ族の「阿肯《アケエン》」弾唱、タイ族の「賛哈《サンハ》」、トン族の「多耶《ドヤ》」、ホジェン族の「伊瑪堪《イマカン》」、ウイグル族の「麦西莱甫《マシラフ》」等、何れも上記諸学会の研究対象となり、或いは研究関心の及ぶ範囲となった。

　ところで、ここで注意しなければならないことは、「文学性」という概念が非常に曖昧な特性を持っているということである。あまりにも安易に少数民族文学の独立性とか独特な風格とかを議論しても、意味がないのである。やはり特定の時代と、特定の地方と、特定の民族と、特定の文化雰囲気などと結びつけて議論することが欠かせないのである。何故なら、それぞれの少数民族の文化伝統、教育背景、認知差異、審美情緒、抒情方法等は全て別の顔を持っており、それに拠って、「文学」という概念の内包と外延の画定も相当異なってくるからである。そもそも「文」という表現は伝統的な中国において、少なくとも以下一〇項目の意味を持つことが可能である。その一が色彩の交錯、二は模様、三は文字、文辞、四は儀式また音楽等に関する制度、五は法令条文、六は美、善、七は非軍事的なもの、「武」の対比語、八は南北朝以後、銭の一枚を一文とも称していた、九は紡績物の量詞で、一〇は姓[63]の一つである。また、「学」の意味も、一は模倣、学習、二は学校、三は学問、学説、学派、四は提訴[64]の意味である。この二文字が一体化して「文学」と使用される時、大まかに言って、以下の三つの意味に集約されるであろう。一は文章博学で、孔子の門下の四科の一つ。もう一つは文献経典を指す言葉。三は官職名[65]である。前近代の中国において、一文字の「文」にしろ、「学」にしろ、或いは「文学」にしても、その内包する意味は、現代の文学分野で一般的に使われている意味と、相当異なっていることがわかる。「文学」と「literature」の意味が繋がるようになった歴史を遡ると、そのルーツは一七世紀のイエズス会（Jesuits）の翻訳本にまで遡ると言われている。その後、この複合語は一九世紀の新教の伝教師に、現代英単語の「literature」の翻訳語として使用され、さらに日本語の「Bungaku」を経由して、伝播してきたものと見なされている。(66) 従って、現代の「文学」という概念の内包する意味は、基本的には西洋の比較的純粋な四つの文体（小説、戯曲、詩歌、散文——訳者）を意識したもので、伝統的な中国「文学」にとっては、まぎれもなく一種の変形した、或いはその内容が相当要約されたものとなっていると言えよう。西洋からもたらされた「文学」概念から中国前近代文学ないし現代文学を考察するときに、往々にしてそぐわない部分が出てくるのも、このことが原因の一端であろう。従って本書においては、「少数民族文学」という時の「文学」の概念については、ケース・バイ・ケースで対処し、必ずしも現代文学の分野で一般的となっている小説、戯曲、詩歌、散文等の文体に束縛されず、それぞれの具体的な問題に対して具体的な意味を附加して、使い分けて分析することにしたい。

少数民族文学の概念に対して、このように科学的な認定と規定に基づいて理解する時、言うまでもなく、その内容また範囲がいわゆる主流派の文学史との間に相当大きな開きが生じ、明らかに異なる内容を含むものとなるであろう。しかし、歴史的かつ発展的な観点から見ると、少数民族文学自身がこの自分自身の独特な素質を、必ずしも明晰に認識していたと言えないのかもしれない。従って、具体的な研究方法等においても、独自の個性を有するものは多くない。実際に、少数民族文学の殆どがいわゆる主流派の文学から発展して生まれたものであり、時にはかなり強烈な時代的な、ないし政治文化的な痕跡を持っているのである。だからこそ、たとえ各族群の内部に、それぞれの少数民族が自分自身の特質によって形成した独自の文学伝統があったとしても、現代の国の構築・運営の過程において、結局知らず知らずのうちに格式化、一体化されていく記述の中で、その姿を隠されてしまうのである。これと同時に、本来、書面語による文学的な研究方法では議論できない口承による文学作品なども、文字によって記載される過程で、結局は書面語による文章システムの中で、検討されることとなってしまう。この実態は、一方においては元々多様性に溢れていた文学の形態を集約することとなり、そしてこれによって多種多様、多面多元の性質を持つ文学の本来の様相が覆い隠されることとなるが、もう一方においては、社会主義国家の文化に対する指導権の存在も思い知らされるものと言える。実は、少数民族文学の学科としての構築過程においても、無意識のうちにイデオロギー的な烙印が押されているのである。或いはこのことは、必ずしも学科そのものの政治的無意識(67)によるものではないのかもしれない。言い換えれば、民族ないし国家主義の言説の母体から誕生してきた当時から、既にこのような特質が附随していたのかもしれない。

第二節　その可能性と限界

清末以来、中国が西洋と遭遇した際に直面した国家レベルの問題を挙げるとすると、恐らくその最も解決が困難で根本的なものの一つが、主権の想像（中華帝国）と主権の実践（民族国家）の間に存在する中西古今の矛盾にあるだろう。なお、この問題は中国が一旦現代民族国家の一員として、この現代的な国際体系に入った瞬間、この矛盾はすぐに主権の実践と文化社会の現実（多部族の共有・共存・共生）の間の相互作用問題へと転化してしまったのである。それは、多くの部族と民族を抱え――しかもそれが地理的な分布、風俗上の差異、伝統的な特異、文化的な区分、言語上の相異など、さまざまな多元的要素を含んでいるが故に、中国文学に無限大の生命力と可能性を提供したからである。これは帝制王朝の時代、つまり天下朝貢或いは藩属体制においては想像さえできないことである。何故なら、帝制王朝の時代の伝統文化は、強い等級制に縛られ、一つの中心を廻ってしか動けなかったが、共産主義の洗礼をうけた後の現代中国は、各民族が平等で共生を崇め尊ぶようになったからである。ただ忘れてはいけないのは、民族国家の主権体制も、また少数民族の政治、経済、文化的要求の天井板となってしまい、資本が主導する立体的なグローバル化が既存の政治、文化、社会構造にすでに大きな衝撃を与えたとは言え、民族国家による体系は現在もなお国際交流の主体となっているため、少数民族の文学も、このような現実的な体制のなかで必然的に主権国家が主導するイデオロギーの文化指導権に制約されずにはいられないのである。

文学の運命は現代においては、伝統時代のそれと比べて、大きな断裂に遭っている。それは、いわゆる「啓蒙」と「救国」による時代のバリエーションが[68]、文学上においては史詩と抒情に転じて現れたり、或いは「感時憂国」（時代に感傷し、国を憂う）と審美的な超越の間に相互作用することで現れて来る可能性[69]があるからである。従って、主たる流れで現代文学を眺めてみると、宣伝ないし教育的な要素が次第に審美的ないし情緒的な要素を、少しずつ圧倒（超越）していく過程であったようにも見える。もちろん、文学の功能と表現の間には、そう簡単にどちらに価値があり、どちらが無意味なものだと判断できるものではない。いわゆる「純文学」に属するものも、必ずしも自然的に独立した自律性或いは道徳的な優越性を有するものではない。むろん「少数民族文学」も、まぎれもなく政治的な企画と文化的な要求の相互対決と相互作用によって生まれた物で、この新しい時代においては、少数民族文学もまた自分自身特定の社会主義の新たな主体と文学の新たなスタイルを模索し、社会主義新文学の構成の中でも、むろん有力な一部分を形成している。

しかし、文学の学科というレベル——言い換えれば、中国現代文学の枠組みと視野の中で少数民族文学の問題を議論する時には、何となくある種の制約の中で議論している印象を受ける。それは言うまでもなく、「中国少数民族文学」とは今までは一つの微妙な立場に置かれてきた概念であったからである。ただ単に学術的な体制の中で、長らく二級分科会的な位置に置かれていただけではなく、何よりも流派が厳密な主流学術体系においては、暗黙の内に、民族平等或いは民族団結のために設置されたもの——謂わば国の要求によって存在しているようなものと見なされてきたのである。つまり、少数民族文学とは学術体系の内部から自然に派生し、発展してきたものではなく、飽くまでも政治イデオロギーや社会全体の調和のためなど、人為的に造り出されてきたものに過ぎないという見方が、長らく存在していたような傾向があった。もちろん、発生学的に見ると、確かにこのような要素は否定できないが、しかしこれは少数民族文学だけではなく、或いはすべての学科が先天的に、皆このような性質を持っている可能性は否めない。よって、学術の純粋性など、所詮は一種の神話に過ぎないのである。とくに少数民族文学は、例えば既存の文献学、古典文学、現代文学、当代文学など、比較的成熟した分野に、年代的にはそれぞれ関連付けることができるため、どうしても既存の学科ないし分野に分割されてしまう傾向にある。もっとも、しばしば一部の学者が主張しているように、「文学」というものはそもそも聖人の学問を検証し、経典を継承すると共に、言志載道（「詩は志を言い、文は道を伝える」との意味で、よく「詩以言志、文以載道」と言うそれの略した言い方である）の道具でもあり、人間の精霊を言説するもの、或いは個性を表現する媒介とか、とにかく普遍的、公共的な性質を有するものと標榜しているものである。このような認識に立つと、「少数民族文学」はこの意義と社会性を見事に代弁していると言える。さらに過激な主張を持つ者は、「文学」は「文学」であり、単独で「少数民族文学」を別置することに疑問を抱いている。しかしこのような論調は、やはり特定の知識構造や審美教育の慣性的な思考によって形成された偏見に過ぎず、まじめな議論には値しない。どの学問の分野においても、自身の起源と性質を省みる必要がある。もし同じロジックでそれぞれの分野に疑問を呈すると、「中国文学」「英国文学」「フランス文学」等、国ごとに文学を分ける必要性もなくなるわけである。よって、学術的な合理性から議論するなら、「少数民族文学」も主流となっている経典文学の分野も、その価値の優劣には差はなく、所詮どちらも真理性を欠く一種の表現に過ぎないのである。

起源の面から言うと、言うまでもなく中国の少数民族文学は現代的な社会構築の中で生まれたもので、現代国家の学術体制の一員となっていることは間違いない。それは少数民族とは、中国が清末から民国へ、謂わば王朝帝国から現代民族国家へと転換する過程で現れてきた一つの新しい学科だったからである。これがさらに社会主義中国が建国された後、ようやく独立し、文学という大きなカテゴリーの中の一員となった。このような角度から考えると、広い意味で中国少数民族文学は現代また当代の文学に属するものと見なされても、あながち間違っているわけではない。なお、今も絶えず変化し、成長し続けているという現状から言えば、中国少数民族はまさに「現代性」という「未完成の計画」（ユルゲン・ハーバーマス Jürgen Habermas の言葉）の、最も活発的な一部分ともなっている。[70] 周知のように、「五・四」以後、現代文学意識の覚醒と変遷によって、平民文学、民間文学、俗文学などが次第に重視されるようになり、少数民族文学も民間文学の一種として、唱道者また遂行者、研究者の視野に入り、例えば胡適、劉半農、魯迅、周作人、顧頡剛、鄭振鐸、聞一多、朱自清等、何れも少数民族文学のために門戸を開き、初期段階に現れてきた困難に立ち向かい、少数民族文学の普及と発揚のために、その文面、文体、特質などの各方面から大きな貢献をした。その後、茅盾、老舎、何其芳、周揚、馬学良、鍾敬文、瑪拉沁夫等は、さらに中国少数民族文学研究の誕生のために、決定的な役割を果たした。よって、少数民族文学そのものが自分自身の拠って来た歴史的な流れを有しており、現代文学としての性質を持っていても不思議ではないのである。

従って、本書は主に次のような認識に基づいて、議論を展開していくこととする。

まずは少数民族文学が持つ差異性を生かして、いわゆる主流となっている文化に対して、その内側と外側から新しい可能性を提示し、啓発を与えること。とくに少数民族文学が持っている特有の叙述方式と彼ら独特の世界観を以て、「灯台下暗し」の状況にいながらそのことをまったく自覚していない主流文学またその関係者に、自身が主流派の立場にいるからこそ、無意識的に無配慮となっていることと、少数民族文学のそれに及ばない点も意外と多々ある、という事実を実感させることである。次は、主流文化の発展に関わることである。言うまでもなく少数民族文学もまた、ある種の体系を成している言説空間の中において生まれたものであり、また多種多様な文化の相互作用によって発生した産物である。従って少数民族文学を研究することは、ほぼイコール中国全体の文化の一部分を研究することにもなるため、少数民族文学の発見とそれに対する発掘作業は、主流文化に自己調整の可能性を与え、いくつかの内在的且つ構造的な文化の矛盾を修正させる力をも持っている可能性がある。なお、このことは複雑化し続けている異族間の通婚、移動、移民、散居の過程を観察することにも役立つものと思われる。学者の中には、馬戎のように少数民族問題を「脱政治化」の方向へ向かわせる必要があると主張する者もいるが[71]、しかし現実的に、少数民族の声に耳を傾ける必要性は消えていない。それに事実として、少数民族文学の存在とそれに対する研究は、既存の中国文学に対しても新たな洞察を与え、中国文学全体の現状と将来性に対する総合的な理解の深化という意義もある。

よって、文学の学科ないし分野としてのそのものに対する省察は、本書の一つのとても重要な目標である。周知のように、今日においてもなお、少数民族文学に光を当てた研究活動を展開している現代文学研究者は非常に少なく、しかも多くの場合、他の研究対象ないし課題を兼ねており、専ら少数民族文学そのものを研究課題にしている学者は尚更少ない。本書はこのような人為的な規定によって存在している学科の境界を越えて、少数民族文学を一つのモダニティ文学として検討したい。言葉を換えて言えば、つまり「現代文学」と「少数民族文学」を同様に扱い、同等な歴史的な視野において、一つの独立した知的な言説と見なして、主として中国少数民族文学の一つの分野としての起源、またその知的な範囲と形式の成立等の問題を通じて、それが中国の現実およびその発展に如何なる可能性を与えているのかを考察してみたい。とくに中国少数民族文学の学科としての分類と識別の問題を、いわゆる考古学的、学術史的な視点から研究し、発生学的な意味とその背景にある思想史的な内包要素を分析すると共に、現在進行形で進展し変化している現当代少数民族文学の創作とも結び付けて、少数民族文学が今日に演じている役割とその発揮している作用を考察することを課題とする。従って、本書はたとえ具体的なある作家またその作品を取り上げることになったとしても、その作品に対する芸術的な評価またはその価値を判断することはない。――何故なら、これらのことはさらなる時間の経過や「古典化」するプロセスを経ないと分からないからである。同時に、何らかの具体的な評価尺度を設定して、少数民族文学を改めて評価することも考えていない。飽くまでも少数民族文学を一種の言葉による表現として対象化し、それを文化、社会、政治などの多くの関係に還元して、その位置と意義を探索していく。つまり本書は啓蒙的な現代性と審美的な現代性、また政治民族主義と文化民族主義、政治中国と文化中国といった衝突の中において、中国少数民族文学の歴史と現実における意義と価値を模索する点に、考察の中心を据えて分析を進めていく。

既に触れてきたように、「少数民族文学」の学科の特殊性は、その起源と制度的な構築また知的な体系が、民間文学や民俗文学などと多くの関係性を持っていることにある。逆に少数民族文学はそれと関連する民俗学、神話学、故事学、史詩学、口承詩学の形式と内容にも様々な影響を及ぼしている。よって、少数民族文学の研究は大きく分けると、民間文学と作家文学、口頭による伝統と書面によるテキストの、二つの部分に分けることができよう。前者は「少数民族文学」の研究において、その大部分を占め、すでに成熟した研究分野になっていると言えよう。民間文学と民俗文学は少数民族文学の発生と発展の過程において、非常に重要な役割を果たしてきた。この辺りの研究課題に関しては、洪長泰（Chuang-tai Hung）、趙世瑜、高有鵬、戸暁輝、陳泳超、劉錫誠、王文参、劉潁らの研究著書は、大いに本書の参考となっている。[72]

ただし、本書も少数民族文学の民間文学としての一面だけを取り上げて議論を展開するものではない。筆者の関心は主として少数民族文学のモダニティ的な意識の覚醒、学科また分野としての確立、研究の姿勢と視点、創作の態勢および主体を成しているマジョリティ文化からの注目点の変遷、それに伴うイデオロギー問題などにある。それはここ数年、このような問題を取り扱う研究が非常に多くなっており、人気も高まっているからである。

以下、説明上の便宜を考慮して、まず現在中国国内の少数民族文学（主として文字化された文学）の研究動向およびその主たる内容を、簡単にまとめておきたい。大まかに整理すると、下記の三つの内容に集約される。

1．族別文学史が次々に整理、出版されていること。まだ徹底的には調べてはいないが、今筆者が把握しているだけでも、約六〇種類、二〇余りの民族を超える族別文学史著書が出版されている。その殆どが二〇世紀五〇年代から始まった民族識別活動と歩調を合わせて始動し、「文化大革命」の時期には大概一時中断されたものの、二一世紀に入ってから復活して、ようやく完成したものである。[73] ただここで留意しなければならないのは、これらの文学史著書を理論的に支えているのは、階級闘争史観であったり、進化論史観であったり、現代化史観であったりと必ずしも一貫した文学史観ではないことである。しかも大多数の族別文学史は殆ど民間文学を主にしており、明らかに主流文学史の書き方を踏襲している。研究としての価値は、主として鳥瞰図的に少数民族文学の風貌を提供してくれたことにあるだろう。ただ二〇世紀九〇年代後期から、多民族文学史観の研究は徐々に頭角を現し始めたと見てとれる。例えば、鄧敏文著『中国多民族文学史論』および張炯、鄧紹基、樊俊らが主編の『中華文学通史』[74] などがその代表的な研究業績である。前者は史論として総論、内容論、形式論、関係論、テーマ論、著者論、個論といったいくつかの方面から論を進めており、比較的立体的かつ総合的に理論構築がされている。後者は文学通史としては、資料を掻き集めたに過ぎないのではないかという嫌いがあるし、少数民族文学と主流派文学との有機的な融合についても議論が不足しているが、しかし一つ実践的な論述としては、開拓精神に溢れていることは間違いない。もちろん、開拓とは言っても、少数民族系の大学によって編集された各種の教材には、すでに似たような研究著作が早くから存在していたことは否めない。例えば梁庭望、呉重陽、張公瑾、特・賽音巴雅爾《サインバヤール》らによって編纂された少数民族文学史関係の書籍がそれらの代表的なものである。ただこれらの研究著書は全体を網羅しておらず、『中華文学通史』と比べれば、少なくとも国家による定義という性質はない。多民族文学史観による理論的な自覚は、今後に期待するしかないのが現状である。

2. 各民族文学の関係性に関する研究。代表的な研究として、郎桜、扎拉嘎《ザラガ》主編『中国各民族文学関係研究・前秦～唐宋巻／元明清』、関紀新主編の『二〇世紀中華各民族文学関係研究』が挙げられる。これらの書籍は、いわゆる平行研究と影響研究の比較文学的な研究手法を取り入れ、多元一体の中華民族文学の現状に対して、一つの体系的な研究構造を提供した。ある意味において、比較文学の研究に国内比較文学の研究という新たな分野を開拓してくれたとも言える。[75] この他に、湯暁青主編の『多元文化構造における民族文学研究――中国社会科学院民族文学研究所創建三〇周年記念論文集[76]』、黄暁娟、張淑雲、呉暁芬共著の『多元文化的な視点から辺境的な文学創作――東南アジア女性文学と中国少数民族女性文学との比較研究』などは、性別、区域、少数民族文学との関係を、オーソドックスな比較文学研究方法で論じている点も[77]、留意に値する。韋建国、呉孝成共著の『多元文化的な言説空間における西北民族の文学[78]』は、西北民族の区域性に注目し、その多元的な精神と伝統と文化資源の風格と体裁と美学に焦点を絞った考察は、非常に有意義な研究と言えるであろう。

3. 少数民族文学理論に関する研究。王佑夫著『中国古代民族詩学初探[79]』は比較的簡略に書かれているが、古代少数部族文学理論に対して、開拓的な研究を成し遂げた研究の一つである。ほかにも比較的重要な著作は、例えば関紀新、朝戈金著『多重選択の世界——当代少数民族文学の理論叙述』や、彭書麟、于乃昌、馮育柱著『中国少数民族文芸理論集成』などが挙げられる。前者は少数民族文学の重要な理論問題を俯瞰した労作で、後者は資料整理に力を入れた研究成果である。[80]

周知のことではあるが、ここ数年、少数民族文学の学科設置、また少数民族文学の「文学性」および民族の分散居住、アイデンティティ、グローバル化と少数部族文学に関する話題が非常に注目されるようになっている。例えば、姚新勇の『観察、批判、理性』は、多義的に理解できる「民間」という表現と少数民族文学の構築過程について、非常に興味深い角度から分析している。[81]『探求　衝突と共同運命——転換期中国文学の多部族性質と辺境地域文化の関係に関する研究』は「少数民族文学性」「西部」「イ族、チベット族の詩歌」の問題を、中国が転換期にあった背景に還元して考察している。[82] 他にも、地域文学と民族文学を結び付けた研究書には、例えば張直心の『辺地夢尋』などがあり、新しい角度から多くの現代文学資料を分析し、辺境地文学の視点から現代文学を観察する新しい視点を提示している。[83] 丹珍草はさらにチベット族文化の視点から当代チベット族文学の中の漢語で創作された作品を考察し、いわゆる「学際的創作」に関する問題を研究している。[84] 徐其超、馬紹璽、羅慶春、欧陽可惺らの著述は、少数民族文学の言説と現代民族国家の言説の間にある相互作用、少数民族文学の現代性、少数部族文学の文化的身分等の重要な問題を取り上げて詳細に研究している。[85] 言うまでもなく、これら最新の研究成果は現代文学の多様性の形成問題について、非常に有意義かつ啓発的なものを提示してくれた。

しかし、これらの研究の多くが、例えば張燕玲、李暁峰の作家論のように、余りにも少数民族作家の個人研究ないし批評に集中しているのも事実である。[86] とくにここ一〇年、現代中国少数民族文学をテーマに挙げた修士、博士論文にこの傾向が著しい。これとは対照的に、少数民族文学を系統的かつ学術史的に整理した研究成果は、残念ながら皆無に等しい。これは恐らく学科としての基礎が薄弱であったことと、文化地理的にも辺境地に置かれていることとも関係しているものと思われる。とにかく現状としては、少数民族現当代作家の文学に関する批評も研究も、理論的な研究が進んでいない。総じて言えば、持続的な注目、系統的な整理、総合的な研究などにおいては、明らかに研究が不足しているのである。従って、筆者がこれから研究しようとしている課題は、基礎的な研究が不十分で、とくに史実的な部分が今もなお、不明瞭になっている点が多く、理論的にも相当薄弱なものであることをまず前置きしておく。もちろん、このような現状にあるからこそ、本書が扱う中国少数民族文学理論に関する研究が、その必要性と適合性を得ているのも事実である。

なお、少数民族文学を中国全体の現代文学の歴史において考察することについては、確かに学術史的・考古学的な研究はまったくの空白か未熟の状態にあるが、しかし上述した諸先行研究から、少数民族文学が徐々にある種の文化的自覚を持ち、いわゆる主流文学の言説に附属していた状態から動き始めているのも事実である。これもまさにモダニティのプロセスに伴って可能となった新しい現象と言えよう。従って、本書の最も有意義な議論は、少数民族文学の構築を現代文学の発展のひとつの構成部分と見直して、「天下観」に支えられていた帝国の没落から民族国家の勃興まで、啓蒙的で宏大な言説に同調する姿勢から主体の自立への懇願まで、国家学術体制プロジェクトから学者個人による文化的な追求へと、このように激しく変化する学術プロセスに足場を置き、多種多様に現代性の過程に溶け合っていくことを解明する点であろう。むろん、このような考察を通じて、私たちは民族政策、政治イデオロギー、文学創作、学科教育、文化の伝承などの間に共生し、変遷し続けてきた軌跡を、より良く理解することができる。何故なら、少数民族文学の一つの特徴は、生まれ付き持っているように他者的な言説視覚と、主体との相互関係などの性質を持っており、例えば「西洋」とか、「中国」とか、「漢民族」とかのような問題を議論する時に、いつも新しい方法と角度を提供できるからである。何より少数民族文学の研究を通じて、学術的な権力機構に対して、少数民族文学の伝統的な視点に対する関心がこれまで余りにも薄すぎたのではないか、と注意を促せるという利点がある。

第三節　中国研究としての少数民族文学研究

繰り返しになるが、本書は中国の少数民族文学の現代的な勃興を研究対象とする。具体的に言うと、少数民族文学が何故現代において可能となったのか。また、発生の過程、学科的な背景とその動因は何であったのか。さらにそれを支えている知識的な構造はどのように確立し、またどのように変化したのか。これらの問題への追及は言うまでもなく、事実上、中華民族の国族体制の構築の中で少数民族文学がどのような運命に見舞われ、また当代においてどのような変遷と分化の過程を辿ったのか、といった問題を検討することになる。大きく分けると、恐らく二つ——つまり発生学的な視点からの歴史研究と、主体としての本体論研究と認識論の転化研究に分類することができよう。そして最終的に到達する目標は、「中国研究」としての少数民族文学研究であり、これによって中国文化に関する記憶の叙述を再建できるのではないかと考えている。(87)

ここで否定できないことは、「少数民族文学」が一つの学科として成立して以来、多くの場合、支流或いは末端的な学科として見なされてきたことである。それが主流文学の研究者からだけではなく、少数民族文学の研究者自身も、往々にして一種の自己満足のような幻覚に陥り、少数民族文学そのものの研究に自己を限定し、いわゆる研究の意義も少数民族文学そのものに対する方法と成果に求めてきた嫌いがある。しかしよく考えてみると分かることであるが、「少数民族」の問題を「中国」から抜本的に切り離して議論することができないように、「少数民族文学」も「中国文学」から完全に切り離して議論することも無意味なのである——それが仮に「中国文学」からどれほど重視されていなくても。しかし両者の相互無関心は、お互いを傷つける以外に、何の結果ももたらさない。拠って本書では、少数民族文学を中華民族の共有財産として見なし、それを中国全体の歴史文化のプロセスにおいて研究を展開していく。むろん、この研究に求めているのは、一民族のためではなく、中国文学全体または中国文化の全体にとっても、参考になる経験と教訓を提示するためである。「中国人」という言い方は、もちろんまずは他の国の国民と区別するための、一つのアイデンティティに関する表現である。しかし忘れてはいけないのは、この自他との差異を表す言葉として、時には他の国民とのアイデンティティの違いを示すものだけではなく、同時に一国の内部におけるアイデンティティの認識の問題とも関連するということである。[88] しかもこの自我との差異に対する認識が、中華民族の漢民族と各少数民族の間にある異同に関するアイデンティティの問題を形成しているのである。

周知のように、五四新文化運動の後、知識界において民族と民間の概念について、多くの新釈が生まれた。研究者は往々にして民族の民間としての成分に注意を払い、民族の問題を知らず知らずのうちに民間の問題に取り入れたり、或いは階級の問題に置き変えたりしていた。しかし史実は、少数民族の作家と作品は古代からすでに存在しており、五四の後は確かに啓蒙的な主流に同行して色々と転換した部分もあるが、それが概ね二〇世紀の民族国家の言説環境によって統合されたのである。むろん、少数民族文学の中にある特有の新鮮な要素と特質も、往々にして埋没されたか、無意識の内に遮断されたりしてきた。このことは少数民族文学の学科の問題を観察する時に、非常に重要な一つの要素である。何故なら、少数民族文学そのものは複雑な成分とブラウン運動（Brownian movement）とも言える常に変化を伴う体質を有しており、常に国族と民族、全体と多様、二元的な思考と多元的な分野、民間・口承の文学と現当代作家による創作などの問題を抱えているからである。これまでの研究はこれらの問題に対して、殆どが分解研究の方法で対応してきたが[89]、本書はそのような方法と視点を取り入れず、寧ろマクロ的な視点――つまり「元問題」（meta―question）的な研究方法で、例えば少数民族文学の起源また本体等について、理論的に把握をしてみたいと考えている。もう少し具体的に言えば、歴史的史実を整理するのと同時に、例えばマックス・ウェーバー式の「理念型」[90]（ideal type）を活用して、特定の少数民族文学に対する細かい分析ではなく、全体的に口承文学ではない、文書による少数民族文学を取り扱っていく。

なお、すでに述べてきたように、「少数民族文学の学科」[91]に対する学術史の考察は、本研究を進める上では起点的な役割を果たしている。それはそれに対する縦の歴史的な整理と横の空間的な比較研究によって、一つの立体的な座標を構築でき、さらにこの座標によって、ようやく少数民族文学は現代においての問題をはっきりとさせ、そこから現実的な意義を見出せるからである。つまり「中国」―「民族」―「少数民族」―「少数民族文学」といったいくつかのキーワードから着手して、少数民族文学の現代民族国家の構図における意義と関連問題を探求するものである。

よって、本書の具体的な章立ては、下記のようになっている。

第一章　歴史と著述。言うまでもなく、近現代以降は時間的な観念が大きく転換した。それによって、歴史の著述方法と形式も、断裂的に変化した。本書はまず中国文学史の著述を一つの事案として考察し、そこから少数民族文学がいつ、どのような面目で歴史的な著述空間に現れてきたのかを分析する。そこから多民族文学史観の意義と可能性を見出したい。その後は、歴史的な時間の流れに沿って、まずは清末における文学学科の成立期の文学史、それから民国期の進化論と科学的言説に包まれていた時期の文学史観の変遷、さらに新中国成立後の「少数民族文学」の確立と族別文学史の執筆活動および二〇世紀八〇年代以降の中華各民族文学関係の研究史などを整理することとする。とくに「多民族文学史観」の勃興とその学術的可能性について議論を展開していく。

第二章　主体とその変遷。本章では再び目線を現当代少数民族文学の現実に戻し、幾つかの極めて重要かつ未だに整理整頓されていない主体に関する問題について論述する。とくに主体の盛衰と歴史的考察から着手し、少数民族文学の主体の変遷とその性質について分析する。周知のように、清末以後、中国のあらゆる思考と言説は世界史の範疇に取り入れられ、例えば本土化とか、保守主義とか、民族主義ないし植民主義とか、急激に西洋化しようとする思潮とか、グローバル化とかによる激しい衝突と相殺の異様な空間に置かれたのである。このプロセスに対して、少数民族文学はまさに「生きている伝統」として、この現代文学の生成と構築の過程で、特別な意義を有している。この一世紀余りの歴史的な時間において、少数民族の主体は国族構築の中で確立、分裂、潜在化のさまざまな形式を経験し、少数民族としてのアイデンティティも無意識から覚醒へ、さらに分化した過程を辿って来たのである。この間に発生した各種の言説および表象は、言うまでもなく早い段階から「少数民族」の枠を溢れ出て行き、とくにこのグローバル化の世界的な大背景においては、少数民族文学が呈してくれた主体に関する問題は、すでに特殊性から普遍的な価値を示唆していることがわかる。

第三章　差異と記述。この章では主に少数民族文学の言語と文化と翻訳の問題について考察する。言うまでもなく、言語は民族文化の特性の中でも、もっとも安定的な要素である。また民族イデオロギーを構築するもっとも基本的な要素でもある。言語の運用は民族の文化の発展のため必要な条件を提供するとともに、ある特定の世界をも定義でき、人々の思考方式にも影響を与え、民族の文化伝統を延長ないし継続する力も持っている。よって言語はただ民族的な想像を媒介するだけではなく、一民族のアイデンティティをも象徴している。従って本章では、主に少数民族文学の言語と文化的差異および漢語文学との間にある翻訳の問題、およびこの翻訳の過程で発生した翻訳に関する主導権と政治の問題、それから言語の取り換えや境界的な創造、文化の混血、差異の叙述等の問題をトータルで考察していく。とくに古代からあった民族間文化の翻訳の中の政治性と当代少数民族文学の著述に関する問題を中心に考察してみたい。

第四章　地理と想像。本章においては主に空間的な言説角度を切り口とし、とくに近代以後中国の伝統的な「天下」観念が「国際」社会へと転換する中で、中国の歴史上における民族の帰属問題が、実は空間的な問題から文化的な問題へ変化する過程があったことを議論したい。現代的な国家と民族の構図の中では、空間的なものに多くの場合は民族的な色彩が与えられている。これらが国内の民族識別の過程で、地域的に民族また部族の意識にある種の意義を附加してしまうのである。このような大きな背景の下、混血伝統の濃厚な民族は、現代的な社会雰囲気の中で時空の転換を完成させ、それがいつの間にか、地域性とグローバル性と越境性の言説に変身して、それがさらに居住と旅行と観光などの隠喩形式に取って代わり、少数民族文学の中身を構成しているのである。実は、少数民族文学の社会的な関係、また文学作品そのものの内部から、さらに伝播と消費という現象から、我々は少数民族文学に我々の想像力を遥かに超えている多元的な潜在力が含まれていることに気が付くのである。

最終的に、現代の民族国家という大きな構図の中に置かれた少数民族文学がどのような役割を演じていたか、という問題を総括的に考えてみたい。そこから少数民族文学が如何にして支流的な立場から主流的な存在へ合流し、この合流のプロセスにおいてまた如何に独特な疎遠感と屈折した著述方法を保持していくかという問題を議論してみたい。つまり少数民族文学が如何に多元的でありながらも一体化を図り、そしてこのような多様性が如何に現代中国像の記述に加わっていたのかを明らかにしたい。

【注】

（1）S・K・ランガー「哲学新解」、郭宏安訳、趙憲章『二十世紀外国美学文芸学名著精義』所収、南京、江蘇文芸出版社、一九八七年。

（2）クリフォード・ギアツ『文化的解釈』、三－四頁、韓莉訳、南京、訳林出版社、一九九九年。

（3）「現代性」の語源、変化、用法については、以下の先行研究がある。廖炳恵『関鍵詞二〇〇——文学与批判研究的通用詞匯編』、一六〇－一六二頁、南京、江蘇教育出版社、二〇〇六年。趙一凡等主編『西方文論関鍵詞』、六四一－六五〇頁、北京、外語教学与研究出版社。汪民安主編『文化研究関鍵詞』、三八二－三八五頁、南京、江蘇人民出版社、二〇〇七年。汪暉「韋伯与中国的現代性問題」、『汪暉自選集』、二－一二頁、桂林、広西師範大学出版社、一九九七年。

（4）シャルル・ボードレールは「現代性とは過渡、短時間、偶然であり、芸術の半分であり、残りの半分は永久と不変である」と述べた（「現代生活的画家」、『波徳莱爾美学文選』、四八五頁、北京、人民大学出版社、一九八七年）。ボードレールのこの言葉には、「現代性」内部の考証が含まれている。周憲は現代主義、ポストモダン主義という言葉を考察し、「啓蒙現代性」と「審美現代性」の間にある区別と関連性を導き出した。周憲『現代性的張力』、三－三七頁、北京、首都師範大学出版社、二〇〇一年。他にも以下の研究がある。マティ・カリネスク『現代性的五副面孔——現代主義、先鋒派、頽廃、媚俗芸術、後現代主義』、顧愛彬、李瑞華訳、北京、商務印書館、二〇〇二年。張風陽『現代性的譜系』、南京、南京大学出版社、二〇〇四年。

（5）アンドリュー・フェンバーグ著、陸俊、厳耕等訳『可選択的現代性』、北京、中国社会科学出版社、二〇〇三年。

（6）汪暉「現代性問題答問」、「当代中国的思想状況与現代性問題」、汪暉『死火重温』、三－九四頁、北京、人民文学出版社、二〇〇〇年。

（7）李怡はすでに中国現代文学研究の「現代性」問題に対して詳細に分析している。『現代性・批判的批判——中国現代文学研究的核心問題』、北京、人民文学出版社、二〇〇六年。

（8）例えば日本の京都学派の代表者でもある内藤湖南（一八六六－一九三四）などは中国の唐宋時代の社会形態的なモデルチェンジについて、ずっと以前から近世説を提起しており、とくに宋朝については中国思想の一大ターニングポイントであると見なしている。つまり「早期の現代化」とも言うべきものであろう。内藤湖南『中国史通論——内藤湖南博士中国史学著作選訳』、三二三－三三四頁、夏応元、劉文柱、徐世虹、鄭顕文、徐建新訳、北京、社会科学文献出版社、二〇〇四年。溝口雄三『中国前近代思想的屈折与展開』、陳耀文訳、上海、上海人民出版社、一九九七年。汪暉『現代中国思想的興起』（北京、生活・読書・新知三聯書店、二〇〇四年）では、第一部で理学と早期現代性の問題について述べている。葛兆光「宋代「中国」

意識的凸顕——関于近世民族主義思想的一個遠源」(『文史哲』、二〇〇四年第一期)も参考になる。この問題については、他にも数多くの先行研究があるが、ここでは省略する。

(9)ピーター・ザロー「清末的国家観——君権、民権与正当性」、許紀霖、宋宏編『現代中国思想的核心観念』、三六七—三六八頁、上海、上海人民出版社、二〇一〇年。李学勤『中国古代文明与国家形成研究』、昆明、雲南人民出版社、一九九七年。陳長琦『中国古代国家与政治』、北京、文物出版社、二〇〇二年。沈長雲『中国古代国家起源与形成研究』、北京、人民出版社、二〇〇九年。尾形勇『中国古代的「家」与国家』、張鶴泉訳、北京、中華書局、二〇〇九年。ジョン・ホール/ジョン・アイケンベリー著、施雪華訳『国家』、長春、吉林人民出版社、二〇〇七年。

(10)現代中国が「帝国」なのか「国家」であるのか、および西洋政治思想史の観念を参考にして、本国思想史の脈絡から議論しているものについては、汪暉『現代中国思想的興起』上巻第二部「帝国与国家」を参照(四八九—八二九頁、北京、生活・読書・新知三聯書店、二〇〇四年)。

(11)このような継承は辺境地域のみならず、政治と文化ないし精神上の部族融合と統治観念も含まれている。例えば、「有教無類」、「大一統」等々。関凱『族群政治』、二一九—二五八頁、北京、中央民族大学出版社、二〇〇七年。陳理『「大一統」観念中的政治与文化邏輯』、陳理、彭武麟、白拉都格其主編『中国近代辺疆民族問題研究』、北京、中央民族大学出版社、二〇〇八年。

(12)孫希旦『礼記集解』、一二〇一頁、北京、中華書局、一九八九年。

(13)茹瑩「漢語『民族』一詞在我国的最早出現」、『世界民族』、二〇〇一年第六期。

(14)邸永君「『民族』一詞見于『南斉書』」、『民族研究』、二〇〇四年第三期。また、郝時遠「中文『民族』一詞源流考辨」(『民族研究』、二〇〇四年第六期)には詳細な考察がなされている。

(15)現代民族と民族主義に関する古典的な見解として、以下を挙げる。アーネスト・ゲルナー著、韓紅訳『民族与民族主義』、北京、中央編訳出版社、二〇〇二年。エリック・ホブズボーン著、李金梅訳『民族与民族主義』、上海、上海人民出版社、二〇〇六年。アントニー・D・スミス著、龔維斌訳『全球化時代的民族与民族主義』、北京、中央編訳出版社、二〇〇二年。ジル・ドラノワ著、鄭文彬、洪暉訳『民族与民族主義——理論基礎与歴史経験』、北京、生活・読書・新知三聯書店、二〇〇五年。ヒュー・シートン・ワトソン著、呉洪英訳『民族与国家——対民族起源与民族主義政治的探討』、北京、中央民族大学出版社、二〇〇九年。

(16) このような意味において、フランク・ディケーター『近代中国之種族観念』（楊立華訳、南京、江蘇人民出版社、一九九九年）で使用されている前近代時期の「種族」に関する論述は歴史的な同情観念と言語的翻訳の自覚が欠乏している。

(17) 馬戎『民族与社会発展』、二一六頁、一〇三－一二九頁、北京、民族出版社、二〇〇一年。

(18) 王韜「要務在用其所長」、『弢園文録外編』、一四三頁、鄭州、中州古籍出版社、一九九八年。彭英明の分析によると、王韜のこの文は『循環日報』主管時期のものであり、すなわち一八七四年前後のものと考えられている。

(19) 梁啓超「東籍月旦」、『梁啓超全集』第二巻、三二九頁、三三一頁、北京、北京出版社、一九九九年。

(20) 梁啓超「政治学大家伯倫知理（Bluntchli Johann Caspar）之学説」（一九〇三年）、一〇六七－一〇六八頁、注19掲載『梁啓超全集』第四巻。

(21) 同上、一〇六八頁。

(22) 同上、一〇六九頁。

(23) 同上、一〇七〇頁。

(24) 王汎森『章太炎的思想及其対儒学伝統的衝突（一八六八－一九一九）』、七二頁、台北、時報文化出版事業有限公司、一九八五年。

(25) 章太炎「駁康有為論革命書」（一九〇三）、『章太炎全集』（四）、一七三頁、上海、上海人民出版社、一九八五年。

(26) 王夫之の「民族思想」については、蕭公権『中国政治思想史』、五八八－五九四頁（瀋陽、遼寧教育出版社、一九九八年）を参照。

(27) 章太炎「検論」、前掲注25『章太炎全集』（三）、三六二頁、一九八四年。

(28) 前掲注25、章太炎「駁康有為論革命書」（一九〇三）、一七七頁、一八三頁。

(29) 劉師培「中国民族志」、『劉申叔遺書』、六二八－六二九頁、南京、江蘇古籍出版社、一九九七年。

(30) Rebecca E.Karl, *Staging the World:Chinese Nationalism at the Turn of the Tuentieth Century*, p.102, Durhm and London,Duke

University Press, 2002.

（31）Kai-wing Chow, "Imaging Boundaries of Blood: Zhang Binglin and The Invention of the Han'Race' in Modern China", Frank Dikotter(ed.) *The Construction of Racial Indentiles in China and Japan: Historical and Contemporary Perspectives*, p.45, Honolulu: University of Hawaii Press, 1997.

（32）Joseph R. Levenson, *Confucian China and its Modern Fate, Volume One:The problem pf Intellectual Contituity*, pp.95-108, Berkeley and Los Angeles: University of California Press, 1968.

（33）章太炎「討満州檄」（一九〇三）、前掲注25『章太炎全集』（四）、一九四頁。

（34）同上、二六九頁。

（35）同上、二六九頁、二七〇頁。

（36）汪兆銘「民族的国民」、『民報』、一九〇五年一〇月第二期。張枬、王忍之編『辛亥革命前十年間時論選集』第二巻上、八五頁、北京、生活・読書・新知三聯書店、一九六三年所収。

（37）同上、八七頁。

（38）同上、一一三―一一四頁。

（39）孫中山「在東京〈民報〉創刊周年慶祝大会的演説」（一九〇六年一二月二日）、広東省社会科学院歴史研究室、中国社会科学院近代史研究所中華民国史研究室、中山大学歴史系孫中山研究室合編『孫中山全集』第一巻、三二五頁、北京、中華書局、一九八一年。

（40）許紀霖「共和愛国主義与文化民族主義——現代中国両種民族国家認同観」、許紀霖／宋宏編『現代中国思想的核心観念』、二八二―三〇一頁、上海、上海人民出版社、二〇一〇年。

（41）辛亥革命の前後、中国の民族主義理論と実践には、一連の理想政治と現実的コンテクストへの対応の変化と再構築が起きた。

（42）孫中山「三民主義・民族主義」、前掲注39、『孫中山全集』第九巻、一八八頁。

（43）張灝「関于中国近代史上民族主義的幾点省思」、『幽暗意識与民主伝統』、一六五―一七六頁、北京、新星出版社、二〇〇六年。

(44)張晨怡「近代『中華民族』観念形成的文化考察」、陳理/彭武麟/白拉都格其主編『中国近代辺疆民族問題研究』、四九頁、北京、中央民族大学出版社、二〇〇八年。

(45)黄興濤「民族自覚与符号認同――『中華民族』観念萌生与確立的歴史考察」、『中国社会科学評論』、香港、二〇〇二年二月創刊号。

(46)羅維慶「民族区域自治的早期実践――中国共産党在湘鄂川黔辺区的民族政策与民族工作」、前掲注44『中国近代辺疆民族問題研究』、九七頁。

(47)現代族群構築と中国における部族観等の問題に関する理論的な分析については、納日碧力戈『現代背景下的族群建構』(昆明、雲南教育出版社、一九九九年)が参考になる。

(48)方維規「論近代思想史上的『民族』、『Nation』与『中国』」、『二十一世紀』、香港、二〇〇二年六月。

(49)二〇世紀五〇年代の少数民族社会歴史調査については、王建民「少数民族社会歴史調査――歴史的回顧」、納日碧力戈『人類学理論的新思路』、一二七―一六七頁、北京、社会科学文献出版社、二〇〇一年。

(50)孫中山「中国国民党第一次全国代表大会宣言」(一九二四年一月二三日)、前掲注39、『孫中山全集』第九巻、一一九頁。

(51)「国民軍中工作方針――中央決議」、『中央政治通訊』第十期、一九二六年一一月三日/中央檔案館編『中共中央文献選集』第二冊、四五九頁、北京、中共中央党校出版社、一九九一年。

(52)『新時期統一戦線文献選編』(続編)、二〇頁、北京、中共中央党校出版社、一九九七年。

(53)同上、二一頁。

(54)馬戎は五六の「民族」を総称する時には、「族群」或いは「少数族群」(ethnic minorities)に変え、具体的に個別で呼称する時には「某某民族」(例えば「漢民族」、「蒙古民族」)とはせず、「某族」(例えば「漢族」、「蒙古族」)とすることを、三つの理由と共に主張した(前掲注17『民族与社会発展』、一五六頁)。謝立中主編『理解民族関係的新思路――少数族群問題的去政治化』、六頁、北京、社会科学文献出版社、二〇一〇年。

(55)阮西湖は「族群」という概念を使うことに極力反対し、「理論的な過ちであるのと同時に、政治的な過ちでもある」と考えたが、これは分裂勢力によって利用されやすいものであった。また、「族群」概念の特定な学術的な価値を認めつつも、「汎族群化」には反対している。族群というこの概念が中国民族問題研究に適しているという見解もあるが、当然ながら多くの研究論文、大衆メディアが使用している「族群」には、このような深い考慮はなく、ただの受け売りに過ぎない。主な研究論文として、王東明「関于『民族』与『族群』概念之争的総述」、納日碧力戈「問難『族群』」、郝時遠「答〈問難『族群』〉——『兼談馬克思主義族群理論』説」、范可「中西文語境中的『族群』与『民族』」、潘蛟「『族群』及其相関概念在西方的流変」、阮西湖「民族、還是『族群』——訳 ethinic group 一詞的含義」（徐傑舜主編『族群与族群文化』、八三—一八八頁、ハルピン、黒龍江人民出版社、二〇〇六年）。

(56) 胡岩「近代以来中国人『民族』概念的形成和演変」、『中国民族報』、二〇一一年七月二九日。

(57) 何聯華『民族文学的騰飛』、一八頁、成都、四川民族出版社、一九九六年。

(58) 張寿康「論研究少数民族文芸的方向」、『少数民族文芸論集』序章、北京、建業書局、一九五一年。

(59) 李鴻然『中国当代少数民族文学史論・上巻』、六—七頁、昆明、雲南教育出版社、二〇〇四年。李が提起している「少数民族文学」概念の内包と外延は、本書では論じないこととする。

(60) 梁庭望は二〇〇五年一〇月二九日、中国少数民族文学年会で提出された論文「中央民族大学文学学科建設的回顧」の中で、早期の少数民族文学学科の発生およびその後の発展した状況について分析している。他にも、朝戈金「中国少数民族文学学科的概念、対象和範囲」、『民族文学研究』（三頁、一九九八年第二期）を参照。

(61) イマニュエル・ウォーラーステイン等著、劉鋒訳『開放社会科学』、八七頁、北京、生活・読書・新知三聯書店、一九九七年。

(62) 文化指導権は明らかにアントニオ・グラムシの「文化的ヘゲモニー」（cultural hegemony）が進化したものである。アントニオ・グラムシ著、田時綱訳『獄中書簡』、北京、人民出版社、二〇〇七年。中国国内の関連研究は、孟繁華『伝媒与文化領導権——当代中国的文化生産与文化認同』、済南、山東教育出版社、二〇〇三年を参照。

(63) 広東、広西、湖南、河南辞源修訂組、商務印書館編輯部編『辞源』、一三五六頁、北京、商務印書館、一九七九年。

(64) 同上、『辞源』、七九五頁。

(65) 同上、『辞源』、一三六二頁。

(66) 劉禾著、宋偉傑訳『跨語際実践——文学、民族文化与被訳介的現代性（中国、一九〇〇—一九三七）』、三八〇頁、北京、生活・読書・新知三聯書店、二〇〇二年。

(67) フレドリック・ジェイムソンの造語。王逢振・陳永国訳『政治無意識――作為社会象徴行為的叙事』、北京、中国社会科学出版社、一九九九年。

(68) 李沢厚「啓蒙与救亡的双重変奏」、『中国現代思想史論』、七―四九頁、北京、東方出版社、一九八七年。

(69) プルーシェク・ヤロスラフ著、郭建玲訳『抒情与史詩――中国現代文学論集』、上海、上海三聯書店、二〇一〇年。王徳威『抒情伝統与中国現代性――在北大的八堂課』、北京、生活・読書・新知三聯書店、二〇一〇年。

(70) ユルゲン・ハーバーマス「現代性――未完成的工程」、汪民安、陳永国、張雲鵬主編『現代性基本読本』、開封、河南大学出版社、二〇〇五年。

(71) 馬戎のこの観点は広い範囲で議論を呼んだ(前掲注54『理解民族関係的新思路――少数族群問題的去政治化』)。中国国家統一と文化調和の角度から見ると、馬戎の観点は国家主義的なものであり、彼の「脱政治化」と、汪暉が言う「脱革命性」、「脱政治化」(汪暉「去政治化的政治、覇権的多種構成与六〇年代的消失」、『去政治化的政治――短二〇世紀的終結与九〇年代』、一―五七頁、北京、生活・読書・新知三聯書店、二〇〇八年)とは異なり、まさにある種の国家的立場上の「政治化」である。

(72) 洪長泰著、董暁萍訳『到民間去――一九一八―一九三七年的中国知識分子与民間文学運動』、上海、上海文芸出版社、一九九三年。趙世瑜『眼光向下的革命――中国現代民族学思想史論(一九一八―一九三七)』、北京、北京師範大学出版社、一九九九年。高有鵬『中国民間文学史』、開封、河南大学出版社、二〇〇一年。戸暁輝『現代性与民間文学』、北京、社会科学文献出版社、二〇〇四年。陳泳超『中国民間文学研究的現代軌轍』、北京、北京大学出版社、二〇〇五年。劉錫誠『二〇世紀中国民間文学学術史』、開封、河南大学出版社、二〇〇六年。王文参『五四新文学的民族民間文学資源』、北京、民族出版社、二〇〇六年。劉穎『中国文学現代転型的民俗学語境』、合肥、安徽文芸出版社、二〇〇七年。

(73) 私が本書の原稿を修正している時、賀元秀から『錫伯族文学史』(中央民族大学、二〇一〇年一〇月)を送っていただいた。

(74) 鄧敏文『中国多民族文学史論』、北京、社会科学文献出版社、一九九五年。張炯、鄧紹基、樊俊主編『中華文学通史』十巻、北京、華芸出版社、一九九七年。

(75) 郎桜、扎拉嘎主編『中国各民族文学関係研究・先秦至唐宋巻／元明清巻』、貴陽、貴州人民出版社、二〇〇五年。関紀新主編『二〇世紀中華各民族文学関係研究』、北京、民族出版社、二〇〇六年。関連する研究として、劉亜虎等『中国南方民族文学関係史』、北京、民族出版社、二〇〇一年。

(76) 湯暁青主編『多元文化各局中的民族文学研究、中国社会科学院民族文学研究所建所三〇周年論文集』、北京、中国社会科学出版社、二〇一〇年。その他には、族別、地域間の民族文学比較に論じた研究として、雲峰『蒙漢文学関係史』、烏魯木斉、新疆人民出版社、一九九七年。李子賢『多元文化与民族文学』、昆明、雲南教育出版社、二〇〇一年。

(77) 黄暁娟、張淑雲、呉暁芬等著『多元文化背景下的辺縁書写――東南亜女性文学与中国少数民族女性文学的比較研究』、北京、民族出版社、二〇〇九年。

(78) 韋建国、呉孝成等著『多元文化語境中的西北多民族文学』、北京、中国社会科学出版社、二〇〇七年。

(79) 王佑夫『中国古代民族詩学初探』、北京、民族出版社、二〇〇九年。

(80) 関新紀、朝戈金『多重選択的世界――当代少数民族文学的理論描述』、北京、中央民族大学出版社、一九九五年。彭書麟、于乃昌、馮育桂主編『中央少数民族文芸理論集成』、北京、北京大学出版社、二〇〇五年。

(81) 姚新勇『観察、批判与理性――紛雑時代中一個知識個体的思想』、北京、文化芸術出版社、二〇〇五年。

(82) 姚新勇『尋找　共同的宿命与碰撞――転換期中国文学多部族及辺縁区域文化関係研究』、北京、中国社会科学出版社、二〇一〇年。

(83) 張直心『辺地夢尋――一種辺縁文学経験与文化記憶的探勘』、北京、人民文学出版社、二〇〇六年。

(84) 丹珍草『蔵族当代作家漢語創作論』、北京、民族出版社、二〇〇八年。

(85) 代表的な著作には、羅慶春『霊与霊的対話――中国当代少数民族漢語詩論』、香港、天馬図書有限公司、二〇〇一年。徐其超、羅布江村主編『族群記憶与多元創造』、成都、四川民族出版、二〇〇一年。馬紹璽『他者的視域中――全球化時代的少数民族詩歌』、北京、社会科学文献出版社、二〇〇七年。欧陽可惺、王敏『「走出」的批評――当代少数民族文学批評的闡釈与実践』、烏魯木斉、新疆大学出版社、二〇一一年。

(86) 張燕玲『大草原――瑪拉沁夫論』、北京、民族出版社、一九九四年。李暁峰『瑪拉沁夫小説芸術論』、北京、中国文聯出版社、二〇〇一年。

(87) このような意味において、本研究は期せずして葛兆光『宅茲中国――重建有関「中国」的歴史論述』(北京、中華書局、二〇一一年)の主旨と一致している点があるように見える。

(88) この方面で概略的に歴史を整理している研究として、許倬雲『我者与他者――中国歴史上的内外分際』、北京、生活・読書・新知三聯書店、二〇一〇年。

(89) 白崇人「対少数民族文学創作応注重『分解研究』」、『民族文学研究』、二一－二六頁、一九九四年第一期。

(90) 費孝通は「観念中の類型」と通称している。『郷土中国　生育制度』、北京、北京大学出版社、一九九八年、重版序言第四頁。

(91) 劉大先「中国少数民族文学学科之検省」、『文芸理論研究』、二〇〇七年第六期。

第一章　歴史と著述――少数民族文学の史的な叙事

第一節　序言――時間の変局

一八九九年の冬、梁啓超は東京を出発点として太平洋の旅を始めた。しかし彼自身の旅行記によると、一七歳までほかの省へ外遊したこともなく、ただ「ボウとして、何一つ大きな志を持っておらず、天下のことも何も知らなかった(1)」という。しかし「いつの間にか、この一九世紀の世界風潮と情勢に背中を押され、煽られ、衝撃を受け、また追いかけられもして、どうしてもこの国の人々のために、さらに広げてこの世界の人々のために何かを考えざる得なくなった」という。この旅行記を書き始めたのは、同年一二月一九日（旧暦一一月一七日）である。ここで一つ留意してほしいことは、梁は「これから年号はすべて西暦にする」とわざわざ明記している点である。これは非常に象徴的な意味を持つ出来事であると思われる。何故なら、ここから梁は新しい時間観念を自覚的に使い始めたからである。何より、この年はちょうど二〇世紀が始まる直前の年であったということも見逃せない。

観察の緯度によって、時間というものは様々な意味合いを持ってくる。例えば日々の仕事と休息に表されている日常生活の時間、個人の生命史によって形成する個人の年齢の時間、族譜や家庭の活動によって形成する家庭内の時間、村落や町の発展によって形成するコミュニティの時間、地域の共同経験によって形成する区域的な時間等々。

しかし総じて言えば、時間というものは、主として三つの次元に分けてみることができる。その一つは生理的な時間である。つまり身体の新陳代謝のリズムと、生活習慣によって形成する人体ないし生物的な時計によるものである。その二は物理的な時間である。つまり月日の変化や季節の移り変わりによって現れてくる仕事と休息の区分――例えば定刻、白昼、夜分、節季、年月等々の時間である。そして三つ目は社会的な時間である――文化的時間とも言えよう。これは主にお寺の縁日や、祭りの祭典や、その他の冠婚葬祭等々の儀式によって形成する時間である。ただ、異なる地域や部族の間ではそれぞれ伝統が異なるがゆえ、時間の概念も大いに異なったりする。特に社会的な時間の差は大きい。但し、前近代においては実質的な文化の一体化が欠如していたからであろうか、それぞれの時間が大概多元的に分布しており、しかも並列している関係にある場合が多い。何より、時間に関する三つの次元――つまり「過去」「現在」「未来」も、まだ線形的なベクトルを形成していなかったようである。

しかし、近代中国は啓蒙運動を経て西洋文化に遭遇した後、ある種の時間意識の転換を経験するのである。つまり以前の「託古改制」「復古求新」といった、何かある度に一度過去へ立ち返るという思考回路から、或いは「世道循環、甲子循環」の循環往復の思考回路から、或いは「周雖旧邦、其命維新」という未来志向で多元的な考え方から、優位性をもって一元的な「未来」また「世界」の時間へと切り替えたのである。まさに梁啓超が言っているように、「各国の間に未だに貿易などの交流がなかった時期は、各国がそれぞれ自分独自の年号を使っていた。従ってその表記がそれぞれ違っていたため、暗黙の内に合致するということはなかった。これは致し方の無いことである。しかし今日となって、諸国間の往来が増え、交渉せずにはやっていけないことも日に日に増えてきたので、数字や年号等の表記がバラバラとなっていては、ただ単に人の能力を無駄に費やすこととなるだけでなく、実際の事務処理にも、たいへんな不便をもたらすことになる（中略）。従って、煩雑なものを無くし、簡易なものに統一していかなければならない[2]」、梁のこの言葉から分かることは、中国が国際化の流れに入った後、時間というものが既にひとつの問題となっていたことを示していると言えよう。さらに、この問題はただ単に一つの便宜的な使用例であったという単純なことではなく、その背後には多くの文化的な叙事事項と言説的な影響力が存在していたということも見逃すことができない。

周知のように、中国では昔、一つの紀元は一人の皇帝を以てその紀元の基準とし、通時的な時間系統を形成していた。しかしこのような紀元法には一つの欠陥がある。それは王朝が交代し、縦軸の時間的な距離が長くなれば、その前後の順序を整理するだけの考証的な作業自体が非常にややこしくなることである。従って、この皇帝の年号を基準にした時間系統は、その時々の皇帝の権力に服するという効果以外に――例えば実用的な面においては――決して便利な時間記述とは言えない。銭玄同は嘗て皇帝を軸にした編年体表記法の認識上の錯乱について、以下のような批判的な言葉を述べていた。

いま現在からの中国は世界の一部となる。いま現在からの中国人も世界人の一部となる。従って、時事問題を議論するにしても、古き事を語るにしても、間違いなく世界各国と関係するだろう。それに、いま現在の時事問題などは言うまでもなく、恐らく今後中国の古き歴史の問題を研究する時にも、（中略）やはり社会学的な方法で、古今の中国民族文化の変遷史の真相を究明することになるだろう。（中略）間違いなく他国の歴史と比較研究する場面が出てくるものと思われる。(3)

ここで銭が指摘しているのはまさに清末以来、非常に激しく議論された「中国の歴史をどのように描くか」、「中国の紀年をどのように選択するか」という問題である。そして周知のように、当時キリスト紀年の利便性を強調した人も少なからずいたのである。例えば、尚同子の『論紀年書後』(4)や銭玄同の『中国における世界公暦紀年の使用論』などがその代表的な主張である。一方、当然のことながら素王孔子の紀年法を主張する者もいた。代表的な論者は康有為、[5]梁啓超のほかに、また孔教会などがある。この風潮の中で、例えば一八九五年の上海強学会の『強学報』などが、実際に「孔子没後二千四百七十三年」と出版年度を記載する機関誌さえ見られたのである。このほかに、劉師培[6]のように黄帝の紀年を使用しようと主張する民族主義者もいれば、章太炎、陶成章、宋教仁らのようにキリストの紀年を基にして、日本の開国始祖である神武天皇の紀年方式に似たような方法、紀年を表記しようとする声もあった。実際に、例えば『江蘇』『黄帝魂』『二十世紀之支那』『漢幟』『民報』等の雑誌がこの方式を採用していた。他にも、周召共和紀年、唐堯紀年、夏禹紀年等々あるが、ここではそれぞれ取り上げて紹介することは省略する。

このように数多くの論者がそれぞれ自分の主張を訴えてはいるが、彼らには一つ共通した意識——つまり既存の時間概念が国際環境の中に置かれた中国にはもはや適合できない——を持っている。キリスト紀年のような一貫した表記法は、史実の編纂、記載、記憶など、民族の一体化叙事に便利であることは、もはや共通の認識であったようである。だからこそ、彼らがこの紀元に関する問題を以て民衆に呼びかけたのは、それが中華民族の再構築に繋がるものと認識していたからと言えよう。こうした中、例えば一八七二年の上海『申報』などでは、既に国際的に通用していたグレゴリオ暦と中国の旧暦の両方を採用し、自分の雑誌また新聞などの表記を行っていた。実は知識人が時間表示を問題視する前、中国の一部の生活領域でも——例えばメディア、工業関連の集団などでは、労働や教育の現場で既に西洋から来た方法を使用していたのである。それが疑いもなく一般庶民の生活や職場での思想方式等を牽引していたのも事実である。

一九一二年、辛亥革命後の臨時政府は正式に署名して、「中華民国は紀元を陽暦に改め、黄帝紀元四千六百九年一一月一三日を以て、中華民国元年の元旦とする。この事案は各省の代表団により決議され、総統によって正式に公布するもの」[7]との電報を発表した。この法令は争議を引き起こしたが、それでも、「朔望と太陽の節気によって調整され、また六十年を一つの甲子としての周期が不変であるから、それを尺度に測ってきた」旧陰暦の体系は、その後、次第に法的な正当的地位を失いつつあった。まさに一部の学者によって指摘されているように、「天演論の権威の下……未来に生き残るため、世界で生存するため、全ての行動がこの方向に向わせたのだ。「先祖の制度は変えてはいけない」、「言行は古代に習え」などの説教も、徐々にその地位と意義を失い、その代わりに、直線的な時間観念――つまり過去、現在、未来を座標軸にした思考方式が、次第に一つの普遍的かつ主導的な理念となったのだ。それ以後、直線的な時間の流れに複雑な循環意識を持たせる思考回路は二度と現れなかった[8]」。このような時間的な変化がその後の中国の歴史と実際の創作活動に、計り知れないほどの影響を与え、現代政治、思想、体制、学科の産物である中国少数民族文学にもむろん大きな外的な刺激を与え、ある意味ではまさにこのような時間的な変化において、少数民族文学がようやく自己定義もでき、創作も可能になったと思われる。

言うまでもなく、中国は土地が広大なため、地域、部族、文化の差異も非常に大きい。その中身も農耕、遊牧、漁業、工商等、多くの経済形態を有しており、時間意識も相当異なっていた。農耕文化を起源とする時間体系と宗教的な儀式に依存する祭日などのほかに、陽暦、チベット暦、タイ暦、イスラム暦等々、多くの暦法が共存している。節句になるとさらに多種多様で、すぐに言えるものだけでも、例えばミャオ族の「牯臓節」や「ミャオ年」、タイ族の「水かけ祭り」やチベット族の「雪頓節」、ペー族の「繞三霊」、プイ族、コーラオ族、チワン族、スイ族の「三月三」や「六月六」、イ族の「生け花節」「密枝節」「賽装節」「跳公節」、チアン族の「チアン年」、ハニ族の「十月年」、アチャン族の「会街」、リス族の「盍什節」「刀竿節」、ジンポー族の「目瑙縦歌祭」「新米節」、トゥールン族の「卡雀哇」等々が思い出せる。このような色彩豊かな社会文化的な時間観念と祭日節句は、王朝帝国から今日の民族国家まで、最初から文化の多様性を促し、活性化を後押ししていた。これらの民族的な時間意識が現代的な時間意識の変化の中に置かれて、果たしてどのような主導的な立場で、ある時間体系に取り組まれ、自民族の内部の時間体系において如何に次席的な立ち位置に廻されたのであろうか。文学史の著述は、もしかするとこの辺りの問題へ、新しい議論の入口を提供してくれるのかもしれない。

少数民族文学はもちろん一つの客観的に実在するものとして、今まで一度も完全に消失することなく、長らく存在してきた。ただそれを明白に少数民族文学と命名し、また一つの文学研究対象となった歴史は、決して長いものではない。もちろん、このプロセスにおいて、現代文学の学科としての成立事情とも関係していたであろう。中国の国家形態が伝統的な「天下観」の帝制王朝から現代民族国家へ転身することとも、もちろん密接に関連しているはずである。とくにそれの発生と発展は、新民主主義の革命後に打ち立てられた社会主義中国の文化理想と、直接リンクしていることも明白な事実である。少数民族文学の歴史が如何に「歴史」として書かれ、また次世代の人々に学ばれ、受け入れられ、参考にされ、比較され、研究討論、開発される課題として受け継がれていくのかは、一つの現代文化に関する権力の問題と言えるであろう。だからこそ、文学史的な角度から中国少数民族文学が如何に歴史的な記述の時間に収容され、また少数民族文学自身の「歴史」が如何に書き直され、さらに如何に独自の道筋を追求してきたのか、というこれらの問題を議論することは、まぎれもなく現代中国における少数部族の運命と歴史的な転換を解読する一つの経路となるであろう。

第二節　文学史の限界と想像力

文学史が一種の叙事構造、学術分類、知識生産、学科編成、教育資源となったのは、二〇世紀初頭、西洋から日本を通じて中国に入ってきてからのことである。この間、それに伴って「文学」の内包と外延に対する認識も複雑な変遷を経てきた。具体的に言えば、例えば「文学史」の中における史観の変化、編集策略の違い、経典に関する選択と遮蔽、中高学と大学の文科教育科目の重点の異同などが挙げられる。今の中国の文学史の著述と学術的な学科分科また教育体制、歴史学、歴史教科書、外部からの影響——特に日本からの教訓——などについては、すでに詳細な研究が行われている。(9)しかしこれだけ数多くの文学史的な著述や考究的な専門書の中で、少数民族文学が文学史にとって決して代替のきかない意義を持ち、文学史そのものに対しても重要な一環を担っているにもかかわらず、殆ど触れられることはなかった。とくに二〇世紀初頭から四〇年代までの間に出版された文学史関係の著作は、この問題を殆ど無視してきたと言っても過言ではない。事実、絶対多数の「中国文学史」はその大部分が主流文学ないしエリートによる記載文学作品にのみ注目しており、民間文学についてはは少しばかりの新境地を拓いたくらいのものであった。もちろん、古代少数民族が統治権（北朝文学、遼、金、契丹、元、清など）を握っていた時代の文学について全く触れられていないことはないが、しかし意識的であれ無意識的であれ、これらの著述書はやはり少数民族文学を文化民族主義の枠組みに入れ、いわゆる「正統」の名の下、殷周以来の東夷、西戎、南蛮、北狄の認識の中で解消してきたと言えよう。せいぜいごく簡単に一言触れるくらいで、飽くまでも「辺境地の活力」(10)と見なし、中原地方のいわゆるメインたる文学の対比者としか扱われてこなかったと言える。

我々はしばしば歴史を綴ることはイコール記憶を整理することであると考える。心理学から哲学、プラトンからハイデッガーまで殆どの哲学的な理論は皆、個人また自我の存在のしるしは記憶であるという。それは記憶の鎖によって過去と現在が繋がり、安定した自己を創り上げるからである。逆に記憶の鎖の断裂或いは記憶の喪失は、自我意識の瓦解を意味する。同様に、民族文化学の角度から見ると、一つの民族の存在は部族文化の記憶のしるしであり、文化記憶は各部族のメンバーを緊密に繋げ、彼らに血縁的な繋がりや苦楽を一体化させる役割を担っている。この意味で部族文化の記憶の断裂は、民族全体の自我意識ないし主体の喪失を意味するのである。それは記憶というものは非常に強い主観的な回顧性と虚構的色彩を帯びているが故に、完全に本来の姿に復元することは不可能であり、記憶に対する叙述——つまり「歴史」そのものに対する解釈は多くの想像性と再構築性を持っているからである。これは記憶というものが先天的に持っている特徴の一つでもあろう。

周知のように、辛亥革命の前、革命派と維新派の間に激しい論戦が交わされていた。しかしそれでも当時、双方には一つの共通の認識というか、ある種の前提ともいうものがあった。つまり現代国家を構築するために、群体を集結できる一つの共通の歴史的な記憶を創り上げなければならないということである。一つの民族を構築して、それを革命の主体にすると言い換えることができるであろう。例えば比較的に早い時期から「民族」に対して分析を行った汪兆銘が嘗て「国民に自分の国を国として認識させるためには、二つの要素がある。その一が歴史で、その二は愛情である。歴史が愛情を育み、愛情が歴史を造り上げる(11)」と述べたことがある。情感の要素は歴史と民族を叙述する中で非常に重要な要素であることは明白である。歴史を記録する方法の一つとしての文学史は、記憶を集団化するための救助法と鍛造の重要な手段である。何故なら、文学史による記録はただ単に個人的な叙述ではなく、形成された知識系統として、教育と広報の領域に入り、深くて幅広い影響をもたらせるからである。ただここで注意しなければならないのは、「中国文学史」という概念そのものが実は再考を要するものであるということである。例えばこの概念の中の「中国」と「文学」と「文学史」といった表現自身、実は非常に現代的な構築背景を持つもので、現代以後に設定された「中国」また「文学」を以て生み出した「文学史」であるが故に、その過程ではある種の濾過ないし選択があったのは言うまでもない事実だからである。そして帝制の王朝国家から現代の民族国家へと転換する時に、これら文学、歴史、文学史などの要素は当時散在していた力を一ヶ所に集中するために、つまり集団としての共同体を形成するために、非常に重要な役割を果たしたのである。

中国古代の思想伝統における世界、「中国」、少数部族に対する認識は、時間の延伸によって、その空間と主体の認知において、ある種の断続的な広がりや屈折的なプロセスを持っている。例えば先秦の頃、人々の世界に対する認識には限界があって、よく「普天之下」、「率土之浜[12]」といった表現によって、「中国」およびその周囲の「蛮夷」とも言われていた地方を指していた。「中国」とは大体今の黄河中流また下流地域の、いわゆる中原一帯を指すもので、「蛮夷」とは現代の北方また長江の下流地域を指すものと思われる。これは『札記』の中で言われている「五方之民」でもあり、これとは対照的に、少数部族とは殷と周の時代の、いわゆる華夏の中央地域の周辺に位置する東夷、西戎、南蛮、北狄[13]のことを指すものと思われる。この範囲が戦国時代になって、いわゆる「天下」の区域が次第に拡大し、さらに秦始皇帝が中国を統一した後は、その範囲が「六合之内、皇帝之土、西渉流沙、南尽北戸、東有東海、北過大夏[14]」までと拡大したのである。つまり東は渤海、黄海、東海、南はベトナムの北部、西は青海の東部、北は内モンゴルとなったのである。これが漢代以前の中国人が認識する天下の地理であり、その「五方之民」の中身は、実は相互に並立しながら、ある種の異なる主体の集まりのようなものでもあったのだ。漢代から明代初期の鄭和の七回にも渡る航海までの一三〇〇年余りの間、中国人は全世界の容貌を正確に把握しておらず、明末に至って、ようやく宣教師が持ってきた地図と「万国」という概念によって、世界地理への認識が成立したのである。つまりこの時期になってようやく地球は丸いもので、中国が決して「天下」の中心ではなく、ただ世界五大大陸の多元的実体の一部に過ぎず、さらにこの多元的な世界において、各民族がそれぞれ自分自身の文明基準に従って生きているということに気付くのである。言い換えれば、近現代の中国はまさに清末以来の西洋列国の刺激と侵略によって、それまで持っていた国家統一構造（いわゆる朝貢システム、藩属関係等の政治社会文化によって構築されていた緩やかな「五方之民」の体系）を「中華民族」として一体化し、民族主義を以て帝国主義に対抗し、新たに「中国」を構築したのである。この問題は後述する「地理と想像」の章において、改めて詳しく考察する。

一九三一年、日本人の橋川時雄によって創作された『満洲文学興廃攷[15]』は、恐らく二〇世紀最初の、「学術」的な少数民族文学史である。ここで注目すべきことは、この時期はちょうど日本の支配下に置かれた満洲国が傀儡政権として誕生した年で、「満洲」は作家橋川にとってはまさに一つの国家概念となっていたということである。この文学と歴史の叙述が、現実政治と緊密な反措定的な関係にあったことは非常に意味深い。もちろん、この背景にはある種の植民主義的な意識が目を見張っていたのは言うまでもない事実で、この本も日本植民文学の一部であったことは疑う余地はないであろう。元々、「満洲」が一つの民族の呼称として使われ始めたのは、一七世紀、統治者としての満洲族が自身の主体の確立のためであったが[16]、橋川時雄がここで「満洲」と使った背景には、むろん特定のイデオロギーの意味を含んでいる。これはおそらく日本帝国主義が中国に侵入し、満洲国のために歴史造りに尽力していたのは、このような執筆活動が歴史の改造と再構築へ特別な効果をもたらせるものと、彼らが認識していたからであろう。従って、意識的にある種の歴史記憶を造り上げ、そこから虚構的な共同体を構築しようとしたものと考えられる。

ある主体にとって、記憶のために執筆という行動をとろうという衝動は、その殆どはその歴史が忘却されるのではないかという危惧と、共同体を構築するための欲望から生まれてくるものである。しかもこの種の衝動は外来からの刺激また抑圧に直面した時に、非常に切迫した様子で現れてくる。数多くの部族を有する一つの大きな地域的な共同体としての「中国」は、むろんその内部にはこの国を形成する様々な部族文化の要素と構成と成分が含まれており、しかも各部族の文化内部にも政府と民間の分立、主流と支流の交錯、弱者と強者の対比、周辺と中心地域の区別などの違いが存在する。実は、どの国にも或いはどの民族の歴史にも同じようなことが言えるが、大概においてその歴史に収録されているものは、何れも長い間その部族内部の各社会階層と社会勢力の相互激突、対決、妥協の結果であると言える。従って、「中国」の共同の文化記憶としての文学史を書こうとした場合、それが絶対単一的なものにならず、間違いなく非常に多元的で、しかも複雑な文化権力の再分配や意義の操作によるものとなる。それなら何故現代中国の再建の過程において、単一族別の文学歴史の著述が、或いは抑止的で、或いは停滞する状態となったのであろうか。

その答えは以下のような点に求められよう。

清末から民国までの間、外来文化の侵入と向き合った中国人エリートたちは、一時あらゆる文化的な記憶資源を稼働して、民衆を動員する一つの武器にしようと試みていた。つまり「中国」の再建のために、一国内部の様々な文化的な相違点を、一定の叙述的な手段ないし方法を使って、それをなおざりにしたり、隠蔽したりする必要があった。少なくとも過去の共通点や根深い因縁関係の部分を拡大解釈したりして、目下の危機と困難な状態を打破するために、お互いの相違点を表面化しないように預けておかざるを得なくなったのである。言い換えれば、共に存亡死活の危機に直面した当時は、多元的で異質的でもあった各要素を協議ないし調和という手段を選択することで、文化資源また言説的な権力を合理的に分配する必要があった。少数民族文学に対する中国文学史の冷遇はまさにこのことによって解釈できるであろう。その後、民族生存の危機が去り、主流意識を代表する側は再び特定の操作過程と操作方式をもって（例えば政治上における合法的な地位を承認し、言語・文字を再構築して、共同の現代記憶を構築するなど）、文化資源また言説的な権力を再分配することになる。しかしこの再分配は、少数部族が元々備えている文化的な結合性の変化と再構築を引き起こすことになった。この他にも、それまで長い間、無意識的に持っていた等級観念が依然として慣性的にマイナスの影響を発揮し、少数部族の文学と言えば卑俗かつ田舎ものか、路傍の花的な存在として見なされた。このような偏見によって、上品かつ高尚なものと見なされてきた漢民族文学の影下、少数部族の文学は長きに渡って抑圧されてきたのである。しかし、社会主義の時代になって状況は変わり、少数部族の文学は共和国文学の一つの従属的な部分としてはじめて、合法的な身分を得たのである。それに伴い、少数民族文学史の執筆もこの時期から本格的に始まり、今日の発展趨勢、発展方向、発展速度に影響を与えている。

「文学史」という言葉は言うまでもなく、一つの修飾構造を成している表現で、イコール「文学の歴史」と解釈してもさほど間違いではないだろう。つまりこの言葉には二つの解釈法がある。その一つは名詞としての「文学」の歴史であり、もう一つは形容詞としての「文学の」歴史である。一般的には前者の意義で理解される場合が多い。しかし不思議なことに、この異なる二つの意義が最終的にミックスされたまま一体化してしまうケースが多く、いわゆる詩には史的な筆ぶりがあり、史にも詩情が込められているという具合である。要するに結局のところ、文学と歴史は相互に混じり合いながら融合し、もはや明確に切り分けることが不可能に近い状態になっていると言えるであろう。

言うまでもなく、歴史と史実は客観的な存在であり、これとは対照的に、「歴史」と史書は主観的な叙述によって確立されているものである。前者はどちらかと言えば一過性的なもので、二度と繰り返せないものである。どんな人間であってもどのような方法を用いたとしても、完全に過去と同じ体験をし、完全に元の状態に戻ることはできない。しかし後者は一種の意見であり、解釈でもあるため、人によって異なる叙述が可能であり、本質的には一種の虚構であるとも言える。(17) 事実、歴史というものはしばしば史書、碑銘、文士の作品、口承伝統などの形式を通じて、独特な存在形態ないし地位を確保する。この独特な存在方式は、却って人々の世界観に深刻な影響を与えることがあるため、いわゆる一〇〇パーセント客観的な歴史文献などは存在し難く、完全自然な状態の、或いは一〇〇パーセント真実な方法などで表した歴史なども、ある意味あり得ないのである。このような観点から考えると、後者の意味での歴史に対しては、常に懐疑的な姿勢で向き合う必要があるとも言える。ヘイドン・ホワイト(Hayden White)も指摘しているように、一つの歴史的な記述は、決して単なる記録或いはある報道事件に対する再生産的なものではない。つまり、この歴史的な記述は、同時にまたある種の複雑な符号体系であり、この符号体系が常に我々に対して文学伝統の中の事件構造を示しているものだ、と言う。言い換えると、「歴史文献というものは必ずしも文学批評者による完成した研究書籍より透明であるとは限らない。むろん、歴史文献が提示してくれた世界も、そう簡単に近づけるものではない。この意味では歴史文献も文学的な著書も、何れも未知なものである[18]」となる。実は、文献そのものにはすでに一種の意図的な構造が含まれている。このような構造は、むしろ文献が執筆、選択、整理、保存また使用される過程において、それぞれの歴史的な実践によって、少しずつ形成されてきたものである。一言で言えば、文献が人々に事実を提供してくれるのではなく、人々がそれぞれ自分の問題意識に従って、文献を選択しているということである。ヘイドン・ホワイトが「歴史編纂学」の問題を議論する時に、とくに歴史文書の意図的な性質を指摘している。彼曰く、「一つの歴史的な場面をどのように組み合わせるかは、その歴史家が一つ一つの具体的な歴史的な経緯や構成に如何なる意義を附加したいかによる。この方法は根本的には一つの文学的な仕事であり、言ってしまえば、小説を創造することとほぼ一緒だ[19]」と指摘している。つまり、歴史的な事実は決して絶対的な本当の真実ではなく、その過去となっている事実が、実は歴史の中で漂流し、あらゆる観念と結合する可能性を有しているということである。従って歴史的な「真実」は、ただ単にその真実を追求する言説、またそれを解釈する構造の中においてのみ可能となる。さらに簡潔に言えば、歴史とは所詮歴史家が過去の出来事を描く一つの方法に過ぎず、飽くまでも幾つかの文献資料とそれを解読ないし解釈する方法の策略的な組み合わせに過ぎないのである[20]。

　このような意味で解釈すると、歴史も一種の叙事であり、文学ともそれほど変わらないと言える。異なる点は恐らくテキストの形式くらいではなかろうか。もちろん、テキストを創造する過程で、例えば歴史的な要素といった、いわゆる外部からの影響ないし関与というものもあるかもしれない。しかし忘れてはならないのは、この「外部」から入って来た歴史的な要素等々も、それ自身また他の「外部」から来たものに影響されており、決して完全独立したものではないということである。つまり歴史とテキストの間にはある種の相互循環型、言い換えれば相互を生み出す関係というものが成立しているのである。実はすべてのテキストがある意味において、間テクスト性（intertextuality）を持っており、あらゆる作品が他の作品によって成立した単語、フレーズなどによって、自らを完成させていると言えよう。むろん、テキストには言語以外にも様々な仲介様式がある。例えば生産方法、社会風俗、家長制の実践、属類形式、国家機構、政治事件等、これらのものは仮に決定的な役割を果たせなくとも、それ相応の影響をもたらすことが可能である。なお、テキストそのものも決して抽象的な言語存在とは言えない。むしろ現実の中で発生している動態的な出来事なのである。このような観点から見ると、テキストの中の用語またフレーズ等も世界構成の一部分であり、それに対する使用と効用も権威と権力と密接に関係する。この意味においては、文学はまさに歴史的な現実と現実社会イデオロギーが合流する場所となり、異なる意見と関心事、または伝統と反伝統の勢力の衝突する場所ともなるのである。そのような場所ではむろん、文学と歴史とは密接に関係し、入り混じって切り離せないものとなるのである[21]。

学術的な著書を含めて、あらゆる文化的な創作は、多種多様で、尚且つ複雑に交差し、重なり合っている一つの史実と言える。このような史実は、もちろん概念上は分解可能なものではあるが、しかし実際において相互に連鎖し合い、決して分割することのできない諸々の歴史（histories）の複合体なのである。その中には文学の伝統もあれば、言語史、政治史、イデオロギー史、変遷史、技術改良史等々の、諸々の要素も入っている。よって、文学的な言説は決して単なる歴史的な事実の反映、または人間の思想情感の表現だけではなく、歴史そのものの創造にも深く能動的に作用するエネルギーでもある。言うまでもなく、文学の歴史を書くものとして――つまり「文学史」も、文学そのものに負けないような能動性を持っている。

しかも「文学史」は「文学」と違って、必ずと言ってもいいほど、その創作の過程においては何らかの選考ないし選抜体制に直面せざるを得ないのである。本来、この取捨選択のプロセスにおいては、絶対的に何らかの基準たるものが確立するため、従って誰が、何によって、また如何なる権力によってその基準を制定し、さらに語り手を誰にするのか、誰の文学史を記述するのか、といった問題が出てくるはずである。しかし清末の文学史——つまり「文学」の概念と学科としての中身がまだ曖昧であった時期——なら事情が少し異なっていたかもしれないが、二〇世紀前半期を迎えると、特に新文化運動後の文学史の創作において、上記の問題は殆ど無視されてきたか、或いは意図的にその痕跡が消されてきたと言える。従って、人々は無意識の内に、ある種の暗黙の了解を得て、少数部族の差異の存在を無視するようになり、本来多くの異なる民族の集合体であるはずの「中国」も、いつの間にか「中華民族」という一つの概念に収斂していくようになった。もちろん、これは当時の歴史情景においては必要不可欠な、便宜上の措置であったのかもしれない。実際に、著者の身分、権力、立場などによって、文学史に収録されるべき作品またその作品を観賞し、評価する基準までもが決定されていたのである。実は、少数民族文学だけではなく、当時の「大帝国」を排除して「少年中国」[22]へと舵を切って進もうとする時期においては、「彫琢阿諛の貴族文学を打倒し、平易直情の国民文学を建設しよう、陳腐誇張の古典文学を打倒し、新鮮誠実の写実文学を建設しよう、迂遠難解の山林文学を打倒し、明瞭通俗の社会文学を建設しよう[23]」という文学思潮の下、文語による散文など、一切の旧式の大衆通俗文学等がすべて、策略的に排斥されていた。このことはまさに文学史の限界を我々に示しており、他の歴史的な叙述と同様、結局は特定のイデオロギーの制限を超越することなく、永遠に文学の史実に到達することはできなかった。

なお、新文学運動の中で最も重要な言語問題にとっても、言語と民族・国家の間には、往々にしてある種の亀裂が生じることが多い。それは少数部族文学の特徴が、言語的にも民族的にも、一国体制の中では否応なしに劣勢の立場に置かれる傾向があり、また言語と部族の間の関係も特殊な抱擁関係や密接に付着する関係にあるため、無意識の内に民族また国家に反抗的に見えたり、離脱していくのではないかと感じられたりするからである。他方、少数部族文学には兼語文または多言語的な現象が存在するが、その勢力は往々にして微小な存在で、批判であれ称賛であれ、殆ど対象にはならない。一歩引いて、仮にこの種の少数部族文学の非漢語による文学作品に関心が向けられたとしても、多くの場合、その影響力は部族内に限定され、意識的であれ無意識的であれ、国民的或いは一般的な性質を兼ね備えていないものと見なされる傾向がある。よって、民族また国家を記述できるものとも見なされず、無視ないし放置されてしまうケースが多々ある。これは中国の近現代文学の出発点が民族・国家のためという、一種の道徳的な義務――つまり記録、保存、建造、集団の記憶を凝集する役割を担っていたからである。このこと自体も中国近現代文学が持つ潜在的な政治機能を物語っている。いずれにしても、この過程においては、異なる意見や不協和の声などは殆ど抹殺されてしまうか、少なくとも軽視されてしまうのである。

現代民族の意識によって再建された基準の中では、作品の良し悪しの判断はまず「意義」を有するか否かも焦点となった。しかしここで留意しないといけないのは、「意義」というものは人為的に構築されたものであり、文学の価値も役割も、所詮はある特定の解釈の尺度や基準によって評価されるという点である。言い換えれば、共通の価値観や信仰、世界観を持つ特定の社会集団における特定の政治・経済・社会状況等によって図られた作品ないし現象の意義たるものは、結局は相対的ものである、ということである。二〇世紀の初頭、新文学の操縦者たちは「中華民族」という、個々の部族の狭隘性を超えた――つまり普遍的な性格を持つ文学の意義を探っていた。これが中国新文学の発展に伴い、文学が「啓蒙救国」という道具になったり、文学作品の社会への反映性を求めたり、或いは反植民地主義になれ、現実の暗黒を暴露しろなど、つまりその時その時の現実を描けとか、目下のことに焦点を絞るようにしたのだ。もちろん、これも数多くある近現代文学の役割の一つではあるが、しかしこれが次第にエスカレートしていき、ついに新しいタイプの――言い換えると、現代版「憂国」の伝統となったと言っても過言ではない。[24]このような文学は、自然のなり行きとして、一種の詩学的な規範のようなものとなり、排他的な性格を持つようになるのである。そして文学と密接な関係にある文学史もこの流れにつられて、ただ単に集団の記憶の記録、文化的な蓄積の保存という機能だけではなく、結局は排他的で文化的な蓄積の保存機能も選択的に行われることになり、その内に自ら一種の正統性と統一性を構築してしまうことになった。さらに、この特定の民族・国家の立場にいる文学分野のエリートたちによって造られた諸々の理念ないしイデオロギーなどが、今の「中国文学史」の現代的な伝統を形成したのである。

もちろん、現代以降の文学史観は度々変転してきたが、これまで基本的には民族・国家の言説空間から抜け出したことは一度もない。つまり民族ないし国家的な言説は現代中国文学史の一つの制限材料となり、それによって創作者の想像力の欠乏が著しくなったのである。現地性が一種の指標となり、文学と文学史の内容もその土地（Local）に忠実となることが、現代文学史の義務ともなった。この民族と国家の制約の下、少数民族の文学の言説は一体化を求める「中国（国族）」文学言説に合致できなくなり、排斥されることになったのも、必然的な宿命であったのかもしれない。もちろん、「中華民族」文学を豊かにするための栄養素として、その存在理由は決して否定されてはいない――むしろ有益な内部自己更新の材料の要素として（例えば「辺境地からの活力」など）、重要視されていたという面もある。しかしその思考方法や言語形式上からも分かるように、この雰囲気と環境の中の少数民族文学は、すでに国族イデオロギーの洗礼を受けた後のもので、その独特な主体性が大いに失われていたと言えよう。つまり、仮に存在していたとしても、所詮は主流文学の優勢と地位を証明するだけの存在に過ぎなかったのである。

実際、近代文学史の編纂開始から中華人民共和国建国までの間の文学史の生産は、ローカル的な、或いは少数民族的な観念が独自の声を出し、存在感を示すことが非常に困難な状態にあった。よって、少数民族的な観念はできるだけ中華民族の一分子になれるように努力せざるを得ない状況であった。それは、現代民族国家の国族観念を形成する作業の最中においては、国族内部の多様な要素に配慮するという余裕がなかったからである。長期間にわたり周辺的な存在であった文学が、多民族社会主義国家の成立後には、行政的な指導と学術的な反省によって、ようやく発言権を手に入れたのである。

文化大革命の終了後、中国少数民族文学が自らの活発な創作活動によって文学批評の沈静状態を打ち破った時にも、文学史家の反応は微々たるもので、しかもその内の何人かが、どちらかと言えば、何とかして少数民族文学を当代文学史あるいはもっと大きな中華文学史の中に収録していこうと努力し、企画していた。この傾向が一九九〇年代以後になって、内外からの文学思潮の影響の下、学界の学術史に対する関心の高まりもあって、文学史の編纂事情にも熱が入り、その後、ようやく少しずつ改善されるようになった。例えば史料の解析やイデオロギーの問題、学科体制がもたらした影響、文学史に関する記述構成の変化等々、様々な方面からの反省と変化が起こった。とくに文学史観に関する意識の変遷と推進、多元と統一の関係、転換と超越の問題等々、あらゆる問題が徐々に論者たちの興味を誘発したのである。しかし、それでも管見の限り、多民族文学史観に関する議論は、ごく少数の有識者[25]を除けば、主流文学史の創作、出版、教育等の面において、依然としてそれほど改善されたとは言えない状況にある。この背後にある原因についてはもちろん検討に値するもので、例えば多民族文学史観の普及の必要性と操作性が果たしてあるかどうかの問題、また将来如何にして中国文学史の中に、多民族国家の文学の全貌を反映するのかといった問題は、何れも真剣に検討しなければならない。何より、これらの問題はただ単に、長い間声を失っていた周辺文学のために発声し、その存在感のために一席を獲得するという単純な問題ではなく、むしろ多様性に溢れた文化的な事実を立証して、人類共同の非物質文化遺産を記録、蓄積するためでもある。

よって、本書では主に中国文学史の生産過程において現れた文学史観の変遷と変化を整理し、同時に可能な限り、解釈を付け加えていくことを課題とする。この作業によって、微力ながらいま現在においても、多民族文学史観は必要であり、可能であり、また必然でもあるとの観点を説明していきたい。

第三節　文学科創設期の文学史

清末に誕生して以来、文学史の著述は一種の調和の取れないパラドックス的な問題に直面してきたと言えよう。前近代と現代における意義系統は、多様性に溢れ、時には紊乱していると言っても過言ではないほどに主体が分散し、人々の世界に対する認識や価値に対する基準の設定も根本的に変化している。とは言え、踏襲されてきた文学伝統は依然として勢力が大きく、基盤がしっかりしている。例えばここで「文学とは何か」という問題を提出すると、恐らく多くの書き手が当惑するだろう。それは「文学史」というもの自体、もともと西洋的な言説で、今まで多くの文学史家が各方面から努力を払い、様々な葛藤を解消しようとしたが、しかし未だにその葛藤から抜け出してはいない。結局は、その努力が時には西洋の理念を以て中国文学史料を過度に束縛したり、あるいは中国文学の現実の中から、分かり易い発展図を描き出して、それを以て西洋的な文学史概念に合わせようとしたに過ぎないのである。これは明らかに文学観念に対する理解の相違、文学史叙述におけるまったく異なる一面を見出しているものと考えられる。

周知のように、そもそも中国文学史とはまず外国人によって外国で書かれ、その影響で中国国内でも文学史を書く動きが現れたが(26)、しかし実践してみると、本質的に外国文学の規範で中国本土の文学史を著述したため、相当無理やりに当てはめたところがあった。もちろん、早期の著述者たちは中国文学の事実を西洋からやってきた文学史観念と結合させようと努力はしたが、しかし自身の持ってきた伝統的な学術基礎の影響で、その融合が上手く行かず、多くの場合、中国と西洋の混合型の文学史となり、一見して中途半端で錯雑した状態に見えるが、実際には伝統文学の観念がより多く現れているのも事実である。このような転換期においては、気風は開かれたものの、規範がまだ構築されておらず、とくに概念と述語、叙述文体と方法、構造と仕組みと文学史の時期区分、全体的な文学史観と具体的な歴史論述等まで、曖昧なものが多く、その後の比較的単一的で、明確な文学史著述法とは、一線を画すくらいの違いが存在した。

一八九七年、竇警凡『歴朝文学史』（油印出版、一九〇六年）の正文は、「読書偶得序」の一章を除けば、序章から順次「文学原始第一」、「志経第二」、「叙史第三」、「叙子第四」、「叙集第五」となっている。その用語からも一目で分かるように、伝統的な、広い意味での文学観念が継承され、経史子集のすべてが含まれていることが分かる。(27) 従って、一見すると文体や類別によって別置するという、西洋の文学史の構成をしているが、しかし後世の批評家たちによって指摘されているように、本質的にはやはり「詩文評」、「流派論」といった伝統的な文学史構造から抜け出せないでいる。これが二〇世紀初頭になって、つまり中国国内における高等教育施設の設立に伴って、ようやく中国本土の文学史が登場するのである。その代表的なものは以下の二つである。一つは一九〇四年、林伝甲が京師大学堂で講義用のために編纂した『中国文学史』で、もう一つは一九〇五年、黄人が蘇州の東呉大学のために編纂した『中国文学史』である。前者は王朝の最高行政の支持の下、しかも全国の文化風土を率いる立場にある大学での使用であったが故に、シンボリック的な意義を帯び、文学史を一種の文学を解釈する新形態として、正式に二〇世紀の学術史に入れ、大学の中文系の教育に多大な影響を与えた。ある意味において、民族と国家全体の文学知識にも、計り知れない程の影響を与えたと言える。

文学は中国文化の伝統の中で、本来はどちらかと言えば「小学」的な位置づけにあって、その地位と言えば、決して高くはない。一つの学科として設立されたのは、もっと後からのことで、その歴史は非常に浅いものである。例えば一八九八年の京師大学堂の科目は、なおも詩書易礼春秋であったし、その後、科挙試験の廃止を受け、さらに西学東漸によって、謂わば欧米の学制を模倣して誕生したものであった。つまり文学学科の設立または文学の中国学界への参入は、まさに伝統を排除する機運の中で生まれたのである。光緒二八年七月一二日（一九〇二年八月一五日）、張百熙が「欽定京師大学堂章程」を公布し、「日本の例を若干模倣」しながら、京師大学堂にも政治、文学、物理、化学、農業、工芸、商務、医術の七つの学科を設置することになった。しかし、文学科の下に更に経学、史学、理学、諸子学、典故学、文章学、外国言語文字学の七つの科目を設置していることから、西洋の現代的な学制構成を参考にしながらも、文学科の課程設置にはやはり伝統的な学術認識と思考が残存していることが分かる。これが一年後、さらに「奏定大学堂章程」（一九〇二年一月）を公布して、ようやく経学と理学を文学の科目から外すことになったが、しかし文学の項目には、依然として史学と文学の科目が置かれていた。なお、留意してほしいのは、この「章程」には「中国文学史研究法」が含まれており、文学課の講義内容を詳細に指導していたことと、その中には文字の音韻と訓詁、文章の修辞と作文、文体と文法、文学と国家、地理、考古、外交の関係、さらに文章における道徳と学問の養成等についても、言及している点である。つまりその内容は非常に雑駁であった。

その後の、例えば一八九八年七月の「籌議京師大学堂章程」から「欽定京師大学堂章程」、「奏定大学堂章程」までの章程は、大概実用的な角度から出発しており、どちらかと言うと洋務から維新へと、革命的で実務的な思考の道筋に属し、現代的な意味における文芸、修辞、審美等の要素を、それほど重視していなかったと見える。実は、この傾向は中国古来の伝統でもあると言えよう。古代中国では、「文」は常に「質」、「礼」、「道」の範疇に属し、感性的、表象的、形式的、形而下的な存在としての「文」は、もちろん「文」そのものの独特な審美特徴を持っていなかったとは言えない。しかし最終的には、やはり形而上の何らかの支えを得ないといけなかった。だからこそ、伝統的な文学理論は、一方においてテキスト表面上の修辞的な表象そのものはほぼ単独で価値を持たないと言いながらも、もう一方ではテキストそのものの創作は大して複雑な意味を持っておらず、意義たるものは、飽くまでも解釈する者と受け取る者が付け加えたものに過ぎなかったのである。(28)従って、道と器、思と言、本と末、体と用の構成の中で、テキスト表層のものは、往々にして重要視されず、飽くまでも「技」のレベルのものとして見なされ、最終的にはやはりもっと現象的なものを超越する基盤に依存する必要があった。

中国の文学史の著述が審美的にも、形式的にも、技巧的にも、あらゆる面でレベルアップを実現させたのは、二〇世紀初頭、西洋現代文学概念の影響の下、既存の「文学」定義に対して改良を加えた後である。周知のように、伝統的な中国の「文学」の概念は、より広範な文化文体を含んでおり、しかし後の文学史が認めたのは、主として経史子集の「集」の部である。ここで、注目に値するのは、「文学」が文学学科の確立初期において、実質的には文学と民族文化の間の諸要素の依存関係に引っ張られて、結局は「中学」的な象徴でしかなかった点である。[29]少なくとも林伝甲の文学史はこのような中国と西洋社会の遭遇、また文化交流と微妙な心理的な背景の下において見ないと、適切な解釈が得られない。林伝甲が『中国文学史』を編纂する時に、『四庫全書総目提要』等の伝統目録学への依存度は非常に大きく、これが彼の文学観念上の保守を生み出し、文体の面での設定を攪乱しているのである。個々の具体的な論述においても、林は殆ど経史子集の順序を踏襲しており、これがゆえに、彼の文学史は「文学史」と言うより、もっと「国文講義」（陳国球の用語）に近い形となっている。

授業用のために、構想の熟するのを待たずに書き出し始めた林伝甲の文学史に比べると、黄人の文学史は比較的にはっきりとした理論的な覚醒と強烈な民族文化への危機意識を持って書かれている。同時に、文学史の著述は民族国家の精神の象徴でもあるとの意義をより良く体現していると言えよう。何より、黄は「総論」と「概論」の部分において、はっきりとした世界文学の視野を見せており、中国古代文学の作品を欧州の文学作品と対比する時も、中国文学の万世一系的な特徴と価値を強調している。この思惟方式はむしろ近代中国史の書き方と非常に似ており、従って彼の文学史はある意味、時代の変わり目における中国学者の普遍的な心理状態を代表しているとも言えよう。まさに黄本人も言っているように、「文学史は、ただ単に文学者の参考のために書かれるものではない」、

「文学を保存することは、イコールその国の国粋を保存することである。しかも文学史が人々の愛国心を呼び起こし、自己民族の遺伝子を保存しようとする感情を喚起するので、まさに国史と何の違いもないのだ」、「文学史を示すことによって後生の子孫たちに、この故国にあるのは古き安い青絨毯のようなものばかりではないということを思い知らせ、同時に、田舎の爺であれ、その声が弱くなった時には、それの後継者となる志を捨てず、もちろん自分の祖先にこれだけ優れたものがあったということを知ったとしても、余り誇り過ぎてはならないということも伝えることができるのだ」という。「何より文学は言語と思想と自由の代表であるからだ[30]」。つまり文学史はより重大な歴史的使命を負担する必要がある。それは、文学史は愛国主義の情熱を呼び起こし、世の中を治める現実的意義をも持っているのだから。言うまでもなく、このような文学の意義に対する伝統的な理解は、当時の現実的な社会環境とも関係していたであろう。しかし残念なことに、彼のこのような学識と教養の面での時代制約が、彼の新理論と旧材料を融合する可能性を邪魔してしまい、総論を除けば、彼の文学史はほぼ作家の生涯や作品の引用と紹介に留まり、扱った作家および作品も、彼の理論部分と合致しないという問題を露呈してしまったのである。「如何にして新しいものと古いものを融合させるのか」、これはもちろん林と黄を含めたその時代の全ての文学者、知識人に与えられた問題であり、また彼らの後継者である現在の全ての中国学術界の人々が考えるべき共通の問題でもあろう。

一九四九年、ルネ・ウェレック（Rene Wellek）とオースティン・ウォーレン（Austin Warren）の共著である『文学理論』が、文学理論、文学批評、文学史の三者を区別することの重要性を指摘している。この二人によると、文学理論とは文学の原理原則、範疇また判断基準等の問題を扱う研究であり、文学批評は具体的な文学作品を研究することとある[31]。この基準で見ると、竇、林、黄の中国文学史は、往々にして文学概論と文学批評を、文学史的な叙述の中に混同してしまったように見える。例えば林伝甲の文学史は「国学」的な性質を持っており、文学の内包を無限に拡大している嫌いがある。黄人およびその後の「文学史」も内包が依然として問題となっており、更なる学術的な細分化を待たなければならない。マンフレット・ナウマン（Manfred Naumann）によると、「文学史」はドイツ語の中では少なくとも二つの意味があると言う。「一つは、文学は通時的な範囲内で展開する内在的な関係性を持つものである。もう一つは、我々がこの関係を認識し、さらにそれを論述することである。ロジック的な面からして、この二つの意味は明白に分けることができる。この二者の間の関係は、ある意味においては客体と客体を表現する言語の間の関係のようである。よって、専門用語の面においても、この二者を分けて表現した方がよい。例えば具体的な対象であれば、「文学の歴史」と表現し、逆にもしこの対象を研究ないし認識する時に生じた問題であれば、「文学史」と表象しては如何であろうか。なお、この両者と区別するため、「文学史の編纂」という単語を使って、文学史研究の成果を示してはどうだろうか[32]」。このようなきめ細かい意識は、二〇世紀初期の中国文学史史家の中には、なかなか見られないものである。しかし彼らも文学学科の別置や学科設立の必要性を、充分に感じていたのは間違いないであろう。

マクロ的な視点から見ると、西洋を以て中国を律すると、齟齬が生じて、融通が利かなくなる可能性があるが、しかし中国を以て中国を律すると、伝統文化の閉鎖的な状態から抜け出せない可能性もある。つまり伝統文化の継承と現代への転換問題に直面した時に、学科の設立状況が実際の教育の現場で、とくに知識の保存と伝承の領域においてはっきりと現れてきたのである。中国伝統の『七略』或いは四部式の図書分類は、確かに完全なる一個の学科分類システムとは言えないが、しかし中国伝統の知識系譜を概ね反映しているとも言える。その欠点は、ただ学堂での教学活動に、余り適していないだけである。しかし逆に学堂での教学内容も、伝統知識と殆どコミットできず、中国伝統知識の構造の全体を反映出来ていない。そのため、清末の新式の学堂で中国と西洋の二つの教育方法を同時に併用した時に、中国学はその全体的な知識構造を以て西洋学に応対することができず、西洋の分科式の教育内容が、一気に中国の伝統官学または書院式の漠然とした教学体制を打ち砕いたのである。そして、何でも含む風呂敷型の中国伝統の「文学」概念が、見る見るうちに西洋の文学概念に近づき、抒情的で、感情を表す非実用的、非効率的、審美偏重型な中国伝統文体とテキストから離れていったのである。

近現代文化に関する学科を細分化する傾向は、中国のみにある現象ではなく、西洋文化内部においても大きな趨勢となっている[33]。大量の史実が示しているように、二〇世紀の中国の学術界の最大の特徴は、西洋の分科基準を以て自らの基準とし、それによって「中学」を企画したことである。従って、この間、異なる文化体系の間に生じた齟齬を如何に関連付けて調和するか、或いは西洋式の学術的な専科化を如何に中国伝統の学術スタイルに応用するかが大問題となる。本質的に、これは中国伝統学術を如何に現代的に転換させるのかの問題でもある。そしてこの問題に先鞭をつけたのは梁啓超で、彼はこのように述べたことがある。「学術が発展すれば発展するほど分科が進み、精密になっていく。以前、他の分野の学問に付着していたものが、今となっては正々堂々と一つの独立した学科となる。このような実例はあちこちにある。古代中国では史学以外学問たるものはなかった。大概人類の知識に関する記録は漏れなく史学に収斂していったのだ。その後、二千年もの分化期を経て、その結果が今のように、史学から色んな学科が生まれてきたのである。例えば天文学、暦法、官制、典礼、楽律、刑法など。嘗ては史学の重要な部分と言われていたものも、その後次第に史学から切り離され、独立したのではないか[34]」。実はこの二〇年前、梁啓超は『新史学』（一九〇二年）という本を出版し、その中でも「今日、西洋で一般的に認められている学科の中で、中国に元々あった学問と言えば、恐らく史学だけ[35]」であろうと述べていた。この論断はその後多くの文学史家の共通認識——つまり文学史は「科学化」しなければならないということとなった。それは彼らに言わせれば、伝統的なスケッチ風な文壇伝記、流派別の論述方式、選集を通じて意思表明をする方法などは、既に時代遅れのもので、現代的な学術資格を有しなくなったのである。従って、仮に西洋を以て中国を律することに、色々な齟齬が生じることを予知していたとしても、世界大趨勢に合わせるため、自殺行為に等しいと言われても、力ずくでもやらなければならなかったのである。その後、「文学史」は史学の強大な影響下に置かれながらも、科学化の道へと進んでいくこととなる。

第四節　進化論と科学的な言説によって変転する文学史観

言うまでもなく、文学史観とは文学史家がある文学観念に基づいて、世界ないし一国、一民族、ある地域の文学の歴史の全体に対して持っている総体的な認識を指すものである。もちろん、この認識が形成されるプロセスにおいて、文学史家本人の歴史観念も関わってくるだろう。なお、中国文学史が萌芽期から全盛期に入る一九二〇～三〇年代は、その発展趨勢の全体を導いていたのは文学観念ではなく史学観念であったことも、忘れてはならない。また、この時期は文学の範囲について、度重なる議論を経て、ようやく抒情と表意、詩歌と韻文の種類に限定すると決定された。しかし問題はこの種の、例えば想像、情感、情緒、思想といった要素は漠然として摑みようがなかったため、文学史の研究は科学性と客観性を求めて、結局より確実なるものより着手せざるを得なくなったのである。そこで、資料の真偽の考証や分析などが、文学史研究の核心的な部分となったのである。ただこれによって、文学批評と文学史の間の隙間が益々顕著になり、ついに文学教育のカリキュラムにも、その違いが反映されるようになったのである。

一九一八年、北京大学の「文科国文学門文学教授案」の中には以下のようなことが明確に規定されている。「文科国文門は文学史および文学の二つを設置する。両者の目的は全く異なるので、教授法もそれ相応に区別しなければならない」。前者は「勉強する者に各時代の文学流派および変遷を教え」、後者は「勉強する者に作文の巧妙を教え、それを以て作者の意図を探ったりして、文学の技術を向上させる」[36]こと。一九一八年の「北京大学文科一覧」に紹介されている文科教員の構成からもこの意図が確認できる。[37]例えば劉師培を一例にしてみると、彼が文学史の授業で講じたのは、その後『中国中古文学史講義』として出版された名著の内容で、中国文学課において講じたのは、後に羅常培によって出版された『漢魏六朝専家文研究』である。この二作は何れも中古文学の研究であるが、その内容は大いに異なっている。前者は文学史として実直謹厳に徹し、歴史的な変遷に足場を置いているが、後者は自由闊達で、どちらかと言えば芸術的な分析に重点を置いている。

章学誠（一七三八―一八〇一）は嘗て「六経は所詮皆史学であった」[38]と言ったことがある。これはもちろん多少言い過ぎではある。しかしこの見解から一つの事実が分かる。つまり中国伝統の学問の世界においては、史学が圧倒的に重視されていたということである。実際に、例えば前出の劉師培が一九〇四年に『中国歴史教科書』の二冊を編纂しており、一九一七年には北京大学国史編纂処の招聘により、文明史の風俗類の長編および政治史地理書等の編纂に関わっていた。そもそも国史編纂処の当時の主な任務は民国史と歴代通史の編纂にあった。このように史学意識を文学史の編纂に導入することによって、劉は竇、林、黄らより、はっきりした理論的な自覚を持てるようになったのである。まさに彼本人も言っているように、「文学史とは歴代の文学の変遷を考察することである。古代の本の中では、恐らく晋の摯虞を超えた者はいないだろう。虞の仕事は大きく分けて二つある。一つは文章の志で、もう一つは文章の流派である。志とは人を以て綱とし、流派とは文体を以て綱とするもの。しかし残念ながら虞氏の本はもう散逸して久しく、文学課に未だに適切な文学史教科書がないので、虞氏の真似をして文章志と文章流派の二書を編纂した。これを以て全国の文学史の教科書とし、通史的な文学解読にも資して貫いたい」[39]。劉氏のこの系統的、通時的に文学の沿革変遷を考察することが、二〇世紀三〇年代以後、ほぼ文学史研究の一つの重要な任務となり、一種の共通認識ともなった。『中国中古文学史講義』の基本構造は、まず総論があって、各時代の文学の全体像について簡潔に説明する。次は或いは人物を中心に、或いは時代順によって議論を進めたり、時には時代順と人物中心を混同して論じたりもする。最後に再び総論へと回帰する。時代順に書く時には文学史の通時的な意義を示し、人物を中心に書く時には、むしろ伝統的な「文壇伝」に似たような方法を援用している。これは文学史というものは結局のところ代表的な作家から離れられないため、ある意味仕方がないことかもしれない。このことは、文体を中心に書く時にも伝統的な「文章志」の概念と体裁を積極的に活用していることからも分かる。同時に著者の体裁議論とも関係しており、時には文学批評的なものも入っている。このような執筆方法にはむろん鮮明な伝統的学術の痕跡が残っているが、しかし文学史料学に関する扱い方については、明らかに現代学科的な傾向が反映されていると言えるであろう。

科学的傾向の特徴は、首尾一貫していて、しかも完備された系統の中で、終始一直線的に前方へ進む歴史叙事観念を確立していることである。この歴代文学の変遷の通史的な意識を考察するものとして、一九一三年に出版された王国維の『宋元戲曲史』がある。同書において王は「一代には一代の文がある。楚の騒、漢の賦、六朝時代の駢語、唐の詩、宋の詞、元の曲、皆それぞれ一代の文学と言えよう。後世の人がそれを継承することは殆ど不可能である[40]」と述べている。これは明らかに清代の焦循が述べた「一代には一代の強みがある。自分の強みを捨てて、却って勝ち目のない処に精力を注いでも、所詮人に及ばずその身を立てることはできない。余が嘗て楚の騒から明の八股までを一集に編纂しようと考えたことがある。つまり漢代から賦だけを収録し、魏晋南北朝から隋までは専らその五言詩、唐は律詩のみ、宋は詞だけ、元は曲、明は八股だけを集めようとしたが、時間がなかったため諦めた[41]」を起源としている。しかし両者の議論のポイントと理論的な品格と歴史的な概念は、それぞれ異なっていることも見落としてはならない。それは、焦循の議論は飽くまでも一種の文学退化観で、表面上はそれぞれの時代にそれぞれ優れた文体があると言いながらも、文章の格調は低下の一途をたどっていると言っている点である。これは明らかに復古主義の退化論的な考え方で、これとは対照的に、王国維の考え方は明らかに文学進化史論的な、現代的特色を持っている。例えば彼はこのように述べている。「大概一つの文体が長く流通すれば、自然に絡んでくるものが多く、いつの間にか自ら一つの習性または慣性を造り出してしまうのである。そうなってしまうと、豪傑の士であっても、中々そこから新しい発想を打ち出し難く、故にそこからのがれ、別の文体を作り、自分を解放する以外に方法はない。これがどの文体も最初は盛んになるが、終わりには衰えて行く現象の根本的な原因であるという。だから彼が言うのは、後代の文学は前代におよばない、と。余はこの言い方に余り賛成できない。ただこの一体論に関してはそれほど間違ってはないだろう」[42]。この一段の記述には「影響による焦り」(the anxiety of influence)から来る「創新への衝動」を感じる。

この「一代には一代の文学がある」という説の影響は、その後深く広がっていった。例えば一九一七年一月一日、胡適が『新青年』に「文学改良芻議」を発表する時にこの説を踏襲して、「文学者とは時代に合わせて変遷するものだ。その時代にはその時代の文学があり、周、秦には周、秦の文学があり、漢、魏には漢、魏の文学があり、唐、宋、元、明には唐、宋、元、明の文学がある。これは私だけの見解ではなく、文明進化の公理でもある」[43]と述べている。しかし、これらの議論は「一代」と「一代の文学」の間に存在する諸々の問題を無視し、そこに内在する様々で複雑な問題を見落として来ているのも事実である。文学はこのような説明の中では、一見「時代に即して発展」したように見えるが、しかし実際は却って社会、政治、経済その他の生活史をストレートに反映したものとなり、このような文学史は独自の特質が欠けていると言えるであろう。せいぜい社会史、政治史、経済史あるいは革命史の注釈か附属物にすぎない。そうであることは確実である。仮に、王国維にあってはまだ飽くまでも一つの科学観念で、その影響も曖昧であったとするなら、胡適では「進化論」という科学的な言葉をストレートに革命の合法性の証明とし、「すべての価値を新たに見直す」[44]という時代において、胡適は白話文学と進化論の観念を標榜し、古き説を顚覆させ、文学革命のために旗を振ったのである。

具体的な文学史の著述方法の面では、王と胡の時間の流れにそった叙事の追求は、一種の実現性のある選択でもあった。一九三五年一一月五日、魯迅は王冶秋への手紙の中で、「史は時代を経とすべきです。一般の文学史は、たいてい文章の形式を緯とします。とはいえ、外国の文学者の作品は比較的に専門化しており、小説家は小説を多く書き、劇作家は戯曲を多く書き、中国のいわゆる作家のように、なんでもちょっぴり書くことはしないのです。ですから、彼らが文学史を書くと、一人の作家を切りきざむことになりません」[45]と述べている。当然のことながら、中国作家のこのような創作の多面性を軽視するわけにはいかない。そのため、魯迅は一つの解決案を提示している。それは「わたしが考えるのに、文学史を書くなら、その作家の作品の比重がかかっている側面によって分類するしかないのです。例えば、小説家が詩も書いているなら、小説を主とし、その詩は附随的に言及するのです」[46]という。魯迅が提示したこの文学史の著述方法は、今日もなお文学史を書く時の主軸となる創作法となっており、一人の作家を描写する時には、大抵この叙述法を踏襲していると言っても過言ではない。実際には、一人の作家の描写のみが踏襲されているわけではない。つまり、一つの文学の時代に対しても同様に対応していた。しかしこの方法については、今となってはある種の反省の必要性を感じる。それは、文学の歴史はもちろん流動的ではあるが、しかしこの流動的な一面のほか、継承的な一面も持っているからである。例えば、ある時代の文体特徴ないし偉大な作家の誕生等は、もちろんその時代の特徴を色濃く反映しているが、同時に前代の文学的な著述方法も継承している。文学が一つの歴史として描かれている時に、この継承と発展の一面があることを軽視することはできない。例えば唐詩の輝きは、どうすれば宋詩、元詩、明詩および清詩をおおいかくせるだろうか。各時代の文体と作家に余りにも注目し過ぎたが故に、我々が予め設定した著述理念と合わないその他の文学史料等が、無視ないし放棄されてきたのではないか。あたかも何も発生していなかったかのように。

具体的な観点がいかに異なっていようとも、「すでに公認されている文学理論と文学批評の力を以て中国文学の源流と発展を研究すること」、また「科学的方法を以て前人が未開発の新天地を研究する」[47]という考え方は、一九二〇年代になって、既に多くの学者の規範や標準となった。科学的な態度、最も優れた視点を持ち、柔軟性を有する観点から、文学史は文学の歴史と変遷を反映すること、さらにこの変遷の歴史からある種の規律的な要因を探索することなど、一九三〇年代以降はさらにいっそう文学史家の一つの共通認識となったのである。このプロセスにおいて、胡適が果たした役割は最も代表的なものと言える。彼は晩年に、自分の小説論考は「完全に文学史の観点に立っており、文学研究の観点ではない」と言っている。彼は「系統的、科学（実証）的で、とくに歴史の進化に重点を置き、何時も「証拠を持ってこられる」研究を〈文学史的な研究法〉と称し、零細化した――直感に頼り、感情的評価など、要するに「証拠を持たず」にして行った研究を〈文学を研究する方法〉と称し、この二つに分けることができる」[48]と述べている。これは恐らく当時の多くの文学史家たちが持っていた共通認識であった[49]。

一九三四年、羅根沢が文学史の著述発展史を考察していた時に、社会政治的な変化がいかに人々の思考と意識に変化をもたらし、さらにこの変化した新しい思考がまた如何に人々の文学史観に影響を与えていたのかを分析して、このように述べている。「ここ二〇年の間だけを見ても分かるように、文学史家の態度と観点は、殆ど急変する社会に連動して急変している」。例えば「〈五四〉以前の社会意識は伝統的な封建意識で、〈五四〉以後は希望から失望へ至るという資本主義の死体で、その後発生したのが社会主義意識である」。「この影響の下、文学史家は〈五四〉以前の概ね観念論的な退化史観ないし伝統的な載道文学観を以て著述され、謝無量の『中国大文学史』と曾毅の『中国文学史』がその代表的な例である。一方、〈五四〉以後になると、今度は概ね観念論的な進化史観とによって著述され、陸侃如と馮沅君共編の『中国詩史』、また鄭振鐸の『挿絵中国文学史』[50]がその代表的な例であろう」。朱自清も「初期の中国文学史は概ね、直接的であれ間接的であれ、日本人の著述を見本にしていたのは確かだろう。後期に入り、次第に自ら編纂するようになるが、しかし初期の影響はやはり残っていたと見える。しかもこれらの文学史は経史子集から小説戯曲八股文までの作品を全部収集していたため、恰もミニ百科全書のようになってしまい、そこに欠如していたのはまさに「見」「識」とも言うべき、史観であった。具体的な記述の原則は時間の順序、文体、作者の三つで、欠如していたのはまさに「一貫性」であった。ここ二〇年、胡適を始め、確かに幾つかの中国独自の中国文学史が生み出されてきた。胡適の『白話文学史』の上巻は白話正統の「活文学」に着目し、鄭振鐸の『挿図中国文学史』は「時代と民衆」および外来文学の影響に着目している。これは一つの進展である。劉大傑の『中国文学発展史』の上巻は各時代の文学の主流およびその主流に影響を与えた外部からのものに着目している。これもまた一つの発展である。この二つの発展は何れ相互に補完して、一つになるだろう[51]」。このように見てくると、胡適以後、個々の文学史における観念については、まだ相違点や論争を呼ぶ可能性があったようだが、しかしある種の科学的史観に基づき、進化論的な思想を以て文学史を著述するという点については、既に相違点がなく、ある種の共通認識を持っていた。

どの種類の文学史であれ、書く前にはやはり文学観念を確立しないといけないであろう。実際に、文学史系列の著作は、大概最初に「序論」や「はじめに」を設けて、作者自身の文学に対する認識を述べておくのが一般的である。例えば胡適の『白話文学史』(一九二八年)は冒頭において、「私は〈白話文学〉の範囲を相当広く設定している。従って旧文学の中の、表現がシンプルで分かり易く、話し言葉に近い表現を取っている文章も含めた[52]」と述べている。しかも「白話」の内容と境界線について、改めて自分の認識を述べ、その範囲と範疇が実に広くて、実質上、「白話文学史」はそのまま中国文学史となっている。ちなみに、周作人の『中国新文学の源流』(一九三二年[53])は文学を純文学と通俗文学に分けている。劉麟生の『中国駢文史』(一九三四年[54])も、冒頭から正統文学と異端文学との表現を使っており、しかも駢文を異端文学と見なしている。賀凱の『中国文学史綱要』(一九三三年[55])と譚丕模の『中国文学史綱』（一九三三年）[56]は唯物史観とプロレタリア文学史観によって著述されている。これらの文学史はその体裁や叙述構成、構想方式、題目設定、章立てまた史的な時期区分等において、確かにそれぞれ異なるが、しかしそれぞれ自らの論理によって科学的に書かれているため、個々の作品はそれぞれの著者による独創的な作品と言える。但し、多くの当代文学史の研究者たちが、誰一人として気づいていないのは、これらの文学史はすべて、全くと言っていいほど中国内部に存在している多民族の文化と文学の状況に対して、集団的に沈黙を保っているということである。

これはもちろん、著者たちの学術的な関心と専門がそれぞれ異なるため、その範囲外まで手を伸ばすことができなかったという背景もある。しかし、それはただの表面的な原因であり、やはり根本的な原因は、これらの文学史の書き手たちが西洋学術の規範を運用して中国文学の体系を構築しようと試みたことである。これによって、中国を必然的に一つの主体として発言しており、各王朝の興亡と変転する中で築かれたいわゆる主流文学が、疑いなく中国文学の形象と中国文学に関わるイメージを体現できるのである。このような時代背景においては、辺境地的な、地方的な、少数民族的な文学が亜流文学に属するようにされても、仕方がなかったのかもしれない。言い換えると、少数民族文学そのものの観念、文体、形式、スタイルなどの独自性に、顧みる余裕などがなかったとも言える。もちろん、代表的な作品がなかったことと、言語上の障害もマイナス要因の一つであったに違いない。この間、少数部族の口承文学作品で代表作もあることはあったが、それらは全て民間文学の一部と見なされ、特別に扱われることはなかった。結局は文化民族主義の統一観念によって、広大な中華民族文学の大きな枠組みの中に、吸収されてしまったのである。

これは、より広範囲な社会政治的な背景と結び付けて、認識することができる。私たちが熟知している「救亡」と「啓蒙」の間にある錯綜した矛盾と同じように、実際には文学史を書く時にも似たようなもの――つまり国全体の文学的形象の造型問題と国内各民族の間に実際に存在する複雑な文学形態が、色々な働きをしているのである。しかし社会政治的な現実の中では、「これら統一した民族国家の構造の中に取り入れにくい文化と社会要素は、そのすべてが革命の対象となる[57]」のである。このような状態は二〇世紀二〇年代から三〇年代にかけて起こった国民革命の中で不規則的に出現し、日本の侵入という憂いがなくなった後に、より明らかになり、異なる政治パワー間の闘争の変遷は異なる階級間の闘争に変わっていったのである。それに伴い、民族的要素は同様に階級意識によって覆い隠され、少数部族およびその文学的意識もまた語る術を持つことはなかった。

一九四九年から「新時期文学」までの間に出版された多くの文学史の著作は、その殆どが新民主主義の理論を取り入れている。これは言ってみれば、一種の歴史目的論的な文学観念であり、そこに潜在している思考方式——つまり歴史とロジックが一致しているとの思い込み——である。ハイデッガー（Martin Heidegger）の哲学によると、人類の認知プロセスとロジックの発展プロセスはお互いに合致しており、どちらも低級から高級へ、萌芽状態から成熟状態へと絶え間なく前進していくものと考えられている。このような思考方式はいわゆる文学の生物学的な類推（萌芽、成長、繁栄、没落）を通じて、ロジカルな推理を以て歴史的な実証に代替し、抽象的なものを以て具体的なものとし、方向性をもった時間で以て文学の前進方向を規定した。結局のところ、伝統的な復古主義が後を向いているのを革新の名のもとで前向きにしただけである。それ以外は何の違いもないのである。プラセンジット・ドゥアラ（Prasenjit Duara）も「この傾向は直進的にまっすぐ未来へ向かうものである。この直線的な形は言うまでもなく、種の進化論的なものを基礎にしたもので、その種は、つまり民族性である。この種については、色々と定義することが可能である。例えば種族、言語、共通の歴史等[58]」の要素であると指摘している。そうすると、民族と国家も進歩的な概念という大義名分の下、「現在」が「過去」を織り直すことによって「未来」をコントロールすることが可能となるのである。

中国現代文学史における民間文学または方言文学等の発掘と整理は、元々は新文化運動以来、伝統的ないわゆる貴族的、文言的、正統とも言われていた文学に対抗するため、策略的に推し進めた措置の一つであった。二〇世紀三〇〜四〇年代、民国政府も嘗て学者を組織して、湖南や貴州等のミャオ族の村落および松花江地域の民族誌の調査に乗り出したことがある。[59]この過程で収集した資料の中に、実は大量の民間歌謡、伝説、故事などが含まれていた。しかし、当時の中国は国族建設の強いイデオロギーと現実的な内憂外患の苦境の中におかれていたため、少数民族文化と文学の整理プロジェクトは、その後、間もなく中断されたのである。なお、新中国が成立した後、それまで存在していた各文学間の対抗関係（例えば貴族と平民、文言と白話、廟堂と山野など）は、すでに形を変えていたか、あるいは存在しなくなった。むしろ新たな正統文学観念と新たな経典テキストの確立が必要となっていた。そこで、自然な成り行きで、文人による文学の正統な物指しが樹立され、これと同時に、「民間文学と関係する方言文学の問題は、一九五〇年以降は二度と持ち出されたことがなかった。本来、第一回目の文代会の準備段階で、方言文学運動についても、一人の責任者が報告書の起草を担当していたようだ。それが何故か茅盾の最後の報告書には取り入れられず、この方面の内容は省略されたのだ。このことは五〇年代初期の文芸政策が如何に地方や民間の観念的なものの存在性を薄めていたかを、物語っている」[60]。言うまでもなく、これは新興した現代民族国家が、文化を統一するために取り入れた一つの措置であろう。五四以降の知識人たちが少数民族文学の収集、採集、整理、編纂、修正のために精力を投入したおかげで、「少数民族文学」の構築も虚構的な性質から現実的な成長へと向いていたが、新政権の確立と学科の樹立に伴って、啓蒙的で、大きな叙事の言説の中で、次第に一体化されていったのである。

第五節　少数民族文学史の確立と族別文学史の著述

一九四九年一一月二〇日、胡風は名高い詩作《時間開始了！》を執筆した。一つの文学時間の節目として、このことは象徴的な意味を持っている。それは少数民族文学がまさにこの時に成立したからである。「少数民族文学」という言葉が使われ始めたのは一九五八年。それまでは主に「兄弟民族文学」という概念[61]が使用されていた。そもそも中国少数民族文学史の編纂の動議が提起されたのは一九五八年で、それ以前は中国作家協会の副主席で、満洲族の作家でもある老舎による兄弟民族文学事業に関する講話が、この動議に触れた最初のものであったと思われる。それは一九五五年、中国作家協会第二回理事会（拡大）会議において、老舎が「兄弟民族文学事業の報告」を行い、その中で、兄弟民族文学遺産（資料と作品）の収集、整理、翻訳、研究、出版の問題を提起した。つまり「マルクス・レーニン主義の科学的方法を用いて、なお文学芸術そのものの特徴も尊重しながら、少数民族文学遺産の収集と整理、および出版と翻訳を行い、文化の発揚と文化の交流を図る。とくに社会主義リアリズムの創作方法に基づき、民族文学の伝統を継承および発揚して、先進的な人物と事物を謳歌すること」と訴えた。[62]むろん、この時は毛沢東の「延安文芸座談会での講話」がすでに共和国の「二為」また「双百」方針の指導的な思想となり、思想的にも内容的にも、人民性と階級性がすべての判断取捨の基準となっていたため[63]、少数民族も「人民」の一員として、「階級」の一つとして、当然のことながら歴史に入る権利を有していたが、問題はその前提として、彼らが必ず統一された共和国の公民でないといけないということであった。

一九五八年七月一七日、中共中央宣伝部は「全国民間文学工作者大会」に参加するため来京中の各自治区および少数民族集落が存在する各省の一部分の代表と、北京市の関係機関の人々を招集して、座談会を開いた。その会において、建国一〇周年の祝賀事業として少数民族文学史の編纂を決定し、さらに現存する各少数民族文学史ないし文学概況などを土台に、少数民族文学を含む『中国文学史』のシリーズを編纂することを動議した。一九五八年、それに伴って中国民間文芸研究会が各地の歌謡、民間故事および民間叙事長詩の選集を編纂することを提案した。その後、中国科学院文学研究所がさらに少数民族文学史の編纂事業を提案して、共に中宣部から実施許可を得たため、後にまとめて「三選一史」と称されている。ちなみに、何其芳が嘗て指摘したように、「現在に至るまでの中国文学史は、事実上、そのすべてが中国漢語による文学史であり、せいぜい漢民族の文学に一部の少数民族作家の作品を付け加え、飽くまでも漢語によって書かれた文学史に過ぎな(64)」かった。多くの人々はこのような状況を変える必要性を感じていた。例えば文学研究所の各民族文学組の賈芝と毛星もその構想に参与した。中共中央宣伝部の公文書によると、このプロジェクトの責任者は中国科学院文学研究所となっている。当然のことながら、まず、個々の民族の族別文学史の編纂が先で、その後、これら族別文学史を総合的に統合し、一つの全体をカバーした全民族文学史を書くことであった。ただ、ここで少し留意してほしいのは、当時の多くの専門家たちが構想していた中国多民族文学史は、結局は各民族の文学史の単純な積み重ねであった。なお、このことがその後の詰め合わせ式の文学史が流行する伏線を敷いてしまったという事実について、ここで確認しておきたい。何より、何其芳自身の「少数民族」に対する認識に、歴史的な局限性があったため、「漢語文学史」と「少数民族文学」の間に二元対立的な仮想を持ってしまい、このことがさらにその後の少数民族文学史の研究者および批評家を、大いに当惑させたのである。

様々な状況の中で、一九五九年になると、一〇種類の少数民族文学史と一四種類の文学概況が出版された。一九六〇年、中国社会科学院文学研究所は上海で第二回目の少数民族文学史編纂事業座談会を開催した。この会議が開催される前に、ペー族、ナシ族、ミャオ族、チワン族、モンゴル族、チベット族、イ族、タイ族、トゥチア族の九つの民族文学史あるいは文学略史の初稿が完成した。具体的には『ミャオ族文学史』（討論稿）が一九五九年と一九六〇年に内部印刷され、『ペー族文学史』（初稿）と『ナシ族文学史』（初稿）は一九五九年と一九六〇年に雲南人民出版社から出版されている。『チベット族文学史略編』（初稿）も一九六〇年に青海人民出版社から内部発行され、同時に、プイ族、トン族、ハニ族、トゥ族、ホジェン族、ショオ族の六つの民族の文学概況ないし調査報告が作成された。これらの成果は「中国学者自身によって書かれた最初の中国少数民族文学著作集」[65]として高く評価されている。なお、本会議において、一九六一年七月一日までに大部分の民族文学史ないし文学概況の初稿を完成するとの目標が掲げられた。「中共中央宣伝部による少数民族文学史編纂事業の座談会紀要」によると、第一回目に作成する民族文学史ないし文学概況はモンゴル族、回族、チベット族、ウイグル族、ミャオ族、イ族、チワン族、朝鮮族、カザフ族、シボ族、ペー族、タイ族、ナシ族であった。この編纂任務を受けた各省と区の関係機関は、すぐに組織的に民族文学（主に口承文学）の調査と採録事業に取り掛かった。ここで注目すべきは、これらの事業が民族識別事業と同時に進行していたということである。

一九六一年三月二六日—四月一七日、中国社会科学院文学研究所は北京で少数民族文学史討論会を開催し、『モンゴル族文学略史』『ペー族文学史』『ミャオ族文学史』の三部作を討論のテーマに挙げて、少数民族文学史の編纂作業に関わる幾つかの原則的な問題について検討を行った。[66] 会議の最終日、当時の文学所所長である何其芳が会議の総括を行い、今回の文学史の編纂過程で民間文学に関して現れてきた幾つかの理論的な問題について、意見を述べている。その内容は大きく六つに分けることできる。①口承文学作品の継承の問題、②民間文学材料の処理の問題、③「左」の思想（つまり新中国が建国後、とくに毛沢東の時代に左翼的に傾き過ぎた時期に流行った思想を言う）と俗流化した階級論の影響の問題、④民族また民間文学の遺産を批判的に継承する問題、⑤現代を重視し古代を軽視する問題、⑥民間文学の中にも二つの文化闘争の事実があるかという問題。[67] なお、この会議において、中国社会科学院文学研究所は「中国各少数民族文学史と文学概況編纂出版計画（草案）」、「中国各民族文学作品の整理、翻訳、編纂、出版計画（草案）」、「〈中国各少数民族文学資料総編〉編集出版計画（草案）」等も制定し、これらの公文書によって、少数民族文学資料の採録や少数民族文学史の編纂を、それなりに規範化された学術の軌道に乗せることを図った。ただし、このプロジェクトはほどなくして「文化大革命」によって中断されてしまった。

これらの史実から三つのことが分かる。一つは、少数民族文学は民間文学の中から分離して出現したもので、このルーツによる影響力が非常に強く、今日に至ってもなお、中国少数民族文学の学科の中で民間文学また口承文学による伝統が絶対的な主導権を握っていること。それによって作家また文章による文学が劣勢に立たされていること。二つめは各少数民族地区の代表によって提起されたとは言え、少数民族文学の誕生は、やはり国家中央権力機関による唱導や位置づけがより重要な働きをしていたため、その発端は「建国一〇周年記念」という言葉にも表れているように、濃厚な政治色を帯びていること。三つめは少数民族文学分野の設立は少数民族文学者ないし文学家自身によって創始されたのではなく、飽くまでも学術的な機関である中国科学院文学研究所によって、推進されたことである。

一九七九年、中国社会科学院文学研究所は第三回目の全国少数民族文学史編纂事業座談会を昆明で開催した。この会議は「文化大革命」後の少数民族文学に関する事業が回復し、関連するプロジェクトも再構築し始めたことを示した。なお、同年には中国社会科学院少数民族文学研究所も成立した。一九八三年三月七日、新設された少数民族文学研究所（後の民族学研究所）の申請を受けて、中宣部は少数民族文学史と少数民族文学概況の編纂任務を、この少数民族文学研究所に移行したのである。(68)

一九八四年、中共中央宣伝部は「少数民族文学研究と資料の収集事業を強化する通知」を公布し、「各級の党委宣伝部と文化部門は少数民族文学の研究と資料の収集事業を強化するよう指導すべき」と要求した。とくに「各民族地区の民間文学の救済」に重点を置くこととした。同年、中国社会科学院少数民族文学研究所は第四回全国少数民族文学史編纂事業座談会を北京で開催し、全国各省・区の学術的な研究総力を挙げて、「中国少数民族文学史・文学概況叢書」を編纂することを決定し、各民族文学史、文学概況がそれぞれ一巻を作成することが決められた。なお、叢書の「編纂と原稿の審査作業は中国社会科学院少数民族文学研究所によって統括する」とも明記している。一九八五年、中共中央宣伝部、国家民族事務委員会、文化部、中国社会科学院が連名で「〈一九八四年全国少数民族文学史編纂事業座談会紀要〉を転送する通知」を公布し、「少数民族文学史の編纂は政治的にも学術的にも、重大な意義」を有し、各関係地区および部門は「積極的に指導し、支持する」よう指示した。

一九八六年に、全国哲学社会科学計画会議が「中国少数民族文学史、文学概況叢書」の編纂事業を全国哲学社会科学第七次五年計画の重点項目に入れ、さらに全国哲学社会科学企画指導小組弁公室の名義で「民族文学史編纂事業の完遂に関する通知」を公布して、「このプロジェクトの重要性と困難性に鑑み、編纂チームは人民、歴史、科学に対する高度な責任感に随って、調査研究を強化すると共に、資料を余すところなく充実させ、マルクス主義の立場、観点、方法を運用して、より深く真実を追求する分析と研究を進める」よう要求した。同年、中国社会科学院少数民族文学研究所は第二回全国少数民族文学史学術討論会を北京で開催した。本会議において「編纂の原則をさらに明確にした。つまり、マルクス主義の理論を指導的な思想とすること、国家統一と民族団結を基本的な方針とすること、正確に各民族の各時代の主要文学現象を反映すること、各民族が持つ代表的な作家や作品を強調した形で紹介すること、各民族文学の基本的な発展の端緒や特徴を掲げること、各民族間の文学同士の相互関係と相互影響要素を探索すること、学術的には個々の民族の基本的な認知レベルに達し、現代的な学術水準を満たすこと」などが決議された。これと同時に、「中国少数民族文学史、文学概況叢書」の審査委員会（一九八八年に編審委員会に改名）も設立された。

二〇世紀八〇年代に再出発した少数民族文学史の執筆活動は、その問題意識においても学術的な思想面においても、或いは内容的な複雑さにおいても、前代のそれと比べて大いに異なっていた。しかしそれでも民族文学史の著作の歴史のこの二つの時期は、むろん前後が接続ないし継続しており、実際にその多くの著作は、何れも五〇年代末から執筆され、八〇年代になってようやく正式に出版（例えば『ミャオ族文学史』）か、再版（例えば『ペー族文学史』）ないし改訂（例えば『ナシ族文学史』）されて、ようやく世に出されたのである。しかも五〇年代に確立された基本的な創作の枠自体は、八〇年代になっても九〇年代になっても、依然として肯定され、堅持された。まさに仁欽道爾吉が指摘しているように、「五〇年代六〇年代に制定された編纂原則は七〇年代八〇年代に至っても、なお指導的な意義を有していた[69]」のである。

なお、中国各少数民族文学史の現代の著述は、その多くの情況のもと三つの要素を反映し成り立っている。その一つが国家イデオロギーを代表する政党や政府の計画で、もう一つは民族の自我意識の集団的な想像で、最後の一つは著者である学者個人の見解である。ただ呂微が指摘しているように、この三つの要素、つまり国家のイデオロギー、民族の自我意識、学者の個人見解が占める比重は、必ずしも同様ではない。時期によって異なり、強く出る場合があれば、存在感を失ってしまう時期もある。それは国家イデオロギーが学術領域に介入する遣り方とパワーの強さによって、民族文化および心理的なアイデンティティなどが変わってくるし、学術的な自律性や合理化を求める働きも異なってくるからである。「現代国家のイデオロギーは、一種の土着化された現代意識と民族性の現代的な衝動であり、この意味では学者の現代性に対する個人的な理解も深層では、これと一致するものである。よって、現代性による思考方法はこの三者による共同規定である。これにより、民族と個人の訴えが国家の訴えと衝突した場合、或いは前者がいかに後者の強制的な規範を拒もうとしても、民族と個人は結局のところ、最終的には国家イデオロギーと対立する立場に立つことができず、逆に自覚的か無自覚的にか、後者と一定のバランスが取れる関係を構築するのである。それだからこそ、民族文学史の創作は、創作活動でありながらも、その大部分が似たようなものとなってしまうのである。つまり民族文学史に関する創作形式の一律の傾向は、ある意味において、これは現代性（モダニティ）的な思考による結果でもあったと言えよう。従って、少数民族文学史の著述に同一傾向が見られるのは、ただ単に国家意識の制約があったからだとの見方は、浅薄な見方である[70]」と言えよう。そもそも「本質的に、民族文学史の編纂事業は一種の国家による学術的な行為であり、多元一体の民族国家を構築するというモダニティなイデオロギーのために奉仕するという一面を持っている。この学術的行為は政党や政府の学術機構によって組織され、各民族の学者が揃って関わることになっている。ただ八〇年代以前、民族文学史の編纂事業は主に政党の宣伝事業を管轄する組織（中共中央宣伝部）に指導されていたが、八〇年代以降、この事業は学術的な研究機関である民族文学研究所に移行して、宣伝領域から学術領域へと大きくその性格を変えたのである。政治的なイデオロギーが優勢を占める政党機関から学問の自律性を重んじる研究機関へ移転することによって、むろん民族文学史の編纂事業はさらに現代的で、より知識的な分業規範に適するものとなるであろう。しかし政治的なイデオロギーによる直接関与から逃れたとしても、隠れて存在するイデオロギーとも言える現代的な思想は、依然として民族文学史の学者全体あるいは個人創作を制約している[71]」と考えられる。

モダニティを背景にして文学史の著述を行う時、叙事が歴史を認識するという重要な役割を果たす。それは文学史そのものが叙事であり、叙事が文学史の執筆者に一種の有効なメカニズムを提供することができるからである。以下、出版年代の順序に従って、二〇世紀八〇年代から二〇世紀末の中国少数民族族別文学史の創作スタイルを簡単に整理してみる。ちなみに、中央政府研究機構からの指導があったため、これらの少数民族文学史の構造と枠組みは、大同小異にして変化に乏しく、大概まず序論の部分に各民族の起源と歴史、地理、社会等を紹介することになっている。それぞれの相違点は、主に時期の区分や各民族特有の文学体裁に見られた。よって、下記では主に族別文学史の時期区分と体裁分類に焦点を当てて、その現状を簡単に整理しておきたい。ただし予め説明しておくが、それぞれ重要な部分に焦点を当てているがゆえ、ある作品については時期区分のみを取り上げ、ある作品については体裁だけを取り上げ、ある作品については両方とも取り上げることにしている。

『ホジェン族文学(72)』――　民族概況、歴史と起源、族称と言葉、社会構造、精神生活、民間口承文学、創作記載文学、口承文学の採集、整理と研究。民間の語りと歌（伊瑪堪）、語り歌いもの文学とシャーマン文化、語り歌文学の多元文化構造、作品構造、変遷と発展、芸術形式、伝説故事（特侖固）、故事（説胡力）、民歌（嫁令闊）、ことわざ、口承文学の翻訳、創作記載文学。

『キルギス民間文学概観(73)』――　神話（自然、部落の起源、英雄）、民間伝説（地名、習俗、起源）、史詩叙事詩（神話史詩、英雄史詩、恋愛詩（長編）、『瑪納斯』）、民歌（労働歌、儀式歌、情歌、児童歌、新民歌）、民間故事（生活、神魔、動物、機智に富んだ人）、ことわざ・謎々・早口言葉。

『オロチョン族文学(74)』――　神話、民間伝説、民間故事、語り物故事、民間歌謡、ことわざ、迷信、創作記載文学、民間歌手。

（以上の三部は文学概況である。主たる内容は静態的な書き出しであり、文学史的な形をとっていない）。

『ペー族文学史(75)』――　南詔以前、南詔および大理国時代、元明清および国民党統治時期、新中国成立以後。

『チワン族文学史(76)』――　布洛陀時代（？―紀元前二二一年）、莫一大王時代（紀元前二二一―一二七一年）、「嘹歌・唱離乱」時代（紀元一二七一―一八四〇年）、「黒煙が火花へ変わった」時代（紀元一八四〇―一九一九年）、太平天国から国民革命時期。

『ヤオ族文学史』(77)――遠古文学(?―隋唐以前)、古代文学(唐から一八四〇年のアヘン戦争まで)、近代文学(アヘン戦争から五四運動まで)、現代文学(五四運動から現在まで)(大部分は民間文学で構成されており、作家文学は最後の第五章の一つの節のみである)。

『回族古代文学史』(78)――元、明、清三代。

『トン族文学史』(79)――唐代以前、唐宋元明、清代、民国時期、中華人民共和国成立以後。

『プイ族文学史』(80)――太古、古代、近現代、社会主義。

『プイ族文学史』(81)――太古、古代、近代、現代。

『マオナン族文学史』(82)――マオナン族は百越から枝分かれした少数民族である。遠古文学(紀元六一八年以前、唐以前)、古代文学(後期、紀元一三六八―一八三九年、明、清のアヘン戦争以前)、近現代文学(紀元一八四〇―一九四九年九月三〇日、清のアヘン戦争―中華民国)、当代文学(一九四九年一〇月一日以後、中華人民共和国成立後)。

『ナシ族文学史』(83)――口伝文学、トンパ文学の勃興と繁栄、民間伝統の長調の誕生、作家文学の勃興と繁栄、新文学の勃興、社会主義文学。

『キン族文学史』(84)――古代文学(キン族は明代にベトナムから入ってきたため、一五一一年から一九三九年までとなっている。アヘン戦争以前)、近現代文学(紀元一八四〇年―一九四九年九月三〇日)、当代文学(紀元一九四九年一〇月一日以後)。

『ムーラオ族文学史』(85)――遠古文学(紀元六一八年以前、唐以前)、中古文学(紀元六一八―一三六七年、唐、宋、元)、近古文学(後期、紀元一三六八―一八三九年、明、清のアヘン戦争前)、近現代文学(紀元一八四〇年―一九四九年九月三〇日、清のアヘン戦争―中華民国)、当代文学(紀元一九四九年一〇月一日以降、中華人民共和国)。

『イ族文学史』(86)――氐羌、烏蛮の源流紹介。原始社会時期(?―紀元前二〇五年)、奴隷制社会時期(紀元前二〇五年―紀元一二七九年、元朝初期)『旧唐書』にはイ族が漢文を使用して記載文学を始めたのが南詔第二代首領の牟尋からと記載されている。封建社会時期（紀元一二七九—一九四九年）、社会主義時代（紀元一九四九—一九八六年）。

『中国モンゴル族当代文学史』[87]——　建国一七年と新時期、文学作品は四分法で分類。

『モンゴル族文学史』[88]——　研究範囲とその対象は記載文学と民間口承文学を含み、主導的な地位を占める伝統文学およびインドチベット仏教の影響を受けた仏教文学、漢文化の影響を受けた漢文創作文学である。神話伝説、シャーマン教の祭詞・神歌、箴言・訓諭詩、民歌、中編英雄史詩、長編英雄史詩『江格爾』、歴史文学『蒙古秘史』、叙事詩、祝辞賛辞、民歌、仏教文学、漢文創作等。時代区分は遠古（?—紀元一二〇五年）、中古（上、紀元一二〇六年—一三六八年）、中古（下、紀元一三六九—一八三九年）、近代（紀元一八四〇—一九二〇年）、現代（紀元一九二一—一九四九年）となる。

『チアン族文学史』[89]——　民間文学と記載文学の二つに分けられる。民間文学は遠古（?—紀元前二〇五年）、古代（紀元前二〇六—紀元一八四〇年）、近現代（紀元一八四一—一九四九年）、当代（紀元一九四九—一九九〇年）。記載文学は清から当代。附録—古代。

『チベット族文学史』[90]——　一九八五年九月初版、一九九四年九月修訂版、構成は殆ど変えず、内容を補充している。中央民族学院『チベット族文学史』編集。計四編。原始社会と奴隷社会時期—神話、詩歌、伝説、故事、史伝、ことわざ、『巴協』、翻訳文学。分裂割拠時期—史詩『格薩爾王伝』『米拉日巴《ミラレバ》道歌』『薩迦格言』「伏蔵」（チベット語では「徳爾瑪」、つまり「チベット法」の意味。吐蕃時期、ある筆者は神像、屋柱、岩窟の中に自分の作品を埋め、後世の仏教徒が発見して世に広がった。埋蔵されているものを掘り出したことから、「伏蔵」と呼ばれる）、伝説故事、チベット仏教経典文学。封建農奴制社会時期—『詩鏡』、歴史文学、伝記文学、作家詩、蔵戯、伝説、故事。封建農奴社会後期—史伝、詩鏡注釈と研究、長編小説、寓言小説、民歌、民間長編詩歌、ことわざ、民間故事、蔵漢文学交流。

『チベット族当代文学』[91]——　文学作品の四分法によって分類構成され、映画、民間曲芸、新民歌が加筆されている。

『バオアン族文学』[92] —— 大きく口承文学、記載文学に分かれている。

『トンシャン族文学史』[93] —— 古代、近代、現当代の三つの時期に分かれている。撒爾塔（トンシャン族の自称。このことから民族起源の伝説であることが分かる）の各種伝説、英雄史詩、民間叙事詩、労働歌謡、イスラムソフィ文学、寓言故事、民間童話、花児、記載文学が含まれている。

『タイ族文学史』[94] —— 桑木底時代、勐泐王時代、帕雅真時代、思可法時代、刀安仁時代、社会主義時代。

『プミ族文学史』[95] —— 上古（紀元六世紀以前）、中古（紀元六——一八年）、近現代（紀元一八四〇——一九四九年）、当代（紀元一九四九——一九九一年）。

『ハニ族文学史』（四編）[96] —— 窩果奴局文学時代（民族形成期の文学）、移動史詩時代（民族大移動時期の文学）、貝瑪文学時代（雲南高原を開拓建設した時期の文学）、当代文学（社会主義時期の文学）。創世歌謡、神話古歌—史詩（移動、英雄）、伝説（移動、精霊）、故事伝説、習俗礼儀歌、出棺・埋葬の祭詞、弔辞歌、悲劇叙事詩、民間伝説、民間故事、情歌、児童歌、ことわざ、格言、阿尼托（揺籃曲）、なぞなぞ、当代民歌、作家文学。芸術的特色、思想的内容、人物性格固定化の分析手法をとっている。序論では特殊な歌唱吟詠形式について触れているが、あとは平凡で特に変わったところもなく、実体をとらえにくい内容となっている。哈巴（酒歌）、然密必（嫁姑娘）、貝瑪突（祭祀の際に用いる）、密刹威（意味は「女性の悲痛な叫び」、いわゆる死別の歌である）、阿尼托（童謡）、然谷納差昌（子どもが遊ぶ歌）、阿茨（山歌）、羅作（舞歌）。

『トゥ族文学史』[97] —— 遠古文学（遠古から唐、宋、元まで）、近代文学（明、清）、近現代文学（清のアヘン戦争—中華民国）、当代文学（中華人民共和国成立から一九九七年まで）、当代以前は文人文学がなかった。

『中国少数民族文学史』[98] —— 原始社会—古歌謡（東北、西北、西南、華南、中東南）、神話（東北、西北、西南、華南、

中東南）、史詩（東北、西北、西南、華南、中東南）。奴隷社会—民間歌謡、民間長編詩、民間伝説、民間故事（以上は依然として地域によって区分けをしている。但し個々と状況が異なる場合もあるので、一部の地区の特定の体裁上については触れていない）、記載文学（チベット族、イ族、ペー族、トンパ経典文学）。封建社会—民間歌謡、民間長編詩、民間伝説、民間故事、語り物文学、演劇文学、詩歌、小説、歴史宗教文学、散文文芸理論。半植民地半封建社会—民間歌謡、民間長編詩、民間故事伝説、語り物演劇文学、詩歌、小説散文、文芸評論。

以上は不完全ではあるが、各民族文学史の概要である。外見はそれぞれで、長さもさまざまである。ただし個々の内容を見てみると、多少の違いはあるものの、叙述の構成や背景の指導的な思考などはほぼ一致しており、何れも少数民族文学を時空とは孤立的、静止的、停滞的に対峙させて表現するという形式から脱していない。例えば『ナシ族文学史』に描かれているナシ族文学の特色は「独特の自然環境によって育まれた審美の特色」、「向上進取的な民族心理素質が決定する開放的な文学」、「抒情的な芸術表現手法」、「『増琚』（増苴・増直とも言う。ナシ族の言葉を漢語で音訳したもので、ナシ族の人が詩歌を造るときによく使う一つの特別な芸術創作法）の運用」、「北方高原の息吹が南方特質と結合した風格」等々、これらの用語は余りにもありふれたもので、殆どどの少数民族文学史にも使われている。かつ、地域的な特色と民族的な特色を混同しているケースも多い。唯一、言語学の角度から考察した『増琚』の運用」が、独自の風格を備えていると言える。この現象は恰も我々に以下のようなことを述べているようである。つまり少数民族文学を西洋から入って来た、いわゆる近代的な文学観念で規定した固有の審美意識で図ることは不適切であり、もしどうしても西洋的な基準で少数民族文学を裁断しようとするなら、これまで見てきた通り、そこから得られるのは乱暴で無責任なもの、或いは硬直した無表情な、しかも平凡で味気のないものしか得られないのだ、と。

時代区分、文章の種類、作家と作品といった幾つかの重要な問題から考察することで、そこに思考の変化があることがわかる。一九六一年、中国社会科学院文学研究所が制定した「中国各少数民族文学史と文学概況編纂出版計画（草案）」の中で、時代区分の原則に関して、以下のように決めている。

各民族文学史の大きな時期区分は、各民族の社会史の大きな時期区分に基づくべきこと（できれば全国のそれと一致すべきだが、強制的に統一する必要はない）。個々の小さな発展段階については、それぞれの民族文学史の具体的な状況に合わせて区分すること。時期区分はわが国の歴代王朝の名称、或いは個々の民族の特殊な歴史の時期名称を使用することが可能だが、しかしその場合、必ず西暦年を明記することを要求する。

作家、作品の時代区分は信頼できる根拠に基づくこと。文字による記載がある場合、その文字による記載に依拠し、文字による記載がなく、しかし各方面からの考察によって、その時代がはっきりと推定できる場合は、適宜それに従って時代区分を行うこと。もし創作年代がどうしても確定できない場合、無理やりに時代区分を行う必要はなく、適切な時期に付しておいて記述することにすべきである。(99)

この「草案」が制定された後、殆どの少数民族の族別文学史がこの原則に従って作成されたことがわかる。なお、草案は「強制的に統一する必要はない」と明記しているとは言え、しかし現実として、「全国」的な時間観念がやはり圧倒的な存在感を持っており、一部或いは個々の部族の時間は、結局は全国的な時期観念に統轄されていったのである。例えば『キン族文学史』と『マオナン族文学史』は、日にちの単位まで中国の政治王朝の時代交替に基づき、文学史の時期を区分している。それは恰もこの世の中がある日、天変地異が突然起き、面目を変えたような事態に映る。ここで、我々が歴史を簡約化する手法を批判するのは簡単なことである。しかし当時の作者たちが置かれた時代背景等を考慮すれば、これもまた理解できることでもある。何故なら、第一に、当時の主流となっていた史学観の影響であったたし、時代の学術的な雰囲気全体が政治的な環境に依存していたからである。第二に、このことは一種の策略的な著述方式として採用されただけで、作者たちも本気でこの世の中が一瞬にして天変地異が起こり得るとは信じていないからである。各章の始まりに殆どの著書が「歴史と社会概況」の一節を設けていることから、当時、膨大な歴史遺産と文学遺産に直面した作者たちが、これらの資料をどのように処理するかが分からなくなってしまい、一つの妥協法として、通用していた既存の著述方式を採択したものと思われる。第三に、角度を変えて見ると、これら個々の部族の文学ないし文化が文学史という形式で再編成されることは、中華人民共和国の社会主義文化の新主体構築の目的に助力しているとも言える。しかも本来の目的から見ても、以前は沈黙ないし失語状態にあった多くの部族が結果として言説の機会を得たことから、良い結果となったと言えるであろう。

この圧倒的な全体主義の状況下でも、少数民族文学の特定の文化観念を辛うじて表すことが出来ていた事例もあった。例えば『ハニ族文学史』の時代区分が「窝果奴局文学時代」「遷移史詩時代」「貝瑪文学時代」「当代文学時期」となっており、他の文学史の時代区分とは明らかに異なっている。しかし残念なことに、本来はこのような時間観念を以て部族文化の叙事と抒情を行えば、部族自身の文化内部の発展文脈に基づいて話を進めることが可能であったはずなのに、内容を見ると、上記のユニークな時期区分はそれほど活かされず、すぐに「民族形成期」「民族大遷移時期」「雲南高原開拓建設時期」「社会主義時期」と時期を対応させているのである。これは地方的なものと民族的なものが、所詮は主導的な叙事体系に服従し、帰化せざるをえないという現実を如実に物語っていると言える。この現実によって、筆者が連想するのはベネディクト・アンダーソン（Benedict Anderson）の論述、現代民族国家の時間は過去と現代を区分して叙述を行う、いわゆる前進型の時間である――つまり過去から未来へ進む時間系統である。この系統の中で、国家言説が時計やカレンダーなど単一的な手段で時間を標準化または統一化し、さらにこの時間を以て空間的な差異も超越して、安定した方式で通時的に前へ邁進するのである。この新しい時間観念がさらに異なる地区の広大な空間を、多元的な人々に共有せしめ、それらの人々に自分たちは一つの共同体であると想像させ、そこから一つの国家であるという観念を造り上げる基礎を固めるのである。[100] つまり、少数民族族別文学史は中華人民共和国の国家言説の中で著述されたものである以上、言うまでもなく、当然この国家の時間法則を遵守しなければならないのである。

「新時期」[101] に入った後、一九六〇年代の少数民族文学史の編纂形式が継承されるようになる。一九八六年一一月、中国社会科学院少数民族文学研究所が北京で「全国少数民族文学史編纂事業座談会」を開催し、その会において「チアン族文学史」の著作任務を西南民族学院に割り当てると決めた。その原稿が一九九二年に完成し、その二年後に出版されるが、この『チアン族文学史』[102] が形式的にも実質的にも、それまでにあった他の族別文学史と殆ど違いがなく、注目すべきはただチアン族文学が「民間文学」と「記載文学」の二つに分けられているという点と、そこから更に細かく時代区分をしているという点である。「民間文学」の中では、太古から当代までを「太古神話」(例えば『羌戈大戦』、『嘎爾都』、『木姐珠と燃火娃』等)、「伝説」、「習俗長歌」、「歌謡」、「故事」、「新時政歌」、「労働歌」、「新情歌」と分け、一方「記載文学」の部分は非常に薄く、作品分類も小説、散文、詩歌の三つのみである。古代チアン族まで遡っても『詩経・小雅・青蠅』や『琅琊王歌辞』等(このような言い方が果たして成立するか否かは別として)であり、何れにしても近代的な詩歌、散文の観念を以て、それをはかった結果である。文章の分類から して、その編纂が漠然となっていて、仮に比較的わかりやすい「四分法」を使って整理したとしても、やはり整理統合できないものがあり、どうしても「余り」が出てしまうのである。そこで仕方なく便宜的な方法を取らざるを得ないが、その結果として、却って文学史全体の流れを壊してしまい、ある不純なものか未完成品のようなものとなってしまったのである。

このような現象はチアン族文学史だけに起こったものではない――チアン族文学史は飽くまでも筆者がランダム方式で無作為に選んだ一つの事例であり、このことはまさに主流文学史の書き方や分類方法では少数民族文学のすべてはもちろん、たとえ何にも束縛されず成長している少数民族文学の生態の大まかな現状でさえも描くことのできない現実を物語っている。次に作家または作品の面から見てみると、少数民族文学の中で、絶対多数の人に読まれ、そこから公認が得られる「経典」となる作品が少ないことが分かる。――或いは今がまさに経典化の過程にあたるのかもしれないが、「少数民族」という身分と立場からも分かるように、仮に「経典」を書ける潜在能力のある作家または作品があったとしても、せいぜい一部の人々の間で成立し得るもので、「中国」全体に対して価値ないし意義を有することは、殆ど考えられないであろう。

このようなパターン化された文学史の一例から、我々が見出せるのは、ただ政治的に一体化した思想による統率作用だけではなく、「科学的言説の共同体」に対する憧れと追求も非常に大きな力を発揮しているということである。(103) 前述したように、少数民族文学学科の設立と文学史の整理と編集事業は、外来の影響を受けて設立された主流――つまり漢文学の学術体系に直面せざるを得ない。もし公式の、正統の、主流の著述派に承認されたいのなら、その文学事実が必ず既存の文芸理論体系に収納されなければならないのである。文学史の創作は、言ってみれば一つの成熟した学術段階に入ったことを意味しており、少なくともある種の総括的な期待と自信の現れ――つまり著作者が既にある学科の蓄積してきたすべての資料を分析ないし総括したことになる。これは際限のない歴史的な事実に散在する文学を知識化するプロセスでもある。周知のように、現代の教育制度の下、文学史は既に人々が文学を理解し、認識する方法の主たるものとなっており、文学史の著述もまた現代の知識を生産する重要な一つのツールとなっている。文学史の最も基本的な機能は経典を確立することである。基準を設定し（制度化した文学の基準）、経典を形成するプロセスは、実は特定の「文学性」を確認するプロセスでもある。このような意味では、少数民族文学史の著述は、事実上国家的マクロイデオロギーの指導の下、少数民族文学の批評基準が完成し、その「文学性」がすでに主導的な言説に規定されているのである。

叙事言説は昔から特定的で、具体的な歴史権力の産物でもある。一方、文学史の著述というこの現代的装置は、所詮は民族国家の制度的な実践の中で完成されたものである。当然のことながら、この実践の過程の中で、一部の認知方式は必然的に権威化されるため、それによって、他の方法と手段が抑圧されるのも事実である。このことは少数民族文学が何故今まで長らく抑圧的な立場に立たされてきたのかを、我々に教えてくれる。少数民族文学は文学評価系統の中で、むろん辺縁に位置し、このことは我々に全体的な権力体制での地位を思い知らせている。文学史の知識が一旦固定されてしまうと、必然的にある特定の美学傾向と理論構造を形成する。すると、作家と作品(テキスト)に対する評価は、批評家個人の好き嫌いに大きく左右されるのは避けられないこととなる。しかもここで留意しなければならないのは、好き嫌いや趣味というのは、自然に形成されるものではなく、個人と時代の知識の発展系統とによって決定されるという点である。[104]また、文化的な心理構造の形成も、歴史を超えて存在するものではなく、知識の内在化で形成されるものである。長らく少数民族文学が「中国文学史」から脱落していた事実は、必然的に次世代の人々にほぼ無意識的にこのような観念を植えつけてしまうのである。それはつまり少数民族文学の立ち遅れ、未熟、粗削りであり、もしそこに何か発掘するに値するものがあっても、その認識する価値は、民族文化がかもしだす異族情緒に対する少数派の興味に過ぎないだろう、[105]と。この認識の誤謬についてはここで触れないが、それよりも重要なことは、この認識によってもたらされた結果がどうなっているのかという問題である。例えばロバート・ヤング(Robert Young)は、主導的な言説の歴史が「他者」をただ単に一種の知識と見なすと、そこから普遍化した歴史がさらに他の社会および知識形式を自分が見下せるものと見なした時に、後者はまったくの苦境に陥るのだ、[106]と指摘したことがある。まさにその通りで、主導的言説によって形成された美学規範に照らし合わせると、少数民族文学はもちろん「主」ではないことは明らかである。このように考えれば、少数民族文学が苦境に置かれるのも、ごく自然なことである。

あらゆる言説は自分の規範概念と論述範囲と認可対象と方法を持っている。これは自我を真理化する傾向を生み出す決定的な要素である。少数民族文学史の初期段階の著述は、まさに「中国文学史」がその誕生して以来形成してきた知的な構造が、巨大な力を持っていることを証明しているのである。

第六節　各民族の文学関係においての少数部族文学の問題

「少数民族文学史」が誕生したのは、すでに制度的構造の中で文学史というものが形成された時代であった。そのため、当初から少数民族文学史はハイデッガー歴史哲学式の隠喩性をもっていたのである。つまり理性から出発し、真実の検証に回帰するということである。もちろん、これはほぼあらゆる歴史的な著述作品に適合する宿命的なのではあるが、このハイデッガー歴史哲学が強調する目的論は、欧州中心的な色彩を強く帯びているのである。この点について、多くの中国現代少数民族文学の作家らは殆ど注意せずに、そのまま継承してきたと言っても過言ではないであろう。

ハイデッガーは歴史の研究方法を三つに分けている。その一は「原始の歴史」である。つまりヘロドトス(Herodotus、紀元前四八四－四三〇年)とトゥキディデス(Thucydides、紀元前四六〇－三九九年)が直観的に描写した記録である。その二は「歴史の再認識」で、つまり普遍的、実験的、批評的、部分的な歴史である。その特徴は抽象的な観念を用いて歴史資料を分析し、整理、総括することである。言い換えると、書かれたものを知性的な再認識のレベルまで引き上げることである。その三が「哲学の歴史」で、つまり歴史に対して思想的な考察を行うことである。ハイデッガー本人の歴史研究方法は「哲学の歴史」であり、その主たる論説は彼の言っている「思想」＝「理性」である。歴史の時間経過は、ハイデッガーに言わせれば、それは弁証法によるロジックプロセスであり、その向かっているのは特定の目標——つまり自由なのである。[107] ただ、歴史弁証法を論証する過程において、ハイデッガーは確かに各民族を例に、一見すると世界史の角度から考察を行っているようだが、依然として欧州文化中心主義的な出発点から脱却していない。それは、彼に言わせれば、東洋人は自由に対してまったく無知であり、当局者（potentate）だけがやりたい放題である。ギリシャ人とローマ人は市民概念を持ってはいるものの、しかしそれは極少数の一部の人々に限られたものである。ほかの人々は所詮奴隷と見なされている。唯一、ゲルマン民族だけが自分の洞察力を発展させ、人は皆自由であることを知っている、と。従ってハイデッガーの理解を要約すれば、東洋人は昔から現代に至るまで、ただ自分だけの自由を考えていた、そしてギリシャ人とローマ人も所詮は一部分の人々の自由しか考えていなかった、そしてゲルマン人だけがすべての人々の自由を考えていて、この自由こそが最も高度な自由で、言い換えれば個人が社会全体の普遍的な理性に従って意志行為を行ってから、ようやく本当の自由に出会える、というロジックになっている。この隠喩方は少数民族文学史の著述理念にも通用するであろう。それは、少数民族文学も多くの場合、部族融和的な意義しか持たず、どちらかと言えば自己文化の内部に限定され、普遍性を持っていないということである。しかし、もし普遍的な性質を持つ「文学」と「歴史」を書こうとした場合、何より彼ら自身がまず普遍的でなければならない。つまり少数民族文学自体、まず主導的な立場にいる思想を認める「文学」になってから、はじめて「歴史」に入れる資格を有するのである。言い換えれば、翻訳などを経由して西洋から入って来て、その後、現代中国の規範概念となった文学概念に合わない少数民族文学は、もし修正ないし整理と削除などを受けないなら、正統の文学史の記述内容ないし対象にさえならないのである。少数民族文学はまさにこの正統な文学に属しようと自己調整をした結果、少数民族文学が現代中国において、「少数民族文学」となったのである。

しかし現在の現実的な言語環境において、もし今の「少数民族文学」を本来の少数部族文学に出来るだけ還元しようとしても、所詮、その議論は現代において先行されている文学史的な言語表現法によって書かざるを得ないのである。幸いにも、現在では「多民族文学史観」という形式で色々な実験が試験的に行われており、言わば再翻訳といった方式で、一体化ないし同質化していく「少数民族文学」を、再び徐々にではあるが多彩多様な各民族文学史の元の姿へ還元しようとしている。

ある論者によると、「中国多民族文学史」は少なくとも二〇世紀五〇年代中期に、「少数民族文学」の概念が提起された時には、既に大筋の構想が練られていたという[108]。一九五五年一月二〇日、瑪拉沁夫が中国作家協会の指導部へ送った書簡の中で特に強調したことは、「わが国は多民族国家であり、わが国の文学は中国各民族の文学でなければならない」という点である。一九五五年の「五・一」前後、今度は老舎が中国作家協会を代表して、これまで前例のなかった少数民族文学事業座談会に出席した。なお、老舎は一九五六年三月に「兄弟民族文学事業に関する報告」と一九六〇年八月に「少数民族文学事業に関する報告」を提出している。この二つの報告が、後に新中国多民族文学の発展綱領と見なされ、同時に、文学界の中国文学の歴史に対する新しい認識ともなった。但し、実際にはその当時においても、或いはその後においても、相当長い時間が経っているが、これらの構想はやはり現実的な形には至ることはなく、ただの感性的な認識に留まり、史観のレベルまでには到達することがなかった。何より、発展当初、中国の「少数民族文学」観念はソ連経験と中国の国家民族政策に大いに影響されていたため[109]、少数部族文学がその当時の政治一体化の言説環境の中で、自らの主体性を発揮する可能性は現実的にはなかった。事実、前述した族別文学史の多くが例外なく、機械的に中国文学史の形を手本にして、中国文学史のそれぞれの民族区域版を使ったようなものとなったのである。

「少数民族文学史」の著述は、時期的には中華人民共和国の初期段階に確立され、その高揚期は「大躍進」と「文化大革命」の時間とほぼ一致するため、その編纂原則や体裁等はその時代ならではの非常に強い政治特徴を帯びていたのである。従って当時、議論の的となった問題は、主に以下の三つである。(110)

（一）過去と今日の文学を如何に正確に理解し、対応すべきか、という問題。つまり「古きを重んじ今を軽んずる」べきなのか、それとも「今を重んじ古きを軽んずる」べきなのか、という論争であった。当時、徹底的に後者を主張する意見もあった。その理由は、①歴史編纂の目的は今日のためであり、過去は今日のために必要であるべき。②「風流の人物を数えんには、なお今朝を見よ」、歴史は何時も前へ進めるもの、新しき物は矢張り古き物と交替する。だから今日の物により多くの評価を与えるべき。③ある民族（例えばミャオ族）は、過去は記載文学作品を有していなかったが、今はある。よって古今は既に比べ物にならないほど変わっている。④少数民族文学の研究において、以前は「古きを重んじ今を軽んずる」傾向があった。これは改善すべきものである。もちろん、こうした意見に反対する人々の考えは、少数民族文学遺産に対する発掘作業はまだ日が浅く、古きを重んじ今を軽んずるという傾向はまだ見られない。むしろ古代の作品が非常に危険な状況に置かれており、早く収集整理しないと、その多くの作品が喪失され、伝統も失われる危険性があり、「今を重んじ古きを軽んじる」ことは賢明な方法ではない、とする。様々な議論を交わした結果、少数民族文学の現状に対して、以下のような認識を得た。まず、当代の文学はその性質においても思想内容においても、すでに過去の時代を超越している。ただし、すべての当代の作家また作品が過去を超越したということではない。次に、古代の作家また作品に対して、我々の評価は往々にして政治基準を優先し、芸術基準を二の次にした要素で測る傾向がある。原則として、今日の政治基準で古人を責め立てず、古代文学遺産に対しても批評的に継承すべきである。せめて乱暴に否定してはいけない、という形で議論に決着をつけたのである。

（二）少数民族文学史の発展過程を検証する時、民間文学を含めて、いわゆる「二つの文化闘争」（つまり労働人民と統治階級の間の文化的な対立）の問題がないのか、という問題。当時の一つの共通認識としては、すべての文学史における「二つの文化闘争」の存在を認めている。ただその闘争が全ての歴史段階において、必ず激しく展開されるものとは、言うことはできない。このレーニンの説から出てきた「二つの文化闘争」学説[111]に対しても、機械的に受け入れてはならないし、すべての時代のすべての作家と作品を、安易に二分化し、進歩的、人民的でなければ、イコール反動的な文学ないし作家であると見なしてはならないということである。

（三）文学史の編纂過程で、もう一つの重要な問題は作品に対する評価である。例えばモンゴル族の民間故事『チンギスハンの二匹の駿馬』、ペー族の民間故事『牟迦陀開辟鶴慶』、ペー族地区に広く伝わっている杜文秀伝説の扱い方について、会議においても大いに議論となった。最終的には、古代文学作品に対する評価基準もやはり政治基準を第一に、芸術基準を第二にすることとなった。もちろん、マルクス・レーニン主義の根本的原則である階級分析方法も使用することとした。但し、古代文学作品に対する評価は歴史主義的な観点を取り入れなければならないし、現在の作品と同様な著述を求めてもいけない。なお、古代の作品はその思想内容も非常に複雑で、時には矛盾するものを含むものもあるため、細かく且つ具体的な分析の必然性についても会の総意として言明された。

この会議で挙げられた議論の多くは、何れも簡単に解決できる問題ではなかった。少なくとも理想状態には、まだほど遠い状況であった。それは、一部の問題が政治的な観念や歴史認知問題などと直結するため、すでに文学の範囲を超えていたからである。ただ、一体化を求め、進化論的な時間観と社会観を共有するという点においては、間違いなく共通認識を持てたと言えよう。だからこそ、一九九七年に張炯、鄧紹基、樊駿主編の全一〇巻本、総五五六万字の『中華文学通史』[112]が、「九五」（第九回目の五か年計画——訳者注）国家社会科学企画重点プロジェクトの成果として出版され、国家レベルでのもう一つの学術性作品として公刊されたのである。この「通史」の中で、「各少数民族」文学の時代区分が、ほぼ中国文学史の個々の時代区分に吸収ないし融合された。ちなみに、一〇巻は次のように分けられている。

第一巻：先秦－隋文学（古代文学編）
第二巻：唐五代宋遼金文学（古代文学編）
第三巻：元明文学（古代文学編）
第四巻：清代文学（古代文学編）
第五巻：近代文学（近現代文学編）
第六－七巻：現代文学（近現代文学編）
第八巻：児童文学、詩歌（当代文学編）
第九巻：小説、演劇（当代文学編）
第十巻：映画文学、散文、理論的批評（当代文学編）

張炯は「序言」において、まずこの文学通史が作成される過程で、各民族文学が融合共生している背景を説明している。具体的には「前文学」（実際には民間文学）の状況、文体の分類、思想性、主流の風格（再現型のリアリズムと表現型のロマン主義）、外国文学の影響と交流、文学史観、方法論、時代区分の問題など、計八つの方面から構成されている。この序言と章立てからは、編纂者のすべてを包括的に収容することへの野心的な志が見て取れる。ここで「野心的」と言ったのは、この文学通史は時代、部族、地域といった要素を、全体的にカバーしているからである。まず時代的には古今を通じ、太古文学（前文学）の時代から二〇世紀九〇年代までに至っている。次に部族的に見ると、中華各民族をカバーし、中国版図内の古今各民族の文学の成果をすべて取り入れている。そして地域的に見ると、中国大陸と台湾・香港・マカオ地区など、中国領土内の重要な作家および作品と文学発展の史実などを、可能な限り全文収録している。ただ、欲に走り過ぎて却って損するという言葉があるように、余りにも手を出し過ぎたが故に、著述は深く掘り下げたものとは言い難い。また、構造の面においても、明らかにぎこちない部分が存在している。各民族文学の歴史過程における相互関係に対しても、決して深く掘り下げたとは言えない。この文学通史の功績は、族別表記という点のみであろう。なお、「序言」によると、「本書の第一編『中華古代文学史』の部分は、余冠英主編の三巻本『中国文学史』の約八三万字の中の、加筆・修正を必要としない部分、特に余冠英、銭鍾書等の著名な作家が著述した章節を全文流用した。さらに新たな部分を付け加え、訂正すべきところは訂正し、補充すべき作家・作品を大量に補充し、北朝文学、五代十国文学、遼・金・西夏文学、および過去にはその論述が不足していた明清文学、またこれまで殆ど書かれたことのなかった各少数民族文学についても追加したことによって、古代文学の部だけで二五〇万字となった。第二編の『中国近現代文学史』の近代部分は、すべてが書き下ろしで、その分量は約四〇万字になっている。現代の部分も一〇〇万字に達しており、唐弢主編の『中国現代文学略編』から約二一万字（唐弢が執筆した部分も含める）を転用した。これまでの文学史と比べると、新たに論文、通俗文学、被占領地区文学等の内容も加わった。さらに現代文学の発展に対して有益な貢献をしてきたにもかかわらず、これまでおろそかにされてきたさまざまな分野の作家などを公平に評価出来るように努めた。第三編においても、全体的に少数民族文学の内容を増やし、同時期の台湾、香港、マカオ地区の文学も紹介した」とある。とくに編集者を満足させたのは、「作家および作品、また個々の重要な文学現象に対して、比較的充実した分析と論述ができただけではなく、今までの文学史著作が余り留意してこなかった、或いは全く無視してきた各時代の文学観念、文学理論および批評の発展図に対しても、相当な分量を割り当てて議論したし、必要な整理と評価も、努めて作成した」(113)点であるとのことである。

確かに、この全一〇巻本の通史の新しいところを挙げるとなると、まさにこの点であろう。むろん、今まで少数民族文学史ないし台湾、香港、マカオ地区の文学史などが、まったくなかったわけではない。しかしその殆どが「中国文学史」という大きな枠組みの中で、事実上無視されるか、或いは主流を成している文学史の中に組み込まれてしまうかで、特定の部族的な身分ないし地域意識を強調して編纂した文学史著作は、極めて珍しいケースである。とくに香港、マカオ、台湾に関しては、もしこの地域の政治的、歴史的な特別な背景を勘案しなければ、単独で取り上げて、個別の文学史を書くということは、まず考えられないであろう。それは、「中国文学史」という大きな枠で物事を考える時、確かに、あらゆる民族が「中国」の一部であるため、本来はわざわざ特別扱いして、工夫を凝らし、個別に強調する必要はなかったからである。それは、例えば老舎ないし沈従文のような著名な作家であっても、一部の研究者は彼らの民族的な身分に注目し、好んでそのことを強調したがるが、その多くは、ただ単にある種の特別な風情を味わったに過ぎず、本当に彼らの少数民族である身分が彼らの文学にどのような影響を与え、或いは民族文学の根底から深く入り込んで、その意義たるものを考察した研究は、殆ど皆無である。これは恐らく多くの人にとっては、文学というものは一種の公共的なもので、普遍的な価値を有するものであるため、特定の部族などで読者の意識を制約すること自体あってはならないものと思っているからであろう。言い換えれば、老舎の満洲族また沈従文のミャオ族の出身という要素は、所詮一種の遥か遠い背景であり、特別扱いしないのが一般的である。むしろ彼らを「少数民族作家」と呼称するのが、ある種の不快感を与える可能性があって、余計な違和感を呼ぶ可能性さえあり得るのである。それはこの二人の作家自身も、決して自分が少数民族であることを強く意識して創作活動をしたことがないことからも分かる。もちろん、こうした特定の民族文化、民族心理の角度から作家を解読ないし研究することも、一つの有効な方法であると主張する研究者もいるかもしれない。しかし余りにも族別の問題を際立てると、却って読者にある種の唐突で奇妙な感覚を与える可能性が生じるのも事実である。

それなら、なぜこの『中華文学通史』がこのような著述方法を選択したのであろうか。その原因はただ単に、今までの人々の慣性的になっていた思考方式に何か問題があったからだろうか、それともこのような著述方法に何らかの新しい価値があると認識したからであろうか。少なくとも、編集者自身はこのような文学史の編纂は一種のイノベーションであり、大いに価値あるものと考えているようである。このような非主流文学の比重をさらに強化し、今後もこのような方向性で仕事を進めていくであろう。それならば、この転換的な著述法の背後に、間違いなく幾つかの意義があるに違いない。このことについては後文において議論したい。ここではまずこの文学通史の具体的な書き方について触れておきたい。

まず、「空白を補う」ものとして、辺縁文学が——ここでは主に少数民族文学（もちろん民間文学、通俗文学などとも関連しているものと考えられるが）であり、ジェンダー、同性愛文学などは、まだ視野に入っていない——今回は「増補」の形で中華文学史に組み込まれたこと。ただその書き方からみても、『中華文学通史』の形式はやはりそれまでの文学史の編纂慣例に沿っており、編纂者が中国の多民族の多元一体化観念を明確に認識し、「序言」などで繰り返し強調しているにもかかわらず、多民族文学史観そのものがまだ形成されていないが故に、具体的な著述を見ると、やはり理論と実践の間には乖離があり、その乖離が決して縮まっていないように感じる。そもそも多民族文学の成分の多くは民間口承文学や大衆通俗文学のように、どちらかと言えば今までは見落とされてきた「辺縁文学」であって、今回も所詮は新たに「発見された」存在に過ぎないのであり、まだ有機的に中国文学史に融合されておらず、実質的には所属する民族別に統計したような集合体となっている。とくに古代文学と近現代文学に関わる部分になると、その特質が顕著になる。恐らくそれは「民族」という概念自体がつい最近のことであるからであろう。実際に中国現代少数民族の所属する民族の区分と確定の作業は、新中国成立後の一九五〇年代になってからである。とりわけ古代民族文学に対しては、事実上、一種の追認と再評価であるからこそ「中国文学史」と名付けず、「中華文学通史」と命名されたのであろう。これは文化的な追認を極力強化した結果とも言える。ある意味、「中華民族」を繰り返し強調し、重ねて声明すること自体は、民族文化意識の覚醒と勃興によって、国族の一体化精神を再構築する必要があったからであろう。

言うまでもなく、「中華民族多元一体」の重心は「一体」にあり、これは先天的に少数民族文学に求心性を規定している。また、「民族」という概念の内包と外延の不安定性も、多民族文学史の著述を難しくしているのであろう。従って、国家文化プロジェクトではなく、単純に学術研究の面から言うと、中華各民族文学通史を構築する作業は、或いは得策ではなかったのかもしれない。何故なら、この作業は必然的に、本来は生き生きとしていた各民族文学の内容を犠牲にするという代価を伴うからである。台湾地区の原住民文学など、その状況がさらに複雑で、現実的な政治要素が原因で、実際にその地域に入って研究すること自体が不可能な状況にある。その結果、結局のところ地域文学史的な扱いしかできなかったのである。

大きな背景から言うと、「文化大革命」後の文学史の著述また文学批評の全体的な方向性は、「再構築」という一語で総括することが出来よう。ただし文学史を再構築する過程が、国家、階級、性別、種族等の、発言権の争奪戦の場となってしまい、様々なイデオロギーの闘争の場となった。文学史の度重なる再構築は、ある意味においては歴史を再現するという信念と衝動でもある。「価値に基づかない」(value-free) という立場に立てば、必ず文学史を中立的かつ傾向性を持たない、単純な時間概念として捉えることができると文学史家の多くが信じているようである(以前は排除していた旧体詩、通俗文学、民間文学などの文学の類型を取り入れる等)。しかしそれと比べれば、少数民族文学の問題はもっと深刻で、つまりまだ取り入れるかどうかの、いわば入口のところの問題である。もちろん、少数民族文学は元々中国文学史の外で存在するものではなく、内に置かれているものと主張する研究者もいる。歴史的な事実からしても、確かに少数民族文学は中国文学史に内包されている。しかしそれは「少数民族」という言い方自体が存在していなかったことも考慮しなければならない。しかも主流文学と比べると、少数民族文学はまさにその地理的な位置、文化的な境遇、経済的な環境と同様、常に一歩遅れているのは事実である。この遅れて誕生した現代的な著述——少数民族文学史は、常に主流たる言説の後方に置かれ、その遅れを取り戻すために一所懸命になり、すでに疲れ果てているのも事実である。名称と内容の面において多少なりとも特異性を持っているだけで、文学観念および時間と空間の認知上において、少数民族文学史は殆どその独自性を見せていない。既に二〇部を超える少数民族文学史が存在しているにもかかわらず、多くの学者が共同で編纂した権威ある『中国文学史学史』において、ただその第三巻『各種文学史の形成と繁栄』の第五編「中国民間文学史、通俗文学史、民族文学史編」の第二章「中国少数民族文学史の研究と創作」の中で、わずかに取り上げられているくらいである(114)。

二〇世紀になってから、あらゆる文学史がある種の宿命から逃れられなくなってきた。つまり、仮に以前は抑圧される「文学」対象であっても、一旦、文学観念上の主導的な地位を獲得すると、今度は逆に自ら新たな抑圧構造を作ってしまう、ということである。中華多民族文学通史を書く場合、元々あった文学史の材料や構造などを打ち砕き、増補ないし削減をしなければならない。これは大きな転換作業と言える。その過程で異なる言説体系を再認識し、その異同を弁別、分析し、さらに相互の融合を図る必要が出てくる。そうすると、前の著作者たちが持っていた文学史観を早急に転換しなければならなくなるが、これは伝統的な文学史の権威に逆らうこととなるため、決して容易なことではない。観念の転換から具体的な操作に至るまでには、慣らす期間と実験が必要で、はじめの一歩は相当厳しい現状が待っていると思われる。この意味では、各民族文学関係に対する研究と推進は、それまでの主流たる文学史の著作方法に対するチャレンジとも言えるであろう。

三巻本の『中国南方民族文学関係史』は、中国社会科学院による「九五」期間中の重点プロジェクトである。従って、その内容は依然として国家の意志による学術議論ではあるが、しかし私たちは既に「真実」に一〇〇パーセント拘ることの不可能さと、文学史固有の曖昧さを知っている以上、中国のような多民族国家で「少数民族」を確立させることは、既に単なる「政治的に不適切」かどうかの問題だけではなく、現代以降の歴史的な著述法についても、それは認められなくなったのである。当然のことではあるが、現代において歴史の真実を探求する可能性は既に存在しない。しかし一方では前記の叙述方法がなおも影響力を発揮している。こうした現状の下、この三巻本の著作が中国南方各民族文学の関係およびその発展変遷図を探った結果、中国文学の歴史は中国各民族文学と相互交流し、相互に学び合い、相互に影響を与え合い、相互に促進し、発展し続けてきた歴史であるという認識が得られた。つまり漢民族は少数民族から、少数民族も漢民族から抜け出せないという結論である。これは結局、いわゆる「多元一体」の論説を再度立証したに過ぎなかったが、文学の比較観念上においては、それなりの意義があったとも言えよう。例えば「屈原と楚辞」の節において楚辞と南方各民族文化との関係に関する掘り下げや、「南方各族の漢文創作」の節で漢代から唐宋までの間、文化の南方への伝播およびそこから生まれたものについての描写、また「南方少数民族地区における南戯伝奇の伝播」の節において、南方少数民族の芝居などが南戯の影響を受けていることに対する考証など、看過できない業績もいくつかある。また、南方各族の文学が中華文学に与えた影響についても独自の見解を展開している。例えば「中国文壇の多くが南風」等、文学の相互影響の角度から、南方少数民族文学の輻射力を詳細に述べている。これは逆方向の影響、周縁活力に対する詳説とも言えよう[115]。論述内容の選択から分析の方法まで、さらに経典の確立と解釈など、各民族文学関係の研究は常に政治体制、文学制度、現代以降の文学研究の伝統の制約など、詳細に分析されている。その後出版された『中国各民族文学関係研究[116]』（全二冊）と『二〇世紀中華民族文学関係研究[117]』なども、何れもこの議論の延長と見ることができる。

これらの研究者の初志によると、各民族文学関係の研究は「より科学的に中国全体の文学と中国各民族の文学の発展規則を取りまとめ、より鮮明に各民族文学の独自性を明らかにし、文学の角度から中国はもとより多民族国家の特徴を持っている」[118]と説明するためであったように見受けられる。なお、各部族間の文学の影響関係を研究する時に、実証研究のみでは不充分で、最終的に個々の具体的な作品の中に踏み込み、その中に潜んでいる審美的な特徴と部族的な心理と性格面における内在的な関連性も整理しなければならないと、上記各書の編集者たちも自覚しているようである。この中で、最も称賛すべきところは、「漢語文学」は多民族文学の混合体であり、異なるのは漢族が文化的にも地理的にも各民族を繋げ、集結させ、呼びかける地位にあるだけだ、と明言している点である。もちろん、これらの編集者たちはまだ少数民族の「他者」的な、あるいは「差異」的な区分について、また「漢民族」と「少数民族」という表現の中に、近代的構築の要素が入っていることについては、それほど自覚も意識もしていないかもしれない。それはともかくとして、この「求同存異」「和而不同」という比較観念は、中国文学の実際の状況に合っていると言えるであろう。

実は、既に一九八八年の段階で季羡林によって「少数民族文学は比較文学研究の範疇にいれて研究すべきだ」との提案があった[119]。その後、「世界文学と比較文学」の学科の中で、例えばアジア系、アフリカ系、スペイン系等の国外少数民族文学について議論する際、中国少数民族文学も部分的に注目を集めたことがある[120]。たしかに、各民族文学関係の研究は比較文学的な思考回路を持っているが、扎拉嘎もこのことを総括して、理論的にこれは文学の「平行本質」に当てはまるものと述べている。それは、「第一に、これらの事物は共通した本質を備えている。恰も平行線のように、共通した方向を辿り、離れることはない。第二に、これらの事物は異なる本質を有している。恰も平行線のように重なることも、お互いに入れ替わることもない」と。むろん、この「平行本質」という定義は、事物間の二重関係に由るもので、つまり異なる族別文学の統一性と多様性を指しているもの[121]と思われる。特定の事例の分析また理論的な推進面においては、上記の研究は言うまでもなく、問題の核心的なところまで掘り下げているると言える。この辺りの仕事はもちろん評価するが、少数民族文学の主体性という面からみれば、依然としてある種の気まずさを捨てきれていない。それは方法論あるいは価値論的に、この「平行本質」論は確かに多くの参考となるものを提供してくれたが、少数民族文学が一つの独立した学科になる資格については、依然として明確に論証されていない。結局のところ自己と異なる「他者」を構築しない限り、或いは比較の中で設定されない限り、少数民族文学はやはり自己形象を樹立できないものであろうか。「平行本質」によって、少数民族文学は既に自らの独立した品質と内包を発見している。それなのに、文学の発言権の中では、少数民族文学学科の位置づけ問題については、依然として共通認識を描けない状況にある。

以上、ここまで主に学科と権力の間の関係について分析してきた。現代学科の何れもそうであるが、生まれ付きのように、或いは自ら論証しなくても、自然とその合法性が与えられるというものではない。現代学科の体制の中で、仮に少数民族文学がそれほど重要でなくても、少なくとも「中国文学」学科に属する平等な一員としては、その位置づけがなされるべきであった。しかしなぜこれまでずっと主流学界に歓迎されてこなかったのであろうか。

ところで、このように発言権を争奪するような議論になると、言説者の不満に満ちた文化的優越感か、劣等感を引き起こすだけであろう。何より、受動的な論争に陥ることさえ予想される。そうなった場合、本末転倒で、決して問題の解決にはつながらない。以下においてはより重要なこと、つまり個々の文学とその歴史的な執筆背景の言説の意識について、議論を展開していくこととする。

第七節　多民族文学史観の興起

王鍾陵の論理によると、新時期以前の文学史の研究方法は「二つの源流を受け継いでいるという。その一つがいわゆる乾嘉の伝統で、考証、校正、注釈また資料の収集、分類を重視し、文学史発展の話に及ぶと、何々からの出典とか、誰々に拠るとか、前代の研究の不備を指摘しながら、同時代の研究の欠点にも目配りをしつつ、これまでの思考経路を整理して、源流を探るという方法である。もう一つがソ連文学理論から移行してきた、主に経済、社会等の条件を分析する方法である。言うまでもなく、前者は実証研究を重んじる方法で、豊富な資料を羅列しながら、その中から議論を発するという手法である。この手法は確かに的確な議論が多いが、一方では表現が明白ではない部分も多い。後者は根拠が乏しく、往々にして政治思想的な価値判断で終わっている。思考方式の角度から見ると、前者はどちらかといえば縦方向の考え方で、後者は横方向になっている。また前者は往々にして細か過ぎて、深さに欠けているが、後者は主体意識を以て客体対象と取り間違えたり、場合によっては客体対象が完全に主体意識の付属となったりすることもある[122]」と言う。この不満に基づいて、王は『中国前期文化——心理研究[123]』の中で「原生態的な把握方式」という概念を提起している。そこで求めているのは、時間、空間、実質が連続し、統一された原始的な歴史にできるだけ近づくことである。その目的は純主観論に反対することである。王に言わせれば、原生態的な把握方式とは「複雑な問題に対しての全体的な理解方法」であるという[124]。この理解方法の哲学的な基礎は、三つある。つまり、主体と客体の混合と相互生成、および時空的な包含と転換非線形的な発展観である。彼の論述は細かい演繹が欠けていて、分かりにくい面もあるが、当代文学史観の変遷を動的に観察することにおいては、大いに参考になる。

一九八〇年代に流行した「ルーツ文学」、「方法論ブーム」、「文学史の再構築」などの波は、少なからず少数民族文学の主体の覚醒を促した。もちろん、個々の具体的な文学史の著述においては、なおも慣性的に以前の著述方式を援用しているとは言え、その功績は否定できない。何より、まず文学史は段階的な成果に対する総括として、どうしても停滞性を持つものであること。次に、文学史は多くの場合、文科教育の基礎的な教材として使うため、既成の知的な基盤をすべて打ち破ることは出来ないということ。また、具体的な操作面においても、文学史とは大概一人によって完成されるものではないため、バランスを取るために往々にして最も妥当で、最も多くの人々に受け入れられるような著述を選択するのである。文学史の著述が、多くの場合、普遍的で平凡なものが多いのはこのような理由からである。従って、個性の強い著者でない限り、新観念を生み出す文学史など、なかなか現れてこないのである。

以上述べてきたように、二〇世紀の文学史観は復古主義、循環論、進化論、退化論、科学主義、革命論、階級闘争、現代化、ヒューマニティ論など、幾つかの変遷を経てきたが、ある史観が主流となっていた時、他の史観はまったく消えていたわけではない。ある文学理論の探求成果が実際に文学史の著述に反映されるまでにも、一定の時間が必要である。もっとも、どの文学史観にも当てはまることだが、どちらが上で、どちらが下との区別はなく、それ事体の価値、道徳的な判定は出来ないのであり、すべての文学史観は特定の社会およびイデオロギーの中で発生し、またその特定の環境においては意義を有するものである。そもそも文学史とは非常に現代的な産物で、この意味では「古代文学」とは所詮現代的な追記または再評定によって生まれたものに過ぎない。文学史観も現代性が生んだ諸々の顔の一つであって、少数民族文学の「中国文学史」（この場合は主に古代文学史を言う）からの独立も、簡単には認められないのである。それは本質的に文学史というものは最初から民族と国家の集団記憶の構築と関係しているからである。このことは、一部の当代文学研究者が「少数民族文学」を飽くまでも現代文学学科の下に属するものと位置づける理由でもある。

朱徳発は「判定と構築——現代中国文学史学」の中で、「現代中国文学学科システムの再構築」をする時に、少数民族文学をサブシステムの中に入れるべきだと主張している。その理由は「少数民族文学は現代中国文学通史の総系統の中で、欠けてはならない子系統であり、現代中国文学史という建物の中でも、重要な構成員である[125]」からである。実際、このような観念による文学史の実践は、早い時期から存在していた。例えば一九九〇年代初期の曹延華と胡国強が主編した『中華当代文学新編』(126)には、「少数民族文学創作」という部分が設けられており、全九章にわたって、九〇年代以前の一九人の代表的な作家と作品を扱っており、九〇年代末の陳思和が主編した『中国当代文学史教程』(127)にも「多民族文学の民間精神」が設けられており、一章で典型的な少数民族作品を分析している。また王慶生主編の『中国当代文学』(128)（上下二巻、計四八万字強）も、上巻の「十七年文学」の中で小さな一節を設けて「少数民族詩人詩作」を取り上げている。ただし、選択された詩人と詩作は、陳思和が主編したそれと殆ど重複している。しかも新時期文学の部分には、特別な章を設けてはいるが少数民族文学については触れられていない。張承志など、何人かの少数民族作家を取り上げただけで、それも彼らを少数民族作家として扱ってはいないのである。

一方、少数民族文学の観点から出発した文学史も、一九八〇年代にその姿を現し始めた。例えば呉重陽主編の『中国当代民族文学概観』(129)と『中国現代少数民族文学概論』(130)、李鴻然（回族）主編の『中国当代少数民族文学史稿』(131)等、何れも当代少数民族文学の漢語文学史においての空白を埋めた代表作と言える。とは言っても、言葉の問題で、これら文学史の作者も、結局は資料のすべてを網羅することができず、場合によっては、少数民族の言語と文字によって創作された作品を――しかも相当影響力のある作家と作品を、事実上無視してきたのである。つまり結果的には、やはり「少数民族の漢語文学史」に過ぎなかったのである。或いはこれも、すべての文学史の作者がそうであったように、結局は文学史家というものは全資料を収集し、すべてを網羅することは不可能であるという宿命に陥るものであろうか。特・賽音巴雅爾（モンゴル族）が『中国蒙古族当代文学史』を主編した経験を活かして、「民族言語に詳しく、漢言語文字に精通している少数民族文学研究員」を集めて、『中国少数民族当代文学史』(132)を編纂したことがある。その後さらに拡充し、『中国当代文学史』を編纂し、同書において二九〇余名（一九四九―一九九八年）の作家を紹介している。その中で、少数民族作家は五〇余名も紹介されている。唐達成がそれに寄せた序言の中で、「本書は一つの中国当代文学史として、少数民族作家を比較的細かく、全面的な紹介と論評を行っている。（中略）それは当代中国文学発展史において、少数民族文学家が非常に大きな貢献をしたからだ[133]」と述べている。この意味では、同書は現段階で、最も少数民族文学を漢民族文学と同等に扱った作品と言えよう。しかしその試みが内容的に浅薄であったことは否定できず、社会への影響力もそれほど大きくはなかった。知識の普及を最大の目的とする文学史著作として、広大な輻射力と影響力がなかったのならば、その効果を発揮することが難しいものとなってしまう。その後、李鴻然が『中国少数民族文学史論[134]』（一三〇万字）を出版し、歴史と審美の統一の面と、資料収集の範囲などの面において、何れも特・賽音巴雅爾のそれを凌駕するものであったが、特・賽音巴雅爾同様、やはり輻射力と影響力の弱さという現実問題に直面するのである。

なお、これらの現代また当代の文学史の制作実践から、私たちは著述者のある種の矛盾した心情を読み取ることができる。それは、彼らは一方において少数民族文学の特有の質性に気づいているが、もう一方では既成文学史の枠組みにとらわれ、それを発展できない状態にいる、ということである。文学史は所詮一種の歴史的な叙述であるため、常にその内容とストーリーを編纂して、ある観念に基づき、終始一貫してその前後の一体化を、ある歴史的な順序の中で繋げる必要がある。従ってその編纂の過程で、もし一体化できない内容に出逢ったら、それを放棄せざるを得なくなるのである。よって、少数民族文学は誰によって定義され、またどのように定義されるのかが、まさに今の問題の核心であると言えるであろう。

少数民族文学はその自身の発展に伴って、今はまさに積極的にその定義の仕方を変えようとしている。伝統的な権威ある定義者たちも、現実から目を逸《そ》らせて、「不作為」を続けてきたこれまでの態度を変えようと試みているが、各種の文学の相互作用に気付いたとは言え、彼らはまだ如何に総合的な文学史の中で、それを位置づけていくかについては、まだよく分かっていないようである。前述した『中華文学通史』（全一〇巻）はまさにその典型事例である。なお、文学史観の中では、「文学」と「文学性」の内涵を画定する問題がある。普遍的な意義を持つどの画定方法でも、少数民族文学を左にも右にも前にも後ろにも寄れない苦境に陥らせる可能性がある。それは文学史の発展がそれ自身に特殊性と規律性を有しており、その時代区分も政治史や暦法のそれと一致しない部分があるからである。文学史がもし自己のロジックにおいて、史実に対する理解と選択を変え、文学と社会、時代との間の相互作用を強調し過ぎると、政治史、経済史、社会史の従属物になってしまう可能性がある。このことはすでに一つの共通認識となっているであろう。従って、「現実主義」と「浪漫主義」の入れ替わり、人間性の顕彰と遮蔽を主とする線的文学史は、所詮文学史の一部の歴史事実しか再現できず、これも文学史が生まれ付きのように持っている性質がもたらした一つの宿命ないし限界である。

よって、少数民族文学史の適合性は、既定の文学史観から出発することはもはやできない。つまりそのためには、文学史の観念そのものを刷新しないといけないのである。伝統的な思想史や文学史の中では、コンテクストとは作品の外部環境を指すものであり、つまり作品の政治的、社会的、経済的、文化的な文脈と背景のことである。従って、文学に対する関心が、往々にして文章や作品の外部環境の反映の如何《いかん》に、移っていくことが多い。しかし忘れてはならないことは、コンテクストと文面の間に存在するその認知関係は、飽くまでも哲学の反映論の単純な比喩ないし投射であり、実際にはテキスト、文学、文学史著作は現実また歴史を反映するだけではなく、現実と歴史の一部分でもある。言い換えれば現実とテキストの間には相互に呼応する関係があり、現実がテキストを創造し、同時にテキストも現実の構築に参与している。前文でも述べたように、文学史は飽くまでも構築されたモダニティな事象であり、一面においては文学史は歴史（現実）であり、もう一面においては文学（虚構）そのものでもあると言える。或いはこの両者の変動的な融合と進化とも言うべきかもしれない。つまり今日の私たちが議論する少数民族文学史は間違いなく無から構築されたもので、これまでの様々な「文学史」と同様、本質的にはすべて

「無の状態から有を生み出す」行為であったと言える。とくに歴史学、哲学、構造主義、ポストコロニアリズムの進展と権力と学術の相互関係に対する認識の深化などによって、「多民族文学史観」が一種の再構築への目標になっていると言えよう。[135]

二〇〇四年に、「多民族文学フォーラム」が中国社会科学院民族文学研究所、四川大学文学新聞学院、四川師範大学文学院、西南民族大学文学院の共同主催によって創設された。これを一つの出発点として、二〇〇六年七月、今度は西寧で第三回多民族文学フォーラムが開催された。本フォーラムにおいて「中国多民族文学史観」が打ち出され、その後一つのホットなテーマとなったが故に、[136]多くの注目を集め、古典文学、現代文学、比較文学、人類学、民俗学等、色々な専門分野の学者たちが関わってくるようになったのである。このことが、後々になって、ただ単に一つの新学科を成長させただけではなく、文学史観念そのものの転換点ともなった。

当初、「多民族文学史観」は依然として「多元一体[137]」の文化人類学の論断に基づいて、「中華民族は多元一体的な存在であり、中華民族の文学もまた多元一体である。つまり中華の文学は一つの有機的な連携、一種のネットワークのようなシステムを持っている。このネットワークの中で、各民族はそれぞれ自分自身の文学座標とシステムを持てる。言い換えれば文学全体を一つの概念と見なせば、その内包している核心的な部分は各民族が共有または分担しており、その外延においては互いに相通じて、一つの多彩な絵巻を私たちに見せている[138]」と指摘している。むろん、このような見解は考古学的にも神話学的にも、決して根拠がないものではない。張光直も新石器時代の末期から夏王朝が設立した紀元前二一世紀以前までの間、今日の中国の領域内では既にいくつかの大きな地域文化が相互に作用しながら、共同文化伝統が形成された形跡があると述べている。事実、この相互に作用しながら形成された文化圏内において、各文化間の類似性が明らかに圏外のそれより高いことがわかっている。[139]呂微もこの「華夏文化共同圏」の理論を以て、夏、商、周三代の部族文化間の、「同」の中に「異」があり、「異」の中に「同」があることを論証し、しかも「同」の部分が「異」の部分より多いという現象を発見している。これによって、部族神話が次第に帝王神話へと文化的に変遷していき、いつの間にか「地図から年表」（顧頡剛）へと、つまり空間的な配分によって成り立っていた神話系譜が、帝王系列による時間軸の系譜へと移ってしまったのである。これによって、ようやく地域文化的な相互関係が正真正銘の民族共同体へと変遷したのである。[140]周王朝の初期には既に「周公制礼」を以て、王国内部の儀礼、また文化的な秩序を図っていたという伝説がある。春秋時代になると、今度は孔子を代表とする文化知識人たちが文字で口伝の歴史と文学を記録し、さらにそれを哲学的に解釈しようとするのである。それによって、三礼、四書、五経、六芸等の一連の儀礼制度また文化典籍が文化遺産と統合され、今日になってもなお影響力を保持している。このように、早期の異なる部族と異なる文化が、代々の統合と統一によって、漢代以後、まさに費孝通が命名した「中華民族多元一体構造」を形成したのである。

もちろん、このような論証は依然として「始源」叙事的な策略を採用し、「多元一体」の「一」と「多」は、やはり本質主義的な色彩を持たせている。政治的には一体であり、文化的には多元であるとの二分論理は、ロジック的に統一されない一面も確かにある。よって、ここではこの多民族文学史観を、飽くまでも一種の叙事法——言い換えれば、これは現代的な言説によって過去を規定ないし整理するものであると理解したい。それは伝統的な道器、体用、本末的な思考方式などの中で、「一」と「多」の表現は、往々にして人々に誤解を与える可能性を持っているからである。何故なら、二者の間には価値的な階層が存在し、この階層さえ存在していれば、この論理は所詮一種の叙事であり、叙事者の立場と角度によって、結論が大いに異なってくるのである。「多元一体構造」の本質が階層論ではなく、飽くまでも一種の公正論であるなら、では如何に公正を図り、どのように平等を求めればよいのであろうか。

「多民族文学史観」は一種の転換史観として、その議論が深まるにつれて、既に一つの文学史の編纂方策のレベルを超えて、むしろ一つの新しい角度から少数民族文学を含んだ中国文学の遺産を再認識するものとなっている。一九八四年、ポール・コーエン（Paul A.Cohen）は『Discovering history in China』の中で、種族中心に中国歴史を研究する三つのモデル、つまり衝撃と反撃のモデル、伝統と現代のモデル、帝国主義モデルに対して、整理と弁別と分析を行い、中国の中心傾向の研究理念を強調している。[141] しかし、中国歴史の内部から「少数部族の立場から歴史を発見する」という傾向が現れてくることのほうが望ましい。もちろん、これは決して普遍的で適用性を有するものではない――そもそも具体的な歴史は普遍的で且つ適用性を有したことはない――。しかし個々の少数部族にとっては、こういう傾向こそが、最も適切なのではないだろうか。もちろん、歴史を書く方法と道筋は、単一のものではない。プラセンジット・ドゥアラが嘗て複線の歴史観点――つまり「ただ単に過去の散逸（dispersal）を把握するのではなく、その伝播（transmission）の歴史をも把握する」という方法である。彼に言わせれば、「複線の歴史は歴史を一つの交易（transactional）と見なし、つまり今日に立って過去を利用し、過去を抑圧したり、或いは散逸した意義を再構築したりして、過去を再創造する」[142]という方法である。少数民族の文学史こそ、多岐にわたる歴史であり、ただ単にその数において多数であるだけではなく、その論述の方法においても、まさに多重であると言えよう。

ところで、「多民族文学史観」はイコール「少数民族文学史観」ではないことも、ここで是非とも意識してほしい。ここの「多」には、四つの意味が含まれている。一は部族が多いとの意味。つまり中国には五六の民族がいること。二は言語が多い。要するに異なる民族が異なる言語を使用していること。三は文学が多い。異なる文学の定義と基準が存在すること。四は歴史が多い。つまり前記一から三までの内容について、それぞれ異なる創作方法で書けるということ。[143] もし少数部族の文学をこのような多民族文学の史観の中に入れて観察すると、そのすべてが多部族文学の中の、平等な一員であることが分かる。

現代以降の中国文学史の著述は、長い間ずっと時間という枠組みの中で制約されてきたと言える。本来なら時間観念は循環的なものであるが、啓蒙運動以後、循環型の時間観念が線的な時間観念に取って代わられ、今日に至っては既に支配的な存在となっている。従って、多民族文学史観はむしろある程度フランスのアナール学派（Annales School）の「長期持続」的な解釈法、つまり地理的な観念を導入して、空間的な発掘によって時間神話を打ち破るべきである。楊義が嘗て「中国文学地図の再構築[144]」という方法と実践[145]を試みたことがある。これは間違いなく空間と民族の関係を発見する一つの新しい方法であろう。もちろん彼の提案には、とくに時間と地理観念においては依然として、長い時間をかけて形成された王朝変遷の観念が生き残っている。しかし、この書き方は一面においては少数民族の文学の事実を再発見することに大いに有意義であり、無意識の内ではあるが多民族文学史観と合致している一面もある。とにかく、今は色んな意味で少数民族文学は文化的な多様性を求めるという光の下、恰も太陽の光を映し出す一滴の水のように、日増しに社会の様々な言説の様相を映し出し、さらに文学史を再定義する中で、未来の知識形態をも変えようとしている。

【注】

（1）梁啓超「夏威夷遊記」、『飲冰室文集点校』、一八二四頁、昆明、雲南教育出版社、二〇〇一年。

（2）梁啓超「新史学・論紀年」、同上『飲冰室文集点校』、一六四五－一六四六頁。梁は「紀年公理」（一八九七年）と「中国史叙論・紀年」（一九〇一年）の中で皇帝紀元に反対し、孔子紀年の考えを述べている。

（3）銭玄同「論中国当用世界公暦紀年」、『銭玄同文集』第一巻、三〇九－三一〇頁、北京、中国人民大学出版社、一九九九年。

（4）尚同子「論紀年書後」、『新民叢報』第二六号（一九〇三年）、一〇六－一〇八頁。

（5）村田雄二郎『康有為与孔子紀年』、王暁秋主編『戊戌維新与近代中国的改革——戊戌維新一百周年国際学術研討会論文集』、五〇九－五二二頁、北京、社会科学文献出版社、二〇〇〇年。

（6）劉師培「黄帝紀年論」、汪宇編『劉師培学術文化随筆』、二二一－二二二頁、北京、中国青年出版社、一九九九年。

（7）孫中山「臨時大総統改暦改元通伝」（一九一二年一月二日）、中国社会科学院近代史研究所中華民国史研究室、中山大学歴史系孫中山研究室、広東省社会科学院歴史研究室共編『孫中山全集』第二巻、五頁、北京、中華書局、一九八二年。

（8）黄金麟『歴史、身体、国家——近代中国的身体形成（一八九五－一九三七）』、一五一－一五二頁、北京、新星出版社、二〇〇六年。

（9）戴燕『文学史的権力』、北京、北京大学出版社、二〇〇二年。李揚『文学史写作中的現代性問題』、太原、山西教育出版社、二〇〇六年。羅雲鋒『現代中国文学史書写的歴史的建構——従清末至抗戦前的一個歴史考察』、北京、法律出版社、二〇〇九年。

（10）楊義は「辺境文化はただ受動的に受け入れられるわけではなく、積極性に満ち溢れている。中原の影響を受け入れることを選択するのと同時に、中原に対しても反作用をもたらす。少数民族の文明、辺境の文明は往々にして二つあるいはそれ以上の文化的基盤の結合部に存在しており、このような文明にはいわゆる原始的で野性的な強靭な血液が流れている。しかも、異なる文化基盤の間には混合性、流動性も含まれており、中原の文化とある種の異質性による対峙、または高度なレベルにおいての融合という将来性を形成するのである。このような文化形態が中原と衝突する時、それは中原文化への『挑戦』を意味しており、同時にある種の辺境の活力を創造するのである」（楊義「従文学史看〈辺境活力〉」、『人民日報』二〇一〇年二月二六日）と考えている。当然ながら、このような見解は強烈なまでの中原中心の意味を持っている。

（11）汪兆銘「民族的国民」、『民報』第二期、一九〇五年一〇月。張枬、王忍之編『辛亥革命前十年間時論選集』第二巻上、一一一－一一二頁、北京、生活・読書・新知三聯書店、一九六三年。

（12）「左伝・昭公七年」、『春秋・左伝集解』、一二八七頁、上海、上海人民出版社、一九七七年。「詩経・小雅・北山」、程俊英、蔣見元『詩経注析』、六四三頁、北京、中華書局、一九九九年。

（13）『礼記・王制』、「凡居民材、必因天地寒暖燥湿。広谷大川異制、民生其間者異谷。剛柔軽重、遅速異斉、五味異和、器機異制、衣服異宜。修其教不易其俗、斉其政不易其宜。中国戎夷、五方之民、皆有性也、不可推移。東方曰夷、被髪文身、有不火食者矣。南方曰蛮、雕題交趾、有不火食者矣。西方曰戎、被発衣皮、有不粒食者矣。北方曰狄、衣羽毛穴居、有不粒食者矣。中国、夷、蛮、戎、狄、皆有安居、和味、宜服、利用、備器。五方之民、言語不通、嗜欲不同。達其志、通其欲。東方曰寄、南方曰象、西方曰狄鞮、北方曰訳」。

（14）「史記・秦始皇本紀」、『二十五史』第一冊、三〇頁、上海、上海古籍出版社、上海書店、一九八六年。

（15）橋川時雄著、孟文樹訳『満洲文学興廃攷』（内部発行）、満族文学史編纂委員会、一九八二年六月。

（16）「満洲」、この名称は一七世紀から満洲民族の居住地として呼ばれ始めた。満洲は民族の呼称として、もともと満洲族（すなわち「旗人」）を指しており、辛亥革命以降に満族となった。関嘉禄、佟永功訳『天聡九年檔』、天聡九年（一六三五年）一〇月庚寅、天津、天津古籍出版社、一九八七年。

（17）何兆武『歴史理性批判論集』、三－五六頁、北京、清華大学出版社、二〇〇一年。

（18）ヘイドン・ホワイト「作為文学虚構的歴史本文」、張京媛主編『新歴史主義與文学批評』、一六七－一六九頁、北京、北京大学出版社、一九九三年。

（19）同上、一六五頁。

（20）ヘイドン・ホワイト著、陳新訳『元歴史――十九世紀欧州的歴史想像』、南京、訳林出版社、二〇〇四年。

（21）ここでは主に新歴史主義、文化詩学「歴史転向」の論説を汲み取っている。スティーヴン・グリーンブラット「通向一種文化詩学」、張京媛主編『新歴史主義与文学批評』、北京、北京大学出版社、一九九三年。中国社会科学院外国文学研究所『世界文論』編集委員会編『文芸学和新歴史主義』、北京、社会科学文献出版社、一九九三年。張進『新歴史主義与歴史詩学』、北京、中国社会科学出版社、二〇〇四年。

（22）梁啓超「少年中国説」（一九〇〇年）、『梁啓超全集』第二冊、四〇九－四一一頁、北京、北京出版社、一九九九年。

（23）陳独秀「文学革命論」、『陳独秀著作選』第一巻、二六〇－二六一頁、上海、上海人民出版社、一九九三年。

（24）夏志清著、劉紹銘等訳『中国現代小説史』、四五九－四七七頁、香港、中文大学出版社、二〇〇一年。

（25）鄧敏文『中国多民族文学史論』、北京、社科文献出版社、一九九五年。

（26）一般的にはイギリス人のハーバード・ジャイルス（一八四五―一九三五）による『中国文学史』（一九〇一年）が最も早い文学史と認識されており、ドイツ人によって同じ名前の本が一九〇五年に出版されている。しかし、その後の発見により、一八八〇年にロシア漢学者のヴァシリエフ（V.P.Vasiliev）によって書かれた『中国文学史綱要』が世界で最初の中国文学史であることが分かった。李明濱「世界第一部中国文学史的発見」、『北京大学学報』二〇〇二年第一期。しかし、後者は前者の二作品に比べると明らかに中国における中国文学史の構築に影響を与えていないことが分かる。

（27）竇士鏞（一八四四―一九〇九）、字暁湘、号警凡、清代無錫人。『歴朝文学史』には竇警凡と署名されている。豊かな家に生まれ、蔵書も多く、生前は教えることを仕事とし、「大師」と呼ばれていた。北禅寺に住居をかまえ、太平天国時代には八士橋に避難し、後に蘇北に転居した。（以下省略）。

（28）例えば、儒家風行草上の『詩経』伝統、『楚辞』解読の香草美人伝統、索隠派の『紅楼夢』に対する解読等がある。

（29）陳国球『文学史書写形態与文化政治』、一―三〇頁、北京、北京大学出版社、二〇〇四年。

（30）黄人「中国文学史」（国学扶輪車、一九〇五年）、『黄人集』、三二五―三二八頁、上海、上海文芸出版社、二〇〇一年。

（31）二〇世紀五〇年代、ルネ・ウェレックはいくつかの詰問と非難に対して、「文学理論、文学批評和文学史」を発表し、三者の相互独立、また相互包容の観点を再び言明した。ルネ・ウェレック『批評的概念』、一頁、杭州、中国美術学院出版社、一九九九年。

（32）マンフレッド・ナウマン「作品与文学史」、范大燦編『作品、文学史与読者』、一八〇頁、北京、文化芸術出版社、一九九七年。

（33）マックス・ウェーバーの観点に従うと、西洋現代的な歴史は魅力的な部分を取り除き、世俗化された歴史であり、合理的に分化した現代社会を通じて科学、道徳、芸術の三大価値の領域を形成した。周憲は『中国当代審美文化研究』（北京、北京大学出版社、一九九七年）の中で、このようなモデルに基づいて中国当代審美文化に対しても同じような区別をした。

（34）梁啓超『中国歴史研究法』、三二頁、上海、上海古籍出版社、一九九八年。

（35）梁啓超「新史学」、『飲冰室合集・文集之九』、一頁、北京、中華書局影印本、一九八九年。

（36）「文科国文学門文学教授案」、『北京大学日刊』一九一八年五月二日。

(37) それぞれの担当教員の科目配当は次のようになっている（数字は週当たりのコマ数）。劉師培——中国文学（六）、文学史（二）黄侃——中国文学（一〇）、呉海——詞曲（一〇）、近代文学史（二）。
(38) 章学誠『文史通義・易教上』に「六経皆史。古人不著書、古人未嘗離事而言理、六経皆先王之政典也」とある。つまり中国の伝統では、学問は王朝官舎にあり、政治と学問は一緒になっている。だからこそ歴史学が古代においては学問の集成であると見られていたのである。
(39) 劉師培「捜集文章志材料方法」、舒蕪等編『近代文論選』、五八六－五八九頁、北京、人民文学出版社、一九五九年。
(40) 王国維『宋元戯曲史』「序」、一頁、天津、百花文芸出版社、二〇〇一年。
(41) 焦循「易餘曲録」巻一五、『焦循詩文集』、八四二頁、揚州、広陵書社、二〇〇九年。
(42) 王国維『人間詞話』、一三－一四頁、上海、上海古籍出版社、二〇〇〇年。
(43) 胡適「文学改良芻議」、姜義華主編、瀋寂編『胡適学術文集・新文学運動』、二一頁、北京、中華書局、一九九八年。
(44) 胡適が述べているように、五四文化運動の根本的意義は「ある種の新しい態度」であり、それはすなわち「判定の態度」である。また「すべての価値を新たに見直す」ことでもある。胡適「新思潮的意義」、欧陽哲生編『胡適文集』（二）、五五二頁、北京、北京大学出版社、一九九八年。
(45) この一段の魯迅作品の訳は学習研究社版の『魯迅全集』より引用。二三五頁。
(46) 魯迅「到王冶秋」、『魯迅全集』一三、五七六頁、北京、人民文学出版社、二〇〇五年。
(47) 鄭振鐸「新文学之建與国故之新研究」、『鄭振鐸文集』第四巻、三五〇頁、北京、人民文学出版社、一九八五年。
(48) 陳平原『触摸歴史与進入五四』、二九一頁、北京、北京大学出版社、二〇〇五年。
(49) 曹毅、顧実、穆済波、胡懐琛、鄭振鐸、胡雲翼等は科学的に文学史を構築していくことへの願望を表明していた。戴燕は『文学史的権力』（北京、北京大学出版社、二〇〇二年）の第二章「中国文学史——一個歴史主義的神話」のなかで、歴史学科の科学観念が文学史執筆に与えた影響について分析をしている。
(50) 羅根沢『鄭賓于著「中国文学流変史」』、王鍾陵主編、許建平編選『二十世紀中国文学史論精粋——文学史方法論巻』、一一三－一一四頁、石家庄、河北教育出版社、二〇〇一年。

(51)朱自清「朱佩弦先生序」、林庚『中国文学簡史』、七二二―七二三頁、北京、北京大学出版社、一九九五年。
(52)胡適「白話文学史」、姜義華主編、曹伯言編『胡適学術文集・中国文学史』、一四二頁、北京、中華書局、一九九八年。
(53)周作人『中国新文学的源流』、止庵校訂、石家庄、河北教育出版社、二〇〇二年。
(54)劉麟生『中国駢文史』、北京、商務印書館、一九九八年。
(55)賀凱編『中国文学史綱要』、新興文学研究会、北平、斌興印書局、一九三三年。
(56)譚丕模『中国文学史綱』、北平、北新書局、一九三三年。
(57)ジョン・フィッツジェラルド著、李霞等訳『喚醒中国――国民革命中的政治、文化和階級』、二四頁、北京、生活・読書・新知三聯書店、二〇〇五年。
(58)プラセンジット・ドゥアラ「為什麼歴史是反理論的?」、黄宗智主編『中国研究的範式問題討論』、一二頁、北京、社会科学文献出版社、二〇〇三年。
(59)馬玉華『国民政府対西南少数民族調査之研究』、昆明、雲南人民出版社、二〇〇六年。当時の成果を数十年後に再び整理して出版にいたった。石啓貴『民国時期湘南苗族調査実録』、北京、民族出版社、二〇〇九年。凌純声『松花江下遊的赫哲族』、上海、上海文芸出版社、一九九〇年。
(60)戴燕『文学史的権力』、一二八頁、北京、北京大学出版社、二〇〇二年。新中国文学史の政党論の形成と経典の生成については、第四章と第五章を参照。
(61)二〇世紀六〇年代に至ってもなお、この呼び方は使用されていた。例えば、「雲南文芸界展開関於兄弟民族文学史編写問題的討論」、『雲南日報』一九六一年三月二九日。賈芝「祝賀各兄弟民族文学史的誕生」、『文芸報』一九六〇年八月号。
(62)老舎「関於兄弟民族文学工作的報告」、『文芸報』一九五六年七月号。中国社会科学院少数民族文学研究所編印『中国少数民族文学史編写参考資料』、五〇〇頁、一九八四年。
(63)劉大先「対於少数民族文芸影響深淵的一篇講話」、『中国民族報』二〇一二年五月四日。
(64)何其芳「少数民族文学史編写中的問題」、『文学評論』、一九六一年第五期/『何其芳文集』第六巻、二六六―二六七頁、北京、人民文学出版社、一九八四年。

(65) 鄧敏文『中国多民族文学史論』、一六頁、北京、社科文献出版社、一九九九年。
(66)「関於少数民族文学史写作的討論」、『人民日報』一九六一年六月二八日。「少数民族文学史討論会傍聴記」、『民間文学』一九六一年第五期。
(67) 劉錫誠「作為民間文芸学家的何其芳」、『民族芸術研究』、昆明、二〇〇四年第一期。
(68) 少数民族文学研究所の成立過程およびその目的と任務及び機能と意義は、特に少数部族文学が中華人民共和国成立初期に体現したイデオロギーの要求と実質的な措置に反映されている。具体的な過程については劉大先「民族文学所成立始末」、黄浩涛主編『卅載回眸社科院』、一六八－一七〇頁、北京、方志出版社、二〇〇七年。
(69) 仁欽道爾吉「関於少数民族文学史討論会的一些問題」、中国社会科学院少数民族文学研究所編『中国少数民族文学史編写参考資料』、一九八四年（内部印刷）。
(70) 呂微「中国少数民族文学史研究——国家学術与現代民族国家方案」、『民族文学研究』、三頁、二〇〇〇年第四期。
(71) 同上、八頁。董乃斌、陳伯海、劉揚忠主編『中国文学史学史』第三巻、三六八頁、三六九頁、石家庄、河北人民出版社、二〇〇三年。
(72) 徐昌翰、黄任遠『赫哲族文学』、ハルピン、北方文芸出版社、一九九一年版。
(73) 張彦平、郎桜『柯爾克孜民間文学概覧』、キルギス、柯爾克孜文出版社、一九九二年版。
(74) 徐昌翰、隋書金、庬玉田『鄂倫春族文学』、ハルピン、北方文芸出版社、一九九三年版。
(75) 張文勛主編、張福三、傅光宇『白族文学史』一九五九年初版、雲南省民族民間文学大調査隊編纂、昆明、雲南人民出版社、一九八三年改訂版。
(76) 欧陽若修、周作秋、黄紹清、曾慶全編著『壮族文学史』(全三冊)、南寧、広西人民出版社、一九八六年。
(77) 黄書光、劉保元、農学冠、盤承乾、袁広達、呉盛枝編著『瑶族文学史』、南寧、広西出版社、一九八八年。
(78) 張迎勝、丁生俊『回族古代文学史』、銀川、寧夏人民出版社、一九八八年。
(79)『侗族文学史』編『侗族文学史』、貴陽、貴州民族出版社、一九八八年。
(80) 貴州省社会科学院文学研究所編『布依族文学史』、貴陽、貴州民族出版社、一九八三年九月。

(81) 何積全、陳立浩主編『布依族文学史』、貴陽、貴州民族出版社、一九九二年版。
(82) 蒙国栄『毛南族文学史』、南寧、広西民族出版社、一九九二年版。
(83) 和鐘華、楊世光主編『納西族文学史』、成都、四川民族出版社、一九九二年版。
(84) 蘇維光、過偉、韋堅平『京族文学史』、南寧、広西教育出版社、一九九三年版。
(85) 龍殿宝、呉盛枝、過偉『仫佬族文学史』、南寧、広西教育出版社、一九九三年版。
(86) 西南、雲南、貴州三座民族学院連合編『彝族文学史』、成都、四川民族出版社、一九九四年版。
(87) 特・賽音巴雅爾『中国蒙古族当代文学史』、フフホト、内蒙古教育出版社、一九八九年版。
(88) 栄蘇赫、趙永銑、賀希格陶克涛編『蒙古族文学史』、瀋陽、遼寧民族出版社、一九九四年版。
(89) 李明主編、林忠亮、王康編著『羌族文学史』、成都、四川民族出版社、一九九四年版。
(90) 馬学良、恰白・次旦平措、佟錦華主編『蔵族文学史』、成都、四川民族出版社、一九八五年九月初版、一九九四年九月（改訂版）。
(91) 耿予方『蔵族当代文学』、北京、中国蔵学出版社、一九九四年版。
(92) 馬克勛編『保安族文学』、蘭州、甘粛人民出版社、一九九四年版。
(93) 馬自祥『東郷族文学史』、蘭州、甘粛人民出版社、一九九四年版。
(94) 岩峰、王松、刀保尧『傣族文学史』、昆明、雲南民族出版社、一九九五年版。
(95) 楊照輝『普米族文学簡史』、昆明、昆明市民族出版社、一九九六年版。
(96) 史軍超『哈尼族文学史』、昆明、雲南民族出版社、一九九八年版。
(97) 馬光星『土族文学史』、西寧、青海人民出版社、一九九九年版。
(98) 馬学良、梁庭望、張公瑾主編『中国少数民族文学史』、北京、中央民族学院出版社、一九九二年版。
(99) 『中国各少数民族文学史和文学概況編纂出版計画（草案）』、九頁、中国社会科学院少数民族文学研究所編印、一九八四年。
(100) Benedict Anderson, *"Imagined Communities:reflections on the origin and spread of nationalism"*, pp. 22-36, London, 1992.
(101) 「新時期」という概念は、社会科学学界とくに党史学界が一九七六年の「四人組」打倒後の歴史時期に対して用いたものである。一九七八年五月から六月にかけて、中国文学芸術家連合会は「文化大革命」後、はじめての全委拡大会議を開催した。六月五日に通過した「中国文連第三届三次全委拡大会議決議」の中で、「新時期文芸」の概念を用いた。同年一二月、周揚は広東省文芸座談会で講演を行い、後に「社会主義新時期文学芸術問題」として編集された。その後、「新時期」は徐々に固定概念として定着し、中国当代文学史における時期区分の一つとなった。

(102) 前掲注89『羌族文学史』。

(103) 汪暉『現代中国思想的興起』下巻（第二部）、一一〇七―一二七九頁、北京、生活・読書・新知三聯書店、二〇〇四年版。

(104) ピエール・ブルデュー著、劉暉訳『芸術的法則――文学場的生成和結構』、北京、中央編訳出版社、二〇〇一年。

(105) これは実際にはウィリアム・K・ウィムサットとM・C・ビアズリーの「意図して誤った見解」と「誤った見解の感受」である。趙毅衡編選『「新批評」文集』、二〇八―二四九頁、北京、中国社会科学出版社、一九八八年。

(106) プラセンジット・ドゥアラ著、王憲明訳『従民族国家拯救歴史――民族主義話語与中国現代史研究』、五頁、北京、社会科学文献出版社、二〇〇三年。

(107) M・ハイデッガー著、王造時訳『歴史哲学』、一－八一頁、上海、上海書店、二〇〇一年。

(108) 「在和諧与交流中書写多民族文学史」、『文芸報』、二〇〇七年二月一日。

(109) ソ連文学モデルは延安文学体制のなかで伝播することに成功し、一九四九年第一次文代会の前に茅盾はこれに学習と推進を加え、第一次文代会後の文壇で一気に拡散した。斯炎偉『全国第一次文代会与新中国文学体制的建構』、四二－五六頁、北京、人民文学出版社、二〇〇八年。

(110) 「関於少数民族文学史写作的討論」、『人民日報』一九六一年六月二八日（中国社会科学院少数民族文学所編印『中国少数民族文学史編写参考資料』、一七－二四頁、一九八四年）。

(111) レーニンは「関於民族問題的批評意見」（一九一三年一〇月―一二月）の中で、「民族文化自治」という誤った観点に対して批判を述べ、「二種類の文化」理論を提起した。すなわち、それぞれの民族文化の中にはすべて民主主義、社会主義の文化と地主、資産階級の文化的対立と闘争が存在するという点である。『列寧全集』第二版二四巻、一二〇－一五四頁、中共中央馬克思恩格斯列寧斯大林著作編訳局編訳、北京、人民出版社、一九五七年。

(112) 張炯、鄧紹基、樊駿主編『中華文学通史』、北京、華芸出版社、一九九七年。
(113) 張炯『中央文学通史』導言、三三頁、三四頁、北京、華芸出版社、一九九七年。
(114) 董乃斌、陳伯海、劉揚忠主編『中国文学史学史』(一－三巻)、三五六－三八八頁、石家庄、河北人民出版社、二〇〇三年。
(115) 劉亜虎、鄧敏文、羅漢田『中国南方民族文学関係史』(上中下)、北京、民族出版社、二〇〇一年。
(116) 郎桜、扎拉嗄主編『中国各民族文学関係研究』(全二冊)、貴陽、貴州人民出版社、二〇〇五年。
(117) 関紀新主編『二〇世紀中華民族文学関係研究』、北京、民族出版社、二〇〇六年。
(118) 前掲注116『中国各民族文学関係研究』、二頁。
(119) 季羡林「比較文学与民間文学」、『季羡林文集』第八巻、四六四－四六六頁、南昌、江西教育出版社、一九九六年。
(120) 昨今、中国少数民族文学と米国少数部族文学に関する比較研究がある。例えば、Wen Jin *"Pluralist Universalism:An Asian Americanist Critique of U.S and Chinese Multiculturalisms",* Ohio State University Press, 2012. がある。
(121) 扎拉嗄「哲学視域中的比較文学問題――平行本質與文学平行本質的比較研究」、『文学評論』二〇〇三年。第四期、扎拉嗄『比較文学　文学平行本質的比較研究――清代蒙漢文学関係論稿』、フフホト、内蒙古教育出版社、二〇〇二年。
(122) 王鍾陵等「〈文学史研究転型〉筆談」、一五〇頁、『中国社会科学』、一九九六年。第六期／王鍾陵主編『二十世紀中国文学史論文精粋・序言』石家庄、河北教育出版社、二〇〇一年。
(123) 王鍾陵『中国前期文化――心理研究』、上海、上海古籍出版社、二〇〇六年。
(124) 王鍾陵『文学史新方法論』、八三頁、蘇州、蘇州大学出版社、一九九三年。
(125) 朱徳発、賈振勇『評判与建構――現代中国文学史学』、二五頁、済南、山東大学出版社、二〇〇二年。
(126) 曹延華、胡国強主編『中華当代文学新編』、重慶、西南師範大学出版社、一九九三年。
(127) 陳思和主編『中国当代文学史教程』、上海、復旦大学出版社、一九九九年。
(128) 王慶生主編『中国当代文学』、武漢、華中師範大学出版社、一九九九年。
(129) 呉重陽『中国当代民族文学概観』、北京、中央民族学院出版社、一九八六年。本書は嘗て一九八四年に『中国当代少数民族文学簡史』との書名で、中央民族学院科学研究処の内部教材として使用されたことがある。

(130) 呉重陽『中国現代少数民族文学概論』、北京、中央民族学院出版社、一九九二年。
(131) 李鴻然主編『中国当代少数民族文学史稿』、武漢、長江文芸出版社、一九八六年。
(132) 特・賽音巴雅爾主編『中国少数民族当代文学史』、桂林、漓江出版社、一九九三年。
(133) 特・賽音巴雅爾『中国当代文学史』(上)、一頁、北京、民族出版社、一九九九年。
(134) 李鴻然『中国当代少数民族文学史論』、昆明、雲南教育出版社、二〇〇四年。
(135) 「多民族文学史観」の系統的、全面的、総合的な研究に関しては、李暁峰・劉大先『中華多民族文学史観及相関問題研究』、北京、中国社会科学出版社、二〇一二年。
(136) 劉大先「従想像的異域到多元的地図」、『中国民族報』(二〇〇六年八月四日)、「文化多様性視野中的多民族文学」、『中国民族報』(二〇〇七年一一月九日)。その後、雑誌『民族文学研究』の二〇〇七年第二期から「創建并確立多民族文学史観」のコラムが始まり、関連する筆談と論文が掲載された。
(137) 費孝通等『中華民族多元一体各局』、一—三六頁、北京、中央民族学院出版社、一九八九年。
(138) 関紀新「創建并確立中華多民族文学史観」、『民族文学研究』(二〇〇七年二期)、九頁。また他にも、関紀新「應当確立中華多民族文学史観」、『中国民族』(二〇〇七年四期)がある。
(139) 張光直「中国相互作用圏与文明的形成」、『中国考古学論文集』、一五一—一八九頁。北京、生活・読書・新知三聯書店、一九九九年、他にも、張光直『考古学専題六講』、北京、文物出版社、一九八六年、四七頁。
(140) 呂微「夏商周族群神話與華夏文化圏的形成」、郎桜・扎拉嗄主編『中国各民族文学関係研究・先秦至唐宋巻』、貴陽、貴州人民出版社、二〇〇五年、三一—七〇頁。
(141) ポール・コーエン『在中国発現歴史——中国中心観在美国的興起』、北京、中華書局、二〇〇五年。
(142) 前掲注106『従民族国家拯救歴史——民族主義話語与中国現代史研究』、三九頁、二二六頁。
(143) 劉大先「中国多民族文学史観的興起」、『民族文学研究』(二〇〇八年第四期)。
(144) 楊義『重絵中国文学地図通釈』、北京、当代中国出版社、二〇〇七年。
(145) 楊義『中国古典文学図志——宋、遼、西夏、金、回鶻、吐蕃、大理国、元代巻』、北京、生活・読書・新知三聯書店、二〇〇六年。

第二章　少数民族文学の主体とその変遷

たった一度だけ、私は答えに詰まって何も言えなかったことがあった。それは「あなたとは誰だ？」と聞かれた時だった。

——ハリール・ジブラーン（Kahlil Gibran）

現代中国少数民族文学の研究について、今もなお一部の文学批評の中では、民族の意識というものを最も重要な心理的なアプローチであり探究方法であるとして、受け継いでいる人々がいるが、言うまでもなく少数民族の身分を有するか否かは、必ずしもその民族の文献資料を解読する資格ないし権威を有するか否かの判断基準にはならない。とは言っても、少数民族文学の研究者は、それが都合よくちょうどその少数民族の出身者であるのか、それとも漢民族の出身者であるのか、或いは域外の他の民族の出身者であるのかとは関係なく、少数民族文学を研究する前には当然のことながら、真摯にその少数民族の文献を取り扱いできるよう、専門的な訓練を受けなくてはならないであろう。逆に、今度は少数民族文学の立場から言うと、どの少数民族文学であっても、生まれ付きのように主体性を有し、最初から独立して、しかも完全に自給自足でき、一人歩きで充分に発展していけるものは、一つもないということをも認識しておくべきである。もしこの客観的な事実を否定する人がいるなら、その人は全くの空想家か、或いは何らかの隠れた目的を持っている人であろう。我々が少数民族独特の主体的な批評と学術中心的な考え方との衝突関係は、往々にして、多くの少数民族文学の研究者たちに意識的に軽視されている。実際に少数民族自身の言語で書かれた少量のテキスト以外、より多くの作品が非常に規範的な漢民族の言語で創作されており、これらの作品の中の叙述に、色々な隔たりが存在している事実を、見逃してはならない。これらの客観的な事実を見逃して批評などを書くのは、表現としては語弊があるかもしれないが、それはある種の娯楽であっても、決して学問的な生産性を有するものではない。百歩譲って、ただ直感的、生物学的、遺伝学的或いは人類学的な視点から見ても、少数民族と主導的な立場にある民族との間に、果たして何らかの断裂的な特徴があるのか、と言えば、決してそうではないであろう。

ところで、ここまで言ってしまうと、二律背反的に一つの問題が突き付けられる。それは、「そうであるなら、我々は何故〈少数民族文学〉というカテゴリーを造らなければならないのか?」、しかも、「もし少数民族それぞれの伝統に立脚して、その内部からオリジナリティな文学理論を発展させるということに着手しないのなら、我々の少数民族研究に何の意義たるものがあるのだろうか」[1]という問題である。このような反論に出会う度に、筆者は現代的な論理言説そのものに、反省を促したくなる。それは客観的な事実として、現行の如何なる論説も、階層、種族、性別といった要素から完全に離脱して、これらのものから何の影響も受けず、まったく非政治的、中立的な立場で議論を発するということは、まず有り得ないからである。もちろん作家、批評家は出来るだけ束縛されない立場に足を置かなければならないが、しかしどの論説体系に立ったとしても、結局はその置かれている階層、種族、性別等の影響から完全に逃れることは出来ず、物質的、社会的、文化的、潜在的、場合によって無意識的、意識的に、その置かれた環境に影響されるのは、ある意味仕方のないことでもあろう。従って意識的にせよ無意識的にせよ、結局最後に出来上がった論説たるものは、一種の混同体であろう。つまりどの少数民族の主体も、結局は他の民族の主体と連動し、相互影響の下で動いていることを、ここで強調しておきたい。

本来なら、ここでまずこの混同体に対して分析を行う必要があるが、しかしどうも、今の構造主義者たちにとっては、この主体というものが、既にそれほど重要な問題ではなくなったようである。言い換えると、この主体に関する思考と議論は、今日では既にファルス中心主義（phallogocentrism）の遺伝のような存在なのである。しかしファルス中心主義というと、不本意ながらも、どうしても「父権」「専制」「覇権」などの概念を想起させるため、少数民族文化と文学の研究にとって好都合のように見える。この二元対立的で冷戦式なロジックを余りに無批判に使いすぎると、実際には「南轅北轍」〔行動と目的が一致しないこと、正反対である〕で、正反対な結果をもたらしてしまう可能性さえあるのだ。従って、我々はまずこの少数民族の問題を歴史化し、文学の事実から出発して、我々の思考方式を決めるべきなのである。そこで問題となるのは、中国社会が王朝帝政の国家から民族国家へと変転していくプロセスにおいて、中国少数民族の文筆活動の主体がどのような変遷過程を経て、今日のような状況となったのかである。

言うまでもなく、前近代的な中央王朝と地方部族との関係の中にも、自然状態で存在していた少数部族の共同体はあったであろうが、恐らくは自他の境界を弁明する主体は持っていなかったと思われる。近代以後、「民族」と「国家」の概念の成長と共に、少数部族は今日のように、ある総体化された主体の中の、多元構造の一部となった。革命中国が社会主義化を推進する過程で、独立国家に従属するものとはいえ、ある種の主体性を少数部族に与えたのは、事実である。ところで、一九八〇年代以後になると、今度は西洋化の波に流され、この主体が大いに拡大され、時には誇張までされて、特定の文学テキストは、如何なる場面でも多元的な要素だけ強調され、その一体性が多くの場合、否定される傾向にあったと言えよう。もちろん、多元的な発展は尊重すべきもので、また奨励すべきものである。しかし余りにも傾き過ぎた多元的な傾向にも、注意を促したい。それは最近、多元的を称える潮流に引き摺られ、様々な種族間の緊張が高まっている事実があるからである。目下の社会全体を見ると、一見如何にも調和の取れたもののように見えるが、しかし実際は内部には大いなる危機が潜んでもいる。この変化の激しい時代において、少数民族の主体に関する議論と認識と整理は、過去のどの時代よりも、その逼迫性が増していると言えよう。

第一節　流動的な主体

哲学の面から言うと、主体（subject）という概念は現代的な思考回路によって生まれたものであり、多くの場合は客体（object）と相対して、認識論（epistemology）の世界で使われている。主体に関する問題は決して新しいものではない。ただ自覚を持った主体意識とか主体性（subjectivity）という表現は、まぎれもなく近代的な哲学用語である。「主体」のラテン語の語源は「subjectus」となっており、意味としては「……において……」或いは「……を基礎として……」となるが、客体と相反して事物の主動性また自由性を指す概念である。そしてここに含まれている主観的な要素が主体の根底を構成しており、字源から言うと、例えば英語の「subjectivity」、ドイツ語の「subjektvitaet」、ロシア語の「субъективность」とまったく同義語として使われ、主観性も主体性も反映している。この主体性に自覚的な意識を持つことで、はじめて主体の確立が認められ、一般的に主体と言う時、事物の主要部分という意味も含んだり、または行動の執行者（agent）との意味も含んだりする。本章においては特別な限定をせず、前後の文脈によって、この二つの意義を使い分けていきたいと考えている。

この主体という角度から少数民族文学を見ていく時に、少なくとも三つの意味でその主体たるものの内容が理解される。一つは少数民族文学が外界に存在する客体と比較して現れてきた主体。これは明確な自我意識を持った主体でもある。第二の意味は、少数民族文学の創作作品としての主体で、文学の創作者また創作者団体を指すものである。第三の意味は少数民族文学の内容の中の主導的な主体を指すもの。言うまでもなく、本章においては、主に第一の意味で使われている現代的な意義を持つ主体を、議論の対象とする。従ってここで、まず本題に関連する哲学的な背景や知識等について、もう少し整理しておきたい。

早期の西洋哲学史において、例えばアリストテレスは「主体」とは認識行動の主体ではなく、すべての事物の総称であると述べたことがある。つまり「最初の実体が何故もっとも正当な実体と言われるのかというと、それはその実体がその他のすべてのものの基礎となり、主体を成しているからだ[2]」と。本体論の意義においての「主体」概念は、その後、一七世紀の経験論に至るまで使い続けられた。例えばルートヴィヒ・アンドレアス・フォイエルバッハ（Ludwig Andreas Feuerbach, 1804 - 1872）の時になってもなお、「存在は主体である。思惟は品詞である」と言われていた[3]。イマヌエル・カント（Immanuel Kant）の時になってからようやく、この主体の問題を認識論のカテゴリーに入れていくが、しかしヘーゲル（Georg Hegel）の場合になると、「あらゆる問題のもっとも肝心な所は、ただ単に本当のもの、また真理たるものを実体と理解し、表現するだけではなく、同時に主体とも理解し、表現している」。それは「実体は本質的に主体である。これはまさに絶対即ち精神という言葉が表現したい観念でもある[4]」からである。実体を主体と見なすことはヘーゲル哲学の一つの主要な原則であり、その動機は実体の客観性原則と主体の能動的な原則、主観と客観、主体と客体の内在的な統一を図るためであったと言える。ヘーゲル本人がこれを「すべての問題の要」と述べており、当然のことながら、これは彼の哲学の成長源でもあろう。

マルクス主義の哲学観から言えば、主体とは人間が外部世界と関係する時に発生するカテゴリーである。主体が人間である以上、感性を持つ人間は、もちろん思考能力を持つものとなるし、能動的に外界を認識し、客体を改造する活動を発動できる主導者であり受身的な存在でもあるため、この自覚意識が人間を主体と成らす主観的な根拠となる。なお、この主体というものは社会史学的な性格を持っているため、それぞれ異なる実践形式によって形成され、表現形式も、多種多様で、大まかに区別して見ると、個人、団体、社会全体と人類全体の四つに分けられよう。歴史の角度から見ると、この人類全体の主体の発展史は、大よそ三段階の形態を経て、ここまで変転してきたと言える。まずは原始社会の統一的な団体（血縁関係から成り立つ部族）から一方的に発展してきた個人（自然発生的な経済区域社会から今のグロバリゼーション的な往来まで）へ、それから更に個人の全面的な発展を基礎にして成し遂げた人類全体の主体（完全に社会化された人類）への完成となっている。[5] この他にも、例えば李沢厚がマルクス主義の角度から発展的に解釈を試みたカントの主体哲学観念や、劉再復による前者の理論を中国の現代文学に持ち込んで引き起こした文学の主体に関する論述およびその変遷などがある。紙幅の関係で一々すべて取り上げて議論することはできないので、以下は省く。

主体というものの哲学史上における変遷過程を簡単に整理してみると、主体が現代哲学の一つの命題として、「如何に確立されたのか」という過程が、はっきり見えてくるし、これを利用して中国少数民族の主体とは何か、或いはそのあり方などについて考察が可能である。ただ、一つ断っておきたいことは、私は決してその哲学上の意義をそのままで、こちらへ流用するつもりはなく、この個性的な性格を持つ主体の変遷モデルを使って、少数民族と部族史における団体としての主体と社会的な意味においての主体が如何に変動していたかという問題についてここでは考えてみたい。周知のように、個人としての主体の完成は「自己の存在、自己の成立、自己の認識、自己への回帰」といった変遷過程を経て、はじめて成立するものである。同時にこの変転プロセスにおいて、自らを見失う可能性もある。そこから更に自覚、補強、作為と自由の境界を経て、ようやく完成する。[6] 団体性と社会性を持つ少数民族の共同体も、同じような状況に遭遇すると予想される。言うまでもなく、主体となっている民族が彼らを見る方式と、彼ら自身が自分をみる態度は、この主体のそれぞれ異なる段階を示している。この少数部族の主体とその主体なる部族（ここでは漢民族を指す――訳者注）との間に存在する複雑な関係が、いわゆる「大統一」の文化伝統を証明することにもなっている。現在の「中華民族」という構造がさらに次元の高い主体に変身したのは、明らかに現代的な啓蒙を受けた思考構造の一つである。このような主体認識がタフ・アルブレヒト・フッサール(Edmund Gustav Albrecht Husserl)の現象学の中で一度生活世界に回帰され、そこからさらに主体間性(Intersubjectivity)との論説が現れ、そこから前述のポストモダニズムの「黄昏」時代の無力状況など、これらの要素が直接的に少数民族文学の自己認識また他者からの認識体制に影響を与えたのである。もちろん、もしこの問題に対する認識をただの言葉遊びのレベルに留めておいて、二〇世紀の内外の現実状況をまったく無視して議論を進めるとしたら、それは我々の浅薄を晒すことになるため、本章の第四節においては、この辺の問題について詳しく検討する。

遥か先秦の時代、例えば『論語・顔淵』の中で、子夏の言葉として「四海の内、皆兄弟なり」と書かれている。『爾雅・釈地』にも「九夷、八狄、七戎、六蛮、謂之四海」と記述されている。この表現から分かるのは、まず華夏族が少数部族を自分に属する異民族であると見なしていること、同時にそれらの異民族の人たちも自分たちと同じ「天下」ないし「四海」に生活を営んでいる住民であることを認めていること。ここで、「夏を使って夷を変える」という華夏を中心とした「天下一家」の発想は明白に見て取れるが、これは古代から「王なるものに外無し」「天下を以て家となす」の発想から成り立っていると思われる。この統一論と従属説は、当時の儒家たちが蛮、夷、狄、戎といった民族を、すべて王朝の藩下に収斂していくという政治思想によるものである。しかしこの思想は当時の部族の融和に有利に働き、中華民族による統一国家の誕生の土台作りに、大きな歴史的な役割を果たしたのも事実である。この観念がその後の王朝にも継承され、例えば張海洋も指摘しているように、これによって中国文学に「大伝統」の思想が生まれ、陰陽両義の地理的な基礎が成立し、農耕牧畜の両立による生計の立て方、また国と家の統合による宗族組織も生まれた。そのことにより小農経済と朝貢体系による二重政治経済体制を誕生させ、文を重んじ武を軽んじ、師を尊び、教を重んじるという価値観を生み出し、今の一国多制のような政治理念などをも受け入れながら調和のとれた、統一的な天下理念も放棄せずに、むしろその理念で社会と国をまとめて、天人合一の宇宙観を作り出したとも解釈できる。現代の人々が言っている「漢民族」とは、その歴史、言語、文字、人口或いは名称までがこの中華民族大伝統の中で生まれたものであり、だからこそ一部の有識者たちの間では、改めて華夏と蛮夷の相互依存に注目して、中華民族が大混同体に立ち返るべきだとの主張がある。確かに前近代においては、民族間における境界線というものは、決して今日のように明白であったわけではなかった。漢民族を含めた各民族の間では、長い間相互に融通し合い、絶え間ない変化の中で一つの共同体を成したのである。しかも歴史的地理的な版図が常に変化していたことにより、その消長の過程で各民族の主体といわゆる中国文化の大伝統――正当性までが、常に流動的であったのである。

このような多民族国家の中では、中国史上、少数民族出身の文人墨客が多く存在していた。ただ彼らの著作は文学史が書かれる時に、その存在を軽視され、或いは何ら考えることなく、いわゆる「中国文学」の中に収斂されてしまっただけなのである。例えば『山海経』の中にある荒唐無稽の神話や『離騒』の中の渾然として果てしなく表現されている辞賦や『詩経』の中の独特な風格を見せている文章など、さらにさまざまな歴史書と人物伝に少数民族的な文学要素が記載されていることが、その事実を証明していると言えよう。これらの文献資料によって少数民族文学の材料などが記録され、伝承されてきた一面も、否定できない一つの事実である。しかし「失我焉支山、令我婦女無顔色。失我祁連山、使我六畜不蕃息」のように、民族間に「自我」と「他者」の区別意識も明白に存在していたのも事実である。しかしながら、周辺少数民族と華夏文化との間にあった種族の主体意識は、飽くまでも曖昧で、未開な状態であって、とくに文化の面においてはそうであったと思われる。今日は主体の樹立行動がすぐに身分の認定に繋がるが、しかし古代では、文化民族主義が伝統文化全体に浸透し、この主体のあり方も各民族の強弱や時期によって常に変化したため、その実態はかなり流動的であったと思われる。従って華夏が夷狄となったり、逆に夷狄が華夏となったりする過程において、主体となる文化、また政治的な主役も常に変わったりしたため、中国文化史とは、正にこのように常に流動する劇場のようなものであったと言えよう。

魏晋南北朝時代の民族間の衝突および南北間の文化交流の初期段階において現れてきた違いなど、確かに一面においては事実であった。また遼金元清など少数民族政権の出現によって、いわゆる漢民族の文化エリートたちの中で、「中国」概念に対する理解も微妙に変化した。しかし一つ留意しなければならないことは、歴史的に見て、中国でどの民族が政権を取っても、統治の確立を図るためみんな自らの正当性をアピールするので、結局どちらも中原の儒教文化を吸収していくことになる。この点について陳寅恪の解釈が正鵠を射ている。「符堅何故南下して淝水の地を攻めたのか、また魏の孝文帝が何故洛陽へ遷都したのか、それは皆この複雑な民族間の構造によるものだ。自ら漢族化しないと、国全体を融合させ、統治することが難しくなるからだ。そして全国を融合させ、統治能力を上げるためには、結局は中原の正統の地に足場をおき、民心を押さえて、天下を安定させるのである」(7)。その後の王朝も、具体的な政策施行や方法等において、多少の差があったとしても、概ね合併と融合、開拓と和親、帰化と慰安、規制と土司制度などを活用して、対応してきたと思われる(8)。しかし如何に分解したり組み直したりしても、当時の民族意識は近代の民族意識とは、概念そのものが根本的に異なっているのである。民族学の研究者は「民族」とは、その中核が安定し、外側は常に流動的な共同体であると言う。しかし一部の学者はソシュール(Ferdinand de Saussure)の「ラング」と「パロール」の観念を例に、ある種族の有形文化或いは言語などは、実はそれほど重要ではなく、むしろ社会状況と歴史の変化によって常に変化するものであると言う。これと比べると、言語文化の「基底にある原則」(もっとも土台となっている部分に存在する語順・排列にかかわる原則)こそは何時も変わらないから、むしろ非常に重要で、これが変更されると、すぐに言語文化系統の運行に、本質的な影響を与えると言う。王朝時代の帝制国家と現代の民族国家における民族の観念の違いは、まさにここにあって、本質的にはこの基底に潜んでいた根本的な規則が変化したが故に、現代の少数民族と古代の少数民族の差異が現れてきたと考えられる。

古代にはこのような天下観と宇宙観念の「大統一」の意識が強く働いていたからこそ、少数民族の文人たちも自ら儒家文化思想や観念に足場を置き、そこから自らの正当性と合法性を求め、さらにそこから主流社会に入り、自分を統一文化の中の一部としていくのである。従って、すでに「中国文学史」の言説系統に入れられた少数民族出身の文人たち――例えば金代の鮮卑族の子孫である元好問、元代の答失蛮《タシマン》出身の薩都剌、畏兀儿《ウイグル》人の馬祖常、党項人である余闕、葛邏禄《カルルク》の人である迺賢などは、何れも出身母体である少数民族の文化土壌から離脱して、長らく中原の地に生活をし、さらに正統な詩文の教育も受けていた人たちであった。彼らの文化観念は中原の漢民族のそれと大した違いはなかったと見える。一部の研究者はこの人たちの中から何とかして「異民族」的な特色を見出そうとするが、それは相当無理な見解になるか、或いは結局は研究者自身の意識が反映されたものに過ぎない。むろん、このような人たちの民族的な身分にまったく意味がないとは言えない。少なくとも文学の角度から見ると、それほど特異なものであったとは考えられない。もちろん、この時代の少数民族の文学創作は、その多くがまだ初歩的な段階にあったし、自分の母語にしても漢語にしても、その創作のレベルは決して高くはなかったと思われる。従って量的にも質的にも社会的影響力の視点からしても、非常に弱かったのである。ただ文化の融合性という角度から見るときに、少数民族の特有の文化風俗や宗教信仰、口頭で伝承されていた文学などが中原の漢民族文学にも、少なからぬ新しい栄養を与えていたのだ。これがよく研究者に指摘される、いわゆる周辺文化の活力説である。しかしこれは飽くまでも基礎的、背景的、素材的な栄養であって、この意味では少数民族の文学或いは文化は、根本的にはやはり補助的な存在であったと想像される。恐らくこのような潜在的な意識があったから、少数民族の文学は長い間研究者の関心を引けず、また主流文学の潮流の中に入った少数民族出身の文学者たち自身も、意識的であれ無意識的であれ、中原文化の優勢的な存在を認めざるを得なかったのである。例えば宋と金が対峙していた時に、双方とも自分こそが華夏の正統であると自認していた。その時に現れた一つの注目すべき現象は、少数民族の政権である金に半分の天下を取られた宋の内部で、愛国主義（一種の朦朧とした民族主義とも言えよう）が高ぶっていた時に、金王朝の中でも漢化が日毎に進むに従って、自らの中原における合法性と正当性を訴えるため、「中国」意識と華夏の正統観念を、宋に劣らないほど保持していたことである。しかもこの思想意識が金王朝時代の文学にはっきりとした姿を現している。この「中国」意識と華夏の正統観念が金王朝の文学に浸透していく過程を、三段階に分けてみる。第一段階が熙宗と海陵の時代で、漢化の展開と政治的な統治の観点から華夏の正統意識が台頭し、次第に詩文などの作品も現れてくる。第二の段階は世宗から章宗までの時期で、この時期になると、漢化政策の成功もあってか、また「文治盛世」とも言われるほど社会が豊かになったことが原因なのか、華夏の正統意識が空前にないほど高まり、むしろ南宋を「蛮」と「夷」と見下すほどになった。このような社会意識は当時の代表的な作家と作品に、はっきりと反映されている。第三の段階は衛紹王、宣宗と哀宗の時代で、この時期は、恐らくもっともユニークな時代であったかもしれない。それはモンゴルと宋の両方からの侵攻を受け始めた金王朝が、亡国の危機に陥ったからか、逆に「中国」意識と華夏の正統観念を強く持つようになるのである。例えば元好問など金王朝末期の文学者たちの作品によく世の変転を表す作品が見られるし、それは南宋の遺民に認められるほどのものだった[9]。これは非常に意味深長なことで、悠久の歴史を持つ文化民族主義の伝統と矛盾が、ここにも見事にかつ合理的に表現されていると言えよう。

前述のように、この「大統一」のイデオロギーによって、中原地域に生活の基盤をおく民族といわゆる周辺の少数民族との間には、主体意識というものがかなり流動的に動いていた。もちろん、政治的には中央政権に統治されていたが、距離的には辺境地にいる民族に中原文化がそれほど影響を及ぼすことはなく、まったく異なる文学作品が創作されていたのも事実である。例えばウイグル族の文学作品がその一例である。そもそもウイグル語はアルタイ語系のテュルク諸語に属し、アラビア文字で書かれ、約一〇〇〇年の歴史がある。これまで六段階の変転期を経て、一九八四年になってようやく今の一般的に使われているウイグル語となるが、この数多くの段階に分けられること、また客観的にしばしば変転していたという歴史自体、我々に一つの民族文化の主体がいかようにも変転することを教えてくれる。

なお、辺境に生活する種族間の相互影響と交流の事実も、長い間主流となる古典文学研究の視野には入ってこなかった。例えば前出のウイグル語にしても、九－一三世紀初期までは、カシュガルを中心とする喀喇汗《カラハン》朝と、トルファンと庫車《クチャ》を中心とする高昌回鶻《ウイグル》という二つの政権が存在していた。確かに言語的にはこの二つの種族は共にテュルク諸語を使っていたが、しかし宗教信仰が違っていたし、公用語も違っていた。高昌回鶻は仏教を信仰し、公用語も回鶻文だった。一方、喀喇汗朝は一〇世紀以後にはイスラム教に帰依するようになり、その使用する文字もアラビア文字（哈卡尼亜文字）に変化していた。今ではウイグル語の経典となっている一一世紀に誕生した『福楽智慧』と『テュルク語大辞典』は、当時は古典ウイグル語の哈卡尼亜（Hakaniya）語によって作成された代表作である。一方、チャガタイ文の代表作として、一四世紀に創作された『先知の物語』と一五、一六世紀に創作されたと言われている『四部叙情詩集』などがある。

実は、喀喇汗王朝の国内で書かれた絶対多数の作品は、すべてペルシア語で作成されたもので、量的にも質的にも、テュルク語は始動的な役割しか果たしていないのである。従ってテュルク語で書かれた文学作品の代表作である『福楽智慧』と『テュルク語大辞典』の意義と言えば、「ムスリム国家で初めてテュルク語を一つの文化手段として使ったことと、それによって疏勒《シュラ》と巴拉沙袞《バラサグン》の言葉の発展を促進し、後世に受け継がれるような土台を確保したこと」[10]とされている。確かに文学の角度から見る時、この二つの文献資料の何れも一般教化的なものであって、単純に知識を整理する程度のものであった。しかし、それでも一つの異なる文化と言語とが変遷するルートを示しているという点においては、その意義は大きいと言えよう。周知のように、『福楽智慧』の倫理道徳観およびその思想的な源泉となっているのは、回鶻の古代の伝統であり、更にイスラム文化、仏教文化また儒教文化でもある。『テュルク語大辞典』はテュルク語がアラビアイスラム文化に同化される境地に置かれた時に、アラブ人のために編纂された実用本であって、テュルク文化の保存のために積極的な役割を果たしたと見ていい。これらも一種の主体文化を保護するための本能的な意識によるものであったと言える。しかしそうであっても、これは中華の正統と完全に切り離されたものではなく、中原の主流文化とも一定の関連性を持っていた。ただこの文化に含まれている多元的な性格は、中原文化一極に注目せずにいたということを、強く証明しているだけである。

政権の獲得後、文化的に主流たる文化への帰属を選んだ最も典型的な例は、満洲人が辺境地から発達し、後に中原の主となって、「反清復明」の社会思潮に遭遇した時に、打ち出した政策であろう。例えば湖南省出身の文人曽静が反清運動の急先鋒であった呂留良の影響で、雍正六年（一七二八）に川陝総監の岳鍾琪に上書し、反清を策動することとなった。岳鍾琪を選んだのは、彼は宋の名将岳飛の後裔である上、当時は忠義愛民で知られていたし、皇帝の暴挙にも反対する立場を取っていたからである。曽静があえてこのような行動に出たのは、彼の政治観には依然として華と夷の違いは、君と臣の関係を上回るものであると認識していたからである。しかし岳鍾琪は曽静の上書を受け取った後、即座に雍正皇帝に知らせ、雍正の注意を引き起こした。雍正はすぐ刑部侍郎（副大臣級）である杭奕禄と正白旗の副都統である覚羅海蘭を湖南に派遣し、湘撫の王国棟と合流して案件の処理に当たらせた。間もなくして曽静は北京へ連行され、彼に対する取り調べが行われる中で、思想宣伝の一環として、雍正は時間を置かずに『大儀覚迷録』を全国に発刊したのである。

この『大儀覚迷録』は雍正の一〇本の上諭と、尋問記録と曽静の供述文四七篇、張煕の供述文二篇を収録し、更に曽静の『帰仁説』を付して公表したものである。上諭において、雍正は数千字を使って華夷の関係を論じ、清王朝の正当性を訴えている。その中で雍正は清王朝を夷狄と称することに特に憚ることはないと言っている。それは「本王朝が満洲となったのは、もともとそれは満洲が中国の籍を持っていたからだ」と反論した上で、さらに「先人の堯も東夷の人であり、文王だって西夷の人である。しかしこれらの現実は王の聖徳をなんら損《そこ》ねていない」と説明した上で、さらに古代の聖賢たちは夷狄による統治の合理性をまったく否定していないとも訴え、「もし夷狄だからいけないという発想があったとしたら、孔子が周遊に出かけた時には楚には行かないはずだったし、とくに昭王の招聘に応じる筈がない」と。なお、「秦穆公も西戎で覇権を確立したのに、何故孔子が史書を編纂する時に、時代的に『周書』の後ろに位置づけしたのか」と反問する。こうした反論を行った上で、雍正は更にこの「夷狄」という言い方の語源を探り、これは晋と宋が逃げた後、北方民族の統治を貶めるために言い出した言葉であると説明した。これだけではなく、雍正は更に夷狄観念について論説を広げ、「中国は古代から統一した国になっても、国土をそれほど広げられず、その中に同化に反発するものがいれば、すぐ夷狄と言い放つだけだった。そのようなものが三代以上も政権にいた例があって、例えばミャオ、荆楚、獫狁（現在の湖南、湖北、山西の地）がそうであった」と強調した。「しかし今日これらの地域をまだ夷狄と言えるのか。漢、唐、宋の全盛期においても、今の北狄と西戎は常に国境周辺の脅威となっていて、一度も服従したことがなく、自分の領地をもっていた。このことによって今のような境が生まれたのである。その後、我が清王朝は中原に政権を立て、天下に君臨したことでモンゴルおよびその周辺地域を全部版図におさめ、今日のような中国の領土が開けたのである。これは正に中国の臣民にとっても僥倖ではないだろうか。何故今さらなお華夷の意識を以て中国を内外と分断しようと思うか」と。これらの内容は今日から見れば大した意義はないようだが、しかし当時は相当説得力のあるものであった。

この雍正の論調に立ってそのロジックをさらに広げると、夷狄の観念とは中原文化が夷狄の文化を同化しようとするも失敗した時に、生まれてくる観念であるということになる。しかもその観念の内包する意味は中国の領土と地域の変動によって変化し、一旦同化され帰化されると、以前は夷狄文化であっても、その瞬間から野蛮のものでなくなるということになる。つまり「華夷は一家」となり、華と夷を区別してはいけないことになる。もちろん清王朝ももう夷狄ではなくなったため、雍正もこの論理に基づくと正当な統治者となるのである。この雍正の上諭は後に乾隆皇帝によって保存され、光緒の末期には過激な民族主義者にも取り上げられて、「嘉定三屠」と「揚州十日」などの事例と合わせて、「排満」運動の証拠となった。しかしこの雍正の答弁はまさに文化民族主義の一貫した考えを表している。この雍正の答弁をただ単に滑稽な弁解に過ぎないと見なしてはならない。それはまさにこの論理こそが中国の少数民族文化に中華民族の文化の主体となり得る拠り所を提示しているからである。前近代の社会において、これらの事実は少数民族部族の主体の流動性を示している事例でもあった。

このように、少数部族の文化は融合と変化によって各部族間の境界線が再生したり、消滅したりしていて、かなり流動的なものであったことが分かる。しかし根っこにある集団的な記憶と心の深層にある核心的なものは、依然として継続されていたことも知っておく必要がある。例えば清王朝の統治者は依然として「国語騎射」を国策の基本としていたし、満洲族と漢民族の境界線も、中後期まで続いていた。(11) 従って部族間の境界線の変化は二つの意味を持っていたことになる。一つは部族そのものの範囲の変化で、もう一つは国家と民族の関係の変化である。例えばロシアの埃文基族の人と中国のエヴェンキ族の人、また吉爾吉斯族と中国のキルギス族の人、ミャンマー北部の克欽邦族の人とインドの阿薩姆邦の克欽人と中国のチンポー人など、もともと一つの民族であった。しかしその後の物質的、社会的、生活方式などの変化によって境界線が生まれ、それによって文化符号的な要素も変化してきた。ここで注意してほしいのは、前近代の国家には明白な民族戸籍認定をしていなかったため、実際にはその民族国家としての領土境界線は相当曖昧であったことである。もっとも典型的な例は、例えば東南アジアに存在していた朝貢体系である。その時の民族の主体たるものは非常に流動的で、同時に大いに輝いていた。もちろん前文にも指摘したように、各部族には内包的なものがあって、それが社会的な変動によってすぐ消失してしまうということはあり得ない。民族学者チャールズ・F・キーズ（F・Keyes）がこのような部族関係を螺旋儀（gyroscope）に例えて、部族の中身と形式などは境界線の変化によって大いに影響されるが、中核的なものは持ち続けられる、と言う。[12] クリフォード・ギアツも民族の文化組織を蛸に例え、各足先によって神経が独立しているように見えても、しかしそれは飽くまでも一匹の蛸であり、一つの主体をなしているのだ、と。[13] まさにこのような中核に安定性があったからこそ、各民族間の文化は完全にその他の主体となる民族の文化に同化せず、古代からそれぞれ独特な民族風貌を保ってきたのである。

このような多元的な主体を持つ民族文化は、他の民族文化と融合したり抵抗したりして発展してきたが、同時にまた中央の正当な政権へ視線を送り、絶え間なく自我の調整をしつつ、「同一性」を求め、「大統一」などの一体化を図っていたのである。要するに部族の主体は大きな帝国の主体文化に圧倒されつつも、自らの主体を変転させていたのである。このことから、なぜ「少数民族文学」が古代から文学研究の中心になれなかったのか、ということが分かる。それはまず文学の研究そのものが非常に近代的なものであること、もう一つは前近代の社会においては少数民族の主体そのものが曖昧であったから、その必要性を感じなかったからである。つまり少数民族文化も実は帝国の雄大な文化範疇にあって、違っていたのはただの強弱と分量の問題であった。

第二節　国族の構築プロセスに置かれた少数部族の文学

フーコー（Michel Foucault）が「主体という言葉には二つの意味が含まれている。一つはコントロールないし依存関係を通じて他人に支配されることで、もう一つは意識または自我への認識によって、自分の同一性を求めること[14]」と述べたことがある。自我と認識とは非常に密接な関係を持つ二つの言葉で、自我に対する認識はイコール非自我を意識することであり、両者はお互いを補完する関係にあると言えよう。現代の社会学と政治学は何れも根本的にはこの「同一性」を追求しているものと見ていい。主体の確立と理性的な自我認識が相対する問題の二面を示しており、少数民族の主体の確立も現代民族国家の成立によるものである。文化的な身分の自我意識は、民族意識の形成において非常に重要な役割を果たしている。しかしこの文化的な身分そのものが歴史であり、現実であり、また変化しつつあるもので、他者からの目線と自我への評価が衝突する時、少数民族は自分の姿を他者の文学によって書かれることと、全く他者と異なる姿で古典文学に書かれていることをどう見ていたのか。これは非常に注目に値する問題である。

スターリンは民族の生産過程についてこう述べたことがある。「まず氏族があって、氏族から部落へ、部落から部族へ、最後には部族から民族へ発展するのだ。民族というものは資本主義の上昇期に生まれたもので、それ以前は存在していなかったか、存在していたとしても、資本主義の民族と社会主義の民族しかいなかっただろう[15]」と。この論断が果たしてソ連の事実と適合しているか否かは別として、少なくとも中国の現実はそうではなかった。それは中国の歴史が西洋の国のように、明白に民族から国家への「中世」「ルネサンス」「工業革命」の段取りを踏んでいないからである。つまり氏族から民族への直線的な進化経路を持っていないということである。一九世紀から二〇世紀までの中国の歩みはまず鎖国という状況の下、列強によって無理やり開放され、さらに自ら改革開放の路線に移って今日に至った。こうした背景において、中国の「種」と「族」は一緒に「民族」と見なされ、大小と関係なく、一律平等な共同体を形成している。

早くに民族的に覚醒した人たちは、主に資本主義の上昇期の民族理論から栄養を吸収し、とりわけ「国族」を強調していた。一七世紀の欧州資本主義の革命以来、「民族」とは主に部族（Ethnic group 或いは ethnicity）の政治化の過程で生まれたものである。常に主権、経済、地縁、文明、公民権などの概念と密接に関連していた。ある意味、部族とは空間と時間の両面において、その延長と拡大によって現れてきたものとも言えよう。欧州の資本主義革命の過程で生産また製造された民族は、現代国家の想像と構築と一体となっており、民族性と国民性が常に相互対立しながらもまた統一されており、集団性が民族性へ転換し、さらに国民性へと転換していったのである。汪兆銘の『民族の国民』はこの類のもっとも代表的な名文であると言えよう。[16] ここに言う「国族」とは、世界範囲でも認められている民族の標準概念である。

梁啓超も一八九九年から一九〇〇年までの日記において、自ら自分は国際人になるとの理想を掲げていた。つまり自分の足跡を広東から中国へ、更に日本、ハワイ、アメリカ、それから全世界へと描いた。[17] 梁啓超のこの観念には言うまでもなく、昔からあった「天下観」が働いていたであろう。同時に、例えばドイツのロマン派詩人たちの民族観と世界観も、彼の認識に影響を与えているものと思われる。周知のように、一七世紀のいわゆる「三十年戦争」によって、ドイツは三〇〇を超える小さな国に分かれ、これらの地方政権を統一できる強力な中央政権がなかなか現れてこない状況にあった。この分裂状態がドイツ人の祖国に対する帰属感と民族意識を、大いに毀損していた。だからこそ、知識人また詩人たちが改めて「民族性」の問題を考え直したのである。彼らはまず一種の世界主義的な立場から出発し、「小国寡民」の発想に対しては徹底的に抵抗して、とくに人間の普遍性を強調するようになったのである。つまり彼にとっては国家とか地域とかは重要な意味を持たないもので、自分たちは飽くまでも「世界公民」を目指している、と。例えば啓蒙思想家で劇作家でもあるレッシング（Gotthold Ephraim Lessing）が嘗て愛国主義は憧れるほどのものではない、何故なら、「それは我々に自分が世界公民であることを忘れさせるからだ」と述べていた。またシラー（Johann Christoph Friedrich von Schiller）もより単刀直入に「私は世界公民の身分で筆を取る。何れの如何なる君主のためにも働かない。私は既に祖国を捨てている。それをもって全世界を手に入れたのだ」と宣言している。またライプニッツ（Gottfriend Wilhelm von Leibniz）も「私はドイツ人を構成しているのは何か、或いはフランス人を成しているのは何かといった問題について、まったく興味がない。それは私が全人類に興味を持っているからだ[18]」と言い切っている。しかし事実はこのような発想は飽くまでも文人思想家たちの幻想や理想に過ぎず、世界はその後すぐ、政治民族主義の国際的な競争時代に突入したのである。

中国でも、大国民的な心構えとロジックを、早期の民族主義たちは持っていた。彼らにとって「民族」とは決して政治的な民族ではなく、文化的な民族であった。つまり民族は国家を超えるもので、もし国家が政治の実体であると言うなら、民族は文学の実体である。よって、民族の統一性と一貫性は言語と文化の結集によって成り立っていると言うなら、国家による政治上の統一は、まさに民族の言語と文学の統一の上に成立するものと思われる。もし言語こそが民族精神の基本的な表現であるなら、文学は言うまでもなくその民族精神の最も豊かな表現であり、また最もその民族の性格を体現している要素でもある。文学はその生まれ育った民族の言語環境から切り離して存在することはできない。ある民族の文学は必ずと言っていいほど、他の民族の文化と異なる特徴を持っている。ただ中国の場合、その歴史も現実も欧州のそれとは違い、決して単一民族の国家ではないことを、清王朝末期の民族問題に覚醒した学者たちが理解していなかったのである。そこで二つの傾向が現れ、一つは大漢民族の当時の統治者であった満洲族に対する対抗心を利用し、多元一体の文化生存状態を壊すことである。ちなみに、「五族共和」のスローガンさえも、本質的には少数民族と漢民族を対立させるもので、華夏民族の構造を分解するものである。もう一つは民族的な相異性を全く無視し、中華民族を一つの同質的なものと見なすこと。その結果が、少数民族に抑制を強要する場面を造ったのも事実である。むろん、このような傾向が現れたのは、幾つかの原因があって、例えば清末の革命運動、第一インターナショナルの影響、帝国主義の侵略とそれに対する共同抗戦など、これらの諸々の事件が結合してもたらした結果が、上記のような傾向を醸成したものと思われる。

今現在、国際的な多くの場において、民族国家を一つの国際単位として、区別することが一般的となっている。しかし多民族国家である中国は中華民族という一つの大きな「国族」単位で国家を理解しないといけない。西洋の民族主義の本質は、種族の境界線（ethnic boundaries）と政治の境界線の一致を求めることである。しかし前述の通り、多民族国家の中国ではそう単純には切り離せない現実がある。つまり中国では国家と民族は対等なものではなく、敢えて命名するなら、今の中国は国族・国民国家であると言えよう。これが清末以後、徐々に形成された一つの国家認識である。特に一九三〇年代以後、中国全体が反帝国主義の全盛期に入り、儒教による文化民族観念と清末の種族革命観念と西洋の民族国家の観念が結合して、言い換えれば現実的な危機に対応するプロセスの中において、今のような「中華民族」という国族概念が生まれたと言える。

現代国家の現れとしては、主に二つの線に沿っている。その一つが縦軸の時間（歴史）であり、もう一つは横軸の空間（領土）である。この「国内的」な時間と空間の中で、国家は圧倒的な権威をもって、分別、認知、コントロールされた権力、機関、施設と手段などを掌握してきた。しかもこれらを利用して、国民国家の想像と創造を行っている。例えば教科書の審査と決定、歴史の宣伝、元首の就任式など、何れも国家としての存在をアピールするためである。この過程においては、歴史文献や国家意識とは、国民国家が自らの権力の行使に、合法性を与えるための手段に過ぎない。言い換えれば国民国家の構築とは、文献、檔案、登記、証明などと関係する総合的プロジェクトで、本質的には一つの「権力の技術」なのである。従って、国民国家とは一種の想像によって生まれたものであり、また既成の基礎を継承する産物でもある。

中国の少数民族文学におけるその学術的な自己意識への内観は、まさにこのような外来文化の刺激と本土知識人の覚醒によって誕生したものである。例えば梁啓超が嘗て「民族意識とは何か？　謂わば彼らが自我を自覚すること（中略）凡そ他の民族と遭遇する瞬間に、すぐに自分は中華民族の一員であるという観念を、頭に思い浮かべること。このような意識さえあれば、この人はもう中華民族の一員である」と言ったことがある。梁のこの発言は言うまでもなく、主に中華民族主体意識への自覚と確立を念頭においたものである。しかし留意してほしいのは、この人為的に構築された「中華民族」は、本土の伝統によってもう一度遡り、追認しなければならない。つまり国内で改めて民族的な知識と文化的な発掘作業によって、再度証明し、合法性を与えなければならないのである。この国内での追認また承認の過程は、ある意味においては一つの「伝統を発明」する過程であるとも言える。そして実際に、民間文化、民間文学、民俗学などの整理ないし収集を通してこの伝統を発明し、さらに発揚しようとすると、どうしても少数民族の神話、故事、伝説、歌謡、ことわざ、詩歌などに触れずにはいられないため、この作業が自然と少数民族文学の発見に繋がってしまうのである。ある研究者が民国期歌謡学の研究事案を通じて、一つの複雑な知識の生産と権力の構築の関係を発見したと言う。つまり「民謡」から「運動」へ、さらに「運動」から「国学」へと対象を構築し、知識を整合する過程は、学術の面においては事実上、民謡を以て国学を充実させ、逆に国学を以て民謡を整合したり、或いは政治的に民衆を以て国家を解釈したり、逆に国家を以て民衆を規範したりすることになると言う[19]。このことは、中華民族が外来文学の侵略に抵抗する時、その精神支柱と原動力となっているものの中に、少数民族文学も加わっているということを証明していると言える。ただそれが結局「大中華民族」という大きな主体の下に隠されていて、実際にはこの国族国家の文化の中に融合しなければ、有効な知識として認められない状況にいただけなのである。

一九一八年、ちょうど劉半農などの学者が歌謡の蒐集を始めた年に、初めて中国人によって編纂された『人類学』が出版された。作者の陳映璜も間もなく北京大学で「人類学と民俗学」の授業を開設することとなった。この動きはちょうど中国社会全体が——とくに学界が「新しい学科体系を議論し」ようとしていた時期であった。この時に北京大学の学長蔡元培の努力によって、多くの学者たちが集められ、現代中国の新しい学科体系が構築された。周知のように、蔡元培自身は西洋型の人類学に接したことのある人物で、しかも西洋の民族学の理論を以て中国の少数民族問題を検討した第一人者でもあった。彼らが進める研究の影響が日ごとに強くなり、ついに国民党政府もその研究の意義の重大さを感知し、蔡元培が北京大学の職を辞した後、すぐに南京で中央研究院を組織して、それまでは知識人や民間人のレベルで行われていた人類学と民俗学の研究を、一気に政府と国家が直接参与する研究機関の事業にしたのである。これが中国における官レベルで少数民族文学を整理また研究する活動の嚆矢的な存在となった。南京国民党政府の指導を直接受けて研究活動を展開する中央研究院歴史語言研究所は、その開設当初から内地また辺境地の少数民族の調査を最重要課題と位置づけ、多くの専門家を派遣して、その調査に当たらせていた。例えば一九二九年に淩純生が率いて行った「中国初のフィールドワーク」が東北の松花江流域で実施され、その調査研究の成果が、中国初の本格的な民族誌『松花江下遊のホジェン族』として発刊された。ホジェン族の文学に関する考察と記述が多く掲載されている最初の民族誌であった。

しかしこれらの研究は飽くまでも「模倣者」的なもので、いわゆるイーミック（emic）な研究に過ぎず、社会的な現実によってしばしば変化を余儀なくされただけではなく、少数民族の主体性も、国族国家の建設のプロセスにおいて、次第に消沈していった。例えば一九三四年二月一九日、蔣介石が南昌の記念式典で「新生活運動とその意義」の演説を行ったが、その風向きは既に変化し始めていた。何故なら、その演説の中で、蔣介石が新生活運動を提唱し、とくに「社会建設」と「国族主義」の構築が共に重要であると強調した上で、国を復興させるためには強大な武力は言うまでもなく、同時に国民の知識と道徳レベルを上げることも非常に重要であると訴え、さらに礼儀と羞恥の心という道徳に基づいて、全社会生活の「三化」――つまり「軍事化、生産化、芸術化」を求めたのである。これに応じるかのように、当時西南辺境省で政権を担っていた楊森がすぐに「中華一統、国族一家」のスローガンを掲げ、貴州地域の民風調査に乗り出した。ただその調査に当たって、楊森は調査では主に風俗制度に主眼を置き、個々の民族の独特な点を理解した上で、それを徐々に改良していくことが目的であると言い切ったのである。つまりできるだけ「同」を求め、「異」には深入りしないということである。そうすることで、国族の大同運動を促進することができると、その意図をあからさまに強調したのである。しかし考えてみれば、結局このような事態を招くのは、ある意味当然でもあったのかもしれない。何故なら、国民党政府のイデオロギーに鑑みると、中国の民族は同源であり、差異は僅か服装、結婚式、葬式など表面的な要素にすぎない。この論調から、国民党政府の国族によって少数民族を抑止しようとする意思が、はっきりと確認できる。或いは国民党政府の民族政策が「攘外必須先安内」（外敵を追い払うためには、まず国内を安定させる――訳者注）という政治政策と一致したことも関係しているのかもしれない。研究者たちの調査によると、国民党政府の「官の伝統」から始めた各種の研究調査は、この時期から行われたようである。研究調査も民謡から始め、社会、風俗、各民族の文化など幅広く、一九四〇年代の外敵への抵抗期に入ると、その調査活動がピークに達し、関与する機関も政府の上層部、例えば国民党中央から民国政府の行政院、内政部、教育部、蒙蔵委員会など、さらに省、市など地方政府機構も参加して、様々の研究調査が行われた。その後、さらに「考察団」「施教団」「訪問団」「旅行団」などの民間組織も加わり、多種多様な調査活動が行われたのである。とくに日本の侵略によって国民党政府が徐々に後方へ移転するに伴って、国家の政治的な中心も東から西へと移動し、それに伴い皮肉にも民俗学の調査研究も、ただの民俗風格の研究調査だけではなく、研究の方面においては如何に「辺境地」「非漢民族」の地域で執政を行うのか、という方向へと歴史的に変化していったのである。ただ、民族主義運動が高揚し、国族全体が存亡の危機に晒されている時期に、国族の内部から分裂を引き起こさせる可能性のある少数民族の個々の主体に関する研究調査は、当然のことながら研究を進めていくことは困難なことであった。実際に一九四三年、中央設計局が西北建設考察団を組織し、主に新疆の民族問題を考察する際、リーダーとなったのは西北監察使であった羅家倫と、人類学者であった呉文藻であった。ところで、その研究調査報告が発表される前に、蔣介石が『中国の運命』を出版し、中国には国族があるのみで、民族はいないと言い切ったが故に、調査報告書はなかなかまとめることができず、最後は呉文藻の反対（つまり蔣介石の認識に沿って報告書を書くことに――訳者注）で、研究調査報告書が未発表のまま、幕を閉じてしまったのである。その後は、民族主義的な機運が日に日に高まり、「国難」とか「国政」とかの問題がより重要な位置に置かれたが故に、「国族」によって団結力を挙げることが「民主」よりも優先事項となったのである。[20]

一九三七年、「七・七」事変（盧溝橋事件――訳者）の後、顧頡剛が中英庚子賠償金理事会の委託を受け入れて、西北の教育に関する視察と設計に取り掛かった。この仕事が一区切りついた後、顧頡剛は臨洮、渭源、康楽、岷県地区の民族社会状況についても、調査を行った。[21] 一九三八年一〇月、顧は更に昆明にある雲南大学文史系教授に転じ、『益世報』において『辺疆』週刊を開設した。辺地視察の経験と時局に対する考察に基づいて、一九三九年二月、顧は昆明の『益世報・辺疆週刊』において、「中華民族は一つである」という文章を発表した。この文章はその後、重慶の『中央日報』、南平の『東南日報』、西安の『西京平報』をはじめ、安徽省の屯渓、湖南省の衡陽また貴州省と広東省等の地方紙にも転載され、一九四七年に『西北通訊』第一期にも掲載され、その影響は非常に大きく、広範囲にわたった。その主旨は恐らく当時の多くの人々の意見を代表しているものと見て、まず間違いないだろう。そこで顧は単刀直入にこう述べている。「すべての中国人は皆中華民族である――中華民族の中で、我々はそれ以外の民族を見出すことは絶対にあり得ない――今後はこの〈民族〉という二字の言葉を使う時に、注意しなければならない」[22]。また、「中華民族」の形成は血統上のものによるものではなく、同一文化の上に構築されるものでもない、とも述べた。さらに彼は「漢人文化」と「漢人」の概念について、次のように分析した。「漢人の生活方式の中で非漢人から吸収したものが間違いなく漢人の元々持っていたものから受け継いできたものよりも多い。

なぜ漢人が非漢人の文化を吸収することを認め、しかもそれをごく自然に使っていくことが可能となったのだろうか。それは漢人が種族に対して全く先入観を持たないからである。彼らは異なる種族の人々や、その人々が持っている文化を嫌うことはなかったため、既存のものよりも心地よいものであれば、あっさりと既存のものを捨てて、新しいものを取り入れることが可能であった。従って、現在の漢人の文化とは非漢人と共用してきたもので、ある意味これを漢人文化と呼ぶことさえできないと思っている。「中華民族の文化」と呼ぶべきだ。（中略）私たち漢人と呼ばれている人々は、決してその血統が同一であるということではない（ある意味国内のどの種族にも、恐らくアジア各種族の血統が入っているだろう）。文化も単一で、一元的なものではない。我々はただ一つの政府の下で暮らしを営んでいるに過ぎない。よって我々は中華民族以外、他の呼称で呼ぶことは絶対にあってはならない。以前は中華民族という名称がなかったので、その時他の人から我々が漢人と呼ばれても、我々自身も自分自身を漢人と認めるしかなかったため仕方がないが、しかし今、この中華民族という非常に適した名称が現れたのだから、以前使っていた「漢人」という非合理的な名称を捨てるべきだ。交通の未発達などの原因で生活方式については我々と異なった形式を取っていた辺地の人々とも、共にこの中華民族の名の下、団結して、帝国主義による侵略に立ち向かうべきである」[23]、と。この清末の革命者たちが作り上げた「五大民族」の概念を、顧が当時の世論を鼓舞するために使ったが、彼はこのことによって、後々になって誤りが誤りを呼び、結局、却って悪い結果を導いてしまったと、自ら反省の言葉を述べている。

本来「民族」とは nation の訳語であり、共同生活を営み、共同利害を有して、団体精神を持つ人々を指すもので、言わば人が人為的に創り上げたものである。「種族」とは race の訳語で、一般的には同じ血統と言語を持つ人々を指す。言わば自然に出来上がったものである。しかし皮肉なことに、中国の文字を以てこれを一つの名詞に組み合わせた結果、その文字自体が持っている意味とその名詞が実際に持っている意味の間に食い違いが生じてしまい、人々もむろんこの名詞に使っている文字の意味に沿って、勝手に憶測をしてしまったが故に、この民族という名称が、人々の無意識の内に錯覚を起こしてしまったのだ。つまり「民」とは「人民」の意味で、「族」とは「種族」の意味だと理解し、「民族」とは一つの国の中の異なる民族の人民であると理解しているのだ。そうすると血統と言語がそれぞれ違う単位を成している人々もそれぞれ一つの民族と見なし、宗教と文化が全く違う単位の人々も、それぞれ一つの民族と見なすことが可能である。そこで自然の成り行きとして、一国の中で幾つかの民族が現れたのだ。これに、あの悪質な名詞「中国本部」という言葉の伝播によって、中国人にもう一つの錯覚を与えてしまった。それは、本部に住んでいる人々が主要な部分で、本部以外の地域にも、また色々な民族の人民がいるという見方だ。そして人々は自然に満、モンゴル、回、チベットの、比較的大きな四つの民族しか連想できず、彼らが中国の東北から西南までの辺境地を占有しているという、いわゆる五大民族という呼称はここから始まったという意識が芽生えてくるのである。もう一つ見逃してはいけない事実は、清王朝に対する革命は、漢人が満人から政権を奪回することから始まったということだ。周知のように、当時の革命運動のリーダーたちは「種族革命」を掲げ、「民族主義」の旗を立てていた。これが無意識の内に「種族」と「民族」の二つの名詞を混同させてしまい、分別し難いものにしてしまった。何より、満洲政府は確かに満洲から興起した政権で、彼らが統治していた郡県が悉く漢人の土地であったし、この間に藩地的な存在であったのがモンゴルとチベット（清末にはこの二つしかなかったが、それ以前はもっと多かった）の地で、藩地から郡県に変わった地域に回がいたので、政治組織的な見地から見ると、中国の民族は正しくこの五つの部分に分かれているように見えるのだ。これが五大民族説の根拠となってしまったのだ。このことが辛亥革命の成功後、政府が「五族共和」のスローガンを打ち出し、さらに紅、黄、青、白、黒の五色旗を作った理由にもなっている。この五色旗ほど色が鮮明なものは他にはないだろう。むろん、この旗の色が全国の国民に深い印象を与えてしまい、殆どの国民がこの「紅、黄、青、白、黒」の色を、「漢、満、モンゴル、回、チベット」の五つの民族の存在と見なしてしまい、国民の一人一人が自分自身の所属する色を知ってしまったのだ。幸いに、この国旗はたった一五年しか使われず、国民政府によって廃止されたが、しかし人々の脳裏に焼き付いた印象は、恐らく数十年経っても、洗い捨てられ難いものとなっただろう。このことが原因で、今日の辺疆地に様々な危機が生じてしまったのである。(24)

顧に言わせれば、まさにこのような「民族」的な区分があったからこそ、日本人が「民族自決」の名義で東北三省を占領して、「満洲国」を造る結果となった、という。帝国主義の侵略行為にこのような自覚と理解を持っていたからこそ、顧が上記のようなグローバルな視野でこの問題を考えることができ、帝国主義者が世界的に「民族」の問題を推し進めたがっているのは、その背後に植民地的な、侵略者的な考えもあったからだ、と見破ることが出来たのであろう。このような意味において、顧は孫文の民族主義の観念を正しく受け継いだ人でもあったと言えよう。同時に、彼はこの国家存亡の危機に直面した時期に、「我々が抗戦しないといけない理由はもちろん建国のためである。しかし建国のための一つの先決条件として、まず国内の各民族を団結させ、皆と『中華民族は一つである』との意識を共有しないといけない。皆さんは苦を恐れず、自ら進んで辺境地の言語と生活習慣を学び、辺境地へ行って献身的にそこにいる人々のために働き、是非とも帝国主義の陰謀を暴き、野心家の害毒を一掃してほしい。また、辺境地にいる同胞たちの知識を高め、交通状況と生産方式を改善して、内地の情報を伝えてほしい。それから、彼らの歴史資料を収集して、全国で使用する教科書に掲載すること、このことによって中原と辺疆地の一体化を促進し、将来の辺疆地は中原にとって単なる広大な土地ではなく、国土の境界線であるという認識を共有しなければならない。もちろん、若者は積極的に辺疆の人々と結婚し、種族間の隔たる感覚を世代交代によって次第に薄め、その替りに民族意識を世代交代によって、次第に高めていくことが非常に大事である。新しい血縁関係を吸収することによって、我々の子孫の体格を次第に壮健にしていくことだ。（中略）我々の中国の歴史において、あるのは民族に対する偉大な胸襟で、あってはならないのは種族的な狭隘な観念だ！ 我々には一つの中華民族しかない。しかも遥か昔からこの中華民族が存在していたのだ！ 我々は次第に国内に存在する各民族間の隔たりを除去していかなければならない。もちろん我々は各民族の信仰の自由と各地に既に存する風俗と習慣を尊重する！今後、我々は「民族」の二字を慎重に使用しなければならない。それは、我々は内輪的には民族の違いなどなく、対外的にはただ一つの中華民族であることを！」[25]。顧のこのような考え方は、抗日戦争期の代表的な民族観であったと言えよう。なお、これは知識人による民族理念と政府当局の意識形態が、あの特定な時代背景において得られた共鳴であったとも言える。まさに費孝通も述べているように、「中華民族が民族的な自覚を持つ一つの実体のある民族となったのは、ここ百年以来、中国が西側の列強と対抗する中で生まれたものである。もちろん自然体の民族としての存在は、過去数千年の歴史の中において、とっくに形成されていたが[26]」。ここに言う「民族」というものが果たして「実体」のあるものかどうかについては、もう少し深入りして議論をしてほしかったが、それはともかくとして、この歴史的なプロセス自体の存在には、もちろん異議はない。

アカデミック的な視点から言えば、仮に権力側からの抑圧と推進がなくても、少数部族の文学の研究にも手をつけずに居られない民族学の研究者たちは、往々にして自分自身の民族的な立場に曖昧さがあることに気付くであろう。例えば人類学者であるヨハネス・ファビアン（Johannes Fabian）は人類学あるいは民俗学の研究に関して、以下のように反省の言葉を述べている。「人類学また民俗学はその出発の時から、既に時間というものに対して進化論的な構想を持っていたようだ。そしてこのような構想に基づいて、「彼等」は往々にして延々たる歴史の流れの

「原始」の一端に置かれがちで、それによって現代に立っている「我等」が文明的な立ち位置にいることの優越性を確立するのだ。時間的な流れにおける人類学の「非我」に対するこのような扱い方が、とうとう空間的な世界にも適用され、それの具体的な反映としては、例えば人類学者や民族学者が他の地方や族群の処へ行き、職業化された「フィールドワーク」を行ったりするが、「伝統」社会に行ってフィールドワークを行うこと自体、つまりフィールドワークの対象である「彼ら」は飽くまでも「我々」の過去であり、過去の研究対象とみなすことで、初めて意義あるものとなるのだ。「彼ら」の現状が必ずしも「我々」に現実的な意義を有するものではない。言い換えれば「彼ら」の現状が「我々」の過去でなければ意味を有しないのだ。しかし研究対象としての「非我」が研究主体と同様な時間と空間に踏み込むことができないが故に、結局、主体的な身分では彼と本当の対話と論争も出来ないのだ[27]」。五四以来の中国の民族学者の大多数もこのような偏見から抜け出せず、少数部族の人々については、ほぼ考慮もせずに未開化ないし半開化或いは教育が欠乏している人々だと見なし、ただの考察の対象とし、一度として彼らの持っている異なる世界観、認知系統、知識系譜に平等な地位ないし共生していく可能性を与えたことがなかったのである。しかし言うまでもなく、彼らの伝統、信仰、風俗、習慣、故事、神話、伝説、歌謡、ことわざ、童謡、童歌、口承叙事詩等、何れも中華文明の発展史上のものとして、それらを丁寧に認識し、再分類して保存しなければならない第一次的材料なのである。

劉禾が嘗て「中国の民俗学はその最初から修辞、画像また理論概念上において、少数民族文化と原始的な野蛮部落の文化をイコールにして見なしてきた[28]」と鋭く指摘したことがある。事実、少数民族と本来は原始社会の残留物として扱うべき漢人の地方文化だけが、民俗学の主たる研究対象となっている。その結果、エドワード・W・サイード（Edward Wadie Said）が引用したマルクスの言葉のように、「彼らは自己を表現することができない。彼らは必ず他者によって表現されなければならな[29]」くなったのである。しかし問題は、この他者に代表され、或いは表現される過程で現れてきた少数部族の表象には、研究者たち本人による選別と作為の要素が入っている可能性は否定できないであろう。

もちろん、この間、少数部族の知識人自身による本民族文化主体への「自観」(etic)の研究が、全く現れてこなかったということは決してない。例えばミャオ人の楊漢先はすでに『苗族述略』(一九三七年)を書き上げているし、一九三八年に『川南八十家苗民人口調査』を執筆した。一九四〇年から一九四一年にかけて、「威寧花苗歌楽雑談」、「大花苗歌謡種類」、「大花苗名称来源」、「大花苗移入烏撒伝説考」、「大花苗的氏族」等の論文も発表している。一九四六年、楊は貴州大学文科研究所に勤めていた時に、関係者と安順、黔西、赫章等の地に実際に住み込みながら、現地調査を行い、一九四八年に『黔西苗族調査報告』を完成させている。ミャオ人の石啓貴も一九三三年に凌純声や芮逸夫と協力し、湘西で現地調査を進め、凌と芮の報告書『湘西苗族調査報告』の執筆に、多大な貢献をしたことも知られている。その後、石啓貴は湘西各県における長年の調査に基づいて、一九四〇年に『湘西土著民族考察報告書』[30](四〇万字)を完成させているし、一九四七年、ミャオ人の梁聚五も「省訓団」の講師を務めながら、「苗夷民族歴史」の講義を担当していた。その後、講義録をまとめて、一九四八―一九四九年の間に『苗夷民族発展史』を書きあげている。彼ら第一世代の「苗族知識分子」の登場によって、一種の本土知識への構築活動が現れ、二〇世紀初頭に、恰もミャオ族社会に「文化復興運動」を誕生させたかのようであった。言うまでもなく、漢と夷の関係史から見て、彼らの少数部族研究は、ようやく「他者による表現」から「自己による表現」への、画期的な変革をもたらしたのである。楊漢先等の漢文によって執筆されたミャオ族民族史および民族志は、もちろん彼らが中華民国期という特殊な政治環境に置かれた上での、一つの政治的な実践——つまり現代的な国家体制の中に置かれた、民族的な政治身分と民族的な政治参加を追求した結果と見なしていいだろう。似たような事例は他の民族にもしばしば見られる。例えばイ族研究の分野で、楊成志と林耀華のほか、抗戦時期の雲南大学と南開大学、また華西壩に内地から移って来た大夏大学、中山大学など、地元の学者として嶺光電、曲木藏尭等も、本民族の主体意識とアイデンティティの問題について、論述を試みたことがある。(31)

資本主義と帝国主義の圧力の下、現代民族国家への切実な希求が古い村落的な共同体、地方的な政治組織、部族的な文化団体等を悉く打ち壊していき、散乱していた社会需要も整合して、すべての社会構成員を一つの共同目標へと導いていったのである。そのような雰囲気の中、――つまり帝制王朝の政治共同体から現代国家へと変遷していく過程において、個性的な或いは異質的なものは、まぎれもなく邪魔者として扱われ、必然的に中心的な言説によって吸収ないし消されていくのである。その最も典型的な一例が、元々は一部の少数部族と地域住民のトーテムであった龍と鳳が、民族また国家のシンボルとした意義を新たに附加され、収斂されたことである。(32)

第三節　現代少数民族の文学著述

これまでの少数民族文学研究は、その研究成果から見ると、主に民間文学と民俗学の二大ジャンルに集中している。具体的には次の三つに分類できよう。（一）各民族文学の口頭伝播伝統に関する研究。例えば史詩『格薩（斯）爾』、『江格爾』、『瑪納斯』、チワン族嘹歌、トン族大歌等の研究。(33)（二）各民族民間の文学と民俗学との関係に関する研究。例えばイ族の畢摩と劉三姐に関する伝説や、阿凡提の故事等。(34)（三）各民族文学間の関係に関する研究。例えば南方民族神話の系譜や東北各民族のシャーマンに関する故事等。(35)これらと比べれば、作家ないし作品を取り上げる研究は甚だ少ないことがわかる。偶然に研究者の視野に入ったとしても、主流文学の補充的な扱いで、余り重要視されてこなかった。これには歴史的な現実が反映されている。何故なら、少数部族の文学が最初に知識系統の中にその姿を現したのは、まさに民間的、辺縁的、原始的な一面だったからである。これと比べれば、記載文学は各民族の文学において、発展程度やレベルにもばらつきがあり過ぎて、現代的な意義を含む「文学」としての出発も、かなり遅かったからである。何より、殆どの少数部族の文字系統が乏しかったため、少数民族の文学は、最初は殆ど口承文学の形でその存在感を勝ち取っていたのである。もちろんチベット族、イ族、モンゴル族、ウイグル族等、成熟した自民族の文字系統を持つ少数部族文学もあったが、言語の隔壁によって、やはり主流たる歴史的な叙述に採用されなかったり、或いは注目されなかったりして、圧倒的に不利な立場に置かれていた。この前近代的な状況と比べれば、現代的な民族主体観念はやはり多くの少数民族作家を触発し、それが意識的であれ無意識的であれ、本民族文化の描写、叙述、アイデンティティの意識へと回帰させたのである。それによって現れてきた史詩、ダスタン、アイトス（ハザク族）などのような文学作品は、今もなお各部族の中で歌われ、踊られ、各種の会合や娯楽の場で、民衆に支持されている。現代少数部族の記載文学も――依然として漢語による創作が圧倒的に多いとはいえ、「民族性」ないし民族的な特徴から言って、やはり少数部族（民族）文学であることには、疑いの余地はない。

ここで、念のためまず断っておくが、古代には少数部族による作品がなかったと言うわけではない。ただ彼らの作品が文学史の中に入ってくる時に、その殆どが部族の主体性を示せなかった、という背景があったのである。現代の少数民族作家は、中華民族という主体が構築する中で、それぞれが自民族の主体意識を生み出そうとしたのである。ただその「主体」たるものが、所詮近代の啓蒙的な用語によって現れてきたものであるから、その核心的な意匠は、やはり西洋から持ち込んだものとなったのである。よって、現代中国の民族ないし国家の普遍的な要求には、多かれ少なかれ西洋的な思考が存在し、それによって牽制されているのである。また、西洋の啓蒙主義が探求したのは、決して人間性或いは人間の行動がもたらした結果の可能性ではない。むしろ人間の先験（アプリオリ）的に存在する根拠と根底（基盤）である。理性的かつ普遍的な基準が現代民族の主体に提示したものは、主体の実践と思想活動のすべてを、この共同社会の理想と目標の上に統一するということである。言い換えれば、自由と平等と普遍的な正義への統一である。しかしこの普遍的な言説が現代的な構想を計画しようとする際に、フーコーらが既に掲示したように、様々な抑圧的な構造を生み出してしまうのも事実である。中国を例にすれば、その最も典型的なものが、辛亥革命以前の「排満」主義の宣伝である。

清朝の民族政策の核を成しているのは、いわゆる「修其教不易其俗、斉其政不易其宜」（その宗教や信仰の習慣を尊重し、強制的に変えないこと。政令は統一するが、その他の生産方式や生活習慣などは尊重すること――訳者）である。同時に部族間の行き来――とくに漢族の少数民族地域への流入を厳しく管理する「隔離政策」と「封鎖政策」を採っていた。[36] その目的はもちろん民族間の衝突を減らし、各地区の安定を保障するためであったが、しかしそれだけではない。清の統治者が少数民族――とくにモンゴルとチベット地区の仏教文化を助力し、満洲族の文化も堅く守ろうとしたのである。ただそれは余り効果的ではなかったようである。何故なら、満洲立国の基である「国語騎射」の能力は清の中期になると徐々に廃れていっただけではなく、満洲文化も中華文化の大伝統に融合ないし同化されていき、シャーマニズムや満洲語、騎射武功の衰退から、最終的には生計に困窮する八旗子弟の出現まで、言い換えれば帝国の至る所に、危機が顕在化し始めたのである。

この状況を、一部の敏感な満洲族の文人たちはすでに予感していた。例えば費莫文康は名著『児女英雄伝』（一八七八年）において、既に「文以載道」（文を以て道を載せる）という中国伝統的な文学思想に立脚して「忠、孝、節、義」の義理を力説しているし、そこから喪失しつつあった満洲族の言葉と習慣を取り戻そうとした。この作品の一年前、西林太清によって書かれた『紅楼夢影』も、『紅楼夢』の続編の形で賈宝玉と賈蘭など、賈家の再起を描き、作品に清王朝の「重興」（再び勃興する――訳者）の理想が託されていた。周知のように、西林太清は満洲族の貴族出身で、子供の時から良質な教育を受け、大人になった後も名門貴族に嫁いだため、長らく正真正銘の満洲族の貴族圏に生きた人間である。ただ人生の後半においては家庭内のトラブルに巻き込まれ、さらに夫も失うなど、急激に転落する人生を送ることになる。そこで満洲族の凋落ぶりを目の当たりにした彼女の失望感は、想像を絶するものである。そしてとうとう清王朝の再起にも失望して、世間は所詮無常であるとの哲学的な思想に陥ることになる。ただこのような経験による感受によって書かれた『紅楼夢影』は、他の『紅楼夢』続編と比べて、その出来上がりが非常に独特なものとなっている。

清末、特にアヘン戦争と日清戦争の後、清王朝の危機は激化し、その時に、民族主義を以て帝国主義の侵略に抵抗しようとする考えは、当時のエリートたちの共通認識となった。ただ「百日維新」が失敗すると、今度は「米国の独立戦争史を参考に、革命派がようやく中国国内の矛盾に対する錯覚とズレを感じ始めた。満漢の民族矛盾を中国の最大の矛盾と見なし、むしろその矛盾を解決するのに、どれだけの困難が待っているのかを軽視していた。彼らは種族の革命さえ成功すれば、間違いなく共和制も簡単に実現すると空想するようになった[37]」のである。例えば梁啓超が一九〇二年四月の手紙に書いているように、「今日は、民族主義が最も発達している時期である。この精神がなければ立国はとても叶わない。（中略）なお、この民族精神を喚起するのには、やはり満洲を攻撃しないといけない。それは日本が当時討幕を最も相応しい方法だと見なしたように、中国は今、討満を最も相応しい方法とする[38]」。ただ、ここでも留意してほしいのは、「排満」とは飽くまでも保種保国の一つの便宜的な手段であり、革命者たちも「満洲民族も同等の国民であり、現世の文明に従えば、断じてそれらを仇殺するなどしてはいけない。よって我の言う排満とは、決して復讐者の言うそれと同質なものではなく、飽くまでも政治問題である[39]」と認識していた。一九世紀の中葉からの約六〇年の間、中国と西洋の衝突によって中国では民族意識が生まれ、その民族意識がその後更に民族主義に変化したのである。「歴史と文化において顕在化してきた民族の問題と東西の学問的な衝突によって現れてきた民族主義の問題とが同時に二〇世紀初頭の中国で出現し、これに更に戊戌変法の失敗によって生じた社会的な不満が合流すると、知識人の論説に誘導されて、社会は一気に排満の方向へと向かったのだ」[40]。しかし言うまでもなく、文化歴史的に言えば、種姓意識は本質的には古人をその源とし、民族主義はむしろ西洋人を源とするものである。満人が全体的に貧困化、衰弱化している現実から言うと、両者は当時の中国においては核心的な問題ではなかった。排満意識は、飽くまでも一種の観念から派生した観念であり、更にその観念によって支えられた思想の自然運動であったとも言えよう。ただこの過程において、現実の政治情勢に与えた影響というものは、決して軽んずることはできない。

辛亥革命の後、「五族共和」が提唱されたが、満洲族の一般民衆の生活は、やはり「排満」世論によって出来上がった巨大な暗影の中に投げ出された。例えば清末民初に発表された大量の小説の中に登場する満洲人は、悉くネガティブに描かれている。言うまでもないが、現実と虚構の間には往々にしてある種の相互効果が生まれ、この社会風潮がとうとう西洋人にまで影響を与えてしまい、世界的に見ても、満洲人が最も間抜けで、尚且つ狡猾な中国人のシンボルとなってしまったのである。その典型的な一例は、例えばイギリスの大衆小説家サックス・ローマー(Sax Rohmer)が一九一三年に、華裔の「傅満洲博士」(Dr.Fu Manchu)を主役とする一連の小説を書き、長編一三部、中編一部、短編三部という、膨大な作品群を創作している[41]。傅満洲という名前はもちろん満洲族に因んだ名前で、ストーリーの中では、彼が中華街の一ヶ所に、いつでも西洋世界を転覆できる暗黒の帝国を作ったという設定で話は進む[42]。この傅満洲という意匠は、むろん西洋人の目に映る中国人全体のシンボルであって、二〇世紀の黄禍論(Yellow Peril)の化身でもある。ただ「満洲」という名前を使っていることから、やはり排満のマイナスの影響が潜在していることが分かる。ところで、ここで興味深いことは、清末民初の社会的な差別の雰囲気の中で、北京の満洲族のジャーナリストによって書かれた小説の中で、その文章の構成と言い、倫理的な観念と言い、民族観念と言い、前者とは全く異なるものが現れていることである。帝国が崩壊した後、元の統治民族が少数民族へと変身し、それこそ底辺にある民衆の心理状態と認知形式を反映しているものとなっているからである。

清末民初の満洲族の小説家は、今名前が知られているだけでも凡そ十数人いる。その多くはジャーナリスト（編集者か記者）的な存在で、名前を挙げると、松友梅（代表作：『小額』、『曹二更』、『褲緞眼』等）、王冷仏（代表作＝『春阿氏謀夫案』）、穆儒丐（代表作＝『北京』、『福昭創業記』、『梅蘭芳』等）および文実権、李仲悌、勲蓋臣、白雲祉、文子龍、楊曼青、烏沢声、徐剣胆、丁竹園等がいる。但し、今日彼らの殆どが文学研究の対象になっておらず、研究者の視野にも入っていない。その原因はいくつかあるが、恐らく清末から五四運動までの間、中国は内憂外患に直面し、社会全体が動乱状態に遭い、様々な主義主張が飛び交い、正に大転換の時期に置かれたが故に、そういう少数民族の、どちらかと言えばマイナーな文学の存在に目が届かなかったものと思われる。何よりその空前の懐疑、困惑、挫折、彷徨、開戦、守備敗退のあらゆる心理状態に置かれて、満洲族のジャーナリストたちが書いた小説は、その表現から芸術的な方法まで、言論の空間から思想の展開まで、或いはその作品に現れた精神的内包までが、何れも劣勢の立場に置かれていたことも大きな原因であろう。そもそも彼らが新聞紙に小説ないし散文を発表することは、その創作動機から意志に到るまで、何の明確な文学的追求も目標も持っていなかったのかもしれない。その創作の技法と芸術の形式の面においても、当時の維新と革命の雰囲気が充満していた文壇には、何の「新しさ」も読者に与えられなかったであろう。とくにその思想ないし理念の面においては、革新的な知識人から見れば、全くの時代遅れで、「旧道徳」の要素も多々残っており、なおさら取り上げるのに値しないものに映ったに違いない。何しろ、その後は主にいわゆるエリート的な視点と基準で文学史を書くようになったこともあり、白話文ないし口語文を運用した作品以外は、むしろ排除される対象となったのである。従って、近代小説史においては（時代区分は通常の文学史に従って、清末から五四運動つまり清末民初までとする）、これら満洲族のジャーナリストによって書かれた小説は、殆どその姿を見ることがない。そもそも中国現代文学は社会啓蒙運動の主たる陣地であった。これらのいわゆる「新」文学の特徴を全く持たない作家や作品は、当然のように排除されていったのである。つまり中国近代文学史に関する言説は啓蒙者ないし革命者によって掌握されていたため、彼らの基準と思想が、目に見えない形で文学史著述の伝統に影響を与え、同時に、当時の文学批評等にも決定的な影響を与えていたのである。

この清末民初期の満洲族による一連の小説の研究を通して、満洲文化が中華文化全体に融合し、お互いに促進しながら発展し、当時の国民全体の状況を現していたことに私は気が付いた。(43) 満洲族の文学が繁栄していたこの時期は、まさに古典と現代、中国と西洋のものがぶつかり合う最中であったため、彼らが言語表現の面で展開した探索が——とりわけ北京のローカルな民俗文化とオリジナルな言語表現力を文学に取り入れたことによって、独特の「北京味」が生み出され、それが後世の作家・作品にも大きな影響を与えたのである。しかもこれら満洲族文学者たちは、特別な歴史段階に置かれ、また嘗ては国家統治者という立場にもいた民族の後裔だからこそ、彼等の文学作品に現れてきた民族と国家意識は、非常に微妙で、いわゆる「遺民文学」のそれと精神的に繋がるものがあるように映る。このことは中国多民族文学史の著述にも、大いに現実的な意義をもたらせるであろう。(44)「八旗子弟」と言う集団的な存在から、辛亥革命後は皆一人一人の個人となり、以前大いに頼りにしていた威厳的な身分も消失してしまったがゆえに、今はその集団も個人も、同時に現代的な存在へと変身を余儀なくされたのである。

二〇世紀初頭の煩わしい論争を経て、一九三〇年代からは中核的な知識界の言説の中国に対する解釈が、次第に国際的な時間軸にシフトし、単線的で進化論的な世界観も次第に現実から虚構への歴史叙事方式へと変身するのである。歴史はいつも一つの究極的な方向へと移動する。歴史の過程や個々の現象に対する解釈も、その目標の設定と密接な関係を持つ。そうなると、歴史の段階区分もまたこの目標を目指し、それに迎合するようになる。本来、このような叙事構造は非常にユートピア的なもので、その源泉となっているのはキリスト教の時間観念——つまりキリストの生誕、受難、復活という、一つの完璧で逆行できない叙事構造であるが、時間そのものに意義と方向性を与えていることが分かる。これが後に、マルクス主義理論の影響の下で現れてきた五つの歴史段階論によって強化されていったのである。このような叙事構造においては、中国がこの世界体系の中の一つの地方的な事例として、独特の特徴を保持する必要がなくなるし、独特の解釈を持つことも、主観的、客観的な条件に欠けているのである。その結果、中国の歴史は必然的に世界史の一つの地域的な事例となり、西洋史との関連性においてしか、意義たるものを見出せなくなってしまった。中国の主体についても、このような西洋的な時間観念ないし思想体系に沿って考える時、自然とこの思想体系に限定され、無意識の内に「世界的」な立場に立って自己本土のことを考えるようになり、自分自身の言説空間の在り方を忘れてしまうのである。もしこれを一種の「中華民族」主体性の喪失と言うなら、「中華民族」内部に置かれている少数民族の生存状態も、似たようなもの——いや、若しかするとそれの二重の重圧を受けてきたと言えよう。なぜなら、中華民族の構築の過程において、つまり国族の自主、独立、興隆の願望のもと、少数民族文学は、その宏大で主体的な言説環境のなかで手枷足枷をされて、まさに中国全体が世界潮流の中で演じた役柄を、国内に置き換えて少数民族文学が繰り返したようなものだからである。

少数部族の文学がなかなか現代文学の研究テーマにならなかったのは、決して文学そのものの存在自体がなかったからではなく、飽くまでも民族と国家的な言説の中で、葛藤してきた結果にほかならない。その原因を簡単にまとめて見ると、恐らく以下の三つに分けられる。(一) 集団的な無意識の流れの中で、時代の風潮に抑えられ、一体化されてしまい、その結果、啓蒙的な言説の流れに吸収された。(二)「立ち遅れ」の部分があったため、意識的・無意識的に、主流たるイデオロギーに抑えられ、埋没した。(三) 利用、移植また改造の対象となり、実際には背景的、資源的な存在となった。

例えば老舎、沈従文など、中国現代文学においては超ビックネーム的な存在である作家たちにしても、彼らの民族的な身分は多くの場合、研究者たちの間ではただの研究余談でしかない。もし誰かが彼らを少数民族の作家と見なし、少数民族的な創作角度から考察を行おうとすると、しばしば曲解ないし過度な読みであると、批判されるリスクを負わなければならない。もちろん、老舎の作品について満洲族の文化ないし心理的な特徴から分析、考察したものが全くなかったというわけではない。新中国の成立後、つまり政治的な一体化意識が少し緩んだ時に、老舎は旗人の家族史を反映した小説『正紅旗下』を執筆したのであるとの指摘もある[45]。沈従文についても彼のミャオ族としての背景や楚文化との関係について研究を行っている研究者[46]がいる。しかしここで一つ留意しないといけないことは、少数部族の文化と身分を一つの研究視点にするということがそのままイコール「少数民族文学」の研究ではないということだ。もっとも、今ある「少数民族」の角度から切り込んだ研究も、所詮個別的な事例で、現代民族国家の建設を求める目下の主流たる言説環境においては、少数部族の言説と表現が、文化の主体的な存在感を獲得するのは、非常に難しい。結局は「周辺的な声」として、たちまち宏大で現代的な発展計画によって、飲み込まれ、主流たる意識形態に吸収されていくのである。実際に、少数民族文学をその内部から研究、調査、模索し、それが現代文学にどのように独特な寄与をしたのかを明らかにしようとした研究者もいた。例えば雲南省ペー族の作家馬子華、張子斎、またイ族の作家李喬等の作品について、その特質的な一面を発掘しようとした動きもあったのだが、例えば辺境地から上海にやってきた李喬、馬子華らは、左翼作家茅盾、蔣光慈、葉紫らの指導によって、結局「雲南は遠く離れた地にあるが、しかしやはり中国社会の一部分である」との認識に辿り着き、しかも「雲南の現代少数民族文学の発展は確かに他を凌ぐ勢いで発展してきたが、最終的にはやはり〈無産階級政治闘争の一翼〉に収まる[47]」ものとの考えに至って、その姿を隠してしまうのである。これらの事例から、少数民族文学の身分は、結局は国家政治の主体に組み込まれてはじめて、その歴史に入る資格を得るものだと、我々は思い知らされるのである。その過程を経なければ、何れは「不調和の雑音」ないし「異例的な存在」として、絶対多数のハーモニーの中で、その姿が消されてしまうのである。

現代文学言説の特徴は、そのエントロピー式の増減過程において、(48)少しずつ少数部族を整合、編成、収容、改編して、自分自身のシステムの中に入れていく点にあると言えよう。もちろん収容、改編されないものは、知らず知らずのうちに、無言のまま歴史の塵埃として埋もれてしまうのである。ところで、周知のように社会身分の変遷には、二つの要素が関与している。その一つは制度的なもの――つまり構成の面において、その個々の異なる社会構成員全員に権利、責任、義務を分配し、それによって強制的に自分の期待している秩序を実現すること。もう一つは個人的なもの――つまり、自主選択に基づいて自分の期待した身分へ移入し、承認また受け入れるものである。現代中国の民族国家の構築の過程において、権威的な政治資源が再配置され、それによって大規模な社会的再編成が行われ、社会身分系統の全体的な変化をもたらした。現代国家を模索する行為が、人々に唯一の個人身分的な想像を与え、それによって社会の思想機構／器官（organ of social thought）の国家及びそれの代弁者に、社会的な権威の代表権（representaiton）を与えてしまったのである。この理性的、同時にまた強制的な社会身分によって、ある限定された国内においては、自然と抑圧ないし従属的な立場にいる個人に対して、国家的な再編成を行う傾向を見せ、その編成の過程において、少数部族の社会的な地位が、自主的であれ強制的であれ、社会全体の雰囲気に牽制されていくのである。少数民族文学も、むろんこの大きなうねりの中で制限され、態度が曖昧なもの、或いは異質な言論などは、歴史の闇に監禁され、名を馳せたり、人々の目の前に現れたりすることは不可能となってしまった。

新中国において、五五の民族がそれぞれ識別され、また固定された後、「少数民族文学」の問題も、もちろん一度は話題にはなった。しかし余りにも強大かつ強固な階級闘争の言説環境に置かれていたが故に、少数民族文学は、題材等において少し目新しいものを見せた以外には、基本的には社会主義国家の文化的な指導権を認め、それによって社会主義新生活と新公民としての文学創作の脈絡に入っていったのである。これらは一九八〇年代の研究者たちが称した「少数民族文学の特徴」などのレベルには達していなかった。従って、我々が中国少数民族文学の歴史的な区分問題を考察するときに注意しなければならないのは、現代民族国家の構築プロセスにおいて、清末から新中国成立後の一七年間、主流たる言説環境は、一貫して一体化を追求してきたという現実である。この間、もし何かこの道から離脱するような動きがあろうものなら、きっぱりとその発展の可能性を遮断されてしまうのである。新中国が成立した後、少数民族には確かにそれぞれの「民族」の名称を与えられたが、しかしそれは同時に、少数民族の身分を共和国の公民としての身分への転換ないし催促の過程を意味したのであった。当時の、階級問題が他の諸問題を圧倒する環境においては、後者のパワーが少数民族の文化伝統をものともせずに無視していくのに充分な力を持っていたのであろう。このことは、建国初期から勃興してきた少数民族文学の作品が、そのテーマから表現までもが統一された一色となっている原因である。

繰り返し論じてきたように、「中国少数民族文学」は一つの学科として、その国家性と現代性が強い存在となっている。ある意味において、その言説の発生の段階からすでに、共和国の政治と文化的な想像と企画とに直接関係している。[49]このことについてはまさに李暁峰も指摘しているように、少数民族文学の言説の構築過程において、民族国家はその民族また民間文化資源の政治的、文化的な意義を認識していたのである。これはただ単にソ連の文芸理論から影響を受けたからだけではない。マルクスの民族問題に関する理論の、中国での受容と実践とも関係しているものと思われる。同時に、革命的な理論家である周揚、馮雪峰、胡風、また党の政治的啓蒙政策、延安の整風運動、第一回文代会（中華全国文学芸術工作者代表大会）、さらに思想観念において共和国の意識形態とほぼ統一した見解を持っていた茅盾、郭沫若、何其芳、林黙涵などの作家と理論家たちの推進とも、無関係ではない。また、これらのすべての要素が、一九四二年に毛沢東が『延安文芸講話』において論じた文学の民族性と大衆性の意見と、深く関係している点も頭に入れておくべきである。事実、「三大史詩」とも称されている『阿詩瑪』、『劉三姐』、『嘎達梅林』は、すべてこのような雰囲気の下で発見されたのである。しかもこれらの発見にさえ、実は一定の原則と限界があった――それは少数民族の民間口承文学の発掘と利用は、飽くまでも多民族国家が個々の民族を承認し、多民族国家意識形態の方向性を示すものに限る、となっている[50]。

ちなみに、このような民族認識は当時、一種の共通認識ともなって、遠き辺境地までにその影響力を及ぼしていた。例えばカザフ族出身の詩人唐加勒克が詩作『我々カザフ人は何をしているか』において、恰も魯迅の「国民性批判」のように自民族の愚昧と立ち遅れを反省していたし、その堕落と狭隘な視野、また消極的な態度などを厳しく批判していた。唐加勒克は若い時にソ連で学び、その際に共産主義の洗礼を受けて、啓蒙式の自由、正義、平等の観念を樹立していた人物である。一九四三年、廸化の監獄の中で書いた詩には、現代民族国家の建設への呼応とも見られる内容が確認できる。もっとも、その詩作において、氏は辺境地の民族が時代に合わせて、自分自身を改良する必要があるとも訴えている。「旧来の規定と習慣を打破し、古い慣習を改めよう／そして他の先進的な民族に追いつき／ひるむことなく、一致団結して／自由を勝ち取るため二重も三重もの阻害を突破し／それにふさわしい民族と変身するのだ／そして歴代の先祖に顔向けできるように[51]」。これを見ると、少数民族は決して自己への主体認知がない訳ではなく、ただその自己主体は中華民族という大家族へ融合してはじめて自分自身の確立が可能となると言っているのである。

ところで、中華人民共和国になってから、少数民族文学は現代文学としての民族国家的な言説環境が大幅に変わってきた。それは、「現代文学の活動において、民族国家の言説と個人主義の言説の間には複雑な関係が形成され、一種の対立関係にあると共に、一種の協調関係にもある。一種の争奪関係でもあれば、協力して共に拡張していく関係でもあった。従って、この民族国家的な言説と個人主義的な言説の間に、極めて複雑な叙述方法が生み出され、それによって非常に派生力のある表現空間ができたのである。なお、民族国家的な言説と個人主義的な言説は通常、一種の抑圧と非抑圧、表現と非表現の関係でもある[52]」と言われている。このような状況では、中国少数民族文学の言説は、その発生から既に個人主義的な言説で存在することは不可能であった。個々の作家によって、もちろんたまに民族国家的な意識形態から背離していく傾向を見せた者もいたが、最終的にはその個人主義的な言説は解消されていったのが現実である。例えばモンゴル族の作家瑪拉沁夫の小説『科爾沁草原的人們』（一九五一年）を一例に、その小説版から映画版（一九五二年）へ改編していく過程を考察すれば、そのことがはっきりと分かる。(53)劉禾、陳思和等は、共和国初期の主流たる意識形態が少数民族文学の改編に与えた影響等について分析したことがある。例えば映画の『劉三姐』（一九六一年）、舞台劇の『東方紅』（一九六四年初公演）、『阿詩瑪』（一九六四年）などがそれに該当する。『劉三姐』の中では、「山歌は単純な民間の声ではなく、すでに階級闘争の道具となっているし、対歌（双方が一問一答の形式で歌う少数民族地区の一種の歌の形式――訳者）も素朴な民間風習ではなく、全くの白兵戦で、重要な階級闘争とリンクしている。とくに地主およびその代弁者である秀才が歌合戦で失敗するという描き方も、言うまでもなく封建勢力が精神面でも失敗していることの隠喩であることが分かる。階級闘争的な政治言説が民間文学を改編することによって、見事に自分自身の宣伝目的に達している」と言う。イ族撒尼人の長篇詩歌『阿詩瑪』の整理過程と映画への改編過程を見ても、その傾向が確認できる。例えば「搶婚」の風習に、漢民族の歴史的な記憶を附加して、そのテーマを恋愛劇から階級闘争劇へと姿を変えたりすることで、大きな成功を収めた。なお、「整理改編された『阿詩瑪』がそれだけ広範囲な影響力を有したのは、ただ単に映画の中で『階級闘争』的な叙事構造を取っていただけではなく、他の民族の文学と融合して、いわば非漢民族の文学として中国大陸の再度の統一と共に、漢民族文化圏にも大きな影響を与え、一定の地位を獲得したからだ(54)」と言う。民族国家が文学言説を再編する重要な一歩として、これらの作品はただ単に少数民族の民間伝説の生命力を主流たる意識形態に転換することが可能であることを証明しただけではなく、同時に少数民族文学を社会主義国家の文学言説系統に組み込めることの可能性を物語っていると言えよう。

この新たに誕生した民族国家の階級的な言説は、共和国初期の文学における政治的に正しい表現となり、時代の「共名」[55]ともなった。この時代において、少数民族文学は確かに「少数民族文学」という名称を正式に獲得はしたが、その主体たるものは依然として社会主義国家の言説の中に制限され、或いは「多元一体」構造の中では、これこそがあるべき姿であったとも言えよう。しかし、文学は飽くまでも個人的な行為である。従って、少数民族の作家たちが自分自身はもう心身とも国家言説の系統に入り、少数民族の身分から共和国の公民へと身分転換もできたと思い込んでいたその時に、文学という特殊な言説方式が、やはり彼らを無意識の内に自民族の文化への未練と自民族の身分と自民族文化の立場とを自覚させるのである。これはいわば政治的無意識の中における文化的無意識であるとも言えよう。

「少数民族文学」の政治的無意識とは、万世一系で一貫されてきた正史系統の叙述の中において、自分自身を現代中国の有機的な一構成員であると理解していることを指す。現代民族国家の構想の源流を辿ると、本来は「一民族一国家(Nation-state)」である。しかし中国は昔から多民族が共存共栄してきた国であるため、初期段階においては、まず国内の異質な文化要素を再編し、「中華民族」全体の振興と強大化のために奉仕するという気持ちを育てる必要があった。『延安文芸講話』が発表された後、個人は国家にとって、飽くまでも一つの「ねじ」に過ぎないという意識が植え付けられたのである。つまり国家意識によって完全に一度は生まれ変わらないと社会主義の「新人」になれなかったのである。「毛主席、共産党の指導のもと、我々は生まれ変わり、先進的な人間に、鋼鉄のような強い人間になったのだ。我々は祖国の辺境を建設するだけではなく、(中略)どのように彼らを保護するかをも知ることができた[56]」、と。素朴な共産主義者にとっては無産階級には民族の区別など存在せず、人々は皆同じく全人類を解放するという目標を掲げてやってきたのである。だからこそ、共和国の誕生日には、「チベットのラサの金座から哈達(絹織物の一種)が送られてくる/海南島の密林から果物が送られてくる/愛しい首都の広場から高らかなスローガンが聞こえてくる／我々モンゴル族も神様から与えられた牛乳を捧げる」[57]のである。これは前近代の国家に置き換えるなら、正に「九天閶闔開宮殿、万国衣冠拝冕旒」のような華やかな情景である。しかし現代の民族国家の国際体系においては、中華帝国期の「万国来朝」の朝貢大系などは存在しない。そこで、その意識の転換物として、国内の各民族と群衆が統一したアイデンティティを求めること――つまりすべての少数民族の身分が中華民族という「大花園」の中の、一律平等の一員となることである。

そうなると、民族国家の角度から見ると、何れは民族と民間文化が提供するプラットフォームを利用して、民族国家による言説と繁多な少数民族文化を高度に統一しなければならなくなる。つまり一体化された表現方法によって異なる表現方法を変え、或いは民族国家の言説を少数民族の文化に接ぎ木するしかないのである。逆に少数民族文化の角度から言えば、民族ないし民間の文化が、民族国家の言説表現を借りて、ようやく自我を表現する目的を達成できるのである。実際には少数民族の作家たちは、自分の作品の中で、長年にわたる無意識的に蓄積された集団意識が生きているが故に、自民族の生活や民族文化に対する潜在的ないし零細的な記憶を――例えば特定の民俗風情、宗教、地方風物等をやはり作品の中に反映したりするのである。このことはある一面において、主流たる意識形態が高度な規範を作ったとは言え、具体的な民族ないし民間の文化と風俗に対しては、やはり限界があったと言えよう。言い換えれば、一体化する意識形態を損傷しないことを前提にすれば、それを受け入れるしかないという現実がある。

一九五〇年代において、前述の通り、少数民族文学は確かに「少数民族文学」という名称を自覚し、手に入れることができた。しかしその題材から手法まで、審美、趣味から観念、意識までが、やはり主導的な文学と何の変りもなかった。異なる点と言えば、単なる族称や風土や習俗など、謂わば装飾的なものであったに過ぎない。当時、影響力を有した作品の殆どがそうであった。例えばウイグル族の祖農・哈迪爾の『鍛錬』（一九五四年）、カザフ族の赫斯力汗・庫孜巴尤夫の『起点』(一九五七年)、イ族の李喬の『醒了的土地』(原題『歓楽的金沙江』、一九五六年)、チワン族の陸地の『美麗的南方』(一九六〇年)など、何れも基本的には牧畜業の提携化、土地改革ないし民族地区の民主化へのプロセスなどの内容となっている。これは当時の土地改革に関係する小説と共に、当時の中国文壇の基調となっていた。従って、自然の成り行きとして、その後、彼らは皆政府側に認められる少数民族文学史の中の、それぞれの民族の代表的な作家となった。しかし残念なことに、その後の一七年間、少数民族文学は共和国文学の巨大な叙事の中で個性と民族性を失ったため、なかなか研究者の研究対象とならず、文章語による少数民族文学の創作は長らく軽視される状況に置かれた。結果的に「少数民族文学」と言えば、ただの民間文学ないし口承文学であろうと見なされるようになってしまったのである。

第四節　アイデンティティの危機ともう一つの主体

中華人民共和国の建国の前から、社会主義国家の主体――すなわち公民主体の社会構造は、すでに形式されつつあった。むろん、少数民族の部族全体と個人の運命は、この国家全体の歴史的な転換と密接に関係し、切っても切り離せないものであるが故に、その具体的な文学作品の創作においては、集団言説と個人の言説は一致し個別の個人は結局彼／彼女のかかわる環境、人物と、つまり彼／彼女の背景と融合して、別々に表れることはない[58]。この傾向は「文化大革命」の直前まで続き、少数民族の題材をテーマにした讃歌、曲芸、映画作品などが[59]大量に生産され、大いに発展また繁栄したのである。もちろん、これらの作品を通して、自分自身が正真正銘の社会主義の一新人であることを充分に示した。このことはむろん、まずは社会主義新中国の文化的実践と創造を示し、新興人民共和国の文化的な指導権の確立をも見せつけたことになるが、同時に、中国が資本主義国家とは異なる民族文化を創造できたというイノベーションでもある。その特徴は集団の中にある個人言説を以て、社会主義における新主体の誕生を高らかに宣伝している点にある。(60)ただ、周知のように、この個体と集団の調和関係が一九八〇年代以降になると、徐々に解消の一途を辿ることになる。それは、この時期になると、様々な文化的なものが現れ、文学作品、映像創作、思想探究など、何れも非常に個人的な傾向を持ち、恰も個人が社会と対立的な存在でないと、自由、愛など、様々なものに関わる意識形態を訴えることができないようでもあった。一九九〇年代の市場経済の勃興以降、このような乖離はさらに顕著になり、少数民族文化についても、新中国成立初期の社会主義新公民としての主人公意識が薄れ、その他の伝統的なものと共に、大きな衝撃を受けるのである。ここに言う伝統とは、二重の意味を持っている。一つは社会主義新文化の伝統が商業文化のロジックの中に、次第に脆弱化していくこと、もう一つは特定の少数部族・民族文化の伝統が経済発展の中で、危機に遭遇したことを意味する。とくに、この時期から勃興する自由主義思潮の影響の下、一部の思想的な洞察力に欠けている文化人が、民族文化の独自性を非理性的なまでに強調し、これらの部族の国家全体の中での位置づけや、国家と伴に追求していた共通価値までを否定するようになるのである。これは非常に危険な局面を創り出してしまう可能性があった。それは、一面においては少数民族の文化が益々重視されるようになるが、しかし往々にして特定の部族に拘り過ぎて、あらゆる少数民族の事情が、結局は中国全体の事情となる可能性を置き去りにしていたのである。(61)

言うまでもなく、主体に関係する問題は、必然的に権力と関係する。なお、主体の確立は本質的には服従、従属、依存の状態から脱却し、自由を追求する欲望である。しかし自由とは常に相対的なもので、その根底にあるのが権力との闘争である。ポスト社会主義の時代になってから、少数民族の自分自身の文化主体への追求も、「中華民族」としてのアイデンティティも、多かれ少なかれ弱まってきた。これは恐らく社会主義文化の指導権が分散する現状と、経済体制の改革開放によって、中国での新自由主義思潮の消長とも関係していると思われる。よって、このような多元的な発想が定着しつつある時期において、如何に共通価値を再構築できるかが、むしろ目下の、少数民族文学者と関係者が努めてすべき仕事であろう。

文章による文学を生み出した他の民族のように、一九六〇年代からは、チベット族から近代形式の文学作品が登場するようになった。例えば益希卓瑪の脚本『在遥遠的牧場上』（一九五六年）、小説『清晨』（一九六三年）などがある。ただその数は非常に少なく、さらに当時の政治的な影響もあったからであろうか、統一された政治文化理念によって少数民族文化としての異質性が事実上殆ど覆われてしまい、チベット族の小説などは他の主流たる文学作品と、それほど違わなかった。この傾向は、「文化大革命」後に出版された作品、例えば降辺嘉措の『格桑梅朶』（一九八〇年）と益西単増の『幸存的人』（一九八一年）の二作品はともにチベット族の歴史においてもっとも早く出版されたモダン小説と称されているが、それらでもやはり主流たる言説の影響を受けている。このことは、国族構築のイデオロギーが如何にその影響力を有していたかを物語っている。或いは新民主主義革命、民族解放運動、土地改革等を経て形成された社会構造は、その文化体制、思想精神の洗礼などを通じて、この民族国家イデオロギーが、すでに社会主義共和国の新文化の一種の同調すべき共通理念ともなっていたのであろうか。この現象と現実こそ、中国の民族平等政策と区域の自治政策などが、ソ連のそれと違う点である。

『格桑梅朶』とは、一九五〇年代初期の中国人民解放軍によるチベット駐留によって引き起こされた、チベット族の歴史と生活の変化を背景にして書かれた小説である。具体的には金沙江天険からラサ古城までの約一〇〇〇キロの特定区間に起きた解放軍の小部隊とチベット族の人々の間に発生した物語で、チベット駐軍という世界を震撼させた事件をリアリティーに描き、祖国統一の勝利と意義を謳歌したものである。作品中、他の作品に見られない高原の様子や宗教と習俗の描写、史詩神話と伝統物語の導入など、『格桑梅朶』は地域と民族の艶やかな姿を見事に描いたと言える。ただその作品全体に貫通しているのは慷慨激昂の基調で、その感情的な傾向は明らかに革命文学の伝統の延長である。ちなみに、『格桑梅朶』が描いたチベット族の人々が解放軍と共産党に対して持っていたイメージとは、次のようになっている。「人々は言う。紅軍は東からやってきた〈神鷹〉である、と。彼らはその身を赤く染め、苦しんでいる各民族の人民を救うために、虹に乗って北に飛んできた。（中略）それ以後、チベット族が住む地域では、多くの紅軍を謳歌する民謡と、人々の感動する物語が語り継がれるようになったのだ」、と。小説はさらにダワ老人が残した言葉を借りて「太陽よ、早く出てきておくれ。この空に広がる雲を取り払ってくれ。神鷹よ、早く飛んできておくれ。早く我々農奴を苦しみから救い出してくれ[62]」とも述べている。「神鷹」と「太陽」とは、明らかに異なる民族の文化から出てきた隠喩である。しかしその例えているものが、非常にうまく融合されているのである。

この作品を同じく新中国成立前後の西康地区のチベット族の生活を描いた小説『空山』（阿来、二〇〇五年）と比較してみると、二〇年余り、チベット人の文学作品が描いた民族アイデンティティ問題と文化アイデンティティの問題が、如何なる危機と断裂を見てきたかがわかる。例えば『空山』収録の最初の物語「随風飄去」の中で、「文化大革命」の直前に、外から来た者「紅漢人」がチベット族の住む小さな村「机村」にもたらした大きな影響力と、彼らによって引き起こされる恐怖、反感、困惑などが、描かれている。二つ目の物語「天火」の中では、もっと直接的に「毛主席」のための「万歳宮」を建設するため、「机村」周辺の原始林が伐採され、それによって自然生態と人々の伝統文化が巨大な災難を受けたことが描かれている。「天火」の冒頭に、祈禱師の多吉によって「新しい時世は新しい神を迎える。新しい神教によって我々は集い、新しい神教によって我々は新聞を読む。しかしすべてのこれまで我々を守ってきた神よ、我々はあなた方がまだ我々の傍にいることを知っている[63]」と述べている。古き神と信仰が、革命理論と実践の嵐の中で、如何にも無力であることがほぼ分かったが、しかしそれでも決して鳴りを潜めることなく、むしろ捲土重来を図ったのである。

ここで、再び一九八〇年代を振り返って見てみたい。降辺嘉措の小説はその後、瞬く間にして傷痕文学、反省文学、改革文学、ルーツ文学、パイオニア文学など、様々な文学思潮の波に飲み込まれて、消えて行くのである。実は、彼の小説が最高の栄誉を受け、政府の権威ある文学機構から表彰された時でさえも、文学批評の世界では、それほど高い評価を受けていなかった。何故なら、この時期は新啓蒙、思想解放、個人による主体的な覚醒などが流行していた時期だったからである。つまり政治イデオロギー的な声を伝達する作品は、却って当時のパイオニア的な批評者からはまったく評価を得られなくなったのである。何より、一九八〇年代になると、「文化大革命」期に消された個人の主体性を取り戻すため、言ってみれば文化大革命期の思想と意識に対抗するため、思想界には人道主義や「異化」を叫ぶ論争と現象が起きた。例えば李沢厚がマルクス主義の角度からカントの哲学を再読し、人類学的な本体論とも呼ばれる主体的な実践哲学を生み出した。(64)この論調が劉再復によって文学批評の世界に押し出されることで、大きな影響をもたらした。(65)もう少し具体的に言うと、李沢厚は人間性発生学的な角度から「主体性」を詳説し、それによって主体性というものは人類が長い活動の中で獲得した超生物的なものとして、そこからさらに二つの形態を見出したのである。外在的には、見られるものとしての実践的な工芸――社会構造があり、内在的には蓄積されたもの――つまり精神的文化、心理構造である。これこそが、人間の一般的かつ生物的な人間性を超越する生物性で、人間が自然的な状態から歴史的な段階へと発展していく核心的なものである、と言う。すなわち古典マルクス主義が言う「自然の擬人化」あるいは「擬人化された自然」であり、前者が人を自然から歴史へ向かわせ、後者はその形成プロセスによってもたらした結果である。言い換えれば人間の生物としてのエネルギーシステムが、必ず歴史的な実践を経て――つまり精神的な修練を通して、はじめて本当の人間となり、その人間性こそが、主体性が内在化された形態である、と言う。劉再復のこの文学の主体性に関する言説が、人間性の角度から李沢厚の主体論を簡略して吸収し、人間性の発生学ではなく人間性の形態学から、グループではなく個体から、外からではなく内から「主体」を詳細に説明しているのである。李沢厚と劉再復によるこの巨大な影響が、一九五〇年代に一度現れた後、すぐにまた消えた「文学とはすなわち人間学である」[66]という討論と繋がっているがゆえ、主体の覚醒に関する話題は、当時社会的なブームとなったのである。

この「主体」に関する話題の流行によって、ある新しい兆しが見えてきた。それは、「民族性」に対する追求が、すでに一種の普遍的な自覚となったことである。このことは、或いは西洋文化が改革開放の初期に中国に一気に流れ込んだが故に、自分の文化的なルーツを探索するという風潮をもたらしただけだったのかもしれない。ただここで一つ注意してほしいのは、この時期の「民族性」とは、まだただ単に一つの大きな概念に過ぎず、その中身はまだ完全に充填されていなかったし、実際には非常に表面的な民族風情等の展示レベルに留まっていた。従って、この時期に活躍していた少数民族作家の殆どが自分自身の経験に基づいて作品を書き、作品の中に投影されている内容の殆どが自分自身の探求であった。例えば回族の作家張承志の初期作品は、モンゴル語で書いた詩「做人民之子」と短編小説の「騎手為什麼歌唱母親」（一九七八年）である。そこに描かれているのは草原文化に対する愛情である。「北方的河」（一九八三年）の中の大学院生の「私」も、一方では自信満々に見えるが、同時にまた困惑していた青年時代の、自分の分身であった。「黒駿馬」（一九八二年）、「黄泥小屋」（一九八五年）、「金牧場」（一九八七年）になって、ようやく少数民族文化特有の表現方式と文化理念が借用されるようになり、とくにモンゴル族と回族への、作者の祖先への探求姿勢がベースとなってくるのである。「西省暗殺考」（一九八九年）と「心霊史」（一九九一年）になると、いよいよ張承志のイスラム教の哲合忍耶《ジャーヒリーヤ》の代弁者である姿が明白になってくる（ただ、このような読みは批評者の誤読である可能性も否定できないが）。トゥチャ族作家の蔡測海の「母船」（一九八五年）、孫健忠の「舎巴日」（一九八五年）、満洲族作家の朱春雨の「血菩提」（一九八八年）等、何れも似たような路線を辿ってきた作家と作品と言えよう。[67]とくにエヴェンキ族の作家烏熱爾図はその最も典型的な存在で、デビュー作からずばり「森林狩猟」の作家として、辺境地の異族情緒に富んだ描写を使い——認知と感官の両面から読者の心を摑んだのである。例えば『森林里的歌声』(一九七八年)、『琥珀色的篝火』(一九八四年)、『七岔犄角的公鹿』(一九八五年)、『森林驕子』(一九八七年)、『叢林幽幽』(一九九三年)などの作品は、ほぼ同一の形式で描かれた。とりわけ内モンゴル敖魯古雅のエヴェンキ族の、古くから伝わって来た独特な森林狩猟生活やそこに生活している人々の歴史的運命など、独特の民族文化の素養と、猟師や大森林の煌びやかで美しい自然風景を描写することで、少数民族ならではの独特の世界を描き出した。そしてまさにこのような雄渾で美しい世界の描写を通して——例えば烏熱爾図《ウラエルト》がエヴェンキ族の歴史文化の発掘など、主流文化にない高尚な精神と美しい心を謳歌することによって、少数民族文学の主体(性)を確立できたのである。

少数民族が帰属する民族文化のアイデンティティの根源を追究するのに、理論的な一面から着手するのも、一つの方法であるかもしれない。例えば、工業化社会は往々にして一致性を求めるため、民族的また地方的な知識——例えば言語、方言、信仰、機能、習俗、礼儀などの存在感を、それによって相対的に低下させてしまうのである。さらに文化的な喪失感を生み出す可能性があるため、却って少数民族自分自身の民族文化に対する想いを誘発したりする。民族アイデンティティは現代社会の疎外感や感情的な空白を埋めてくれることも可能であるが、それによって個体的な構造を全体的に変え、集団内部での帰属意識を与えるのである。[68] しかしながら、自由主体の困惑と、この理性によって構築した現代社会の危機もここにある。それはわれわれの自己民族の主体へのアイデンティティも、所詮は無数に存在する民族アイデンティティの一つでしかないということを思い知らされるからだ。

周知のようにアイデンティティ(中国語では「認同」)とは、最初は哲学範疇の一つで、謂わば「変化の中での同一状態、差別の中の同一問題」を指すものであり(例えば同一律)、多くは「同一」と翻訳する。この学術用語が現代心理学の分野で益々その重要度を増してきたのは、エリック・エリクソン(Erik H.Erikson 1902-1994)の著書の影響が見逃せない。彼は著書の中で、この学術用語を使って一個人の最も重要な成長期の内心活動の「アイデンティティ」を描述し、個人が生活の中で生み出すものと、そのものが周囲の社会環境と関係しながらも、結局は自己を他者と区別する意識とを説明している。エリクソンに言わせれば、アイデンティティとは一面においては個人の持続的な個性を守るが、同時に、他者とも永続的に何らかの享受できる基本的な共通性を有するものと言う。さらに彼は分かりやすく、これを三つの方面から解釈している。（一）アイデンティティに関する問題を解決できるかどうかは、その人の心理的な発展に大きな影響を及ぼす。（二）個人のアイデンティティは外部の社会文化と切っても切り離せない関係を有している。それはある社会文化が特定の時期のアイデンティティに、選択の可能性を与えるだけではなく、逆に特定の選択――つまり個性も社会文化に対して再生産する可能性を与えるからである。（三）アイデンティティは学術用語として、実は我と彼の関係を限定することであり、色々な実態に適用できる。例えば個人と集団に関する議論にも当てはまる。このような解釈によって、「アイデンティティ」は社会文化研究の中で広く運用され、とくに心理学によって個体の相互作用を研究することと、社会学によって集団の相互作用を研究することを結びつけるものと見なされ、まさに「求同」（同一を求め）と「辨異」（違いを弁別する）を行う方法と態度となっている。「アイデンティティ」という概念のこれまでのいきさつは、だいたい次のようになっていると言える。一、哲学から発生し、名詞として恒久の自主性を表す。二、心理学の分野で使われるようになってから、主に名詞として使われ、概ね個人の自我に対する認識と、社会と他人との関係を見計らう結果を表すものとなった。三、一九六〇年代に西洋の人文学研究領域に導入され、一九九〇年代に中国大陸の人文学術研究分野の重要なキーワードとして、主に動詞として用いられ、内向けには「求同」を意識する言葉として、外向けには「識別」を行う意味で使われてきた。(69) しかし実際にはアイデンティティという言葉は、本来多面的かつ流動的な概念で、個人或いは集団の異なる人格的な側面と、社会的な評価と、役割の位置づけ、自己観察の視点等々、意味は豊富であった。

この言葉を少数民族文学の分野に運用すると、文章による文学は結局は個人による創作行為（民間ないし口承文学の場合は、その状況がまた違うが）であるため、アイデンティティの問題はすぐに所属民族、地域、文化のアイデンティティなど多方面にわたることになる。ここで議論したいのは、主に後者のほうである。

ところで、ここで気を付けないといけないのは、民族のアイデンティティの問題は、もとより単純な学術的な問題ではないということである。民族そのものだけでも、色んな性質の問題を抱えているが、それはともかくとして、民族アイデンティティの問題だけでも、それを余りにも強調し過ぎると必然として、簡単な是か非かの問題ではなく、現実の面での善と悪の問題になったり、場合によっては生か死かの問題になったりするのである。とくに民族間の政治、経済、文化面の競争ひいては戦争の問題に触れてしまうと、なおさら難しくなる。従って、少数民族文学の文化的心理的なアイデンティティの問題を議論する時に、まず一定の文化的・政治的な背景をあらかじめ設置しておく必要があろう。

少数民族文学の文化的アイデンティティ問題は、色々な民族と各々の民族の中の階層と文化の異なる事情とが絡むので、一言で要約するのは非常に困難である。ここでは敢えてマックス・ウェーバー（Max Weber）の理念類型（idenal-typical）の方式によって、少し分かりやすく論じてみたい。[70] 一部の研究者は少数民族作家とその作家が属する民族の伝統文化、そして民間文学の関係を、三つの種類に分類できるものと主張する。つまり「本源派生――文化自律」（自民族の文化を源泉とし、そこから派生的に創作する。いわゆる文化的に自律型である）、「借腹懐胎――認祖帰宗」（他民族の文化を借用して、自らの創作を行い、その後自民族文化伝統へ回帰する型である）、「遊離本源――文化他附」[71]（自民族の文化伝統から離れ、他民族文化に頼って、創作を行う型である）の三つである。これは実質的に三種の文化アイデンティティの方式であり、現象から進められた描写と言えよう。その後、多くの少数民族文学の研究者たちがこのような個々の事例から研究に着手する方法を取り入れ、描写と陳述、また評価の上に、それ相応の結論を見出している。例えば文化的な失語、文化的な自覚、文化的な混血、自我と他者の関係、少数民族文化と文学的解釈権の問題等々、何れもそこから派生してきたものである。

二〇世紀末になると、文化アイデンティティの危機の問題が、非常に緊迫したものとなった。それはある意味、アイデンティティの多様性がある特定の歴史的、文化的、社会的条件のもと、突然拡大したことによるものと思われる。するとこの時期に、よく提起されたのは、「グローバル化」という言葉である。[72]しかし、この「グローバル化」という言葉が、公の言説空間で余りにも頻繁に使用されたが故に、軽々と誰もが口にする常套表現となってしまった感は否めない。そもそも、グローバル化というものは決して、真新しいもので今まで出現したことがなかったわけではない。一五世紀、コロンブスがアメリカ大陸を発見したことこそが、グローバル化の起源である。ここで、引用文を用いて、それを定義したい。「グローバル化は今の世界の、一種の経験主義（empirical）によるものであり、私はそれを複雑な連結（complex connectivity）と呼びたい。この概念の意味するところは、つまり相互連携や相互依存などの関係がすでに現代社会生活の一つの特徴となっており、グローバル化とは、まさにこの密接な相互連携ないし相互依存する関係を急速に推し進め、一種のネットワークシステムを構築することを指すものである」[73]。実は、二〇世紀の後半から、グローバル企業と地域政治経済の一体化を推し進める勢力は、政治、経済、金融、文化、科学技術、情報などの分野において、すでに大きな発展を成し遂げており、その趨勢はすでに世界の社会構造を変えるエネルギーを有し、色々な方面から人と国家の関係を弱め、国家と民衆の関係を遠ざけ、場合によっては個人のあらゆる社会関係的な絆を解消したのである。これによって、人々は新たな出発点を獲得したが、しかし同時に、リスクと無力感を生じさせ、否応なしに人々に自分自身の境遇を変えさせようとしている。その結果、民族国家が危機に直面することとなった。

中国の少数民族文学は、一九八〇年代に勃興した思想解放と自由主義の潮流の中で、すでに主体の分散化現象を招いていた。具体的には、（一）中華民族の宏大な主体を固持し、少数民族をその構造的な一要素と見なすこと。例えば前述の益西単增、降辺嘉措のような主流イデオロギーの言説を遵守する少数民族作家などのように。（二）少数民族文化そのものの覚醒と自覚的なアイデンティティの成長を図ること。例えば烏熱爾図と張承志のように。ちなみに、この二人は図らずも小説という想像的な色彩を帯びる文体の創作を放棄して、直接民族文化を再現できるドキュメンタリータッチの随筆の創作に力を入れるようになった。（三）西洋的な、或いは文学の「ユニバーサル性」を基準にして、少数民族文化のアイデンティティを一種の文化上の狭隘で閉鎖的な意識と見なすこと。

（一）は主流イデオロギーの言説の下、規範にかなっているため、特に議論する必要はない。（二）は非常に複雑である。何故なら、身分構築の角度から言うと、個人と集団の身分は知識による教育と権力による懲罰によって、強制的に構築されるからである。言い換えれば強迫と妥協、分裂と統一、流動と固定、不完全と完璧の相互作用によって形成されるもので、断片化と開放性を兼ねているのである。このような主体の覚醒は、決して伝統的な意味での集団の連合ないし団結による闘争ではない。むしろ「承認の政治」[74]（politics of recognition）を求めるもので、一種の文化の発展権――各種の断片化された権利と自由のための争い、公共領域や統治制度の変革などに殆ど注視せず、要求もせず、むしろ個人の身分や個人の領域など、日常生活を強調する傾向を持つものである。例えば、「コップの中の嵐」のようだ。これは明らかにマクロ政治ではなくミクロ政治である。もしこのような集団的な潮流を形成してしまうと、その最終的な着地点は間違いなく「個人の解放」になる。張承志は一九七八年に、次のように述べている。

毎回、高い山に登って大声でこの歌を歌い出す時、いつも自分がこれだけ多くの内容――つまり酷暑、厳冬、草原と山河、団結、友誼、民族と人民などを歌えたのかと思う。「額吉（オージー）――母親」という一見普通の単語に、どれだけ人々を感動させる深い意味を含んでいるのか。母親――人民、これは私たちの生命において、永遠のテーマである。[75]

この「額吉－母親－人民」の比喩から、見えてくるのはまさに啓蒙的な大主題である。言うまでもなく、この時の張承志の回族としての身分はまだ覆い隠されていた。ただ、一人の輝かしい主体的な意識を背負っている作者として、彼の作品は前出（一）のような、一体化イデオロギーの中で反省と独立の自主精神を失った執筆者たちとは、大いに異なっていた。その違いは、一九九〇年代以降に書かれた作品『心霊史』『荒蕪英雄路』の中で、張承志が次第に西北ムスリムのイスラム宗教と民俗と文化を強調するようになってから、ようやく文章の書き方の変遷の痕跡に気づかされるのである。

第（三）の傾向は、一九八〇年代中期に流行したルーツ文学の中に登場する幾つかの少数民族文学の作品の中で、すでにその姿を覗かせていた。例えば多くの批評家たちに「魔術的リアリズム」の手法で書かれたと言われている扎西達娃、色波などチベット族の小説には、すでに意識的に文学の民族化趨勢が避けられており、いわゆる普遍的な「文学性」（もちろん、西洋現代文学的な意味での「文学性」）を強調する傾向が見られた。一九八〇年代中期から、すでに「魔術的リアリズム」の視点から、上記チベット族の小説家の作品を分析していたのである。そして今現在も、この外来語である文学研究の専門用語を使って、中国本土の文学作品を規定しているのである。しかも、後になって、この外来語の専門用語によって規定した文学論が常識となり固定化された。今度は逆に中国本土の知識言説の生産と消費と再生産の過程に大いに影響を与えるのである。この現象の意義は看過できないであろう。[76] 少数民族文学の研究者と提唱者も、ラテンアメリカ文学とアフリカ文学の勃興から啓発を受け、中国少数民族文学とそれらの文学作品との比較研究を行い、その結果、中国少数民族文学は決してそれらの文学作品に劣らないということを知り、今はまず一安心を得ているところである。[77] しかし皮肉なことに、中国少数民族文学のアイデンティティを確認するのに、なぜ遠回りして、西洋文学の実践に参加しないといけないのであろうか。或いは西洋文学の実践こそが、永久不変な基準であって、「私たち」の合法性も「彼ら」に一度証明して貰わないと成り立たないのであろうか。そのような方法を採用していくと、最も大事な民族と国家イデオロギーの言説を結果的に無視してしまうことにはならないであろうか。具体的な作品の中身を見てみると、例えば扎西達娃の『西蔵、系在皮縄鈕上的魂』[78]（一九八五年）の中には、ジークムント・フロイト（Sigmund Freud）、ジョン・コンスタブル（John Constable）、アンドレ・ブルトン（André Breton）、ジャン＝ポール・サルトル（Jean-Paul Sartre）、サルバドール・ダリ（Salvador Dalí）、トマス・モア（Thomas More）などの名前が、頻繁に使われており、西洋文化が如何にも日常生活化しているのかが分かる。

実は、長期にわたる閉塞状況から突然開放された時、西洋思想の介入は、中国内部に向けてカルチャーショックを引き起こす力を持っていた。中国文化伝統に対する反省も、過度に是正し過ぎた一面もあったであろう。ある少数民族の若い作家が、匿名でこのような過激な言葉を残したことがある。「漢化されるくらいなら、欧米化されたほうがましだ」と。「もし私たちが『階級闘争時代』の旧式の老眼鏡をかけて、この言葉には何か『計り知れない意図』があったのではないかと疑わずに、ただ単に民族文学が国際交流の場で躍り出る際、色々な選択の権利を有していてもおかしくないという寛容な気持ちでこの問題を考えると、とくに文化学の角度からプラス志向で理解すれば、この大いに偏った発言の中に、意外と得難き悟性を持っていると認めざるを得ない。語弊のある例えになるかもしれないが、閉鎖的な国であった私たちの古国でも、各民族の文化はとっくにお互いに手を染め、謂わば「近親体質」になっているのである。近親同士の結婚によって生まれた子は、現代医学の実証によると、「非親近」同士の結婚によって生まれた子には遥かに及ばないらしい。もちろん、筆者はこの「漢化されるくらいなら、欧米化されたほうがましだ」という発想に危惧する人の気持ちも分かる。つまり、私たちの少数民族文学が「欧米化」した結果、そのすべてが変わってしまい、しまいには「外国文学」となったらどうする、ということであろう。だが、その心配はまるで必要ないであろう。今日の世界において、どの民族も完全に他の民族に「変化」できないし、「変化」したいとも望まないであろう。何より「変化」すること自体、そう簡単なことではない。このことをポツンと口にしたあの青年も、おそらく我が国の民族文学文壇に充満している漢族の文体の後を追うような風潮に不満を感じ、それに対して自分独特の考えを表現したに過ぎないだろう」と。ただこの観点の影響力は非常に大きくて、その後、他の人々によって派生的に展開され、「もしすでに慣性的になっている〈漢化〉の影響力から脱することができないなら、少数民族文学はその独自の品格を喪失することになるだろう。実際に漢字で文学を創作している少数民族作家を考察してみると分かるように、〈漢化〉は既に美学的なレベルに留まらず、思想の面においても、その影響力を及ぼしているのだ。しかも〈漢化〉は往々にして〈儒化〉を意味するので、結果として辺境地民族の奔放な自由の魂を束縛することになる。この意味においては、確かに〈欧米化〉が却って辺境民族の活性化を促し、少数民族作家の〈儒化〉傾向の是正に、助となるかもしれない」[80]。言うまでもなく、このような論断は、上述した議論と同様、根本的にはやはり「漢族」と「辺境地民族の奔放な自由の魂」に対して、ある種の本質的な想像があり、そのロジックないし方式も前者の延長と見ていい。実はこの考え方は五四期の啓蒙運動と一九八〇年代に再び勃興した西洋化思潮と、脈絡を一つにしている。すなわち少数民族、辺境の地、外来、新鮮な文化の動力を通して、伝統的な中国文化に身体改良的な革新をし、新鮮な血液を注入している点である。

一部の研究者は「優勢にある漢文化、漢文学が少数民族文学に対して、すでに抑圧的な存在になっているという現実を正視し、それを科学的にしっかり議論することは、決して作者を偏狭な対立思考に追い払うことにはならない。むしろ少数民族文学と漢文学の関係、また各少数民族文学同士の関係、さらに少数民族文学と世界文学との関係等、三つの方面から、各民族文学の多元的な発展の可能性を探ることができると思われる。このように文化越境の角度から考えると、〈民族文学〉の中国文学における位置づけというものが、却って距離感を作ったり、境界線を引いたり、壁を造ったりすることはなく、むしろ中国と西洋の比較研究とは別に、もう一つ新しい比較研究の在り方——つまり中国各民族文学の比較研究という新天地を発見できるのかもしれない(81)」という見方を展開している。こうして見ると、これは本質的には一種の研究の細分化であり、根本的には依然として漢文学と少数民族文学、さらに広めて言えば世界文学の研究と言える。これによって、却って「漢化」と少数民族文化の矛盾は、本質的には中華文化内部の大伝統と辺境地の小伝統の間の差異の問題で、漢族と少数民族の間の抑圧関係ではないということが理解できるであろう。もっとも、大小伝統の差異は、どの文化の内部にも存在する構造的な要素で、必然的に表れてくる現象でもある。「漢文学」と「少数民族文学」が長い歴史の中で融合し合い、相互の影響によって生まれた今日の文学の現状は、完全に切り分けることは不可能である。よって、「各民族文学」とは、飽くまでも一つの思考方式で、「漢化されるくらいなら、欧米化されたほうがましだ」との過激な説も、一種の本質主義に基づく偏狭な考えに過ぎない。実はその若い匿名の作家とは、誰もが知っている扎西達娃である。表現の実際の効果から見て、確かにこのような言い方は些か新鮮味を呼ぶものと思われるが、しかし同時代のいわゆるパイオニア的な他の作家を見ると分かるが、彼らは例外なく「欧化」しているのである。欧米の文学を直接読めない扎西達娃は、多くの場合、漢訳を通じて読んでいる。そうすると、彼の「欧化」は、もしかすると「欧化」しようとした「漢化」になるのかもしれない。

一九八〇年代のあらゆる思潮はすべて無闇に「西洋化」と「欧化」を訴えていた。この思潮の背後には、文化帝国主義、新植民主義に対する妄信があったのかもしれない(82)。少数民族文学の欧化傾向にも、ポストコロニアリズム的な言説をいたずらに援用するケース——すなわち、意識的に中華各民族の文化と文学の長期にわたる融合と交流の事実を否定し、いわゆる「漢文化」と「漢文学」の少数民族文化文学に対する抑圧の一面を、一方的に強調することによって、自分自身の主体性の模索の合法性を、摑もうとしたのである。

ここで、少数民族文学の二〇世紀末からのアイデンティティ問題を、再整理・再整頓し、合理的な解釈を出そうとすると、やはり現代的な主体と自我の意識が如何にグローバル化の言説環境の中で変遷してきたのかを再度振り返ってみる必要がある。

目下、最も広く使われている自我とアイデンティティの概念は、チャールズ・テイラー（Charles Taylor）によって定められたものである。彼によると、現代のアイデンティティの概念には「西洋文化の中のすべての、人類の主体とは何かに対する理解――つまり内在感、自由、個性、自然にはめこまれた存在」などが含まれており、「現代の西洋においては、それらはまさに自宅にいるような感覚だ」、「アイデンティティの理想もしくは禁令が我々の哲学思想、我々の認識論、我々の言語の哲学を促進あるいは形成するものである」[83]。自我は一種の状態ではない。むしろ一種の途絶えることなく成長し、大きな可塑性、無限の可能性、無限の内なる深みを有する過程である。これが最も広義の人間性の概念である。また哲学は主に心理学と芸術理論によって開拓された自我概念に対する刷新である。もし我々が知識の共有性と文化の交流が現代社会において必要不可欠なものであることを認めるなら、この西洋文化から出てきた自我概念は、二〇世紀の中国人のアイデンティティにも適用されるであろう。

現代文学の発生という角度から言えば、自我の発見はまぎれもなく一つのメルクマール的なものである[84]。文学が現代性に巻き込まれた後の最も顕著な特徴の一つは、内在的なものに対する深掘りとその体現の中で、主体に対する自覚を得たことである。一九八〇年代の中国文化界の「主体性」復活の話題は、まさにカントの個人主義的な言説を借りて生まれたものであると言えよう。ただ、これが過激な啓蒙思潮の高揚によって現実の場の中で挫折し、さらにその後に続いて登場してきた経済至上主義の政治保守主義の流行によって、主体そのものが分化し始めたのである。これは、外在的には上述したようにポスト工業社会、ポスト現代社会、情報社会、リスク社会、グローバルの時代など、一九六〇年代後半からの世界背景があり、内在的にはこの時から主体性が危機状態に陥り、主体性に関する議論が、全体的に見ると言わば夕暮れの状態に入ったとも言える。

小結

チャールズ・テイラーが嘗て、西洋の現代的主体の生成は、主に啓蒙運動の後、「人」がなぜ人(humana agent)と成り得たのかという問題に対する絶えまぬ追及から生まれてきたもの、と述べたことがある。さらにこの現代的な主体には三つの特徴があるとも指摘している。その一つが、「個人」に内面的な深さを有する「自我」を与えたこと。もう一つが、日常生活において、肯定的な態度を取れるようになったこと。そして三つ目は、「自然」の中で、内なる道徳的な資源を発見できたこと[85]、である。前文において、アイデンティティの複雑性についてはすでに繰り返し何度も論じてきた。その複雑さに目を向けると、つまりこの問題は結局のところ、感情の帰属問題と政治の帰属問題が絡み合い、しかも時間と言説の環境によって、二者は重なりあったり、排斥したりするのである。少数民族文学は中国文学の一部分として、主流文学との関係——とくにその主体の変遷過程において——例えば新中国成立以前のバラバラとなっていた自然状態の主体と、新中国が成立した後、社会主義文化によって意図的に造り上げられた人民の主体と、一九八〇年代西洋思想文化思潮の下、自由主義による族別のアイデンティティなど、何れも救済を待っている状況にあると言えよう。もっとも、社会主義の主体であれ西洋化思潮の影響下の自由主義傾向によって自覚した民族的な主体であれ、実は何れも資本、グローバル、贅沢志向から大きな衝撃を受けているのである。こうした中、少数民族文学が直面する優勢文化による圧力は、より複雑で、多重構造になっている。言い換えれば、少数民族文学は主流文学が西洋言説とぶつかった時に直面したものの他に、さらに華語文学という大伝統による抑圧も受けているのだ。——ただ、皮肉なことに、このような多重の抑圧を受けたからこそ、かえって少数民族文化の主体とアイデンティティを求める動きが活発になった。前出チャールズ・テイラーの現代アイデンティティに関する観点を援用すると、現代性とか世俗化とか神の死とか人の死とかの中でも、また現代主義が顕在、寓言、象徴、意義に対する追究を行う時にも、或いはポストモダンを解体ないし転覆する時にも、実は個人（或いは主体とも言えよう）というものは、依然として自他共を超越するパワーを兼ね備えており、決して原子主義者ないし世俗化した堕落者のような存在ではなかった。アイデンティティを必要とする各方面の要素は、むろん今も存在しているし、その再構築を待っているとも言えよう。なお、秩序を認め、訴えを聞き、現状を超越する動きなど、これらの諸要素も、ある意味もう一つの主体の表現方式であるのかもしれない。また、ビュルガーが提起したように、女性も一つの主体的な存在になるのかもしれない。従って、少数民族文学主体の再構築は、もしかするとまったく新しい空間を開拓し、最新の発見に繋がる動きになるのかもしれない。つまり、ある辺縁的な角度から問題を提起することによって、民族文学全体にとっても意義のあること、価値のあるものを見出せるのかもしれない、ということである。今はまさに時間という岩層が少数民族文学の主体というものを再考察し、再認識をしているのであろう。この過程において、一見、この時間の岩層が少数民族文学の主体性を覆い隠すかのように見えるが、しかし主体というものは非常に流動的かつ重層的で、多次元的なものでもあるから、少数民族文学の主体はそう簡単に消されて消滅するものではない。もし今消滅するように見えるのであれば、それは飽くまでも複雑な岩層に覆われ、沈殿しているだけである。何れは現代の尺度の自己アイデンティティとして、また再び発展してくるであろう。繰り返しになるが、今は、彼らの活力と生命力は、ただ単に岩層の中に隠れているだけである。

【注】

（1）二〇一一年度の国家社会学研究助成金によって行われた「『中国少数民族文学理論と批評の文庫』の編集と研究」（科研費担当者、王佑夫）において、著者がその共同研究者の一人として取り上げた議題『中国少数民族文学理論と批評の文庫・研究篇』のなかで、既にこの問題を取り上げている。

（2）アリストテレス著、方書春訳『範疇篇・解釈篇』、北京、商務印書館、一九五九年、一四頁。

（3）栄震華訳『費爾巴哈（フォイエルバッハ）著作選集』、北京、商務印書館、一九八四年、一一五頁。

（4）賀麟、王久興訳『精神現象学』、北京、商務印書館、一九七九年、六頁。

（5）陳中立、李景源『馬克思主義哲学与現時代』、重慶、重慶出版社、一九九一年、二四一－二五九頁。

（6）郭湛『主体哲学　人的存在及其意義』、昆明、雲南人民出版社、二〇〇二年。

（7）陳寅恪『陳寅恪集・講義及雑稿』、北京、三聯書店、二〇〇二年、四五四頁。

（8）江応梁編著『中国民族史』、北京、民族出版社、一九九〇年。翁独健編『中国民族関係史綱要』、北京、中国社会科学出版社、一九九〇年。王鐘翰編『中国民族史』、北京、中国社会科学出版社、一九九〇年。その他中国歴代民族史叢書を参考。

（9）劉揚忠「論金代文学中所表的「中国」意識和華夏正統観念」、『吉林大学学報』第五期、二〇〇五年。

（10）ジャン＝ポール・ルー著、耿昇訳『西域的歴史与文明』、ウルムチ、新疆人民出版社、二〇〇六年、三〇四頁。

（11）『清実録・太宗文皇帝実録』第一八巻、第三二巻、第五四巻を参照。北京、中華書局、一九八五年、二三七、四〇四、七二九頁。

（12）C.F.Keyes,"The Dialectics of Ethnic Change", In C.F.Keyes,(Ed) *Ethnic Change*.Seattle:Universtiy of Washington Press,1981.pp.3-33.

（13）Clifford Geertz,"Time and Conduct in Bali:An Essay in Cultural Analysis". *Yale- Southeast Asia Program. Cultural Report Series*. 14,1966. Also he Interpretation of culthre London: Fontana Press, 1993.

（14）ピーター・ラドウィグ・バーガー（Peter Ludwig Berger）著、陳良梅・夏清訳『主体的退隠』、南京、南京大学出版社、二〇〇四年、七頁。
(15) スターリン『馬克思主義与民族問題』、『斯大林（スターリン）選集』上巻、北京、人民出版社、一九七九年。五九―一一七頁。
(16) 汪兆銘『民族的国民』、北京、三聯書店、一九六三年。
(17) 梁啓超「夏威夷遊記」、『飲冰室文集校注』、昆明、雲南教育出版社、二〇〇一年、一八二四―一八三一頁。
(18) T.J.Schlereth, *The Cosmopolitan Ideal in Enlightement Though*. Notre Dame, Ind.: University of Notre Dame Press, 1977, p.XXV.
(19) 徐新建『民歌与国学』、成都、巴蜀書社、二〇〇六年、二二頁。
(20) 同上、一七〇‐一七二頁。
(21) 顧頡剛『西北考察日記』、蘭州、甘粛人民出版社、二〇〇〇年、一六八頁。
(22) 顧頡剛『中華民族是一個』、劉夢渓主編、顧潮・顧洪編校『中国現代学術経典・顧頡剛巻』、石家庄、河北教育出版社出版、一九九六年、七七三頁。
(23) 同上、七七六―七七七頁。
(24) 同上、七七七―七七八頁。
(25) 同上、七八五頁。
(26) 費孝通等『中華民族多元一体格局』、北京、中央民族学院出版社、一九八九年、一頁。
(27) Johanners Fabian, *Time and the Other: How Anthropology Makes its Object*, New York: Columbia University Press,1983. 劉禾『語際書写――現代思想史写作批判綱要』、一八‐一九、一五七頁。
(28) 前掲注27『語際書写――現代思想史写作批判綱要』、一八‐一九、一五六頁。
(29) エドワード・W・サイード著、王宇根訳『東方学』、北京、生活・読書・新知三聯書店、一九九九年。
(30) 七〇数年後、石啓貴の調査資料は新たに整理出版された。石啓貴『民国時期湘南苗族調査実録』、北京、民族出版社、二〇〇九年。
(31) 李列『民族想像与学術選択――彝族研究現代学術的建立』、北京、人民出版社、二〇〇六年。

（32）聞一多「龍風」、『聞一多全集三・神話編・詩経編上』、一五九―一六三頁、武漢、湖北人民出版社、一九九三年。
（33）近年の関連研究は仁欽道爾吉『「江格爾」論』、フフホト、内蒙古大学出版社、一九九四年。降辺嘉措『「格薩爾」論』、フフホト、内蒙古大学出版社、一九九九年。郎桜『「瑪納斯」論』、フフホト、内蒙古大学出版社、一九九九年。朝戈金『口伝史詩詩学――冉皮勒「江格爾」程式句法研究』、南寧、広西人民出版社、二〇〇〇年。農敏堅・譚志表主編『平果嘹歌』、南寧、広西民族出版社、二〇〇六年。陳楽基『侗族大歌』、貴陽、貴州民族出版社、二〇〇三年。
（34）最近の関連研究の成果は覃桂清『劉三姐縦横』、南寧、広西民族出版社、一九九二年。巴莫曲布嫫『鷹霊与詩魂――彝族古代経籍詩学研究』、北京、社会科学文献出版社、二〇〇二年。劉萌梁『阿凡提笑話喜劇与美学評論』、ウルムチ、新疆大学出版社、二〇〇三年。
（35）最近の関連研究の成果は富育光『薩満論』、瀋陽、遼寧人民出版社、二〇〇〇年。劉亜虎『中国南方民族文学関係史』、北京、民族出版社、二〇〇一年。呉暁東『苗族図騰与神話』、北京、社会科学文献出版社、二〇〇二年。
（36）楊学琛『清代民族関係史』、長春、吉林文史出版社、一九九一年。余梓東『清代民族政策研究』、瀋陽、遼寧民族出版社、二〇〇三年を参考。
（37）王春霞『「排満」与民族主義』、北京、社会科学文献出版社、二〇〇五年、五〇頁。
（38）梁啓超「致康有為」、楊品興主編『梁啓超全集』第一〇冊、北京、北京出版社、一九九九年、五九三七頁。
（39）陳天華「絶命辞」、劉晴波・彭興国編校『陳天華集』、長沙、湖南人民出版社、一九八二年、二三六頁。
（40）楊国強「論清末知識人的反満意識」、『史林』二〇〇四年第三期、一七頁。
（41）Sax Rohmer. *The Insidious Doctor Fu Manchu*, New York: McBride, 1913; Dover Publications,1997 参照。
（42）中国大陸の学者による傅満洲の紹介と研究は、姜智芹『傅満洲与陳査理――美国大衆文化中的中国形象』、南京大学出版社、二〇〇七年。
（43）筆者は嘗て清末民初時期における満洲族の小説に関する研究に携わった経緯がある。
（44）この辺の議題については、筆者の以下の論文を参照してもらいたい。
①「遺民情懐下的蕭騒侘傺」、『文化中国』、二〇〇六年第四期。

②「清末民初京旗小説引論」、『民族文学研究』、二〇〇七年第二期。
③「大小舞台」、『書屋』、二〇〇七年第五期。
④「一起被張揚的苦情案件」、『文史知識』、二〇〇七年第二期。
⑤「清末民初北京報紙与京旗小説的格局」、『満族研究』、二〇〇八年第三期。
⑥「制造英雄――民国旗人対于清初歴史的一种想象」、『満族研究』、二〇一一年第二期。

(45) 関紀新『老舎評伝』、重慶出版社、二〇〇三年。
(46) 例えば淩宇『従辺城走向世界』（北京・三聯書店、一九八五年）などがある。
(47) 張直心『辺地夢尋――一種辺縁文学経験与文化記憶的探勘』、北京、人民文学出版社、二〇〇六年版、二―五頁。
(48) ジェレミー・リフキン、テッド・ハワード著、呂明、袁舟訳『熵――一種新的世界観』、上海訳文出版社、一九八七年版。姜璐『熵――系統科学的基本概念』、瀋陽出版社、一九九七年版を参照。
(49) 劉大先「中国少数民族文学学科之検省」、『文芸理論研究』、二〇〇七年第六期。
(50) 李暁峰『論中国当代少数民族文学話語的発生』（『民族文学研究』、二〇〇七年第一期）を参照。本稿において、李は民族国家が少数民族文学の言説の構築に対して、凡そ三つの構造を持っていると言う。（一）部族の民間文学資源の転換、（二）少数民族作家資源の開発、（三）民族国家が直接少数民族の言説構築過程に関わり、現代少数民族文学の言説方式を作る。しかし、実際に少数民族文学言説が民族国家言説系統に入る時、ある種の背離性ないし矛盾した心情を見せていたのだ。つまり彼らが民族国家の言説体系に帰属する時、自己民族文化に対してある種の未練を持っていたし、民間の個人的な言説と個人主義の立場に対して、一定の制限を掛けていたのだ。
(51) 唐加勒克・卓勒徳「浮想篇」、李忠雲選編『中国少数民族現代当代文学作品選』に収録、北京、民族出版社、二〇〇五年、二七頁。
(52) 昿新年『中国二〇世紀文芸学学術史』第二部下巻、上海、上海文芸出版社、二〇〇一年。一三―一六頁。
(53) 李暁峰『民族国家話語対個人話語的消解――従「科爾沁草原」到「草原上的人們」』を参照。『民族文学研究』、二〇〇五年第四期。

(54)劉禾「一場難断的〝山歌案〞——民俗学与現代通俗文芸」、前掲注27、『語際書写——現代思想史写作批判綱要』と陳思和『中国当代文学史教程』(上海、復旦大学出版社、一九九九年版)参照。

(55)陳思和が『中国当代文学史教程』(上海、復旦大学出版社、一九九九年、第一四頁)において、「ここの〈共名〉と〈無名〉とは、文化形態における相対する二つの概念である。振り返ってみると、二〇世紀の中国歴史の個々の時期に、たいがい一つのキーワードとなる言葉があって、それぞれの時期の主題たるものを総括していたように見える。例えば〈五四期〉の〈デモクラシーとサイエンス〉、〈反帝反封建〉や、抗戦期の〈民族救亡〉〈愛国主義〉や、一九五〇、六〇年代の〈社会主義の革命と建設〉〈階級闘争〉等々が、それの代表的な存在と言えよう。一九八〇年代になっても、〈拔乱反正〉と〈改革開放〉などのキーワードがあって、これらの重大かつ統一された主題は、言うまでもなくそれぞれの時代の精神的な動向を示しているものと思う。ただこれが逆に知識人の思考と探索の幅を制限する場面もあるので、このような文化状態を総じて「共名」と名付けたい」と言われたことがある。

(56)瑪拉沁夫「科爾沁草原的人們」、林三木編『中国現当代著名作家文庫 瑪拉沁夫代表作』、鄭州、河南人民出版社、一九八九年版、二二頁。

(57)巴・布林貝赫「心与乳」(一九五三年一〇月)、李雲忠編『中国少数民族現当代文学作品選』、北京、民族出版社、二〇〇五年版、三四頁。

(58)竹内好は岡本というある学生の趙樹理「李家庄的変遷」に対する論評を引用し、これに対して非常に参考になる論述を展開している。竹内好/暁浩訳/厳紹校訂「趙樹理文学」、黄修己編『中国現代文学史研究資料匯編(乙種)趙樹理研究資料』、太原、北岳文芸出版社、一九八五年、四八八頁。

(59)少数民族の映画に関する整理された資料と研究については、饒曙光等『中国少数民族電影史』、北京、中国電影出版社、二〇一一年。

(60)社会主義の中国が始まって最初の一七年間の文学研究については、蔡翔が『革命/叙述——中国社会主義文学-文学想像』(北京大学出版社、二〇一〇年)の中で「革命中国」と位置づけた。しかし、残念なことに蔡の論述の中には少数民族文芸に関する分析が欠けている。

(61) 劉大先「紅歌的文化遺産」『中国民族報』、二〇一一年六月一七日。
(62) 降辺嘉措『格桑梅朶』、北京、人民文学出版社、一九八〇年、九頁。
(63) 阿来『空山』、北京、人民文学出版社、二〇〇五年、一三四頁。
(64) 李沢厚は『批判哲学的批判』の中でこの哲学を打ち出し、「主体性哲学概説」、「関于主体性的哲学提綱」（一、二、三、四）等の中で詳細に述べている。『李沢厚哲学文存』（安徽文芸出版社、一九九九年）。『美学三書』（安徽文芸出版社、一九九九年）の中の「美学四講」もまたこの思想を描いている。この思想に基づいて書かれたものとして、谷方『主体性哲学与文化問題』（中国和平出版社、一九九四年）が最も詳細である。しかし、哲学上の新しい視点はその影響力から考えると、文学とは比較にならない。
(65) 李沢厚は一九七六年前後に「批判哲学的批判――康徳述評」を執筆した時にすでに「主体性」というテーマを深く掘り下げており、また一九八一年には「康徳哲学与建立主体性論綱」を発表した。劉再復は「論文学的主体性」を『文学評論』（一九八五年第六期と一九八六年第一期）で二回に分けて発表し、全国的に大きな反響を起こし、中国文学理論の基本的なスタイルを変えた。『性格組合論』（上海文芸出版社）は一九八六年のベストセラートップ一〇に選ばれ、「ゴールドキー賞」を受賞した。一九八八年には台北新地出版社から台湾版が出版されている。
(66) 一九五七年三月、銭谷融が華東師範大学中文系主宰の学術討論会で、ゴーリキ思想を発展して書き上げた論文「論『文学是人学』」を口頭発表し、さらに五月五日に、上海の『文芸月報』に掲載した。その後、多くの批判を受け、上海文芸出版社がそれらの批判論文を集めて、『「論『文学是人学』」批判集』という単行本を発行した。一九八〇年に、銭本人が『文芸研究』に「「論『文学是人学』」自己批判提綱」を発表して、これらの批判に答えるが、「しかし基本的な観点はちっとも変わっておらず、むしろ自分の主張をさらに発展して論を展開して見せた」と言われている。李世濤「「文学是人学」――銭谷融先生訪談録」（『新文学史料』第三期、二〇〇六年）を参照。
(67) 劉大先「文化尋根・族性審視・歴史反思」『民族文学研究』第四期、二〇〇四年。
(68) Okwudiba Nnoli,“Ethnicity”, in Joel Krieger(ed.) *The Oxford Companion to Politics of the World*, Oxford University Press, 1993, pp.280-284. アーネスト・ゲルナー、アントニー・スミス等のナショナリズム論者も殆ど同じような観点で分析している。

(69) Harris,Wiliams H.& Judith S.Levey ed. *The New Columbia Encyclopia,Columbia,* University press,1975. Dittmer,Lowell & Samuel S.Kim,"In Search of a Theory of National Identity",In Dittmer & Kim ed. *China`s Quest for national Identity,* Cornell University Press,1993. 張海洋『中国的多元文化認同与中国人的認同』(民族出版社、三九－四〇頁、二四九－二五一頁、二〇〇六年)参照。
(70) レイモン・アロン著、葛智強訳『社会学主要思潮』(北京、華夏出版社、二〇〇〇年版)と顧忠華『韋伯学説』(桂林、広西師範大学出版社、二〇〇四年)を参照。
(71) 関紀新、朝戈金『多重選択的世界――当代少数民族作家文学的理論表述』、北京、中央民族大学出版社、一九九五年、六六－六九頁。
(72)「グローバル化」という言葉は、今はもはや最もホットな話題の一つであると言えよう。中国大陸で、中国語で出版した本だけでも、例えば社会科学文献出版社が出した六巻本の『全球化論叢』や『全球化訳叢』などがある。ほかにも「全球化」をキーワードにした本が数えきれないほどある。
(73) ジョン・トムリンソン著、郭英剣訳『全球化与文化』、南京、南京大学出版社、二〇〇二年。
(74) チャールズ・テイラー「承認的政治」、汪暉、陳燕谷主編『文化与公共性』(北京、生活・読書・新知三聯書店、一九九八年)を参照。
(75) 張承志「騎手為什麼歌唱母親」『人民文学』一九七八年一〇月。
(76) 一九八八年出版の『魔幻現実主義小説』(呉亮、章平、宗仁華編、長春、時代文芸出版社)の中で、孟繁華がすでにこの用語を以て扎西達娃の小説を評価している。最近になっても、例えば呉道毅が『南方民族作家文学創作論』(北京、民族出版社、二〇〇六年)において、依然として扎西達娃を「中国魔術的リアリズム文学の開拓者」と評価している。
(77) 白崇人「従拉美文学、非洲文学的崛起看我国少数民族文学前景」、『民族文学研究』、一九八九年四期。
(78) 扎西達娃『西蔵隠秘歳月』、武漢、長江文芸出版社、一九九三年、六九－一一八頁。
(79) 関紀新「各民族文学互動状態下的多元発展」、『社会科学輯刊』、一九九四年六期。
(80) 張直心「当代民族文学研究片論――兼評「萎靡的当代民族文学批評」」、『社会科学戦線』、二〇〇六年三期。

（81）姚新勇『観察、批判与理性——紛雜時代中一個知識分子個体的思考』、北京、文化芸術出版社、二〇〇五年、一一七頁。
（82）中国の「民主主義」の代表とも言える人物の一人である王小東は一九八〇年代以降の西洋化思想およびそこからもたらされた中国文化の自己卑下を「逆向種族主義」と呼び、『天命所帰是大国』（江蘇人民出版社、二〇〇八年）の中で、これを感情的に批判している（九五－一四七頁）。このような過度な自己反省、さらに言うと植民言説で形成された他者の視点からの自己卑下は一九世紀末、二〇世紀初頭の国民性言説の中から始まっていた。劉禾『跨語際実践——文学、民族文化与被訳介的現代性一九〇〇－一九三七』（北京、生活・読書・新知三聯書店、二〇〇二年、第二章）と楊聯芬『晩清至五四——中国文学現代性的発生』（北京、北京大学出版社、二〇〇三年版、第五章）を参照。
（83）チャールズ・テイラー著、韓震等訳『自我的根源——現代認同的形成』、南京、訳林出版社、二〇〇一年、五頁。
（84）柄谷行人／趙京華訳『日本現代文学的起源』（北京、生活・読書・新知三聯書店、二〇〇三年）を参考。特に「風景の発見」、「内心」、「自白」等に関する箇所を参考にした。汪暉「個人観念的起源与中国的現代認同」、『汪暉自選集』（桂林、広西師範大学出版社、一九九七年、三六－二〇七頁）。
（85）前掲注83『自我的根源——現代認同的形成』。

第三章　差異と記述――翻訳における少数民族文学

翻訳とは一種の無言劇（パントマイム）であろう。つまり他者が自我の中に残した痕跡に対する感覚を、生き生きと演じることである。

――ガヤトリ・スピヴァク（Gayatri Spivak）

最近の民族学の研究は「民族」（ethnicity ないし nationality の意味。nation とは異なる）という概念に対して、次のような定義を下している。特定の歴史と地理と人文環境の下で形成された共通の血縁意識と先祖意識を有し、さらにこれを土台に共同の神話と歴史を持ち、共通の言語と風俗と精神と物質的な象徴で一つの系統を創り、政治的操作を手段に、家族本位の想像空間と家族関係を象徴とする人々の共同体である[1]、と言う。これはある意味、社会の流動性が高まり、情報と経済と貿易の一体化が強まりつつある態勢の下、嘗てスターリンが指摘した共通言語、地域、経済生活と文化表現のホモプラシー化の四大心理要素に基づいて、発展的に解釈されたものであろう。特に言語と文化の両要素を強調し、地域性や経済生活の要素が軽視されている。まさにフェルディナン・ド・ソシュールが言ったように、「一つの民族の風俗習慣は常にその民族の言語の中に反映されるもの。逆に、ある意味では民族そのものを構成しているのも、ほかならぬまさに言語である[2]」と。二〇世紀の哲学の言語学的な転換によって、言語が人間の主体的な存在にとって、益々根本的な意義を持つようになり、すでに一種の主導権を握る観念ともなっている。それに、口頭であれ文章であれ、言語は文学にとって最も重要な表現形式と内容になっている。ただ少数民族文学の言語は往々にして弱い立場に立たされ、それが故に、一部の少数民族文学は思い切って最初から漢語で創作したりするため、本章では主にこの多様性を有する言語と文学を描くことによって、この多民族文学間に存在する差異と共通性を探ってみたいと考えている。

劉禾は嘗てエドワード・サイードの「理論の旅」の観念を使って、現代文学の中の「翻訳される現代性」という問題を提起したことがある。[3] 中国の少数民族文学を考察する際、もちろん軽々しくポストコロニアリズム的な視点を導入するのには注意を要するが、現代少数民族文学の発生と発展の過程を勘案してみると、いわゆる「翻訳される民族性」という問題が存在していたのも事実であろう。古典文献にしばしば見られる「化外辺民、窮荒野氓」などの言葉と記録から、また当代少数民族文学がしばしば漢語によって創作せざるを得ないなどのことからしても、少数民族の文学は往々にして選別ないし改造の過程を通過していることが分かる。そのためその民族の文学の元々あった活き活きとした多様性は、結局は彼ら自身による自己の表現の文章の中でしか見ることができなくなってしまうのである。五四以来、いわゆる主流派のエリート知識人たちは少数民族文学の収集、改編、採集、整理、修正の作業に加わっており、その後の新政権の確立と少数民族文学学科の樹立など、これらの諸様相が相互に促進しながら、ついには「少数民族文学」の構築性と虚構性を現実的に見せかけることに成功し、今となってはそれに対する弁別は、個々の差異と記述の中でしか、見分けることができなくなった。

ただ、別の角度から見ると、中国の歴史文化には「大一統」を求める観念と多部族共存の共通意識があるため、上記少数民族文学の「被翻訳」現象は、またただ単に植民文化の単純な投影だと見るのは誤りなのかもしれない。何故なら、その中に、むしろ少数民族文学側からの承認と自ら帰順する意識もあるからである。従って、当代少数民族文学の自民族の母語を守ろうとする意識は確かに微弱になりつつあるが、しかしそこに潜んでいる啓示性は依然として重要で、我々に今もなお、バイリンガルの問題、多言語創作の問題、辺境地創作の問題、混血文化の問題等に対する注視を促してくれる。それによって、我々に文化の翻訳のプロセスにおいて、政治と言語が曖昧な形で働いていることを思い致らせ、中国文学という大伝統の中で、文学の多様性という意識と思考方式を育ててくれるのである。

第一節　言語、存在と文学の差異

一、言語、民族と存在

一七四六年、ルソー（J.J.Rousseau）は『言語の起源論』の中で、かの有名なテーマを立証している――人は言語の動物である。[4] ルソーは言語を人が自由な主導者となるための条件とした。この啓蒙主義的な論調がドイツの古典哲学、とくにカント以降の民族主義者に大きな影響を与えたことは、すでに周知のことである。一七八九年、ドイツ民族主義の代表的な人物であるヨハン・ヘルダー（J.G.Herder）が、ルソーのあの名著と同名の著書『言語の起源論』の中で、「人間とは自由意思を持ち、積極的に行動する生物である。そのパワーなるものが絶え間なく作用を発揮し続ける。それだからこそ、人間は言語を備えた生き物となった」、なお、「言語は人類と共に形成し、発展し、繁栄してきた」[5] ものとも指摘している。ヘルダーが言っているのは、実際に目覚めた人の自由思想であり、思想があってはじめて言語があり、自由な思想があってはじめて自由な言葉があるという考え方であろう。そして目覚めた人々の言語がドイツ民族の言語を造り、まさに民族の主体を目覚めさせるために、民族と言語が密接に関係し、共に前進してきたものと思われる。

一八世紀中葉以降、言語の起源に関する問題は欧州学界の注目する問題となり、人類学者も言語学者も、ほぼ一致して言語は人類の発生に伴って生まれたものと考えるようになった。言語発生学の共通認識として、言語と思考の間には共生性があると断定した。つまり「心理学的な角度から見ると、思想が言葉の表現力を失うと、定型のない曖昧な物になってしまう(6)」という考えである。この意味では、言語の違いはほぼ思考回路の違いを意味し、従って、異なる言語を使う部族の心理状態と精神面も異なってくるはずで、文学上の表現ももちろん異なってくるであろう。

レナード・ブルームフィールド（Leonard Bloomfield）が言うように、「言語社会団体の中の人々は言語を通じて彼らの行為を協調する。言語は異なる個体の神経システムの距離を補い、個々の個体が受けた刺激が、言語によって社会団体の中のその他の個体にも反応等の行為を引き起こさせる。つまり言語は個々の個体と連結し、一種の社会有機体（social organism）を形成する」のである。言い換えれば「すべての社会団体は言語活動によって統合され、言説が我々に最も直接的な方法でお互いの運営方式を理解し、我々のすべての行動において、効果的に効用を発揮している。従って、ある集団を観察しようとするなら、何よりまず彼らの言語を理解する必要がある。もしさらにこの集団の活動方法や歴史起源などを深く考察しようとするなら、さらにその言語に対して系統的に理解しないといけない。人間を理解しようとするなら、我々はこのような方法で様々な社会団体を研究しなければならない(7)」ということになる。ブルームフィールドが物理主義的なロジックと観念によって立証したのは、「話し手が言語を発する時に、その置かれた情景と形式が聞き手の側に引き起こした反応のことである。つまり話し手の境遇と聞き手の反応は緊密に連動しており、我々人間も話し手になることもできれば、聞き手になることも可能であるからだ。（中略）人間の説話意欲を引き起こせる要素として、この世のあらゆる客観的な事物と発生した情況が含まれる。すべての言語形式が持つ意義に対して科学的かつ正確に定義を与えようとすると、我々はその話し手の世界におけるすべての事物に対して、科学的かつ正確な知識を持たないといけない。しかし人間の知識はこのような要求と比較すれば、その範囲たるものが余りにも小さすぎる。この意味では、ある言語形式の我々の把握できる範囲内であってはじめて、その言語表現の定義を決めることができる」[8]という。この解釈に従えば、つまり個々の言語個体の間には、生まれ付きのようなある種の隔たりが存在することを意味し、仮に相互交流が成立している言語生活の中においても、このような原始的な言語差異は存在し続けるのである。もちろん、言語生活の差異は文学のそれと比べれば、少し異なるが、この点については、後文において、個々の民族間文学の翻訳事業について議論する。

一九世紀末から、言語研究が哲学的な問題を解決する手段と方法としての——つまり言語分析哲学として流行し、言語は民族、主体、ロジック、思想等と絡まって、一つの避けられない課題となった。通常の哲学史の分析法から言えば、これは古代の本体論から近代の認識論、そしてさらに現代の言語論へという哲学の転換であると言えよう。言語と民族の関係について、今日となってはもはや改めて説明する必要はないであろう。あらゆる民族に関する定義は言語的な角度が欠かせない。言語学への転換を通じて形成された英米の哲学を分析する科学主義伝統（例えば記号学など）と欧州の人文主義伝統（例えば現象学）など、その歩んできた道と方向性は確かに異なるが、しかし言語と民族の関係においては例外なく、その根源的な作用を認めている。テリー・イーグルトン（Terry Eagleton）も言ったように、「ソシュールとウィトゲンシュタインから当代文学理論まで、二〇世紀の「言語学革命」の一つの特徴は、つまり意義はただ単にある言語の「表現」と「反映」であることを承認するだけではなく、また意義そのものが、実際にはその言語によって造り出されたものでもあるという点である。確かに意義とか経験というものが先にあって、後から我々がそれに似合った言葉を探し当てているわけではない。我々が意義ないし経験というものを獲得できるのは、所詮我々が持っている言語の内容が、その経験を内包しているに過ぎないからである。なお、このことから我々の個人としての経験は、本質的にはやはり社会的なものであることが分かる。何故なら、個人の言語というようなものは、もともと絶対にあり得ないことで、ある言語を想像することは、つまりある種のまっとうな社会生活を想像している」[9]ことになる。

少数民族の文学に関する問題に触れる時、私はあまり言語の道具的、理性的な一面に傾いて理解したくない。もちろん、このような理解にはまったく問題なく、むしろ至って自然で、あれこれと言う筋合いはないが、もう一歩踏み込んで考えれば、言語とは実に人間の根本的な存在、生息する場所でもあると言えよう。ハイデッガー（Martin Heidegger）も言ったように、「言語の運命は一つの民族の〈存在〉のあらゆる時間と空間の関連の中に根付いているので、我々にとっては、〈存在〉の問題について問うことと、言語の問題について問うことは、その最も中心的なところにおいては、お互いに交わっている」[10]のである。「言語」と「存在」を同一視するという傾向は、これは哲学の有史以来の「ロゴス」（logos）中心主義に対する一種の抵抗である。古代ギリシア哲学の核心概念として、「ロゴス」は理性、判断、概念、定義、根拠、関係、陳述等の、多くの意義を含んでいる。ところで、ハイデッガーがエトムント・フッサールの理論を発展して打ち出した現象学の観点から言えば、「ロゴス」は「話す」ことであるので、本来の意味は「公開させる」ということであろう。すなわち「示して人々に見せる」という意味である。そうすると、「存在」はイコールある種の「現れ」となり、この「現れ」が依存する媒介こそ、まさに言語である。

言語の最初の状態に立ち返って見ると、言語は決して一つの対象あるいは道具ではなく、むしろ人間の構成要因であり、「存在」が顕わになるためには欠かせない重要な一部分である。一九二七年発表の『存在と時間』から一九五〇年代までの間の一連の講演から、ハイデッガーが神中心主義、人間中心主義、ロジック主義から離脱する言語観に基づき、さらに技術時代の言語状況に対する批判と、とりわけ言語と詩、芸術、大地、正道とを関連させた上で、よりストレートに「言語は存在の家である」という論題を提起した。つまり存在は思考の中で言語を形成し、言語は存在の家であり、人間はもちろん、その言語が構築した家の中で生息している、という考えである。ハイデッガーはスティーブンの『語句』を分析する際、その最後の二句「言葉が砕けた処に、ものは存在しない」から解釈を更に広げて、「物を表せる言葉が発見された時に、やっと物が物と成り得るのだ。そしてこのような物の存在（ist）がやっと認められる。従って我々はここで改めて強調することにしたい。言葉――つまり名称が欠けている処には、何ものも存在しない、と。言葉（フレーズ――訳者）だけが物に存在を獲得させることができる」[11]とした。彼はさらに一歩踏み込んで、詩人はあたかもフレーズ（言葉）というものは、物の外にあるものだと言っているようである、と述べている。つまり言語そのものは物ではない。詩人もこれを命名することができない。詩人は放棄することによって物と言語の関係の中に入れる。ただこの放棄は決して単純な喪失ではない。詩人は放棄することによって言語を経験する。よって、最後の一句は「言葉が砕けられている処では、あらゆる事物の存在を認めてはいけない」と理解することができる。これは「言語は存在の家である」という言い方と相通じている。そこで、更なる分析によって、ハイデッガーはこの語句を「言葉が破壊されている処に、一つの〈存在〉が現れる」[12]と書き換えている。つまり、言語とはただ単に人によって話されるものではない。むしろまず人に聴かれるものである、と。従って、言語が人間の言語と人間のオントロジー（ontology）的な関係を構築しているものと言えるのである。人間の説話は人間と言語の間の言説関係においてのみ存在する。たとえそれが好都合であれ不都合であれ、科学知識、社会規範が一旦出来上がり、ある種の慣わしとなってしまうと、話し手は必ずその慣わしに従わなければならない。さもなければ有効な意思疎通ができないからである。よって、このような場合は、人間が言語を話していると言うより、むしろ言語が人間を話しているとも言えよう。人間がここにいるよ、という生存意義も完全に言語の構築意義に託されることとなる。我々が生きている世界は、実は言語が「世界」と言っている世界で、この場合、言語はほぼ世界とイコールの関係になっており、我々はその言語の中に存在しているのである。人間が言語を話す時、実はすでにある程度に把握をしているはずである。それは、言語はすでに人間をある種の慣わしに慣れさせておいてあるから、しかもそれがすでに一種の常識となり、その常識からさらに概念化しているから、人間が言語を使う時にはすでに意識されなくなっているだけである。これはまさにカントが言っている先験的構造であろう。ただカントの先験的構造は時空形式感に満ちており、ハイデッガーの先験的構造は言語である。

「存在は思想の過程で言語となる。ここで、思想が存在と言語の関連を成立させる」[13]。ただしこの関連は決して思想が作り上げたものではない。この場合、思想は飽くまでも言語の中に潜んでいるものを、存在の方向へと表わしたに過ぎない。ここで一つ気を付けなければならないことは、言語はむろん「存在」のもっとも澄みきった、またはっきりと摑める形に到達したことを示しているが、「存在」が明らかになって、開けたもののように見える時には、同時にまた閉じているものである。よって、言語とは一種の陰陽の二重性を持つもので、即ち「言い出した」その瞬間に、また「隠した」ことも意味するのである。「存在」はある種の活動をしながら生成するものであるから、生成によって「存在」が一旦完成し、自分を開放した時には、逆に今度はその生成性が身を隠すこととなる。形而上学的な人間の目は、見えるものはすべて一定の形となったものである。それと比べれば、詩意だけが最初の状態を映し出す、と言う。ここではじめて、我々は存在と文学の関係に導かれていくのである。個々の民族にはそれぞれ異なる表現法がある。この意味では、文学だけが彼らの存在状態、心理構造、精神風貌をありのままに体現できるものと言えよう。前述の哲学的な論述は、むろん普遍的な適応性と意義を持つものである。それなら、少数民族の存在と主導的な民族は、お互いすべて平等な共同体であることから、少数民族の文学も言うまでもなく同様に、重要な意義を持っていることとなる。従って、何らかのイデオロギーによって構築された「民族」が、それを取り替えることは、当然のことながら不可能であろう。今、明らかに少数民族の言語は消滅と同化の運命にさらされている。この際にあって、文学は如何に言説者と被言説者の関係を明白にする功用を発揮できるのか。

二、現代化の行程で危機に直面する弱小言語

通常の意義において、文学は言語の芸術と見なされている。多くの場合、表面的、形式的に理解されるが、前述の通り、言語は認知と審美の「前理解」（ハンス・ゲオルク・ガダマー〈Hans-Georg Gadamer〉が言うところの Vorverstandnis, pre-understanding, prejudice, pre-concept など）として、文学に関係する様々な方面の要素を決定している。例えば世界の様子と世界を見る方法とか、社会の形態と社会を描く視点とか、文化の風貌と文化を体験する方法とか、創作の主体と主体の受け入れ側のそれぞれの興味と要求とか。言語の違いが想像と記述、受入と批評など、あらゆる方面に差異をもたらすが、むろん、言語自身も随時随所に自己更新し、変異していくものである。ただ現代化の過程におかれた少数民族は、工業化、情報化、民族国家の構築等の要求の下、自給自足の共同体構造が破壊され、以前のどの時代の民族融合にも見られない現象――つまり少数民族の言語が消滅の危機に直面しているのである。

中国の五五もある少数民族の中で、漢語を転用している幾つかの民族（例えば回族ないし満洲族など）を除けば、大多数の少数民族は日常生活において、自分自身の民族言語を用いている。漢語を転用あるいは兼用すると共に、一部の民族はその民族の内部においても、居住地や系譜によって異なる言語を使っているところもある。例えばヤオ族は勉語、布努語、拉珈語を使用しているし、高山族も泰耶爾語、賽徳語、鄒語、沙阿魯阿語、卡那卡那布語、排湾語、阿眉斯語、布農語、魯凱語、卑南語、邵語、薩斯特語、耶眉語など、計一三もある言語を使用している。ジンポー族においては景頗語、載瓦語が使用され、ヌー族においても怒蘇語、阿儂語、柔若語が使用されている。ユーグ族は東部裕固語、西部裕固語を使用し、メンパ族は門巴語、倉拉語を使用している。統計によると、全国五五の少数民族に計七二種類の言語が使用されている（最新の研究結果では一二〇種類以上と言われている）という。これら言語の分別は五つの言語系統に分けることができる。つまり漢蔵語系、アルタイ語系、南島語系、南亜語系、印欧語系である。(14)

ユネスコ（UNESCO）の統計と分析によると、世界には今六〇〇〇以上の言語が存在するという。ただその分布は非常に不均衡で、約九七パーセントの人口が約四パーセントの言語を使用し、逆に約九六パーセントの言語はたった三パーセントの人口にしか使用されていないという。しかも少なくともほぼ半数の言語使用人口は、毎年減少しているのである。中国少数民族言語の情況も同様で、少数民族の言語は一二〇種を超えるが、使用人口は約六〇〇〇万人（即ち少数民族総人口の五〇パーセント強）。しかも六〇〇〇万人の内、九〇パーセントを超える少数民族言語の使用人口はモンゴル族、チベット族、ウイグル族、チワン族、ミャオ族、イ族等が使用する一五の言語に集中しており、大多数の少数民族言語の使用人口は極めて少なく、その内、二〇種類以上の少数民族言語の使用人口は一〇〇〇人にも満たしていない。この数字から分かるのは、かなりの数の少数民族言語が絶滅の危機に瀕しているという厳しい現実である。

この言語の消失と消滅の現象が起きた原因について、専門家は六つの理由を挙げている。一、使用者の死亡。二、言語生態の変化。三、文化の接触と文化の衝突。四、経済の影響。五、文化の影響。六、政治の影響と衝突。もちろん、この間、自民族の言語の消失と消滅に抵抗しようとする力も存在する。その具体的な反応としては「言語の使用者が強大な文化の代表者ないし侵入者、征服者、植民者等の乱暴な政治的圧力やその他の圧力を受ける時に、その消失しようとしている言語を秘密語に替えていたりする」のである。「一つの民族の伝統言語は通常、個人ないし部族全体のアイデンティティを示す強力な手段となる。これが故に、生き残ることができる言語もある」(15)。むろん、単純に言語の効用の面――つまり社会の交流の道具として見る時に、言語は統一されればされるほど交流の効率が上がる。だからこそ、一九五〇年代から六〇年代以降まで、世界各国の政府が言語計画を作成し、言語の統一と規範化を強調したのである。主な目的は言うまでもなく国家の工業化、現代化、サービスの一体化であるが、このことこそがマイノリティ言語の絶滅の可能性を招いたのである。ところで、このような世界的な流れの中で、中国政府だけが言語文字委員会を通じて一つの政策を実施した。つまり少数民族のために文字を制定する、ということである。これは西洋の単一民族主義方式と区別する一つの現代的な計画と言えよう。もちろん、これもいくつかの方案を通じて個々の民族の求心力を上げようとする考えに基づくものではある。

漢語は「統一」の帝国が建国されて以来、これまで中国政府の共通語であり、この地位は「書同文」[16]の法規によって確立された。言語に比べて、文字の発明は相当後からのことになるが、文字は恒久性と普及性と時空を超える伝播力を持っているため、誕生した時から、すでに一種の神話的な魔力を持っていた[17]。政府当局が文字を統一したいという理想は、『礼記・中庸』の中ですでに提起されている。「子曰く（中略）今日は車が同型の轍を走り、書物は同様な文を使い、（人間の行動は――訳者注）統一した倫理を重んじる」とある。これは「天下は公のために」という儒家伝統理想の青写真でもあったと言えよう。秦始皇の文字政策はさらに漢語の主導的、覇権的な地位を固めたものと見られる。もちろん、中国史上、少数部族が地方ないし全国的な政権を設立したこともしばしばあったが、これらの少数部族統治政権は、その国家行政の管理や民族政策等を実施する時に、やはり大いに華夏民族の社会文化制度を参考、踏襲していた。むろん、国家行政の手段としての社会言語、文字計画に目配りをし、その政策の重要さを充分に認識していたであろう。だからこそ、彼らは積極的に文字を制定し、母語による文章語の普及を推進したのである。その中で、漢字の画数を加減して自分たちの文字を制定して、自民族の文字を造ろうとする動きもしばしばあった。例えば契丹文、女真文、西夏文がその典型的な事例であろう。しかしその結果は、往々にして却って先進的な文字である方に影響されたり、吸収されたりして、中々成功できなかったのであった。中華人民共和国の言語状況と政府が実施した民族言語計画は、ある意味において歴史上の民族言語状況と民族言語計画を延長して利用したようなもので、とくに建国当初は民族の団結と辺境地の安定を求める政策の一環と見なされていたようである。しかしそれでも、現代化の潮流の中、やはり多くの少数民族言語は消滅の運命を避けることができないようである。

一九五〇年代、中華人民共和国政府は言語学の専門家、少数民族の知識人を組織し、調査研究を通じて、チワン、プイ、イ、ミャオ、ハニ、リス、ナシ、トン、ワ、リー等の一〇の民族のために、一四種のラテン文字の形式を活用した文字法案を制定した。その中で、とくにミャオ族の言語のため、その地域差と方言に配慮して、四種の文字案を制定し、ハニ語の異なる方言を配慮して、二種の文字案を制定している。これ以外にも、例えばジンポー族の載瓦の系譜に配慮して、ラテン文字形式の載瓦文案を制定していたし、トゥ族のためにもラテン文字を形どってトゥ文方案を制定している。八〇年代に入った後、またそれぞれの民族の要求に応えて、例えばペー、トールン、トゥチァ、チァン、ジノー等の民族に、ピンイン文字方案を立てていた。今、中国の少数民族の中で、回族と満族等、すでに自分自身の伝統文字の使用を放棄し、漢字を使用している少数民族を除いて、いまだに二九の少数民族自身が、自分自身の言語と一致する文字を使っている。しかもタイ族などは四種類の文字、ジンポー族は二種類の文字を使用しているように、一部の民族が二つ以上の文字を使用している事例もある。よって、現状は二九の民族が計五四種の文字を使用していることになる。例えば雲南を例にすると、昔からそこに住んでいる少数民族は二五もあって、彼らは広く分散し、小規模に集まって住み、その中に一五の少数民族が越境しながら居住している。昔からそこに住んでいる多くの少数民族は自分自身の言語を持ち、その言語は漢語系か南亜語系の中の蔵緬語、壮侗語、苗瑶語と孟高棉語に属する。この中の一部の人は、自分自身の民族言語で日常生活を営み、仕事場でも自民族の言語を使っている。なお、政府の協力の下、一四の少数原住民が自民族の言語文字を使っており、その文字は伝統文字もあれば、新たに開発されたものもある(18)。

ただここで指摘しておきたいのは、ミャオ族とチワン族の文字の使用者は比較的多いが、それ以外、新しく造られた少数民族の文字は、実際には殆ど使われておらず、まったく影響力がないと言っても過言ではない。チベット、イ、モンゴル、ウイグル、カザフ、キルギス、朝鮮、タイ等の民族はそれぞれ自分自身の伝統文字を持っており、その中で、とくにチベット語、イ語などは既に一〇〇〇年以上の歴史を有し、他の文字も数百年の歴史を持っている。これらの少数民族言語は比較的に規範化された習慣と使用方法を持っており、実際に使われている範囲も広く、影響力は大きい。ただそれでも主としてそれぞれの民族地区に限定されているのも実情である。よって、感情的、心理的な面はさておき、漢字は漢族の文字だけではなく、全国各少数民族にも共通する文字で、国際的にも中国の法定文字となっているのは間違いない。現実的に考えても、また実際に運用する上での利益などの要因から、漢語漢文は既に圧倒的な優勢言語となっている。ここで、二〇世紀初頭のニコライ・マル（H.R.Mapp）学派が高く評価した言語の世界的法則、つまり「言語は上部構造である」こと、「言語は階級性を有する」もの、「言語の発展は段階性がある」などの、今日ではもはや常識となっている論調を繰り返し述べるつもりはないが[19]、目の前に進行中の歴史が示しているように、漢語も二〇世紀前半期から言語のグローバル化の中で、危機に遭遇している。少数民族の言語と文字は、或いはただ単にその危機を、中国国内の漢語の世界で遭遇しただけなのかもしれない。

文学と言語は生まれ付きのように繋がっているため、言語運動と現代中国文学の関連については、すでに多くの先行研究が残されている[20]。それを一々全部触れることはできないが、ここで文字改革に関する事項だけを、少し整理してみる。一九一八年、新文化運動の旗手の一人であった銭玄同は、「孔子学を廃止するためには、まずは漢文を先に廃止しなければならない。一般人の身の上での幼稚で野蛮な思想を駆除するためには、何よりまず漢文を廃止しなければならない。（中略）もし中国の滅亡を見たくないなら、もし中国民族を二〇世紀の文明の民族にしたいなら、孔子学の廃止と道教の駆除は、根本的な解決の先決条件となっているのだ。つまり孔子門下による学説および道教にある妖言の漢文を廃止することが、このことの根本的解決のための根本的解決法である[21]」と述べている。近代中国の衰弱を反省する動きと連動し、器物から制度、文化の面まで、その反省が次第に深まり、一部の過激派は伝統文化の重要な手段である漢字の存在の転覆も狙ったのである。その後、新文化運動の旗手たちは殆ど似たような論調を訴え始めた。例えば一九二三年に出版された銭玄同の『漢字革命』[22]、蔡元培の『漢字改革説』[23]、黎錦熙の『漢字革命軍前進的一条大路』[24]、趙元任の『国語羅馬字的研究』[25]等、すべてローマ字の採用を主張したものである。同年、国語統一計画準備会はさらに「国語羅馬字拼音研究委員会」を立ち上げたが、時勢が変わったこともあり、実際には活動を展開するには到らなかった。一九二八年、「大学院」(教育部)が劉復らによって作成された「国語羅馬字拼音法式」を公布し、「国音表音文字」の第二式と決めた。この一〇年にわたる「漢字革命運動」は、「国語羅馬字運動」とも呼ばれている。[26]

「国語羅馬字運動」の後に続いて浮上してきたのは「ラテン化中国字運動」である。ラテン化中国字の首唱者である瞿秋白は、一九二〇年代初頭に「ラテン化中国字」の草稿を執筆している。一九二〇年代末に、瞿は呉玉章、林伯渠、蕭三などの三人と、ソ連の漢学専門家と共同研究を進め、『中国ラテン化の表音文字』[27]の草案を書き上げた。その後、正式な「ラテン化中国字」方案を制定し、極東の華僑が比較的多く居住していたウラジオストックとハバロフスクで「中国新文字」を宣伝して、華僑の中での非識字者をまず一掃することを狙った。[28]一九三三―一九三四年、このような「ラテン化中国字」は中国国内でも紹介され、陳子展、陳望道、胡癒之、葉聖陶、夏丏尊、傅東華、魯迅らの支持を得ていた。[29]また、茅盾、郭沫若、陶行知、蔡元培、王了一(王力)なども積極的に支持していた。これによって、ラテン化運動は空前の勢いを見せ、全国のエリート知識人が自発的に推し進める運動となった。抗日戦争の初期と中期になると、今度はラテン化運動の勢いは上海、漢口、広州、香港、重慶、延安等にも浸透し、その影響力は次第に大きくなっていった。実際に、当時の解放区内で数多くの人々がこのラテン化した新文字の読み書きが出来るなど、その成果も徐々に出始めていた。ただ漢字の果てしない大海の中に置かれては、その成果なるものもまったく取るに足らない浮草に過ぎず、漢字を読み書きできる人々の前では、書面による交流のツールにはまったくと言っていいほどなりえなかった。その後、抗日戦争末期を迎え、この運動もまた鳴りをひそめる運命を辿ることになった[30]。

一九四九年一〇月、北京で「中国文字改革研究協会」が設立され、一九五一年に毛沢東がさらに「文字改革は必ず成し遂げなければならない。その方向は恐らくピンインのような世界共通のものとなるであろう」と指示した[31]。一九五二年二月、中華人民共和国教育部は「ピンイン方案委員会」を設立し、ほぼ七年後の一九五八年二月一一日の全国人民代表大会で『漢語ピンイン方案』を批准している。その後は全国範囲で標準語を推し進め、『漢語ピンイン方案』も推進され、それに加えて教育の大発展も効果を発揮して、ついに新中国成立以前の総人口の八五パーセント以上が文盲であった現状を変え、数パーセントまでに改善した。ところで、この大きな流れの中で、漢字のラテン化は却って不調のまま終えた。事実、一九五八年から一九九八年までの四〇年間において、漢字のラテン化はずっと困難の道を歩み続けていた。一九八六年、元々あった「文字改革委員会」を「国家語言文字工作委員会」に改め、会の職責範囲と目標もそれ相応に調整され、実際には漢語漢字の規範化と標準化を、推進事業の中心と重点的位置においた。つまり漢字の「ピンイン化方向」は、その後再び提起されることなく、葬られていったのである[32]。

今振り返ってみると、漢字のラテン化運動は、その総体的な背景から言って、やはり二〇世紀前半期の中国全体の西洋化思潮の一部分であったと言えるであろう。具体的に言えば、（一）メイン・イデオロギーの角度から見ると、ソ連共産主義革命の重要な同盟国として、中国のマルクス主義者たちに言わせれば、漢字はまさに階級圧迫の産物であり、何より宣伝の理解と伝播に向かず、一種の時代遅れの文字と見なされていた。（二）現代中国語の発展史から見て、一八九八年、馬建忠がインドとヨーロッパ系の語法を基に、中国最初の漢語文法の専門書『馬氏文通』を発表して、中国現代漢語文法の基礎となっていた。ところで、漢語は飽くまでも漢字を基礎とする文字系統で、インドとヨーロッパ系の言語とはやはりその差異も非常に大きかったため、インドとヨーロッパ系の文法枠組みで漢語文法を描くと、どうしても融通が利かない感があった。それに文法教育とコンピューターの言語処理法も問題となってきて、そうした雰囲気の中で、漢語の語法を現代言語理論に合致させるため、漢語のラテン化が一つの方法ないし道筋だと見なされたのである（今からみれば誠に本末転倒であるが）。（三）域外からの影響の面から見ると、明治維新の後、前島密（一八三五－一九一九）と南部義籌（一八四〇－一九一七）らによって提起された改革方案という、参考にしやすい原案があったから。[33]（四）今の複写技術と文字入力ソフトが開発される前は、漢字のラテン化は明らかに、一つの解決法に繋がるように見えていたから。しかし、結局は長い歴史を持つ漢字文化は、あらゆる理想化された設計と発想を打ち破り、最終的に勝ち残ったのである。

ところで、少数民族の言語と文字がこれに似たような情況に置かれると、その受けた圧力と圧迫は、間違いなく漢語漢字が受けたそれより遥かに厳しいものと思われる。何故なら、少数民族の言語は漢語と同様、まず西洋言語からの圧力を受けなくてはならないし、同時に、中国国内でも漢語という巨大なパワーを持っている文字文化の存在と対峙しなければならないからである。例えば漢語のラテン化の潮流の中で、元々アラビア表音文字を基礎としたカザフ文字が、実はすでに一度はスラブ表音文字を基準とした新文字改革を行っており、その後再びラテン表音文字を参考にして、二度の新文字改革を進めたことがある。しかしどちらも効果が良くなかったため、一九八二年に、新疆ウイグル自治区人民政府は再び元の文字に戻したのである。新文字はただ単に発音を表記する記号として残されただけであった。[34] 国家の強力な後押しがあったにもかかわらず、漢語あるいは少数民族の言語のラテン化は、何れも失敗に終わっている。このことから分かるのは、言語と文字というものは他の社会現象と同様、厳密な自己構造と規則を持っており、しかも言語と文字による活動は一種の規律性を有する社会行為として、個々の母語話者グループと、特別な交流事実、思考習慣、部族アイデンティティ、イデオロギーや世界観と関係しており、そう容易《たやす》く変えられるものではないということである。強制的な言語の統一を通じて、個々の母語話者の言語行為を変えようとすると、前述の通り、恐らくは失敗に終わるであろう。ところで、想定外のことの一つとして、政治的な行政手段を発揮してもその目的は達成できなかったのに、資本の拡大と経済の文化面の影響によって、無意識のうちに、漢語を使う人であれ少数民族の言語を使う人であれ、西洋言語——特に英語によって形成された文化的な覇権によって、支配される状況に陥っているということである。

三、文学的叙述の差異

本章の始めに、少数民族言語の危機的現状の全体像を描いてみた。その描き出した絵巻は、恰もどんよりした空気に包まれ、事態の好転がもはや期待できないもののように見える。しかしまさにこの肝要な場面に、文学がその力を示し、暗雲の中に現れた太陽の光のように、この危機に直面している少数民族文化とアイデンティティの暗雲を追い払ったのである。言語は前述した通り、文化のアイデンティティの中で中心的な地位に立っており、また地域と社会の完全性を保つ働きもしている。何故なら、文学というものは、言語の中で最も頑強で、しかも持続的な影響力を有するものだからである。実際、言語と文字はしばしば変化するが、文学は一つの民族の心的な歴史を保存し、他者との差異を叙述することによって、心の中で過去の記憶を確かめながら、中華民族多元文化の中で、自分の存在意義と価値とを構成するのである。

エドワード・サピア（Edward Sapir）が言語と文学の関係について、このように述べたことがある。「言語は思想交流のシステムだけではない。その存在は恰も目に見えないオーバーコートのように、我々の精神の上を覆っている。それによって我々の精神のすべての符号的な表現形式を決定しているのだ。そしてこの表現が非常に面白いものになった時に、我々はそれを文学と呼ぶ[35]」のである、と。精神はもとより言語の境界を越えられるものである。

しかも様々な言語でそれを表現することが可能である。ただその表現を言語にする時にいくつかの区別が現れてきて、一般的、集団的、普遍的な色合いを持っているものは、簡単には文学にはならず、非常に個人的で特殊な精神の表現が、ようやく文学となり得るのである。このことは文学が人類共同の感情と普遍的な関心を表しているかどうかとは区別して見ないといけない。もちろん「文学性」という概念自体、非常に曖昧で、時代と空間等の要素によって変化するのである。(36) 従って、ここで予め断っておきたいのは、ここで議論したい文学とは現代意義における文学概念が、現代性、民族性、階級性、革命性等の複雑なイデオロギーの中で、とくに「差異性」の一面を強調している問題である。

ただ、前近代期において、この民族の差異に関する叙述は、さほど問題とならなかった。それは、少数民族としての自覚が時々現れたとしても、大概一瞬で消えていき、長持ちしなかったからだろうとも思われるが、何より王朝正史系統の著述過程において、それが多くの場合、覆い隠されてしまうからである。例えば周王朝の時の南方の百越民族について、『越絶書』や『呉越春秋』など、また劉向の『説苑』、楊雄の『方言』等においても、その言語が華夏のそれとは異なるという断片的な記録が残っている。具体的に例を挙げて見ると、劉向の『説苑・善説』には、楚の大夫荘辛が当時の地方長官であった異父兄弟の楚康王、鄂君の子皙が船で波を下っていた時の盛況を記録した歌『越人歌』が記載されている。

嚢成君、初めて封ぜられる日、翠衣を着、玉剣を帯び、縞舄《こうせき》を履いて、遊水のほとりに立った。大夫、鍾《しょう》を鍾県に擢《ぬ》きて、執桴をして号令して呼ばわしむ、誰か能く王者を渡さん、と。ここにおいて、楚の大夫荘辛、過《まみ》えてこれを説《よろこ》び、ついに造《いた》り託して拝謁す。起立していわく、臣願わくは君の手を把《と》らん、それ可ならんか、と。嚢成君、忿《いか》って色を作《な》して言《ものい》わず。荘辛、遷延して手を盥《あら》い、称《の》べていわく、君独り聞かずや、夫《か》の鄂君子皙《がくくんしせき》が舟を新波の中に汎《うか》べしことを。青翰の舟に乗り、翠蓋を張って、犀尾を検し褂袵を班麗にす。鐘鼓の音畢《おわ》るに会うや、榜枻の越人、かじを擁《と》って歌う。歌の辞にいわく、濫として草を抃し、予が昌枑を濫にし、予が昌州を沢す、州湛州焉乎、秦胥胥、予を昭澶に縵す、秦、滲堤をこえて河湖に随う、と。鄂君子皙いわく、われ越の歌を知らず、子、試みにわがためにこれを楚説せしむ。いわく、今夕は何の夕ぞ、中洲の流れにとどまる、今日は何の日ぞ、王子と舟を同じうするを得たり、羞を蒙り好を被れども、詬恥をおもわず、心ほとんど頑にして絶えず、王子を得るを知らんや、山に木あり木に枝あり、心に君に説《よろこ》べども君は知らず、と。ここにおいて、鄂君子皙、すなわち修袂をひき、行きてこれを擁し、繡被を挙げてこれを覆う。鄂君子皙は親しきこと楚王の母弟なり、官は令尹たり、爵は執珪たり。一の榜枻の越人すら、なお交歓して意を尽すことを得たり。今君、何をもってか鄂君子皙に逾えん、臣独り何をもってか榜枻の人に若かざらん。君の手を把《と》ることを願うに、その不可なるは何ぞや、と。襄成君、すなわち手をささげ、これを進めていわく、われ少《わか》き時また嘗て色をもって長者に称せらる、いまだ嘗て僇に遇いてかくのごとく卒《あわ》てしことあらず、今より以後、願わくは壮少の礼をもって、謹んで命を受けん、と。(37)

漢語に翻訳された『越人歌』は広く知られているが、しかし古代の越語の音声を漢語で記録したものをフォネティックコード（IPA）に変換し、さらにその変換後に理解された意味によって、今のチワン語と対照してみると、その意味が実は大きく異なっていることが分かる。一部の海外の学者は、この歌の原文の意味を理解するため、南亜言語の系統に属する孟—高棉語の占語とマレー—ポリネシア系の言語系統に属する古代のマレー語と古代インドネシア語を活用しないと読めないと主張する者もいる。このような解読によって、現代には三つの『越人歌』(38)が存在している。

古代漢語訳

今夕何夕兮搴舟中流
今日何日兮得与王子同舟
蒙羞被好兮不訾詬耻
心幾煩而不絶兮得知王子
山有木兮木有枝
心悦君兮君不知

古代越語の音声の記録に基づいた現代語訳

今晩是什麽佳節，舟游如此隆重
船中坐的是誰呀，是王府中大人
王子接待又賞識我只是有感激
但不知何日能与您再来游
（欠落あり）
我内心感受您的厚意

南アジア系言語の記録に基づいた現代語訳

（我）祈禱（您）啊，王子

(我) 祈禱(您)啊，偉大的王子
(我) 認識了(您)啊，偉大的王子
正義的王子啊，最貴的王子
(我) 真幸福啊
我衷心地服従您
讓所有的人都繁栄昌盛吧
(我) 長久来一直敬愛着您

この異なる四版の『越人歌』に見られる差異は、異なる言語の翻訳によって現れたものというより、むしろそれぞれの言語の文学的な記述において、現れた違いと言った方が適切であるかもしれない。ただ、意味がこれだけ違ってしまうと、もしかしてこれは同じ一つの題材と内容ではない、と疑われても仕方がない。原本にある「濫兮抃草濫予昌枑沢予昌州州湛州焉乎秦胥胥縵予乎昭澶秦逾滲惿随河湖」の一文に至っては、今となってはまったく解読不能なものになっている。これはおそらく当時の、しかも地元の歌人でないと、その意味を理解することはできないであろう。この間に存在していた差異は、漢語によって記載される過程で、知らず知らずのうちに或いは消えてしまったり、或いは漢語の意味に取って代わられたりしていったのであろう。このような音声文字こそが、少数民族文学である。しかし読者がそれを理解しようとした場合、結局は漢語に翻訳されたものに頼るしかなくなる。すると、我々の前に二つの問題が突きつけられることになる。その一つが、翻訳における権力の問題。もう一つは異なる言語と文学の間に存在する相互翻訳が可能かどうかの問題である。第一の問題については、後ほど改めて論証することにしたいが、第二の問題については、これは数千年も論争してきた問題で、結論を出すのは難しいであろう。よって、本稿はそれに足を取られたくないので、ここでは取り上げないこととする。翻訳が可能か否かはともかくとして、文学は特殊な言語形式であり、用具的な色彩が濃厚な科学技術用語、政治用語、法律用語、商業用語より、その表現が非常に難しく、全くの同値で置き換えるのは至難のわざであることは疑いの余地はない。この意味では翻訳とは一種の創造的な置き換えであることがわかる。文学的言語の特徴もまさに、この差異を説明する機能に付随しているとも言える。

現代民族国家の構築過程で、とくに現代文学の勃興に伴い、各民族間の文化的な差異が他の民族との自覚的な区分標識となった。中華民族という存在に対しては、「現代民族国家の構築を願う過程において、普遍的な民族言語と地域を超えた芸術の形式が、終始文化の同一性を形成する主たる方法であった。新しいと旧い、都市と農村、現代と民間、民族と階級等の関係において、文化のローカル性が自主性を打ち立てる理論根拠を獲得することはあり得なかった[39]」。現代口語体が文章共通語として推進されていく中で、少数民族言語は副次的な位置に甘んじるしかなかったのである。ただ、少数民族が共通語を使って文学作品を書く時、やはり主体となっている部族と異なる風格と特色を持っている。例えば沈従文は、その湘西風土的な特徴について、しばしば指摘され研究対象ともなっており、この地域的な文化特色を通じて、少数民族的な特色も見事に展開されている。もっとも、民族性と地域性は往々にして混合して存在し、見分けるのが難しい場合が多い。なお、地域的な文学風格の形成は、言うまでもなく各地の地理的な自然環境とも関係するし、その文学を育んだ地域の言語によって形成された地域の風俗や儀礼、またタブー、トーテム、生活方式、心理構造などとも深く関係しているはずである。従って、文学の地域的な特徴は、ある意味作家の個性に浸透した風格と特徴でもあると言えよう。だからこそ少数民族の作家が漢語を使って創作活動を行う時に、少数民族的な一面が垣間見えることがあるのである。そしてこれこそが、彼らを「少数民族作家」と呼ぶ根拠にもなっている。

一例を挙げると、『三月街』[40]（一九三五年）は雲南省麗江のナシ族作家・李寒谷の郷土文学的な色彩が濃厚に表れている作品である。内容は農民の金松一家が遭遇した理不尽な仕打ちが描かれている。粗筋を少し紹介すると、張結疤という土匪が野鶏村を襲った時に、治安維持の重責を負っているはずの大地主で村のボスでもある蒲と金団長と省政府から派遣されてきた治安部隊の賀隊長らがアヘンを吸っていたり、女遊びにあけくれたりしていた。それは、裏で張結疤とボスの蒲は兄弟の契りを交わしており、これによって、地方の官僚と兵士と匪賊がグルとなり、却って手を取り合って悪事を遣りまくるという設定である。金松本人もアヘンの密輸に関わっていたが、手に入れたアヘンはすべて張結疤に奪われてしまい、さらにラバ売りの父も行方不明に、妹も輪姦されて死ぬという事態が発生した。そこで金松がついに、蒲の家宅に潜入し、復讐の行動に出る。小説の最後は金松が賀隊長と蒲の二人を刺殺して、自らも自決してしまうという悲惨な結末を迎えている。これは当時の進歩的な文学がよく描く、官に虐められて、民衆が反旗を掲げるという階級闘争劇のパターンである。ただ、小説の中で「三月街」や「三塔寺の来歴」など、その地ならではの物語と伝説が組み込まれており、当時主流となっていた左翼小説とは、はっきりとその違いを見せている。

もちろん、この血生臭く、憂鬱で、粗雑な、同時にまたある種の壮絶な雰囲気に包まれた小説の中で、地方的な、田園風物詩のような伝説を挿入する書き方は、いささか不調和なものを感じなくもない。しかし、このことは、少数民族の作者はやはり地方の民族文化に対して、ある種の無意識の立場ないし思い入れを持っているという事実を、我々に漏らしているとも言えよう。「三月街」はまた「観音市」「観音街」「祭観音街」とも呼ばれ、雲南省の各少数民族――特にペー族が盛大に祝う伝統記念日である。また民間の物資交換と文芸娯楽活動を盛大に行う集会でもある。南詔王国の始祖・細奴羅（約六一七－六七四）の時に、観音菩薩が三月一五日に大理へ来て、経を伝えたことがあると言われている。毎年この時に、多くの男女がここを訪れ、「日覆い」を造って礼拝をしたり、お経を唱えたりして祭を行うのはそのためである。次第に、「三月街」が仏教を伝え、お経を唱える祭となったのである。大理市は交通の要路にあり、古代の雲南省には仏教徒も非常に多かったため、社会経済の発展に伴い、祭日が次第に地方貿易の定期市と祝祭日となった。古き「三月街」の場所は物資交易の場で、ラバ、地元物産、薬材、茶葉などが主たる商品であった。文化的なイベントとして、この時期はペー族が歌垣と踊り、イ、ペー、回、チベット、ナシ族も馬に乗って踊ったりする。しかし非常に残念なことに、このような伝統集会は二〇世紀初頭以来の戦争と乱世によって壊され、今はその盛大な光景は殆ど見られなくなった。「三月街」の伝統秩序はまさに社会の現代化の過程で、官、兵、匪によって、取り返しのつかないほど破壊されたのである。これはある意味、地方における少数民族的な文化の消滅を意味していると言えよう。そうすると作者が小説の中で挿入したこの一見すると何の意味もない場面を、単純に一つの地方風物として見ることができない。或いは日常生活において、これから消滅していくだろうと思われる文明を、文字の形で残していこうという意味も、そこに潜んでいるのかもしれない。

これと比べれば、老舎が一九四四年から一九四六年の間、重慶とアメリカで執筆した小説『四世同堂』は、直接日本の侵攻を背景にし、その情景を描いている。一〇〇万字余りの『四世同堂』の中で、北京に対する描写と議論が作品中に見られ、恰も乱世に置かれた北京の浮世絵を通じて、民族全体の文化に対する反省を促しているようである。反省に使われた標本とは、小羊胡同にあった一軒の四合院で、物語の時間的な背景は北京の陥落から回復までとしている。その反省の中身を簡単にまとめて言えば、北京文化は一種の成熟ないし成熟しすぎた文化として、すでに自分の欠陥と危機に対して、真の反省を行えない状況になっているという。よって外部からの刺激なくては、恐らく新しい活力を生み出すことはないだろう、というのがその核心的な粗筋である。そして何故外部からの刺激を必要としているのかと言えば、一つは外部文化からの衝撃はこれまでとは異なる新鮮な空気を入れてくるから。二つはこの激しく揺れ動く外部からの文化衝動は、北京文化内部の変化要因を刺激し、再び内部からの成長と発展を促すことが可能と思われたから。周知のように、小説の中では長々と古都北京の春夏秋冬と民族風情を描写している。これは心に残っている風景、心の内に反映ないし投射している慣れ親しんでいた景色であろう。作者の想像中のもので、恰も筆で描いた煙雲のようである。(41) しかし一致性を求める現代的、啓蒙的な言説が勢いよく押してきた時代においては、少数民族文学も、もし適合性と有効性を得ようとするなら、（それが意識的であれ、無意識的であれ――訳者）やはりこの主流たる流れに沿って文筆活動をせざるを得ない。ただそれでも、フッと、不意に、突如少数民族文学ならではの光を見せてくれる。この光こそが、私たちに一縷の希望を抱かせてくれるのである。

前述のように、李寒谷の作品は漢語によって書かれている。なお、作者がナシ語に通じているという資料はどこにも見当たらないが、このことは重要な問題ではない。ナシ語は漢蔵語系の蔵緬語族のイ語系列に属し、一〇〇〇年も前に、すでに二種類の文字を持っていた。一つが意味を表す図画象形文字で（民間では「斯究魯究」(42) と呼ばれている）、もう一つが表音の音節文字（民間では「哥巴文」(43) と呼ばれている）である。ちなみに、上記文字は現在も読み書きできる人がいるため、国際学術界は「唯一完全に生き残っている象形文字」として、この文字の保存に力を入れている。なお、いま現在も、ナシ族の宗教であるトンパ教の経典二万冊以上がこの象形文字で書かれており、これらの経典書籍は、それぞれ中国と欧米各国の図書館と博物館に所蔵されている。(44) 一九五七年に、中央政府が言語専門家を組織して、ナシ族のためにラテン表音文字を作ったが、この新ラテン表音文字は実際には大した存在感がなく、古代ナシ文字で書かれた文学作品の多くもトンパ教の中で記載されている『創世紀』『黒白之戦』『魯般魯饒』などの宗教経典であったため、(45) 現代文学のナシ族作品は、事実上すべて漢語で書かれているのが現状である。ただそうであっても、漢語で書かれた作品の中でも、やはりナシ母語が影響力を発揮し、その文学と言語に新鮮な活力と差異性をもたらしていることが確認できる。このような言語の交わりは、つまりホミ・K・バーバ（Homi K.Bhabha）が言うHybridity（雑種性）であり、またガヤトリ・C・スペヴァク（Gayatri Chakravorty Spivak）が言う

Catachresis（誤転用）であろう[46]。

ところで、二一世紀に入ってから、李寒谷が当初感じていた文化的圧力は、すでにその姿を変えていた。つまりグローバル経済の波に押されて、今回は外来文明が地方的な少数民族文化の開発を推し進め、その破壊の元凶ともなった。そこで、ナシ族作家の白朗も、先輩の李寒谷と同様に、意識的に消滅の危機に面している民族事象の記録を行い、それらを紙に残そうと行動している。もちろん、彼らもこの潮流は「巨大な犂で畑を耕すように光陰を覆し、一つの時代が恰も麦畑のように倒れて行き、新しい時代がすでに到来している。恰も真夜中の菊の花のように、故郷の麗江は歴史の銅で造った鏡の中に、その豊満な体を揺らしているのだ。私はそれを引き上げようとしたが、しかし実際に引き上げたのは、僅かの幻影しか手にすることができなかった[47]」と明白に述べており、まさに、この世の中の流れには逆らえないことを知っていたようである。それでも努力することを諦めず、ある回想文の中で、白朗は次のように書いている。

幼年期の生活の印象と言えば、何時もある木製の、花の形が彫られた窓が背景として浮かんでくる。それは先祖からの住屋であった土楼の二階である。黒色の円形の瓦に覆い隠された腰檐と繋がっていて、毎日、太陽の光が翠に覆われている山々を登り、その光がこの年を重ねた木造の窓に投影する時に、梅の花の形をした窓の柵は恰も篩のようにその光を無数のブロックに切り分け——その光の柱がお昼の浅い明かりと一緒になって、部屋中を射す情景だった。この木造の窓と中腰の檐の内側には、一本の細長い木造の廊下があった。その廊下には板が敷かれていて、上には赤い唐辛子の串刺と幾つかの土の甕が並んでいて、その中の大き目の幾つかの花瓶状の甕は、私の祖母と開鳳が若い時、大麦酒を造る際に使っていたものである。この木造の廊下は私の記憶の中では、東関村のすべてと繋がっていたようだ。そこで、私は一匹のタルバガン（マーモット）のように、朝霞と鴉の群が如何に高山の上を共に飛んでいるのかを見たことがある。ピンク色の蝶々が如何にして飛び舞う花びらの中で踊り、六角の白雪の寒花が如何に有形から無形のものになり、アマツバメが如何に縞模様の入っている卵から一羽のハサミのような尻尾を持つ一人前の鳥になっていくかをも見た。もちろん、このほかに、「阿布」家族と「浄托」家族の、終日働き、休む時間もないナシ族の女たちが山を下りてくる姿も見かけた。彼女たちは何時も重い荷物を背負い、足には藁で編んだ靴或いは軍用ゴム制の靴を履き、体にはボロボロとなった浅い色の、襟には刺繡の入った上着を着て、腰には白い色のひだ一杯のエプロンを締め、肩にはミツバチか蝶の模様の飾りが入っている羊皮のストールを掛け、如何にも疲労に苦しんでいたように見えた。男は羊の群れを追って丘を下って行き、或いは馬を追い上げて肥沃の野へ向かって行き、子供たちは大きな箕の上で遊びまくっている姿もあった。(48)

これは作者の幼年の記憶が何かに触発され、昔のことが、水が勢いよく流れてくるように湧いてきて、温かくて美しく、感傷的になっている場面である。むろん、ここは辺境地と異民族の風土を詩的な情調によって、ロマンチック化しているが、しかしこのロマンチックが読者に意外感や人為的な不快感を与えないのである。しかも細かく見てみると、文章の中の一部の表現は、明らかに欧化されている部分があることにも気づく。ただそれが漢民族文学に見慣れない風景と内容と結合した後、見事に融合し、恰も自然の状態であったように見える。文学は共通の器として、差異の存在を綴っている。これこそが、「少数民族文学」の存在の理由である。別の言葉で言えば、少数民族文学の存在意義は決して主流たる文学に新鮮な血液を送るなど、非常に印象化され、また言い古されたセリフでまとめられるものではない。そこには文学と文化の多様性の可能性を孕んでいる。また益々機械的に変容していく社会に対して、文学が対抗する手段と道でもある。

第二節　翻訳の権力と政治

一、差異と権力

少数民族の文章と主体民族の文章の間の族際相互翻訳には、すでに長い歴史がある。周代から始まり、通訳から翻訳まで、宗教経典から科学技術文献の翻訳まで、その事実は史書にはそれほど明白かつ詳しく記載はされていないが、その浅き痕跡は一本一本の糸の影のように、昔から続いている。[49] それは伝統的な中国が「天下」観念を持っており、古代から寛容な民族意識を持っていたからである。従って、少数部族と華夏部族、少数部族と海外の国々の間の翻訳行動は、昔から存在していただけではなく、民族間の文化交流に対して、重要な役割を果たしてきたことが分かる。ただ翻訳文献の多くが政治外交や公式の文書など、或いは宗教経典、実用性のある科学技術文献などに集中しており、文学の翻訳はほとんどなかった。時期的に最も早い文学翻訳は、前出の『越人歌』である可能性が高い。その後も、例えば漢代の匈奴民謡、白狼の王歌、十六国と北朝民謡の漢訳や、吐蕃漢籍のチベット訳や、漢籍の契丹語、タングート族語、モンゴル族語、チャガタイウイグル文・イ文・満洲文などへの対訳等、数としてはそれほど多くはなかった。しかも文学の翻訳は、その殆どが無自覚的か、実用目的かで、数量もきわめて微々たるものであった。

清代は民族間文化の衝突と民族意識の覚醒の面において、もっとも重要な時代であった。大量の漢文名著が満洲文に翻訳され、その中でも『三国志演義』は最も早い段階で翻訳された本の一つで、かつその影響力も非常に大きかった。その他の翻訳は殆どが正式には発行されておらず、ただ手書き草稿として残っているだけである。ちなみに、正式に刊行されたものとしては、『三国志演義』と『金瓶梅』の二書のみが確認されている。黄潤華、魏安(Andrew West)らの研究によると、『三国志演義』の翻訳と刊行は、実質的な帝国の統治者であった摂政王・多爾衮（ドルゴン）の命令によるもので、具体的には大学士の祁充格、范文程、剛林、馮銓、洪承疇、寧完我、宋権の七人の翻訳チームによって完成されたとされている。そして順治七年（一六五〇）一月一七日に、祁充格が翻訳作業完成の上奏文を提出して、正式に印刷発行の段階に入った。満文版の題目は「I lan Gurun i Bithe」となっている。計二四巻で、満文の習慣に沿って、左から右へと配列されている。王嵩儒は『掌故零拾』の中で「わが清王朝はまだ山海関を突破して中央部に入ってくる以前、すでに『三国志演義』を翻訳し、兵書と見なして将軍と兵士たちに配っていた。関羽などは非常に崇拝されていた(50)」と述べている。ここから分かるのは、一六四四年、満洲族が中原に入ってくる前から『三国志演義』の満文翻訳を持っていたことと、兵書として満洲将校に使用されていたということである。『太宗文皇帝実録』一二巻によると、『三国志演義』の翻訳はホンタイジ（一六二七―一六四三）が統治していた盛京の時期からすでに始まっていたようである。しかもその記載内容によると、満洲学者の達海が天聡六年七月に逝去する時に、「彼が普段翻訳した漢語本には『刑部会典』『素書』『三略』『万宝全書』などがあり、すべてが製本されていた。時方が訳した『通鑑』『六韜』『孟子』『三国志』および『大乗経』は、何れも未完のままに死去した(51)」とある。『聖武記』一三巻にも「太宗崇徳四年（一六三九）、達海に『通鑑』『六韜』『孟子』『三国志』『大乗経』の翻訳を命じたが、未完のまま死去。順治一〇年（一六五三）、『三国志演義』の翻訳が完成し、大学士の范文程等が馬や銀貨などを褒美として与えられた。また額勒登保が、最初は護衛兵として超勇公の海蘭察に仕え、戦う度に敵陣に突入でき、海公に「汝は将軍として育てる人材だが、もう少し古代の兵法を知るべし」と指摘し、『三国志演義』を送ったことがある。これを経略として、三省の教匪を掃討した(52)」と記載されている。『三国志演義』の満文版は清朝の通用語として影響が大きく、多くの『三国志演義』翻訳の依拠ともなったようである。シボ文、モンゴル文、朝鮮文、チベット文なども、すべて満文から翻訳されている。実は、『三国志演義』の満文翻訳は、その後、さらに極東を超え、ヨーロッパまでに影響をもたらしていた。事実、ヨーロッパの早期の漢学家の多くは、漢文ではなく満文で『三国志演義』を知り、そして最初の『三国志演義』のヨーロッパ言語の翻訳も、実は満文翻訳版を基にしている(53)。

翻訳と転訳の中で、『三国志演義』の内容がどれだけ損なわれたかはさて置き、この翻訳史話には前近代時期の少数民族文学と漢語文学の間における翻訳の特徴がはっきり示されている。つまり、一、文学の翻訳は意外と実用性を第一に考えていること。娯楽ないし審美は飽くまでも附加的な目的となっていること。二、統治階層は言語が民族文化の団結を図るのに重要な役割を果たせるということに対して、はっきりと認識していたこと。だからこそ、常に自民族の言語が文化の面において指導権を取れるように、と努力していたこと。実際に、満洲族が全国を統一する前、モンゴル文を参考にして満文を造り上げており、しかもそれを政府公用の標準語としたのである。三、統治者の地位にいる民族の言語は、その政権を握っている間は、絶大な影響力を持つ。実際に、他の民族は当時としても最も主要な言語であった漢語を顧みもせず、満文から転訳していた。この三つの特徴はすべて言語の権力を示し、言語の権力は翻訳を通じて実現され、翻訳もまた言語権力の伝播と拡散に助力するものである。この二者は交錯して、テキストの上を覆うある種のネットのようなものを織りなしていくのである。

言語の権力をもっとも具現化している代表的なテキストは、恐らく白狼王の三歌であろう。例えば彼の詩には、

永平の時、益州の刺史であった梁国の朱輔は、功名を立てるのを好み、慷慨かつ大略ある人だった。州の公務に当たっていたその数年間、漢の徳を宣伝し、遠き夷狄を威圧或いは懐柔した。汶山から西は、前の政権が到達したことがなかったし、朝廷の法律と行政も、そこを治下に入れることはできなかった。白狼、盤木、唐菆など百余りの国は、戸数は三十万余り、人口は六百万以上、その全員が貢品を持ってきて、臣僕なることを承知し、また疏を呈上して曰く「臣の聞くところに拠ると、詩には〈彼の徂くは岐の処、感化を待っている夷

がいる〉と。なお、伝聞によると「岐へ行く道は辺鄙の地にあるとは言え、しかし人は決して遠くない」と。詩人の詠ったものは、既に検証されている。今、白狼王と唐菆等が感化を受け入れ、義に帰したので、詩を三章作る。邛崍大山の零高坂を通る時、その山の険しさは岐の道の百倍以上である。老幼を負い、慈母に帰る如き。遠夷の言葉は尚更難しく、その意を正しく解かすのが非常に難しい。草木さえ異種を有し、鳥獣にも特殊の類がある。犍為郡の掾である田恭がこの地の習慣に馴染んでおり、言葉も通じるので、臣はその風俗を調べ、その言葉の意味を訳すようにと命じた。今、従事史の李陵と田恭を使い、その編纂した楽と詩を朝廷へ護送する。昔聖帝の時、四夷の楽を踊っていた。今日呈上したのは、その数多くあるものの一部である」。帝がそれを大そう喜び、下の史官にその歌を収録するようにと命じた[54]。

この三首の詩は田恭によって漢語に翻訳されたが、その際に少数民族の語音を各句の後ろにつけておいたが故に、その曲調が分からなくなったのである。それで仕方なく『白狼歌』と名付けたとされている。

『遠夷楽徳歌詩』曰く、

大漢是治（堤官隗構）、与天合意（魏昌踰糟）。
吏訳平端（罔駅劉脾）、不従我来（旁莫支留）。
聞風向化（征衣随旅）、所見奇異（知唐桑艾）。
多賜繒布（邪毗𦅽補）、甘美酒食（推潭僕遠）。
昌楽肉飛（拓拒蘇便）、屈申悉備（局后仍離）。
蛮夷貧薄（傪譲龍洞）、無所報嗣（莫支度由）。

願主長寿（陽洛僧鱗）、子孫昌熾（莫稚角存）。

『遠夷慕徳歌詩』曰く、

蛮夷所処（倭譲皮尼）、日入之部（且交陵悟）。
慕義向化（縄動随旅）、帰日出主（路旦揀洛）。
聖徳深恩（聖徳渡諾）、与人富厚（魏菌度洗）。
冬多霜雪（綜邪流藩）、夏多和雨（莋邪尋螺）。
寒温時適（藐潯濾漓）、部人多有（菌補邪推）。
渉危歴険（辟危帰険）、不遠万里（莫受万柳）。
去俗帰徳（術疊附徳）、心帰慈母（仍路孳摸）。

『遠夷懐徳歌詩』曰く

荒服之外（荒服之儀）、土地墝埆（犂籍伶伶）。
食肉衣皮（咀蘇邪梨）、不見塩谷（莫碭粗沐）。
吏訳伝風（罔訳伝微）、大漢安楽（是漢夜拒）。
携負帰仁（蹤優路仁）、触冒険陝（雷折険龍）。
高山岐峻（倫狼藏幢）、縁崖磻石（扶路側禄）。
木薄発家（息落服淫）、百宿到洛（理歴髭洛）。
父子同賜（捕莒菌毗）、懐抱匹帛（懐稿匹漏）。

伝告種人（伝室呼敕）、長願臣僕（陵阳臣僕）。

一般的には、白狼の言葉は蔵緬の言語系統に属するものと言われている。さらに、この言語の中で最も近いものとして、チベット語、嘉戎《ギャロン》語、ナシ語、西夏語等様々な説が出てくる。『白狼歌』の誕生経緯について見ると、先に漢語詩があって、それを漢字を使って白狼語に翻訳し、注釈を加えていく作業によって生まれたものとの説がある。もちろん、これに反対する意見もある。(55)その理由は、長い年月を経たため、音声表記の本来の意義を解読するのはもはや無理があり、そもそもこの詩は朱輔が自ら作ったのか、それとも誰かに付会して出来たものなのか、大いに疑問が残っている。何より、正史の記載を調べると、当時、つまり両漢の時期の西南地区は非常に不安定な状況にあったという。漢王朝は西南地区の民族に対して、確かに懐柔政策を取っていたが、しかし決して白狼歌本事記に記載されているような、順調なものではなかったようである。例えば『馬援列伝』の記載内容によると、西南地区を討伐する際に、人的にも物質的にも大きな犠牲と損失を被ったとの情報がある。しかし漢語で記載されている詩の中では、白狼のこのような「遠夷」の心がまったくなく、むしろ天朝への帰化を切望している。確かにこれでは蛮夷の実情と大いに異なる。仮にさらに一歩譲って、蛮夷の帰化する意思が本当だとしても、この歌が作られ、そしてさらに漢訳していく過程で、御用文人学士によって大いに修正ないし整理されたものと考えられる。

ある意味においては、あらゆる言語が外来の言語文化を翻訳する際に、このような現象に出逢う可能性がある。これは決して中華文化の中心的な位置を占めている漢語だけに見られるものではない。一六〇四—一六二七年に書かれたモンゴル文作品『黄金史綱』は、一種の神話伝説が入り交じった歴史著作である。新歴史主義を経験した後、我々は基本的に歴史とは所詮「一種の叙事」であろうという観念を受け入れるようになった。そうであれば、この作品はこの観念を典型的に示しているものと言えよう。何故なら、この本の前段は、モンゴルはインド・チベットの王統から由来したということが書かれており、次にモンゴルの王統を叙述し、最後は林丹汗（一五九二―一六三四）の襲名まで書かれていて、とくに一四世紀初頭の歴史を重点的に記述している。本の中で明朝永楽帝朱棣が即位した後、明朝の諸帝紀年を導入していることが書かれている。興味深いのは、この無名作者が朱棣をモンゴルの後世人と考えていたことである。何故なら、作者の編集内容によると、烏哈噶図汗が帝位を奪われた時に、彼の弘吉剌皇后はすでに妊娠三か月で、甕の中に身を隠していたためなんとか生き残ることができたが、しかし結果としては漢人皇帝朱洪武の妾となってしまったのである。そこで、彼女は毎日お腹の子が三か月遅れて生まれてくることを祈り、周囲からは非常に疑われたが、結果として一三か月の時に、子供が生まれた。それが朱棣だとされている。この時、洪武皇帝の漢族の后妃も出産を迎えた。その時に、朱元璋が東西二頭の龍が戦い、西の龍が東の龍に負ける夢を見たという。そこで夢を解読する者によると、これは二人の子どもの即位争いを現しており、西の龍は漢族后妃の息子で、東の龍は弘吉剌の息子である、とのこと。このことを聞いた朱元璋は、朱棣が後継ぎになった場合、その母が敵の后妃であることから、弘吉剌を追い出したのである。記載によると、この母子のために長城の外で庫克と坦城を建造したという。その後のことについては、以下のように書かれている。

洪武皇帝は在位三一年で亡くなった。漢の地の君は、即ち洪武皇帝がその第一代で、彼の子は建文皇帝である。建文帝が在位四年の時、弘吉剌皇后の子永楽皇帝が自分の少数の護衛兵と山陽の六〇〇〇余りのウェジと、水浜の三万の女真人および黒城の漢人の兵を率いて攻めて来て、漢家の洪武皇帝の子建文皇帝を捕獲した後、その頸に銀印を付けて追放した。彼に取って代わって、烏哈噶図汗の子永楽皇帝が君となり、面白いことに、漢家の人が却って「吾らの真の皇帝の子が皇帝となった」と思い込み、永楽大明との年号を付けた。[56]

この描写が後に考証された真実の歴史（もちろん「完全な真実」とは言えないが）と比べると、その誤認が非常に多く、でたらめであったことが分かる。しかしながら、このようなストーリーは天下統一を失った後のモンゴル人にとっては、明朝の天下は依然としてモンゴルの末裔によって継承、統治されている、と精神的な勝利に支えられていたのである。このような書き方と手法と態度は、我々に金庸の小説『書剣恩仇録』と『飛狐外伝』の中で書かれている「乾隆皇帝が漢人の子孫」であったという作品を思い出させる。これはこのようなフィクションを通じて、精神的な満足感を得ようとしているものであろう。この本が書かれたのはまさにモンゴル社会が不安定な時期にあり、元朝が滅亡する時でもあった。最後の皇帝が大都から逃れることで、元朝の支配情勢が正式に終焉を迎え、朱の明王朝が元朝に替わり、中国を統治した。その後、モンゴルの元王朝が漠北へ引き揚げ（歴史的には北元政権と呼ばれている）はしたが、しかし一部の貴族の間で、いつかまた大都の北京に戻って、元王朝を回復するという天下統一の願望を持ち続けていたという。このような背景を考えると、なぜ没落した部族が虚構の代弁者を通じて、自分の統治がまだ延長継続していると想像するのかが、よく分かる。それは現実の権力が、文学的な言説の中で、なおも接収管理できるからである。

この二つの相反する歴史と文学資料の翻訳傾向が示しているのは、何れも自己民族中心主義（ethnocentric）的な創作であり、事実と真相そのものに対する翻訳でもある。この動きから見受けられるのは、まさに赤裸々な発言権に対する執着と闘争である。

二、機能と意義

少数民族の文章と漢語の文章の間の相互翻訳が、時には差異を埋める働きをすることもある。それによってある種の協調状態が形成される。このことが文学に対して発揮できる作用は、大きく分けて三つある。

1．差異の相互補充

新しい美学様式の形成は、一つの時代において文学の風格を変えるという働きをしてくれる。魏晋南北朝における文学風格の差異は、地域民族の違いによって形成された異民族文学風格である。唐代の西北と西南辺境地の少数民族の音楽が「中国」の音楽に対して、多大な影響を与えたことはすでに知られている。例えば『巴渝竹枝詞』『拓枝舞』『霓裳羽衣曲』『涼州曲』などがある。楊憲益は嘗て李白の名作『菩薩蛮』の中の「平林漠漠煙如織」という一句に、まさに李白が幼少期に西南音楽の影響を受けていたということを証明している。『憶秦娥』『清平楽』も何れも同様であることが、すでに専門家によって考証・指摘されている。[57] モンゴル民族文字は回鶻式モンゴル文、八思巴《パスパ》文、托忒蒙文、胡都木蒙文を経てきた。一三世紀中期に、モンゴル帝国が多くの部族国家を征服して、クビライ（忽必烈）が即位した。その後、吐蕃僧侶であった八思巴に「すべての文字を翻訳」するように命令し、モンゴル新文字を制定して、一二六九年に公布施行している。ただ残念ながら、この新文字は伝統文字を代替するに到らず、一〇〇年ほど使われた後、元代の滅亡と共に失われた文字となった。ただそれでも「この動き自体は朝廷が通用文字およびその時代を反映できる白話文の記載文字に対して、非常に高い関心を持っていたということを示していると言えよう。なお、その文字は体制側が設計し、しかも上意下達的形式で強制的に推進したものであり、クビライがこの八思巴文字の普及を願ったに違いない。何故なら、この八思巴文字を使った白話文が普及すれば、彼は士大夫が管理する政府の原則と法定に従う必要がなくなるからだ」[58]。なお、「当時の蒙漢二種の言語が同時に使用されていた現実政治の中においては、翻訳は一つのツールであり、従って口語の利便性がどうしても重視されがちである。漢語の文語文は決まった格式を有する文体で、直接モンゴル語に翻訳するのは、そう簡単ではなかった。よって、文語の翻訳に関しては、どうしてもその中間状態にあって、比較的に分かりやすい漢語の口語の利用が必要となった」[59]のである。そうなると、平坦で分かりやすい白話文が次第に権力階層においては主たる交流手段となり、律令や制度的な公文も次第に平民化していくのである。このような流れが出来上がってしまうと、今度は今まで特殊な文化生態に依存していた伝統的な知識人たちが瞬く間に失職し、社会の二大階層の間を行き来してきた知識階層も、遊牧文明の世俗的な精神と民間社会の通俗的な観念に薫陶され、部分的ではあったが、以前持っていた身分を捨てて、一種の世俗化した新生活様式へと流転していくのである。[60]これによって、逆に元代ならではの新しい文学の転生を促進したことが、一つの歴史的な文化現象としては、色々と考えさせられる事件と言えるであろう。

このような文化的な補充と新しい変化は、決して帝制中国内部にのみ発生したものではない。恐らく当時の中華文明の朝貢体系に属していた区域内にも、広く存在していた現象と思われる。元代に書かれ、明代初期に修正された高麗、朝鮮の人々が漢語の会話文を学ぶ時に使った教科書『老乞大』『朴通事』などにも、モンゴル語、漢語、朝鮮語の相互連動関係が見られる。なお、遅くとも北朝時期に始まった漢族と北方でアルタイ語を使う各民族の混住によって、言語の接触は非常に緊密であって、言語の交流も相当活発であったと考えられる。実際に、北方各地各民族の言葉に通じ、地域共通語として使われていた「漢児言語」と呼ばれる言語さえ、存在していたのである。遼金元の時期に、契丹、高麗、女真、モンゴルが中原に入り、それに従って、アルタイ語の漢語に対する浸透も非常に強くなった。元代はこれらの雑居していた部族を全て「漢人」と呼び、そこに使われていた多民族言語の融合体が、恐らく前述の共通言語として使われていた「漢児言語」である。[61]この種の言語はむろん、大概は漢語であったが、しかし中原のいわゆる正当な漢文とは、また大きく異なっていた。例えば古書の『老乞大』はその「漢児言語」の典型的な一例で、その後は、一種の文化遺産として漢語に継承され、吸収された。例えば動物の名詞の後に「毎／們」を加えるのは、モンゴル語からの直訳によるもので、現代漢語も依然として、このような方法で複数形を表している。

近代以後、「新文化運動」が提唱した白話文創作論の根源を辿ると、実際は民歌、謡曲、仏教書籍の翻訳文などの影響によって形成された一つの連続体であったということが分かる。胡適の『国語文学史』と『白話文学史』がその典型的な一例であるが、ただこの二著も、前者が宋まで書いて早々と終わっており、後者も清末の国語文学の勃興まで書く予定があったようであるが、実際には元稹、白居易の白話詩まで書いた後、継続することはなかった。[62]現代白話文になって、ようやくその創作が一気に現代文学の最大の存在となったのは、むろん明朝の白話小説の伝統からの繋がりというものがあったと思われるが、しかしその前後を繋げる役割を果したのは、まさに清代満洲文学であり、その影響と存在感は決して看過されるものではない。例えば胡適が高く評価し推奨していた『紅楼夢』『児女英雄伝』『七俠五義』等の作品、その背後には何れも満洲旗人文学の影が潜んでおり、清末民初期の旗人の白話小説などは、さらに魯迅等の白話文創作にも大きな影響を与えており、中国文学の通俗的な一面と高尚な一面の両端を映し出しているとも言えよう。[63]

2. 差異の媒介

中国と外国文学の交流の中で、辺境地の少数民族は往々にして漢語文学と外来文学の架け橋となった。季羡林は嘗て『木師与画師的故事』の変遷を通じて、「この吐火羅文の物語(吐火羅文の中にはまだ多く似たようなテーマの物語がある)はサンスクリット(梵語)仏教経典から中国小説までの間の、橋渡し役を果たしているのだ」と説明したことがある。[64]我々がよく目にする「仏」は、実際はサンスクリットから直接中国語に翻訳されたのではなく、西域の文字の媒介を経ている。「サンスクリットのBuddhaは、亀茲文ではpudと変化しているし、焉耆文においてはさらにpatに変化している。我々が普段目にする中国語の中の「仏」の字はまさにこのpud、put(あるいはpat)の翻訳語である」[65]。似たような論述は例えばドイツ人学者フランク・ベルンハルト（Franz Bernhard）の『中央アジアにおけるガンダーラ文と仏教の伝播』にも、仏教の中央アジアと中国への伝播には、ガンダーラ文が極めて重要な架け橋の役割を果たしていると論証している。実際に、仏教の中国伝来の全過程を見ると、おおよそ二つの段階を経ていることが分かる。その一つがインド→大夏（大月支）→中国／uddha→bodo、boddo、boudo→浮屠で、もう一つはインド→中央アジア新疆小国→中国／uddh→abut→仏[66]である。なお、『羅摩衍那（ラーマーヤナ）』の中国での経歴も、以下のようになっていると言える。つまりタイ族は地理的に羅摩の故事を受容しやすい場所にいたため、中原より早くかつ完全な形でそれを受容したこと。その時に、『羅摩衍那』が「蘭嘎」と称され、『蘭嘎童』と『蘭嘎図』の、大小二つの『蘭嘎』に分かれた。よって、タイ族と雲南地区の他の少数民族の間にも、数えきれないほどの羅摩故事が伝わっており、その多くは中国化され、地方色彩と現地物語的な要素を濃厚に反映した伝説となっている。同様に、チベット地区もまた比較的早くかつ完全な状態でインド文化と仏教を受容していた。実際に多くのインド古典文学がチベット語に翻訳されているし、『羅摩衍那』もチベットに伝わっていたが、ただそれが今も尚広く読まれている蟻垤版であるか否かは分からないが、敦煌石室の中で既に五つの番号が付けられているチベット語の『羅摩衍那』が発見されている。

一九八〇年、四川民族出版社から雄巴・曲旺扎巴（一四〇四―一四六九）の書いた『羅摩衍那頌讃』が出版されている。それによると、敦煌版の故事内容がサンスクリット原文のそれと大きく異なり、チベット現地文化の内容が付け加えられていると言う。そして羅摩の故事もモンゴルに伝わっており、少なくとも四種類のモンゴル文版の羅摩故事ジーヴァカ王、『嘉言』（Subhasita）、『水晶鏡』と名詞辞典『耳飾』がある。新疆古代民族の言語の中からも羅摩故事の存在を確認できるし、古代の和闐塞語、吐火羅語、焉耆語の中からも羅摩故事を見出している[67]。これらの少数民族の言語と文学は、一方では漢文を先んじてその伝来に接触し、さらにそこから重訳する時に、自然とその民族の文化情報をも取り入れたのである。

張広達が隋唐時期の中原と西域文化の交流史を総括する際に、ある突出した印象を受けた。それは、西域は中原文明の強烈な影響を受けていたが、同時に中原に向けてインド、西アジア、中央アジアから来た宗教、芸術、科学技術などを運んでいたことである。この時期の文化交流について、張は三つの特徴を挙げている。一、文学芸術方面において、西域および西域を通じて渡ってきたインド、イラン等の文化影響は非常に深く広く、風俗の面においても、例えば旧暦正月一五日の灯籠見物や水かけ祭などについても、完全に排斥しようとしなかった。つまり中原と西域の伝統文化はそれぞれ自身の必要性に応じて、適宜適所に相手側から必要とされるものを吸収していたということになる。二、文化交流の本質は、各民族が様々な交流形式を通じて、お互いに影響し、お互いに貢献していくことである。三、当然ながら、交流とは相手のすべてを受け入れるということではない。必ず取捨選択が行われる[68]。張は文化変容（acculturation）の問題を深く研究する必要性を提起し、この問題が現代になって益々明晰かつ切実なものとなっており、特に二元対立的な思考方式から脱却し、関係する各方面の能動的な一面を引き出すため、この研究は非常に重要であると指摘している。

中国古代文学の中に、しばしば複雑なルーツを持つ物語の原型が存在する。例えば民間口承文学と文人演劇文学の中に登場する薛平貴に関する故事は、楊憲益の考証によると、それは「欧州から西域古道を経て中国に伝わってきたものである。当時、ウイグルは西北辺境の地として、中国と西洋の文化交流の媒介地ともなっていたため、薛平貴の物語は間違いなくウイグル人を経由して伝え来た欧州の故事である[69]」としている。このような事例は他にも多くある。ただ近現代以降、西洋の列強文化の翻訳は、往々にしてこのような双方性を無視し、一方通行的に西洋文学を翻訳するという傾向に変わってきたのである。こうなったのはむろん、まず早期の「夷を以て師とする」という功利的な翻訳活動が影響をもたらしたからであろう。次は、西洋化と教養性を求める現代文学は、往々にして欧州またロシア、東欧などといった影響力のある文学作品の翻訳を主な対象とし、「中華民族」内部の民族間の相違する文学作品に対しては、殆ど無関心で、実際には無視してきたとも言える。三番目は、この時の中国の少数民族文学は自ら「中華民族」の主流たる言説空間に溶け込み、或いは自覚した主体を失ったり、或いは異質性を持っていたにしても、その発揮できる効果というものが非常に限定的であったりして、結局は主流文化ないし文学史として取り扱われなかったのである。

3．差異の促成

ある意味、辺縁民族の文学と文化の異質性が、主体民族ないし「中華民族」自身の自己形態を更新してきたとも言えよう。翻訳という作業は、多かれ少なかれ、やはり対象である異文化に対して、帰化（domestication）する策略を取りがちである。もちろん、新しい知識のインポートないし情報の伝達の中で、「直訳」にして注釈をつけるという方法で訳していく場合もある。しかし翻訳の生産、流通、承認といった一連の流れにおいて、翻訳者自身の文化的な姿勢というものが、やはりその作品の中に反映される。これはただ単に異族の文学を以て自民族の文学を刺激し、その活性化を促すという問題ではない（初期の現代文学者は往々にしてこの角度から少数民族文学の意義たるものを発見していたが）。異民族文学を翻訳する作業自体が、実際には自民族文学の再建と構築過程に加わる工程であると言えるのである。何故なら、異民族文学と比較ないし対照する中で、文学者がより自民族の文学を認識でき、そこから主流－派生、受入－排斥、中心－辺縁といった文学体制を打ち立て、二元対立の形式を通じて、文学の再建を図れるからである。なお、「翻訳が異域テキストと文化の本土化を構築する時に、また一つの本土的な主体を創り出すのである。これは一つの理解できる位置（a position of intelligibility）であると同時に、また一つのイデオロギーの立場でもある。ただこの立場が特定の本土社会集団の符牒と法令制度と利益等によって作り直せるため、翻訳されたテキストが教会、国家機関、学校などで流通する時に、その価値等級を維持したり、改正されたりすることはしばしばある。もちろん、異域テキストに対する翻訳策略などを念入りに選択すれば、本土文化の法令制度、概念規定、研究方法、分析技能、商業実践などを改めたり、或いは強化したりすることも可能だ[70]」。

翻訳の世界で、一つ面白い現象がある。それは、西洋の翻訳界では、自民族の言語を外国語に翻訳することは、非常に忌み避けるべき行為にあたるということである[71]。しかし中国では長い間、この種の翻訳活動は衰えず、多くの翻訳名家も、積極的にこのことに関わってきた。このことから、我々はある解釈を下すことができよう。つまりどの言説も、結局は自民族中心主義の意識に陥りやすいということである。翻訳という作業はそもそも他者を帰化する活動であり、本質的には異文化に対する一種の「拿来主義」（持来主義――訳者）であり、この過程では弱小勢力の言説だからこそ、却って自分を売り込もうと努力するし、それによって自己形成を実現しようとするのである。似たような現象は、むろん現代漢語文学と少数民族文学の間にも起きている。現代以降、少数民族文学はもちろん国家文学の形成の過程で大きな促成役割を果たしてきたが、それ相応の主体を樹立することができなかった。所詮は統一認識の下で、多元一体構成の一分子となり、現実的かつ能動的な活力を備えていたとはとても言えない。このような民族国家の建設および強化の過程で、少数民族文学の存在と表現はもちろん殆ど識別されずにいた。本来なら、漢語で書かれた少数民族作品こそが、この潮流の中で生き残っている少数民族文学の現代的形態ではあるが、しかし彼らを民族文化の角度から認識することは殆どなく、多くの場合、一般的な現代文学作品として読まれているのが現状である。

三、翻訳――文化から文学まで

1．解釈の焦りと不安

一九九八年一一月、全国第三回少数民族文学創作会議の中で、エヴェンキ族作家の烏熱爾図がインタビューに答えて、このように述べた。「我々がある民族の文学をその民族の文学であると承認する時に、一般的には、その文学者がその民族の文化的な身分を有し、個人でその民族の文化に属する文学作品を創作したことが条件となる。ここで、文化的な身分は重要な記号と前提となっている。他の民族の文化資源を使用することは、もちろん資源の共有という問題になるが、しかし実際にこれまでの歴史を振り返ってみると、この利用に、しばしば植民意識や権利関係が存在したり、或いは好ましくない動機があったり、もちろん友好的で、善良な願望もその中に存在し、そう簡単ではない。何より、あらゆる民族の文学作品は厳密に言うと、すべてが人類共有の精神財産であるので、現実的にも歴史的にも、この資源の共有を否定してはならない。ただこれがある民族の全体像と関係し、またその民族の内在する声を表現しようとした時には、その権利を押さえつけてはならない」[72]。この考え方は、ある意味においては、多くの少数民族作家ないし研究者の立場を代表しているものと言えよう。つまり自民族のアイデンティティに対して、解釈の権力を守るということである。ポストコロニアリズムの影響の下で、少数民族の歴史を語ること、自民族の文化遺産を発掘すること、モダニティがもたらした民族的な生態危機と文化危機を考察することは、今はむしろ一種の自覚的な文学追求となっているようである。第二章で述べた主体の覚醒とは、まさにこのことを指している。即ち「強烈な自己言説と自己解釈の渇望が、人類の早期社会状況に生きている人々に対して本能的に、自己解釈の権利が彼ら自分自身の手元にあるということに気付かせ、また全身全霊で自民族意識を持たないといけないということも分からせたのだ。ここ数百また一〇〇〇年もの間、人類の早期社会に生きている人々は、抑えきれないほどの叙述衝動によって、自民族の部族意志を守り繋ぎ、また民族の生存経験も伝承してきた。彼らにとっては、自民族に対する解釈の願望と自民族に対する解釈の権利の運用は、すでに一種の合理的な存在となっている」[73]のである。ところで、このような自我を語る要望が、またしばしば異なる方面からの質疑に直面するのである。それは「各民族の文化を語る正当な声は、必ずやその民族でないといけないのか、それは民族性のことと絡むことになるが、しかし正義または非正義というまったく二分する声が存在しないものだろうか？　優勢の立場の声と劣勢の立場の声は飽くまでも相対的なもので、互いに依存し、そしてまた互いに浸透し合うものなのか、それとも絶対的な、逆転することのできないものなのか。一言で言えば、絶対的で、純粋な、天然の民族文化の声というものは存在するものか否か、という疑問である」[74]。もう一歩踏み込んで言えば、仮に「絶対的で、純粋な、天然の民族文化の声」が存在するとしても、それに関する叙述が果たして合理的なものであるのだろうか。もしかしてそれがただ単に一部の少数民族エリートたちのもので、絶対多数の、部族内で沈黙している人々の願望を一方的に代弁した理想論ではなかろうか。それに、本当に自民族によって自民族を語るという願いが叶った時に、結果的に、主流言説と離れて、個々の民族が個々の独自の行動をとり、結局は分裂的な状態に陥ってしまわないか、自己の辺縁化を推し進めることにはならないのだろうか。

本書ではポストコロニアリズムや社会学の「内植民」という概念で中国少数民族文学を語ることを、できるだけ避ける立場を取っている。何故なら、中華民族の内部にいる伝統的な各少数部族は、千数百年にわたって植民や被植民とは異なる密接な関係で、今日まで存在してきたのだから。何より、ポストコロニアリズムの意味は中国式な誤読の中で、すでに二極対抗的な色彩を帯びてしまい、本来の二元対立的な思考方式を超越するためにあったポストコロニアリズムが、今はむしろ反対方向へ解釈されているような感じさえある[75]。言うまでもなく、少数民族の言説は必ずしも主流となっている言説と対峙するものではない。「漢族・漢語文学覇権」というものも、所詮は中華民族文学体系自身の中における階級構造である。この意味では、翻訳の政治と権力は多くの場合、本土のエリート権利や利益の分配と関係し、知識エリートと政治との間の錯綜複雑なもつれに由来するものである。もっとも、「もし主体が分散状態でいられなくなったら、その主体構造の中の多元化問題を解決する能力を失ってしまうのである。そうすると、整合性を有する主体が主体ではない「他者」と、謂わば「井戸水と川の水は関係ない」という関係に陥り、よくて平安無事な共存関係を維持するに過ぎないものとなってしまう。その結果は却って主体の存在の真実を覆い隠すことになるのだ[76]」。

このことは我々にアントニオ・グラムシ（Antonio Gramsci）の文化指導権の論述を思い出させる。彼は社会の上部構造を「政治社会」と「市民社会」に分け、「政治社会」に属する「政治指導権」（Political hegemony）と比べて、「文化指導権」である「文明の指導権」――つまり文化支配権は対立側を取り除くことによって実現するのではなく、むしろ対立側の利益を自身に引き受けることによって維持するものである、と述べている。何故なら、こうすることによってこそ、統治階級が広範囲な社会的、群衆的な支持を得て、さらに権利の合理性をも得られるのだから。つまりこれは被統治者の自発的な了承と擁護を勝ち取るためであって、そのために全社会に対して文化的、精神的、政治的な指導を実行することは、その最も有効な方法と手段である。より具体的に言えば、充満した状態での「分子侵入」による、長期的な浸透と、知らず知らずに起きる感化と、統治階級のイデオロギーを幅広く日常生活の各方面にまき散らし、文化、倫理、イデオロギーから堅固な防衛線を構築することである[77]、と。文化指導権はまさにこのように賛同的な共通認識（consent）を作り出すことによって、統治を実施するものである。ただ文学は一方通行的な教育過程ではない。むしろ相談や闘争の領域であり、支配ではなく交渉であり、覇権ではなく覇権に抵抗するものでもある。ちなみに、我々が言う少数民族の根源というものは、実はいわゆる「民族性」そのものである。しかも「民族性」と言われているものは、その本質において、所詮はある種の独りよがりと言っても過言ではない想像や発言力であり、たいがい制作者によって作り出された仮想でしかない。実際に、少数民族の文学はこの根源たるものを再現することはできないのである。何より、主体たるものは往々にして分散した形で存在するため、それを統合ないし流転する過程で現れた特性などは、所詮は発信力を持っている者が望んでいる姿であるに過ぎない。だからこそ、我々はあらゆる少数民族文学の代弁者を疑うことができる。何故なら、彼らは無意識の内に統括支配者の共謀者となり、いつの間にか彼らの出発点と反対する方向へと向かってしまう可能性もあるからである。

2．複数の声

多くの文化の多様性と多元文化主義を議論するものの中で、しばしば現代の形態の少数民族言語と文学の問題を軽視する傾向がある。前述したように、少数民族文学の声音は一種のハーモニカのように多声的であり、同じように言語も複数がある。この点を一旦意識すると、我々はどうしても差異と声の問題に注目し、辺縁化された声の意義を、改めて詳しく考えずにはいられなくなる。このことは漢語の最高の地位を揺るがすことになるかもしれないが、しかしこれによって、平等な対話も可能となるのである。人類学の角度から見ると、あらゆる言語には価値上の高低の差はない。そこにあるのはただの形態上の区別だけである。しかし現代以降、ロゴス中心の啓蒙主義伝統を継承すると、どうしても理性、ロジック、精確、厳密、完璧、明晰等の、工具的な理性の尺度を言語の上に加えたがる傾向がある。だからこそ、言語に等級差別を作ってしまったのである。少数民族の言語は技術面において、確かに遅れているところがある。このことは優勢の立場にいる言語が、少数民族言語を欠点だらけで不完全な言語だと見なす現象を導いている。このような工具的な理性的な尺度による言説傾向は、今まさに文学の評価にも影響を与えようとしている。そうなった場合、今度は少数民族の母語による文学だけではなく、漢語で創作した文学に対しても、これまでの支配的な審美趣味や批評基準から判断して、その価値を貶めたり、排除したりすることになるであろう。これに政治、宗教、民族の問題が関わってくると、少数民族文学の批評はもう刀の切っ先の上を歩くようなものとなってしまう。つまり、審美趣味と批評基準は二の次の問題となり、最も重要なのは、「政治的に正確」かどうかの問題となってしまうのである。よって、とくに現代以降は、漢語テキストに翻訳された少数民族文学は、その殆どが古典籍であり、このような状況では、とても現代的少数民族文学の真実の姿を描き出せない。他方、いわゆる「盗まれた声」の問題も存在する。「盗まれた声」とは、つまり「声の代替」である。主流民族が少数民族の作品を気を付けて取り扱わなければ、容易に少数民族文学の資源を占用したり、濫用したり、修正、歪曲したりしてしまう[78]。

科学的言説、線形時間、理性主義などは、元々本質的には異なる声を軽視する理念である。これはある意味、近代以来、西洋から入って来た視覚至上主義文化の反映であるとも言えよう。ヴォルフガング・ヴェルシュ（Wolfgang Welsch）が嘗てギリシャから現代までの視覚至上主義文化を考察したことがある。彼に言わせれば、メデューサ（Medusa）の物語からすでにその神話の原型を見つけ出すことが可能としている（メデューサの眼光が及ぶところは、物体はみんな凝固して石になる）。伝統的な視覚文化は、すでにジェレミー・ベンサム（Jeremy Bentham）のパノラマ式の「円形監獄」（panopiticon）のような、懲罰制度によって維持される独裁と権力となっているようである[79]。もちろん、単純に視覚を強調することは間違いなく盲目的であり、災いを引き起こすことになりかねない。例えばナルキッソス（Narcissus）の物語では、彼はエコー（ギリシャ神話に出てくる森の精）を軽蔑し、人の言うことに対して聞く耳を持たず、最後は自分の水中に映った姿に恋して、湖に飛び込んで死んでしまう。視覚文化はもともとロゴス中心主義の文化であり、視覚と世界の関係は、まぎれもなく支配の型である[80]。聴覚文化の潜在能力は、本来は受け入れ側を主とする文化であり、また平等交流することを主とする文化でもあった。だからこそ、ヴェルシュが視覚世界と聴覚世界の類型学上の差異を列挙した後[81]、聴覚文化と視覚文化を平等に扱うようにとの要求を提起したのである。昨今の中国現当代文学の研究も、徐々にこの点に注意を払うようになり、できるだけ視覚文化の「悪」と聴覚文化の「善」を批評している。その理由は、聴覚文化が向かおうとしている方向は、「人間は自己の消極的な一面と受動的な一面性を保留する充分な理由を有している。これが視覚文化の積極性と能動性に遭遇すると、後者の積極性と能動性を自己の消極性と受動性の従属する部分に受け入れておいてから、自分の実質的な形を変えないまま、自己の存在を持続することができる[82]」という。この方向は今現在の中国文化の全体が努力して向かうべき方向でもあろう。何故なら、少数民族文学こそが、今中国文学あるいは文化を復興させる潜在能力を持っている要素だからである。

異なる声に耳を傾け、異なる言語の中で行き来するため、翻訳は権力のネットワークに対して、多層的な自覚と自省の必要がある。少数民族の文学について言えば、翻訳は単なる語句上の紹介や観念の理解だけではなく、文化上の共鳴でもある。言語間の転換を行うものとして、翻訳が最も直接的に関わるものは、二つの言語間の意義の対応転換である。しかし、翻訳は決して単純な言語の実践活動ではなく、主体を感知すること、文化制約に関する価値判断など、多くの要素と関わるものである。それに、言語は真空に吊るされている孤立した現象ではなく、ある特定文化の有機的な構成部分でもある。言語の文化母体に対する依存状況は、翻訳が終始文化的な制約から脱することが出来ないことを示している。一九八〇年代以降、カタリーナ・ライス（Katharina Reiss）、ハンス・フェルメール（Hans. J. Vermeer）、メアリー・スネル＝ホーンビー（Mary Snell-Hornby）等のドイツ人学者は「文化を超えた交流」の観点を提起し、新しい研究モデルを翻訳研究の分野に応用することによって、翻訳研究の文化的転換を促そうとした。彼らに言わせれば、翻訳は単純な符号の転換と再構築の作業ではなく、文化の壁を乗り越える交流行動でもあった[83]（an act of communication across cultural barriers）という。そもそも、「図書は言葉を尽くせず、言葉は意を尽くせない」ので、言語の制約性と言語構造の線性と言語の後続性によって、言語は存在と精神と思惟と観念の隔たりを拡大する働きをするのである。よって、翻訳は歴史の発祥、地理上の構造、人文の嚆矢、社会の変遷、政治や経済形態等の素地において、さらにその疎遠感を増し、その結果が、まさにプラトンが言うところの「影の影」となってしまうのである。このような重なる隔たりをどのように克服するのか。言うまでもなく、このような不可能な任務を可能とするには、ただ単に技術的な要素に頼るのは、虎に皮をよこせと言うようなもので、非常に難しいであろう。

3．共感と理解

異なる言語テキストの間で伝播する過程において、文章が変異するのは言うまでもないが、たとえ同一言語のテキスト間の中であっても、異なる時間と空間または異なる言語環境に置かれると、説明・解読した意味が異なることがある。もとになっている文章が翻訳の過程で改変され、同時に、翻訳の目標言語である文章も、それ相応に修正されるのである。[84]よって、自我による言説であろうと他者による言説であろうと、結局のところ少数民族文学は翻訳に頼らざるを得ないという宿命から逃れられないなら、我々はそれに対して最大の共感と理解を与える以外に方法はないと言えよう。もちろん、「自我」だからといっても、なんの理由も理屈もなく、自然に自分自身を論ずる合理性を有するとは限らないし、「他者」だからといって、必ずしも対象を理解したり、近づいたりすることが不可能であるというわけでもない。「内部からの描写」か、それとも「外部からの描写」かという矛盾の中で、どのみち誰でも完全に他者になって他者を理解することができないのだから、できるだけ包容力のある心で、常識体系の範疇で問題を議論し、そこで一つの切り口を見つけ出して、さらに深く掘り下げていくしかないのではないか。

少数民族文学については――或いは人類学に対する理解を根本的に転換することになるかもしれないが――その

原材料を如何に活用して、その民族の文化所有者が持っている文化状態になるべく近づいて解釈を展開できるのかが、今は問われているのではないであろうか。つまり「できるだけ事物の本源が見せてくれた姿や現れた結果によって研究をすること。決してその反対の、人類学者の先入観ないし期待していた結果に基づいて、研究を展開してはならない。（中略）出来るだけ他人の直観ないし経験した概念に接近し、さらにそれを専門家自身の経験と理論と融合させ（中略）最後に、彼ら自身の方法に従って彼ら自身の精神世界を理解する[85]」ということである。言い換えれば、自己民族中心主義的な考えを克服し、自分自身の文化は飽くまでも参考に過ぎないということを肝に銘じながら、完全に研究対象である文化の中に入って、原材料に対するしっかりとした理解を通じて、研究対象に内在する特性に基づいてその研究対象の特徴を描くということである。とにかく、これの反対の方法——つまり自己民族の文化を基準にして、他者や異文化を評価することは、避けなければならない。

外部の状況がこうであるなら、内部も同じではなかろうか。つまり、少数民族が漢語で創作する時に、もしその文化保有者としての内部の視点（the native's point of view）がなければ、その作品は所詮マジョリティを構成しているイデオロギーに対して協力的なものでしかないであろう。なぜ少数民族文学が長い間余り顕彰されて来なかったのか。それはまず二〇世紀初頭のあの異質な抑圧と、少数民族自身が自覚的にマジョリティ言語環境に融合したことのほかに、漢語で書かれた大多数の少数民族文学の他者としての声に代替されたからではないであろうか。新中国成立後の「十七年」の期間と「新時期」と言われている初期段階においては、上記の傾向は依然として多くの少数民族作家の創作と意識を覆っていた。例えば李喬（イ族）の『美しい南方』（一九六〇年）、『鎖をひきちぎった奴隷』（一九五六年）、『小涼山からの発信』（一九五八年）、『明るく笑っている金沙江』（三部曲）、益希単増（チベット族）の『生存した人』（一九八一年）、降辺嘉措（チベット族）の『格桑梅朶』、察珠・阿旺洛桑、江金・索朗傑布、伊丹才譲、丹真貢布、饒堦巴桑などの詩歌、陸地（チワン族）の『茫漠の大地』（一九八五年）等々、これらの作品の規格とスタイルは、依然として革命現実主義的な創作方法、溢れる革命への情熱、民族特色への重視など、革命期の文学色がありありと見える。もっとも、その「民族特色」というものも、大体はただ単に民族風情の展示と民俗的な演技と景色の再現に過ぎず、これらのすべての要素を統轄しているのは、あの同一性を求めるイデオロギーである。自らの帰化しようとする意識と作風化した民族的な想像が、少数民族文学を文化多様性の中にあったとしても、本来発揮すべきだった作用を発揮できずに終わらせていた。もう一つは、いわゆる「潜在する創作」（陳思和による造語）[86]の問題である。例えば少数民族の母語で創作された作品が広く伝播されることはなおさら難しく、殆ど知られることもなく、読まれることもない。このことが、各民族の間の理解と相互認識を制約していることが分かる。

なお、少数民族が漢語で創作した作品に対しても、同様の理解と共感が必要である。前述したように、仮に純粋な漢語で書かれたとしても、その文章の中には潜在的に流れている民族的な差異も存在しているはずである。これらの文章をデリケートに解読することは、決して執拗に何もないところから何かを無理やりに抉り出そうという過度な読解ではない。そこには文化的な心理や微妙な表現などが潜んでおり、それが我々にまったくの異次元の可能性と人間の喜怒哀楽を照らし出してくれるのかもしれない[87]のである。

第三節　中国像の多様な表現

『聖書・創世記』第一一章の中に「バベルの塔」という有名な物語がある。創世の初期に、人類は共通の言語を話していたために、言葉が通じ合い、相互協力のパワーが比類できないほど巨大なものとなったという。そうすると人間は次第に傲慢になり、ついに天に到達できる高い塔を建築して、エデンの楽園へ再び戻ろうという発想を生み出した。神は人間のこの妄想に対して激怒したという。そこで人類の言語をバラバラにし、意思疎通のできない状況を造った。すると人類は塔を造る過程で、様々な深刻な混乱に陥り、結果として、天に到達できる塔——つまり神と平等になる計画を実現できずに終わったという。この物語の隠喩と象徴に対して、一般民衆から聖書解釈学まで、様々な解読が行われている。ジャック・デリダ（Jacques Derrida）は、バベルの塔は決して「単純に言語の簡略化の不能と多様性を形容しているだけではない。むしろある種の不全を示している。建築の体系、建築の説明、系統と建築学等を完成し、総体化し、浸透し、完璧にすることの不可能性を示したもの[88]」と考えていたようである。これは明らかに構造主義的な系統とロジックの解体であり、「通天塔」は人類の言語のロゴス式の統一と明晰に対する理性的な追求を象徴しているのと同時に、本源的にそれが不可能であることを論証していると言える。しかし言語の多様性は必ずしも交流の不可能さを意味するものではなく、ただ異なる言語文学との交流において、その前提となっているのは、それぞれ主体の位置に立って行動するしか方法がないということである。ヴォルター・ベンヤミン（Walter Benjamin）も自身の論文の中で、翻訳者の任務について持論を展開している。彼に言わせると、翻訳者の任務は「彼自身の言語の中での、まったく知らない場所に置かれている純粋な言語を解放することと、作品に対して再創作を行うことによって、その作品の中に監禁されている言語を解放する[89]」ことであるという。このように、翻訳者の任務については色々な解釈があるが、再びデリダに戻ってみると、翻訳とは所詮「詩的な書き換え」のことであり、「この機能が何れも言語を訳すという限界を越えて、逆にその言語の改造と発展と拡大と成長に繋がるものだ[90]」という。

長い間、翻訳の研究は往々にして少数民族、母語文学、漢語文学の間の相互翻訳事情を軽視してきた。それから、少数民族母語文学の研究も、結局は異なる言語テキストの間の差異が原因で解釈することと翻訳することで行き詰った局面に陥ってしまうことが多い。なお、少数民族言語の文学テキストに対する理解はいま甚だしく不足しており、ごくわずかの漢語で書かれた少数民族文学だけを読んで、少数民族文学を全面的に捉えることができるのであろうか。以下、少数民族の口承文学以外の現代における記載文学の言語運用の情況について、少しばかりの総括と解釈を行う。ただ、ここで予め強調しておきたいのは、どの言語の少数民族文学も、事実上、最後は「中国」文学の形象を執筆する系統に入ってくるということである。この間に現れてくる同一と差異は、それこそが中華民族の多元一体の文化現実を示しているものと言えよう。後者の意義と複雑な関係については、今までが少し覆われ隠されていただけなのである。

一、失語、母語、バイリンガル、雑語

一九九五年に、曹順慶が『二一世紀中国文化発展戦略と中国文論言説の再建』の中で、はじめて「失語症」と文章の再構築の考えを提起した。その後も、幾つかの関係論文を発表することで[91]、自身の前記論文内容に対して、補足と解釈を行っている。これら一連の文章は本土文学言説の構築に対する自覚と見なすことができる。ただ、このような本土言説に関する議論も、多くの批判を受けた。例えば「失語症」とは所詮一種の虚構であり、「まったく我々が〈失語〉する前に話していた言葉がどのような〈純正〉な中国語であったのかを説明できないし、この〈失語〉に対する現象学的な叙述も、果たして〈失語〉すべきかどうかの価値論の論証にもならない[92]」という批判である。この批判ないし論争の是非は側に置くとして、「失語症」が心理学的な学術用語から文学的な言説へと運用されたこと自体、ある意味においては二〇世紀後半の中国文学の一つの症状――つまり言説の危機――というものを現わしていると言えよう。

凡そ、優勢な立場にいる言説が危機感を感じた時、それは恐らく言語そのものが危機状態にあるということを示しているものと思われる。これはもちろん、最初は中国と西洋の文化交流の中で引き起こされた現象で、そこから一種の本土言説能力喪失に対する不安（castration anxiety）となった。この不安は、最初は漢語文の西洋言語――特に英語の圧倒的な存在に対する一種の反発と反応として現れたが、この思想の由来は、清末から二〇世紀の終わりまでの間、西洋文化に対する翻訳と吸収によって引き起こされた本土民族文化の抑圧と不快感まで遡ることができる。細部への説明を省くとして、周知のように、二〇世紀の主流言説は西洋の言説であった。早期の西洋化思潮が一九三〇年代から次第に勃興し、一九四九年以後、ついに成立した社会主義リアリズム的な文学論まで、例外なくこのような言説傾向を反映している。文語文と白話文（口語文）、保守的と急進的、科学と形而上学（哲学、玄学）、民族と国家に関する論争等、何れも現代啓蒙叙事の総体的目標の下で推進されたものである。この間、仮に何か違う声が出てきたとしても、強大なイデオロギーの圧力の下、結局は消散するか、または改造ないし抑圧されてしまうのである。ただ、この傾向が「五四」以来の啓蒙的な言説に対する反省によって、本土化、民族主義、多元主義などが次第に二〇世紀末以後のホットな話題となり、その中で「失語症」の言説が現れてきたものと言える。

去勢に対する不安感とは、元々フロイトが使い始めた一つの専門用語で、男性が自分の陰茎を失うことに対する憂いのことである。その後、ラカンによってこの不安がシンボリック的な去勢（castration symbolique）に発展し、さらにポスト構造主義とフェミニズムによって、父権文化中心主義の地位の喪失に対する不安に変身したのである。「失語症」の背後にあるものは、つまり優勢な立場にいた漢語が強力なパワーを有する西洋言語と衝突した時の反応と総括を表しているのである。またある意味においては、李鴻章の当時の発言「この三〇〇〇年、未曾有の大変局」[93]で、これが二〇世紀末の経済運営の日々のグローバル化によって、突如大きく現れてきただけかもしれない。漢語は昔から中国文化の正当な知識と情報伝達の手段であった。だからこそ、このような危機意識が生み出されたものと思われる。或いはこれは現代社会へ変身していくプロセスにおいて、どうしても向き合わなければならない一つの現実でもあったであろう。ただ留意してほしいのは、中国本土の「失語症」を真剣に憂慮していた人々は、だいたいは習慣的に漢語を中国言語の通称であると考えていた人々である。彼らは中国内部の少数民族言説が実は昔から「失語症」の中に強いられていたということを、余り考えてこなかった。なぜ今まで、少数民族文学の「失語」のため、高らかに声を出した人がいなかったのだろうか。言い方を換えれば、少数民族文学の「失語症」現象がなぜ、今までの中国語コンテクストの中で、問題とならなかったのか。

この質問に対して、大きく分けて、以下の四つの理由で説明することができる。一、主流なるイデオロギー言説が民族国家を構築するプロセスにおいて、少数民族を飽くまでもその系統的な工程の中の一部分と見なし、とくに啓蒙的総体構造主義の言説論理から言えば、全体から抜け出した部分は何の意義も持たないから。二、少数民族言説の主体自体、まだ樹立と自覚の過程が必要であるから。三、長期間にわたる構造的な抑圧の中で、少数民族はすでに等級的な文化構造を受け入れ、文化的にその構造を内面化してしまい、もはや常識ともなっているから。四、民族国家を単位とする言説環境の中で、少数民族の言説と主体民族の言説はすでに融合しているから。なお、歴史的な事実から見ても、目の前の現実の面から見ても、比率的には少数部族と主体部族の間の衝突の部分よりは、融合している部分の方が遥かに大きいことも見逃してはならない。この点については充分に認識されるべきである。さもなければ想像的な虚構によって、二元対立的な考え方で少数民族と主体民族の関係を解読する偏見に陥る可能性がある。

ただ融合していると言っても、その差異は客観的にはやはり存在するものである。漢語文学が危機の中にあるなら、少数民族文学はいっそう多くの危機に直面していると言えるであろう。何故なら、少数民族文学は漢語文学と同様、まず西洋文化からの危機に直面しているし、さらに華夏伝統文化からの危機にも直面しているからである。例えば馬紹璽は嘗てイ族出身の詩人・吉狄馬加の作品『追年』[94]を、次のように論評したことがある。

私はここに立っている　　　　　　我站在這里
私は鉄鋼とコンクリートの蔭の中に立っている　　　　　　我站在鋼筋和水泥的陰影中
私は二分割された　　　　　　我被分割成両半

私はここに立っている　　　　　　我站在這里
紅と青の灯の点いた町の中　　　　　　在有紅灯和緑灯的街上
もう心の中の迷妄を追い払うことはできない　　　　　　再也無法排遣心中的迷茫
お母さん、私に教えてくれますか?　　　　　　媽媽,你能告訴我嗎?
私が無くした口弦はまた見つかるのでしょうか　　　　　　我失去的口弦是否還能找到

ここの「お母さん」と「口弦」は、恐らくは伝統部族文化の符号と象徴を暗喩しているものと思われる。[95]とくに「口弦」は、疑いもなく母語を指す隠喩であろう。そうすると、「口弦を失う」ということは、つまり「失語」に対する溜息である。母語を追憶することは、今はもはや現代少数民族文学の自覚を象徴する目印となっている。少数民族言語で書かれた記載文学があるのは、主にチベット族、ナシ族、イ族のような、悠久の文字伝統を有する民族である。記載文学だけではなく、口承文学の蓄積も非常に豊かなのである。[96]例えばチベット族の英雄史詩『格薩爾』、機知に富んだ阿叩頓巴の物語、格言詩『薩迦格言』『水樹格言』、抒情詩『倉央加措情歌』、長編小説『勛努達美』、短編小説『猴鳥の故事』など。またイ族の史詩『勒俄特依』『査姆』『梅葛』『阿細の先基』、叙事抒情長編詩『阿模妮熱』『阿依阿支』『阿惹妞』等々。ナシ族の古文字も一〇〇〇年以上の歴史を持っている。しかもナシ族トンパ教徒はこの象形文字を使って、約一五〇〇巻の経書を書き記している。その中にはナシ社会史、宗教哲学、天文地理、文学芸術など貴重な資料が含まれている。但し、現代社会に入る前、これらの少数民族文学は殆ど貴族か宗教関係の人々の手中に収まっていた。例えばナシ族には、象形文字以外にまた発音を標示する文字も存在していた。約二四〇〇の符号を使い、その多くは重複した異体字であった。実際によく使われていたのは五〇〇余りと言われているが、しかしこの文字は殆どトンパたちだけに使われていたが故に、自民族の文字で書かれた少数民族文学作品は非常に少なく、自分たちの民族言語を保護しようという明確な意識もなかったようである。新中国が成立した後、大量の漢語作品が誕生し、その中で、ようやく母語文学作品の文化ルーツを探ろうとする社会的な雰囲気が出来て、自民族文学作品の発掘活動が始まったのである。この中で、最も代表的な作品また最も成功した作品の多くは、チベット語文学とイ語文学で、新疆の突厥族の文字で書かれた作品も少なからずある。ただ残念ながら、これらの文学作品の翻訳作品は非常に少なく、本書においてもこれ以上言及する言語能力を備えていないのが現状である。

ちなみに、チベット語文学作品の中には、翻訳作品が意外と多い。とくに仏教関係の文献著書の大半がサンスクリット語や漢文からの翻訳で、総じて『蔵文大蔵経』と称し、『甘珠爾《カンジュル》』と『丹珠爾《タンジュル》』の二部に分かれている。「甘珠爾」とは仏語の翻訳の意味で、つまり経典の翻訳文である。顕教と密教の経律など、計一一〇八種類ある。「丹珠爾」とは論著の翻訳の意味で、主に教徒の仏経に対する注釈や論著を翻訳したものである。同じく経律の詳説や注釈など、また密宗儀軌と五明雑著等を含んでいる。数としては計三四六一種類ある。これら大量の翻訳文は八世紀から一三世紀にかけて、相当長い時間を使ってようやく完成したものである。(97) 作品と詩歌の領域では、当時代表的な作品として、毛児蓋・桑木丹の『吉祥花』『望江春色』『牦牛』等があり、小説の領域では班覚の『緑松石』(98)、扎西班典の『普通農家の歳月』、旺多の『斎蘇府秘聞』、拉巴平措の『三姉妹の物語』、平措扎西の『斯曲と彼女の五人の子どもの父親たち』、才旦多傑の『雪蓮』、尖扎・多傑仁青の『団欒』等がある。毛児蓋は学者でもあり詩人でもある。班覚、旺多は貴族家庭に生まれ、幼い頃からチベット文化の影響を受け、新中国成立以前の上層社会に対して深い理解を持っている。拉巴平措と扎西班典は農奴の家庭に生まれたか、或いは本人が農奴経験をしている人物で、チベット族の一般庶民生活を体験している。彼らはみな新社会が成長していく中で現れてきたインテリで、同時にチベット・漢の二種類の文字に精通している。とくに拉巴平措はチベット族学者の中のエリート的な存在とも言えよう。恐らく漢文よりもチベット文のほうがより使い慣れていただろうと予想されるが、彼らは約束したかのように、みな母語で小説を書いていた。もちろん、自民族の読者たちに新文学の魅力を伝えたいという渇望もあったのかもしれないが。なお、チベット語で小説を書こうとした瞬間、彼らとチベット族の古典文学の距離が縮まることになった。何故なら、彼らは一致して「貝瑪」体という、チベット族の古典小説のスタイルを模倣して、創作しようとしたからである。実際に、散文体の筆使いで物語を展開しているし、登場人物の会話も詩歌を使っている。例えば拉巴平措の『三姉妹の物語』『雨の後の森』、班覚の『花園の中の風波』などが、何れも上記創作手法を採用している。ただ、彼らの詩歌の用語は古典貝瑪文体のように晦渋で奥が深い言葉などは使われていない。むしろ民謡のような、通俗的で流暢で美しい文章となっている。これは読む人に新しい芸術の印象を与えるものであろう。なお、彼らが選んだ文学題材も、古典文学のように貴族的で、また高尚かつ記念碑ともなれる永遠なものではない。むしろ一般人の喜怒哀楽を描き、普通の読者をターゲットにしている。これは言うまでもなく新しい小説の創作領域を切り開いたもの(99)と言えるであろう。

イ族語の文学の内容も非常に豊富である。小説の分野では阿蕾の『根と花』『兄嫁』、賈瓦盤加の『情系山寨』『火魂』などが、その代表的な作品である。旧体詩の創作において、海来木呷の『溜息』『私のこの家族』、依火阿呷の『イ家の子』、莫色伍惹の『勒阿妞略』(100)などがある。新作の分野においては、阿庫烏霧の『冬の河流』、吉赫丁古の『古いものから新たなものへ』、莫色日吉の『黒い皮』、薩古旦仁の『曲がった櫛』、吉勒爾者の『大涼山で起こった物語』などが挙げられよう。これらイ語による詩歌は、その作風の新旧に関わらず、民間の「克智」の芸術表現手法と文体構造が援用されている。「克智」は「克使哈挙」とも呼ばれ、独特な風格を持ち、決まったスタイルで詩文を埋めていく芸術形式である。イ族の民間では広く知られており、悠久な歴史を持つ口承文学の一つでもある。克智文体の内容も豊富多彩で、抒情もあれば叙事もあり、その形式は非常に生き生きとしている。とくに結婚式などでよく披露され、新郎新婦両家の親戚がお互いを相手にして、それぞれ口が達者で、頭の回転も速く、知識も豊富な人を代表に選んで、お酒を楽しみながら話を展開していくという形式を取る。相手を倒すために、大量の比喩表現を使い、言葉を飛躍させ、流暢に話し、リズム感を際立たせるのが一般的である。このイ族語で創作された詩歌こそ、最も直観的にこの民族の文化と風土を表現しているように映る。[101]

現代社会の発展史から見ると、純粋な少数民族文学は、今はもはや執拗かつ悲壮な戦いをしているかのようにも映る。その主な意義はむしろ一種の態度表明と象徴にあり、それによって、人々の注目を集めようとしているに過ぎないであろう。もちろん、伝播学上理論から言えば、大衆伝播が一定レベルに達すると、却ってマイノリティへ分流する現象が現れてくる。しかしそうは言っても、文学の伝播効率から言って、もしマイノリティの受入状況に迎合して作品を作るなら、それはまぎれもなく文学創作の一種の変異とも言えよう。少なくとも我々が今討論している「文学」とは、だいぶ性格がかけ離れていく。このことは改めて「文学」の概念として再定義しなければならないのかもしれない。なお、ここで注意してほしいのは、自民族語の創作と同時に、バイリンガル的な創作も多くなっているということである。例えば阿蕾がその一例であろう。彼女の作品はすべてイ語と漢語の両方で発表されている。時にはイ語で先に書き、後で漢語に換え、時には先に漢語で書き、その後イ語に直すということもしばしばある。阿庫烏霧も阿蕾と同様、イ・漢両言語の間を自由に行き来して文学作品を創っている。[102]阿庫烏霧がイ族の中でカリスマ的な存在である人物「畢摩」について、次のように詩に書いたことがある。

唇と歯の間に、無数の言語の草木が生えている
草木の上には、無数の智慧ある禽獣が住んでいたことがある

今、猟師たちは都会に行ってしまった
都会に獲物は群れを成すほどあり、肉付きも豊満である
あなたが村に残って
最後の一人の死者を済度する時
あなたは忘れていなかった　済度
あなたの、あの二枚の厚い老いた唇

この時　二本の
玉のような　潔白な歯が飛び上がり
あなたの
あなたの
神聖なる経巻を打ち破る
すると貴方はすぐに御経を読み上げる
先祖よ
私は二枚の古き歯を以て
あなたの二本の新歯に替えたと(103)

この詩は自己部族の記憶に対する一種の追憶であろう。同時にまた伝統を変革しようとする期待も孕んでいる。畢摩の「畢」は「念経」の意味で、「摩」は「知識を有する年長者」と言われている。畢摩の仕事とは、専ら人々のために礼賛、祈禱、祭祀をする祭司のことである。主な職務は司祭、医療、占い等がある。文化的な役割はイ族文字の整理と規範化と伝授である。宗教、哲学、倫理、歴史、天文、医薬、農薬、工芸、（交際の）儀礼などに関する古典書籍の転写もする。畢摩はイ族人の生育、冠婚、葬祭、疾病、節句、狩猟、種まき等の日常生活において、重要な役割を果たしている。さらに神権を管理したり文化を掌握したりして、神秘的な一面もあるが、日常生活に根差した現実的な一面もある。イ族人の心の中では、畢摩はイ族社会のインテリであり、イ族文化を守り、受け継いでいく者でもある。だからこそ、「先祖よ／私は二枚の古き歯を以て／あなたの二本の新歯に替えた」とある。これは作者が畢摩という古い「文化的な英雄」に対して発した期待と渇望であろう。

バイリンガルにはむろん、バイリンガルならではの創作的な利点がある。朝戈金が嘗てメディア論のハロルド・ラスウェル（Harold Lasswell）の公式を使って、バイリンガル作家の方がより広い伝播空間を有し、「二つの世界を摑む」[104]ことができるとの事実を論証したことがある。なお、言語と文学そのものの更新性と流転性から言っても、バイリンガル的な創作には、ハイブリッド的な言語使用が可能だから、創作能力には優れているものと思われる。「学際的な創作」という概念は、英国籍のインド人作家サルマン・ラシュディ（Salman Rushdie）が文学評論集の『想像上の祖国』において、はじめて提起した概念である。彼に言わせれば、少数民族作家の身分は多元的で、同時にまた不完全な性質をも持っているという。とくに彼は自分自身のことを「歴史の私生児」と呼び、当代において最も危険な思想は民族的純粋観念であるという。そしてこの民族の純粋を追求する者こそ、アウシュビッツ収容所を造り、種族絶滅という悲劇を造ったと指摘している。[105]だからサルマン・ラシュディは自分の作品において「混血雑種、非純粋、混合型の形式などを賛美し、人類、文化、観念、政治、音楽また楽曲の偶然の結合こそが、発展的な変化を促すもの」として、「このような寄せ集めがあったからこそ、新しい事物がこの世界に持ち込まれ、そしてこれこそが、大規模な移民現象が世界にもたらした偉大なる可能性[106]」であると言う。史安斌は嘗てラシュディの『真夜中の子どもたち』と扎西達娃の『騒動のシャンバラ』を比較し、主題、体裁、言語の角度から境界的な創作を論じたことがある[107]。それによると、境界的な創作はバイリンガル、場合によっては二つ以上の言語を活用して創作に当たるケースもあるため、作家は「大」と「小」の言語の間にある「脱領域化」(deterritorialization)と「再領域化」(reterritorialization)を利用して、文学言語上の実験とイノベーションを実施することができ、少数民族の劣勢言語の中にある元素を活用して、優勢言語の創作パターンを転覆させることもできると言う。これはジル・ドゥルーズ(Gilles Deleuze)とフェリックス・ガタリ(Felix Guattari)の言葉を借りて言うと、「自己言語の多義性を利用して、それに少し珍しい使い方や多少無理な応用を導入することによって、言語の圧迫性と非圧迫性を対立させる[108]」ことによって、ホミ・K・バーバが言う混雑性のあるハイブリッド言語で、創作を行うことが可能になるのである。

純粋な漢語で創作したり、或いはある種のイデオロギーに制約されて、恐々とした状態に陥って挙げ句の果てには「失語」状態になったりするより、ハイブリッド言語(つまり多言語の混用)による創作が、むしろ我々にまったく別種の可能性と空間を提示してくれるのかもしれない。私たちはそれをホミ・K・バーバの「第三空間」(the third space)と呼ぶことができよう。つまり伝統的な二元論を突破して、表現はAでもあればBでもあり、AでもなければBでもないという、一種の曖昧模糊な「臨界」状態を創るということである。この「第三空間」は一般的な意味での模糊性と臨界状態を指すものだけではなく、さらに新型の文化と政治的な身分を構築する意義をも持ち、異なる文化間の「翻訳」――つまりあらゆる文化符号の「流用」「再解読」「再構築」「再歴史化」によって形成する一つの言葉の場でもある。よって、「第三空間」の中においては、すべての文化符号およびその意義が、その固有の統一性と安定性を失い、不断の対話、交渉、調停の中に置かれることとなるのである[109]。

しかし、ハイブリッド言語によって出来上がった創作品の価値と意義を、余りにも高く評価し過ぎるのも、芳しくない面があるのではないであろうか。特別なケースを除けば、支離滅裂なパロディ、流用、改造によって出来上がったものが、必ずしも権威を有するものではない。そして何より、主導的な立場にいる文化も、同じ手法でこの文学的な遊びに加わらないとも限らない。そうなった場合、このハイブリッド言語による作品の転覆性と風刺性と建設意義なるものが、果たして可能なものなのか。特に中国文学の世界においては、少数民族文学の言説はホミ・K・バーバが言うような強い世論のポテンシャルエネルギーと文化的政治的な意義を持つ必要性はないであろう。なぜなら、主流言説と少数民族言説は、今も昔も、単純な二元対立的な構成の中に置かれてはいなかったし、異なる言語による創作は、飽くまでも中国アイデンティティを承認する前提のもと、バラエティのある表現を求める一つの策略と言えるからである。

二、離散の経験、郷愁の衝動、文化の記憶

一九三九年、一七歳の艾里坎木・艾合坦木は師範学校へ入学し、ロシアの優秀な作家および中央アジア古典テュルク語など、色んな民族の出身の詩人が書いた作品を読みあさった。特にマヤカフスキーの作品を好んでいたという。当時、コミンテルンと中国共産党は文化人を新疆に派遣し、文化と教育の宣伝に当たらせた。抗日愛国運動の推進と同級生の黎・穆塔里甫（Li Mutalifu）の影響の下、艾里坎木は抗日闘争に関する詩歌を創作した。その後、長い年月を経て、ウイグル族の著名な詩人となった艾里坎木は当時を振り返って、次のように記している。「当時、陳潭秋、毛沢民、林基路ら中共のリーダーたちと数百名の共産党員が、延安からモスクワを経由して、みんな新疆

に来て、現地の革命を直接指導していた。茅盾とその他多くの作家、文化人もまた新疆へ来て、文化革命の仕事を展開していた。新疆の新しい文化教育、新聞出版機構もまたこの時期に作られ、数多くの各民族の子どもたちが小学、中学、大学へと進んでいた。アレクサンドル・プーシキン、ミハイル・レールモントフ、ニコライ・ネクラーソフ、アントン・チェーホフ、レフ・トルストイ、マクシム・ゴーリキーの作品は、タタール語、ウズベク語、カザフ語、ウイグル語等に翻訳され、新疆へ入ってきた。我が国の偉大な文学者・魯迅と延安で出版された文学作品なども、ウイグル語とその他の言語へ翻訳された後、同じく新疆へ運ばれてきた」[110]という。辺境地の少数民族文学はまさにこのような環境の中で、主流世界からの影響を受けていたのである。

事実、昔から中国各民族間の文化融合と混血化は途切れなく続いてきたものと言える。このような意味では、中華民族の伝統文化と文学は、そもそも多民族的な文化成分を涵養しており、文化の混血から文学の混血に到るまで、このような枠を超えた「少数民族文学」の別天地など、存在しないのである。中国では清末から追求してきた現代民族国家の構築の過程において、少数民族はいわゆる主体的な部族と同様、この探索の道を歩んできた。従って、この歴史的な大記述史の流れにおいて、文学には民族的な観念がまったく見られなかったのである。いわゆる経典文学という角度からここ三〇年の文学史を見てみると、様々な流派が流行ったり、色々なスタイルが現れてまた消えたりという動きの中で、少しずつ文壇の主流たる地位に登り上がろうとする隊列の中に、もちろん少数民族文学の姿も確認できる。国家滅亡の刺激と共産主義信仰の相互推進によって、少数民族文学の中でも、「中華民族」と運命を共有したいという傾向と姿が見られたのである。

ある学者によると、魯迅の影響を受けた作家の殆どは現当代少数民族文学の主流作家となり、彼らの中にはモンゴル族の納・賽音朝克図、巴・布林貝赫、敖徳斯爾、特・達木林、孟和博彦、瑪拉沁夫、扎拉嘎胡、葛爾楽朝克図、超克図納仁らがいるし、またペー族の馬子華、張子斎、楊明、暁雪、楊蘇、張長がいて、さらにウイグル族の黎・穆塔里甫、艾里坎木・艾合坦木、烏鉄庫爾、祖農・哈迪爾、克尤木・吐爾地、シボ族の郭基南、満洲族の端木蕻良、舒群、李輝英、関沫南、イ族の李喬、李納、熊正国、ナシ族の李寒谷、チワン族の陸地、古笛、トン族の苗延秀、袁仁琮、回族の馬犁、白練、コーラオ族の包玉堂、朝鮮族の李根全、ミャオ族の伍略、蘇暁星、トゥチァ族の汪承棟、張二牧、ダフール族の巴図宝音など[11]がいる。ただごく少数の例を除けば、これらの作家はその後、基本的には研究者の研究対象や批評対象にはならなかった。たとえその対象になったとしても、殆どが少数民族文学研究者に限定されたものであった。これはもちろん作家本人の作品の影響力と関係があるが、もっと重要なのは、おそらく文学観念、技法、作風、用語などの面において、むしろ主流言説に追従したことによって、本来持っている辺境地の「民族特色」を失ったことも、大きな要因になっていると思われる。

前述のように、中国各民族の文化と文学の混血はまぎれもなく歴史的事実である。但し、いくつかの社会要因、時代環境、文化コンテクストによる調整によって、その外見の同一化傾向が顕著になっているが、個々の民族文化の「核」たるところは、依然としてしっかりと安定している。もしかしたら差異の存在は、前近代期において、それは文学の無意識の流露であったと言えるのかもしれない。しかし近現代少数民族の文学は、間違いなく主体が次第に構築され、その主体の上に一種の民族的な自覚をもって現れたものと言える。この間、もちろん一連の表現の変遷を引き起こしている。これはある意味、離散経験の中での故郷への回想と、文化的な郷愁と追憶の構築と理解してよいだろう。

ディアスポラ（diaspora）は政治、金融、貿易、交通、メディア、人口流動などが日に日に頻繁になるにつれて、徐々に文学研究の領域に入ってきた。そしてついに、当初の植物学の名詞から今日の諸々な理論と関連する文および文化批判の専門用語となり、さらに現代文学の多くのモチーフ——例えば「放逐」（exile）、「遊牧主義」（nomadism）、「移動」（migration）、「両者に介在する」（in-betweenness）、「移民」（immigrant）、「越境」（transnationality）等々とも、相関する概念となったのである。[112]今、ディアスポラ型の創作は民族性を跨ぐ文化、文化の翻訳、文化の旅行、文化の混合等の意味を含む一つの表現となっており、ポスト構造、ポストモダン、ポストコロニアリズム時代の複雑な表意過程の中での、一つの使い勝手のいい記号（a dynamic signifier）となったのである。ディアスポラとは常に故郷と繋がっており、「故郷」は実際に存在する場所でもあり、想像できる空間でもある。「故郷」は必ずしも戻らないといけないという場所ではない。人生という旅における一つの駅として存在しているのかもしれない。しかしディアスポラがディアスポラと言えるのは、それは二つないしもっと多くの地点が存在していて、必ずこの時この場所とあの時あの場所を繋ごうとするからである。よって、ディアスポラ的な思考は必ず民族的、翻訳的、混合的なものを跨ぐのである。言い換えれば、翻訳的、混合的な文体や音楽様式等は、必ずと言っていいほど「ディアスポラ性」を持つのである。

少数民族は現代民族国家が形成される過程の中で、殆ど例外なく、このような本土と故郷の文化とのディアスポラ体験をしてきた。彼らはただ単に国を離れ郷土を想うという苦痛を体験しただけではなく、さらに少数民族文化が国家など、もっと大きな民族的な叙述の流れに収斂していくのではないかという心配から、なかなか脱却できないジレンマにしばしば直面するのである。このようなディアスポラ的な体験は、実は長らく優位に立つイデオロギーによって成立した主流言説の底辺に潜伏していて、時代が一九八〇年代後半に入った途端、少数民族の主体性が自覚的に文化身分を追求することとなり、一気に噴出したのである。

娜朶の『母槍』[113]はラフ族にとって初めての長編小説である。文学史の角度から見ると、この作品はラフ族の文学創作史上、大きな節目となっていることは間違いないであろう。小説ではラフ族の歴史上二回の大移動を描いており、全体を通して濃厚な神話伝説と風俗民族感情が描写されている。この意味においては、この作品はラフ族の風土民情を最も多彩に表したものと言えよう。これは作者の極度の郷土コンプレックスと強い民族精神が露出したからである。董秀英の『馬桑部落の三代の女性』[114]はワ族の人が自分の民族を書いた最初の中編小説である。先駆的な気迫と、真摯かつ繊細な感情表現によって、馬桑部落の三代の女性の異なる運命を非常に芸術的に再現しているし、阿佤人が旧社会から新時代へと移り変わっていく過程が描かれている。ある意味、この作品はワ族社会の歴史的な進展図を描いたとも言えよう。この自民族の文学の著述史を拓いた二つの小説には、その宏大な記述の中に、自民族の歴史を構築しようとする意図が、ありありと見える。これは様々な文化的な押し合いと交流の中で、少数民族の個体が激しく自己記憶を取り戻そうとしている努力の姿の現れとも言えよう。

エリック・ホブズボーム（Elic Hobsbawm）は、一九世紀末から二〇世紀初頭までの欧州は「大規模に伝統を生産」する時期であったと指摘している。[115]工業化社会の到来によって、社会環境に根本的な変化をもたらしたからである。現代社会の特徴としては、（一）個人が機構化された集団に取って代わること、（二）金銭化された市場経済を以て伝統的な人間関係に取って代わること、（三）社会階層の観念を以て封建的階級制に取って代わること、（四）「ゲゼルシャフト（利益社会）」（Gesellshaft）によって「ゲマインシャフト（共同社会）」（Gemeinschaft）に取って代わること、である。このような個性化、民主化、多元化した社会の中では、国家の上部構造機関はもはや伝統社会を管理する方法――つまり文化記憶に対する管理と統合によって民衆の思想と言動を統一するという方法ではなく、むしろ誘導ないし教育の方法で、民衆の愛国心と集団観念と社会道徳感を育成して、管理する方法を取っている。もちろん、文学は文化を再現する方法の一つとして、他の言葉、宗教、芸術、風俗、習慣等と同様、民族文化の伝播、民族パワーの凝集、民族精神の想像をもたらす最も重要な一つの担い手である。これこそが、あの有名な「想像の共同体」の由来ともなっている。つまり一つの民族は一つの集団によって、共同で建設するものだと見なされる時に、民族神話、風俗習慣また言語等の文化要素は、繰り返される宣伝と伝播によって、はじめて効果を発揮するものである。想像を主な特徴とする文学作品は、民族感情を伝播する重要な媒体として、もちろん重要な存在となる。民族の想像と民族の政治或いは歴史の実体の鍛造とは、分かつことのできない、しかも両者が互いを強化する存在となるのである。

言うまでもなく、文学の想像は民族主義の発生を促すことができる。それなら、娜朶と董秀英はこのような民族主義意識を持っていたのであろうか。答えは否である。彼女たちの作品は民族主義より、むしろ目の前で消えていきそうな部族文化の中の伝統を挽回し、一種の集団記憶を甦らそうと努力しているように見えるからである。実は、民族主義というものは往々にして父権的な主流の言説と資本の共謀者である。何故なら、政治的に見て、民族主義は民族、性別、階級、宗教等を自分の管轄下におくことができ、そこから一種の排他的、覇権的な権力が生まれてくるからである。単純にある民族の物語を語るということは、言ってみれば統一認識を諭す一種の言説方法であり、その重複と拡大によって、新しい形式の覇権を造り出せるということを意味する。このような政治的な野心は、もちろん娜朶と董秀英の身には想像出来ないことである。むしろ彼女たちが取り上げる「民族寓話」などは、多元一体文化構造を助力しているようなものである。何故なら、これらの記憶はすべての中華民族の記憶の一部分であるからだ。差異による創作は起承転結の後、主に主流言説に帰属することを示している。これは西洋の少数民族文学の文化的政治的な性格とだいぶ異なる。この点については、慎重な考察が必要とされる。

少数民族文化は古代の血縁関係、地縁関係、部族関係等を参考にした上で、現代社会が構築したものである。もちろん、固有のものではない。ただ、一九八〇年代以降になって、新しく、より積極的に自己と主体性を表現する言説が、中国少数民族文学の創作活動の中に現れたのも事実である。これによって、これまでの少数民族文学の文化同化性或いは文化上の抗議と抗弁を弱め（一時の、政治的に高圧的な雰囲気があった時期を除けば、明らかにアメリカのアフリカ系文学のような強烈なトラウマ的記憶はない）、その文学の主体観点を強調した。この転換は文学の題材において、主に自身に対する積極的な文化身分の追求に現れ、創作の基調はすこぶる楽観的な自信を持っていた。少数民族文学の社会性と政治性が、むしろ普遍的な意味での文学記憶へと転換したのである。ここで特筆すべきことは、学術的な用語の中で、「少数民族文学」の「少数」という用語は、日に日にその存在が色褪せ、それに取って代わったのが「各民族文学」であった。この言い換えの背後に覆い隠されているロジックは、中国の少数民族文学は、もういわゆる中国文学の主流に対して、支流または附属的な存在ではなく、すでに平等かつ有機的な一部となったということを示しているものと思われる。

三、記述の真実――同一性と差異性

「あなたはこう考えている。あなたは決して境遇に安んずる人ではないと。何故なら、混血児の身分があなたが一生、漂泊感を抱くことを運命づけたからだ。だけど、その故郷たるものが、一体どこにあるのか？　故郷はどこにあるのか？　どの場所があなたの本当の故郷であるのか」[116]。唯色は彼女の散文の中で、自分がチベットと漢民族の混血児である心情と、主流文化と少数民族文化の間に揺れ動く個人としての困惑した気持ちを、このように表現している。この困惑した心情は、疑いもなく真実であろう。しかも些かの強引さも感じられない本当の心情である。自分自身の胸の内を訴えることは、ある意味文学の永久的なテーマでもある。しかし特定の一人の心情を以て全チベット人の心中を代表すると言うなら、それは適切な考え方ではないであろう。何故なら、民族文化の再現とその民族文化のエリートたちが、自民族の文化を民族主義的に占有する問題――つまりエリートたちが如何にして、彼・彼女の膨大な数で、広い範囲に生息している本民族の同胞を理解し、代表しえるのかという問題がある。言い換えれば、彼・彼女たちの民族身分が、果たして先天的にその自民族文化を再現する合理性を持っているのかという問題でもある。何より、少数民族文学のエリートたちは、往々にして二種類或いはそれ以上の民族文化の間に介在しているため、彼らの民族属性と文化アイデンティティは意外にも単一ではない。むしろ分裂的で、多重的である。従って、場合によっては彼・彼女たちを自分の生まれ育った文化主体ないし西洋文化からの影響を受けて形成された文化身分を以て、自身の母族本土文化と文学と対話する、という場面も想像されるのである。なお、主流言説（多くの場合、抑圧的な文化存在と見なされるが）との交流の中で、少数民族の身分と特徴が、時には却って道徳的美学的に優勢な立場に立ち、むしろ主流の言説にはない影響力を有することもある。そして何より、このような多重身分には、ある種の流動性ないし変動性があるため、彼らによって宣伝される信条または守るべき規範というものが、時にはどうしても疑念を持たれる時もある。重要なことは、それらの少数民族のエリートたちの自己認識ないしアイデンティティの困惑が真実であり、故意に演じた虚像ではないということを、如何に判断するかということである。

そもそも、記述と意義には食い違いが生ずるものであり、それに伴い再現と表現にも様々な違いが存在するのである。ここで再び翻訳の問題に戻ってみる。翻訳とは当然ただ単に言語間の転訳を意味するわけではない。言葉が持つ意味の系譜、文化的な符号、物質と身体資源、場合によって政治権利に関する解釈も行うし、その生産、伝播、消費、再生産のプロセスにおいて、翻訳はすでに単なる「再現」の手段ではなく、諸々の意味に対してむしろ法理を「代表」して協議するようなことさえできる。つまり一種の知識と権力資源の対話でもある。少数民族文学の本質は、ある意味作家その人が自分自身の民族の歴史、文化、現実、情感、体験、精神、理念などに対して行った一種の翻訳であり、さらにそれを作品化したものとも理解できる。従って、その民族以外の人から見えるのは、実はその作家が自分自身の受容視野と視界によって理解し翻訳した、いわば作品の再翻訳でもあると言えよう。

クリフォード・ギアツは、マックス・ウェーバーが提起した、文化は「意味の網」（web of significance）であるという理論を借りて、「いわゆる文化とはこのような一部の人々によって自ら編み出した意味のネットである。従って文化に対する分析は、決して事物のパターンを探る科学的な実験ではない。むしろ意味に対する解釈を探る科学」[117]と述べたことがある。彼に言わせれば、文化の概念は一つの符号学の概念であり、文化そのものは各種符号の集まりである、と。そして特定の文化の中で生活している人々は、幼い頃からこれらの文化符号を理解し習得することとなるのである。実は、人は文化の符号の中で生きているのであって、具体的な文化的な出来事の中で生活しているわけではない。人々はこれらの符号を使って思想感情の交流を行い、またそれを使って、世界に対する自分の見方を表し、生活に対する感銘を表述するのである。これらの感想等について、むろん地元の人々だけが最高の解釈権を有する。なぜなら彼ら自身の文化だからである。この種の解釈と比べて、よそ者が得た理解ないし下した解釈は、根本的に言えば、その民族の文化に対する直接的な認識と解釈とは言えない。飽くまでもその民族文化を有する現地の人々の理解と解釈に基づいた理解と解釈なのである。つまりは、それは解釈の解釈と言えるのである。

ここで問題となるのは、ある民族の文化に対して、その文化に内在する身分を有する者は、言うまでもなくよそ者より、その文化に近付きやすいであろう。しかし文化身分というものは非常に複雑で、現代的な言説空間と環境において、少数民族の文化身分は少なくとも四つある。一つは個人としての種族文化身分、もう一つは社会と集団に属する文化身分、三番目は民族国家的な身分、四番目はグローバル的な文化身分である。これに、個々の具体的な人によって差異が存在するので、アイデンティティそのものも、しばしばある方向へ傾いたり、しかも状況によっては様相を変えたりするのである。実は、自己民族の作家であっても、その創作活動はやはり一種の翻訳行為であり、色々な権力と利益の浸食を受ける。その意味においては、同じ中国人である以上、少数民族作家の作品と漢族作家が少数民族を題材にした作品との間にはさほどの差がなくなってしまう。[118]現実と想像は常に糾合し合うものので、記述そのものも一種の歴史のリプレイと言える。このリプレイの過程が、また一つの解釈であり、それに対する受容過程において、当時の言語環境や共通認識などが大きな働きをするのである。この二者の相互作用によって、ようやく最終的な理解が成立することになる。

もし少数民族文学には差異性が存在するものと認めるなら、この差異性は意外と、往々にして主流民族との意識の相違からなるものではなく、むしろガヤトリ・C・スピヴァクも指摘しているように、却って「多言語創作」の包容性のある空間にあるものかもしれない。「母語は民族主義の誘導を必要としていない。一つの多言語共和国には一つの交流のための国家言語（a national language）がある。それは文学の領域内において、しばしば人々を敬服させる挙動に出る。つまり多くの母語の存在を承認するのである」[119]。これは多元文化の一種の「承認の政治」[120]であり、主に異なる文化の存在権とその文化を背負っている者の身分と帰属性の選択の自主権を強調するものである。別の言葉で言えば、一つの国家の範囲内において、すべての少数民族、女性、階級、宗教、世代、障碍者、知的障碍者、よそ者、異なる団体、異なる好みを持つ群体等々が、みなそれぞれ自分の特殊性を強調し、自らの文化的な身分と生活方式を保持し、促進する権利があるということになる。

しかし、一つの国家の中で、余りにも多文化主義を強調し、また余りにもアイデンティティ的なものを押しすぎると、それが硬直化して、一定の限度を超えた場合は、却って不寛容な原理主義者的な傾向に陥る可能性があるという点である。そうなれば、間違いなく国家文化の内部分裂を引き起こすことになる。従って、この問題に関する議論は中国の現実と向き合う必要があり、権力的、植民的、抑圧的な幻想に左右されてはならない。地理的にも歴史的にも、中国の民族間に存在する悠久の相互連携関係の事実を勘案すれば、さすがに中国少数民族文学の想像と構築において、人々に自分の故郷がどこにあるのか、と問うまでの悲惨な状況までにはなっていないだろう。張承志はあるインタビューの中で、次のように言ったことがある。「私は西北の民衆と一緒に『心霊史』を書きました。そこには、私が託した大きな希望があります。中国の回族は中国文化に養育された最も貧困な子どものようなものだ。彼らが代表しているのは、一種の信仰のある中国人である。彼らは自己を犠牲にして母親に新鮮な血液を与えた。このような信仰と精神を回族が堅持してさえいれば、遅かれ早かれ、何れは何らかの形式で、中国の文明をさらに豊富にすることが出来る。一〇億の漢族が理想主義と信仰と精神を持ちさえすれば、回族ももちろん理解されるようになると思う[121]」と。周知のように『心霊史』は、読者によっては狭隘で過激な作品と見なされる典型的な文学作品である。さらに厳しい批判者からはこの作品はイスラム教ジャーヒリーヤ派の代弁でもあると言い、張承志を厳しく批判する人もいる。しかし上記インタビューの内容を見れば、張承志は辺境部族の文化精神にも、充分な普遍性を有するものと信じているに過ぎないことがわかる。ここで忘れてはならないことは、主体部族側の文化的合理性も、少数民族に対する態度によって決められるということである。つまり、少数民族の文学が表したものも、中国の文化伝統であり、決して特別な少数部族だけに属する文化ではないということである。逆に言えば、このような立場に立って書かれた少数民族文学こそが、真の意味を持つ文学であり、これらの要素が共に働いて構築したのが、中国の伝統文学である。言い換えれば、少数民族文学はまさにこの大伝統文化の下の小伝統であり、川の底に湧く水のように、辺境的ではあるが、その力は途絶えることなく、主流文学と共に、前へ流れて行っているのである。この意味から見ると、張承志の作品は中国少数民族文学の広大さと包容さを実現したものとも言えよう。決して独断的かつ一方的な差異と遊離、転覆と解析だけを強調したものではない。

一九三〇年代の初期、イ族の青年・李喬が、自分の人生の活路を探しに昆明から上海へと放浪してきた。彼は当時のことを次のように振り返っている。不安と困惑の時に、「幸いにも魯迅先生は『プロレタリア文学』の旗手として、活路を指し示してくれた」ことで、彼を「文学の新天地へと進む」ことに導いた。彼はひどい飢餓に忍び、一〇キロの長路を歩いて、魯迅の講演を聞きに行ったことがあると振り返っている。もうだいぶ年月が経ったことであるし、また当時紹興方言が余り聞き取れなかったこともあって、講演当時の内容、場所、時間等の詳細については、もう思い出せないことが多いが、しかし李喬は自伝の中で、当時のことを再三言及し、その経験の意義を強調している。彼の記録によると、魯迅の講演の題目は「革命文学」（または「革命と文学」）であるらしい。しかしその記憶に残っている講演内容を調べると、実に魯迅の一九二七年に書いた「革命文学」と一致するのである。張直心は「これは明らかに記憶が間違っている」と分析しているが、一九三〇年の魯迅の上海の各大学での講演原稿は殆ど残っていないため、立証するのは難しい。ただし、李喬の記憶の中にある部分的な内容と細かい情報（例えば講演の当日、先に鄭伯奇が講演したとか、魯迅は黒板上に二つのひょうたんを書いたとか）によって検証してみると、その講演は恐らく魯迅が三月一三日に、大夏大学で行った講演で、題目は『象牙の塔とカタツムリの家』ではないかと推測される。時間の推移は確かに往々にして物事の細部を曖昧にしてしまうものである。しかし一方では、まさにこの記憶力の、物事の細部を次第に忘れてゆくという特徴に助けられて、李喬が不必要な細部を全て忘れ、その代わりに、講演の中で最も重要な内容である「文学と人生を直視すること」と「文学と革命」などの主要な部分を、はっきりと聞き取り、脳裏に刻み付けたとも言える。そして彼はその講演内容に「酔い溺れる如く」陶酔して、生涯の創作活動を以て、その言われを実践したのである。[122]

これはごく一般的な一つの事例である。現代民族国家への道のりを進む時期の少数民族作家たちは、もし将来、共和国の文学史に記録される対象になったら、恐らくみんなこのような経験を言うだろう――つまり時代の主流に融合せよ！　と。このような背景を考慮すると、融合の事実については、単純にこれは何らかの独断的な言説抑制力があったからだとは断言できない。むしろ極端に少数民族文学の差異性を強調することこそが、ある種の権力言説となるのかもしれない。一九七八年一二月、『人民文学』にダフール族出身の作家・李陀の小説『あなたに聞こえてほしい歌（願你聴到這支歌）』が掲載された。小説のクライマックスは一九七六年の清明節に起きた有名な天安門詩抄事件である。男の主人公である「私」が、そこで思想的な成長を経験するのである。

我々の肩には我々自身の頭が生えているはず。（中略）私の頭は？　それが誰に属するの？　ねぇ？[123]

このような独立した自省意識を持つ個人に対して、我々は少しも少数民族的な差異性を感じない。むしろそこにあるのは如何にも普通の「中国青年」のイメージである。今、李陀はすでに文学批評と文化研究の分野においてパイオニア的な人物の一人となっており、彼のダフール族としての身分は、王朔の満洲族の身分、崔健の朝鮮族の身分と同様に、すでに人々に忘れ去られている。つまり少数民族の身分は、彼らの創作にとってすでに意味を失っているのである。ただ誤解されないようにここで断わっておくが、このことと前述の民族の差異性とは矛盾しない。つまり、少数民族文学だから少数民族の風物、人情、民族、儀式、感情、文化などの題材を書くべきだという、どちらかと言えば二元対立的な、二者択一的な粗野な思考回路には反対であるということだ。

小結

異なる地理環境、歴史宗教、文化伝統、社会構成、言語習俗は、異なる部族の文学に異なる経験を与え、差異性を生み出すものである。しかしながら、ここでもう一度指摘しておきたいのは、差異と同一は相互依存しており、差異性と同一性、少数民族と中国身分、異なるアイデンティティは一人の身の上に調和されて、共存することは可能であるということである。少数民族言説と民族国家言説は同形であったことは、歴史的な事実が証明しており、この両方にして、どちらの価値が上であるなどの評価はできない。少数民族文学の研究者は、往々にしてある種の「僕が同化されている」という仮想による弱小感情ないし義憤心情に陥る時がある。実際には、その感情の多くがいわばあまのじゃく的な幻覚であった可能性が高い。何故なら、少数民族文学は本質的に、ただの中国文学のもう一つの表現法に過ぎないからである。一九五〇年代或いはもっと早い時期の作品と比べると、一九八〇年代以後の少数民族文学の表現方式は、明らかに多様化しているのが分かる。彼らが自民族の物語を語ることは、イコール中国の物語を語っていることでもある。その物語は以前は一種の表現方法でしかなかったのかもしれない。少数民族文学の意義たるものも、まさにここにあろう。彼らが想像、虚構、叙述のパワーを通じて、中国のイメージの再構築に加わり、主流となっている文学言説と対等に立っているのである。通路と方法はそれぞれ異なるが、しかし結果と目的は同じである。つまり中国文学をさらに多元化していくことである。少数民族文学の意義はまさにここにある。

文学と歴史には間テクスト性（Intertextuality）がある。つまり歴史と虚構の交錯を通じて、歴史の中の実から虚を見出し、同時に文学の中の虚から実を見出しさえすれば、私たちはようやく少数民族文学の現代中国文学史上における複雑な意義を理解できる。これによって、私たちは少数民族文学が提供してくれた巨大な文学的な発生空間が理解でき、さらに「多民族」「多言語」また「多文学」の観念の差異の存在が、如何に共同的な働きをして、中国の文学叙事と中国のイメージを形成しているのかを理解できるのである。

【注】

（1）納日碧力戈「民族与民族概念辨正」、『民族研究』一九九〇年第五期、「民族与民族概念再辨正」、『民族研究』、一九九五年第三期。

（2）フェルディナン・ド・ソシュール著、高名凱訳『普通語言学教程』、四三頁、北京、商務印書館、一九八五年。

（3）劉禾『跨語際実践——文学、民族文化与被訳介的現代性（中国、一九〇〇－一九三七）』、北京、生活・読書・新知三聯書店、二〇〇二年。

（4）ジャン・ジャック・ルソー著、洪濤訳『論語言的起源——兼論旋律与音楽的模倣』、上海、上海人民出版社、二〇〇三年。
（5）ヨハン・ヘルダー著、姚小平訳『論語言的起源』、七三頁、一〇六頁、北京、商務印書館、一九九八年。
（6）前掲注2『普通語言学教程』、一五七頁。
（7）レナード・ブルームフィールド著、熊兵訳『布龍菲爾徳（ブルームフィールド）語言学文集』、長沙、湖南教育出版社、二〇〇六年。
（8）レナード・ブルームフィールド著、袁家驊・趙世開・甘世福訳『語言論』、一六六頁、北京、商務印書館、一九八〇年、二〇〇二年。またここではジャックと琪儿の物語を通じて、「意義」の意義を解釈し（二三―二八頁）、『意義論』のなかでも同じように述べている。前掲注7『布龍菲爾徳（ブルームフィールド）語言学文集』、二一〇―二一八頁。
（9）テリー・イーグルトン『二十世紀西方文学理論』、六八頁、西安、陝西師範大学出版社、一九八七年。
（10）ハイデッガー著、熊偉・王慶節訳『形而上学導論』、五一頁、北京、商務印書館、一九九六年。
（11）ハイデッガー著、孫周興訳『語言的本質』、一三二頁、北京、商務印書館、一九九七年。
（12）『言葉の本質』と『詩と言葉』の中で、ハイデッガーはこのような詳細な解釈をしている。ハイデッガー著、孫周興訳『在通向語言的途中』、北京、商務印書館、一九九七年。
（13）ハイデッガー「関于人道主義的通信」、『路標』、三六七頁、北京、商務印書館、二〇〇〇年。
（14）馬学良主編『語言学概論』（武漢、華中工学院出版社、一九八一年）によると、中国には八〇種の言語があると考えられている。以前の研究では不確かなことも多く、最近の研究と比べると、この言語の数については不正確と言わざるを得ない。しかし、中国における言語属系と中国少数民族で使用されている言語文字の概況については、現在でも参考になる。他にも、中央民族学院少数民族語言研究所編『中国少数民族語言』（成都、四川民族出版社、一九八七年）が参考になる。
（15）スティーヴン・アドルフ・ワーム「語言消亡的原因和環境」、陸象淦主編『死的世界、活的人心』、三二六―三三九頁、北京、社会科学文献出版社、二〇〇六年。
（16）『史記・秦始皇本紀』——「一法度衡石丈尺、車同軌、書同文字」、北京、中華書局、一九八二年。
（17）『淮南子』——「昔者倉頡作書而天雨粟、鬼夜哭」。張彦遠『歴代名画記』——「造化不能蔵其密、故天雨粟、霊怪不能遁其

形、故鬼夜哭」。漢代緯書『春秋元命苞』によると、倉頡「生而能書、又受河図洛書、于是窮天地之変、仰視奎星圜曲之勢、俯察魚文鳥羽、山川指掌、而創文字」。他にも、周有光『世界文字発展史』（上海、上海教育出版社、二〇〇三年）がある。

(18) 雲南省少数民族語文指導工作委員会編『民族文字的創制与改進』、昆明、雲南民族出版社、二〇〇二年。

(19) マル学派は一九一七年ロシアの「十月革命」後に登場した主流学派である。マルは言語は上層で構築され、階級制を伴う。すべての言語は四要素から発展したと公言し、言語の発展には段階性があると主張した。マル学派はレーニンをリーダーとしてソビエト政府から指示を受け、圧倒的な学派となった。同時に、革新的かつ迅速な方法で言語文字に変革をもたらした。当時のソビエト連邦国内の少数民族の人口はスラブ人を超えており、安定した社会を築き、将来的には共産国際的な政治統一を創造するために、ソビエト連邦はこれらの少数民族の文字改革に対して同化という手段を加えた。マル学派はちょうどこのような要求を歓迎していた。一九五〇年に至るまで、スターリンは「マルクス主義と言語学の問題」を発表し、言語は安定性、民族性、道具としての特徴を持っており、マル学派に対して明確に反対の立場を取ることでようやく終わりを迎えた。岑麒祥『語言学史概要』、北京、北京大学出版社、一九八八年。ロビンズ著、許徳宝等訳『簡明語言学史』、北京、中国社会科学出版社、一九九七年。

(20) 例えば、高玉『現代漢語与中国現代文学』、北京、中国社会科学出版社、二〇〇三年。劉進才『語言運動与中国現代文学』、北京、中華書局、二〇〇七年。

(21) 銭玄同「中国今後之文字問題」、『新青年』第四巻第四号、一九一八年四月一五日。

(22) 銭玄同「漢字革命」、『国語月刊』第七期特別号「漢字改革号」、五―二五頁、一九二三年一月。『銭玄同文集（第三巻）漢字改革与国語運動』、五九―八四頁、北京、中国人民大学出版社、一九九九年。

(23) 蔡元培「漢字改革説」、『国語月刊』第七期特別号「漢字改革号」、六七―七〇頁、一九二三年一月。

(24) 黎錦熙「漢字革命軍前進的一条大路」、同上『国語月刊』、二七―六五頁。

(25) 趙元任「国語羅馬字的研究」、同上『国語月刊』、八七―一一七頁。

(26) 国語運動に関わった黎錦熙は後に中国近現代の中国語改革を四つの時期に分けた。すなわち、切音運動時期（清末一九〇〇年以前）、簡字運動時期（一九〇〇―一九一一年）、注音字母と新文学連合運動時期（一九一二―一九二三）、国語ローマ字と

注音字母推進運動時期（一九二四－）。黎錦熙『国語運動史綱』、北京、商務印書館、二〇一一年。
(27) 瞿秋白「中国拉丁化的字母」、『瞿秋白文集・文学編・第三巻』三五一－四二二頁、北京、人民文学出版社。
(28) 瞿秋白「瞿秋白論文学革命及語言文字問題」、同上『瞿秋白文集・文学編・第三巻』、一三七－三一八頁。
(29) 例えば、魯迅の有名な『門外文談』（一九三四年）では新しい「ラテン化」について述べており、今後は発展の可能性があると指摘している。魯迅『且介亭雑文』、七八－八〇頁、北京、人民文学出版社、一九七三年。
(30) 以上の史料は陸善採「承認失敗吸取教訓重新探索――関于漢字拉丁化運動的反思」、『欽州高等師範専科学校学報』（一九九八年一二月）を参照。
(31) 中国文学改革会議秘書処編『第一次全国文字改革会議文件匯編』、一四頁、北京、文字改革出版社、一九五七年。
(32) 近現代以降の漢字の変革については、武占坤・馬国凡主編『漢字・漢字改革史』、八二－一五八頁（長沙、湖南人民出版社、一九八八年）を参照。
(33) 一八六六年、現代郵政制度の成立者として有名な前島密は徳川慶喜への建議書の中で、国家の本質は国民を教育することであり、難解な漢字はこの目標にそぐわず、従って多くの西洋諸国の音標文字を採用することを述べた。つまり仮名である。『漢字御廃止之議』として知られている。
(34) 李方『多元文化的継承与并存』、三八頁、ウルムチ、新疆人民出版社、二〇〇七年。
(35) エドワード・サピア著、陸卓元訳『語言論』、一九八頁、北京、商務印書館、二〇〇三年。
(36) 「汎文学」、「文学」、「文学性」に関する議論は多く、昨今の評論では周小儀「文学性」（『外国文学』二〇〇三年第五期）、蔡志誠「流動的文学性」（『人文雑誌』二〇〇七年第二期）がある。
(37) 劉向『説苑校証』、向宗魯校正、二七七－二七九頁、北京、中華書局、一九九一年。
(38) 韋慶穏「越人歌初歩研究」、『試論百越民族的語言』。泉井久之助「関于劉向〈説苑〉第一巻中的一首越歌」、馬祖毅など共著『中国翻訳通史・古代部分』、一七九－一八三頁、武漢、湖北教育出版社、二〇〇六年を参照。
(39) 汪暉『現代中国思想的興起』（北京、生活・読書・新知三聯書店、二〇〇四年）第二部下、附録「地方形式、方言土語与抗日戦争時期「民族形式」的論争」、一五三〇頁。

（40）李寒谷「三月街」、『国聞周報』一九三五年第一二巻第二五期。李雲忠選編『中国少数民族現代当代文学作品選』、一三〇一一四一頁、北京、民族出版社、二〇〇五年。
（41）劉大先「京味文学——時空与人文」、「老舎筆下的北京意象」、韓経太など『老舎与京味文学』、北京、北京大学出版社、二〇一一年。
（42）「斯究魯究」とは一種の典型的な処刑文字のことを意味する。おもにトンパ教徒が経典を伝承していく際に使用され、トンパ文と呼ばれていた。「斯究魯究」は一四〇〇余りの単体の文字があり、単語も豊富で細かい感情や複雑な出来事まで伝えることが出来る。また詩を書くことも出来る。「斯究魯究」は今までのところ世界で唯一の今も使われている象形文字であり、「生きている化石」と人々の注目を浴びている。
（43）「哥巴文」はナシ語では「弟子」、「徒弟」を意味する。なぜなら、「哥巴文」の殆どがトンパ字を簡略化したものであるため、「哥巴」と名付け、つまりトンパを師とするという意味である。しかし、どちらの誕生が早いかについては学術的にまだ明確な答えが出ていない。「哥巴文」は主に中国雲南省麗江一帯で使用されている。ナシ語には声調が決まっているが、哥巴字は明確なそれがなく、聞いただけではわからないため文字を確認しなければならない。声調の区別を除けば、ナシ語には約三〇〇の音節があり、哥巴字は重複するものも多いため、その数はナシ語の音節をはるかに上回る。
（44）「文化大革命」の間、大量のトンパ経典は処分された。米国と欧州に残っているトンパ経は主にジョセフ・F・ロック（一八八四－一九六二）によって持ち帰って保存されているものである。ロックは米国籍のオーストリア人で、西洋におけるナシ文化の始祖と呼ばれている。著書には『中国西南古納西王国』（劉宗岳によって二〇世紀六〇年代に翻訳され、一九九九年四月に雲南美術出版社から楊福泉・劉達成の修正後に出版されている）、『納西―英語百科詞典』等がある。
（45）トンパ文化に関する研究には、白庚勝・楊福泉『国際東巴文化研究集萃』、昆明、雲南人民出版社、一九九三年。白庚勝『東巴神話研究』、北京、社会科学文献出版社、二〇〇二年。
（46）これらの名詞に関する議論については後述するが、アリフ・ダーリック（Alif Dirlik）「後植民気息——全球資本主義時代的第三世界批評」（汪暉、陳燕谷編『文化与公共性』、北京、生活・読書・新知三聯書店、一九九八年）が参考になる。
（47）白朗『月亮之麗江的夜鶯——一個納西人対故郷的人文追述』、一八三頁、重慶、重慶出版社、二〇〇七年。実際には、白朗自

身にはそれほど多くの作品はないが、蔵彝走廊の周辺、とくにナシ郷土の人文地理文字に関する編著がある。『吾土麗江——納西人的郷土和文化衣冠』、成都、四川人民出版社、二〇〇三年。『火焔与柔情之地——涼山彝族郷土紀実』、重慶、重慶出版社、二〇〇七年。

(48) 前掲注47『月亮之麗江的夜鶯——一個納西人対故郷的人文追述』、三三頁。

(49) 前掲注38『中国翻訳通史・古代部分』。

(50) 王嵩儒『掌故零拾』巻一、九頁、台北、文海出版社。

(51)『清実録』第二冊、一六八頁、北京、中華書局、一九八五年。

(52) 魏源、韓錫鐸・孫文良点校『聖武記』下、五一三頁、北京、中華書局、一九八四年。

(53) 黄潤華「満文翻訳小説述略」、『文献』第一六輯、六－二三頁、一九八三年。黄潤華、王小虹「満文訳本〈唐人小説〉、〈聊斎志異〉等序言及訳音〈三国演義〉論旨」、『文献』第一六輯、一－五頁、一九八三年。魏安『三国演義版本考』、一七頁、九四頁、上海、上海古籍出版社、一九九六年。

(54) 范曄『後漢書』第一〇冊、二八五四－二八五五頁、北京、中華書局、一九六五年。

(55) 戴慶厦、馬学良「『白狼歌』研究」、戴慶厦『蔵緬語族語言研究』、三九一－四一七頁、昆明、雲南民族出版社、一九九〇年。

(56) 佚名『漢訳蒙古黄金史綱』、五三－五六頁、朱風、賈敬顔訳、フフホト、内蒙古人民出版社、二〇〇七年。

(57) 楊憲益『訳余偶拾』、一－九頁、済南、山東画報出版社、二〇〇六年。

(58) 傅海波等『剣橋中国遼西夏金元史』、五三七－五三八頁、北京、中国社会科学出版社、一九九八年。

(59) 吉川幸次郎『元雑劇研究』、引用、張哲俊『吉川幸次郎研究』、三〇六頁、北京、中華書局、二〇〇四年。

(60) 郭万金「元代文化生態平議」、『民族文学研究』二〇〇八年第一期。

(61) 李泰洙『「老乞大」四種版本語言研究』、一－五〇頁、北京、語文出版社、二〇〇三年。

(62) 姜義華主編『胡適学術文集・中国文学史』上、一－三九六頁、北京、中華書局、一九九八年。

(63) 劉大先「清末民初京旗小説引論」、『民族文学研究』、二〇〇七年第二期。

(64) 季羡林「新疆与比較文学研究」、『季羡林文集第八巻・比較文学与民間文学』、二五七頁、南昌、江西教育出版社、一九九六年。

(65) 季羨林「浮屠与仏」、『季羨林文集第七巻・仏教』、七頁、南昌、江西教育出版社、一九九六年。

(66) 季羨林「再談『浮屠』与『仏』」、同上、三四五－三六〇頁。

(67) 季羨林「『羅摩衍那』在中国」、前掲注64『季羨林文集第八巻・比較文学与民間文学』、二八九－三〇三頁。

(68) 張広達「論隋唐時期中原与西域文化交流的幾個特点」、『西域史地叢稿初編』、二八一－三〇一頁、上海、上海古籍出版社、一九九五年。

(69) 前掲注57『訳余偶拾』、七四頁。楊憲益のここでの「考証」には憶測の部分が多いが、文学的想像について言うと、彼の「憶測」も非常に意義がある。

(70) ローレンス・ヴェヌティ「翻訳与文化身分的塑造」、許宝強、袁偉選編『語言与翻訳的政治』、三六〇頁、北京、中央編訳出版社、二〇〇〇年。

(71) 翻訳学界でのいわゆる「母語原則」は、訳者が逆翻訳（inverse translation）に従事することに反対している。これは技術的な面からの切り口であり、一人の人間は一つの言語にしか精通できないと考えられており、したがって訳者は外国語から母語にしか翻訳できないとする見方であるが、実際には母語中心的で我族中心的な色彩を帯びているのである。当然ながら、このような伝統的な主流観念は現代にも影響を与えている。Nike K.Pokorn *Challenging the Traditional Axioms: Translation into a Non-Mother Tongue* (Amsterdam and Philadelphia: John Benjamins Publishing Company, 2005) の中で、理論を整理・分析・調査し、非母国語への翻訳の可能性を検証している。

(72) 「関於少数民族文学的問答——少数民族作家答本刊題巻問」、『南方文壇』、二二頁、一九九九年第一期。

(73) 烏熱爾図「不可剥奪的自我闡釈権」、『読書』、三四頁、一九九七年第二期。

(74) 姚新勇「未必純粋自我的自我闡釈権」、『読書』、一六頁、一九九七年第一〇期。

(75) サイードは何度もこの観念について述べている。「『東方主義』序言」、「『文化与帝国主義』序言」、『賽義徳（サイード）自選集』、謝少波、韓剛等訳、北京、中国社会科学出版社、一九九九年。

(76) 孫歌「前言」、許宝強、袁偉選編『語言与翻訳的政治』、一二頁、北京、中央編訳出版社、二〇〇〇年。

（77）アントニオ・グラムシ『葛蘭西（グラムシ）文選（一九一六―一九三五）』、中共中央マルクス・エンゲル・レーニン・スターリン編訳局国際共運史研究所編訳、三九五―四二二頁、北京、人民出版社、一九九二年。
（78）烏熱爾図はカナダの当時の英語文学状況を紹介した文章（申慧輝「奪回被盗走的声音」、『世界文学』一九九四年第五期）に基づいて、議論を引き起こした（「声音的替代」、『読書』、八九―九五頁、一九九六年第五期）。
（79）円形の監獄では中央の塔を中心に監房が設置され、中央の観察室（一つの眼）はすべての犯人を監視下に置いた。この権力の眼はすべての形象的な主人なのである。これはある種の権力を象徴している。フーコー『規訓与懲罰』、劉北成、楊遠嬰訳、二二四―二三五頁、北京、生活・読書・新知三聯書店、二〇〇七年。
（80）ヴォルフガング・ヴェルシュ著、陸揚・張岩冰訳『重構美学』、二一八頁、上海、上海訳文出版社、二〇〇二年。
（81）視覚と聴覚には相応する特徴がある。持続―消失、距離―専心、非動揺―受動性、個性―社会の相対比。
（82）路文彬『視覚文化与中国文化的現代性失聡』、二九二頁、合肥、安徽教育出版社、二〇〇八年。路は次のように考えている――私たちがまず先にやるべきことは現代性の出発点に戻り、私たち自身の文化の根源を見つけることである。一刻も早く私たちが自分で培ってきた傲慢な習慣を捨て去り、その傲慢によって傷つけられた文化の根源に対して誠実に懺悔することである。これこそが新たに出発するために必要なことである。
（83）カタリーナ・ライス著、羅得斯訳『翻訳批評（潜力与制約）』、上海、上海外語教育出版社、二〇〇四年。メアリー・スネル＝ホーンビー『翻訳研究（総合法）』、上海、上海外語教育出版社、二〇〇一年。Vermeer Hans, *General Foundations of Translation Theory*, Tubingen: Niemeyer, 1984.
（84）近現代日本は西洋文化の翻訳、中国と西洋および日本の翻訳に対して、この点を深く体現した。昨今の研究では、Douglas R.Howland, *Translating the West:language and political reason in nineteenth-century Japan*, Honolulu: University of Hawaii Press,2002. Ying Hu, *Tales of translation: composing the new woman in China,1899-1918*, California: Stanford University, 2000.
（85）クリフォード・ギアツ著、王海龍・張家瑄訳『地方性知識――闡釈人類学論文集』、七四―七五頁、北京、中央編訳出版社、二〇〇〇年。
（86）陳思和の「潜在する創作」については、郭冰茹「『潜在写作』的命名与当代文学史研究空間的拓展」、『当代作家評論』二〇一〇年第四期、四一－四六頁。ここで借用したのは力のある批評者の能力と視線の外にある少数民族の非漢語創作を示すためである。

(87) 関紀新「老舎民族心理芻説」(『新華文摘』二〇〇七年第一期）では、満族末裔としての少数民族心理の奥深さと垣間見えるものに注目し、現代文学研究者がこれまで見落としていた老舎の別の見方を提起している。多くの少数部族の現代文学作家はみな似たような感情を抱いている。例えば、沈従文（ミャオ族とトゥチャ族の混血）、端木蕻良（満族）等がいる。昨今、このような研究は他にも続々と発表されている。

(88) ジャック・デリダ「巴別塔」、陳永国主編『翻訳与後現代性』、一三頁、北京、中国人民大学出版社。

(89) ヴォルター・ベンヤミン「訳者的任務」、同上『翻訳与後現代性』、一〇頁。ここで指摘しておかねばならないことは、ベンヤミンのこのドイツ語の論文の中国語訳が必ずしも「正確」ではないことである。ポール・ド・マンは嘗てハリー・ゾーン (Harry Zohn) の英訳とモーリス・ド・ガンディヤック (Maurice de Gandillac) のフランス語訳を詳細に分析し、逆の意味に理解しているところを発見した。しかし、畢竟、翻訳というのは理解であるため、異なる翻訳というのはすべてその「正確性」の一面であるとも言える。

(90) 前掲注88「巴別塔」、三〇頁。

(91) 曹順慶「二一世紀中国文化発展戦略与重建中国文論話語」、『東方叢刊』一九九五年第三輯。曹順慶「文論失語症与文化病態」、『文芸争鳴』一九九六年第二期。曹順慶、李思屈「重建中国文壇話語的基本路径及其方法」、『文芸研究』一九九六年第二期。

(92) 陶東風「主体性、自主性与啓蒙現代性――二〇世紀八〇年代中国文芸学主流話語的反思」、『社会理論視野中的文学与文化』、広州、暨南大学出版社、二〇〇二年。

(93) 李鴻章「籌議制造輪船未可裁撤折」(同治一一年五月一五日)、『李鴻章全集』巻一九、八七四頁、長春、時代文芸出版社、一九九八年。

(94) 吉狄馬加『吉狄馬加詩選』、二三七頁、成都、四川文芸出版社、一九九二年。

(95) 馬紹璽『在他者的視域中――全球化時代的少数民族詩歌』、二四頁、北京、中国社会科学出版社、二〇〇七年。

(96) 徐其超、羅布江村主編『族群記憶与多元創造』(成都、四川民族出版社、二〇〇一年）の第六章は新時代以降の四川少数民族

による母語文学創作に対する論評があり、主にチベット族とイ族に集中している（六六〇－七五一頁）。
(97) 魏強、嘉雍群培、周潤年『蔵族宗教与文化』、一七〇－一七八頁、北京、中央民族大学出版社、二〇〇二年。
(98) すでに中国語翻訳版が出版されている。郎頓・班覚『緑松石』、郎頓・羅布次仁訳、ラサ、西蔵人民出版社、二〇〇九年。
(99) 李佳俊「当代蔵族文学的文化走向――浅析新時期蔵族作家不同群体的審美個性」、『中国蔵学』八九－九一頁、二〇〇六年第一期。
(100) 阿牛木支「当代彝文詩歌創作概論」、『西南民族学院学報』、一〇－一四頁、二〇〇二年。
(101) 「克智」に関する研究には、沙馬拉毅「論彝族『克智』」、『西南民族学院学報』（哲学社会科学版）、二〇〇三年第一期。巴莫曲布嫫「克智与勒俄――口頭論辨中的史詩演述」、『民間文化論壇』、二〇〇五年第一、二、三期。沈良傑「彝族克智的語言特色」、『学術探索』、二〇〇八年第四期。顧爾伙「涼山彝族『克智』伝承的過去現在和未来」、『民族芸術研究』、二〇一一年第一期、等々がある。
(102) 興味深いことは、阿庫烏霧には羅慶春というもう一つの中国語の名前がある。詩人でもあり学者でもあるため、詩を発表する時にはイ語の名前の「阿庫烏霧」を使用し、学術論文を発表する時には中国語名の「羅慶春」を使用する。異なる身分と言語の間にあるアイデンティティとその応対には、意味深長な情報が含まれている。
(103) 阿庫烏霧「畢摩」、『阿庫烏霧詩歌選』、七一頁、成都、四川民族出版社、二〇〇四年。
(104) 朝戈金「中国双語文学――現状与前景的理論思考」、中国社会科学院少数民族文学研究所編『民族文学論叢』、三八九－三九〇頁、フフホト、内蒙古大学出版社、二〇〇〇年。
(105) Salman Rushdie, *Imaginary Homelands:Essays and Criticism 1891-1991*, New York: Viking and Granta, 1991.
(106) 任一鳴・瞿世鏡『英語後植民文学研究』、四頁、上海、上海訳文出版社、二〇〇三年。
(107) 史安斌「『辺界写作』与『第三空間』的構建――扎西達娃和拉什迪的跨文化『対話』」、『民族文学研究』、五－一一頁、二〇〇四年第三期。
(108) ジル・ドゥルーズ／フェリックス・ガタリ著、陳永国編訳「什麼是少数文学?」、『遊牧思想――吉爾・徳勒兹、費利克斯・瓜塔里読本』、一二八頁、長春、吉林人民出版社。

（109）Homi K. Bhabha, *The Location of Culture*, London: Routledge, 1994, pp.25-37. 前掲注107「『辺界写作』与『第三空間』的構建——扎西達娃和拉什迪的跨文化『対話』」、五頁。

（110）呉重陽、陶立璠編『中国少数民族現代作家伝略』、四六頁、西寧、青海人民出版社、一九八〇年。

（111）李振坤・黄川編『魯迅与少数民族文化』、ウルムチ、新疆美術撮影出版社、一九九四年。丁子人「魯迅文学伝統与中国少数民族文学」、『魯迅研究月刊』、三五－四二頁、一九九七年第一二期。張直心「論魯迅対少数民族文学潜在基質的喚醒」、『魯迅研究月刊』一四－一九頁、二〇〇〇年第六期。張直心「少数民族文学中的『魯迅魂』」、『大理学院学報』、二七－二九頁、二〇〇一年第一期。

（112）ディアスポラはギリシア語である。種や花粉を「まき散らす」ことを通じて、植物が繁栄していく様子を指している。

（113）娜朶『母槍』、北京、民族出版社、二〇〇三年。

（114）董秀英『馬桑部落的三代女人』、昆明、雲南人民出版社、一九九一年。

（115）エリック・ホブズボーム／テレンス・レンジャー共著、顧杭・龐冠群訳『伝統的発明』、南京、訳林出版社、二〇〇四年。

（116）唯色『西遊筆記』、三五四頁、広州、花城出版社、二〇〇二年。

（117）クリフォード・ギアツ著、韓莉訳『文化的解釈』、五頁、南京、訳林出版社、一九九九年。

（118）この点については「少数民族（題材）電影」の中で非常に明確に表現されている。「十七年」時期と新世紀以降の多元化する少数民族映画を考察すると、いわゆる部族間の差異はそれほど重要ではなく、自己表現を強調する少数民族の創作者はおそらく自身の符号的なシンボリック資本を強調しているだけである。

（119）ガヤトリ・C・スピヴァク「民族主義与想像」、『文芸研究』、三一頁、二〇〇七年第二期。

（120）チャールズ・テーラー『承認的政治』、汪暉・陳燕谷主編『文化与公共性』、北京、生活・読書・新知三聯書店、一九九八年。

（121）張承志「美則生、失美則死」、『環球青年』、一九九四年一一月。

（122）李喬「魯迅在上海芸術大学演講」、『中国現代文学資料叢刊』第一輯、上海、上海文芸出版社、一九六二年。「聴魯迅先生講演」、『民族文学』、一九八一年第二期。「流浪上海灘」、『上海灘』、一九九三年第六期。関紀新主編『二〇世紀中華各民族文学関係研究』、九頁、北京、民族出版社、二〇〇六年。

(123) 李陀「願你聴到這支歌」、『少数民族短編小説選』、四二四頁、成都、四川民族出版社、一九七九年。

第四章　地理と想像——空間的視野の中の少数民族文学

蕭乾は嘗て回顧録の中で、自分自身のアイデンティティに対する混沌とした感覚について、言及したことがある。それによると、少数民族出身というバックボーンが彼に卑屈さを感じさせたことさえあったという。

私は父親の死んだ後に生まれた子供である。本来、これはちっとも恥ずかしいことではないが、しかし私が幼少の時、先輩たちはみんなこのことに対して、忌避すべきことのように黙殺していた。ある日、私は一人のおばさんに、「この墓生まれの子が！」と罵られたことがある。この言葉の意味が分からなかったので、何人か周りの人に聞いてみたが、そこで初めて「墓生まれの子」の意味が理解できた。要するに私は父親が死んだ後に生まれた子だったということを。それでも、例えば一九三六年、私が『栗子』のために書いた序文「憂鬱者の自由」の中でも触れているように、当時のこのことに対する理解は依然として朦朧混沌としていた。例えばその序文の中で私はこうも書いている。「私はまず認めますが、私の父は稀に見る変わった人であった。私は彼に会える幸運がなかった。何故なら、私がこの世を見たその途端に、彼は亡くなったからだ。死因は憂悶だったそうだ」。この文言で分かるようにその時になっても、私はまだ自分が父親の死んだ後に生まれた子供であるということを隠していたのだ。

私はモンゴル族で、少数民族である。このことを、私は一九五六年の幹部任用のための自伝を書くまで、ずっと隠してきたのだ。このことから分かるのは、少数民族であるという事実は、私を卑下する一つの要因でもあったということである。

解放後、少数民族の立場は大きく変わった。モンゴル族であり漢族ではないということがなぜ自分を卑下する原因になるのかと、恐らく今の四〇歳以下の読者は分からないだろう。しかしその当時、漢族の人々が少数民族の名称を言う時に、まだその当て字の漢字に、「犬」という旁を付け加えていたのだ。フフホトの旧称だって「綏遠」と「帰化」となっていたし、当時の国旗が赤黄青白黒の五色になったが、漢族だけが赤色になっていた。学校でも、漢族の子どもが回族の子どもを追いかけまわして、汚い言葉を浴びせていた光景もしばしば見かけた。訛りのある南方出身の同級生も、「湯葉野郎」或いは「蛮人」と罵られていた。

このような雰囲気の中にあったので、私は自分のモンゴル族である身分を隠し続けるしかなかった。毎回、戸籍情報の記入などの場面に遭うと、いつも適当に書いて誤魔化していた。「大興」と書いたこともあるし、「通州」と書いたこともある。ある友人が、私を大学に合格させるために、「本籍広東潮陽」との偽造文書と作ってくれたことさえある。

新中国が成立した後、少数民族は蔑視されるどころか、却って特別な待遇を受けることさえもしばしばあった。それだからという一面もあるが、私はあまり自分の出身「モンゴル族」を変えたくない。今でも、自伝などでは自分はモンゴル族であることを世間に知らせているが、しかし個人情報等の記入事項が必要になった場合、依然として私は自分の民族出身を「漢族」と書いている。何故なら、先祖との血縁関係以外、私の身の上にはモンゴル族であるという意識と特徴がもう全くないからだ。関内に移り住んでから、うちの家族はもう何代もここで生活を営んでいる。父の死は早かったし、母はそもそも漢族で、姓は呉である。何より、私自身モンゴル語は一言も話せない。一九五六年、私が内モンゴルを訪れた時に、錫林郭勒盟の盟長が私たち一行に、朝食は漢族式にするのかそれともモンゴル族式にするのかと聞きに来た時、同行者はみんなモンゴル族式と言ったので、私もそれにしたが、その後、半年くらい、私は牛乳の匂いさえ嗅げなくなるほど嫌になったのだ。このような状況を考えると、私は自分のことを「漢族」と書くことに、なんの抵抗感もなくなる。むしろ逆に「モンゴル族」と書いた方が、嘘っぽく感じるのだ。[1]

この事例は、恐らく現代少数民族作家の多くが経験したことであろう。何故なら、彼らはちょうど中国政府が帝政王朝の体制から現代民族国家へ移行し、混乱と不安と再編の中で、「民族」「国家」「少数民族」等の観念も刷新しながら、更迭しながら、再構築しながら、次第に形成していた時期であったからである。この間、言うまでもなく民族、個人、主体などの概念の境界線の分流と再編も行われたであろうし、いわゆる動態的な過程にいたと思われる。よって、主体性の形成や主体に関する様々なアイデンティティなどについても、この動態的な関係の中で形成したものと言えよう。そしてまさにこの空間的な認知が、「想像の共同体」の形成を促進した重要な一手段であった。

少年時代の蕭乾は地壇公園の「世界平面図」の模型の上で、この世界、中国、自己に対する認識を形成したかのようである。何故なら、彼の記憶によると、そこには「茶褐色の高山、青色の海、鉄道を走る汽車があったし、比例的に見て、中国が大きく、日本が小さいことも分かった。それから「英属」「荷属」の木の看板を見て、まだこれだけの民族が奴隷に使われているのだとも知った。私は旅の途中で、しばしばあの模型を思い出す。それは、その模型の上で私が初めてアルプス山脈、ロッキー山脈、ライン川、ミシシッピー川を見たからだ。それによって私は少し地理に関する知識を得たし、また実感のある愛国主義思想を手に入れ、植民者への憎悪をも呼び起された[2]」

という。その後、蕭乾の殆ど「地図を持たない旅行」と遊学の過程で、特に東南アジア植民地での見聞が、この元々自分のモンゴル族出身という身分に何の自覚と意識も持っていなかった彼自身に、「自分の文化を失い、また自由を失ってしまうと、それは間違いなく悲劇であり、その損失は現代文明ではとても補えるものではない。なぜなら、機械そのものは所詮血を吸い取る道具に過ぎないからだ。つまりもし『民族』を前面に出してトータルで考えないと、文明とはむしろ悪夢であるかもしれない」(3)と考えさせたのである。

蕭乾が自覚する過程は、ちょうど現代の民族が自己形成を行う過程であり、同時にまた一種の空間に対する現代的な認知の過程でもあったとも言えよう。それなら、少数民族出身という身分が、この現代的な自己意識の中で如何に発展する空間を獲得したのかという問題は、地域また空間的な要素に対する再認識と、密接な関係にあると思われる。従って、本章においては主に空間的次元から中国少数民族文学の現代認識の転換を分析することにしたい。ここで言う空間とは、「物理的、地理的な範疇と国土はもちろん、哲学的、芸術的な意味をも含めて」展開する。

第一節　時空の現代的差異

一、天下分裂——地理的な親近感から文化的な等級意識まで

現代言説環境において、どの地域、族別、言語別の文学でも、中国という多元、多層、多等級の文化構造全体の中で、自分の位置づけをしないと、存在意義を獲得することができない状況になっていると言えよう。つまり中国文学の一部となっている構成個体も、独立した価値と解釈を獲得することが不可能になるのである。そもそも個々の文学は開放的な一面も持っているため、少数民族文学が閉鎖的で、狭隘な自民族の中に自己を限定することは不

可能であろう。それに、既存の現代文学の言説環境から見ても、その表面上が如何に「多元化」された姿を見せても、結局は「国家文学」の思考回路や枠組みで「少数民族文学」を理解するしかない。ただ、「国家」はこれらの文学の属性の一つではあるが、これらの文学の言説空間は決してこの属性だけに限られるものではない。そもそも国家の内包そのものもしばしば変容するため、少数民族に関する規定も、それ相応に変容していくものであろう。中国自身の歴史から見て、主体民族と少数民族に関する核心的観念は、以下の幾つかの表現――「中国」「五方之民」「天下」「夏」「夷」などが挙げられよう。これらの観念の間の駆け引きや押し合いは、ある意味、近代以来の外来思想の触発によって、ようやく現代民族の概念として形成されたものと分かる。或いはこれは一種の「空間的な境界」から「種族的な境界」へと転化する過程であったとも言えよう。

「中国」という名称の起源は、武王の時期（紀元前一〇八七―一〇四三）に遡り、西周の時代になると、中原と外側四方の国が対置する形で存在しており、典籍の中では、また華夏、中夏、中華等と称された時期もあった。[4]先秦時代の典籍、例えば『尚書』『詩経』『管子』『墨子』『孟子』『荘子』『列子』『呉子』『礼記』『国語』また「春秋三伝」の中で、「中国」という名称の使用例はしばしば見られる。これらの使用例を見ると、「中国」という言葉は主に地理学的な区域観念であったが、同時に政治的な文化的な意味での使用例もある。これは「中国」ないし「京師」と言われていた場所は、すべてが政治、経済、軍事、文化の中心地であったからである。ある調査によると、現存する五三の先秦時代の古代書籍の中で、「中国」という言葉が記載されているのは二五冊で、計一七八回も使用されているという。これらの使用例をまとめてみると、「中国」という言葉には五つの意味が含まれていることがわかる。それは京師、国境の内側（または国中）、諸夏の領域、中等の国、中央の国、である。なお、この五つの意味に共通するものは、共にある特定の空間的な領域を指していることである。[5]

「中国」の空間的意味は、主に「他者」すなわち周囲民族との関係構築の中で確立され、いわゆる「中国中心観」

の結果であると言えよう。周知のように、周王朝の初期、宗法制を基に分封制が実行され、「天下共主」「中央之国」の国家観念が徐々に確立され、諸侯は国を家とし、卿大夫は采邑〔領地〕を家とするようになった。これによって国と家は一つになり、政権と族権をも一つに融合して、最後は周天子を共同崇拝の宗主とする等級制の宗族血縁政治体系が形成されたのである。春秋戦国の時代、周王朝は国土を削られ、諸侯における地位は日に日に落ちていった。皮肉なことに、この時に却って「五服」「九服」「五方之民」などを論ずる系統的な学説が現れて、国家構造も領域も、近辺から遠方へと拡散していく同心円的な想像が成り立つのである。つまり「中国」を中心とする拡散型の、境界のない「天下」構造である。そうすると、「中国」そのものも、このような空間図式の中において、同じく「天下」の小さな一員となり、まさに「四海が天地の間に置かれ、アリの巣が広き沼沢に置かれているかの如く、中国が四海に置かれては、誠に一粒のコメが大倉庫に置かれているような」[6]ものなのである。

春秋時代に書かれた『国語・周語』によると「先王の制度では、邦の内側は甸服とし、邦の外側は侯服とし、侯と衛を賓服とし、蛮と夷を要服とし、戎と狄を荒服とする。甸服の者は祭〔祭は周王が祖父と父を供養する時に使うお供え物を供給し、つねに敬うこと〕を、侯服の者は祀〔祀は周王がご先祖を供養する時に使うお供え物を提供し、毎日に一回敬うこと〕を、賓服の者は享〔享は周王が始祖を供養する時に使うお供え物を貢ぎ、毎月に一回敬うこと〕を、要服の者は貢〔貢は周王が天地神霊を供養する時に使うお供え物を献上し、毎年に一回敬うこと〕を、荒服の者は王〔王は一生涯において一回だけ周王を表敬訪問すれば済むこと〕を」[7]分担させるという。『尚書・禹貢』にも五服の説があって、「五百里は甸服とする。百里以内の者に總賦を納めさせ、二百里以内の者に銍を納めさせ、三百里以内の者に秸服を納めさせ、四百里以内の者に粟を納めさせ、五百里以内の者に米を納めさせる。五百里の外側は侯服とする。その内、百里〔以内の侯服に対して――訳者注〕を采とし、二百里を男邦とし、三百里を諸侯とする。五百里に対しては懐柔策をとり、三百里に対しては文教を施し、二百里に対しては武衛を振興する。五百里は要服とし、三百里は夷とし、二百里は蔡とする。五百里は荒服とし、三百里は蛮とし、二百里は流とする。よって、東は海の果てまで、西は砂漠地まで、南北東西、その教化は天下に至る」[8]とある。『周礼・夏官・職方氏』はさらに九服説を提起されている。「職方氏は天下の地図を管理し、それによって天下の土地を管理していた。なお、その地図によって、国の地方を都、鄙、四夷、八蛮、七閩、九貉、五戎、六狄の八つに分け」[9]ている。さらに「国を九服に区分け、方千里の地を王畿とし、その外の五百里を侯服とし、更に五百里の外を甸服とし、更に五百里の外を男服とし、更に五百里の外を采服とし、更に五百里の外を衛服とし、更に五百里の外を蛮服とし、更に五百里の外を夷服とし、更に五百里の外を鎮服とし、更に五百里の外を藩服とし」[10]ている。「千里の内側は旬とし、千里の外側は采とし、流ともする」[11]。五服と九服はすべて周天子を中心にして、親疎遠近の関係に基づき、外側の世界を異なる階層に分けて、遠近序列の制度を造った。最も遠い場所は荒唐無稽の地と見られていたため、まさに『山海経』の中の『大荒経』や『海外経』のように、奇異な記述が多く存在する。

平面的な角度から見ると、このような地理観念における「天下」の空間は内側から外側へ伸びていくものと見られているようである。しかし構造的な角度から見ると、「中国」と「四夷」の関係のように、求心的な形式になっている。「凡そ住民の使っている材料は、みんなその地の寒暖乾湿の気候および平地か渓谷か河川かの地理的な状況によって違ってくる。そこに生活していると、その住民の習俗ももちろん違ってくるし、硬軟軽重遅速とだいぶ差異が出てしまう。五味の調理法も器具の造り方も衣服の良し悪しの判断も違ってくる。その教を修正するのは可能だが、しかしその習俗を変えるのはそう簡単ではない。その行政を整えるのは可能だが、その良し悪しの判断基準を変えるのは容易いことではない。中国の戎夷および五方の民は、皆それぞれ自分の習性を有しており、それを無理に推移することはすべきではない。東方の民族は夷と謂い、髪の毛は束ねず、文身もしていて、火を通さずに食事をする者もいる。南方の民族は蛮と謂い、交趾の地方には額に入れ墨をして、同じく火を通さずに食事する者がいる。西方の民族は戎と謂い、髪の毛は束ねず、獣の皮を着ていて、穀物を食べない者がいる。北方の民族は狄と謂い、羽毛の服を着ていて、洞窟に居住して、穀物を取らない者もいる。中国、夷、蛮、戎、狄は皆、衣食住また日常生活に必要な道具と備品と器を要する。五方の民族の言語は通じず、それぞれの欲と道楽も違う。彼らと意志疎通を図り、彼らの要望を実現するには、通訳が要る。それを東方は寄と謂い、南方は象と謂い、西方は狄鞮と謂い、北方は訳と謂う」[12]。「五方の民族」は地理、気候などの条件の差異によって、異なる風俗、器物、文教を形成しているが、ただそこには親密と疎遠の違いはあるものの、明確な等級的な区別はない。一般的に言えば、「同様の場合は親しみを感じ、異なる場合は敬意を表し」、「礼とは、異なることをお互いに尊重する者なり。楽とは、異なる芸術の形式を以て、お互いに共感することなり」[13]、「礼とは人が来て聞くもので、人に聞かせるものではない。礼とは聞いて学ぶに来るもので、教化に押し付けるものではない」[14]と記されている。「中国」は如何なる義務も求めないし、また自分の価値観念を普遍的に当てはめようとも願わない。このような中心輻射型の天下観は、中国を中心とし、四夷がそれに環衛して、自分自身を中心とする構造を創り出した。もちろん、この意識の背後には文化的に絶大な自信はあったものと思う、ただそのことを暴力と征服によって普及、支配しようという動機と企図には至らなかった。華夏と夷狄の間に価値観が生じ、しかも等級的な違いを生み出したのは、この間の歴史上において、何度もあった王朝国家間の争いと、それがさらに近代へ転向する時に出現しており、一部の民族主義者によって、突出した問題として浮かび上がらせたものである。この点については、後々また詳しく論述する。

「中国」に対応する概念として「天下」というのがある。その際、よく引き合いに出されるのは、「天下において、王土に非ざるものはない。王土に居住する者は王臣に非ざる者はない」[15]という一句である。これはいわゆる王には内外の違いがなく、天下は一体であるという世界観念であり、近代以降に形成された現在の国際関係を中心とする世界観とは大いに異なっている。もう少し具体的に言えば、「天下」観は世界を一つの地理的な総体と見なし、その空間観念の中身はつまり九州説である。すでに戦国の時代に、斉国の騶衍が大九州の学説を提起している。彼は『史記・孟子荀卿列伝』において、「儒学者が言うに拠れば、中国とは天下の八一分の一を占める国であるという。その中国の名は赤県神州で、赤県神州の内には九つの州があり、禹がこの九つの州に順位付けた。州にならないものも数個ある。中国の外にも赤県神州のように九個の州があって、これも九州と言う。ただ海に囲まれていて、人民も禽獣も相互に行き来できない区もある。その一区が一州を成す。このような州が九つもあって、その外側には大海が囲んでいて、それの果てたところが天地の間際となる」と記している。[16] この世界観は言ってみればある種の途切れることなく続く、螺旋状に拡大する地理的な概念であると言えよう。もちろん、このような考え方は決して厳密な地理調査や測量を行った上で得たものではなく、飽くまでも一種の主観的な想像ないし理想的な構想であった。だからこそ、当時および後世の人々に信用されず、時には「談天衍」とあざ笑われることさえあった。司馬遷も「その語は宏大過ぎて検証されていない（其語閎大不経）」と述べ、後の桓寛も騶衍に対して「聖人にあらず、誤謬を造っている。（中略）これこそ『春秋』の云う〈匹夫諸侯を幻惑〉することとなり[17]」と批判している。よって、多くの学者がこれらの批判に従って、「中国人は昔も今も自己中心的な天下意識を持っており、それだから国際的な意識が欠けていて、地理的な角度から世界を正確に区分することが出来ない[18]」という結論に辿り着きやすいのである。しかし見方によっては、この桓寛らの批判も的外れと言えるのかもしれない。何故なら、騶衍は決して現実的に、地理的な考察をしているわけではないからである。彼の「天下」論はむしろ哲学的な様相をなしていた。

『尚書・禹貢』は天下を冀、袞、青、徐、楊、荊、豫、梁、雍の九つの州に、地理的に区分している。このような区分けがもたらした影響は深く、『隋書・地理志』において、隋煬帝も全国を一九〇の郡に分けているし、『通典・州郡典』によると、天宝年間は三〇〇以上の府郡があったようだが、それが全部『禹貢』の中の九州区分に基づいて配列されている。但し一つ注意してほしいことは、この区分の対象範囲は、飽くまでも当時の王朝が実際に支配できている領土ないし名義上管轄している領土を対象としている。四方夷狄の地域はそこに含まれていない。しかし当時の天下理念から言って、まさに「天子は夷狄が用いる名称で、天を父とし地を母とするため、天子という。天家とは百官小吏が用いる名称で、天子は外というものがなく、天下を以て家とするため、天家を称す子」とあるように、仮に四方夷狄の地域が「化外の地」であっても、同じく「天下」の一部と見なされていた。[19] このことからも分かるように前近代の中国思想にも、世界に対する認識がなかったわけではない。ただその認識が現代（民族）国家をユニットとする国際体系の世界観念と違っていただけで、言ってみれば、近代以降の規範である国際体系は西洋の「世界」言説によって成り立っており、その共通認識に、中国の「天下」観念が抑圧され、却って違う目線で見られるようになったのである。[20]

天下九州に位置する「中国」は、その「諸夏に属する列邦を全部含み、その列邦の活動する領域もすべて含まれる。この呼称の実質的な意味が、また民族文化の統一観念を表している。諸夏列邦がみな「中国」という総称を冠しているのは、主にここに属する人々は同一族類の性質を持ち、また同一文化の教養を持っている、という二つの意味を示すものだろう。但し、遠古から政治的に統一した事実のない地方にも、民族的な混同と雑居の事実があったため、文化的にも血縁関係的にも、みな「中国」の意識を持っていた。だから当時は個々の列邦を意識して、諸夏と呼んでいたのだ。このような文化的な融合と同化によって統一された観念意識、生活習慣、言語文字、社会結合などを有していたが故に、当時は略して「中国」と形容していた。よって、「中国」という呼称の形成は、実に当時の中華族類全体の民族と文化の統一観念を現わしている」ものとの指摘もある。[21] これがいわゆる「文化民族主義」の模範的解釈である。つまり文化を重んじ、血統を軽んじることと、徳の教育を重んじ、種族の別を軽んじるということである。もちろん、儒家を柱とする中国文化の中では、内外、民族、自他、夏夷を区分する基準たるものがあったのは言うまでもない。但しこの文化的な思想の源流を辿ると、根本的には「大統一」「正統論」「華夷の別」等の概念が現わしているように、実は何れも社会初期段階の境界線がなく、飽くまでも距離空間によって生じた遠近感に過ぎない。

孟子が嘗て「吾は夏を持って夷を変えたということは聴いたことがあるが、夏が夷に変じたことがあったとは聞いたことがない[22]」と述べたことがある。これは元々、陳相と陳辛兄弟が自分の先生である陳良に背いて、許行に習うことに批判する文言である。ここの「夷」と「夏」は、飽くまでも道徳文化的な存在と象徴である。その後、中原王朝が中原以外の政治勢力から脅威を受ける時に、心理的ないし理論的な防御策として活用し、次第に華夷文化の敵対関係を描く理論と変じていったのである。しかし結局は防ぐことは出来ず、例えば郭双林の考察によると、春秋戦国の時代から近代以前までに、中原文化は少なくとも四度の衝突と試練を受けたという[23]。まずは春秋戦国時代、朝廷の綱紀が緩み、周王室が衰退して、諸侯の蜂起を招いた。すると、周辺の蛮夷戎狄が中国に攻め込む機会を窺い、呉、楚等の蛮夷も相次いで覇者の地位を獲得した。とくに西夷の秦は天下の一角を占領し、最後は天下を統一したのである。このようなせめぎ合いの中で、いわゆる「尊王攘夷」と「夷夏之辨」の理論が現れたのである。次に魏晋南北朝時代を見てみよう。この時期は周辺の各民族の勢力が続々と内地へ侵攻してきて、中原地区の漢族がやむなく南へ移住するという事態が発生した。これがいわゆる「五胡乱華」である。むろん、この時期の漢人の文化は大きな打撃を受けた。その後暫らく四夷乱華などが続いたため、漢民族の心理的な焦りが蓄積されると、晋の江統のように「我が族でなければ、その心は必ず我らと違い、蛮夷の志も態度も、間違いなく我ら華夏と一致しない[24]」ものとの論調が出てきた。しかし正統な儒家の没落と玄学の流行、さらに仏学の流入もあって、「夷」と「夏」の区別は次第に薄くなり、「夷夏之辨」の観念も、当時の士大夫の間では、その反応もそれほど強烈ではなかったと思われる。

三度目は隋唐の時代である。この時期は、民族的な角度から見ても文化的な角度から見ても、夏と夷の関係が最も融合した時期で、よって「夷夏之辨」の影響力も最も薄かった時期と言えるであろう。[25]ただ四度目に相当する宋元の時期になると、遼、金、夏、モンゴル等の周辺民族がまたも徐々に迫ってきたため、「夷夏之辨」の思想が再び空前のブームを巻き起こすのである。例えば蘇軾が『王者治夷狄論』において、「夷狄に対して、中国を治める方法で治めようとしてはいけない。これはまさに禽獣を治めるように、大治を求めると、必ず大乱を引き起こす。先王はそれを知っていた。だからこそ不治を持って治めていた。しかもそれによって却って深く治めることができたのだ」[26]と論じている。『春秋』の「公会戎于潜」において、何休も「王は夷狄を治めようとしなくていい。夷狄が来るなら拒まず、去るのをも追いかけない」との対策を提起している。この一言で分かることは、何林は当時、まだ中原王朝の文化と武力に自信を持っていたということである。だからこそ、春秋以来の懐柔遠人の思想、つまり「往く人を送り、来る人を迎え、賢人と君子を尊い、善人と有能な人を誉め、これがいわゆる遠き人を懐柔するなり。消えそうな家族のために、その世継ぎを手伝い、滅亡しそうな国に対して、その復興を助けてやり、朝礼や招聘に時期を決めておき、贈り物を厚くし、貰うものを薄くし、諸侯を懐柔する」[27]という思想を引き継いだのである。しかし、宋の時代になると、すでに武力においての自信をなくしていたため、蘇轍のように「王なる者で夷狄を治めようとしない者が果たしているのか？　王なる者が夷狄を治めないのは、それは夷狄と暫くお互いに平安無事に居たかっただけだろう。古代から何故夷狄を治めるのかについては、世の君子たるもの既に論じている。武力を以て討伐する者、例えば高宗や文王のやり方がそうだが、また契約を結び親和策を取ること。例えば漢の文帝と景帝の対処法。もちろん往来を拒否する者もいた。例えば光武の時に西域と匈奴を謝絶する方法を取っていた。この三つの方法は何れも夷狄を治めるのに、非常に大事なことである」[28]と厳しく指摘している。しかし宋の一代は、基本的に北方の金人が南下した時、「来る者拒まず、去る者追わず」との言葉が文臣によって「来る者を防御し、去る者は追い払うことなかれ」の防御原則に替えた[29]。これはまぎれもなく、本来の堂々とした包容力のある文化理念を、恐怖と自己防衛意識によって、狭隘な防御政策と排他的な観念に替えたことになる。

清が明王朝を倒し、満洲は関外の立ち遅れた民族として中原に入り、政権を取ったことによって、人々の心の奥底に隠れている「夷夏之辨」の観念は再び活性化した。顧炎武は「亡国」と「亡天下」の区別について、「亡国と亡天下の違いはどこにあるのか。姓を易え、号を改めることは亡国である。仁義が塞がり、果てには獣を率いて人を食うに至り、ついに人がお互いに食い始めたら、もうそれは亡天下だ[30]」と述べている。王夫之はさらに「天下に関して、大いに防いでおくべきことは二つある。一つは中国と夷狄の関係であり、もう一つが君子と小人の関係である。この二つには本末ないし前後の違いはない。どちらも重要である。それ故、先王はその防ぐことに力を入れてきた。夷狄と華夏に関しては、その生まれた土地が違うし、土地が違うからその性分も違う。性分が違ってくると習慣も違ってくる。そして習慣が違ってくるとその知っていること、やっていること、皆違ってくる。もちろんその中にもお互いに貴賤の違いがあろうかと思うが、それだからわざわざ土地によって境界線を引き、天気また気候も異なるようにして、乱れてはいけないように区分しているのだ。一旦乱れてしまうと、人々が皆壊滅的な打撃を受け、華夏の民もその被害を受けて、憔悴してしまう。だからこそ対策は早めに打っておいて、それによって人々を安定させ、人生を保全することが、天から与えられた使命である。君子と小人も同様で、その生まれた土地が違うし、土地が違うからその性分も違う。性分が違ってくると習慣も違ってくる。そして習慣が違ってくるとその知っていること、やっていること、皆違ってくる。もちろんその中にも巧者もいれば愚者もいるだろう。だからこそ生産する者も違うし、高尚と思っている者も違っていて、当然である。大切なことはそれが乱れてはいけないということである。一旦乱れてしまうと、義理人情が破れ、貧弱の民が憔悴したり、飲み込まれたりするのだ。その乱れを防ぐことは、まさに公理を守り、人生を守ることとなって、天からの使命でもあろう[31]」。「夷夏之辨」がここにきて、すでに空間方位的な区別から本質的な差異に変化し、さらにそれに価値上の優劣上下を設けた。だからこそ夷狄が中国を乱すことと、小人が君子を乱すことは同理であり、よって夷夏を防ぐことは天理人心に適うことになると訴えているのである。

専門家がよく指摘するように、「古代中国において、国家、文明、真理は、空間的には折り重なって存在しているものだ。だからこそ「天下一家」「海内存知己」「四海之内皆兄弟」という言葉があるのだ。しかしこのような言い方の背後には、ある深刻な矛盾がある。つまり一方では中国を中心とする特殊主義を訴えているが、もう一方では普遍主義的な世界観である。言い換えれば、一方において一個の文明を中心にした世界観でありながらも、同時にまた文明の普遍性を訴えているのだ。後者はむろん世界中に適用できる真理である」[32]。何故このような矛盾する二つの世界観を普通の中国人が違和感なしに持っていたのであろうか。それは恐らく多くの普通の人々にとって、前近代中国の空間意識においては、「中国中心」的な認識が実はまったく「特殊主義」ではなかったからであろう。つまり中国以外の外の世界の存在を知らなかったこともあり、中国イコール世界だとの認識に立てば、上記二つの意識はまったく矛盾しなくなる。従って、このような平面的で、無限に拡大していく天下九州の世界観に立って物事を考えると、四夷が内側に向かって侵攻することで、「中国」とその外側の文化を等級的に区分するようになり、しかも侵攻してくる行動を天道に対するものと見なし、「禽獣」として排除するようにとの民族意識が動き始めるのである。こうして見ると分かるように、文化民族主義というものは民族が存亡の危機に迫られる時に使う一時的な対策である。しかしこれが清末以降の時事に呼応して、広く受け入れられるような言説法となったのである。その後、西洋列強の侵攻に対抗するため、さらに広く活用され、ついにこの「天下」という空間意識が、もともとの豊富で広大な世界観から、変質してしまったのである。

二、国際化へ――空間に族性を与える

清の雍正帝の時代、朝廷側は依然として従来の『大義覚迷録』等の文書を通じて、満洲がすでに華夏を伝承する存在になったとの正統論を論証していたが、帝国主義による植民地化の拡張に対して、伝来の「懐柔遠人」の古き方法はもはや世界の新しい情勢には適応できなくなっていた(33)。適応するどころか、すでに正統的な継承者となった清王朝は、「来る者を拒み、去る者は追い払うことなかれ」という消極的な防御策さえ打ち出せなくなっていた。唯々一歩一歩引き下がり、「外夷」に少しずつ侵攻されて行くばかりであった。「ああ、中国と言えば、この世界において、その開国以来、既に数千年の歴史を有している。しかしこの数千年の間、直面したのは何れも東洋の各民族で、これらの民族はその文化の美の面においても歴史の長さにおいても、何れもまともに中国と抗争する実力がなく、この地には本格的な国造りは出来なかったと言えよう。そのこともあり、中国はほぼ東方においては、唯一の国家となっていた。中国という名称にも、どの国名もそれと対峙することができず、仮にそういう国があったとしても、結局最後は自らの領土を飲み込まれるか、却って臣服して朝貢の属国になるのが落ちである。それ故、中国の数千年の歴史において、政府側には殆んど国際的という意識がなく、それに対比して、中国人の意識には、皮肉なことに却って中国そのものだけを意識した世界観しかなく、国家観念などまったく持っていなかったのである。これは他ならぬ、国民が中国以外に、世界とか国家とか言うものの存在を知らなかったからだ。つまり中国がイコール世界であり、世界がイコール中国であった。別の言い方をすると、一が二であり、二が一でもあるということだ。（中略）自分が見えている世界が、実は本当の世界ではなく、ただ単に世界の一部でしかなかったということを自覚し始めたのだ。そこで初めてこの世界には中国以外にも多くの、しかも大きな国家があることを知った。すると皆で立ち上がってそれに抵抗し、自分の国を他の国から守ろうと動くのである。しかも何より、これらの国が今まさに自分の国を狙っているということを知っただけではなく、その侵攻を防ぐこともできないし、それ

と交渉する度に、却ってさらに酷く侵攻されてしまうという事実を目の当たりにしたのだ」[34]。ただ、この外夷の侵入によって、西北の辺境地と世界との関係について、地理学的な研究が道光と咸豊の年間に盛んになり、もっとも人気のある専門分野となったことに留意してほしい。周知のように、近代の地理学は世界を管理するという現実的な一面を持っているもので、人々の意識を科学的、理性的に改造しやすいのである。そうすると、「天下」という幻想が次第に捨てられ、中国も本格的に「国際」秩序の中へ入っていくのである。ただ以前、自分自身の文化によって獲得した文化的な自信を殆ど失っていたため、「夷」という本来は「他者」を表す中性的な言葉が、次第に相手を「けなす」意味の言葉となり、徐々に公式の文書からその姿を消していったのである[35]。

ところで、よく調べてみると、中華民族の国家観念は、結構早い段階——つまり先秦時代から邦、方、国の三つの呼称が存在していたことが分かる[36]。ただ一つの国家（空間）観念としては、その中身はより文化的な意味において捉えており、地理的な要素はそれほど強くなかった。そもそも「〈中国〉という二文字の意味は、固定されて永久不変な意味を持つものではなく、むしろ時代によって変化し、時代の発展に伴って発展するものである。『詩経』等の古典書籍に見られる〈中国〉の意味はともかくとして、少なくとも〈中国〉という二文字が国家の主権が及ぶ範囲であるとの意味での解釈は、確実にアヘン戦争の後に形成されたもので、それ以前は時と場合によって、それぞれ使い分けられていたのである」[37]。何より、主権という観念は現代国際関係において初めて成立したもので、それまでは、「中国」とはただ他者との関係を示すもので、多くの場合、藩蔽、藩附など藩属体系ないし朝貢関係を示すものであったと言えよう[38]。この流れが、清朝の康熙年間になって、つまり清王朝とロシアの領土紛争によって、初めて本当の意味での近代の国家と国家の関係が生まれるまで、ずっと続いたのである。その後、ようやく国際法的な意識に立って、国境問題が現代法理的な問題となり、それまでは、つまり天下——王朝の時代において、中国の封建帝国は理論上においては、実際には境界線が存在していなかった。たとえ存在していたとしても非常に曖昧で、それが中原王朝の時代においても、辺境地域は非常に流動的で、固定された境界線などは実際には存在していなかったことに等しい[39]。一六八九年九月七日（康熙二八年七月一四日）、中国とロシアはネルチンスク条約を正式に締結し、東西の境界線を明確に分けた。これによって、法律的にも黒龍江とウスリー川流域、樺太を含む広大な地区はすべて正式に中国の領土となった[40]。もちろん、この境界線の成立は何より、中国が数千年も続いてきた天下思想に別れを告げることとなった。しかもこれがそれ以後の中国が「外夷」と国際政治関係を築く慣例となったのである。

このように、「天下」がすでに分裂ないし粉砕された状況におかれた近代中国の知識人たちは、西洋列強によって押し付けられたグローバルな政治と地理的な新秩序を受け入れざるを得なくなったのである。もちろん、このグローバル的な動きはもう少し早い時期から既にその傾向を見せていた。例えば明末清初に中国へ来た西洋の宣教師たちが地動説と五大陸説等を説き、当時の世界各国の地理概況などについても、紹介していた[41]。言うまでもなく、このような論説は中国の伝統的な天下観に対して脅威となるため、宣教師が批判されたり、叱責されたりすることもしばしばあったはずである。ただ魏源らの努力によって、清末とくに日清戦争以後になると、地理学の研究が相当進歩し、一部の中国人留学生の出国と海外での考察によって、中国を中心とする天下観念が根本的に揺らぐこととなった。まさに鄭観応が指摘するように、「中国は五大州の中においても第一位の存在で、世界に先んじて開発された処だ。唐、虞、三代が相互に継承し、封建的な天下を作った。秦は六国を合併して、天下を郡県制度に改め、さらに漢と唐を経て、今日に至るまで、この構図を変えられることはなかった。この間、天下が仮に政権交代を経験しても、せいぜい子孫を藩主に封じたり、国土の離合が生じたりするくらいだった。しかしこれらの表面上のものがいくら変えられても、礼楽征伐の権利を独占することは誰もできなかった。しかもこの変動の中においても、根っこの処に、前後と新旧を繋げる勢力が存在していたし、一つの天子に属するということにおいては、絶えることなく統一されていた。もちろん、天下という名を使いながらも、実際には天に覆われていなかった地もあったが、しかし一つの天子に属し、内外に関する弁論も、夷夏の相互防御も、結局は一つであったのは事実であった。だからいわゆる天下を一国と見なすことには何の違和感もなかった[42]」のである。ただ中国が所詮世界万国の中の一国に過ぎない以上、「まずは中国の国名を一つに確定しないといけない。それから、歴史、地方等々に関する記述も、国の現状を勘案して、統一した名称にしないといけない。さらに各王朝の称号をも廃止し、全国的に統一した共通名称にしないといけない[43]」とも提起している。黄遵憲、梁啓超、汪康年、章太炎等の人々もこの問題に気づき、何度か議論を重ねた後、「中国」を以て以前の各王朝の名称を替えることで、年号についてはどうするのかという問題について色々と議論し、最後は「公元」(西暦の紀元)によって統一することで、西洋列強の記述法と統一したのである。

この「天下」から「国家」への転換は、決して政治的国境的な分野だけではなかった。近代思想史の分野においても「天下」から「世界」への進化があった。つまり「清末になると、朝野は上述のように「世界」の存在を認めるようになっただけではなく、またそれを受け入れ、さらにその「世界」に参入しようと努力もしたのだ。何よりも、その「世界」を自分の国家民族の追求する方向とし、自らそれまでの「天下」秩序を放棄して、逆に既存の外在秩序の承認と受容を願うようになった。これは一つの歴史の大逆転である。何故なら、それまでの「朝貢」体制で維持していた「天下」構造は、実は非常に象徴的なもので、その後の現代国家的な考え方から見ると国際秩序と本質的に違っていたのである。よって、この「世界」に参入するため、既存の内部体制を大幅かつ根本的に改修しないといけなくなった。結果として、それまでの中国が「世界」の中心にいるという考え方が完全に崩壊し、「中国」自身に対する理解が根本的に変わった。そこで、名実相伴う「新中国」が誕生したのである。これを境に「世界へ向かう」という動きが、明らかに以前の受動的な姿勢から主動的な意欲へと転換した。むろん、このことは中国の「近代」と「古代」を区分する一つの重要な指標ともなったのである。ある意味、近代中国の主題そのものがまさにこの「世界へ向かう新中国」であったと言っても過言ではないかもしれない(44)」。ただ、このような主題には、もう一つの内在的な矛盾を含んでいた——つまり「世界へ向かう」という考え方はイコール「中国」が世界の外にいるということを承認しているものであり、これは事実上、それまでの「天下」観念が、帝国植民的な言説空間において、真逆な形で——つまり今度は中国全体が辺境地的な存在となって、再び現れたようなものである。

ただ、見逃してはいけないのは、この過程において転換したのは決して制度、度量、知識などの要素だけではなく、同時にまた巨大かつ深刻な、時空的な転換もあった。つまり中国が一つの国家として国際秩序の中に参入していく過程は、同時にまた想像の共同体である「中華民族」というアイデンティティを構築する過程でもあった。言い換えれば、この過程は空間に民族性を附加し、特定の地域に居住する様々な種族の人々に団結を呼びかけ、場合によっては扇動または動員をもする一つの主体を形成する過程でもあったのだ。このことを、本書では世界空間に「民族性」を附加する過程であると命名したい。

ところで、このような転換によって、中国空間に位置づけられた人々は未曾有の問題に直面した。つまり天下から民族国家へと地理観念の変化と空間的な場所の属性の変化によって、境界内の各少数民族と主体民族を一つの「中華民族」にまとめ、それによって国際的な地位を奪取する必要がどうしても必要になったことである。すると、このような現実的な要求の下、マイノリティ民族に対する抑圧が無意識的であれ意識的であれ、どうしても避けられない現実となってくる。ただその初期においては、主に「保国」と「保種」の種族主義的な形式で現れており、その矛先は真っ先に満洲族の統治者に向けられた。つまり異族である満洲族の統治者を植民者として類比することによって、世界から同情と共感を得ようとしたのである。これは古典的な「植民地化された経験が不足していたため、すぐに単純で説得力のある言説大系——つまり中国が今満洲族によって占拠され、植民地化されているとの概念に替えて、それに対抗するようにと呼びかけたのである。これは明らかに満洲族を植民者と見なすことが、中国の民族独立運動を促進し、反満洲運動が排外的な革命運動へと持って行きやすいからだ[45]」。ただ満洲族が建てた中国の最後の帝制王朝が滅亡した後、帝国主義の脅威が弱まるどころか、逆にさらにその勢いを増したことによって、正真正銘の民族主義運動の必然性を思い知ったのである。

清末から民国初期にかけて、思潮が樹立し、流派も色々あった。民族主義が清朝崩壊後、すぐ民国政府のイデオロギーと成り得たのは、実に内外の状況に押され、それを選択せざるを得なかった結果でもあろう。まさに孫文も指摘している通り、「民族主義とはつまり国族主義である（中略）外国の傍観者たちはよく中国人はばらばらの砂のような存在だと言うが、その原因はどこにあるのだろうか？　答えはこうであろう。多くの中国人には家族主義と宗族主義はあるものの、しかし国族主義はないからだ」。それに、「王道によって形成された団体こそが国族である」とも述べ、「世界にいる各民族の人数を見ると、私たちは最も多く、民族としての規模も最も大きく、四〇〇〇年の文明をも持っている。これは欧米各国のそれと比較しても決して引けを取らないものだ。ただ中国人には家族と宗教の団体意識があるだけで、民族的な精神が欠けているから、四億の人が集まっても一つの中国を結成することができず、現実はまさにばらばらと砂のような存在でしかないのだ。それゆえ、今日は世界において最も貧弱な国家となり、国際的にもその地位が非常に低くなっている。その低さはすでに危険水域に達している。今後は民族主義を唱えて、早く四億人を堅固たる一つの民族に団結させないと、中国は本当に亡国滅亡の恐れがある。この危機状態から脱出するには、民族主義を唱え、民族精神を以てこの国を救う以外方法はない[46]」と言う。もちろん、孫文が発したこの議論の背景には、恐らく当時の世界主義、国際主義、社会主義、無政府主義等の、諸々の思想と思潮の影響もあっただろう。

周知のように、世界主義が一時急速に広がった時期があった。その時（一八九九年一二月二三日）に、梁啓超が次のような意見を述べたことがある。「世界主義があれば、国家主義もある。意義のため戦争せず、他国をも侵略しないのが世界主義であり、武力を重んじ、敵愾心を持つ者が国家主義である。よって、世界主義は理想社会に属するもので、国家主義は現実社会に属するものである。世界主義は未来に属するもので、国家主義は現在に属するものである。今の中国は一刻の躊躇猶予も許せない危機一髪の状態にあり、決して将来的な理想論を語る場合ではない[47]」と、梁啓超の優れた洞察力によって分析している。ところで、一九〇二年に蔡元培が日英同盟について意見を求められた時には、梁とは少し違う視点でこの世界主義を見ていたようである。「このこと（つまり日英同盟──訳者）は世界主義の発端と成り得るかも知れない。黄人と白人の間の激しい争いも、これによって潜在化するかも知れない」。中国もこの「黄人と白人の対立構造から脱出し、ヨーロッパとアジアの架け橋となれるように、世界主義を以て民族主義的な狭隘性を克服すべきであろう[48]」と、むしろ自国民への呼び掛けをしているのである。その後、つまり一九二〇年の一〇月から一九二一年の七月の間に、バートランド・ラッセル（Bertrand Russell、一八七二─一九七〇）が中国を訪問し、各地で講演をしたことも注意に値する。何故なら、彼の来訪と関連講演会が当時の中国の新文化運動に大きな影響を与えたからである。特に彼の講演内容が一九二一年四月五日と六日の『民国日報』に掲載され、同年、北京大学新知書社と『晨報』社によって単行本として出版されたことの意味は大きい。ラッセルは民族を抑圧する民族主義、つまり帝国主義に反対しただけではなく、民族を抑圧する民族主義そのもの──つまり民族の自決にも反対したのである。何故なら、彼から見れば、民族の自決原則の下での愛国主義は、帝国主義の原則の下での愛国主義とほぼ一緒で、その境界線が曖昧であるからだ。何より、万が一、愛国主義の激情が民族自決の合理性を獲得してしまうと、その激情が対外侵略や覇権主義へ発展する可能性が非常に高い。なお、世界中の各民族が長期的にバランスを保ち、平和の現状を維持するのは非常に難しく、余りにも民族の自決原則に頼ってしまうと、各民族間の争いが却って止むことなく起きるだろう、と彼は訴えた。従って、民族主義ないし愛国主義は詰まる所、有害なものであり、その民族主義を克服するための唯一の有効な処方箋は民族主義そのものをなくすことであり、それによって人類の精力と感情を民族対立へと導かないことであると論じた。要するに、最も理想的な方法は、全ての人類が自覚的に最高の権威を有する「世界政府」を設置し、工業生産の需要に基づいて、合理的に原料とエネルギーを分配すること、また移民の問題、民族間の領土問題などをも解決することである。このような理想を実現するためには、高らかに国際主義を提唱する必要がある。むろん、他にも例えば無政府主義者たちが家族と国家までにも反対し、世界の大同を主張したこともある。民国以後、中国の無政府主義者はこの世界主義を積極的に中国へ紹介し、推薦してきた。例えば新文化運動を率いた胡適、陳独秀、国民党の元老である戴季陶らが、みなこの「世界主義」に対して、一時非常に高い評価を与えていた[49]」のだ。しかし梁啓超が早くから予言していたように、その時の中国の情勢は極めて不安定で危険な状態でもあったため、この余りにも理想論的な議論は、世間に受け入れられる可能性を有していなかった。

このような情勢は第一次世界大戦後になっても、決して楽観できるものではなかった。何より国際連盟によるパリ講和会議上での裏切りが、むしろ中国の民族主義の意識を激化させた。まさに孫文も疑っていたように、この「世界主義」とは、ただの帝国主義者が植民侵略のために造り出した一つの言葉であったのかもしれなかった。従って「今日の我々は、まず失った民族主義を回復させ、四億人の力を用いて、世界の人類のために、不公平と戦うことである。これこそが我々四億人の天職である。列強はむろん我々がこのような思想を持つことを恐れているだろう。だからこそ、似て非なる道理を生み出し、いわゆる世界主義という主張を言い出して、我々を惑わしているのだ。だからこそ彼らは言うのだ。世界の文明は進歩しなければならない。人類の眼光も遠大にしておき、近視眼的になってはいけない。民族主義は余りにも狭隘的で、今の世界には相応しくない、と。だから世界主義を提唱しよう、と彼らは言うのだ。昨今、中国の若者が新文化を主張し、民族主義に反対しているのは、まさにこのような道理に誘惑されたからだ。しかしこのような理想論は屈辱を受けている民族が訴えるものではない。我々のような屈辱を受けている民族は、何よりまずは我々の民族の自由と平等な地位を取り返すことである。世界主義を語るのはその後だ。（中略）我々はまず世界主義がどこから生まれてきたのかを理解しなければならない。それは民族主義から生まれてきたものである。よって、我々は世界主義を発達させるためには、まず我々の民族主義を固めなければならない。もっとも、強硬な民族主義なしで世界主義を構築するということ自体が無理である」。つまり、一つの民族がまず世界各国の民族の中で自決と自立の権利を手に入れないと、平等に国際秩序の中に入ることさえできないため、世界主義などを訴えても、まったくの本末転倒なのである。「今の欧州人が言うところの世界主義は、まったくの強権で非道理主義である。英語には能力こそ公理である、という言葉がある。つまり戦えることが道理である、という意味だろう。しかし中国人の心の中では、昔から戦うことが正しいことだとの考え方がなくて、むしろそれを野蛮な行為だと受け止める人が多い。言うまでもなく、このような軽々しく手を出さない文化こそ美徳であり、世界主義の真の精神でもあるが、しかし問題は我々が如何にこの精神を守り、さらにそれを押し広げていけるのか、である。つまり何に基づいてその精神を推し進めていけるのかだ。答えは、それは民族主義である、という一語であると思われる。私に言わせれば、ロシアの一億五〇〇〇万人は欧州の世界主義の基礎であるように、中国の四億人はアジアの世界主義であるべきだ。そのためにも、中国はまず民族主義を講じるべきで、まさに『古の明徳を天下に明らかにせんと欲する者は、まずその国を治む』べきである。つまり失った民族主義を新たに復活させ、それをさらに発展させた上で、世界主義を語るべきである。そうでないと無意味な話だ[50]」。

明らかに、ここで孫文が一つの勘違いをしている。つまり、彼は秦漢以後の中国を一つの単一民族国家と見なし、周辺の民族に対しても中国が帝国主義を実行してきたし、それこそ「世界主義は、所詮中国が二〇〇〇年も前に言ってきた天下主義そのものである[51]」と考えていたようである。これは明らかに中国の「天下」観念を誤解し、天下主義とは元々同心円式に拡散していく空間であることをも理解していない。前述したように、中国の天下思想とは、世界を一つの全体的な存在と見なし、しかも一つの総体的な価値観を持つものである。これと対比してみると、帝国主義の世界主義は明らかに民族国家を基本とし、いくつかの民族の連合体でもある。その価値観と目標は各列強の利益によって決定されるもので、その中には確かに平和主義者的な世界観もあっただろうと思われるが、しかしその世界観のロジックは飽くまでも民族――国家に起点をおいているものと言えよう。

こうした中で、民族主義的な言説は中国本土において、結局は個々の少数民族的な言説を抑え、放棄ないし一時的に棚上げせざるを得なかった。この流れは例えば中国共産党がその発展過程でソ連に学び、各民族の平等を原則として提起した時にも、少数民族的な言説はやはり限定的ないし地域的に実施されていたに過ぎない。つまりその具体的な影響力は殆どなかったのである。それより、多くの場合はやはり「中華民族」という統一した形象で現れ、一つの整体として国際社会に現れていたことが圧倒的に多かったのは事実である。

三、国家への融合――部族と地理

一体化を推進する過程で現れたマイノリティの問題は、中国国民党が「新生活運動」を実施して生み出した新国民と国族を本位とする「民族主義」政策によって生み出された辺縁者などと違って、中国共産党はマルクス主義的な国際主義の理念を受け入れ、同時にまた半植民地半封建の社会条件の下で独立解放運動を推進したが故に、最初から世界的な民族自決思想に沿って、主にソ連の連邦政策をモデルに、政策遠景をイメージングしていたようである。

周知のように、マルクス・レーニン主義は無産階級的な国際主義の立場から、資産階級による民族主義には反対の立場にいる。とくに民族の自由分離権については認める立場にいる。ただその自由分離は飽くまでも統一的（単一的）な国家内での地方自治と民族自治であり、極めて特別な状況の場合にのみ、連邦制を採用するとのことになっている。マルクスの帝国主義に対する分析はまだ不充分であったが、彼と比べればレーニンのこの辺の問題に対する理解は非常に深くなっているように見える。とくに帝国主義の現実の下での国内の少数民族問題についての議論は、当時の中国社会に非常に大きな影響を与えたものと見られる。

なお、レーニンは一九一三年に、次のように述べたことがある。「マルクス主義者は連邦制と分権制に反対する。その理由は簡単だ。資本主義が自分自身の発展のために、できるだけ大きく、できるだけ集中した国家を要求するからだ。しかし他の条件が同様である場合、覚醒した無産階級はやはりより大きな国家に存在しやすい。無産階級は終始中世期の部落制度に反対し、終始各地域の経済面での緊密な団結を期待する。何故なら、こういう地域におかれてこそ、無産階級がより資産階級との闘争を広範囲に展開できるからだ。（中略）各民族によって一つの統一された国家を建設した場合、しかもまさにこのような統一した国家においてこそ、マルクス主義者は絶対連邦制の原則を主張してはならないし、また如何なる分権性をも主張しないことである。何故なら、中央集権制の大国は中世の分散状態の社会から将来の全世界的な社会主義へと統一していくための重要な一歩であるからだ。もっとも、このような国家以外は、他に社会主義へ進む道も可能性もないのだ。ただ、絶対忘れてはいけないのは、私たちが集中制を維持するのは、それは飽くまでも民主的な集中制であることだ。（中略）しかも民主集中制は地方自治と独特な経済と生活条件、民族成分等による区域の自治にも、決して反対はしない。むしろ地方自治と区域の自治を求めるのだ。この違いを明白に理解することは非常に重要である。何故なら、私たちの内部でもこの集中制と独裁政治ないし官僚主義とを混同して論じている人がいるからだ[52]」。なお、レーニンは経済発展の角度から、原則的には統一制を主張し、連邦制に反対している。ただし、民族問題を解決するためには、彼は連邦制でもよいとも述べている。一方、「ステパン・シャウミャンへの手紙」の中で、レーニンはまた「我々は無条件で民主集中制を支持する。我々は連邦制に反対する。（中略）自決権は必ずしも連邦権の成立を意味しない。連邦は各民族の平等な連盟であり、共有できる意見を求める連邦である。片方がもう一方に対して同意を求める権利なぞ、これはでたらめである。我々は原則として連邦制には反対する。何故なら連邦制は経済的な繋がりを弱めたからだ。それは一つの国家にとってはそぐわない形式である[53]」。その後も、一九一七年八月と九月、つまりロシアの十月革命の前夜まで、レーニンは終始連邦制に反対の姿勢を堅持し、民族区域の自治原則を主張していた。それによって、無産階級の革命が勝利した後に、中央による統一的な集中制大国の建国を企画していた[54]。言うまでもなく、初期段階の中国共産党の色々な政策と方針がコミンテルンの指導を受けていたため、その影響は非常に大きかったのである。

一九二二年、中国共産党第二回党大会の決議案は、帝国主義の略奪的な支配の現実と、軍閥と封建社会の割拠によって中国の本部と辺境地区が分立状況に置かれていることを勘案して、「中国の本部（東北三省を含む）を統一し、正真正銘の民主主義共和国にする」、「モンゴル、チベット、回疆には自治制を実施し、民主主義による自治邦にする」、「自由連邦制の原則の上で、モンゴル、チベット、回疆を連合して、中華連邦共和国をつくる[55]」とのことを決定した。この決議の理論的な基となっているのは、レーニンが一九二〇年六月にコミンテルンの第二次代表大会の前夜に発表した「民族と植民地の問題に関する提要の初稿」とソ連が実行していた連邦制の実践的経験である。当時、レーニンの方針は、「目下の国際情勢を勘案すると、ソビエト共和国連盟の構築以外には、附属的な民族と弱小の民族は、殆ど活路がないのだ」、「連邦制は各民族の労働者が完全統一の社会へ発展していく一過渡期的な形式である[56]」としていた。ただ中国にとっては、連邦制は飽くまでも一つの便宜的なもので、応急的な措置であった。しかし一九三四年一月に、毛沢東の署名で確かに『中華ソビエト共和国憲法概要』を公表し、「中華ソビエト政府は中国国境内の少数民族の自決権を認める。いつでも中国から離脱して、独立した国家を造る権利を有する。モンゴル、回、チベット、ミャオ、リー（黎）、高麗の人々は、中国の地域内に居住してさえいれば、完全な自決権を有し、中国ソビエト連邦への加入ないし離脱、あるいは独立した自治区を建設することは可能である」[57]と明言している。しかし実際は、これは国民党の匪賊討伐路線に対抗するため、団結できる民族と民間の力をできるだけ団結しようとした策略であった。

ところで、その後日本軍国主義の侵入が激しくなり、国際情勢も国内情勢も大きく変化した。具体的には、日本は東北三省を侵略した後、溥儀を立てて偽満洲国を建てたり、内モンゴルの東部にも徳王傀儡政権を作って、偽蒙疆連合自治政府を立てて、モンゴル族が「独立自治」であることを鼓吹したりして、いわゆる「分解して統治する」という手段を取った。[58]そうすると、民族——国家——主権と領土——空間といった政治的な要素に国民が自覚しはじめ、その切迫した存亡の瀬戸際に立たされては、民族の自決権などのスローガンは、この抗日救国の緊迫した情勢には合わないと意識し始めた。その後、一九三四年と一九三五年の間に、紅軍が長征に出かけ、途中で湖南省、貴州省、雲南省、四川省、甘粛省、青海省、陝西省を通り、ミャオ族、ヤオ族、僮族、トン族、プイ族、トゥジァ族、パイ族、ナシ族、イ族、チベット族、ジアン族、回族、ユグル族等一三個もある少数民族の居住地を廻り、現地の少数民族の実際の状況によって、比較的に受け入れやすい政策を打ち出し、相互理解を深めた。[59]例えば劉伯承と小葉丹が「血を口に塗って盟約を結ぶ」事件などは、その象徴的なものである。また、長征の途中でイ族、チベット族、回族の居住地に自治性をもった政権の構築を手伝うなど、[60]紅軍は色々と目に見える実績を造った。とくに各少数民族の解放と平等の実現に尽力することで、団結して抗日に当たるという目的を達成したかのように見えた。この一連の民族政策と措置は、むろん中国の伝統的な民族融和経験を生かした面もあれば、時代と現実に合うように改造した部分ももちろんある。それはともかくとして、異なる兄弟民族と手を取り合って、共に革命を進めていくという基礎作りは成功したと言えよう。もちろん、この革命を進めていく中で、少数民族の文化をわざわざ問題として提起したことはなかったが、最初に決めていた平等に付き合うという基本的な風潮が、まぎれもなく新中国建国後の民族地域自治政策のひな形となっていたと思われる。

ある意味においては、長征は中国共産党の最初の空間測量製図運動になったと見なすことができよう。事実、まさにこの民族理論と実際の地理空間を歩くことによって、理論と実践が繋がり、新中国の民族政策を決定したのである。つまり族性を以て地理的な空間である民族地域自治という政策を明記したのである。一九四九年九月二九日、中国人民政治協商会議第一回全体会議で通過した「中国人民政治協商会議共同綱領」の規定によると、「中華人民共和国国境内の各民族は一律に平等である。団結して互いに助け合い、帝国主義と各民族内部の人民共通の敵に反対して、中華人民共和国を各民族友愛合作の大家族にする。大民族主義と狭隘な民族主義に反対し、民族間の蔑視、圧迫、分裂行動を禁止する。各少数民族の居住区には民族区域自治を実行し、民族居住区の人口、地域の大きさによって、各民族の自治機関を設置する。（中略）各少数民族は均等にその言語と文字を発展させ、その風俗習慣、宗教信仰を守り、改める自由を有する。人民政府は各少数民族の人民大衆の政治、経済、文化、教育の建設事業の手助けをしなければならない[61]」とある。一九五二年の「憲法」においても、再び系統的に自治地方の建設、自治機関の建設、自治権限等の確立など一連の規定を明文化した。一九五四年の『憲法』は更に中国は単一制の中央集権制国家であり、統一された多民族国家であることをも、明確に規定した。民族関係を扱う根本的な原則は各民族が一律に平等であることであり、民族区域自治は中国民族問題を解決する基本的な政治制度であるとも明文化している。

一九五〇年代から始まった中国少数民族の識別と確定、自治地域の審査報告と確立の作業が、一九八〇年代まで続き、合わせて一五五の民族自治地域を造った。その中には五つの自治区（内モンゴル自治区、広西チワン族自治区、チベット自治区、寧夏回族自治区、新疆ウイグル自治区）、三〇の自治州、一二〇の自治県／旗（うち、自治旗は三つ）があった。自治州、県、旗の大部分は貴州、雲南、四川、甘粛、青海、新疆、内モンゴル、チベット、遼寧、吉林、黒龍江、海南、広西、湖南等に分布している。当然ながら、河北、広東、湖北、浙江等にも少し分布している。合計面積は六四六・九五万平方キロメートル、中国全国の国土面積の六四・三パーセントを占めている。これらの場所は、基本的にある民族の呼称を冠して、その自治地方の名称としている。ただし、どの自治地域の名称も国家名義の下に位置するもので、その前提となっているのは、飽くまでも一つの中国である。もちろん、ある部族の身分をある地理的なユニットに当てるということは、実際はその空間に民族的に固定化するもので、それが一種の文化的政治的な意味を持つものとなっていくのである。すると、少数民族自治区域は、一つの国家の中の、異質な空間となってしまうのも事実である。

前述したように、新中国初期の民族政策はソ連の民族政策の影響を深く受けていた。しかしソ連の民族政策は非自由主義の多元文化主義の最も早く、最も重要な形式であった。フランシーヌ・ハーシュ（Francine Hirsch）の言い方に沿って言えば、ソ連が採択したのは国家が支える進化主義のやり方、すなわち国家が部落と種族を融合して一つの民族にするという任務を担うもので、つまり最終的には人民の全員をマルクス主義の時間発展序列の中に連れていくことである。(62) 新中国初期の共産党の民族政策の一部の理念も、似たような「民族」の定義を選択していた。例えば「民族」の定義はレーニンとスターリン主義による民族（Natsia、Narod）の定義であり、言語と地域と経済生活と共同文化がその四大要素となっている。ただ、新中国初期の民族区域自治政策の目標は、少数民族を政党・国家の行政構造の中に融合させようとする意図はあったが、漢文化ないし社会主義のイデオロギーを彼らに押し付けようとするものではなかった。ところで、一九五〇年代の末期から一九七〇年代の末期にかけて、この融合の観念と同化の観念が明確に区分されず、とくに階級闘争を主とする大躍進・文化大革命の時は、圧倒的な存在感を持っていた階級闘争と比べると、民族や族性等の問題は、すでに完全に副次的な地位に立たされることとなった。ただ興味深いのは、これら少数民族の異質的な空間が、その辺境、辺地、辺域的な地理要素を有していたが故に、当時のイデオロギー等と、一定の距離を保つことも可能となったことである。ただし、残念ながら階級的な要素がその後、完全に民族的な要素を圧倒した時には、一つの国家構成要素として、次第に一体化していく運命以外、考えられなくなってしまう。この現実は、根底的な面から我々に、一国の中におかれた少数民族の権力は、所詮は限界のあるものであると思い知らせることとなった。

第二節　地理的な要素と民族的な要素による文化相互作用

一、混血の地

これまで述べてきたように、上古中国の経典思想は空間的遠近を以て、疎遠か親近の関係を確定し、文化的な等級の意識は、度かさなる文化的な危機の中で、ようやく構築されるものであった。「蛮夷」と「戎狄」にしても、まったく同等なものではなく、その中にはさらに「要服」や「荒服」などの違いがある。まさに李零が的確に指摘しているように、中国の族源述懐の最大の特徴は姓氏に依って述懐することである、という。一つの姓の下に、幾つかの氏（あるいは宗）がある。つまり古書の言う族は、その多くの場合、氏を指すものである。姓は血縁、家系、婚姻を強調する。氏は地縁、封邑、官爵を強調する。姓は少なく、氏は多い。氏は姓から分かれて出てきたものである。「百姓」という言葉は、商周の時期はよく使われていたようで、もともとは部族融合を意味するものである。確かにはっきりと言っていないが、しかし実際には地縁と部族の間には密接なつながりがあったことを証明している。また、「帝系」も族源を重んじる。この種の族源は多くの場合、つまり血縁プラス地縁で、一つの「帝」の下には多くの姓が存在する。例えば「黄帝十四姓」や「祝融八姓」など、いずれも血縁に地縁を加えたもので、一種の地域連盟のカテゴリーに属するものである。戦国時代の「五帝説」は二大系統に分かれている。一つは黄帝、顓項、帝嚳、堯、舜を西土とする「五帝説」で、もう一つは太昊、小昊、黄帝、炎帝、顓頊を東土とする「五帝説」である。二種類の「五帝説」はすべて大地域に属する部族の統合であった。よって、中国の「大統一」はまず部族の統合であって、その一つが華夏各族の統合で、もう一つが華夏各族と蛮夷各族の統合である。三番目は夷夏各族と外藩各族の統合である。内側に三層構造になっており、外側にも三層構造となっている〔本書は著者の師である廖平氏が一九一五年に提起した問題「五帝は皆孫の世代に位を譲る」という「一元論」に触発され、一〇年の年月を使って完成した書である。本書によって、中国の古代史が地域によって違っており、三つの民族的な源流があったことを論証した〕。いわば大輪が小輪を覆うような、古人の言う「畿服図」は、まさにこのような概念を表現している。[63]

一九二七年、蒙文通は『古史甄微』の中で、「上古居民は凡そ三つの集団に分かれていた。それぞれ北（河洛）、東（海岱）、南（江漢）の三地域に分布していた。先秦の学術文化もこれと同様、北（三晋）、東（斉魯）、南（楚）の三つの系統に分かれていた。よって、古史に関する伝説も、個々の文化系統の違いによって大きく違っている。具体的に言えば、当時は『韓非子』、『竹書紀年』に記されている古史を北系の代表とし、儒家や墨家が伝える古史は東系の代表で、『荘子』や『楚辞』の「天問篇」に記載されているのは南系の代表である」[64]という。傅斯年の「夷夏東西説」によると、遠古の中国は東方の夷民族と西方の夏民族の競い合いによって発展してきたもののようだ。[65]ただ、影響力が最も大きかったのは、むしろ徐旭生の華夏、東夷、苗蛮の三大集団説である。華夏集団は今日の陝西省の黄土高原で発生し、有史以前に、徐々に黄河両岸に沿って中国の北方および中部の一部の地域に散らばっていったようである。東夷集団は、北は山東省の東部から最も盛んであった頃は山東省の北部全域に達し、西は河南省の東部まで至り、西南は河南省の最南部まで、南は安徽省の中部までで、東は海までに至っていたようである。苗蛮集団の中心は今日の湖南省にあり、湖北省の一帯でもある。西と南は確定することが出来ないが、東は今の江西省の大部分を占め、東は鄂豫皖の、大まかに山脈によって境界線を引いて、東夷集団と接していたと思われる。

西は北越の南陽の一帯で、伏牛山脈と処方山脈までに侵入していたものと思われる。北は華夏集団に隣接していたであろう。[66]氏族、部落から部族、民族(国家)への発展から見ると、族源は常に地域と関連しており、なお、このことは「族」はこれまでずっと混血の状態であったことを意味し、これらの民族の地域は、現実的な地理の中でおそらく山河に隔てられていたこともあり、異なる版図を形成したかもしれないが、あらゆる高く険しい山や河、或いは王朝の禁令も本当の意味では民族民間の交通往来を阻んだことはなかったようである。

事実、前近代期の中国の歴史と民族の文化は、多くの場合、その区域と地理によって分けられていた。民族の構成がさほど明確ではなかったため、その後、清朝に至る歴史の間は、殆ど血縁関係ははっきりせず、そのため、地域的に集中している部族の中では、その部族の国家的な運命を牛耳っていたのは、個々の部族の主だった。種族観念はなかったわけではなかったが、それほど重要ではなかったであろう。特にその部族の地理的な観念が文化的な等級観念へと進化した後は、それがもっと顕著になった。蘇秉琦の区分によると、中国国家の起源の「発展段階は三つに分かれている。つまり古国――方国――帝国で、その発展モデルも三タイプがあったと言う。つまり原生型=北方地区の紅山文化と秦(六〇〇〇年前、四〇〇〇年前、二〇〇〇年前)。次生型=中原、夏商周の三代を中心として、それ以前の堯、舜、その後の秦と合わせて、計五代である。彼らはみな堯舜時代の洪水を祖先とし、四〇〇〇年前から二〇〇〇年前まで、重複ないし立体的交差期を有するのがその特徴である。続生型=北方草原民族、秦漢後に中原に入った鮮卑、契丹、清朝三代を代表とする。同じくこの二〇〇〇年の間は、重複、立体した交差の形を取り、それぞれ三段階モデルを経験した国家である」[67]。分裂、衝突、融合を通じて「三種類の文明の起源形式の典型的な場所の殆どは中原と北方であり、殆どが中原と北方古文化の結合と関係がある。その及んだ範囲は関中の西部から始まり、渭水流域を出て黄河流域へ入り、汾水の地を経て山西の全域を通って、晋北から西へ向かって内モンゴルの河曲地区と繋がり、さらに東北へ向かって桑乾河と冀西北を経由して、東北と遼西の老哈河や大凌河流域へと繋がり、「Y」字型の文化ベルトを形成した。（中略）まさに中原から北方へ行って、また折り返して中原に戻るというような文化連結ベルトであった。この時期が中国文化史上もっとも活発な民族大熔炉期であって、六〇〇〇年から四、五〇〇〇年の間、中華大地には満天に広がる星空のように文明が煌めき、ここは最もはやくから光り輝いた場所である。よって、そこは中国文化の根源の中でも、最も重要な根源であった[68]」という。

文化について議論する時、古人は大昔から民族よりも地域的な要素をより重視する傾向にある。蘇秉琦は満天の星空、あたり一面に開花した中華文明を人口分布密集地域の考古学文化として六つに分けた。燕山南北長城地帯を中心とする北方、山東を中心とする東方、関中（陝西）・晋南・豫西を中心とする中原、環太湖を中心とする東南部、環洞庭湖と四川盆地を中心とする西南部、鄱陽湖―珠江三角洲ラインを中軸とする南方である[69]。もし古代国家のより直観的な分け方で見ると次のようになる。1．中国北方（黄河流域）＝まずは周、夏、商の三つのブロックが並び、その後に秦、晋（三晋二周）、斉（斉、魯、宋、衛）の並びである。2．中国南方（長江流域）＝蜀（巴、蜀）、楚、越（呉、越）である。この重要地域以外にも、オーウェン・ラティモア（Owen Lattimore）によると四大辺疆があり、それは東北、モンゴル、新疆、チベットである[70]。部族理論の中の核心安定、辺縁流動と同じように、中心地帯は基本的には変わることはないが、面積は定まっていなかった。孫中山が一九二一年の講演の中で述べた漢、満、モンゴル、回、チベットの「五族共和」の「大民族主義」ないし「積極的民族主義」の構造[71]は、構造的な面から見ると、やはりこの伝統的重要地区に四大辺疆を合わせた地理的な組み合わせと言える。

先見の明という言葉があるが、正にその反対の「後見の明」とも言う帰納法によって成り立っている今の民族理論は、多くの場合、人為的に地理と部族の関係を分断し部族間の違いを強調し過ぎて、却ってこれらの民族間の差異が、実は地域的な差異によって現れたものであるとの認識ができなくなったようである。例えば魏晋の時に南北の違いについて――とくに文学においては、その違いは非常に顕著に現れていた[72]が、しかし知識人の間の議論を見ると、それは主として南方人と北方人の区別についての議論であり、族別的な区別ではなかった事が分かる。北方民族を主体とする北魏政権が南下して、中国全体を統治しようとした時にも、その正統性を確立させるためには、やはり地理的な融合を先に行っているし、拓跋氏が平城から洛陽まで遷移してきた時にも、決してただ単に都の場所を変えただけではなく、同時に文化的な民族的な融合を行っている。[73]なお、よく引用される費孝通が提起した「中華民族多元一体」の理論も、その最初は主に人間の生存空間の問題を議論したもので、実際の多民族構造の社会の成立は、それは飽くまでも人口的、地理的な諸要素の相互作用によって成立したものと思われる。いわゆる「民族」的な自覚も、その後の理論的な識別運動に過ぎない。文化的アイデンティティとか部族的アイデンティティとか、言ってみれば所詮はみな虚像的な概念であろう。これらのものは、飽くまでも人間が生死存亡の時にのみ、実用性から選択したに過ぎない。費孝通の「回廊」理論も、地理的な相互作用と地域的な文化交流を強調しているし、この交流のプロセスにおいては当然ながら非自覚的な部族も関わっていただろうと思われるが、しかしそれはそれほど重要な要素ではなかったと見られる。

中国少数民族の識別プロジェクトに参加した学者として、費孝通は嘗て何度も異なる立場で中国の地理回廊の仮説を提起していた。[74]一九八二年五月、費は武漢社会学研究班と中南民族学院の一部の少数民族出身者との座談会において、「民族調査をより深く展開する問題について」との談話を発表し、再び蔵彝回廊の研究と民族回廊学説の理論について意見を述べた。「(中略)あの辺りが私の言っている歴史が造り出した民族地区である。私はその辺りを蔵彝回廊と称している。エリアとしては甘粛からヒマラヤ山脈の南斜面の珞渝地区までを含む。(中略)あの調査対象地区は六江流域とも呼ばれ、つまり長江上流の金沙江等の六つの河川である。範囲は甘粛から雲南の怒江、チベットの珞渝地区まで続く。従って、これは一つの省ではなく、幾つかの省と自治体の連合でないと調査できないのだ。(中略)以上話したのは西南の回廊で(中略)もう一つは中南の回廊である」。さらにこの回廊に属するミャオ、ヤオ、チワン、トン族の複雑な状況を分析した後、彼は次のことを提起している。「広西、湖南、広東の三省は南嶺山脈の回廊にあるミャオ、ヤオ、ショオ、チワン、トン、スイ、プイ族等の、つまりミャオ・ヤオ語族とチワン・トン語族の二大集団の関係を、全部整理できるのではないか。個々の民族はそれぞれ自分の特徴を持っている。山岳地帯の民族はタイ語系の民族とは結構違っており、今後の発展過程もだいぶ違ってくるでしょう」。「西北地区にも一つの回廊がある。それは甘粛から「シルクロード」に沿って新疆まで進む回廊である。この回廊にはトゥ族、サラール族、ドンシアン族、バオアン族、ユグル族等々がいて、概ね漢族、チベット族、モンゴル族、回族の間に挟まれて生活している。彼らは、あるものはラマ教を信じ、あるものはイスラム教を信じ、あるものはチベット語を話し、あるものはモンゴル語を話し、またあるものは突厥語を話したりしていて、状況が非常に複雑で、簡単に片づけられないのが現状である。何より、一部の民族が二種類の言語を話せるものもいる。繰り返しになるが、複雑な地区としては河西回廊、蔵彝回廊、南嶺回廊に、東北のいくつかの省が入る。上記各地の状況を全部網羅した上で、ようやく中華民族全体の概念を理解できるものと言える。だからこそ、私がある文章において提起したように、我々はマクロ的な、全面かつ全体的な観念を持つ必要がある。その上で、中国民族という大家族の中の個々の成分が、歴史的にどのように動いてきたかが見えるものと思う」[75]とある。ところで、実際には中華民国が成立するまで、当時の多くの人々にとって、中国とは漢、満、モンゴル、回、チベットの五つの民族で構成されている国で、南のミャオ、ヤオ、僮（チワン族の旧称）、トン等の民族は、飽くまでも漢族から枝分かれした民族であると認識されていたようである。中華人民共和国が建設された後、ソ連の民族政策を採用し、中国の民族を細かく分けた後、初めて今の五六の民族となったのである。費が取り上げた多くの民族は、まさにこの一連の「発明」によって発見された、今までは雑居混住していた異なる人々を指名するものであった。

ある歴史学者によると、「秦漢以来、北方から黄河の中流また下流の地域まで移住してきた非漢族の人々は、少なくとも匈奴、烏桓、鮮卑、チアン、氐、羯、丁零、突厥、高麗、回紇(鶻)、契丹、党項、女真、モンゴル、ウイグル、回、満族の人々がいて、同時に数はそれほど多くはなかったと思われるが、アラブ、ペルシア、日本、東南アジア、ブラックアフリカ等からも、それ相応な人口がやって来て、漢族と融合したものと思われると言う。その中で、民族全体が漢族の中に融合したものもいるらしい。なお、南方でも、漢族の南遷に伴って、それまでは雑居混住状態にいた様々な民族——例えば蛮、夷、越、僰、僚等が融合するようになった。その中で、一部の民族が完全に自民族の民族性を失ってしまうか、或いはそれ以前とは比べ物にならないほど民族の規模が小さくなったりしていた[76]」という。実際、「炎黄子孫」および「漢族」等はすべて後から出てきた概念であり、当時は「漢人」と呼ばれる人々と他の民族との境界もそれほど鮮明ではなかったし、具体的な区分基準などもなかったであろう。体つきや顔つきには少しは差異があったものの、その他の違いは主として基本的には地域によるものと思われる。人々はその地理的な移動や、その移動に伴う空間的な変化によって、族別身分が変化することが多かった。例えば今主に広西チワン族自治区防港市の巫頭、山心、万尾の三島に居住しているキン族は、だいたい一六世紀の初め、陸続と今のベトナムの徐山(現在のベトナムのハイフォン市付近)から、海を越えて中国に移住してきた人々である[77]。

他にも地理的なプレート理論を援用して、中国の少数民族文学を四つのプレートに分けてみる学者もいる。それによると、中国には四大文化圏があるとの見解を示している。つまり、1.「中原農耕文化圏」。エリア的には主として黄河の中流と下流地域の文化圏で、中華文化の主体を担っている。2.「北方森林草原狩猟遊牧文化圏」。エリア的には主として東北、モンゴル高原、西北の文化区域である。3.「西南高原農牧文化圏」。エリア的には青海チベット文化区域と四川盆地文化区域と雲貴高原文化区域を含む。4.「江南稲作文化圏」。エリア的には長江中流と下流の文化区域と華南文化区域である。これら四大文化圏はさらに一一の文化区域に分かれ、中原農耕文化圏は漢族文化の主体を成し、他の三大文化圏は少数民族文化圏に属する構図になっている。輪郭的にはちょうど「匚」の字の形で、中原文化圏を囲んでいるような構図になっている。むろん隣接する文化地域には重複する部分も存在するため、この一一の文化圏はチェーンの形を取っており、実際にはお互いに入り混じり、時空的には密接に繋がっているのが現実である。よって、これらの文化圏ないし文化区域間の共有地が、お互いに文化的に相互輻射し、当然ながら経済的な連結、政治的な連結、文化的な連結、血縁的な連結もあって、多元構造の中華文化を出現させたのである。[78] この構造の中の相互関係は、飽くまでも地域文化的な相互作用であり、それほど明快な族別的な区分はなかったと思われる。言い換えれば、この構造の中の違いは、たいがい各地の地形と気候と、或いは生産方式、風俗習慣等によってもたらされた結果であり、種族的な要素がそれほど重要な地位を占めるわけではない。事実、中原文化の「天下観」と「四海一家」の思想の下、民族間の混血伝統は長い歴史を持っており、種族意識が現れたのは、却って蒙元と清朝の時代であった。これは非常に面白く、さらに深掘して研究すべき課題である。

「大航海の時代」(Age of Exploration) は人類の空間関係を変え、人類の世界に対する認識を変えたと言えよう。早期の植民の拡張は基本的には量的な拡張であり、時間的な感覚はほぼ等しいものだった。ところが、資本主義の世界的な発展によって、各国の発展速度に差異が現れ、時間と速度は益々明白かつ深刻な形で我々の経験の中に参入してきた。その後、時間が益々加速して、ある意味時間は現代化のプロセスにおいて最も重要な要素となったとも言えよう。ただ最近、多くの学者が現代性の中の時間的要素の過大評価に対して反省ないし再認識するようになり、そこで空間的な次元を発見したのだ。例えばフィリップ・E・ウェグナーがアルジュン・アバデュライ、ミシェル・ド・セルトー、フーコー、デヴィッド・ハーヴェイ、ドリーン・マッシー、ニール・スミス、エドワード・W・ソジャ、段義孚、レム・コールハース、マンフレッド・タフーリ、エリザベス・グローツ、ヴィクター・バーギン、T・J・クラーク、ベル・フックス、カレン・カプラン、メギャン・モリスらの一連の、それぞれ違う専門分野から人物の空間に対する考え方を考察した後、「これらの異なる専門分野の思想家を繋げているのは、まさに啓蒙主義ないしデカルトなどの主体（res cogitans）と区別する客体の自主的な（res extensa）空間と、カントの言う、人類が活動を展開する容器としての空間理論に対する共同挑戦であるという。つまり、これらの思想家たちによると、空間そのものが一種の生産物であるという。この生産物はむろん人類の関与によって形成するもので、同時に形成した後、またある種の力を有し、逆に人類のこの世界での様々な行為と方法に影響をもたらすもの[79]」であるようだ。

このように人間と空間の関係に一種の意図を与えて研究を展開する方法は、実は二〇世紀の上半期からすでに現れていた。例えばある日本人の研究者が嘗て「もしある人間が自分自身を発見できたと言う場合、恐らくそれはその自分自身をすでに一種の風土的な制約下においていることにもなるだろう。よって、風土の類型化は我々自身のアイデンティティ認識にも影響を与えるもの[80]」と述べたことがある。この一連の議論から我々は突如として気付くのである。中国が近現代以降、まさにこのように中華民族を作り上げ、それから国際社会に参入し、中国という空間に国族性を与えると共に、その内部の一部の空間にはまた特別な少数民族の自治地域を画定して、民族性をも与えたのではないか、と。その結果、これらの地理的な空間が一旦、意図的に企画されたり、再建されたりすると、一種の反作用として人々の意識に働きを来して、もともと混血の地であった地理空間が、次第に「少数民族地域」としての印象が強まり、今はもはや寄寓、旅行、観光の地として、他の主体性を持つ地方と関係するようになったのだ。

二、時空の転換——越境、地方、グローバル

デヴィッド・ハーヴェイ（David Harvey）は創造的にジル・ドゥルーズ（1925—1995）とフェリックス・ガタリ（1930—1992）の脱地域化[81]（Deterritorialization）の概念を運用し、「一八五〇年以後の、対外貿易と投資の大幅な拡張

によって、資本主義の主なる力量が全てグローバル化の道へと追い出したのだ。この動きはとくに第一次世界大戦を通じて、ほぼ頂点に到達したと言える。この間、全世界におけるそれまでの空間としての地域性が消され、それまで存在していた様々な地域的な意義も剥奪され、徐々に植民地ないし帝国の行政管理によって再地域化（つまり勢力図の再構築——訳者）されるようになったのだ。この過程において、まず空間内の運送や交通手段の技術が大幅に革新され、それによって空間内に収納するものも大きく再設定されたのである。このように、全世界の空間を支配する地図は一八五〇年から一九一四年の間にかけて、大きく変化し、もうまったく面目が一新したと言っても過言ではない[82]」。この点においては、中国国内の地理的な構図もまったく同様であったと言える。つまり中国はまさにこの帝国主義の植民侵略の中で、それまでの地理観念を捨て、やむなくいわゆる国際的な単位のパワーで国内の地域化および再地域化を行い、同時に地図観念を形成したものと思われる。

一八四二年以降、中国の地理学は意識的に視野を拡げていった。とくに魏源の『海国図志』は現代的な知識の系統性を以て、中国の西洋およびその他の地域の歴史地理を再認識することを力強く後押しした。また、林則徐は人に命じて『四洲志』と「歴代史志および明以降の島志と昨今の夷図夷語[83]」を翻訳させ、更にそれを基礎として増補整理して完成した著作は、世界の趨勢に対する中国の認識を、未曾有の段階まで発展させた。言うまでもなく、「他者」を認識することは、同時に自分を再認識することでもある。ここでは二重の再地域化が存在する。正真正銘の国際関係の中で中国は、正式に『万国公法』や外交条約等によって地図を再建し、その空間において、自分自身を再定義することとなった。国内的にも、憲法、法律条文、行政措置などを通じて、少数民族も中国内部で自分自身を再認識することとなった。

一八世紀——民族主義が高揚していた時期——の民族文学の前提は、各国家と各文化にそれぞれ独自の特徴があるということであった。ただ一八世紀以後になると、国家が単一かつ覇道的な民族文学の叙述者となった。これと比べれば、民族というものは本質的にやはり「想像の共同体」であり、この「想像の共同体」が現実の中では、結局は民族——国家という境界的な要素に遭遇せざるを得なくなり、最終的には、元々渾然として区分されていなかった少数民族の文化と文学が分裂せざるを得なくなった。つまり、元々の一つの民族とその民族の伝統的な居住区が異なる国家に分割されたが故に、その文化と文学が「越境」的な存在となったのである。このことは、地理的な現代分割によって造り出された民族問題を最も典型的に体現している。

例えば中国の東北、内モンゴル、西北、チベット、西南、華南などの多くの所に越境民族の現象が存在している。[84]もう少し具体的に言えば、西北にはカザフ族、ウズベク族、キルギス族、タジク族、ロシア族、ウイグル族、タタール族、回族など八つの越境民族がいるし、その周辺のアフガン、カザフスタン、ウズベキスタン、キルギスタン、タジキスタン、ロシアなどの国には、複雑な民族出身の人が入り混じって生活している。西南にも雲南の国境線両側にはチワン、タイ、ミャオ、ヤオ、イ、ジンポー、プイ、ハニ、リス、ラフ、アチャン、トールン、ヌー、ワ、プーラン、トーアン族等一六の越境民族がいる。越境して居住しているこれらの民族の中で、場合によっては幾つかの国境を跨いでいるものもいるため、そこで引き起こされる民族問題も非常に複雑である。周知のように、一九九二年、アジア開発銀行がメコン河の地域経済協力活動を起動したのだが、このメコン河は中国域内では瀾滄江と言い、この瀾滄江ないしメコン河の源流は中国のチベット高原にあるタンラ山脈である。この川は北から南へと流れ、中国の青海、チベット、雲南の三省を経由して、ミャンマー、ラオス、タイ、カンボジア、ベトナムの五ヶ国を通って、最後はベトナムのホーチミン市付近から南シナ海に流れ込んでいる。この川こそ、地理と民族の相互関係をリアルに写し出していると言えよう。もちろん、お互いに入り混じっているのは河水だけではない。経済貿易も政治外交も文化と文学もすべてが相互に貫き合っており、このような交雑こそがむしろ正常な状態である。羅常培の「地名から見る民族移動の足跡」はまさにこの角度から異なる地名と民族の移動事実を考察したもので、そこで発見したのは、「異なる民族は常に相互移動し、融合しながら、異なる地域の文化と言語を変えている」[85]という点である。

実はいわゆる「越境」する民族以外に、国境周辺ないし争議地帯においても、雑居ないし散居している民族的な身分を確認することができず、またその数量も客観的に照合できない「辺境住民」がいる。これらの辺境住民の多くが漢人で、その一部は華僑である場合もある。例えば黄金の三角地帯（ゴールデン・トライアングル）とも言われている地域には、元々国共内戦に敗れた国民党の末裔もいれば、そうでもない無国籍の人々のグループもそこで生活している。従って、この地域の人々は民族的に古代の「甌脱」[86]に類似していて、殆どが他民族との雑居文化の交融地で、移住者と定住者とが混在する地であると言える。

このように、人口が入り混じっている国際関係において、民族的にその国境の内外や、或いは地域的な自治区の区分など曖昧である地帯が存在している以上、少数民族文学の生産、流通、消費、伝播の空間は、決して一方通行的にはいかない。むしろ多重多層多方面の構造こそが、現状を反映しているものと思われる。ただ今の民族——国家という構造が主導的な言説となっている環境においては、少数民族の文学は凡そ二つの方向へ引き寄せられる可能性がある。その一つが、主導的なイデオロギーに圧倒されて、一体化へ収斂していくものと、もう一つがその反対で、偏った、自足的かつ閉塞的な民族性の高揚という方向である。なお、上述した少数民族文化の生存空間の時空転換図によって、我々が言えるのは、少数民族文学はまず現代的な産物ではあるが、しかし前近代期の文化交流的な要素も決して完全に失われたわけではないという事実である。それから、「近代」そのものについて言えば、植民主義はまぎれもなく最も重要な一大動因で、少数民族およびその文学もその個々の時代の波に煽られ、激しく波を打たざるを得なかったというのが事実である。このような事実を考慮した後に空間的な要素を導入してみると、我々が分かるのは、少数民族は国家の境界線を越える歴史的な淵源と現代的な事実を持っているということである。これこそ、これまで多くの中国少数民族文学研究者が無視してきた点ではなかろうか。もちろん、目下、最も注目されている現象ないし言説は、まぎれもなくグローバル化の問題ではあるが。

一九八〇年代から、西洋製品は強い勢いを以て、ほぼ一方通行的な状態で、中国人の生活方式および思考慣性を変えてきた。とくにソ連の解体と二〇〇一年一二月中国のWTO加入後は、グローバル化の歩調がさらに加速し、この流れが中国の少数民族に与えた影響というものは、ただ単に政治的、社会的、文化的、知識的なものではなく、さらにこれらの類型に帰納できないもの——例えば環境破壊的な略奪やエイズの感染など、今まで見たこともないものも含んでいた。ある西洋の学者はグローバル化が中国の少数民族に与えた影響について、次のようにまとめたことがある。1．エネルギー。特に中国の新疆、中央アジア、ロシア、アメリカとが関係するところ。2．旅行。一九九〇年代から二一世紀の初頭にかけて、中国が驚異的なスピードで国際的な人気観光地となり、二〇二〇年には世界一の観光地になるのではないかと予想されている。観光客は観念とファッションをもたらすだけではなく、同時に売春行為とエイズをもたらす。3．宗教問題が益々複雑になる。一九八九年、ダライラマがノーベル平和賞を受賞したことによって、チベット問題が国際化された。イスラム教の中国での影響力が拡大し、とくに新中国成立初期と比べれば、国外のムスリムとの繋がりも嘗てないほど密接になった。タイ族の小乗仏教もタイおよびミャンマーの信者仲間と繋がった。また、一部の地方的な宗教が、本来は単なる近代化の中で生き残ったものに過ぎないが、この時代になって、再び「無形文化遺産」として生き返った。なお、一部の地方的な信仰が却って文化創意の開発資源として大事に扱われるものとなった。4．性別問題。5．人口問題[87]。このようなグローバル化は複雑で、重なり合いまた分離性をも持った秩序と見なせる。従って、経済的にも文化的にも政治的にも不均衡な点が多く、それにより種族、科学技術、金融、メディアおよびイデオロギーなどの力の不均衡と断裂を生み出しているのが現実である[88]。

資本の大規模な流動が、言説の面において社会にある種の「グローバル化」対「ローカル」の対立構造をもたらしたのである。いわゆる中国少数民族の「地域性」もまさに近代化によって発生した現象で、むろん、この「地域性」もこの外来のパワーによって大きく制約され、規範されるもので、この制約は近代になるにつれて、より明白になってきた。そもそも外来のパワーがなければ、地方社会に住んでいる人々も、すでに自分の住んでいる場所に慣れており、ある種の普遍的な感覚を持っているため、いわゆる「地域性」などは感じようもないのである。これも言ってみれば「普天之下、莫非王土」の心理であろう。あるいは「地域性」というもの自体、まったく近代社会の条件下の「普遍性」によって意識されたものとも言えるかもしれない。当然のことながら、逆のことも言えるであろう。つまり「普遍性」もまた境界線を引いたり分散したりする各地の「地方性」によってのみ、自己の覇権的な地位を確立できるものである。こうしてみると、少数民族文学と中国文学と世界文学との関係は、まさに中国全体が世界体系に置かれた時の状況と、ほぼ類似しているとも言える。基本的にはイマニュエル・ウォーラーステインが論じた「融合」（incorporation）と「周辺化」（peripheralization）の相関関係と過程に当て嵌まるであろう。[89]事実、グローバル化の融合とは、殆ど資本主義世界の外にある国家ないし地域が資本主義社会のシステムに参入することを意味しているし、逆に辺境化とは、むしろ世界システムが新たな国家と地域を包み込み続け、さらにこれらの空間に配置することを意味するものだろう。

ユージン・ウィグナー（Eugene Paul Wigner, 1902-1995）が述べているように、空間というものは自ら変化していく過程で、また反作用する力をも持つものである。もっとも、グローバル化という概念は非常に曖昧で、ある標準化した事項を世界的に伝播することを指してもいいし、逆に地方的な事項を世界的に伝播することを指しても差し支えないのである。つまり本質的には、グローバル化とは世界貿易によって物事を遠くまで分配したり、或いは地方的なものを認可したりして、さらにそれを生産する地方を強化したりすることになる。この意味ではグローバル化とローカル化は決して対抗するものではなく、まったくの協力関係になる。しかし昨今のグローバル化思想がこの方面の問題を余り考慮していないように映る。或いは前者つまり「グローバル化」を指しているのは単なる商業第一ないし消費主義の立場に立ってものを言っているだけであるのかもしれない。とにかく、現実としてグローバル的なものが実際にはローカル的なものを排斥しておらず、むしろ時には非常に複雑な形で、矛盾しながらも共存しているのである。サントス（Boaventura de Sousa Santos）も地方性、国家性、越境性について指摘しているように、我々は「グローバル化の地域主義」と「地域化のグローバル主義」を見分ける必要がある。前者はある地域の現象のグローバル化の成功を指している――例えば英語、コカコーラ、米国式版権法など。逆に、地方的なものも、その条件と構造などを調整し、さらに色々な実践を通じて地域性を超え、ある種の越境を実現しさえすれば、それは地域性のグローバル化とも言える。例えば旅行が地域の工芸ないし生活方式に影響を与えたり、生態汚染や森林伐採で外資系の債務の補償に充てたり、或いは地域的な商法を以て国際貿易の問題に当てたりすることが、その実例である。ちなみに、サントスの分析によると、核心的な国家はグローバル化の過程では概ねグローバル化の地域主義に従事しやすく、辺縁的な国家はその反対で、地域化のグローバル化を選択することが多いとのことである。[90]これはある意味、グローバル化過程での、世界的な南北問題の両端の現状を概括しているものとも言えよう。中国国内の状況については、経済発展状況の、不均衡の両端――つまり東西の経済発展現状を反映しているものとも見受けられる。

グローバル化ないし国境を跨ぐビジネスの展開は、往々にして地方性の存在を変えたり、破壊したりするものである。しかし同時に、人々はこのグローバル化の過程を利用して、地方性を再生産したり、考え直したりすることもある。人類学者のアンドリュー・ストラサーン（Andrew Strathern）とパメラ・スチュアート（Pamela Stewart）は何度も講演の中で、「元素（elements）とパターン（patterns）の二つの概念は区別しなければならない。実践的ないし観念的な元素は往々にして広範囲の地域で広がる可能性を有し、最終的にはその発生地を超越する可能性さえある。ただし、これらの元素がどれだけ他の地域の文化形態に浸透できるのかは、やはりその地方に現存する、或いは今ちょうど変化している観念と現行形式等によって決定される(91)」ものと強調されている。これは明らかに地方文化モデルの存在または世界を見る姿勢の有効性を前提にしている見解である。仮にこれらの要素が全部なければ、もちろん問題に対処する方法も変わると思われるが、しかし完全に植民地化された場合を除けば、どの地方にもその地方の歴史と文化に基づいた伝統があるはずである。しかも多くの事例が証明しているように、地方的な形態が大きく変わったとしても、外部から来た生産方式を全く同様同質にコピーすることはできない。それによって、目下のグローバル化が実は微妙な一つの対立構造に直面しているのである。つまりグローカル化（glocalization）が如何に地方的な実践に溶け込めるか、である。クリフォード・ギアツも「内部転換」（Internal Conversion）という言葉を使って、似たような観点を示している(92)。これはスチュアート・ホール（Stuart Hall）の「コード――デコード」理論(93)を使って解釈することができるかもしれない。さらにこのことを中国の少数民族文学の問題に置き換えると、つまり少数民族の主体性がグローバル化の中で、如何に策略を調整するかの問題になるであろう。

グローバル化は一面において、一部の民族ないし国家の国家アイデンティティと文化アイデンティティを壊したり、裁断したりしているのが事実であるが、同時にそのグローバル化によって得られた経済効果とメディア力をその民族と国家の政府に利用され、その国家と民族自身の文化的な指導権を強化している面もある。グローバル化のこの両面性と協調性と相互性を理解することは、グローバル化の過程で、特定の民族ないし国家の中の異なる民族と部族および個々の内部の権力関係において、実に絶え間なく再分化と再構築の動きが存在していることを我々に教えてくれる。ホミ・K・バーバの「民族とはすなわち叙述である(94)」という理論は長い間、民族身分の形成について、余りにも物質的な制限と現実的条件を避けて発した議論だと批判されてきたが、これは一種の多様性に対する隠喩ではないかとも思える。つまり物質が一種の符号的な現実として、特定の時空におかれた民族的な身分の意義と構造の中にすでに参与しているということである。中国および中国少数民族文学にとっても、グローバル化とは行き来できる二車線の道で、例えば扎西達娃のチベット民族の描写の中で、我々は簡単にチベットとアメリカ南部の共通点を見出すことができる。[95]逆に、チベットを描いた小説作品と関係文章の中で、例えば「魔術的リアリズム」という本来ラテンアメリカ文学から来た手法を、見出すことが可能である。

ここで恐らく多くの人々が一九世紀から二〇世紀前半にかけて、中国で流行した大同主義（Cosmopolitanism）、国際主義（Internationalism）、平和主義（Pacifism）などの思潮を思い出すだろう。大同主義の理論家にはカール・マルクス（Karl Marx,1818-1883）、イギリスの小説家、文明批評家ハーバート・ジョージ・ウェルズ（Herbert George Wells,1866-1946）、アメリカの社会学者、経済学者のソースティン・ヴェブレン（Thorstein Veblen,1857-1929）、イギリス政治、経済の評論家、ノーベル平和賞の受賞者であるノーマン・エンジェル（Norman Angell,1872-1967）等がいる。国際主義を代表する理論家はアメリカの大統領、ノーベル平和賞の受賞者でもあるウッドロー・ウイルソン（Woodrow Wilson,1856-1924）がいる。平和主義の代表的な理論家はロシアの作家レフ・トルストイ（Leo Tolstoi,1828-1910）、フランスの作家ロマン・ロラン（Roman Rolland,1866-1944）、イギリスの哲学者バードランド・ラッセルなどがいる。[96]言語文字においては第三章でも触れたように、「国語ローマ字運動」、「ラテン化漢字運動」、エスペラント（Esperanto）運動等が現れた。これらの世界主義の色彩を色濃く帯びた思想と運動は、何れも急速に変転していた中国社会の現実の中では、根付くことが出来なかったが、しかし新中国が成立した後、中国共産党がソ連の採択した民族政策を模倣できたのは、やはりその背後にはこの国際主義的な理想が以前に存在したことがあったからであろうと思われる。何より、全世界無産階級はみな兄弟であるという考え方は、まぎれもなく地域と民族と国家の限界を超えた理想である。

もちろん、共産主義の理想は今日において、益々ユートピア的に見られているのは事実である。逆に、経験主義から出発した現実的な政治哲学がより多くの新しい国際主義の可能性を考察しているように見える。よって、今現在、少数民族文学を研究することにもう一つの意義なるものが増えた。つまり国家叙述の権力の隙間から飛び出して、まったく違う文学史叙述の可能性を探るということである。なお、この探求は決して単純な転覆、分解、代替ではない。むしろ単一型の現行モデルに対する一種の補充と増強である。本来なら、少数民族文学とは民族——国家の内部における一種の文化的な同権措置であったはずだが、しかし近代以後の少数民族文学の主体性の形成によって、その発展構図はすでに本来の社会学、政治学的な初期設定を超えるものとなった。むろん、「文学」というものは、そもそも世俗的な政治、経済、社会的な要素を超える性質を有するものであり、それが仮に完全な超越が不可能であったとしても。少数民族文学ももちろん、特定の部族文化ないし心理に偏って存在する必要はない。実際に、どの文学も永遠に純粋で居られるということは不可能である。よって、少数民族文学も文学である以上は文学一般の性質を有するはずで、世間の多くの文学と同様、一つの解放的な系統であるはずである。この特徴は地理的な交通網やインターネットなどがまだ発達していなかった時代にはそれほど明確ではなかったのかもしれないが、しかし今となっては、グローバル経済、政治、文化の密接な繋がりによって、すでにはっきりと現れている。

少数民族文学を考察する時には、ブルース・ロビンズ（Bruce Robbins）が嘗て提唱した世界主義（Cosmopolitanism）の観念を大いに参考にすべきである。つまり「文化的な特性にも益をうけるが、同時に世界主義の普遍論からも益をうける」という立場である。何故なら、このグローバル化の時代において、どの民族の文化も厳密には自分を守り、絶対に他の民族へ文化的に越境しないということはもう不可能であるし、各民族間の越境趨勢と潮流に逆らうことはもう無理である。従って、今さら「抵抗」を訴えても、一種の態度表明以外に、何の実質的な意味も持たないのである。何より、民族に対する忠誠と国家に対する忠誠は、本質的に衝突するものではない。[97]よって、越境的、提携的、多元共生的、和して同ぜずの観念こそ、今後の世界文学の中の多民族文学の最終的な帰着点となるのかもしれない。

このような目下の現実と情勢の中、つまりグローバル化がもたらした政治的、経済的な不安定感によって、却って各種の矛盾と偏向の中を巧く旋回するある種の越境的な主体を誕生させたのである。これはある意味、グローバル化に対する一種の風刺と批判でもあろう。[98] むろん、こうした流れの中で、中国にも越境できるエリートが現れ始めている。ただここで留意してほしいのは、この「流動的現代性[99]」と呼ばれる現代社会において、「階級」に含まれている最新の意味が、だいぶ変化してきたことである。つまりここに来て、民族問題が再び階級問題へと変化しているのである。歴史的な眼差しで現下を見る時、これは大いに注意すべき点である。ある意味、中華民族内部の個々の民族に存在する階層問題が、むしろ族別間の差異問題よりも大きいのかもしれない。この点については、旅行という異なる空間を行き来する身体経験から、よりはっきりと感知することができると考える。

三、地図の「発見」——居住・旅行・観光

地理空間の分解と再構築が、実践的な面に対してもたらした最大の影響は、地元の住民と外来者とその土地との間の関係の再構成によって、居住、旅行、観光などの問題を前景化した点にある。一般的に言って、我々は近代以前の住民と郷土との関係を、定住状態と定義する傾向がある。つまり郷土と天然的な一体化を有し、ある調和の取れた状態である。この無意識的な郷土理念が、仮に異なる地域の交流によって、地元の人と言っても、とっくに混血状態になっているとしても、この郷土意識は根本的に変遷することはない。しかし、植民者のこの「地図」に対する発見とそれに伴う征服行為と、地元の方から打ち出された対応および企画的な行動により跳ね返す力によって[100]、一連の断裂的な結果をもたらした。

旅行は現代社会生活において、すでに一種の重要な生活スタイルとなっている。大航海時代の探検家たちが現代の人々に残してくれた遺産を、今日の人々はより輝かしいものまでに発展させている。それは経済、商品、生産、消費、金融、政治、文化、娯楽などを含む各要素のグローバル的な流動の中で、まさに新しい「On the Road」の時代を彷彿とさせている。ジャック・ケルアック（Jack Kerouac, 1922-1969）の『On the Road』[101]は嘗て、中産階級の文明に対して不満を抱いている若者たちを、自分の道を歩むことで、自分自身の存在を体感するやり方に導いた。プロテスタント倫理とメッカ巡礼に反抗する人々と比較すると、彼らこそが、その心の中で「メッカ巡礼」をしているのではないかと思われるくらいである。ただ後世の人々によって総括されているように、これは「中産階級の子どもたち」が中年になった後、迅速に彼らの両親の生活スタイル、思考方式、文明系統の中に戻っていく一つの手助けに過ぎないのである。[102]ただ、保守主義政治の洗礼を受け、また新自由主義経済の中で成功を収めた後、現代の新世代の旅行者たちは、魂と精神とイデオロギーの重責から逃れ、カメラを携え、リュックサックを背負って、リラックスした気持ちで旅に出ているのである。

ヘンリー・デビッド・ソロー（Henry Davis Thoreau）がウォールデン湖畔で透き通った静けさを求めたのとは異なり、一九六〇年代に、世界的な青年革命が中国全土で大規模に行われ、それはまったく異様な色彩を放っていた。無数の大志を抱いた青年たちが美しいユートピアに導かれて、「上山下郷」に出かけて行ったが、しかし彼らが見たもの、経験したものは、まったく彼らの想像を超えた困難であった。[103]このイデオロギー的な巡礼行動が現実の前で完全に壊滅した時、彼らの内心に引き起された精神的な崩壊は、まぎれもなく人々を驚かせるものだったであろう。典型的な政治事件と思想の転換が起きた時、満身創痍の青年たちは心から体まで歩むことを止め、迅速に市場主導の日々世俗化する世界の中に自己を求め、経済的にも政治的にもリラックスできる空間を有し始めた後、多くの人々は精神を追放した肉体的な観光の旅へと踏み出したのである。

最近、歌手陳綺貞の歌『旅行の意味』が、この現代的な旅行者の内心状態を表現している。その歌詞によると、「地図の上で見失った／瞬く間に消えて行く数々の光陰／（中略）貴方は記念品選びに必死になっている／貴方は地図の上の／毎回の日和を／貴方は情熱のある島々を抱きしめ／記憶の中のトルコを葬り／映画の中の真実ではない美しい情景に心を奪われ／だけど私を愛している理由が言えずに／（中略）旅行の意義を言い出せない」。旅行ガイドブックを手にして旅に出た旅行者は、文字によって符号化された各種の記念品に目を奪われ、それこそ走馬灯のように個々の観光スポットを廻り、最後は心満足気な様子で写真におさめて終わりという形になっている。これはむろん、周囲の人々には「私はそこに行ったことがあるよ」と言えるであろう。しかし彼らはまさに「ゆっくり歩き、じっくり鑑賞せよ！」[104]という戒めを忘れたようである。あるいは彼らの内心は、そもそもその体に附いて来なかったのかもしれない。依然として都市のどこかの暗黒の隅っこに置いて来たのかもしれない。従って、彼らは風景の中で「僕に見える青山はこんなにも美しい。青山に映っている僕も同様であろう」[105]というような、風景と自我が渾然と一体する体験もないだろう。つまり彼らがしていることは、ただ冷ややかに「凝視」（gaze）しているだけなのである。

フーコーが一連の権力と知識と歴史に関する著述の中で、「凝視」という言葉を造り出した。ジョン・アーリ（John Urry）がこれを現代旅行に対する分析法の一つとして活用した。[106]ポストモダン式の文化経済コンテクストの中では、現代の旅行はすでに観光レジャーとして簡略化され、観光スポット、遺跡、名勝等も、「風景」として旅行者の目に映るだけで、ある種の特定の文化的な雰囲気がその旅行者の心を潤わせ、涵養することなどは殆どない。言い換えれば、彼らは既に心身を携えて物事を体験する旅人ではない。ただ上っ面の光景を見るだけの遊覧者に過ぎないのである。

「風景」はまぎれもなく現代的な命題であり、現代になって主体が確立された後、初めて風景が自然の中から分離し、しかも風景を外部から観察できる対象としたのである。古代においては、物と自我が知識的に異化されておらず、人々が観察するのはむしろ事物ではなく、観念か漠然ないし渾然としている宇宙であった。それが現代社会になってはじめて、理性と心理の認知の枠組の中で、ようやく「風景」化され、また発見されたのである。柄谷行人が述べているように、「〈風景〉が孤独で内面的な状態と緊密に結びついていることがよく示されている。（中略）言い換えれば、周囲の外的なものにむしろ無関心であるような「内的人間 inner man」において、はじめて風景が見出される」[107]。外在的なものに対する疎遠感と内在的なものに対する極端な注目によって、人々が風景から見るものは、所詮自分自身である。茅盾は一九四〇年代にも同じようなことを述べている。「人（中略）は「風景」の構成部分である。人がいなければ、何か口に出して議論する価値を有するものがあるのか？　加えて、内面生活が極めて充実している人がここで主宰者でなければ、また何か懐かしむに値することでもあろうか？」[108]ここで言う人とは天と人が一体となっている世界から取り出した現代的で、個体化された理性的な主体であろう。その後、幾度の変曲を経て、現代の旅行中の主体が、むしろ文化的な変遷と消費変革とイデオロギーの再構築の過程にかかわる人間となったのである。

実は、旅行の過程における外在的事物と内在的な精神の間にある関係について、中国古代の伝統文化の中では、すでに数多くの論述がある。例えば『列子・仲尼』が「外遊」と「内観」について、すでに弁証法的な分析をしている。それによると、「外界の事物の新しい変化のみを愛でて、それを眺める己れ自身もたえず変化していることに気づかない。外に遊び歩くことばかりに熱心で、己れの内に目を向ける努力を忘れている。いったい外に遊び歩く人間は外界に満足を求めるのに対して、己れの内に目をむける人間は、わが身に満足することを求めるのである。そしてわが身に満足を求めることこそ遊びの極致であり、外界に満足を求めるのは最上の遊びとは言えない」[109]とある。この議論は明らかに「内観」を重んじていて、「外遊」は形式的な枝葉に過ぎないという立場に立っている。荘子の「逍遥遊」と屈原の「上窮碧落下黄泉」も、人間はみな外在と不可分な一体を成しており、天地山川に背を向けることはできないとの意見を持っているようだ。この文化意識とも関係するものと思われるが、中国の伝統的な絵は基本的には「多点透視法」であり、西洋のルネッサンス以降の理性化された「一点透視法」とはだいぶ異なる。山水画は宋元時代に興り、馬遠、夏圭、李成、倪雲林などの風格と特色は、偶然にも柄谷行人の分析と一致している――つまり政治的な挫折によって内心へ逃避するのである。なお、外在的な展示に偏っているオランダの風景画は、ハイデッガーの軽蔑を受けている。理由は、古典美学から見て、人間の心と自然の調和こそが、完全なる美しさになるからだ。

ここまで話してみて、「旅行」の系譜そのものに対する類型学的な紹介が少しだけ必要ではないかと思えるようになった。カール・グスタフ・ユング（Carl Gustav Jung）は夢と心理原型の分析を通じて、「遊」とは実は人間性の根底にある超越的な需要を根源をなすもので、「超越を通じて達成される自由の最も一般的な夢の象徴は、孤独な旅行もしくは巡礼というテーマである」[110]という。現代人類学、民族学、民族誌関係の調査からも分かるように、多くの原始部族には、少年を一人で旅に行かせるという成人の儀式がある。[111]ユングによると、一人の旅は「成人の儀式を経験することによって、解脱に対する渇望を象徴しているという。なぜなら、旅の中で我々がもう一つの超越的シンボルを手にすることが可能だからである」。それは、「彼女本人の家庭環境から、より遠く離れていき、自分自身の存在形式から自由を模索することができるからだ」。「本質的に、成人の儀式とは一つの服従の儀式から始まり、次第に抑圧の段階へ入って、最後に解脱へと収斂していく儀式過程である。これによって、個々の個体がみな自分自身の性格の中にある矛盾する要素を調和し、心を平静に保つことができてようやく、正真正銘の一人前となり得るのだ。そして自分自身の真の主人となれる」[112]。これは本源的な意味においての「旅行」であり、龔鵬程はこれをさらに一歩進めて、「ユングは確かに〈旅行〉が持っている超越性と解放性の機能を鋭く捉え、しかもこの精神の解放的な性質が世俗的な生活と生命的な意義を繋げているとのことをも理解しているが、しかしその理論そのものの枠組みにとらわれて、依然として〈旅行〉を世俗的な解放性に限定して、明白に宗教的な解脱レベルまでは見極めていないようだ」と述べ、むしろ龔はこれを「一種の宗教的な超脱行動」として、旅行のことを分析している[113]。古人の「周遊文化」と「遊仙訪道」の行動や事例を分析した上で、龔はさらに遠遊は一種の自我転換の過程であり、人間が不本意な状況から脱却して、超越的な解脱を獲得しようとする追求であると論じた後、「後世の旅行者が登山に出掛けたとしても、海外旅行に行ったとしても、結局は仙人を真似たり、世俗を超えようとしたり、とにかく別世界（other world）に入ってみたいという意志の反映であると思われる。つまり旅行者が求めているのは、一時的でもいいので、まず自分自身の今まで置かれている社会地位から離れ、一切の社会関係から離脱し、全く別人になって、自分の役割や機能なども、それまでの自分とは全く違う感覚を体験することにあるのだ。旅行を通じて新たな生活を体験し、新たな世界を観察し、新たな生命を得て、新たな境地を開き、仙境に遊する者のように、生命転化の意味を獲得するものである[114]」と言う。

ただし、今日になって、「旅行」の超越的な意味はすでに現代の「旅行」「観光」の世俗化により、相当レベルダウンされて理解されている。もし本来の意味から言う「旅行」には、例外なく全て「巡礼」の特性（最も典型的な事例は玄奘三蔵の西域の旅である）が附加されていたとするなら、現代の文化経済における観光は、まぎれもなく消費主義のネットワークから離脱できないものと言える。例えば目下の中国各地に流行っている旅行景観を、大まかに分けてみると、以下のように分類できるであろう。一つはロマン主義的な旅行で、主に中産階級の人が、一人で物思いにふけり、落ち着いた雰囲気で、幻想的な大自然の景観に夢中になる旅行である。形式は個人旅行、バックパッカー、探検旅行等の少数派の遊びがメインである。二つ目は集団行動の団体旅行である。形式は大衆的な観光や団体ツアーがメインで、一時的な出会いや集団としての娯楽を重んじる旅行である。特徴としてはオーシャンリゾート地や風景名勝などを適当に見て回り、様々な文化的記号を収集する大衆的な旅行である。この二つの他に、またNGO組織や政府機関が主導する調査研究を兼ねた旅行や、民族学者、人類学者、社会学者などによる孤独で落ち着いた、観察と積極的な解釈行為を伴う知的な旅行などがある。

ロマン主義であれ集団主義であれ、旅行はグローバル化と地域性の共謀による、「地域」的なものに対する一種の文化消費である。その過程において、地域性と消費者の間の相互連動と駆け引きと協調とコミュニケーションは、もうすでに避けられないもので、それによって文化的な相互関係がより発展するのも事実である。ある論者はジョン・アーリの観点について、次のように総括している。一、観光客が消費しているのは、実は意義を附加された符号によって構築された特殊性である。権力の運営とこの地方の特殊性の構築（つまり観光地のイメージ作り）の関係は緊密にして不可分である。従って、このような構築はむろん選別選択され、旅行者の欲望を引き起こすものでなければならない。つまり観光地イメージの構築は、旅行者の意欲を呼び、観光印象を樹立する重要な過程でもある。二、観光地は旅行者の来訪によって消費されるものであるので、その場所も社会的に再構築されることとなる。同時に、現地も旅行客と現地住民のために様々な消費サービスを提供しないといけなくなるので、観光地としての空間がそこで現れてくるのである。三、外から来た旅行客の観光と消費によって、地元の元々にあった生活状況（例えば工業、歴史、都市の建築物、文学、環境等）も、徐々に消耗され、呑み込まれ、使い果たされた後、最終的には「完全な消費のための場所」となってしまうのである。旅行の本質は文化そのものの「遊歴」であり、この過程は言うまでもなく文化そのものの変遷であると言える。[115] すると、地方の複雑な社会的な資本――つまり歴史的に積み重ねてきた社会ネットワークやアイデンティティ、イノベーション力などが、国家政策、経済体系、金融資本、権力と政治、大衆メディアなどの要素と交わる中で、お互いの変化を催促していくのである。

この現象は少数民族文化の領域に限定してみると、よりはっきりと見えてくる。以下、広西、広東の二省のヤオ族観光地を例に、その実風景を見てみたい。

山に囲まれた谷間で、瓦と石で作られた普通の村がある。その中央に木造の建物が一つあって、それは観光客が来た時に、儀式を行って見せる場である。それとは別に、農家の家に入ってみると、たいがい部屋の天井にトウモロコシが掛かっている以外には見る物がなく、灰だらけの囲炉裏に煮込んでいるのも、きまって殺風景な豚の飼料などである。部屋の中は暗く、部屋の角の所は、だいたい簡易キッチンが設置されており、隣にはこけが生えている大きな水瓶が置かれていることが多い。正門を出ると石を敷いた地面になっており、ハトが一羽止まったりして、或いはプリマスロック（アメリカ原産のニワトリ）の母鳥が子鳥を引き連れて歩いていたりしている（これは二〇〇八年の四月に、筆者が広西省巴馬県東山郷で国情調査研究をしている時に、見たヤオ族の文化をテーマにした旅行村の一幕である）。

山道はでこぼこしており、文化遺産あるいは自然環境もなく、周辺もまた受け入れ施設もないことから、村を訪れる旅行客は決して多くはない。居たとしても、その大部分は団体旅行のツアー客で、簡単に見て、通りすぎていくのが殆どである。そもそもこの孤独な村の青壮年たちは、大半が故郷を離れ出稼ぎに行き、村に残っているのは子どもか老人である。その無辜で善良な表情は、往々にして旅行客を憐みの気持ちにさせ、一刻も早くこの村から離れたいという気持ちにさせてしまうのである。

ところで、隣接した省の、距離的にはそう遠くない場所に、別のヤオ族の居住区――広東省のヤオ族自治県がある。ここの南崗千年ヤオ寨は、「ヤオ家第一寨」との名称を持っており、知名度は抜群に高い。同じく険しい山岳地にいるとは言え、祖先が残してくれた遺跡があり、また、当該県は広州のカウンターパートサポート地区でもあることから、訪れる旅行客は上記の村より多い。地縁関係もあっただろうか、とくに香港・台湾からの旅行客が多い。二〇〇九年四月、筆者が調査研究のためにこの地を訪れた時、集落に入る前に、すでに広場で政府の看板を見かけたことがある。そこには明白に、県の関係条例により、建物を自分で改修すること、再入居することを禁じると書いてあるし、増築の場合と施設設備を付ける時には、古き建築物と調和したものでないといけないとも書かれていた。

つまり、ここは政府の厳しい規定によって、本来の日常生活の場所であった実用性が大いに制限され、ある意味博物館のような場所となって、もっぱら旅行客の見世物となっているのだ。大雑把に見るだけで通り過ぎていく旅行客は、むろんこのような背景の前で接待をしている女性たちの真の生活などまったく分からない。路上に多くの子どもたちが、石の上で宿題をしている。これは部屋の中が暗いからだが、また、こうした光景が旅行客の同情を引くことにもなる。とくに香港からの旅行客は、明らかに前もって準備しているようで（ガイドブックあるいはガイドから聞いているという）、袋に入っている飴、ペン、文具用品を路上にいる子供たちに分けてやる風景がしばしば見られる。これは手軽に道徳的な満足感を得ることができる行動であり、多くの旅行客が子どもたちに安っぽい文房具を与えている時、まるで国家首脳がお互いに贈呈品を交換しているかのようにポーズを作り、同行者に記念写真を撮ってもらったりする人もいる。

ヤオ族人口は約二六四万人。主に広西、湖南、雲南、広東、江西、海南に住み、人口規模からして、中国の少数民族の中でも、中規模に属する。しかし歴史的に長らく圧迫と攻撃と移動に追われた山地民族としては、その文化はまぎれもなく劣勢にいる。同じ少数民族であるチベット、モンゴル、ウイグル、回、ミャオ族と比べても、その影響力はまったく比較にならない。もっとも、今の「上から下へ」という中国式な文化経済発展モデルの中で、地方の内発的な発展力と決定権は、ほぼカウントされないほど、微力となっている。従って、彼らはこの高速かつ綿密に運転されている市場経済の歯車の中で、自分の文化的な伝統を犠牲にする以外に、選択肢などないのである。(116)

社会学者のジグムント・バウマン（Zygmunt Bauman）が以前、ポストモダンの英雄と犠牲品に対して、興味深い暗喩をしたことがある。つまり前者が観光客で、後者は放浪者である、という。「観光客の特徴は固定されたアイデンティティの出現を避けたがる」ことである。彼らはぐらついて落ち着かず、一種の流動的なものの中で、「情景をコントロール」しようと試みる。これと対比して、「放浪者はこの世界の中で観光客のために献身する廃品的な存在である」(117)。何故なら、現代的な生産、流通、消費の構図は、有用な製品を製造すると共に、廃品も一緒に生産するのだ。ある廃品を研究する著書の中で、バウマンは廃品の生産は現代化の過程で避けられない現象だけではなく、同時に、現代性とは切っても切れない伴侶的な存在でもあるということを発見した。何故なら、廃品は秩序の構築と経済進歩に附随して、必然的に現れてくる一つの副作用であり、直線的な発展論は必ず以前は有効だった生存方式を低く評価し、その生存方式に依拠している人々の生計手段をも剥奪するのだ。どの秩序もそうだが、必ず現存する事物の中の一部の存在を「不適格」、「不合格」、「不必要」なものと見分けるのである。(118)このようなロジックに従えば、少数民族の伝統的な生活方式と文化伝統は、この現代経済政治技術の中で、必ず廃品として扱われる。例えそれが広東のような改革開放、経済発展の最前線の場所にあったとしても、経済発展が著しい東南地方から外れている場所にいれば、その農村地帯の困窮の運命はすぐに目の前に現れてくる。青壮年が故郷を離れて都市の放浪者となり、彼らの没落した故郷は地域的な経済差異の中でも、観光地となっていくのである。

観光客がその地の人物と記念写真を撮ることは典型的な「エピソードコントロール」の一例である。香港からの観光客とヤオ族の子どもたちの記念撮影においては、少数民族の身分そのものが旅行の前提となる異国情緒や、民族風情のイメージである。観光客が記念撮影をし、贈り物を手渡すときの儀式を通じて、形式上において想像のコントロールを実現しているとも言えよう。同時に少数民族文化の博物館化の傾向の中で、地域発展の差異によって、発展地域の人々が少数民族の文化に対して、オリエンタリズム（Orientalism）的な還元を講じている。別の方面では、少数民族文化は市場の分け前を得るためには、自分自身を異国情緒化せざるを得ない。この中で、むろん効果を発揮している動力システムは、映像による宣揚である。

実際に、絶対多数の旅行は旅行体験の視覚化の過程で終わっており、深い理解に繋がったことが、却って少ないのかもしれない。これは一種の循環過程である。つまり旅行の前の旅行ガイドブックやテレビ番組や広告などの中で、一連の映像、写真、イメージによって観光客に見られるかもしれない場所の欲求とイメージを喚起させ、言い換えれば、観光客にこの資本にコントロールされている観光方法の承認を要求することともなっている。もちろん、観光客側もその地を去っていく時に、自己の視線とイメージを記録し、記念品や写真などで観光者自身の体験と満足を構築するのである。紀元前四七年、ジュリアス・シーザーはゼラの戦いで全勝しローマの友人に対して勝利を報告する時に、「来た！　見た！　勝った！」と言ったらしい。今日になって私たちはやがてこのシーザーの一言が見事な予見であったことに気付きはじめ、現在の観光客はまさに形式的「私が来た——私が見た——私が征服した」という過程で、旅行を締めくくっているのではないか。この点について、少数民族は痛切に感じている。スペイン少数民族バスク人の作家であり、哲学者でもあるミゲル・デ・ウナムーノ（Miguel de Unamuno）は以前、多少辛辣な表現でこう言ったことがある。「旅行に対して癖になり易いのは、それはある場所に対する一種の憎悪があるからで、決して好きという理由ではない。つまり旅行に夢中になる人々は、実はそれまでにいた場所から離れたがっていたのだ。決して行きたい場所を探しているわけではない」と指摘したことがある。ミゲル・デ・ウナムーノの長編小説『迷霧』の主人公のオックストも「一つの人生における旅行者ではなく、一人の放浪者である」[119]と述べている。

「放浪者」には、確かにシャルル・ピエール・ボードレール（Charles Pierre Baudelaire）が言うように、「怠け者」と「遊び好きなやつ」という意味があり、異端児的な一面を持っている者を指す。[120]しかし旅行者の区別は、自分自身の経験とその過程に参与する権限のマネジメントにあると言えよう。旅行者は各地を回り、その過程で地図的な旅行記を書き、さらに世界に対する一枚の「想像的な地図」をも描き出すものである。民族文化の観光地化は往々にして、静止、硬直、不変のイメージを与えやすく、実際は現地の発展、転化、変化の可能性を否定することになる。一旦、既知かつ不変ないし創造性のない存在だと見なされてしまうと、今度は徐々に消極的な恒久性を与えられることが多い。これと対比して、観光客はどちらかと言えば上からの目線で全体的な文化観光地を注視していて、その目的は飽くまでも目の前に現れたすべての画面――文化、宗教、性質、歴史、社会を把握し、しかも一瞬でそれらのすべてのものを手中に収めることである。観光地の帰納と総括の力は非常に強く、サイードの言葉を借りて言えば、「これ（旅行事業――訳者）が一つの活き活きとしていた文明を、ある種の抽象的な価値ないし非常に観念的、主観的なものに転生させ、さらにそこから出発して、これらの価値、観念、主観的なものを、いわゆる文化マネーとも言える経済効果に替えることができるのだ」という[121]。

この意味において、旅行とは一種の演劇であり、旅行者と現地の人が共同でその劇を演じているようなものである。むろん、その過程では双方がお互いを観察するであろう。ただ違うのは、観光客は最終的にはやはり自分自身の元の世界に戻り、得られたものと言えば、旅の中で出会った人物を観察することによって、自分自身の中に内在する自己を経験しただけである。つまり観光客は、自分自身の想像していた地域と歴史に近いものと、遠く離れているものの間の距離と差異を、誇張した処理によって、自分自身に対する認識の強化に繋げたいだけである。グローバル化した経済体制の中で、地域と観光客の共謀する関係において、想像による空間関係が地理的な実際関係に取って代わり、それによって、実際の歴史的な深みが、却って一種の平面化された空間平面に圧縮されるのである。消費主導の観光産業は、間違いなく景観の設計などの面においても、消費者のニーズに迎合しようと動くものと思われる。むろん、観光スポットの魅力も、往々にして観光客の欲望を満たせるか否かの問題になるだろうし、この迎合の動きが、間違いなく現地の景観を選別したり排除したりするものと思われる。すると、各地は争って自分たちを観光客の注目を引ける対象になろうと動くし、その地方の生産的な中心地あるいは権力のシンボルになる必要はなくなり、むしろこぞって娯楽の場、のんびりとした時間を過ごせる空間へと、その姿を変えていくのである。

人類学者たちは早くからこの旅行経験の虚像性に注目していた。例えばクロード・レヴィ＝ストロース（Claude Levi-Strauss）が嘗て述べていたように、フランスのヘンリー四世の時代、胡椒が非常に流行り、宮仕えの女性たちは胡椒の種を自分たちのお菓子袋に入れて、常に持ち歩き、飴をなめるようにそれを食べていたという。この視覚的にも感覚的にも、人々にある種の暖かい印象を与える奇妙な現象が、それまで自分自身の文明が決して無味乾燥なものではないと思っていた人々に、まったく新しい感性の経験を与えたのである。よって、彼はさらに、「一種の重層的な反復手続きを通して、我々は今日のマルコポーロが同じ場所から様々な道徳上の香料調味料を持ち帰り、我々の社会が益々降下しているような自覚を持っているこの時期に、この種の道徳的な刺激ある品々も益々必要に感じてくるのである。しかも今日のマルコポーロたちが持ち帰ったのは、写真であり、書籍であり、そして旅行の話である。（中略）もう一つ非常に重要なことは、意識的であれ、無意識的であれ、今日の彼らが持ってくる香料調味料の殆どが偽造であることだ[122]」と指摘した。まさにその通りで、今の視覚的な政治文化の構成の中で、地方文化ないし劣勢文化はどうしても集約される運命から逃げられず、旅行者が観光地で目にしたのは、おおよそ符号化されたあるいは観光業者が振興のため人為的に加工して造り出したものに過ぎない。つまりそこで観光客が見たのは、所詮彼らが見たいと思っていたものを見せられたに過ぎないのである。もちろん、殆どの旅行者はこの符号化されたものを追い求め、解読し、それで十分に楽しんでいる。このことは、ある意味、あることの部分的な特徴、効果、起因等々を以て、そのことの本質的な部分に替えて見せていることになる。つまり名目的、形式的なものが事実のようにストーリー化され、旅行者が見たのは飽くまでも歴史文化の本体ではなく、まぎれもなく複写された符号的なものである。しかも皮肉なことに、旅行者はこの符号の背後にあったはずの元々の意義なるものについては、殆ど無関心である。例えば上述したヤオ族の事例を取り上げると、そこにいる旅行者たちは、明らかに現地のヤオ族の老人、女性、子どもの傷つけられた内心に、まったく気づいていないのである。場合によっては、彼ら観光客と違って、そこにいる人々は朴訥で、間抜けで、心の中は空虚で、無欲な人ばかりだと見下ろしている客もいる。

これは少し悲観的になり過ぎたかもしれない。さいわい、世間の殆どの物事は、単次元ではない。角度を変えて、少し楽観的に見ると、グローバル化の「可約法則」とローカル的な地元文化の間には、依然としてある種の相互影響が存在するのも事実である。優勢の立場にいる言説者はこのことの存在を無視するであろう。だが、地元の人と旅行者の間の見詰め合う関係においては、権力は必ずしも抑制だけを意味するのではなく、生産をも意味するのである。よって、この見詰め合う関係もまた相互的で、啓発性と促進性と生産性をも有するものである。言い換えれば、旅行者が現地の文化ないし日常生活に何らかの形で抑圧と歪曲を強要する時、現地の人も沈黙的な方法であるかもしれないが、間違いなくまた自分自身の能動性を発揮する。文化の上での変遷にしたがう、あらゆる交流、衝突、意思疎通には権力関係が存在する。ただその結末は、必ずしも力の弱い方が不利になるとは限らない。事実、文化的な観光地において、我々は前近代的少数民族ないし地方のささやかな伝統、また現代中国の政府当局のイデオロギー、それから西洋の異なる文明が共生して、一つの統一空間を形成している光景を、しばしば目の当たりにする。しかもそこから独自の雑種混血的な、ポストモダン的な情景を造り出すこともしばしばある。この時代の我々の美学と文化政治の基点を再構築できる可能性とエネルギーも、まさにここにあるのかもしれない。

一九九〇年代の初期、ある米国人研究者が妻と共に、中国の雲南省大理のペー族自治県の民間物語調査のために現地を訪問した。来る前、彼はすでにゾラ・ニール・ハーストン（Zora Neale Hurston）、ブロニスワフ・マリノフスキ（Bronislaw Malinowski）、ジョセフ・ロック（Joseph Rock）、クロード・レヴィ＝ストロース（Claude Lévi—Strauss）、ジェームズ・クリフォード（James Clifford）、クリフォード・ギアツ、アルマ・ゴットリーブ（Alma Gottlieb）らの著作と理論によって、自分自身をしっかりと武装していた。実際に大理の農村に来てみると、やはり大きな自己分裂と矛盾を感じたという。何より、少数民族の色々なことが彼に反感と嫌悪感を与え、その中で、最も受け入れられなかったのは衛生面の習慣であったという。ある日、彼がある農家のトイレに行った時、そこでうじ虫が糞の上でうごめいているのを目にしたという。このことが彼に今まで経験したことのない衝撃を与えた。さいわい、このことが、却って彼に醍醐味を与え、即座に「天地は仁ならず、万物を以って芻狗《すうく》と為す」という衆生平等の深意を悟らせたという[123]。これは一つの象徴的な意味を持つエピソードであり、文化相対主義の起源もこれによって解釈できるであろう。つまり自ら経験することによってはじめて、共鳴の理解に至ることが出来るということである。ここで改めて旅行の意義を強調しておきたいのだが、つまり旅行は、削除されたり要約されたいい加減な「観光」を、本来の観光が持っている体験的で、実践的な意義に回帰させているのである。

そもそも体験とは、旅行者が自分自身を同情的な理解者の立場に置き、ただいわゆる「自我」と「他者」の遊離と統轄支配の関係ではなく、飽くまでも「わたし」と「あなた」の交流と対話であり[124]、それぞれ視覚的な文化と聴覚的な文化の認知形式を代表しているだけである。むろん、視覚文化と聴覚文化の境界線は一種の比喩であり、近年の民俗学、人類学、社会学の研究と国勢調査活動も、民俗と民間の口伝文化が歴史の伝承と文明の継承の面において、重要な効果と意義を持っていたことが再認識されるようになった。口と耳の伝承による聴覚文化およびその他の史詩、神話、伝説、故事、山歌、民謡、小説など（中略）まさにこの視覚と理性によって統治している社会のため、一つの相互補完する手段を提供してくれたものと言えよう。これこそが「サンショクスミレが咲き乱れている草むらの中から、数え切れないほどのあぜ道の埃の中から、しばしば歌声が聞こえてくる」のように、旅の中で「あなた」と「彼」の声を聴き、和して同ぜず、共生しながら繁栄するということなのである。ここで視覚政治がはじめて開放的、包容的な契機を、生み出すことが出来るのである。

第三節　少数民族文学の空間的な言説

一、少数民族文学の「場」と視点の転移

空間理論の下で、文学はピエール・ブルデュー（Pierre Bourdieu）の言う「文学の場」（literary field）となり、文学空間（場）そのものの生産過程自体、一つの多元的異質性の空間（場）を構築している。この空間（場）は伝統的な背景、環境、コンテクストの結合という意味ではなく、むしろ保守とパイオニア、政治と技術、資本と文学、統治と被統治、自主性と被自主性等の、様々な権力要素の集団的な効果によって形成されており、複雑なネットワークになっている。つまり「場」は社会、文化、符号の資本の総合作用によって生産されている。よって、必然的に政治、社会、文化などの、多重多様な要素が影響をもたらすもので、「文学作品の科学性というものの意味を考える時に、おそらく作品そのものを理解するのに必要となる社会的現実の理解も、作品そのものと同等な重要性を持つことになると思われる。普段、社会的現実から文学作品を読み込む時、おおよそ三つの段取り（順序）がある。その一は権力という場の中の文学場（等）の位置づけおよび時間的な進展の分析である。その二は文学場（等）の内部構造の分析である。文学場とはつまり自分自身の決まった動きと変化の規則に従う空間で、その内部構造は結局のところ、個人と集団が占める位置の問題で、言い換えればお互いの位置関係の正当性のために競合する関係にあるのだ。そして最後は、その位置の占有者である者の習性についての分析である。つまり支配権の系統に関するもので、この系統はむろん、文学場（等）内部の社会的な軌道と位置の産物であり、最後は個々の位置において、どれだけ現実的に有利な機会を得られるかの問題である」[125]。

その他の文学と同様、中国少数民族文学の「場」の空間も、制度的な空間、テキスト的な空間、解釈の空間と、幾つかのブロックに分けて考察することができる。現代当代文学の制度化には、当然ながら都市商業文化の発展、印刷媒体の発達、新聞雑誌の繁栄、伝統的なインテリ層の分化、教育の普及と拡大と読者の増加、職業作家と原稿料の制度などの構築、文学グループの活動等の、多方面にわたる要素が含まれている[126]。ただ、文学制度が一度出来上がってしまうと、文学そのものとの間に、ある種の相互制約の構造も形成されるため、まさに「文学制度は様々な方式によって文学の再生産を規範し、誘導するのだ。すると、規範化された文学制度と合わない、或いは極端に個人的な文学などは「非合法化」されていくのだ。つまり理論的には、文学が自分自身の制度形式を有することによって、社会や政治からの干渉を拒否する力を持てるが、しかし逆に、社会や政治面も、文学制度を通して文学の創作に関与することが可能で、結局は双方がそれぞれ自分の最大の利益を求めることとなる」[127]のである。

実は少数民族文学こそ、中華人民共和国が建国した後の社会主義国家的な性質を有するものであろう。何故なら、ある研究者によると、一九四九年から一九七六年までの間は、毛沢東の文芸思想が新中国の文学政策となり、同時に、この時期の中国当代文学はソ連文学から——とりわけ体制的な面において多くの経験と形式を学び、場合によっては踏襲したこともあり、文学団体や流派、文学の組織と綱領、文学の刊行物等々において、すべて統一されたイデオロギーの下で制約されるようになり、それによって、文学団体の内部で行政化する傾向と、文学意識の政治化傾向と、文化指導の集権化などの現象が起きたという。文学の党性原則と社会主義リアリズムの文学理論は、ソ連文学が当時の中国に影響をもたらした最も重要な二つの文学概念である。文学の指導機構と管理部門の角度から見ると、社会主義の指導権の下では、文学は計画的に組織され、また思想と組織の両面でそれを指導するという方法を採用して、とくに主流イデオロギーの存在は絶対的なパワーとなったのである。こうした中で、中国の少数民族文学はその最初の混沌とした状態から明確な命名、分科が始まり、すでに国家・政党・政治と切っても切れないほどの「当代性」を有するようになったのである。そうすると、こうした政治イデオロギーが主導的な立場にある社会においては、その体制的、組織的なものが、一方において作家に規約（制限）を掛けることとなるが、同時にまたある種の誘惑ともなるのである。(128)とくに文学雑誌が国有化および等級化され、文学政策・文学会議・文学批評・文学賞等の一連の文化構造は、間違いなく少数民族文学に明晰な政治的、体制的な烙印を押すことになるであろう。

本書の序論と第一章で「中国少数民族文学」の誕生と発展史について述べた時に、すでに触れたように、創作であれ研究であれ、少数民族文学がその成立の段階で、すでに国家的な多元文化構築の巨大プロジェクトと切っても切り離せない関係にあった。例えば国家行政機構の一つである中国作家協会少数民族文学分会や雑誌『民族文学』など、また少数民族文学の「駿馬賞」等を通して少数民族文学を組織し、その創作、出版、伝播ルート等に参与する方法など、それから中国社会科学院民族文学研究所、各地の民族学院および一部の総合大学に設置されている少数民族文学の専門機関等、その研究、批評、教育などを通して、いわばその「無」から「有」までの各段階で、少数民族文学に対する国家イデオロギー主導の色合いをはっきりと確認できる。とくに文学史の創作と編纂においては、まったく文学の体制化の実践と言えるくらい、少数民族族別文学歴史の記載、叙述、教育など、各段階に、国家体制の要素が存在する。

上記の社会的要素の他に、ブルデューも述べているように、そもそも文化というものは貴族的な肩書きと血統を必要とするもので、前者は教育機構から与えられるもので、後者は貴族階層に入れた資格で量られるものである。ただ、異なる文化の肩書きと血統によって、隔たり（distinction）も当然現れてくるので、「異なる集団の間の文化の権利の争いは、昔から止むことがなかった。これらの集団は、文化に対する観念と、文化と芸術品の合法的な関係に対する理解もそれぞれ違う。従ってそれを習得する条件も――例えば審美的な嗜好や芸術傾向や性質ないし趣味等に対する感覚など――みんなそれぞれ違うのだ」[129]。清末から五四運動に至って以来、新文化運動に携わる人々の努力によって、従来の中国の文化構造が大きく変えられ、辺縁知識や文化、文学などが、知識人の地位までみな上昇したが、しかし旧民主主義革命時代においては、少数民族文学は様々な主観的、客観的な条件に制約され、議論の的ないし焦点にはならなかった。その後、とくに毛沢東が「新民主主義革命」を提唱した後、また今日の中華民族多元構成の構築が議事日程に上がって以降、ようやく注目されるようになったのである。これは一言で言えば、中国の革命が既存の文化勢力図と権力構造を打破し、あらゆる文化的な資本について再編を行ったからこそ、少数民族文学もその波に乗って、ようやく歴史の地表に浮上することができたのだと言えよう。

とくに「新時期」以降、一体化していた社会文化構造が瓦解した後、少数民族文学はにわかにこれまでにない繁栄を迎えた。こうした勢いがあったからであろうか、一部の少数民族作家が、我々はこれから完全に漢族の影響から脱出し、特別な民族文化アイデンティティを追求すると公言しはじめた。こういう「漢族――少数民族」という二元対立的な言説が成立するか否かは別として、このような言説は言うまでもなく、少数民族文学の象徴的資産に対する自覚であると言えよう。実は、五四運動の前後から、少数民族文学の内容について、すでに一部の先進的な知識人たちによって、一つの文化資本として運用されていた。建国の初期、つまり少数民族文学が形成されていく過程において、少数民族作家と知識人たちはみな、ある策略に走った。それが、少数民族文学を特別な文化資本として社会主義国家の文化建設という大事業に関与させるという策略である。ブルデューが言うように、物事の象徴的な価値と商品的な価値は相対的に独立しており、少数民族文学が文化資本として運用される過程においても、その象徴的な財産は市場においては主に二つの形の経済効果を表すものと思われる。「その一つが、芸術の極点に立って、つまり純芸術的な立場からあらゆる「経済」的なもの——とくに商業的、短期的な「経済」利益に対して、反対の姿勢をとる。このことによって、自分自身の自主的な生産過程と特別な需要に特権を与え、自分自身の要求以外は、一切の要求を認めないことで、却って象徴的な資本を蓄積する方向へと発展させるのである。このような象徴的資本は、むろん初期の段階においては承認されないが、しかし長い目でみると、時間が経てば、何れも認められ、正当的な立場も手に入れて、最後は却って本物の「経済」資本となりえるかもしれない。もう一つ別の極点は文学と芸術産業の「経済」ロジックであり、文化財産の交易を、その他の交易と同一視して、その伝播および発行部数によって直接的にその業績を評価し、いわば顧客中心の方法で、顧客のニーズに合わせて調整を行うビジネス方法である（そうは言っても、これらの機構と場の関係はやはりある種の特別な所属関係にあるので、仮にこれらの機構が一般的な経済機構と同様、経済利益を求めようとしても、一定の自制をしなければならない。何故なら、余りにも赤裸々に経済利益だけを追従してしまうと、却って利益を得られない可能性があるからだ）[130]。このことを理解できれば、最近の「無形文化遺産」の思潮の中で、何故原理的色彩を帯びた少数民族文学の言説が、そのような曖昧な生産構造を造っているのかが理解できるのである。

従って、我々は「習性」（habitus）という角度から、少数民族文学の一連のキャピタル・ゲイン的な動きや文学作品の実践ないし作品の批評のやり方などについて、様々な理論的な解釈を見出すことができる。ブルデューの理論に基づくと、制約条件とある特定の生存環境から「習性」というものが形成され、その「習性」が長くなれば、潜在的な行動傾向となり、ついにある種の構造を成して、一定の役割を担う[131]ようになる。それがさらに教育によって現実社会の地位、生存環境、歴史、文化、伝統となり、最終的に人々の思考方式となって、文学創作活動などにおいても、現れてくる。ただ「習性」自体は潜在的な存在で、それ故、そこから生まれてくるものは、殆ど曖昧で朦朧としたものである。

少数民族文学の主体は特定の「習性」を保有するものとして、主体民族やその他の民族と異なる状況におかれている。ただ中国の少数民族に関しては、主体民族は例えば「民謡の収集」等の方式を通じて、異なる空間に共存している他民族の文学材料やサンプルを得ることができる。今、「民謡の収集」という形式と実践と成果は、もはや少数民族文学に対して整理、発掘、研究、批評を行う一つのレガシー的な方法となっている。例えば『康定情歌（草原情歌）』の歌詞に対する修正と、『あの遥かなる遠い場所には』（原文：『在那遥遠的地方』）の出処不明な点が、その典型的な事例である。前者は版権法に基づいて、いわば現代の作者が署名する形式の創作法を以て大衆民間文化に対する一方的な応用とも言える。[132] これに比べて、後者は知識人が民間ないし民族の文学題材を整理する過程で、生み出したものである。[133]

内モンゴル、新疆、甘粛で実際に生活し、現地調査等をしたことのある回族作家張承志は、人文地理学的な問題について一九九〇年代の末に、人類学の分野でしばしば言及される「文化保有者の内なる眼光[134]」という方法と似たような方法論に対し、異議を提起したことがある。それは、張に言わせればいわゆる「調査」「フィールドワーク」「アンケート」などの西洋の現代学術規則に基づいた社会学、民族学、地理学の方法は、「実に不安を感じさせる部分がある。それは文明の解釈者が民間でも民族でも地元文明の持ち主でもその地で生活を営んでいる人でもなく、みんな高尚なる科学理論者と教授たちだからである。（中略）表現者と文化の保有者の〈地位関係〉は確かに昔も今も一大命題である」という。何故なら、「文明に対する解説とその解釈を出来る資格を持っているかどうかの問題は、未だに、未解決のままであるからだ」。「もし植民地主義の双子の兄弟ともいえる西洋学術が文明の創造者である人々の、自分自身の文明に対する解釈権を曲解ないし抑圧しているとするなら、一〇〇年後に、我々は国内において、同じく未発展の辺境地や田舎、少数民族などの文明の保有者に対して、覇権的な言説、文化的な蔑視、偏見などを持たないと保証できるのだろうか[135]」。張は民衆が書斎人に挑戦する可能性を強調し、或いは社会のエリートたちはもっと社会底辺の庶民ないし謙虚で寡黙な人々と対話をしなさいと呼びかけているのである。

実は少数民族文学の整理、研究、創作の分野においても、一部の知識人エリートたちの間には、「思想は万能であるという幻想」を持っている人々が存在する。しかも、このような上からの目線は必ずしも他の民族からくるのではなく、むしろ自民族内部の文化的な上層部からくる場合が多い。この種の優越感を持っている人々は、資産家の裕福な生活に対する自己満足と知識人としての老婆心を以て調和を変形させる——まさにブルデューがギュスターヴ・フローベールの身の上に見出した「資産家のように生活し、半分は人間、半分は神のように思考する」(136)存在となってしまう。結局、少数民族の民衆の主体に文化的な主権意識を持たせ、少数民族文学を国族共同体の中の一つの異次元的な空間と理解しないと、本当の「少数民族文学」が現れてくることはないであろう。そもそも少数民族文学は中国をどのように理解しているのか。また彼らの国家、民族、部族などのアイデンティティがどうなっているのか、主流文学のそれとそれほど違わないかもしれないし、或いは全く違うのかもしれない。これらの問題を深く理解するために、まず何より地理学的、人文学的、心理学的な空間において、相互の立場に立って物事を考える必要があろうかと思われる。

二、民族を書くもう一つの方法

上述したように、中国の地理的構造の認知ないし方式が、近代以降になって大きく変わってきた。よって、地域や地理的な角度から中国文学を考察する方法も、それに応じて調整しなければならない。しかし残念ながら、現在のところ知的な刺激と啓発を与えてくれる著作は、まだ少ないと言えよう。金克木が一九八〇年代に、ある一つの論文を発表し、この問題に触れている。彼に言わせると、「地理とは地区を指すだけではなく、自然、社会、経済、政治、文化をも指すものだ。文芸もまた作者、作品、風格、主題、読者（序文やあとがきなどを書く者と、評者やコレクター等)、伝播者(例えば話者、発行者、演者等)などを含む。(中略)なお、仮説的に、我々はこの地域学的研究は少なくとも四つの方面から研究を展開できるであろう。それは、1．分布、2．軌跡、3．地点の選択、4．拡散である。もちろん、他の視点からの研究も出来るだろうが(中略)文学と芸術の地域分布の研究は、ただ単に地図を描き出すだけではなく、描写的ないし資料的に題材を取り上げて、それを基礎にさらに問題提起をすることが大事だ。(中略)軌跡的な研究は文学者、芸術家と作品および文体や風格などの伝播手段を研究することができる。文人や芸術家の出身地はもちろん一つの要素しか説明できない。経歴は年代系列で考えることも、地域的系列で見ることも可能である。(中略)地点の選択に関する研究も、短期ないし長期間にわたってある文学芸術の流派が集中する地点を考察するのも、他の地点を視野に入れるのも構わない。(中略)拡散に関する研究は主にまだ明らかになっていない全国的な伝播軌跡や風格ないし流派を対象とすることができる——例えば同じ主題或いは同じ構造のものが異なる地域で重複して出現したり、或いはある種のモデルを形成したりしたものなど——。実は民間の物語の中にはこの種のものが非常に多い。(中略)以上は飽くまでも参考までの話で、具体的な問題や方法に触れて議論することはここでは省く。もっとも、実際に試してみないと何を発見できるのか、まったく分からないのだ。ただ以下の二点については、もう少し述べておきたい。(中略)一つは作家と作品に対する考察は必ず読者、聞き手、観衆にも目を向けることだ。民間の文学や芸術の研究にとって、これは非常に重要である。(中略)二つは、文芸研究の分野においては、評価も次元が違うが、研究の一つであるということである。事実を考察する時に、評価はどうしても必須となってくる。ただ評価が出発点になってはいけない」。ここで留意してほしいのは、金克木が「ここで述べているのは、むろん過去のことを指すので、現代を意識したものではない。過去とはつまり清末——より具体的に言えば一九一一年或いは一九二〇年、五四運動の翌年、中国共産党成立の一年前までの時期を指すものである。この時期を前後にして、状況はかなり違ってくる」[137]。なお、二〇世紀以降の中国空間の変化がもたらした影響について、文学研究の領域においては、実はまだ新たな意義を切り開くような研究が見当たらない。前近代文学に対する地理的な研究も、その方法と形式において、今も尚、金克木が構想した範囲を超えていないのが現状である。

歴史学者の胡阿祥は嘗て「中国の歴史文学地理は広範かつ複雑な研究内容を有する。例えば文学の発展状況の地域的な差異（文学者と文学作品の多寡を主な指標とする）や、各種文体の地域的な相違や地理環境から受ける影響の有無や、文学の題材と風格の地域的な特色や、一部の地域文学の地理的背景、地理環境が文化人のインスピレーション、文化人の創作に与える影響など、また文学の地域差異を形成する自然地理環境の要素と人文地理環境の要素等々、これらはすべてが中国の歴史文学地理に属する基本的な内包である[138]」という。ところで、彼本人の著書『魏晋本土文学地理研究』も、実は非常に「本土」的なものになっており、その範囲は殆どが淮河文学、河北文学、江東文学、遼東文学、南土文学、淮南文学等の地域的、局地的な論述に東文学、関隴文学、河西文学、巴蜀文学、江東文学、遼東文学、南土文学、淮南文学等の地域的、局地的な論述に留まっている点である。もちろん、このような分類と区分に何か高度な理論的意味があるわけではない[139]。なお、梅新林が嘗て「情景の還元」と「版図の恢復」を一つの理論的な柱にして、文学と地理学の分野を跨る研究を試み、それによって中国文学地理の表現形態と変遷規律を指摘し、中国文学地理学という学術体系を構築しようとした。そこで、彼が採用した方法とは文学者（作家）の出生地の分布という「本土地理」的な視点を一つの出発点にして、それぞれ流域的な軸、都市的な軸、文化人の傾向という三つの方面から研究を展開するというものである。それによって最後に得られた結果とは、「区域と系統は連動する」方式で進化するというものである。より具体的に言えば、構図的には黄河、長江、珠江、運河という横が三つ、縦が一つの四大流域である。文化人集団は凡そ各々の地域の異なるレベルの都市を軸に動き、外側から都市へ、或いは辺縁の地から中心の地への流動になっている。この中で、いわゆる八つの方式と四つの相対関係が生まれてくる。つまり教えと求学の一致性、出世と隠遁の対立性、昇進抜擢と降格左遷の逆行性、旅行と移住の異なる方向性である。さらにこれに対応しているかのように、授受、出処、(人事)昇降、動静の四つの構造ができる。さらにこの八つの方式と四種の関係において、絶え間なく極限化されたり、拡散したり、バランスを壊したりして、何れは新たな均衡状態を創出するのである。その結果が今の八つの大文学区系——つまり秦隴、三晋、斉魯、巴蜀、荊楚、呉越、燕趙・北方、閩粤・南方[140]を徐々に形成したのである。ただこれは依然として一般的な文学地理学的な研究に属するもので、実際は人文地理学の枝分かれであり、文学社会学的な一面を有するものであると思われる。

これはいわゆる空間視野的な方法と角度から文学を考察する一つの手法に過ぎず、しかもこの研究方法にも明らかにある種の手落ちの部分がある。例えば異郷・辺境・外地と本土・中心・中原との連動関係が、ほぼ無視されている。これは言うまでもなく優勢文化中心的な観点から現れてきたもので、要するに認知上に盲点ないし落とし穴が現れる時には、その存在を無視するか、或いはそれを既知世界にある光の後ろに隠してしまう、という手法である。ちなみに、地理的な人口の流動は昔から続けられ、近現代以降、とくに交通が便利になり、通商も発達して、政治や戦争などの推行によって、今では非常に頻繁に流動している。中心と辺縁、中原と辺地、中国と異民族との二元方式の考え方は、長らく主流の叙述と言説のパターンになっている。しかしこれは飽くまでも数多くある見方の一つに過ぎず、そもそも辺地を主体と見なした場合、辺縁地が却って中心になれるし、中原が逆に外地ないし異民域となるから、見方によっては、考え方はまったく異なってくるものである。何より、現代中国において、その文化的政治的な中心地も、世界や国内の情勢によって、よく変わったりするもので、北京、上海、南京、重慶、桂林、昆明、香港等は、何れも過去に一度は作家の集う場所となったことがある。従って、単純にあるところを持ち出して、そこが中心だと言い決めることは、中国の歴史事実にはそぐわない。少数民族たちはどのように「中国」を見ているのか。また彼らはどのような空間意識を持っているのか。さらに言えば、彼らの空間意識が中国文学全体の想像空間の再建に、何らかの手助けとならないのか。

本章の始めに引用した蕭乾の文章は、まさに現代少数民族作家と文学は空間における変化、重複、置換の中で、身分と自我と主体を、一歩一歩と地道に確立し、アイデンティティをもつことを示しているであろう。張承志の小説『金牧場』は空間が叙述主体に対して発揮できる構築力を様々な角度からはっきりと示しており、一九八〇年代にはモンゴル学研究のために東京へ行き、一九七〇年代に内モンゴルの召・違爾牧場に下郷し、一九六〇年代に北京の街頭で革命を起こし、紅衛兵となっていた経歴を描き、また西北の甘粛省の回民との交流をも織り交ぜた、一人の主人公を造り出している。これは間違いなく張自身の自伝的な作品であると言える。模索・探索を行っている一人の旅人を見事に描いている。作品中で、彼は「私は歌を唄いたい、絵を描きたい、詩を書きたい、しかしやはり一番は放浪したい。実は慌ただしい日々の中、すでに何年も放浪しているのだ。私は中国の北方の地、モンゴルの高原、天山の奥地、黄土の高原などを踏み、巨大な地図の上で、ひと塊ひと塊の大陸の上を放浪してきた。そこが私の生身の母土なのか？　そこが神がかりな啓示を与えてくれる土地なのか？　私にはわからない。しかし、もし小林一雄が日本の特別な風土によって彼の歌を作ったとしたら、私もこの大陸によって私の心を摑み取ることをできたと言えよう。その後、数か月後に私が帰国した後、私は荷物をおろした後、すぐに長らく御無沙汰してきた北方の地へと出発したのだ。私はそこで歌を歌い、詩を書き、絵を描き、思う存分に放浪した[14]」という。最後は、主人公の身分は彼が訪れた場所と同様、様々な色が混ざり合い、光り輝き、とても一言で言い表すことはできないものとなった。彼は回族の家に生まれたのである。しかし同時に彼はまたモンゴル人の養子であり、ウイグル族とカザフ族の兄弟であり、日本人の友達であり、そして何より、彼はまたこの中国の息子でもあったのである。

外部からの文化地理研究以外に、作品内部の空間構成、例えば「対位性」（サイード 1935―2003）や「復調性」（バフチン 1895―1975）や二重意識（ボイス 1868―1963）等も、一つの空間視野である。この空間に対する注目以降、異なる資源を持つ学者に、異なるルートで文学の領域へ入ってくる可能性を与えた。例えば植民主義ないしポストコロニアリズム的批評、フェミニズム的批評、通俗文化の研究、文学経典に対する質疑等、また作品内部の空間地図に対する注目、グローバル化コンテクストの下での文学史と文学実践に対する注目等々がある。この種の文学内部の研究を、我々は「空間の転換」と呼ぶことができよう。これが我々の文学作品に対する線的な認知を更新し、むしろ発散型の立体的な展開へと導いていくのである。もっと重要なのは、人々に文学が現在の空間概念の形成に関わっているということに気づかせた点であろう。例えば外来者が航海日誌、旅行日記、人類学ノート、回顧録、見聞録等を通じてその土地のイメージを作り上げ、これらのイメージが逆にその土地に影響を与えたりするのである。言うまでもなく、現地の住民は自分の土地の叙述に対して、自分自身本来の、完成した叙述系統を持っていたはずであるが、それが啓蒙的な現代性以降の区域化（deterritory）の過程で、殆どが打ち砕かれ、新たな秩序作りの中では、仮にそれまでの叙述が完全に変えられていなかったにしても、殆どが優勢な言説によって、決定ないし制限されたものになったのである。地理的な要素が現代的な断裂をした後、文学の叙述はむろん心理的なケアとなる働きをしてくれるものと思うが、しかし多くの人々がすでに気づいているように、少数民族文学の語法が現当代文学の環境の中で形成された後、それに多かれ少なかれ、硬直した印象が附随してくるのである。

この中で、最も典型的なのは、少数民族文化が次第に桃源郷のような存在と叙述されている点であろう。郷土的中国の崩壊と共同体の散逸は、新時期以降の、少数民族小説の一つの基本的なテーマとなった。すると、桃源郷式の空間がむしろ現代化行程への抵抗力と見なされ始めた。例えばヤオ族文学の最初の長編小説『波努河』の中で、このような場面が描かれている。波努湖畔という特別の空間に、山里の人々が一堂に集まって来て盛大に祝日を祝う。「まずやって来たのは波努人で、あの体が「乳泉酒」の瓶のように逞しい人だ。両手で太鼓のバチを頭の上に持ち上げ、木製の太鼓を叩いている。彼の前後左右にちらちらと光っているのは太陽紋の銅鼓で、他の人に担いでもらって、叩いている。そこの男も女も、甘酒で顔を真っ赤にしてそこに集い、隊を成さずに前へ移動している。そこに獅子舞いを踊っている人、或いは螞蚵獅の後ろに付いて来た人、羅漢顔をしている人までも押して来て、あの大きな桶のような、三丈もある長さの太鼓を囲んでいる。この時に、むろん誰が波努人で、誰が布依人で、誰が布金人で、誰が悩妙人で、誰が麻娜人であるかを見分けることは難しいであろう。彼らはただ単に二つの大きな隊を成して、各隊に三〇〇か四〇〇人がいて、一本の太い縄を引っ張って盛り上がっているだけである。この太い縄がその太鼓と繋がっている」(142)。つまりこの場面において、彼らは自分がヤオか漢かプイかチワンかミャオかの違いを意識せず、共同で一つの儀式を行い、しっかりと一つの共同体として維持し、周囲の自然環境と調和のとれた形で生活を構成しているのである——改革開放後、経済開発の中で、工業化、商品化、市場化、都市化、国際化を訴える外来者鄭万明氏の参入によって、次第に郷土と都市という二元対立的な構造に置かれるようになった。

このような情景叙述を、むろん我々は、それは作者による自らの情緒化だと言うことができよう。何故なら、このような叙述は少数民族地区をある種のエキゾチックないし幻想的な異郷の地に想像させることができるからである。もちろん、この方法には合理性もある。上述したように、もし作者がこの「民族的な文化」を一種の象徴的な資本と見なし、運用しようと思った時には、このように異郷の地のような雰囲気を出さないと、いわゆる符号的な収益を得ることができないであろう。なお、このことは「自観」ないし「他観」の何れもの観察角度から見ても、一種の文化を観察する手段として有効であり、主流の視覚と一致しているからと言って、その合理性と真実性を否定してはならない。都市と農村の隔たりは「少数民族」のそれと非常に密接な関係がある。都市化の推進によって、恐らく「少数民族」の内部にも社会階層的な分化が生じることは疑いの余地はないであろう。従って、自己を表現する時にも、このような構造的な空間内部の文学言説の差異に留意する必要がある。

一九八〇年代後半の、いわゆるルーツ系文学の流行の中、民族文化に対する見直しから、一時「汚い（ものでもそのままに）叙事」することが非常に流行し、その「汚い本来の生態」の情態が、当代文学に二つの方向性を持った命題を提供した。その一つが孔子の言った「礼失求諸野」（礼を失い、これを野に求む）で、つまり再発掘や発揚に供されるべき原始的な生命力を有する文明の源泉で、もう一つが、捨て去るべき時代遅れで、元の輝きをなくした、つまりすでに没落した前啓蒙時代の文明である。両者の方向性は異なるものの、しかし共に「現代化」という啓蒙的なロジックを隠し持っている。こうした文学的な試みの中で、少数民族という特定の空間の存在は、現代性の下で形成された単一の言説に対して、多次元的な補充する役割を果たしてくれるのかもしれない。例えばトゥチャ族作家の孫健忠（沈従文以来の、湘西文学の後継者と見なされている）の作品『死街』がそれにあたる。

「傾斜した湘西」系列の小説の一つである『死街』の中で孫健忠は窩坨《かだ》街、窩坨街の住民および彼らの原始的な生命感覚と生命の意識を通じて、湘西民族約一〇〇年の社会変遷史を把握しようとしている。それには抗日戦争、解放戦争、湘西勦匪、土地改革等の一連の重大な歴史事件が含まれている。よって、窩坨街の象徴するものは明らかに湘西という地域の範疇を超え、全体的な意味を持つ。「四方は高く、土地の真ん中はくぼみ、鍋のような盆地を、人々は窩坨と呼んでいる(143)」。窩坨街は一つの水たまりのようなところで、閉鎖的で、保守的で、貧困で、それが故にまた平和的で、たいへん落ち着いて、単調かつありきたりで、面白いことは一つも起きない――しかも今後も起きそうにもない場所である。小説の中では、時間がこの特定な空間において恰もねじ曲げられたように、窩坨街の「一日」がたいへん「長く」なっているという。「明け方に生まれたヒヨコが、今もう朝を鳴くオンドリと卵を生むメンドリと成長した。柵の中の豚も数十斤太った。吉口は今朝、すでに二、三〇もの豚を屠殺しているし、刀二も瓜田の棚から冬瓜を卸して来て、すでに部屋の前に山積みになっている。お婆さん達といえば、厚いフウの木の板を既に三つも割ってある(144)」。窩坨街の時間はゆっくり流れ、停滞している。外の世界の変化の激しさとは異なり、ここには活気がなく、陳腐な雰囲気が充満し、人と彼らの生活は干からびて、しなびて、落ちぶれ、腐乱している――まるで石順の義理の姉が過ごした青春のように。また身を売って兵隊へ行った石順が戻ってきた時に、彼が家出した時間について一致しない議論があるように、ここの時間はまったく紊乱している。この紊乱は決してモダニティが生み出した錯乱ではない。むしろ停滞している社会生活によって造り出された無頓着がもたらした結果であろう。

西洋に端を発する小説の叙事手法の中でよく見られる、時間が空間を統治するという現代的叙事は、時間が止まっている寯坨街においては、もうその存在さえ確認できない。ただそうは言っても、そこに空間の配置と顕彰があったわけではない。むしろ時間と空間が同時に静まり、死滅しているのである。これは中国少数民族小説の空間認知上の新発見だと言わざるを得ない。そして言うまでもなく、この新発見がまた我々の世界に対する感知方法を、豊かにしているのも事実である。なお、もう一篇の小説において、孫健忠はさらに次元の違う空間と空間の間の時間的な差異を描き、その中で、成人儀式（Rites of passage）(145)と跡を辿って捜し出す意味を持つプロットの中で、より原始的な部落からやって来た女の子（掐普）の探索の旅を描いている。

掐普《チアプー》がこんなにも新鮮な世界を見ることが出来たのだ。十必掐殼（小動物と大森林）から出発してから、啊撮（岩の洞窟住居）と麦岔（晴天に恵まれている）にも足を運んだ後、やっと最後にはこの目的地である里也（耕作できる土地）に辿り着いたのだ。彼女はむろん知らなかっただろう。実は彼女が辿って来た道は、ある民族が辿ってきた道でもあったということを。しかもこの道を、あの民族は何千年もかけて歩いてきたのだ。彼女はそれをたった数十日で全部歩き終わったのだ。ただ一つだけ、彼女ははっきりと分かったようだ。それはこの丘と丘の間に広がっている見渡す限りの緑の水田は、「ああ、これが耕作できる土地なのね」と。

査乞の言ったことは嘘ではなかった。ここの人々は木の中でも木の上でもなく、直射日光を避け、雨風をしのげる大きな瓦葺きの家に住んでいるのだ。部屋の中は本当に広く、夜眠る時には座ったり膝を曲げたりしなくてもいい。大の字になって眠ることもできるのだ。蚊帳を使えば、蚊に刺されることもない。敷布団があれば、火が近くになくても暖かい。十必掐殻では、人と獣が完全に対立する世界にいる。人が獣を殺すのではなく、獣が人を喰うのだ。しかしここでは人と獣は和気藹々と共存し、性格が獰猛な牛も温厚で、人のために働いているのだ。(146)

掐普が彼女の民族の数千年の歴史を、たったの何十日で歩き終わったということは、外から来たモダニティというものが彼女に断裂的な体験を与えたことになる。「里也」と「十必掐殻」の比較には、実は「文明」と「未開拓」ないし「野蛮」の対比でもある。彼女が目にした異なる場所と空間は異なる時間の社会形態を体現している。この空間の変換によって表したのは、実はトゥチャ族の歴史的な変遷過程でもあろう。これはつまり空間を通じて民族を描くというもう一つの叙事モデルである。デヴィッド・ハーヴェイは「それぞれの社会はそれぞれ異なる客観的な空間と時間概念を構築し、物質と社会の再生産の要求と目的に合わせて、しかもこれらの概念に基づいた、物質的な実践行動（material practice）を組織する。ただ社会は変化し、成長もするので、これは内部からの変化によるものであるし、同時に外からくる圧力と影響にも適応する」(147)ものだと分析したことがある。資本主義によるグローバル化は今まさに、世界的な範囲で古い地域性を消失させ、他方、また新しい地域化を進めている中では、中国の空間と時間概念もそれに合わせて変化せざるを得ない。そしてその変化によって、社会の再生産のための新たな物質的な実践を受け入れるのである。公共的で客観的な時空概念の普及は、常に征服と帝国主義的な拡張と新植民地主義に依存して、新たな空間と時間概念の植え付けによるのである。もちろん、本土的な、地方的な、辺縁的な時間と空間が、激しい変化の中に立たされた時に、一定程度の対応と反抗或いは協議する姿勢を見せる時もある。それが文学の分野においては、代わりとなり選ばれるべき空間と時間概念として現れてくる。具体的に言えば、例えば端木蕻良（満族）と瑪拉沁夫（モンゴル族）におけるホルチンであり、張承志（回族）の西海固、阿来（チベット族）の大地の梯子、扎西達娃（チベット族）のシャンバラ、葉梅（トゥチャ族）の鄂西北、潘年英（トン族）の黔東南、黄佩華（チワン族）の紅水河等である。

三、多方面へ進む道の途中

少数民族文学の創造性と正当性と批判性と審美力は、文学作品が生まれる根源（伝統、民族、文化、理念、生活、作者等）であり、作品の空間そのものの現れ（プロット、筋書、構成、言語、修辞等）であり、読み手の多重消費の空間（解読、鑑別評定、批評、詳細な読解、解釈等）など多方面が合わさった結果である。社会構造、文学体制、公共メディア、教育システム、知識体系の中において、少数民族文学は自分自身の居場所を確立し、作品の内部においても独自の形式を樹立し、流通、伝播、閲読、詳説の面においても、多元的な存在を示している。

文学的類型から見ても、中国少数民族文学の、流動的に、各部落、部族、民族、国家ないし国際的な空間に存在しているそれらは、決して排他的、代替的ではなく、むしろ重層的で、交叉的な部分に存在している。各民族が雑居する地域では、民族間の文学が相互に影響し合い、「中国全土的な事例は言うまでもなく、秦漢以降の歴代の中原の王朝を別として、ただ単に漢族地区の事例だけを見ても、二〇〇〇年来、各時代を一つに貫いた同一文化などはない」のである。何故なら、「中国そのものが一つの国家の中に存在し、漢民族もむろんその中の一つの民族である。従って、昔も今も、漢民族の文化は一貫して異なる文化に対して共存共栄の態度で接してきたし、統治階級にいたにせよ被統治階級にいたにせよ、一貫してこういう姿勢でいたのだ。だからこそ、儒教、仏教、道教が長期にわたって生き残り、相互浸透しながらも、同時にイスラム教やキリスト教などとも共存してきたのである。これこそが中国文化の共通性であり、特徴でもある」[148]。近世以前、国家地理的な境界線がまだ明確でなかった時代、民族間の交流は非常に頻繁で、毎日のように垣根を越え、その範囲は非常に広大なものであった。今日、交通網が飛躍的に発展し、移動手段も古代には考えられないほど便利になったが、相互交流の実体は近世以前のそれと比べるとそれほど変わっていないようである。例えば有名な「シルクロード」と、余り知られていない「草原の道」がある。後者はモンゴル高原からジュンガル盆地を経由してカザフ丘陵に至り、トルコ平原、黒海低地を経て、東西の旧道を貫いている。これは遊牧民族が東から西へ、或いは西から東へと攻め込む時に、必ず通る道である。嘗てヨーロッパ史上、重要な役割を担ってきたスキタイ人[149]、中国史書の中に記載されている匈奴人、突厥人、大唐帝国の戦士、使節、商旅、ジンギスカンの部下などは、みな嘗てはこの草原の道を通って、辺境地を開拓し、貿易を発展させ、文化の普及に、手助けをしていた。この長い間、シルクロードと草原の道を通じて、中国西北本土の多種文化が外来のギリシャ文化、吐蕃文化、ソグディアナ文化、インド仏教文化、ペルシア文化、アラブイスラム文化およびキリスト教文化などと自然に交流、集まり、蓄積をしていたのであろう[150]、現在の中国大西北の漢、満、回、チベット、トゥチャ、ウイグル、カザフ、キルギス、タジク、ウズベク、ロシア、シボ、タタール等の民族文化と文学を見ると、その相互交流の実体の大きさが分かる。

近現代になって、地理の再区分が行われた後、とくに近代への進行過程によってもたらされた一連の技術的な利便性に支えられて、混血と交流の程度が、過去のどの時期よりも大きく進展した。これに従って、国籍、国境線、民族成分の区分に依拠した、文学の国別、族別的な比較研究は、もはや一種の固定範例となってきたのである。とくに主体民族である漢族がその他の少数民族に与えた影響や、或いは漢文化の影響と少数民族のそれに対する受容等々、すでに見慣れた課題である。例えばウイグル族の詩人庫爾班・巴拉提は艾青からの影響が大きく、艾青の作品を殆ど翻訳している。同じくウイグル族の自由新体詩の境地を拓いた買買提江・薩迪克が自身の作品に最も大きな影響を与えてくれたのは郭小川であると述べている。カザフ族の詩人庫爾班阿里も郭小川の影響を受けて、詩歌の創作に入り、カザフ族の作家艾克拜爾・米吉提、ウイグル族作家阿拉提・阿斯木等も、直接漢字で創作をしている等々、何れもこの系列の研究成果と言えるであろう。もう一つの研究タイプは、外国文学と国内少数民族の間の比較研究である。例えばロシア文学とロシア族、ウイグル族、カザフ族、キルギス族、ウズベク族、タジク族等の民族文学との関係とか。もちろん、上述した民族の現代文学者の多くが事実としてロシア文化と文学の影響の下で成長した世代の人々で、例えばウイグル族詩人の艾里謝爾・納瓦依、玉買爾・穆罕默徳、買買提里・謝尚、努爾・伊斯拉依里などは、実際にみなソ連に学んだ経験を有している作家である。穆塔里甫（ウイグル族詩人、一九二二－一九四五）もソ連文学の影響を深く受けているし、[151]買買提江・薩迪克はロシアの学校を卒業している。カザフ族の著名な詩人唐加勒克・卓勒徳（一九〇三－一九四七）も、一九二五－一九二八年の間にソ連で学び、その後はカザフスタンで暮らしている。[152]庫爾班阿里もソ連出版のテキストを携えて小学校の授業に参加していたという。これらの文学者を啓蒙した読み物は、何れもプーシキンの詩歌集で、プーシキンが彼らの文学創作の初期段階において、お手本的な存在であったとも言えるくらいだ。ウイグル族の詩人庫爾班・巴拉提坦によると、プーシキンの影響は彼らの文学創作活動の全体に関わっており、彼の独特な民族風格の形成に、欠かせないものであったという。[153]

これらの試みは一定の研究業績をあげているが、同時に我々は別の可能性の存在も探求しなければならない。つまり少数民族の文学が漢族ないし外国の文学に影響を与えたことがあるのではないか、という視点である。聞捷、王蒙、馬原、馬麗華、沈葦、劉亮程などの詩作品に、新疆、チベットの文化と文学の影響――つまり少数民族文学が漢族の文学に与えた影響というものを見出せるのではないかと考える。彼らの作品を、どの民族、どの地域から来た影響であったと見極めるのは非常に難しいかもしれない――何故なら、それは塩と水のように、一緒に混ざっているからである。例えば新疆に移り住んだ沈葦の詩『金色旅行――新柔巴依集之二』[154]の中に、次のような一節がある。

陽が沈み、光が暗く淡くなってジュンガル盆地を取り巻いたとき
いくつかの地名が光り始めたのだ
アルタイ、福海、富蘊、青河——
ああ、散らかっている真珠の玉よ、遠ざかっていく異族の故郷
私は金色の線で、それらを繋ぎ合わせたい

「柔巴依」、この言葉は元々アラビア語から来たもので、意味は「四つの組み合わせ」である。ウイグル族詩歌の一つの形式である。一般的に、一、二、四の行が韻を踏み、漢族詩歌の絶句に似ている。沈葦のこの一段の表現は明らかにこの種の対比関係に新たな試みを行ったものと思われる。この新たな試みの中で、疑いもなく彼がウイグル族と新疆地区での文化体験と文学的な感受を、彼自身の認知に転化している。まさに耿占春が指摘しているように、「西域のすべての物事は、人々をこのように魅惑するものである。そこではすべての観念と意識なるものが削除され、人間の歴史もなければ、伝統もない。もちろん自ら造り出した伝記式の自我もない。『金色旅行』の中にある事物、場所、風光は、すでにひっそりと詩人自身の自己を認知する符号に変化している」[155]のである。しかもこの「自我」は空間の定まった位置づけによって、具体的にそれがどの民族のものであったのかを識別することも、すでに出来なくなっているし、あるいはこの場合、族別の意識自体、それほど重要ではなくなっているのかもしれない。それより重要なのは、ここでは時間と空間と社会文化が渾然一体となり、切り離すことの出来ない総合体となっている点である。これは地理学の専門家であるエドワード・W・ソジャ（Edward W.Soja）が提唱した第三空間

理論――つまり空間、時間、社会存在の三者の弁証法的な関係を活用して、歴史、地理、現代的な関係に対して、革命的な再理論化を進め、人類生活の歴史的、社会的、空間的な「三次元弁証法」[156]を構築するということであろう。少数民族文学はこのような三次元構造の中で、その起因、生存、生産および派生の生態が、より正確かつ全面的に理解され、その多方面的な文学効果も、ようやく明白に認識されるのである。

部落、部族、民族、国家、国際社会など、民族と地理の混合によってもたらされた空間の変化は、ある意味「共同体」から「社会」への変換であると見なすことができよう。当代以降、経済、技術、メディアの発展により、とくに多国籍企業の出現もあって、国家・政府と世界・天下の間に、一連の新空間が生じた。フェルディナント・テンニース（Ferdinand Tnnies,1855-1936）は人類の集団生活は二つの結合方法があったと言っている。「このような積極的な関係をもって形成した部族は、内と外に対して効果を発揮できる人と物を、一種の結合だと見なすのだ。つまり関係そのものが一種の結合であり、或いは現実的かつ有機的な生命と理解されるのである。（中略）これこそが社会の概念である。（中略）社会は公衆的な性質を持つものである。（中略）共同体とは長期的で、かつ正真正銘の共同生活であり、社会は却って暫時的で、かつ表面的な共同生活であるのだ。従って、共同体そのものは生命的な有機体と理解されるべきで、社会は機械的な集合体で、かつ人工的なものと理解されるべきであろう」[157]。共同体とは共同の風習や価値観を有する人々が集まって組織するもので、その関係は非常に密接で、相互補助と人情味にも溢れた集団である。よって、共同体は殆どが自ずから然らしむ基礎の上に成り立ったグループ（家庭、宗族）の中で実現し、或いは小さな、歴史的に形成された連合体（村、都市）および思想的に連帯感をもつ人々（友情、師弟関係）の中で実現できるものである。要するに共同体とは関係する人々の無意識的な願望と習慣的な制約の中、或いは思想的に共同の記憶を有する人々の中で構築できるものである。だからこそ、血縁共同体や地縁共同体、宗教共同体等が共同体の基本的な形式であり、決して個々の構成部分を簡単に足して得たものではなく、必ず有機的に渾然として、共に成長して形成した総体的なものなのである。「民族」はこのような無数にある共同体の、一つのタイプに過ぎないのである。

これと対比して、社会はむしろ異なる習俗と価値観念を持つ人々が契約関係によって維持されるもので、本質的にはそこに属する人々に明白な役割分担がある。だからこそ、元々あったはずの共同体的な要素は、社会においては殆ど無効なのである。共同体から社会へと発展する過程は、つまり同質性から異質性へと発展する過程でもある。二〇世紀以降の中国各「少数民族」の形成と変遷を回顧する時、はっきりと分かることがある。二〇世紀前半から二〇世紀七〇年代までの政治闘争、八〇年代以降の経済開放および国際資本の運営によって、元々あった部族的な共同体は、すでに完全に瓦解しているか、完全に瓦解していなくても、まったくの危機状況にあるのは事実である。上述した少数民族文学の自己民族に対するユートピア的な描写は、必ずしも自分自身による「東洋化」ではない。もしかすると、文学という手段を通じて、現実の中に感じた断裂ないし傷などの、苦痛の体験を縫い合わせようとした試みであったのかもしれない。

近現代以降の社会、文化、政治空間の現代化によって、少数民族と世界の関係が大きく変化した。以前の、比較的シンプルな共同体関係に、余りにも多くの複雑な社会関係（公共メディア、国家、国際関係）が介入しているのである。とくに民族――国家の建設過程において、あらゆる国家の一員となったもの――それが少数民族であれ主体民族であれ、少なくとも国家公民という意味においては、みな同様である。つまり「少数民族」とは、基本的に国民という身分の下の、副次的な身分となった。鄧正来なども指摘しているように、中国では都市と農村の二元構造、その中での体制側と非体制側の二元構造という二つの対立構造の中で、中国には一種の「市民社会」が出現している。この市民社会とは、「国家との相対関係において、自分自身の規定性（civil society vs.state）を獲得する」[158]ものので、現代国家が政治ないし制度的な空間を占めており、この他の部分は、社会の構成員が契約する規則に従って、自発的に自治組織をつくった市民社会が、例えば自由な経済や社会活動などの私的な空間と政治・政策に意見を言う非体制的な公的空間を占めているのである。国家は政策や制度の策定によって自分の意志を実現し、社会と共同体はこの国家の施政の空間に存在して、自分の役割を発揮するものである。すると、市民社会を構成している人々の中には、国民と少数民族の身分を重なって持つ人が現れ、様々な社会関係においては、もっと複雑で、多様な身分をもって、様々な社会関係と対応することになると思われる。

フーコーは『異なる空間における本文と文脈』の中で、「我々は同時性の時代（epoch of simultaneity）に、すべてのものが並置された時代、遠くて近い時代、肩を並べる時代、宇宙万物が散乱しているような時代に身を置いているのだ。（中略）各方面から見て、私はこのように確信した。我々の時代的な焦りはこの空間と根本的な関係を持っているのだ。それは時間との関係よりも密接である。時間は私にとって、もしかしてこの空間に散布している様々な元素の一つに過ぎないのかもしれない。（中略）我々が住んでいるこの空間は、我々を我々自身の中から引き出して、我々の生命と時代と歴史の融合は、すべてがそこで発生している。そして何より、この我々をしっかりとつかまえている空間そのものも、また一つの異質なものである。言い換えれば、我々は決して我々自分自身の個体と事物を安置できる空虚（void）の中で生活しているわけではない。我々は決して光線の幻に変化する光陰の空虚の中で生きているわけでもない。実は我々は一つの関係の中に生きているのだ。しかもこれらの関係はまったく異なる場所（site）を描いているし、またそれらは互いに要約することもできず、さらに重ね合わせることも絶対出来ないのだ[159]」と述べている。つまり彼によると、現代世界の典型的な空間は「ヘテロトピア」（heterotopias）であり、人々が体験または感じた世界は、実は一つの点と点を結ぶ、集団と集団が互いに絡みつく人の造ったネット空間なのである。伝統社会の長期的な変遷を経て、自然に形成された物理的な存在ではない。ヘテロトピアとは社会を反映し、また社会と対抗する場所でもある。現代文化の中において、あれは幻想的な機能も補償的な機能も、同時に持ち合わせているのである。一つのモデルとして、それは社会を反映すると共に、また社会に対抗する真実な、別の空間でもある。一つの社会、一つの都市、一つのコミュニティの補償的な文化モデルとして、恰も一つの特別な「飛び地」か、文化的「植民地」でもある。これは非常に啓発性を持った思想である。もっとも、フーコーの時代は、まだ今日のように物理的・地理的空間、社会的・文化的な空間を除いた空間――つまり新メディア、情報技術、インターネットの上に造られた人工的、シミュレーション的、仮想的な空間がなかったのだ。これらのものこそ、当代の重要な「ヘテロトピア」であると言えよう。(160)

少数民族およびその文学が、今はラジオ、映画、テレビ、ゲームの材料となっているのは、ただ単に「文学」の新しい形式の発展空間の拡大を、予知してくれたもので、その後のインターネットによって構築された仮想のコミュニティこそが、元々存在していた空間構造に対する、新たな開拓であったのかもしれない。周知のように、今、殆どの少数民族が、少なくとも一つの自分たちの歴史、文化、芸術に関するホームページを持っている。例えば「チベット人文化ネット」(www.tibetcul.com)、「ムスリムオンライン」(www.muslimwww.com)、「ミャオ人のネット」(www.hmongbq.com)、「吉祥の満族」(www.manchus.con)、「イ族文化芸術ネット」(www.sclswhysw.sunbo.net)、「ワ族ネット」(www.wazu.com)、「中国ダフールネット」(www.dawoer.com)等々。その内容は多種多様で、今のところ、まだ明確なロジックや分類法を持っていないようである。全体的に、個々の民族のオリジナリティを出しているに過ぎない。「三ミャオネット」(www.3miao.net)を例にしてみると、そこには風俗、記念日、ファッション、習俗、飲食、映画、飛歌、風情、楽曲、古歌、民謡、文化、舞踏、音楽、銀の飾り、言語等が紹介されており、またミャオ族の世界的な分布に伴い、黔東南州、貴陽地区、畢節地区、安順地区、銅仁地区、松桃県、湘西州、鳳凰県、文山州、紅河州、昭通地区、昆明地区、楚雄地区、北京市、瀘州地区、秀山県、彭水県、柳州地区、百色地区、武漢市、恩施州、海南省、広東省、上海市、アメリカ、フランス、タイ、ミャンマー、ラオス等々、具体的な地区に分けて紹介している。このような文化内容と地区の区分は、むろん厳格に特定のロジックに合わせた地理的な区分ではないであろう。或いは特定の地区におけるミャオ族が占める人口やミャオ族文化が生んだ影響力等によって区分したに過ぎないのかもしれない。ただそれでもこのような現実空間に対する認識は、新しい空間観、或いは民族と密接に接する空間観の現れであろう。

このような少数民族のインターネットでの「故郷」は、一種の特殊性な空間として、現実の中の地理的な空間分割に対して、承認を示しているところもある。そしてこのネット上の空間が、また個々の別々な空間にいる同民族のグループを結びつける一つの新しい空間ともなっている。しかも場合によっては、このネットでの連結空間が、却ってすでに承認されている現実世界での族別の存在に対して、一種の刺激ともなりつつある。例えば「僚人故郷」（www.rauz.net.cn）はすでにチワン族、プイ族、岱儂族の共同フォーラムであるとの声明を発している。しかし中国には岱儂族はない。それはベトナムの少数民族の一つである。むろん、民族の起源から言うと、これらの民族は同族であったのかもしれない。ただそれが今、国が違ってしまったため、民族の名称も異なっているだけであるのかもしれない。実際にそのホームページのトップページに、「チワン民族とは何か？　僚人とは何か？」と書かれており、その回答として、「彼らは元々百越人の直系末裔で、本来は中国で人口が最も多い少数民族（一七〇〇万強）の一つであって、チワンとトン語族の典型的な民族であった。分かり易く言えば、チワン族は粤人（広州人）の親戚であり、泰族人、老族人、タイ族人、擇族人のいとこである」、「中国西南地区およびベトナムの北方に居住しているチワン族、プイ族、岱儂族は、その歴史的なルーツ、言語文化、風俗習慣、分布状況などから言って、明らかに共通性が個性を超えており、同一の民族グループであることは間違いないだろう。このホームページにおいては、一般的に「布僚」(Bouxraeuz〈私たちの人〉という意味)と自称する人が多いことに勘案して、これらの人々を僚人と呼称することに統一したい」とある。これは明らかに国境また民族国家の内部の族別認識の現状を超えて、新たに「僚人」というグループアイデンティティを形成したことになる。これこそインターネットという仮想空間がもたらした特別な効果であると言えよう。

もちろん、仮想空間の中のこのような特別な社会関係は、逆に現実空間の中から、彼らの主張を支える関連要素を探し出すことも可能である。この傾向は、ただ単に技術とメディアの発達がその動きに便利な条件を与えただけではなく、本土主義(nativism)また部族主義(ethnicism)の台頭も、その背後に働いているものと思われる。これもまた植民主義、他国主義、グローバル化などの問題と密接に関係する。日本の研究者三好将夫がこの当代民族——国家の構造に次第に現れてきた衰微なる傾向を、鋭く観察している。彼に言わせると、これは古い植民主義の負の遺産と新しい植民主義の目に見えない搾取が合体した結果であるという。それは「冷戦の収束はソ連とユーゴスラビアなどの民族国家の解体をもたらしたが、しかしスコットランド、スペイン、インド、カナダおよび他の一部の地域では、分離主義運動も起きている。ただ、これらの運動は民族主義(nationalism)というより、むしろ部族主義(ethnicism)の現れであろう。『国際新経済』の言い方を借りると、これらの独立運動は〈一種の政治統一力としての民族主義の生命力が日に日に衰えていることの反映であり、民族主義衰退の原因は経済と政治の国際化にある〉。(中略)ただ彼らの目標は自主的な国家を建設することではなく、国家が政治経済の発展計画のために、ビジョンを作ることを放棄させる、という点にある。統一された政治と経済の実体が苦境に落ちると、このように部族的ないし種族的な動きが、彼らの避難所となるのは、歴史的に見て、よくあることである。グローバル化が加速していく中で、このような新部族主義が極めて野蛮で、しかし一方においては非常に簡単明瞭な方法で、このすさまじく移り変わり、予測不可能な時代に、非常な説得力と魅力を以て、登場してくるのである。ただすべての分離主義の熱望が――チェコ・スロバキア、ユーゴスラビア、インドからミャンマーまで――そうであったように、その地方は大概経済的な焦りを感じているところである。ただ、これらの「民族主義者」たるものは独立と民族の生粋を追求する過程において、経済の役割というものを余り理解していないようである。この狭隘な強者たちは、ただ単に民族国家という体制はすでに時宜に合わないものになっているということだけを認識し、そして必死になって、グローバル企業にすべてが併合ないし占有される前に、自分が生きていける、頼りとなる不動産などを強奪したい[161]」だけなのである。前述したように、これはグローバル化の過程において、民族――国家の境界を超えるグローバル企業や、国家を跨って生きる階層が形成されたことによって、民族――国家という国際体系と国内構造が、むろんまだその効力を完全に失ってはいないが、だいぶ衰微してきた形跡を目の当たりにしたからである。つまり各種の資源を持ち、場合によっては本国内でも利益を奪い取るグローバル集団が現れたため、多くの底辺にいる無力な少数民族の民衆が自ずと仮想の共同体に慰安を求めるのも、ある意味一つの方法でもあったのかもしれない。もちろん、その背後にはより現実的な、転覆的なパワーを手に入れようとする勢力もあるだろう。目下、まだ情報と意見の交換や、議論の場所を求めるという程度に留まり、実際の行動には出ていないが、何れは凝集、感化、扇動、呼びかけのパワーとなるであろう。

二一世紀以降、「多元一体」的な言説が、中国少数民族の文化文学事業の中の、もっとも優勢的な言説となった。ただ一九八〇年代以降、とりわけ西洋から来た自由主義式の多元文化主義が受容された後、人々は多くの場合「多元」だけを強調し、「一体」を疎かにしてきた嫌いがある。このような族別のアイデンティティを作り上げる過程で、多かれ少なかれ、近代以来の、堅苦しい苦難の半植民主義、反帝国主義との闘争の中で形成した「中華民族」という統一アイデンティティを氷解することで、これまで形成された国家アイデンティティも薄められたのである。これは意識的にせよ無意識的にせよ、実際には新植民的な言説の太鼓持ちとなり、分離主義の曖昧な情緒を助長することともなった。三好将夫の指摘は見事である。彼に言わせると、「文化の多元性は人間の社会生活の現実である。いくら〈我々自身の伝統〉と言っても、その伝統そのものも現在と過去の混合的な産物であり、しかもその性質においては、どこの伝統もそうである。（中略）最近、文化貿易商や学界の知名人の間に、文化研究や、とくに文化多元主義的な主張が急に高まってきているように感ずる。厳粛なる研究がまだその歩み始めたところで、すでにつまずいているように感じる。その理由は、我々に必要となっているのは、ただ単に開明的に学校を運営するというような態度の問題だけではなく、政治と経済に対しても、緻密な分析が求められているからだ。我々はただ単に異なる地域からやってきた人と、異なる背景を有する人に、当然異なる主体と位置を持っているということを承認するだけではなく、さらにそれらの違いが造り出された原因までを、探求しなければならないのだ。——少なくとも政治と経済の両面からその原因を見つけ出し、さらにこれら〈差異〉を消滅させる方法も提起すべきである。我々が言うところの〈差異〉とは、政治的、経済的な不平等である。文化研究や文化多元主義理論は、今の学生また学者たちに、グローバル企業が推し進めるポストコロニアリズムと結託する動きに、充分な口実を与えている。この意味においては、これらの人々が打ち出したのは、所詮自分を騙し、また人をも騙す自由主義者たちの隠れ蓑に過ぎない。もし私たちが何の抵抗もなくこの「ポストコロニアリズム的な」言説に乗ってしまったら、或いはポストマルクス主義的な言説に乗ってしまったら、間違いなく、私たちはその覇権的なイデオロギーを推し進める事業の手先となり、しかもそのイデオロギーが、一見すると、如何にもイデオロギーではないように見えるのだ[162]」と。

小結

歴史的にも現実的にも、中国の少数部族の多くが、国家版図の辺境地か辺縁地区に生活しているため、もし表面的な人口地形学の視点から議論をするとなると、自然と少数民族に関する言説と分析が、無意識的であれ意識的であれ、結局は凝集的な中心と散乱的な辺縁という、二元対立式の図示になり易い。しかし忘れてはいけないのは、「中心」とか「辺縁」とかは、視点の置き場によっては、まったく逆転可能な発想で、例えば「辺縁」の地にいる人々の立場から見れば、むしろ自分の「辺縁」の地が中心で、逆に「中心」の地にいる人々から見れば、その「中心」が正真正銘の「中心」で、「辺縁」はやはり「辺縁」に過ぎないのである。このようなお互いを観察する姿勢こそが必要であることを、我々が少数民族問題を取り扱う時に、必ず前提として認識しておくべきである。ただ、反抗詩学の分野でよく言う「辺縁の地を以て中心とする」とか、あるいは「新たに中心を作る」とかの主張に対しても、冷静に見極める必要があり、実質的にこれらの策略は、策略として抗争に使う時には少しは意義を有するかもしれないが、現実的にはそれほど良いものとは思えないのである。

モダニティとは、人間自身を出発点と帰着点とするもので、主な考えは、舞台という空間の中で、各種の事物と人類が如何にして時間と歴史の中で変遷ないし進化していくのかという問題である。西洋の伝統の中では、少なくとも一八世紀までは、空間は時間と歴史に支配される地位にあった――つまり空間に対する仮定は大概「理性」「現実」「神様」に依拠するもので、モダニティ運動が起きてから、空間に対する仮定がようやく人間自身に依拠するようになった。中国の伝統にも「時を以て空を制する」との世界観があった。一九世紀中期以降、歴史的な言説の中で、空間はもっと圧縮され、もはや時間の一分子のように縮小された。清末以来、古今の中国と西洋の交戦の中で、ルネッサンスと啓蒙運動以降に少しずつ定型化した西洋のモダニティプランが中国に受け入れられ、徐々に中国の発展モデルとなった。「天下」式の帝国から民族——国家の現代社会へとモデルチェンジするに当たっては、必ず領土、国土、境界線また内と外などの空間要素が強調されることとなるであろう。これらの要素はみな直線的な時間の統轄の中におかれることとなるのである。

空間次元の新発見は、アンリ・ルフェーヴル（Henri Lefebvre,1901-1991）らによって出された、まったく革新的な思考方式の一つである。この空間視覚の刷新と位置づけについては、一部の研究者によって、三つにまとめられている。一つは、ポスト歴史決定論（historicail determinism）ともいうもので、つまり社会的存在の本質と概念化していく過程に立脚して、まったく新たに物事を再解釈するという方法である。これは本質的には本体論的な論争であり、新たに歴史、地理、社会の三者のバランスをとり、解釈できる相互作用を論じるものである。二つ目は、ポストフォーディズムである。つまり第二次世界大戦後、持続的な経済繁栄が終わった後に生まれた新しい社会——空間の再構築活動である。三つ目は、意味が附与された文化とイデオロギーに対する再解釈と変革である。つまりモダニティの経験意義に対する絶え間ない再解釈と定義によって、一種のまったく新しいポストモダン主義文化を勃興させる[163]のである。この三つは必ずしも中国の実体に合っているとは限らないが、しかしグローバル化の背景の下、どの地域も、同様な境遇に遭っており、中国の少数民族文学も当然それと向き合わざるを得ない。

文学そのものについて言えば、文学的な空間はただ単に現実空間を反映するものだけではなく、それ自体——つまり文学空間そのものも現実空間の一部を成しているものと言えよう。言い換えれば、文学的な空間と現実空間の距離は、一種の補い合う関係である。今、文学研究の対象が、全体的に文化空間へと発展していく傾向を見せている。文学空間の生産、文学空間そのものおよび文学空間に対する詳説等、全てが多様性、異質性、間テクスト化している。文学の現実社会に対する批判も、結局はテキストの多元性、多重性、多方向性に対する論説によって実現し、文学研究も文学そのもののように、現実に介入し、現実を批判する独特な空間となったのである。言い換えると、文学の生産、伝播、流通、消費空間の多様性と、文学内部空間の異質性によって、文学の解読に多重性をもたらしているし、文学の生産と文学の作品、文学の研究は、結局は互いに依存する空間構造となっているのである。このような自然地理、現実地域、社会構造、文化心理などの異なる空間の中で、少数民族文学をどのように位置づけし、さらに展開また解析していくかは、まさにこの章の主なる問題意識である。(164)

実際の感知の観点から言えば、ある地域は形式上においては、まったく変わらないように見える。だからこそ、人々も当然ながらこの地理と空間の存在を、永久不変なものと勘違いしてしまうのである。従って、空間が秩序の象徴となることを促成するのである。むろん、位置の違いによって、流動的な現象を生み出すが、しかしこの流動性は歴史的な叙事によって、境界内に限定されている。よって、現代中国少数民族文学は、もし余りにも空間的な異次元性を強調しすぎると、人々に階級的な分析と歴史唯物主義的な発想はまったく相いれないものと見なされ、それによって、政治的にも非常に危険で、空間的な分裂から「分裂主義」や「拝物主義」へと、想像が転換していく可能性もある。しかし第一章の中ですでに論じたように、歴史と叙述の膠着状態の中では、空間的な視野は疑いもなく新たな文学研究の成長点を提供してくれる可能性を持っている。すると、少数民族文学の中国文学全体構造の中の特別な位置づけを考えれば、地理的、空間的な角度からそれを再検討する現実的な意義は、言うまでもないが非常に重要なのである。

以上、本章は主に中国の少数民族の空間を、ルフェーヴルの言う三つの空間に相当する三つの階層に分けて、考察してみた。ルフェーヴルによると、あらゆる社会によって生み出された空間は、すべて「空間的な実践」(spatial practices)、「空間の説明」(representations of space)、「表現する空間」(spaces of representation) の三つの要素の、弁証的混合によって形成すると定義している。つまり空間とは常に人間の生存と主観的感知および想像と関連して思考されるものである。根本的には、人間の創造性と関連する主観的な空間であり、人間の存在方式でもある。(165)「天下」

にしろ「国際」にしろ、或いは「国家」内部の一「自治区」にしろ、また自然状態の混血的な存在にしろ、現代の言語環境中の越境関係にしろ、さらに曖昧な「辺境」から明確な「境界線」になったにしろ、これらのあらゆるものを全部突き破る仮想空間において、あらゆる歴史的、社会的な関係は、すべてこの空間視野の中に集められる。もちろん、この視点に基づくと、中国少数民族文学の生存環境も生態境遇も、或いは民族自身の内在的な空間も、間違いなく大きく開かれ、明るく照らし出されたものとなるであろう。筆者はむろんそれを信じている。

【注】

（1）蕭乾『我要採訪人生—蕭乾選集』、七–八頁、台北、経済与生活出版事業股份有限公司、一九九八年。『蕭乾文集六・「未帯地図的旅人」』、四–七頁、杭州、浙江文芸出版社、一九九八年。
（2）同上『蕭乾文集七・「未帯地図的旅人」』、七一頁。
（3）同上『蕭乾文集二・安南的啓示』（一九三八年九月一日）、八三頁。
（4）于省吾「釈中国」、胡暁明・傅傑主編『釈中国』第三巻、一五一五–一五二四頁、上海、上海文芸出版社、一九九八年。
（5）王爾敏『中国近代思想史論』、三七〇–四〇〇頁、北京、社会科学文献出版社、二〇〇三年。
（6）『荘子・秋水』、王先謙・劉武『荘子集解・荘子集解内篇補正』、一三九頁、北京、中華書局、一九八七年。
（7）「国語・周語上」、鄔国義・胡果文・李暁路撰『国語訳注』、一頁、上海、上海古籍出版社、一九九四年。
（8）「尚書・禹貢」、顧頡剛・劉起釪『尚書校釈訳論』第二冊、八一五–八二一頁、北京、中華書局、二〇〇五年。
（9）「周礼・夏官・職方氏」、李学勤主編『十三経注疏・周礼注疏』、八六九頁、北京、北京大学出版社、一九九九年。
（10）同上、八七七頁。
（11）「礼記・王制」、孫希旦『礼記集解』、三一九頁、北京、中華書局、一九八九年。
（12）同上、三五八–三六〇頁。

(13) 同上、九八六頁、九八九頁。
(14) 同上、七頁。
(15)『詩経・小雅・北山』、程俊英・蔣見元『詩経注析』、六四三頁、北京、中華書局、一九九九年。
(16) 司馬遷『史記』、一八四〇頁、北京、中華書局、一九九九年。
(17) 桓寛『塩鉄論』、王利器校注、五五一－五五二頁、北京、中華書局、一九九二年。
(18) 郭双林『西潮激蕩下的晩清地理学』、二五八頁、北京、北京大学出版社、二〇〇〇年。
(19) 蔡邕『独断・巻上』、王雲五主編『漢礼器制度・漢官旧儀・漢旧儀・伏侯古今注・独断・漢儀』、上海、商務印書館、一九三九年。
(20) 趙汀陽は「天下」観に対して一種の新しい世界制度哲学観念として啓発的な論述を展開した。趙汀陽『天下体系──世界制度哲学導論』、南京、江蘇教育出版社、二〇〇五年。
(21) 前掲注5『中国近代思想史論』、三七一－三七二頁。
(22)「孟子・滕文公証句上」、十三経注疏整理委員会『孟子注疏』、一七五頁、北京、北京大学出版社、二〇〇〇年。
(23) 前掲注18『西潮激蕩下的晩清地理学』、三〇一─三〇二頁。
(24) 房玄齢等「晋書・江統伝」、『晋書』第五冊、一五三一－一五三二頁、北京、中華書局、一九七四年。
(25) 崔明徳『隋唐民族関係思想史』、北京、人民出版社、二〇一〇年。
(26) 蘇軾「王者不治夷狄論」、孔凡礼点校『蘇軾文集』第一冊、四三頁、北京、中華書局、一九八六年。
(27)『礼記・中庸』、十三経注疏整理委員会『十三経注疏・礼記正義』、一四四四頁、北京、北京大学出版社、一九九九年。
(28) 蘇轍『王者不治夷狄論』、『蘇轍集・欒城応詔集・巻一一』、一三三八頁、北京、中華書局、一九九〇年。
(29) 欧陽修・陳王元僖らのこの種の言葉は奏章の中にある。李燾『続資治通鑑長編』、北京、中華書局、二〇〇四年。
(30) 顧炎武、陳垣校注『日知録・巻一三・正始』、七二二頁、合肥、安徽大学出版社、二〇〇七年。
(31) 王夫之「読通鑑論」巻一四、『船山全書』第十冊、五〇二頁、長沙、岳麓書社、一九八八年。
(32) 葛兆光『古代中国社会与文化十講』、一四頁、北京、清華大学出版社、二〇〇二年。

（33）ジェームス・L・ヘヴィア（James L.Hevia）著、鄧常春訳『懐柔遠人——馬嘎爾尼使華的中英礼儀衝突』、北京、社会科学文献出版社、二〇〇二年。

（34）楊度「金鉄主義説」（一九〇七）、劉晴波編『楊度集』、二一四頁、長沙、湖南人民出版社、一九八六年。

（35）劉禾はこれに対して非常に明確に分析している。『帝国的話語政治——従近代中西衝突看現代世界秩序的形成』、楊立華等訳、北京、生活・読書・新知三聯書店、二〇〇九年、三八－九七頁。

（36）前掲注5『中国近代思想史論』、三七〇－四〇〇頁。

（37）譚其驤「歴史上的中国和中国歴代疆域」、唐暁峰・黄義軍編『歴史地理学読本』、一一五頁、北京、北京大学出版社、二〇〇六年。

（38）建武二四年（四八）、南匈奴が「永遠に蕃蔽となることを願う」と宣言する（『後漢書』巻八九「南匈奴列伝」）。開皇四年（五八四）、沙惟略漢が部落を率いて南へと移り、隋朝の統轄を受け入れた。その呈上した書には、「天には二つの陽がない、地上には二つの主がない。大隋朝の皇帝は唯一真の皇帝である。敢えて地理的な険しさを利用し、兵を興してそれを阻止し、称号を盗むことはできない。今日、王朝の淳風に憧れ、帰心する道に入って、膝を屈して永遠に藩となることを誓う」（『隋書』巻八四「北狄伝」）とある。

（39）オーウェン・ラティモア（1900－1989）もまたこの現象に注目している。「太平洋からパミール高原まで、またパミール高原から南下して、中国と印度を隔てる高寒地方まで、このエリアにあるのは満洲、モンゴル、新疆とチベットである。ここはアジア中部の隔絶された地方で、世界でも最も神秘的な辺境地の一つである。この辺は中国の地理的また歴史的な延長を制限し、まさに向こう側の海洋と一緒である。ある時期においては、中国の陸上の辺境は非常に明晰な境界線を持っていたことがわかる。数世紀にわたって、長らく人類の最も偉大なシンボルと見なされてきた長城が、まさに中国歴史の象徴である。しかしある時期においては、中国の陸上の境界線は決して長城のように明晰ではない。ただ単にそれらしい辺境地があるだけで、その南方の横断（チベットは東西の広さ）は全く異なり、シベリアの原始森林また中部アジアとチベットの荒涼たる高原まで伸びるのである」。ラティモア著、唐暁峰訳『中国的亜洲内陸辺疆』、三頁、南京、江蘇人民出版社、二〇〇八年。

（40）成崇徳『一八世紀的中国与世界（辺疆民族巻）』、八八－九四頁、瀋陽、遼海出版社、一九九九年。

(41) 鄒振環『晩清西方地理学在中国』、上海、上海古籍出版社、二〇〇〇年。前掲注18『西潮激蕩下的晩清地理学』。
(42) 鄭観応『盛世危言』、一〇八頁、瀋陽、遼寧人民出版社、一九九四年。
(43) 前掲注5『中国近代思想史論』、三七八頁。
(44) 羅志田「天下与世界――清末士人関于人類社会認知的転変――側重梁啓超的観念」、『中国社会科学』、二〇三頁、二〇〇七年第五期。
(45) レベッカ・カール著、高瑾等訳『世界大舞台――十九、二十世紀之交中国的民族主義』、一四〇頁、北京、生活・読書・新知三聯書店、二〇〇八年。
(46) 孫中山「三民主義・民族主義」、『孫中山全集』第九巻、一八五―一八六頁、一八八―一八九頁、北京、中華書局、一九八六年。
(47) 梁啓超「自由書・答客難」、『飲冰室文集点校』、二二七四頁、昆明、雲南教育出版社、二〇〇一年。
(48) 蔡元培「日英聯盟」(一九〇二年三月一三日)、高平叔編『蔡元培全集』第一巻、一六〇―一六一頁、北京、中華書局、一九八四年。
(49) 桑兵「世界主義与民族主義――孫中山対新文化派的回応」(『近代史研究』二〇〇三年第二期)参照。
(50) 孫中山「三民主義・民族主義」、『孫中山全集』第九巻、二三一頁、北京、中華書局、一九八六年。
(51) 同上、二二六頁。
(52) レーニン「関於民族問題的批判論評」(一九一三年一〇月―一二月)、中共中央マルクス・エンゲル・レーニン・スターリン著作編訳局翻訳『列寧(レーニン)全集』第二四巻、一四八―一四九頁、北京、人民出版社、一九九〇年。
(53) レーニン「給斯・格・邵武勉的信」(一九一三年一二月六日)、前掲注52『列寧(レーニン)全集』第四六巻、三八〇頁。
(54) レーニン「国家与革命」、前掲注52『列寧(レーニン)全集』第三一巻。
(55) 中央檔案館『中共中央文献選集』第一冊、三六頁、北京、中共中央党校出版社、一九八二年。
(56) 前掲注52『列寧(レーニン)全集』第三九巻、一六五頁、一六二頁。
(57) 中央檔案館『中共中央文献選集』第九冊、九三頁、北京、中共中央党校出版社、一九八五年。

(58) 穎康「偽蒙疆聯合自治政府」、『民国春秋』、一九九五年第四期。
(59) 厖効松「中共民族問題綱領的演変和民族区域自治制度的奠基」、『党史研究与教学』二〇〇五年三月。
(60) 一九三五年、紅軍長征が四川阿壩地区を越える時、蔵民が最初の自治政府（「博巴」政府）を建設することを助けた。一九三六年一〇月、紅軍長征が陝北に到着してすぐに、回民集合地域の寧夏南部山区に豫海県回民自治政府を建設し、「豫海県回民自治政府条例」を公布した。一九四六年、陝甘寧辺区政府は正寧県と定辺県に蒙民自治区を建設し、一九四七年五月に内モンゴル自治区を建設し、「内蒙古自治区施政綱領」を公布した。
(61)「中国人民政治協商会議共同綱領」（第六章）、『民族政策文件匯編』第一編、一頁、北京、人民出版社、一九五六年。
(62) Francine Hirsch, *Empire of Nations, Ethnographic Knowledge & the Making of the Soviet Union*, Ithaca, New York: Cornell University Press,2005.
(63) 李零「両次大一統」、『東方早報』、二〇一〇年四月一八日。
(64) 蒙文通『蒙文通文集第一巻・古学甄微』、四四－四五頁、成都、巴蜀書社、一九八七年。
(65) 傅斯年「夷夏東西説」、『傅斯年全集』第三巻、一八一－二三二頁、長沙、湖南教育出版社、二〇〇三年。
(66) 徐旭生『中国古史的伝説時代』、三五－六六頁、北京、文物出版社、一九八五年。
(67) 蘇秉琦『中国文明起源新探』、一三〇頁、北京、生活・読書・新知三聯書店、二〇〇〇年。
(68) 同上、一二四－一二六頁。
(69) 同上、三四－三七頁。
(70) 前掲注39『中国的亜洲内陸辺疆』。
(71) 孫中山「在中国国民党本部特設駐粤辦事処的演説」、前掲注46『孫中山全集』第五巻、四七三－四七五頁。
(72) 胡宝国「両晋時期的『南人』、『北人』」、『文史』、二〇〇五年第四期。
(73) 逯耀東『従平城到洛陽——拓跋魏文化転変的歴程』、台北、聯経出版事業公司、一九七九年。
(74) 李紹明『蔵彝走廊民族歴史文化』、一－七頁、北京、民族出版社、二〇〇八年。
(75) 費孝通「談深入開展民族調査問題」、『中南民族学院学報』、一九八二年第三期。

（76）葛剣雄「炎黄子孫之我見」、『往事与近事』、一七頁、北京、生活・読書・新知三聯書店、二〇〇七年。
（77）「京族簡史」編写組編『京族簡史』、北京、民族出版社、二〇〇八年。
（78）梁庭望「中華文化板塊結構和多民族文学史観」、『民族文学研究』、二〇〇八年第三期。
（79）Philip E.Wegner "Spatial Criticism:Critical Geography,Space,Place and Textuality", p.181, in Julian Wolfreys ed. *Introducing Criticism at the 21st Century*, Edinburgh: Edinburgh University Press,2002.
（80）和辻哲郎『風土』、一六頁、北京、商務印書館、二〇〇六年。
（81）Gilles Deleuze, Felix Guattari, *Anti-Oedipus*, 1972. Trans. Robert Hurley, Mark Seem and Helen R. Lane. London and New York: Continuum, 2004.
（82）デヴィッド・ハーヴェイ『後現代的状況——対文化変遷之縁起的研究』、三三〇頁、北京、商務印書館、二〇〇三年。
（83）魏源「海国図志原叙」、『海国図志』、六七頁、鄭州、中州古籍出版社、一九九九年。
（84）金春子、王建民編『中国跨界民族（東北、内蒙、西北、西蔵、西南、華南等跨界民族）』北京、民族出版社、一九九四年。
（85）羅常培『語言与文化』、六二―九六頁、北京、北京出版社、二〇〇四年。
（86）劉文性「『甌脱』釈」、『民族研究』、一九八五年第二期。張雲「『甌脱』考述」、『民族研究』、一九八七年第二期。胡和温都爾「甌脱義辨」、『内蒙古社会科学』（文史哲版）、一九九一年第六期。
（87）Colin Mackerras, *China's Ethnic Minorities and Globalisation*, 176-179pp, London and New York:Routledge, 2003.
（88）Arjun Appadurai, *Modernity at Large:Cultural Dimensions of Globalization*, Minneapolia: University of Minnesota,1996.
（89）イマニュエル・ウォーラーステイン『現代世界体系』第一巻、北京、高等教育出版社、一九九八年。
（90）Boaventura de Sousa Santos, *Toward A New Common Sense,Law,Science and Politics in the Paradigmatic Transition*, New York: Routledge, 1995.
（91）アンドリュー・ストラーサーン、パメラ・スチュアート著、梁永佳等訳『人類学的四個講座——謡言・想像・身体・歴史』、一二七頁、北京、中国人民大学出版社、二〇〇五年。
（92）クリフォード・ギアツ著、韓莉訳『文化的解釈』、二〇五―二二七頁、南京、訳林出版社、一九九九年。

(93) スチュアート・ホール「編碼－解碼」、羅鋼・劉象愚主編『文化研究読本』、三四五－三五八頁、北京、中国社会科学出版社、二〇〇〇年。
(94) Homi K, Bhabha, *Nation and Narration*, Routledge, 1990.
(95) 扎西達娃『騒動的香巴拉』、二二六頁、北京、作家出版社、一九九三年。
(96) 雷梅宗『西洋文化史綱要』、二九四－二九五頁、上海、上海古籍出版社、二〇〇一年。
(97) 劉大先「中国少数民族文学学科之検省」、『文芸理論研究』、二〇〇七年第六期。
(98) Aihwa Ong, *Flexible Citizenship: The Cultural Logic of Transnationality*, Durham: Duke University Press,1999.
(99) ジグムント・バウマン『流動的現代性』、上海、上海三聯書店、二〇〇二年。
(100) Thongchakul Winichakul, *Siam Mapped: A History of the Geo-Body of a Nation*, University of Hawaii Press,1997.
(101) ジャック・ケルアック著、王永年訳『在路上』、上海、上海訳文出版社、二〇〇六年。
(102) 程巍『中産階級的孩子們——六〇年代与文化領導権』、北京、生活・読書・新知三聯書店、二〇〇六年。
(103) ミシェル・ボニン著、欧陽因訳『失落的一代——中国的上山下郷運動、一九六八－一九八〇』北京、中国大百科全書出版社、二〇一〇年。
(104) 朱光潜『朱光潜全集』第二巻、九七頁、合肥、安徽教育出版社、一九八七年。
(105) 辛棄疾「賀新郎」、胡雲翼編『辛棄疾詞』、六九頁、上海、文力出版社、一九四七年。
(106) ジョン・アーリ著、楊慧・趙玉中・王慶玲・劉永青訳『遊客凝視』、四－二三頁、桂林、広西師範大学出版社、二〇〇九年。
(107) 柄谷行人著、趙京華訳『日本現代文学的起源』、一五頁、北京、生活・読書・新知三聯書店、二〇〇三年。
(108) 茅盾著「風景談」、『文芸陣地』、第六巻第一期、一九四一年一月一〇日。
(109) 福永光司著『列子I』（全二冊）、東洋文庫五三三、一九九一年五月。東京、平凡社。第二三二頁。
(110) カール・グスタフ・ユング著、張挙文等訳『人類及其象徴』、一二九頁、瀋陽、遼寧教育出版社、一九八八年。
(111) 直観的な例として、ジェームス・ヴァンス・マーシャル（James Vance Marshall）『ウォークアバウト』（オーストラリア、一九七一年）が参考できる。オーストラリアの都市に住んでいる白人の姉と弟の二人は、父親が失業して自殺した後、中部の沙漠を放浪し、内陸の原住民と生活を共にした。その土地では子どもが一六歳になると、沙漠に一人で行かせ、採集、狩猟で生き抜くことが成年儀式とされている。そして、この姉弟の体験もまた旅行の性質を帯びた成長儀式と言える。

(112) 同上、一三一頁、一三五頁。
(113) 龔鵬程『遊的精神文化史論』、一五二頁、石家庄、河北教育出版社、二〇〇一年。
(114) 同上、一七六頁。
(115) 劉丹萍「旅遊凝視――従福柯到厄里」、『旅遊学刊』、二〇〇七年第六期、九四頁。
(116) そこでは、その地域および民衆は観賞用の場所、参観用の場所、文化を展示する場所となっている。ベラ・ディックス（Bella Dicks）『被展示的文化――当代「可参観性」的生産』、北京、北京大学出版社、二〇一二年
(117) ジグムント・バウマン『後現代性及其缺憾』、一〇五頁、一〇八頁、上海、学林出版社、二〇〇二年。
(118) ジグムント・バウマン『廃棄的生命』、六頁、南京、江蘇人民出版社、二〇〇六年。
(119) ミゲル・デ・ウナムーノ著、方予訳『迷霧』、二五、二六頁、上海、上海訳文出版社、一九八八年。
(120) ヴァルター・ベンヤミン著、王才勇訳『発達資本主義時代的抒情詩人』、南京、江蘇人民出版社、二〇〇五年。
(121) エドワード・サイード著、王宇根訳『東方学』、三二二頁、北京、生活・読書・新知三聯書店、二〇〇〇年。
(122) クロード・レヴィ＝ストロース著、王志明訳『憂鬱的熱帯』、三一頁、北京、生活・読書・新知三聯書店、二〇〇〇年。
(123) Lucien Miller,"Boundary Crossinge; Fieldwork, the Hidden Self, and the Invisible Spirit", *Sinographies: writing China*, Eric Hayot, Haun Saussy, and Steven G.Yao,(ed),Minneapolis; University of Minnesota Press, 2008, pp.216-43.
(124) マルティン・ブーバー著、陳維鋼訳『我与你』、北京、生活・読書・新知三聯書店、一九八六年。
(125) ピエール・ブルデュー著、劉暉訳『芸術的法則――文学場的生成和結構』、一七五頁、北京、中央編訳出版社、二〇〇一年。
(126) 袁進『中国文学的近代変革』、一－五八頁、桂林、広西師範大学出版社、二〇〇六年。
(127) 王本朝『中国現代文学制度研究』、一二頁、重慶、西南師範大学出版社、二〇〇二年。
(128) 王本朝『中国当代文学制度研究（一九四九－一九七六）』、北京、新星出版社、二〇〇七年。
(129) Pierre Bourdieu, Translated by Richard Nice, *Distinction: A Social Critique of the Judgement of the Taste*, Cambridge, Massachusetts:

Harvard University Press,1984, p.2.

(130) 前掲注125『芸術的法則――文学場的生成和結構』、一七五頁。

(131) ピエール・ブルデュー著、蔣梓驊訳『実践感』、八〇頁、南京、訳林出版社、二〇〇三年。

(132) 一九九六年四月、四川省の『甘孜日報』が「一〇〇〇〇元の懸賞で『康定情歌』の作者を探す」動きを発動した。それは『康定情歌』(日本では「草原情歌」)の作者については、李依若(一九一一―一九五九)と王洛賓(一九一三―一九九六)と呉文季(一九一八―一九六六)等の違う説があったからだ。福建TVがドキュメンタリー『溜溜的歳月』を撮影して、特集番組でこの問題を議論したことさえある。これは笑うに笑えないことである。何故なら、この歌は曲から詞まで、その作者たるものが、チベットとチャン族の民歌を収集し、それに修正等を加えただけであるからだ。作者なぞ、そもそも存在しない。しかしこのことが思わぬ形で知的財産権という近代的概念が少数民族文学(特に具体的な作者を持たない民間文学とっては)に対して、如何に適用するかという難問を提起してしまった。

(133) 王洛賓によって整理されたこの恋歌の名曲について、後に王と青海チベット族の女性とのラブストーリーとするまでに発展したが、実際は二〇世紀三〇年代、新疆カザフ族人が、盛世才という人の虐めを受け、仕方なく外へ移住する時に歌った哀歌である。二〇〇九年六～七月、著者が新疆伊寧を調査している時に、伊犁師範学院の烏魯木斉拜・傑特拜教授(カザフ族)がわざわざ来てくれて、この歌の背景について詳しく説明してくださった。

(134) クリフォード・ギアツ著、王海龍・張家瑄訳『地方性知識――闡釈人類学論文集』、七〇―九二頁、北京、中央編訳出版社、二〇〇〇年。

(135) 張承志「人文地理概念之下的方法論思考」、『天涯』一九九八年第五期。

(136) 前掲注125『芸術的法則――文学場的生成和結構』、二五七―二六一頁。

(137) 金克木「文芸的地域学研究設想」、『読書』一九八六年第四期。

(138) 胡阿祥『魏晋本土文学地理研究』、一七四頁、南京、南京大学出版社、二〇〇一年。

(139) 関連する研究として、曽大興『中国歴代文学家之地理分布』(漢口、湖北教育出版社、一九九五年)、李徳輝『唐代交通与文学』(長沙、湖南人民出版社、二〇〇三年)がある。

（140）梅新林『中国文学地理形態与演変』、上海、復旦大学出版社、二〇〇六年。
（141）張承志「金牧場」、『張承志精選集』、二八二頁、北京、北京燕山出版社、二〇〇六年。
（142）藍懐昌『波努河』、八六頁、桂林、漓江出版社、一九八七年。
（143）孫健忠『死街』、四一頁、北京、作家出版社、一九八九年。
（144）同上、一〇頁。
（145）アルノルド・ヴァン・ジェネップ『通過儀礼』、一一一四頁、ロンドン、ルートリッジ、二〇〇四年。
（146）孫健忠「舎巴日」、『猖鬼』、二二二―二二三頁、長沙、湖南文芸出版社、一九九二年。
（147）デヴィッド・ハーヴェイ「時空之間――関于地理学想像的反思」、包亜明主編『現代性与空間的生産』、三七七頁、上海、上海教育出版社、二〇〇三年。
（148）譚其驤「中国文化的時代差異和地区差異」、胡暁明・傅傑主編『釈中国』第三巻、一六三八頁、一六三九頁、上海、上海文芸出版社、一九九八年。
（149）スキタイ人（斯基泰人）とは、紀元前八世紀―紀元前三世紀、南ロシア草原の印欧語系・東イラン語族の遊牧民族である。西古提人（Skutai）、西徐亜人、賽西亜人とも翻訳される。古代ペルシャ人はSaka（塞克人）と呼ばれ、戴尖帽塞人、飲豪麻汁人、海辺の塞人に分かれる。古代アッシリア人はAshukuzaiと呼ばれ、ペルシャ人とインド人はSakaと呼ばれ、ギリシャ人はSkuthoi/Sacaeと呼ばれていた。中国『史記』、『漢書』中では、「塞」或いは「塞種」、尖帽塞人或いは薩迦人と記されている。
（150）韋建国・呉孝成等『多元文化語境中的西北多民族文学』、五頁、北京、中国社会科学出版社、二〇〇七年。
（151）祁暁冰「維吾爾族現代詩人黎・穆塔里甫与俄蘇文学」、『民族文学研究』二〇一〇年第四期。
（152）祁暁冰「唐加勒克与俄羅斯文学」、『新疆大学学報』（哲学人文社会科学版）二〇〇九年第五期。
（153）前掲注150『多元文化語境中的西北多民族文学』、六―八頁。
（154）沈葦『我的塵土、我的坦途』、ウルムチ、新疆人民出版社、二〇〇四年。
（155）耿占春「詩人的地理学」、『読書』二〇〇七年第五期。

(156) エドワード・W・ソジャ、王文斌訳『後現代地理学――重申批判社会理論中的空間』、一－九頁、北京、商務印書館、二〇〇四年。

(157) フェルディナント・テンニース『共同体与社会――純粋社会学的基本概念』、五二－五四頁、北京、商務印書館、一九九九年。

(158) 鄧正来「国家与社会――回顧中国市民社会研究」、張静主編『国家与社会』、二八一頁、杭州、浙江人民出版社、一九九八年。国内外の関連研究は鄧正来、J・C・アレクサンダー編『国家与市民社会――一種社会理論的研究路径』、北京、中央編訳出版社、一九九九年。

(159) ミシェル・フーコー「不同空間的正文与上下文」、包亜明主編『後現代与地理学的政治』、一八－二二頁、上海、上海教育出版社、二〇〇一年。

(160) 「新媒体」（ニューメディア）は文学に対して全面的に影響を与えた。いわゆるネット文学という新しい形の出現やその文体・発表形態の違いのみならず、より深く影響を与えたのは主体と「文学」境界そのものを変えたことである。劉大先「新媒体与多民族文学」（『南方文壇』二〇一二年第一期）参照。

(161) 三好将夫「没有辺界的世界？　従植民主義到跨国主義及民族国家的衰落」、汪暉・陳燕谷主編『文化与公共性』、五〇一－五〇二頁、北京、生活・読書・新知三聯書店、一九九八年。

(162) 同上、五〇九頁。

(163) 前掲注156『後現代地理学――重申批判社会理論中的空間』、九四－九五頁。

(164) 本章では一般的な文化地理学の学術理論に限定せず、多元的な空間から文学に切り込み、伝統的な文学地理学の角度から地域文学と民族文学の関係性を研究している。劉大先「『西部文学』的発現与敞亮」（『青海民族学院学報』二〇〇七年第二期、一三四－一三九頁）参照。

(165) Henri Lefebvre, *The Production of Space*, Translated by Donald Nicholson-Smith, Cambridge: Blackwell, 1991, p.33.

結語

本書を執筆するにあたり、私は中国少数民族文学を中国ないし全世界の文学世界の中において考察し、それによって少数民族文学を比較的完全な形で、その全体図を描けるようにと心掛けた。少数民族文学は、総体的なイデオロギーから抜け出した孤立の精神や言語現象ではなく、むしろ社会文化の複雑な意義構造の中に根付いてきたものである。しかも常に自身を表現することによって、現実生活に参与し、存在感さえも持っている一社会現象である。

現代的なコンテクストからすると、言うまでもなく少数民族文学は確立し、発展できるターニングポイントになっているだろう。中国が帝制王朝から民族国家へと向かう現代的な転換プロセスにおいて、民族主義の勃興と飛躍に伴い、中国のすべての知識構造がそのタイプの転換を要求された。この間、種族革命的な国家観念から民族革命的な国家観念へと幾度もの発展と転換があったが、最後は中華民族という「国族」で徐々に発展して、西洋の「民族・国家」モデルと比べても、独自の風格を持つことができた。文学も少数民族も「少数民族文学」も、何れもこの知的な言説空間と再構築の中において、ようやく新たに定義され、自分自身を語れる権力を得たのである。

歴史的に考察してみると、少数民族文学の精神構造、思想資源、文学経験、表現言説などは、どの民族も最初から最後まで自民族内部に限られていたわけではないし、一般的によく言う、いわゆる主流民族である漢人と少数民族の主体の間にだけ交流と対話が存在していたものではなく、域外の商品、戦争、情報が交錯する中でも、文学の相互浸透や相互作用を減じるものではない。しかし、少数民族は多民族一体の民族国家の一部分として出現したものではないため、少数民族文学も前近代においては、一時的に自然発生したものか、無意識的な存在であった。これが近現代以降になってから、文学経験の世界的な広がりによって、少数民族文学はもはや孤立した現象ではなくなったのである。とくに反帝国主義、反植民地主義、国家独立の闘争に伴って、少数民族文学は正式に誕生し、一体化した民族国家のイデオロギーの下、それと歩調を合わせるようになった。二〇世紀後半において、ついに日々世界化する異質多元的な思潮の中で、本格的に呼び覚まされたのである。

現代化のプロセスが中国少数民族文学に与えたものの中には、非常に矛盾した、或いは相反する二面性を持つものが含まれている。それは、確かに民族と民族主義の覚醒の中で中華民族の国族意識が目覚めたが、しかし少数民族が国族構築の有力な要素として収用された時に、今度は国族のイデオロギーがさらに少数民族に修正或いは発展計画の受け入れを求めたりして、ある種の抑圧を少数民族に押し付けるということになった。さいわい、現代民族意識の啓蒙によって、少数民族文学は自分自身の主体性と自覚を獲得している。しかもこの主流たる文学との差異によって、結果としては中国文学全体の成分と性質を豊かにすることになった。

ここでとくに強調しておきたいのは、中華民族の悠久かつ多元一体的な伝統によって、中国少数民族に見られる差異には、近代の植民地国家によく見られる圧迫的なまたは対抗的な気質が余り見られないということである。従って、この多元的な文学要素は、すでに長い歴史の中での蓄積によって、そう簡単に引き裂くことのできない共生関係を形成していると言えるのである。この多様性に溢れた相異形態とその相異形態によって得られた活力を有する少数民族文学は、すでに中国文学全体を補充し、その活性化をも促進している。つまり閉鎖と開放、分裂と協調、粉砕と完備、異質と単一、個性と普遍の間にある力関係によって、却って極めて豊かな空間開発の可能性を、我々に提示してくれている。中国現代当代文学の盛んな生命力は、まさにこれに支えられているものと思う。

言うまでもなく、作者には何か宏大な体系を構築しようとする意図も、その自信も持っていない。事実、私がここで何度も強調しているように、少数民族文学の構成の多元性、形式の多様性、風格の多彩性、種類の豊富さ、位置づけの多次元性、材料の多面性、主題の多重性によって、一言でこれらの内容の全てを集結する言葉など、存在しないであろうし、その必要もない。作者の私に出来るのは、ただ単に言葉で表現できる部分だけでも、まず表現しておくことであろう。そもそも書物とは言葉を尽くすことが出来ないものであるし、言葉も意味を言い尽くせるものではない。これらの言葉にしてはならないこと、或いは言葉には出来ないことなどについては、私はただ沈黙を守るだけである。

Johannes Fabian, *Time and the Other: How Anthropology Makes its Object,* New York: Columbia University Press,1983.

Joseph R. Levenson, *Confucian China and Its Modern Fate, Volume One: The Problem of Intellectual Contituity,* Berkeley and Los Angeles: University of California Press,1968.

Max Weber, "Science as a Vocation," *Max Weber's Complete Writings on Academic and Political Vocations,* (ed.) John Dreijmanis; translation by Gordon C. Wells, New York: Algora Publishing,2008.

Nike K. Pokorn, *Challenging the Traditional Axioms: Translation into a Non-Mother Tongue,* Amsterdam and Philadelphia: John Benjamins Publishing Company,2005.

Patricia Ticineto Clough, (ed.), *The Affective Turn: Theorizing the Social,* Durham and London: Duke University Press,2007.

Rebecca E. Karl, *Staging the World: Chinese Nationalism at the Turn of the Twentieth Century,* Durham and London: Duke University Press,2002.

Redfield Robert, *The Primitive World and Its Transformations,* Ithaca: Cornell University Press,1953.

Ruth W. Dunnell, Mark C. Elliott, Philippe Foret, James A Millward,(ed.), *The New Qing imperial history: The making of inner Asian Empire at Qing Chengde.* London & New York: Routledge Curzon,2004.

Rushdie Salman, *Imaginary Homelands: Essays and Criticism 1981-1991.* New York: Viking and Granta,1991.

T. J. Schlereth, *The Cosmopolitan Ideal in Enlightenment Though.* Notre Dame, Ind: University of Notre Dame Press,1977.

Thongchakul Winichakul, *Siam Mapped: A History of the Geo-Body of a Nation,* University of Hawaii Press,1997.

Ying Hu, *Tales of Translation: Composing the New Woman in China,* 1899-1918, California: Stanford University,2000.

四、英文関連理論および研究

Aihwa Ong, *Flexible Citizenship: The Cultural Logic of Transnationality,* Durham: Duke University Press,1999.

Arjun Appadurai, *Modernity at Large: Cultural Dimensions of Globalization,* Minneapolis: University of Minnesota Press, 1996.

Arnold van Gennep, *The Rites of Passage,* London: Routledge,2004.

Benedict Anderson, *Imagined Communities: Reflections on the Origin and Spread of Nationalism,* London: Verso,1992.

Boaventura De Sousa Santos, *Toward A New Common Sense, Law, Science and Politics in the Paradigmatic Transition,* New York: Routledge,1995.

C. F. Keyes, (Ed.) *Ethnic Change.* Seattle: University of Washington Press,1981.

Colin Mackerras, *China's Ethnic Minorities and Globalization,* London and New York: Routledge,2003.

Dittmer & Kim(ed.) *China's Quest for National Identity,* Cornell University Press,1993.

Douglas R.Howland, *Translating the West:Language and Political Reason in Nineteenth – century Japan.* Holulu: University of Hawaii Press,2002.

Eric Hayot, Haun Saussy, and Steven G.Yao, (ed), *Sinographies: Writing China,* Minneapolis: University of Minnesota Press,2008.

Francine Hirsch, *Empire of Nations, Ethnographic Knowledge & the Making of the Soviet Union,* Ithaca, New York: Cornell University Press,2005.

Frand Dikotter,(ed) *The Construction of Racial Indentites in China and Japan: Historical and Contemporary Perspectives,* Honolulu: University of Hawaii Press,1997.

Gilles Deleuze, Félix Guattari. *Anti-Oedipus.* (Trans.) Robert Hurley, Mark Seem and Helen R. Lane. London and New York: Continuum,2004.

Williams H. Harris, Judith S. Levey,(ed.)*The New Columbia Encyclopia,* Columbia University Press,1975.

Henri Lefebvre, *The Production of Space,* Translated by Donald Nicholson-Smith, Cambridge: Blackwell,1991.

Homi K. Bhabha, *The Location of Culture,* London: Routledge,1994.

Homi K. Bhabha, *Nation and Narration,* Routledge,1990.

Jana Evans Braziel and Anita Mannur, (ed.) *Theorizing diaspora: a reader,* Blackwell Publishing Ltd,2003.

Joel Krieger,(ed.) *The Oxford Companion to Politics of the World,* Oxford University Press,1993.

夏志清『中国現代小説史』、劉紹銘等訳、香港：中文大学出版社、2001年。
蕭公権『中国政治思想史』、瀋陽：遼寧教育出版社、1998年。
肖向明『「幻魅」的現代想像：鬼文化与中国現代作家研究』、北京：光明日報出版社、2007年。
徐新建『民歌与国学』、成都：巴蜀書社、2006年。
徐旭生『中国古史的伝説時代』、北京：文物出版社、1985年。
許宝強・袁偉選編『語言与翻訳的政治』、北京：中央編訳出版社、2000年。
許紀霖・宋宏編『現代中国思想的核心観念』、上海：上海人民出版社、2010年。
楊聯芬『晩清至五四：中国文学現代性的発生』、北京：北京大学出版社、2003年。
楊慶堃『中国社会中的宗教：宗教的現代社会功能及其歴史因素之研究』、范麗珠訳、上海：上海人民出版社、2006年。
楊憲益『訳余偶拾』、済南：山東画報出版社、2006年。
楊義『重絵中国文学地図通釈』、北京：当代中国出版社、2007年。
葉春生主編『典蔵民族学叢書』、哈爾浜：黒龍江人民出版社、2004年。
葉舒憲選編『神話：原型批評』、西安：陝西師範大学出版社、1987年。
袁進『中国文学的近代変革』、桂林：広西師範大学出版社、2006年。
張広達『西域史地叢稿初編』、上海：上海古籍出版社、1995年。
張灝『幽暗意識与民主伝統』、北京：新星出版社、2006年。
張進『新歴史主義与歴史詩学』、北京：中国社会科学出版社、2004年。
張京媛主編『新歴史主義与文学批評』、北京：北京大学出版社、1993年。
張静主編『国家与社会』、杭州：浙江人民出版社、1998年。
張炯・鄧紹基・樊俊主編『中華文学通史』、北京：華芸出版社、1997年。
張君勱・丁文江等『科学与人生観』、済南：山東人民出版社、1997年。
趙爾巽等撰『清史稿』、北京：中華書局、1976年。
趙世瑜『眼光向下的革命：中国現代民俗学思想史論（1918－1937)』、北京：北京師範大学出版社、1999年。
趙汀陽『天下体系：世界制度哲学導論』、南京：江蘇教育出版社、2005年。
鄭観応『盛世危言』、瀋陽：遼寧人民出版社、1994年。
中国社会科学院外国文学研究所『世界文論』編輯委員会編『文芸学和新歴史主義』、北京：社会科学文献出版社、1993年。
周憲『現代性的張力』、北京：首都師範大学出版社、2001年。
周憲『中国当代審美文化研究』、北京：北京大学出版社、1997年。
周有光『世界文学発展史』、上海：上海教育出版社、2003年。
周作人『中国新文学的源流』、止庵校訂、石家庄：河北教育出版社、2002年。
鄒振環『晩清西方地理学在中国』、上海：上海古籍出版社、2000年。

潜明茲『中国神話学』、上海：上海人民出版社、2008 年。
任一鳴・瞿世鏡『英語後植民文学研究』、上海：上海訳文出版社、2003 年。
沈長雲『中国古代国家起源与形成研究』、北京：人民出版社、2009 年。
舒蕪等編選『近代文論選』、北京：人民文学出版社、1959 年。
斯炎偉『全国第一次文代会与新中国文学体制的建構』、北京：人民文学出版社、2008 年。
蘇秉琦『中国文明起源新探』、北京：生活・読書・新知三聯書店、2000 年。
譚丕模編著『中国文学史網』、上海：北新書局、1933 年。
唐暁峰・黄義軍編『歴史地理学読本』、北京：北京大学出版社、2006 年。
汪暉・陳燕谷編『文化与公共性』、：北京：生活・読書・新知三聯書店、1998 年。
汪暉『東西之間的西蔵問題』、北京：生活・読書・新知三聯書店、2011 年。
汪暉『去政治化的政治：短 20 世紀的終結与 90 年代』、北京：生活・読書・新知三聯書店、2008 年。
汪暉『汪暉自選集』、桂林：広西師範大学出版社、1997 年。
汪暉『現代中国思想的興起』、北京：生活・読書・新知三聯書店、2004 年。
汪民安・陳永国・張雲鵬主編『現代性基本読本』、開封：河南大学出版社、2005 年。
汪民安主編『文化研究関鍵詞』、南京：江蘇人民出版社、2007 年。
王本朝『中国当代文学制度研究（1949－1976)』、北京：新星出版社、2007 年。
王本朝『中国現代文学制度研究』、重慶：西南師範大学出版社、2002 年。
王春霞『「排満」与民族主義』、北京：社会科学文献出版社、2005 年。
王徳威『抒情伝統与中国現代性：在北大的八堂課』、北京：生活・読書・新知三聯書店、2010 年。
王爾敏『中国近代思想史論』、北京：社会科学文献出版社、2003 年。
王汎森『章太炎的思想及其対儒学伝統的衝突（1868－1919)』、台北：時報文化出版事業有限公司、1985 年。
王立『中国古代文学十大主題：原型与流変』、瀋陽：遼寧教育出版社、1990 年。
王文参『五四新文学的民族民間文学資源』、北京：民族出版社、2006 年。
王小東『天命所帰是大国』、南京：江蘇人民出版社、2008 年。
王暁秋主編『戊戌維新与近代中国的改革：戊戌維新一百周年国際学術研討会論文集』、北京：社会科学文献出版社、2000 年。
王鍾陵主編、許建平編選『二十世紀中国文学史論精粋：文学史方法論巻』、石家庄：河北教育出版社、2001 年。
呉光正『中国古代小説的原型与母題』、北京：社会科学出版社、2002 年。
呉暁峰『国語運動与文学革命』、北京：中央編訳出版社、2008 年。
夏曽佑『中国古代史』、石家庄：河北教育出版社、2000 年。

李中華『讖緯与神秘文化』、北京：中央編訳出版社、2008年。
廖炳恵『関鍵詞200：文学与批評研究的通用詞匯編』、南京：江蘇教育出版社、2006年。
林庚『中国文学簡史』、北京：北京大学出版社、1995年。
劉禾『帝国的話語政治：従近代中西衝突看現代世界秩序的形成』、楊立華等訳、北京：生活・読書・新知三聯書店、2009年。
劉禾『跨語際実践：文学・民族文化与被訳介的現代性（中国、1900－1937）』、宋偉傑等訳、北京：生活・読書・新知三聯書店、2002年。
劉禾『語際書写：現代思想史写作批判網要』、上海：上海三聯書店、1999年。
劉進才『語言運動与中国現代文学』、北京：中華書局、2007年。
劉麟生『中国駢文史』、北京：商務印書館、1998年。
劉晴波・彭興国編校『陳天華集』、長沙：湖南人民出版社、1982年。
劉晴波編『楊度集』、長沙：湖南人民出版社、1986年。
劉師培『劉師培学術文化随筆』、北京：中国青年出版社、1999年。
劉錫誠『20世紀中国民間文学学術史』、開封：河南大学出版社、2006年。
劉穎『中国文学現代転型的民俗学語境』、合肥：安徽文芸出版社、2007年。
劉再復『性格組合論』、上海：上海文芸出版社、1986年。
盧建栄主編『性別・政治与集体心態：中国新文化史』、台北：麦田出版社、2001年。
陸象淦主編『死的世界、活的人心』、北京：社会科学文献出版社、2006年。
逯耀東『従平城到洛陽：拓跋魏文化転変的歴程』、台北：聯経出版事業公司、1979年。
呂大吉・牟鐘鑒『概説中国宗教与伝統文化』、北京：中国社会科学出版社、2005年。
呂微『神話何為：神聖叙事的伝承与闡釈』、北京：北京科学文献出版社、2001年。
羅常培『語言与文化』、北京：北京出版社、2004年。
羅鋼・劉象愚主編『文化研究読本』、北京：中国社会科学出版社、2000年。
羅雲鋒『現代中国文学史書写的歴史建構：従清末至抗戦前的一個歴史考察』、北京：法律出版社、2009年。
麻天祥『晩清仏学与近代社会思潮』、開封：河南大学出版社、2005年。
馬昌儀『中国神話学文論選萃』、北京：中国広播電視出版社、1994年。
馬西沙・韓秉方『中国民間宗教史』、北京：中国社会科学出版社、2004年。
馬学良主編『語言学概論』、武漢：華中工学院出版社、1981年。
馬祖毅等『中国翻訳通史』、武漢：湖北教育出版社、2006年。
梅新林『中国文学地理形態与演変』、上海：復旦大学出版社、2006年。
孟繁華『伝媒与文化領導権：当代中国的文化生産与文化認同』、済南：山東教育出版社、2003年。
牟鐘鑒・張践『中国宗教通史』、北京：社会科学文献出版社、2000年。

谷方『主体性哲学与文化問題』、北京：中国和平出版社、1994年。
顧頡剛『西北考察日記』、蘭州：甘粛人民出版社、2000年。
顧忠華『韋伯学説』、桂林：広西師範大学出版社、2004年。
関凱『族群政治』、北京：中央民族大学出版社、2007年。
郭双林『西潮激蕩下的晩清地理学』、北京：北京大学出版社、2000年。
郭湛『主体哲学：人的存在及其意義』、昆明：雲南人民出版社、2002年。
何兆武『歴史理性批判論集』、北京：清華大学出版社、2001年。
胡阿祥『魏晋本土文学地理研究』、南京：南京大学出版社、2001年。
胡経之・伍蠡甫主編『西方文芸理論名著選編』、北京：北京大学出版社、1987年。
胡台麗・許木柱・葉光輝主編『情感・情緒与文化：台湾的文化心理研究』、台北：中央研究院民族学研究所、2002年。
胡暁明・傅傑主編『釈中国』、上海：上海文芸出版社、1998年。
戸暁輝『現代性与民間文学』、北京：社会科学文献出版社、2004年。
黄金麟『歴史・身体・国家：近代中国的身体形成（1895－1937）』、北京：新星出版社、2006年。
黄宗智主編『中国研究的範式問題討論』、北京：社会科学文献出版社、2003年。
江紹原著、王文宝整理『中国礼俗迷信』、天津：渤海湾出版公司、1989年。
姜璐『熵：系統科学的基本概念』、瀋陽：瀋陽出版社、1997年。
姜智芹『傅満洲与陳査理：美国大衆文化中的中国形象』、南京：南京大学出版社、2007年。
蔣由智『中国民族西来辯』、上海：華通書局、1929年。
蔣由智『中国人種考』、上海：華通書局、1929年。
昿新年『中国20世紀文芸学学術史』、上海：上海文芸出版社、2001年。
李徳輝『唐代交通与文学』、長沙：湖南人民出版社、2003年。
李若建『折射：当代中国社会変遷研究』、広州：中山大学出版社、2009年。
李少兵『民国時期的仏学与社会思潮』、台湾高雄：仏光山文教基金会、2001年。
李向平『救世与救心：中国近代仏教復興思潮研究』、上海：上海人民出版社、1993年。
李孝遷『西方史学在中国的伝播（1882－1949）』、上海：華東師範大学出版社、2007年。
李学勤『中国古代文明与国家形成研究』、昆明：雲南人民出版社、1997年。
李楊『文学史写作中的現代性問題』、太原：山西教育出版社、2006年。
李怡『現代性：批判的批判：中国現代文学研究的核心問題』、北京：人民文学出版社、2006年。
李沢厚『李沢厚哲学文存』、合肥：安徽文芸出版社、1999年。
李沢厚『中国現代思想史論』、北京：東方出版社、1987年。

包亜明主編『後現代与地理学的政治』、上海：上海教育出版社、2001 年。

包亜明主編『現代性与空間的生産』、上海：上海教育出版社、2003 年。

蔡尚思主編、李華興編『中国現代思想史資料簡編』、杭州：浙江人民出版社、1982 年。

蔡翔『革命／叙述：中国社会主義文学：文化想像』、北京：北京大学出版社、2010 年。

岑麟祥『語言学史概要』、北京：北京大学出版社、1988 年。

陳長琦『中国古代国家与政治』、北京：文物出版社、2002 年。

陳国球『文学史書写形態与文化政治』、北京：北京大学出版社、2004 年。

陳建憲『神話解読：母題分析方法探索』、武漢：湖北教育出版社、1996 年。

陳理・彭武麟・白拉都格其主編『中国近代辺疆民族問題研究』、北京：中央民族大学出版社、2008 年。

陳平原『触摸歴史与進入五四』、北京：北京大学出版社、2005 年。

陳去病『陳去病全集』、上海：上海古籍出版社、2009 年。

陳思和主編『中国当代文学史教程』、上海：復旦大学出版社、1999 年。

陳暁毅『中国式宗教生態：青岩宗教多様性個案研究』、北京：社会科学文献出版社、2008 年。

陳旭麓主編『宋教仁集』、北京：中華書局、1981 年。

陳永国主編『翻訳与後現代性』、北京：中国人民大学出版社、2005 年。

陳泳超『中国民間文学研究的現代軌轍』、北京：北京大学出版社、2005 年。

成崇徳『18 世紀的中国与世界（辺疆民族巻）』、瀋陽：遼海出版社、1999 年。

程巍『中産階級的孩子們：60 年代与文化領導権』、北京：生活・読書・新知三聯書店、2006 年。

戴燕『文学史的権力』、北京：北京大学出版社、2002 年。

鄧正来・（英）J.C. アレクサンダー編『国家与市民社会：一種社会理論的研究路径』、北京：中央編訳出版社、1999 年。

丁鼎・楊洪権『神秘的予言：中国古代讖言研究』、太原：山西人民出版社、1993 年。

丁乃通『中国民間故事類型索引』、武漢：華中師範大学出版社、2008 年。

董乃斌・陳伯海・劉揚忠主編『中国文学史学史』、石家庄：河北人民出版社、2003 年。

范大燦編『作品・文学史与読者』、北京：文化芸術出版社、1997 年。

方豪『中西交通史』、長沙：岳麓書社、1987 年。

費孝通『郷土中国　生育制度』、北京：北京大学出版社、1998 年。

高有鵬『中国民間文学史』、開封：河南大学出版社、2001 年。

高玉『現代漢語与中国現代文学』、北京：中国社会科学出版社、2003 年。

葛剣雄『往事与近事』、北京：生活・読書・新知三聯書店、2007 年。

葛兆光『古代中国社会与文化十講』、北京：清華大学出版社、2002 年。

葛兆光『宅茲中国：重建有関「中国」的歴史論述』、北京：中華書局、2011 年。

（英）アントニー・D・スミス（Anthony David Stephen Smith）『全球化時代的民族与民族主義』、龔維斌訳、北京：中央編訳出版社、2002年。

（英）フランク・ディケーター（Frank Dikötter）『近代中国之種族観念』、楊立華訳、南京：江蘇人民出版社、1999年。

（英）アーネスト・ゲルナー（Ernest Gellner）『民族与民族主義』、韓紅訳、北京：中央編訳出版社、2002年。

（英）ジェーン・E・ハリソン（Jane Ellen Harrison）『古代芸術与儀式』、劉宗迪訳、北京：生活・読書・新知三聯書店、2008年。

（英）エリック・ホブズボーン、テレンス・O・レンジャー（Eric Hobsbawm, Terence Osborn Ranger）『伝統的発明』、顧杭・龐冠群訳、南京：訳林出版社、2004年。

（英）エリック・ホブズボーン（Eric Hobsbawm）『民族与民族主義』、李金梅訳、上海：上海人民出版社、2006年。

（英）ロビンズ（R・H・Robins）『簡明語言学史』、許徳宝等訳、北京：中国社会科学出版社、1997年。

（英）マックス・ミューラー（Friedrich Max Muller）『比較神話学』、金沢訳、上海：上海文芸出版社、1989年。

（英）ジグムント・バウマン（Zygmunt Bauman）『後現代性及其欽憾』、郇建立訳、上海：学林出版社、2002年。

（英）ジグムント・バウマン（Zygmunt Bauman）『流動的現代性』、欧陽景根訳、上海：上海三聯書店、2002年。

（英）ジグムント・バウマン（Zygmunt Bauman）『廃棄的生命』、谷蕾訳、南京：江蘇人民出版社、2006年。

（英）テリー・イーグルトン（Terry Eagleton）『美学意識形態』、王傑・傅徳根・麦永雄訳、柏敬沢校、桂林：広西師範大学出版社、1997年。

（英）テリー・イーグルトン（Terry Eagleton）『二十世紀西方文学理論』、伍暁明訳、西安：陝西師範大学出版社、1987年。

（英）魏安（Andrew Christopher West）『三国演義版本考』、上海：上海古籍出版社、1996年。

（英）ヒュー・シートン＝ワトソン（Hugh Seton-Watson）『民族与国家：対民族起源与民族主義政治的探討』、呉洪英訳、北京：中央民族大学出版社、2009年。

（英）ジョン・トムリンソン（John Tomlinson）『全球化与文化』、郭英剣訳、南京：南京大学出版社、2002年。

（英）エドワード・ジェンクス（Edward Jenks）『社会通詮』、厳復訳、北京：商務印書館、1981年。

Pamela J. Stewart)『人類学的四個講座：謡言・想像・身体・歴史』、梁永佳等訳、北京：中国人民大学出版社、2005 年。

（米）ステファン・アヴリル（Stephen C. Averill）『中国大衆宗教』、陳仲丹訳、南京：江蘇人民出版社、2006 年。

（米）ジョセフ・ロック（Joseph Charles Francis Rock）『中国西南古納西王国』、劉宗岳訳、昆明：雲南美術出版社、1994 年。

（米）フレドリック・R・ジェイムソン（F.R.Jameson）『政治無意識：作為社会象徴行為的叙事』、王逢振・陳永国訳、北京：中国社会科学出版社、1999 年。

趙憲章編『二十世紀外国美学文芸学名著精義』、郭宏安訳、南京：江蘇文芸出版社、1987 年。

（日）柄谷行人『日本現代文学的起源』、趙京華訳、北京：生活・読書・新知三聯書店、2003 年。

（日）溝口雄三『中国前近代思想之屈折与展開』、陳耀文訳、上海：上海人民出版社、1997 年。

（日）和辻哲郎『風土』、陳力訳、北京：商務印書館、2006 年。

（日）内藤湖南『中国史通論：内藤湖南博士中国史学著作選訳』、夏応元・劉文柱・徐世虹・鄭顕文・徐建新訳、北京：社会科学文献出版社、2004 年。

（日）橋川時雄『満洲文学興廃攷』、孟文樹訳、満族文学史編写委員会、1982 年。

（日）尾形勇『中国古代的「家」与国家』、張鶴泉訳、北京：中華書局、2009 年。

（日）子安宣邦『国家与祭祀』、董炳月訳、北京：生活・読書・新知三聯書店、2007 年。

（瑞）カール・グスタフ・ユング（Carl Gustav Jung）『人類及其象徴』、張挙文等訳、瀋陽：遼寧教育出版社、1988 年。

（瑞）フェルディナン・ド・ソシュール（Ferdinand de Saussure）『普通語言学教程』、高名凱訳、北京：商務印書館、1985 年。
（ソ）スターリン『斯大林（スターリン）選集』、北京：人民出版社、1979 年。
（伊）アントニオ・グラムシ（Antonio Gramsci）『葛蘭西（グラムシ）文選（1916－1935)』、中共中央馬克思恩格斯列寧斯大林著作編訳局国際共運史研究所編訳、北京：人民出版社、1992 年。

（伊）アントニオ・グラムシ（Antonio Gramsci）『獄中書簡』、田時綱訳、北京：人民出版社、2007 年。

（英）ジョン・アーリ（John Urry）『游客凝視』、楊慧・趙玉中・王慶玲・劉永青訳、桂林：広西師範大学出版社、2009 年。

（英）エドワード・テラー（Edward Teller）『原始文化：神話、哲学、宗教、語言、芸術和習俗発展之研究』、桂林：広西師範大学出版社、2005 年。

上海：上海文芸出版社、1993 年。

（米）イマニュエル・ウォーラーステイン（Immanuel Wallerstein）『開放社会科学』、劉鋒訳、北京：生活・読書・新知三聯書店、1997 年。

（米）イマニュエル・ウォーラーステイン（Immanuel Wallerstein）『現代世界体系・第一巻』、北京：高等教育出版社、1998 年。

（米）ジョン・ホール／ジョン・アイケンベリー（John A.Hall ／ G.John Ikenberry）『国家』、施雪華訳、長春：吉林人民出版社、2007 年。

（米）ジェレミー・リフキン／テッド・ハワード（Jeremy Rifkin ／ Ted Howard）『熵：一種新的世界観』、呂明・袁舟訳、上海：上海訳文出版社、1987 年。

（米）レベッカ・カール（Rebecca Karl）『世界大舞台：十九・二十世紀之交中国的民族主義』、高瑾等訳、北京：生活・読書・新知三聯書店、2008 年。

（米）ポール・コーエン（Paul A. Cohen）『歴史三調：作為事件・経歴和神話的義和団』、杜継東訳、南京：江蘇人民出版社、2005 年。

（米）ポール・コーエン（Paul A. Cohen）『在中国発見歴史：中国中心観在美国的興起』、林同奇訳、北京：中華書局、2005 年。

（米）クリフォード・ギアツ（Clifford Geertz）『文化的解釈』、韓莉訳、南京：訳林出版社、1999 年。

（米）クリフォード・ギアツ（Clifford Geertz）『地方性知識：闡釈人類学論文集』、王海龍・張家瑄訳、北京：中央編訳出版社、2000 年。

（米）オーウェン・ラティモア（Owen Lattimore）『中国的亜洲内陸辺疆』、唐暁峰訳、南京：江蘇人民出版社、2008 年。

（米）ルネ・ウェレック（Rene Wellek）『批評的概念』、張金言訳、杭州：中国美術学院出版社、1999 年。

（米）マティ・カリネスク（Matei Calinescu）『現代性的五副面孔：現代主義・先蜂派・頽廃・媚俗芸術・後現代主義』、顧愛彬・李瑞華訳、北京：商務印書館、2002 年。

（米）マニュエル・カステル（Manuel Castells）『認同的力量』、曹栄湘訳、北京：社会科学文献出版社、2006 年。

（米）エドワード・W・サイード（Edward Wadie Said）『東方学』、王宇根訳、北京：生活・読書・新知三聯書店、2000 年。

（米）エドワード・W・サイード（Edward Wadie Said）『賽義徳（サイード）自選集』、謝少波・韓剛等訳、北京：中国社会科学出版社、1999 年。

（米）ジョナサン・D・スペンス（Jonathan D. Spence）『皇帝与秀才：皇権遊戯中的文人悲劇』、邱辛曄訳、上海：上海遠東出版社、2005 年。

（米）アンドリュー・ストラサーン／パメラ・スチュアート（Andrew Strathern ／

（加）チャールズ・テイラー（Charles Taylor）『自我的根源：現代認同的形成』、韓震等訳、南京：訳林出版社、2001年。

（捷克）プルーシェク・ヤロスラフ（Prusek, Jaroslav）『抒情与史詩：中国現代文学論集』、郭建玲訳、上海：上海三聯書店、2010年。

（米）アラン・ダンダス（Alan Dundes）編『西方神話学読本』、朝戈金等訳、桂林：広西師範大学出版社、2006年。

（米）エドワード・W・ソジャ（Edward W.Soja）『後現代地理学：重申批判社会理論中的空間』、王文斌訳、北京：商務印書館、2004年。

（米）エドワード・サピア（Edward Sapir）『語言論』、陸卓元訳、北京：商務印書館、2003年。

（米）アンドリュー・フェンバーグ（Andrew Feenberg）『可選択的現代性』、陸俊・厳耕等訳、北京：中国社会科学出版社、2003年。

（米）レナード・ブルームフィールド（Leonard Bloomfield）『布龍菲爾徳（ブルームフィールド）語言学文集』、熊兵訳、長沙：湖南教育出版社、2006年。

（米）レナード・ブルームフィールド（Leonard Bloomfield）『語言論』、袁家驊・趙世開・甘世福訳、北京：商務印書館、1980年、2002年。

（米）デヴィッド・ハーヴェイ（David Harvey）『後現代的状況：対文化変遷之縁起的研究』、閻嘉訳、北京：商務印書館、2003年。

（米）ディヴィッド・リーミング／エドウィン・ベルダ（David Leeming ／ Edwin Belda）『神話学』、李培茱・何其敏・金沢訳、上海：上海人民出版社、1990年。

（米）プラセンジット・ドゥアラ（Prasenjit Duara）『従民族国家拯救歴史：民族主義話語与中国現代史研究』、王憲明訳、北京：社会科学文献出版社、2003年。

（米）ジョン・フィッツジェラルド（John Fitzgerald）『喚醒中国：国民革命中的政治・文化和階級』、李霞等訳、北京：生活・読書・新知三聯書店、2005年。

（米）フレッド・R・ダルマイヤー（Fred Reinhard Dallmayr）『主体性的黄昏』、万俊人・朱国鈞・呉海針訳、上海：上海人民出版社、1992年。

（米）ハロルド・ブルーム（Harold Bloom）『影響的焦慮』、徐文博訳、北京：生活・読書・新知三聯書店、1989年。

（米）ヘイドン・ホワイト（Hayden White）『元歴史：十九世紀欧洲的歴史想像』、陳新訳、南京：訳林出版社、2004年。

（米）スーザン・ネイキン（Susan Naquin）『千年末世之乱』、陳仲丹訳、南京：江蘇人民出版社、2010年。

（米）ジェームス・L・ヘヴィア『懐柔遠人：馬嘎爾尼使華的中英礼儀衝突』、鄧常春訳、北京：社会科学文献出版社、2002年。

（米）洪長泰『到民間去：1918－1937年的中国知識分子与民間文学運動』、董暁萍訳、

訳、上海：上海訳文出版社、2002年。

（仏）シャルル・ボードレール（Charles-Pierre Baudelaire）『波徳莱爾（ボードレール）美学文選』、郭宏安訳、北京：人民文学出版社、1987年。

（仏）ピエール・ブルデュー（Pierre Bourdieu）『実践感』、蔣梓驊訳、南京：訳林出版社、2003年。

（仏）ピエール・ブルデュー（Pierre Bourdieu）『芸術的法則：文学場的生成和結構』、劉暉訳、北京：中央編訳出版社、2001年。

（仏）ジル・ドラノワ（Gill Delannoi）『民族与民族主義：理論基礎与歴史経験』、鄭文彬・洪暉訳、北京：生活・読書・新知三聯書店、2005年。

（仏）ミシェル・フーコー（Michel Foucault）『詞与物：人文科学考古学』、莫偉民訳、上海：上海三聯書店、2001年。

（仏）ミシェル・フーコー（Michel Foucault）『規則与懲罰』、劉北成・楊遠嬰訳、北京：生活・読書・新知三聯書店、2007年。

（仏）ミシェル・フーコー（Michel Foucault）『知識的考掘』、王徳威訳、台北：麦田出版社、1993年。

（仏）ジル・ドゥルーズ（Gilles Louis René Deleuze）／フェリックス・ガタリ（Pierre-Félix Guattari）『遊牧思想―吉爾・徳勒兹、費利克斯・瓜塔里（ジル・ドゥルーズ、フェリックス・ガタリ）読本』、陳永国編訳、長春：吉林人民出版社、2004年。

（仏）ジャック・ラカン（Jacques-Marie-Émile Lacan）『拉康（ラカン）選集』、褚孝泉訳、上海：上海三聯書店、2001年。

（仏）レイモン・アロン（Raymond Claude Ferdinand Aron）『社会学主要思潮』、葛智強訳、北京：華夏出版社、2000年。

（仏）リュシアン・レヴィ＝ブリュール（Lucien Lévy-Bruhl）『原始思維』、丁由訳、北京：商務印書館、2004年。

（仏）クロード・レヴィ＝ストロース（Claude Lévi-Strauss）『憂鬱的熱帯』、王志明訳、北京：生活・読書・新知三聯書店、2000年。

（仏）ジャン＝ポール・ルー（Jean-Paul Roux）『西域的歴史与文明』、耿昇訳、烏魯木斉：新疆人民出版社、2006年。

（仏）ミシェル・ボニン（Michel Bonnin）『失落的一代：中国的上山下郷運動、1968－1980』、欧陽因訳、北京：中国大百科全書出版社、2010年。

（仏）ジャン＝ジャック・ルソー（J. J. Rousseau）『論語言的起源：兼論旋律与音楽的摹倣』、洪濤訳、上海：上海人民出版社、2003年。

（希）アリストテレス『範疇編・解釈編』、方書春訳、北京：商務印書館、1959年。

（韓）李泰洙『〈老乞大〉四種版本語言研究』、北京：語文出版社、2003年。

（独）ユルゲン・ハーバーマス（Jürgen Habermas）『現代性的哲学話語』、南京：訳林出版社、2004 年。

（独）ユルゲン・ハーバーマス（Jürgen Habermas）『作為「意識形態」的技術与科学』、李黎等訳、上海：学林出版社、1999 年。

（独）マルティン・ハイデッガー（Martin Heidegger）『海徳格爾（ハイデッガー）選集』、上海：上海三聯書店、1996 年。

（独）マルティン・ハイデッガー（Martin Heidegger）『存在与時間』、陳嘉映・王慶節訳、北京：生活・読書・新知三聯書店、1999 年。

（独）マルティン・ハイデッガー（Martin Heidegger）『路標』、北京：商務印書館、2000 年。

（独）マルティン・ハイデッガー（Martin Heidegger）『形而上学導論』、熊偉・王慶節訳、北京：商務印書館、1996 年。

（独）マルティン・ハイデッガー（Martin Heidegger）『在通向語言的途中』、孫周興訳、北京：商務印書館、1997 年。

（独）ヨハン・ヘルダー（Johann Gottfried von Herder）『論語言的起源』、姚小平訳、北京：商務印書館、1998 年。

（独）ゲオルク・ヘーゲル（Georg Wilhelm Friedrich Hegel）『精神現象学』、賀麟・王玖興訳、北京：商務印書館、1979 年。

（独）ゲオルク・ヘーゲル（Georg Wilhelm Friedrich Hegel）『歴史哲学』、王造時訳、上海：上海書店出版社、2001 年。

（独）エルンスト・カッシーラー（Ernst Cassirer）『国家的神話』、范進・楊君游・柯錦華訳、北京：華夏出版社、1998 年。

（独）マルティン・ブーバー（Martin Buber）『我与你』、陳維鋼訳、北京：生活・読書・新知三聯書店、1986 年。

（独）マックス・ウェーバー（Max Weber）『社会学的基本概念』、胡景北訳、上海：上海人民出版社、2000 年。

（独）フリードリヒ・ニーチェ（Friedrich Wilhelm Nietzsche）『悲劇的誕生：尼采（ニーチェ）美学文選』、周国平訳、北京：生活・読書・新知三聯書店、1986 年。

（独）フェルディナント・テンニース（Ferdinand Tönnies）『共同体与社会：純粋社会学的基本概念』、北京：商務印書館、1999 年。

（独）ヴォルター・ベンヤミン（Walter Benjamin）『発達資本主義時代的抒情詩人』、王才勇訳、南京：江蘇人民出版社、2005 年。

（独）ルートヴィヒ・ウィトゲンシュタイン（Ludwig Wittgenstein）『哲学研究』、上海：上海人民出版社、2005 年。

（独）ヴォルフガング・ヴェルシュ（Wolfgang Welsch）『重構美学』、陸揚・張岩冰

生活・読書・新知三聯書店、2006 年。

楊照輝『普米族文学簡史』、昆明：昆明市民族出版社、1996 年。

姚新勇『観察、批判与理性：紛雑時代中一個知識個体的思考』、北京：文化芸術出版社、2005 年。

姚新勇『尋找:共同的宿命与碰撞:転型期中国文学多族群及辺縁区域文化関係研究』、北京：中国社会科学出版社、2010 年。

佚名『漢訳蒙古黄金史網』、朱風・賈敬顔訳、呼和浩特:内蒙古人民出版社、2007 年。

余大鈞訳注『蒙古秘史』、石家庄：河北人民出版社、2007 年。

余梓東『清代民族政策研究』、瀋陽：遼寧民族出版社、2003 年。

雲南省少数民族語文指導工作委員会編『民族文字的創制与改進』、昆明：雲南民族出版社、2002 年。

扎拉嘎『比較文学：文学平行本質的比較研究：清代蒙漢文学関係論稿』、呼和浩特：内蒙古教育出版社、2002 年。

札奇斯欽『蒙古秘史新訳并注釈』、台北：聯経出版事業公司、1979 年。

張海洋『中国的多元文化与中国人的認同』、北京：民族出版社、2006 年。

張菊玲『旷代才女顧太清』、北京：北京出版社、2002 年。

張菊玲『清代満族作家文学概論』、北京：中央民族学院出版社、1990 年。

張寿康『少数民族文芸論集』、北京：建業書局、1951 年。

張文勛主編、張福三・傅光宇『白族文学史』、雲南省民族民間文学大調査隊編写、1983 年。

張彦平・郎桜『柯爾克孜民間文学概覧』、克孜勒蘇柯爾克孜文出版社、1992 年。

張迎勝・丁生俊『回族古代文学史』、銀川：寧夏人民出版社、1988 年。

張直心『辺地夢尋：一種辺縁文学経験与文化記憶的探勘』、北京：人民文学出版社、2006 年。

張中復『清代西北回民事変』、台北：聯経出版事業公司、2001 年。

中国社会科学院少数民族文学研究所編『民族文学論叢』、呼和浩特：内蒙古大学出版社、2000 年。

中央民族学院少数民族語言研究所編『中国少数民族語言』、成都：四川民族出版社、1987 年。

三、関連学科理論および研究（中国語訳を含む）

（独）ピーター・バーガー（Peter Berger）『主体的退隠』、陳良梅・夏清訳、南京：南京大学出版社、2004 年。

（独）ユルゲン・ハーバーマス（Jürgen Habermas）『交往行為理論：行為合理化与社会合理化』、曹衛東訳、上海：上海人民出版社、2004 年。

特・賽音巴雅爾『中国当代文学史』(上)、北京：民族出版社、1999年。
特・賽音巴雅爾主編『中国少数民族当代文学史』、桂林：漓江出版社、1993年。
田継周『先秦民族史』、白翠琴『魏晋南北朝民族史』、盧勛・蕭之興・祝啓源『隋唐民族史』、楊保隆『宋遼金時期民族史』、羅賢佑『元代民族史』、楊学琛『清代民族史』、成都：四川民族出版社、1996年。
王東平『中華文明起源和民族問題的論辯』、南昌：百花洲文芸出版社、2004年。
王建民『中国民族学史』上巻（1903－1949)、昆明：雲南教育出版社、1997年。
王樹槐『咸同雲南回民事変』、中央研究院近代史研究所出版社、1980年。
王憲昭『中国各民族神話伝説典型母題分類型統計』、瀋陽：遼寧民族出版社、2007年。
王佑夫『中国古代民族詩学初探』、北京：民族出版社、2002年。
王鐘翰主編『中国民族史』、北京：中国社会科学出版社、2004年。
王作安『中国的宗教問題和宗教政策』、北京：宗教文化出版社、2002年。
韋建国・呉孝成『多元文化語境中的西北多民族文学』、北京：中国社会科学出版社、2007年。
魏強・嘉雍群培・周潤年『蔵族宗教与文化』、北京：中央民族大学出版社、2002年。
呉道毅『南方民族作家文学創作論』、北京：民族出版社、2006年。
呉暁東『苗族図騰与神話』、北京：社会科学文献出版社、2002年。
呉重陽・陶立璠編『中国少数民族現代作家伝略』、西寧：青海人民出版社、1980年。
呉重陽『中国当代民族文学概観』、北京：中央民族学院出版社、1986年。
呉重陽『中国現代少数民族文学概論』、北京：中央民族学院出版社、1992年。
西蔵自治区党史資料征集委員会編『西蔵的民主改革』、拉薩：西蔵人民出版社、1995年。
西南・雲南・貴州三座民族学院聯合編写『彝族文学史』、成都：四川民族出版社、1994年。
特・賽音巴雅爾『中国蒙古族当代文学史』、呼和浩特：内蒙古教育出版社、1989年。
謝立中主編『理解民族関係的新思路：少数族群問題的去政治化』、北京：社会科学文献出版社、2010年。
謝世忠『認同的汚名：台湾原住民的族群変遷』、台北：自立晩報社、1987年。
徐昌翰・黄任遠『赫哲族文学』、哈爾浜：北方文芸出版社、1991年。
徐昌翰・隋書金・龐玉田『鄂倫春族文学』、哈爾浜：北方文芸出版社、1993年。
徐傑舜主編『族群与族群文化』、哈爾浜：黒龍江人民出版社、2006年。
徐其超・羅布江村主編『族群記憶与多元創造』、成都：四川民族出版社、2001年。
岩峰・王松・刀保尭『傣族文学史』、昆明：雲南民族出版社、1995年。
楊学琛『清代民族関係史』、長春：吉林文史出版社、1991年。
楊義『中国古典文学図志：宋、遼、西夏、金、回鶻、吐蕃、大理国、元代巻』、北京：

馬長寿編『同治年間陝西回民起義歴史調査記録』、西安：陝西人民出版社、1993 年。
馬光星『土族文学史』、西寧：青海人民出版社、1999 年。
馬克勛編著『保安族文学』、蘭州：甘粛人民出版社、1994 年。
馬戎『民族与社会発展』、北京：民族出版社、2001 年。
馬紹璽『在他者的視域中：全球化時代的少数民族詩歌』、北京：中国社会科学出版社、2007 年。
馬通『中国伊斯蘭教派門宦溯源』、銀川：寧夏人民出版社、2000 年。
馬学良・梁庭望・張公瑾主編『中国少数民族文学史』、北京：中央民族学院出版社、1992 年。
馬学良・恰白・次旦平措・佟錦華主編『蔵族文学史』、成都：四川民族出版社、1994 年。
馬玉華『国民政府対西南少数民族調査之研究（1929－1948)』、昆明：雲南人民出版社、2006 年。
馬自祥『東郷族文学史』、蘭州：甘粛人民出版社、1994 年。
蒙国栄『毛南族文学史』、南寧：広西民族出版社、1992 年。
納日碧力戈『現代背景下的族群建構』、昆明：雲南教育出版社、1999 年。
納日碧力戈等『人類学理論的新思路』、北京：社会科学文献出版社、2001 年。
農敏堅・譚志表主編『平果嘹歌』、南寧：広西民族出版社、2006 年。
欧陽若修・周作秋・黄紹清・曽慶全編著『壮族文学史』、南寧：広西人民出版社、1986 年。
彭書麟・于乃昌・馮育柱主編『中国少数民族文芸理論集成』、北京：北京大学出版社、2005 年。
饒曙光等『中国少数民族電影史』、北京：中国電影出版社、2011 年。
熱依汗・卡徳爾『〈福楽智慧〉与維吾爾文化』、呼和浩特：内蒙古人民出版社、2003 年。
仁欽道爾吉『〈江格爾〉論』、呼和浩特：内蒙古大学出版社、1994 年。
栄蘇赫・趙永銑・賀希格陶克濤編著『蒙古族文学史』、瀋陽：遼寧民族出版社、1994 年。
色波主編「瑪尼石蔵地文叢」『智者的沈黙：短編小説巻』、成都：四川文芸出版社、2002 年。
史軍超『哈尼族文学史』、昆明：雲南民族出版社、1998 年。
蘇維光・過偉・韋堅平『京族文学史』、南寧：広西教育出版社、1993 年。
覃桂清『劉三姐縦横』、南寧：広西民族出版社、1992 年。
湯暁青主編『多元文化格局中的民族文学研究：中国社会科学院民族文学研究所建所 30 周年論文集』、北京：中国社会科学出版社、2010 年。

関紀新・朝戈金『多重選択的世界：当代少数民族作家文学的理論描述』、北京：中央民族大学出版社、1995 年。
関紀新『老舎評伝』、重慶：重慶出版社、2003 年。
関紀新主編『20 世紀中華各民族文学関係研究』、北京：民族出版社、2006 年。
何積全・陳立浩主編『布依族文学史』、貴陽：貴州民族出版社、1992 年。
何聯華『民族文学的騰飛』、成都：四川民族出版社、1996 年。
和鐘華・楊世光主編『納西族文学史』、成都：四川民族出版社、1992 年。
黄任遠『通古斯：満語族神話研究』、哈爾浜：黒龍江人民出版社、2000 年。
黄任遠『赫哲那乃阿伊努原始宗教研究』、哈爾浜：黒龍江人民出版社、2003 年。
黄書光・劉保元・農学冠・盤承乾・袁広達・呉盛枝編著『瑶族文学史』、南寧：広西人民出版社、1988 年。
黄暁娟・張淑雲・呉暁芬等『多元文化背景下的辺縁書写：東南亜女性文学与中国少数民族女性文学的比較研究』、北京：民族出版社、2009 年。
降辺嘉措『〈格薩爾〉論』、呼和浩特：内蒙古大学出版社、1999 年。
金春子・王建民編著『中国跨界民族』、北京：民族出版社、1994 年。
郎桜・扎拉嘎主編『中国各民族文学関係研究・先秦至唐宋巻／元明清巻』、貴陽：貴州人民出版社、2005 年。
郎桜『〈瑪納斯〉論』、呼和浩特、内蒙古大学出版社、1999 年。
李方『多元文化的継承与併存』、烏魯木斉：新疆人民出版社、2007 年。
李国棟『民国時期的民族問題与民国政府的民族政策研究』、北京：民族出版社、2009 年。
李鴻然『中国当代少数民族文学史論』、昆明：雲南教育出版社、2004 年。
李鴻然主編『中国当代少数民族文学史稿』、武漢：長江文芸出版社、1986 年。
李列『民族想像与学術選択:彝族研究現代学術的建立』、北京:人民出版社、2006 年。
李明主編、林忠亮・王康編著『羌族文学史』、成都：四川民族出版社、1994 年。
李紹明『蔵彝走廊民族歴史文化』、北京：民族出版社、2008 年。
李雲忠選編『中国少数民族現代当代文学作品選』、北京：民族出版社、2005 年。
李振坤・黄川編『魯迅与少数民族文化』、烏魯木斉：新疆美術撮影出版社、1994 年。
凌純声『松花江下遊的赫哲族』、上海：上海文芸出版社、1990 年。
凌宇『従辺城走向世界』、北京：生活・読書・新知三聯書店、1985 年。
劉萌梁『阿凡提笑話喜劇与美学評論』、烏魯木斉、新疆大学出版社、2003 年。
劉亜虎・鄧敏文・羅漢田『中国南方民族文学関係史』、北京：民族出版社、2001 年。
龍殿宝・呉盛枝・過偉『仫佬族文学史』、南寧：広西教育出版社、1993 年。
羅慶春『霊与霊的対話：中国当代少数民族漢語詩論』、香港：天馬図書有限公司、2001 年。

余振貴編『中国伊斯蘭教歴史文選』、北京：宗教文化出版社、2009年。

張枬・王忍之編『辛亥革命前十年間時論選集』、北京：生活・読書・新知三聯書店、1963年。

章太炎『章太炎全集』、上海：上海人民出版社、1985年。

鄭振鐸『鄭振鐸文集』、北京：人民文学出版社、1985年。

朱光潜『朱光潜全集』、合肥：安徽教育出版社、1987年。

二、少数民族文学（史）および関連研究

『侗族文学史』編写組『侗族文学史』、貴陽：貴州民族出版社、1988年。

『京族簡史』編写組『京族簡史』、北京：民族出版社、2008年。

『少数民族短編小説選』、成都：四川民族出版社、1979年。

『中国少数民族文学経典文庫1929－1999：理論評論巻』、昆明：雲南人民出版社、1999年。


巴莫曲布嫫『鷹霊与詩魂：彝族古代経籍詩学研究』、北京：社会科学文献出版社、2002年。

白庚勝・楊福泉『国際東巴文化研究集粹』、昆明：雲南人民出版社、1993年。

白庚勝『東巴神話研究』、北京：社会科学文献出版社、2002年。

白寿彝編『回民起義』、上海：上海書店出版社、2000年。

朝戈金『口伝史詩詩学：冉皮勒〈江格爾〉程式句法研究』、南寧：広西人民出版社、2000年。

陳楽基『侗族大歌』、貴陽：貴州民族出版社、2003年。

崔明徳『隋唐民族関係思想史』、北京：人民出版社、2010年。

戴慶厦『蔵緬語族語言研究』、昆明：雲南民族出版社、1990年。

丹珍草『蔵族当代作家漢語創作論』、北京：民族出版社、2008年。

鄧敏文『中国多民族文学史論』、北京：社会科学文献出版社、1999年。

費孝通等『中華民族多元一体格局』、北京：中央民族学院出版社、1989年。

馮増烈・李登第・張志傑『清同治年間陝西回民起義研究』、西安：三秦出版社、1990年。

富育光『薩満教与神話』、瀋陽：遼寧大学出版社、1991年。

富育光『薩満論』、瀋陽：遼寧人民出版社、2000年。

高文遠『清末西北回民之反清運動』、銀川：寧夏人民出版社、1998年。

耿予方『蔵族当代文学』、北京：中国蔵学出版社、1994年。

龔学増主編『新中国処理少数民族宗教問題的歴程和基本経験』、北京：宗教文化出版社、2010年。

<参考文献>

一、文献・文集および文書

『民族政策文献匯編』、北京：人民出版社、1956 年。

中国社科院清史所編『清史資料』、北京：中華書局、1983 年。

『新時期統一戦線文献選編（続編）』、北京：中共中央党校出版社、1997 年。

中央檔案館編『中共中央文件選集』、北京：中共中央党校出版社、1982－1991 年。

『中国各少数民族文学史和文学概況編写出版計画』、中国社会科学院少数民族文学研究所編印、1984 年。

『中国少数民族文学史編写参考資料』、中国社会科学院少数民族文学研究所編印、1984 年。

『中華民国史檔案資料匯編』、南京：江蘇古籍出版社、1991 年。

蔡元培『蔡元培全集』、高平叔編、北京：中華書局、1984 年。

陳独秀『陳独秀著作選』、上海：上海人民出版社、1993 年。

陳寅恪『陳寅恪集』、北京：生活・読書・新知三聯書店、2002 年。

傅斯年『傅斯年全集』、長沙：湖南教育出版社、2003 年。

顧頡剛『中国現代学術経典・顧頡剛巻』、劉夢渓主編、顧潮・顧洪編校、石家庄：河北教育出版社、1996 年。

何其芳『何其芳文集』、人民文学出版社、1984 年。

胡適『胡適文集』、欧陽哲生編、北京：北京大学出版社、1998 年。

黄人『黄人集』、上海：上海文芸出版社、2001 年。

季羨林『季羨林文集』、南昌：江西教育出版社、1996 年。

康有為『康有為政論集』、湯志鈞編、北京：中華書局、1981 年。

李範文・余振貴編『西北回民起義研究資料匯編』、銀川：寧夏人民出版社、1988 年。

梁啓超『梁啓超全集』、北京：北京出版社、1999 年。

劉師培『劉申叔遺書』、南京：江蘇古籍出版社、1997 年。

魯迅『魯迅全集』、北京：人民文学出版社、2005 年。

蒙文通『蒙文通文集』、成都：巴蜀書社、1987 年。

銭玄同『銭玄同文集』、北京：中国人民大学出版社、1999 年。

孫中山『孫中山全集』、広東省社会科学院歴史研究室、中国社会科学院近代史研究所中華民国史研究室、中山大学歴史系孫中山研究室合編、北京：中華書局、1981 年。

太虚『太虚文選』、向子平・沈詩醒編、上海：上海古籍出版社、2007 年。

聞一多『聞一多全集』、武漢：湖北人民出版社、1993 年。

後記

二〇〇六年の夏、私は青海西寧で開催された第三回中国多民族文学フォーラムに参加した。その時にはすでに本書の大まかな構想は出来上がっていた。この数年間、四川、広西、遼寧、甘粛の民族地区で現地調査をした経験は、本書を執筆することに直接影響を与えたとは言えないが、しかし私のような机上の学者に、多くの直截的な現地経験を与えてくれた。序論から第三章までは二〇〇七年の冬に執筆した。ちょうどその頃、私はチベットと新疆に約二ヶ月以上滞在した後、北京に戻って来た時であった。今でもはっきりと覚えているが、最後の一節を書き上げたのは二〇〇八年一月一日深夜二時で、建国門内大街五号にある事務室であった。暖房を熱く感じた私は、窓を開けて、一一階から光り輝く長安街を眺めていた。すでに疲労困憊で、書き上げた文章には不足な点が多いことも分かっていたが、どうすることもできなかった。もともと私は本書を主題の輪郭が大きく、なお内容も思想も宏大でかつ構造も厳密な理論著作に仕上げようとしていた。しかし、書き進めていくにつれて、複雑多様な対象と向き合い、私は徐々に自分に与えた課題が達成できないことに気づいてきた。

北京師範大学の私の指導教員である鄒紅教授、中国社会科学院民族文学研究所の湯暁青、関紀新の二名の研究員に完成した原稿を読んでいただいた。彼らは私の「少数民族文学研究」において啓蒙的な先生であり、どうしても彼らのご意見を拝聴したかった。本書は民間文学と古代文学の領域にも関わっているため、鄒先生は蕭放教授と清華大学の張海明教授にそれぞれ読んでもらうようご配慮くださった。諸先生方からのご指導は大変勉強になったが、私の研究能力の限界もあり、貴重なご意見をいただいたにもかかわらず、原稿を少し修正しただけで、それに見合う大きな変更には至らなかった。その夏、その原稿は私の博士論文として口頭審査会を通過した。審査会には鄒紅教授、李怡教授、銭振綱教授、譚得伶教授、劉勇教授等が参加され、それぞれ問題を提起してくださり、得るところが大きかった。

二〇〇九年、私は米国コロンビア大学比較文学社会研究センター（ICLS）の訪問学者として渡米した。そこで、いくつかの講義を選択したこともあって、講義の資料を読んだり、講義に出席したりするだけであっという間に二学期が過ぎた。この期間、劉禾、ガヤトリ・スピヴァク、ブルース・ロビンズの先生方との交流から多くのことを学んだ。二〇一〇年の長い夏休みに、ようやくまとまった時間を取ることができ、殆ど毎週日曜日にはハドソン川まで行き、劉禾と李陀の家で過ごした。私は李陀から多くの啓発を受け、その交流の中から、自身の知識と理論構築における不足な点に気づいたが、当初の予定通り、この本をこのまま完成させることを決意した。本書は少数民族文学をテーマとしたマクロ思考の総括であり、目下、中国国内では少数民族文学研究においては価値があると確信したからである。

誰もおらず、冷房が少し効きすぎているソーシャルワーク図書館の中で、私は本書の最後の二章を書き上げた。同時に李暁峰教授と協力した国家社会科学基金プロジェクト「中華多民族文学史観および関連問題の研究」の三章を書いた。これらの章節を書き進めていく中で、思考が深くなり、詳説、階級、性別、身体、媒体等、現代少数民族文学と関わる理論問題に対してさらに理解を深める必要性を痛感した。しかし、私自身の学問の力、時間、ページ数等の限界もあり、これらの問題をとりあえず今回は傍に置くことにした。もし可能なら、将来はこれらの問題をもっと深めて完成させ、本書の続編としたい。

二〇一一年に帰国した後、『民族文学研究』雑誌の編集作業に加え、国内調査研究、学術シンポジウム等の仕事があり、本書の執筆作業から一時期離れざるを得なかった。しかし、この二年はふたたび青海、内モンゴル、雲南、広東、貴州、湖南、湖北等の民族地区へ足を運び、自分の眼で各民族の文化・文学資料と事象を調べることで、却って本書に対する自信を確信に変えることになった。この年の秋、原稿は中国社会科学院民族文学研究の重点課題である「現代コンテクストにおける中国少数民族文学」の成果として順調に審査を通過した。私はその原稿を学術委員会に出版することを申請した。当初、同時に執筆していた「中華民族文学史観および関連問題の研究」の原稿はすでに二〇一二年七月に中国社会科学出版社から出版されていた。今度は本書が世に出る番だ。人が読んでつまらなく感じるのも良いし、つまらないものの寄せ集めと言われても良い。私はこの本にはこの本自身の運命があることを信じている。読者がきっと評価してくれるだろう。

本書を出版するにあたり多くの人に感謝の意を申し上げたい。上述した先生方以外にも、中国社会科学院民族文学研究所の朝戈金、尹虎彬、巴莫曲布嫫等の研究員も私を支えてくださった。彼らは私に直々に講義をしてくださったり、出版のためのプロジェクト資金の方面で支持をしてくださったり、日頃からのお付き合いの中で鋭い指摘をしてくださった。また、外国文学研究所の鄭国棟と焦艶、宗教研究所の李文彬、北京大学考古系の孫海濤は私の住まいである楊庄華興の隣人で、同級生時代から友情を深めてきた。彼らの突飛なアイディアはいつも私をはっとさせた。文学研究所の施愛東研究員は編集者の張林氏と連絡を取ってくださった。彼女は効率が良く細心の注意を払いながら、非常に大きな助けとなってくださった。

感謝を伝えたい人がたくさんいる。熱心な同僚、寛大な心を持つ門下生、二〇〇四年に最初の学術会議に参加して以来、各地にいる同じ志を持った研究者たち。彼らから学んだことも少なくない。ここで名前を挙げていない方々も多くいるが、それは暗黙の了解ということでお許しを願いたい。いずれにしても将来、私たちはまた手を取り合って研究していくことになるだろうから。

最後に、本書を祖父の劉新元と祖母の許光勝に捧げたい。私が一八歳で大学に進学するまで、大切に育ててくれた。彼らは私の仕事をまったく理解していないにもかかわらず、これまでずっと無償の愛を私に捧げてきてくれた。このような空気と同じくらい自然な愛は、その存在を感じることはないが、そこら中に漂っているのが分かる。私の父母も忘れてはならない。彼らは私に長男としてのとても大きな期待を寄せている。私はいつの日か彼らの期待に応え、彼らにとって自慢の息子になりたい。

劉大先

訳者あとがき　――解題を兼ねて

この本を日本語に翻訳し、日本人の読者に紹介してみたいと思った最初の動機は、思えば至ってシンプルであった。それは昨今の中国の国際的な興起に伴い、世界的に中国に対する関心が高まっている一方、外国人の読者が――研究者も含めて、いわゆる「中国問題」と接する際、往々にして中国の「少数民族」の存在が難解な「問題」となるからだ。事実、国際学的な視点から中国を眺める時、少数民族を基軸とする問題が「中国問題」のかなりの比重を占めているし、とりわけ日本のような、事実上単一民族の国家――それもヨーロッパのようにすぐ隣に陸続きの「外国」が日常的に存在する環境とは異なる場所から中国を眺める時に、なおさら「少数民族」が目立ちやすい事項となりがちである。なお、近年のグローバル化と中国自身の改革開放政策によって、中国国内の少数民族出身の知識人層も直接外国と接する機会が増え、「民族」と「国家」の関係を「現代」的に捉えようとするトレンドも、その内部からも起きているのだ。このような背景を考えると、この問題をいつも政治的ないし経済的な側面だけから考えるのではなく、文化的または文学的な視点からも考察しておく必要があると思われて仕方がなかった。これが本書の翻訳への第一歩であったと思う。

そして劉大先氏のこの本は、まさにこの中国の少数民族に潜在する問題を、その歴史的、地理的、現実的な視点から総合的に論じたものである。一九七八年生まれという比較的若き著者ということもあり、本書の引用文献等が示しているように、氏の少数民族文化論には国際的な視野がかなり色濃く反映されている。例えば、マジョリティとマイノリティのバランスの問題についても大いに気が使われているし、だからといって決してこのデリケートな問題を敬遠するのではなく、きちんと本書の核心の一つとして、議論を展開している。少し「あとがき」としての主旨から脱線することになるが、著者の年齢と本の内容及びその議論の方法から見えるのは、ここ四〇年間における中国の改革開放政策が、間違いなく中国人の知識構造を変え、人びとの考え方をより柔軟に変化させているという事である。このように若き世代の心と思想が変われば、中国そのものも変わらざるを得ないだろう。逆説的に聞こえるかもしれないが、システムが人を創るのではなく、人びとがシステムを創るということが、現代中国でも具現化されてきている。政治的なイデオロギーの問題はともかくとして、ただ純粋に学問的な視点からこの現象を見る時に、むしろこの現象こそが、我々にとっては注目に値するものではないかと思われる。

ところで、本書の題名は極力中国語原文の表現構造を尊重して、『現代中国と少数民族文学』と訳することにした。つまり接続詞としての「与」を「と」に替え、後は簡体字を繁体字に変換した程度で、訳を済ませたのである。こんな楽な訳はめったにない、と最初は訳者自身も得したような感じでいた。ところが本書全体を通読し、翻訳作業も大半が終わった頃、なんとなくこの訳で本当にいいのかと、迷うようになった。それは、もし本書の主旨が「現代中国」が「少数民族文学」に与えたもの——それが規制であれ援助であれ、受容であれ改変であれ——を明らかにするものであるのなら、或いは時代が「現代中国」に入ってから少数民族文学そのものがいかに自主的に発展してきたのか、を議論するものであるなら、それこそ『現代中国における少数民族文学』と訳したほうがいいのではないか思ったからだ。「思った」というより、むしろ「あとがき」を書く段階になって、翻訳者としてはこの訳こそ本命ではないか思っている。しかし前述のように、中国語原題の文法構造を勘案すると、やや堅苦しくても今の『現代中国と少数民族文学』と訳さざるを得ないと思う。ただこの問題をこれ以上取り上げると、翻訳の技術に関する問題に陥ってしまい、本書の主旨から離れる危険性があるので、これ以上この問題に拘らないことにしたい。

さて、歴史は長く世界は広しといえど、どの地域にも、どの時代にも「その土地の物語」が創られ、その場を支えている。そこには当然のことながら、その地域が歩んできた歴史の中で抽出された史実が物語として反映され、これから歩んでいく未来が物語として組み込まれ、後継者に語り継がれていく。それらは音として、文字として語り継がれ、神話、童話、昔話、民謡という媒体を通じて時代と時代、人と人、場と場を繋いでいく。これらの物語の共通点は、正義と悪、大きいものと小さいもの、中心と周縁、富裕と貧困、自由と束縛等の普遍的なテーマによって構築されていることが多い。しかし普遍的なテーマを持ちながらも、地域間や時代間の抑圧、置換、削除が簡単に行われてきたことも、歴史的な事実である。

人びとに与える影響力が強いため、物語は「変換」という作業を通じて政治的に利用されることもしばしば起こってきたし、マジョリティとマイノリティ間におけるアイデンティティのコントロールにも大いに利用されてきた。この意味において、物語と政治には密接な関係があり、そこに住む人々のアイデンティティによって物語が創作されていくことを考えると、政治とアイデンティティの問題には物語が大きな役割を果たすことが分かる。本書は近代から現代へ、物語から文学へ、原文から翻訳へ、主流（主体）民族から少数民族へと言説的な空間を移動し、それぞれの関係性・関連性・密着性を明らかにしようとしている。劉氏も本書の中で再三指摘しているように、国民の物語としての文学はその国の方向性を示し、アイデンティティを再構築する力があるため、清末から中華民国における中国では文学の力を最大限に活用することになった。その渦中において、少数民族文学の位置づけが大きな転機を迎えることになった。

近代中国は外来勢力に対抗するために、内部を総動員して力を集約する必要があった。当然ながら、そのプロセスにおいてはある一定の団体としての「統一感」が必要となり、主流（主体）民族と部族民族の間にある相違点、つまり「中国」として団結する時に違和感となる部分を削除、修正、再構築する必要があったのである。そこで問題となるのが、違和感を削除する過程において、それぞれの部族民族の中から共通の世界観を抽出するのではなく、主流（主体）民族である漢民族の世界観に統一したことである。結局のところ、多数＝マジョリティに合わせて、その他（種類として）多数の各部族民族の文化の突出しているところを削り、擦り、「中国」としての文化、「中国」としての物語を構築していくことになる。ある意味においては、外来勢力に対抗するという喫緊の課題を解決するためには、時間的にも労力的にも最も効果がある選択肢を選ばざるを得なかった中国の苦肉の策であったのかもしれない。

反帝国主義、反植民地主義の趨勢の中で、中国はその強大な力に反発する道を選び、そのために民族国家としての意識を芽生えさせることに舵を取った。それに伴い、漢民族以外のその他の民族は「民族」としての存在意義が高まった。しかし、このことは同時に漢民族といういわゆる主流民族が少数民族を抑圧し、マジョリティの中におけるマイノリティという構造を強制させることに発展したのである。制度の強制、思想の強制、そして文学の強制。ここに現代中国と少数民族文学の関係性が集約されている。

このような情勢の中で、少数民族文学は主流民族文学との共生を選び、或いは結果として選ばされることによって、新たな「場」としての支流的な文学空間を生み出した。中国当代文学の発展軌跡、そしてこれからの発展への道筋の中には、まぎれもなく共生関係によって生み出された少数民族文学の要素が反映されているのである。

時が過ぎ、外来勢力からの脅威という嵐が過ぎ去った現代中国は、少数部族に「少数民族文学」という空間を戻したが、「主流と支流」、「マジョリティとマイノリティ」、「中心と周縁」という境界線によってできた、優劣という新たな価値観は簡単には元の形には戻らなかった。本来、文化そのもの、あるいは記録するという行為に優劣はないはずである。主流民族文学が高貴で、少数民族文学が劣っているということはないし、そのような社会的風潮があってはならないはずである。

違う世界の物語を手に取り、読むという行為によって、その世界に入ることができるだけではなく、その世界から自分がいた世界を見ることができる。このような意味においては、「創作」という行為は、ただ純粋に何かを残すということだけではなく、世界観の授与、価値観の共有という力が含まれている。言い換えると、読者に想像力を働かせる力である。

現実の世界とは別の世界を創るという行為は、いわゆる置き換えである。そこには作者が伝えたいことが描かれ、いくつかのメタファーが埋め込まれ、物語として作品となる。物が風化していくのと同様、文化も手入れせずに放っておけば風化していくもの。この風化というある種の変化を「時代に合わせた進化」と呼ぶ者もいるかもしれない。文化が時代を創るのか、あるいは時代が文化を創るのか。進化と衰退。いずれにしても文化が形を変えて継承されること自体が悪いことではない。大切なことは、そのプロセスである。残されるべきものが残され、失われるべきものが失われ、そこに「今」がある。文化は様々な形で継承されていく。儀式、歌、詩……これらすべての根底に流れるのが「物語」である。森羅万象、あらゆる事象を映像として、音声として記録することは不可能であるし、たとえすべてを記録できたとしても一つ一つの事象に対する価値観、感じ方、意義付けは、十人十色である。つまり、「物語」をどのように描いていくのか、「物語」を通してどのようなことを人びとに伝えたいのか、世界中のあらゆる「物語」はこのように残されてきた。言い換えると、「物語」には時代を創る力があり、人びとの心を操作する力がある。

主流文化のみが生存する世界には、文化そのものの価値が衰退していく。異なる物語がその地域で生まれ、育まれ、語り継がれていくことによって、文化と文化が接触し交錯することではじめて、あらゆる文化は文化的発展が可能となるのである。そこには「主流と支流」、「マジョリティとマイノリティ」、「中心と周縁」という「中心的な思想」があっても、優劣という価値観が入ってはならない。あらゆる地域の、あらゆる時代の、あらゆる文化は存在する意味があり、空間的距離を超えて、時間的空間を超えて、「交錯」することで化学的反応が起こり、総じて文化そのものが発展する可能性を秘めているのである。現代中国における少数民族文学の歴史を紐解き、整理し、伏流にある抑圧されてきた脈絡を読み取る作業の意義はここにあるのではないだろうか。中華人民共和国が建国され、共和国文学の従属的な部分の一つとして少数民族文学が再構築され、少数民族文学の歴史も改めて本格的に書き直されてきた。

少し繰り返しになるが、近代中国においては、外来勢力からの脅威に対抗するために、「民族」という基盤を構造的に構築しながらも少数民族文学の存在を抑圧し、その形を変えてきた一面が確かにあったと言えよう。物語とアイデンティティには密接な関係があり、中央から見ると物語が中心から外れれば外れるほど、アイデンティティの格差を感じ、その格差が国家運営においても脅威に繋がると考えている。五六の民族が共存し、相互に多元的な文化や価値観を認め合うという物語によって支えられている現代中国にとって、少数民族の存在自体には大きな意義があり、その存在自体を失うわけにはいかないのである。

しかしながら、少数民族は飽くまでも周縁のものであり、周縁の文化は中心から離れれば離れるほどクオリティが下がるものと定義し、決して中心を越えるものでもなく、政治と権力は常に中心から発信されるというシステムを構築してきた。中国が帝制王朝から民族国家へ転換していく中で、少数民族は少数民族として確立され、主流民族である漢民族とは異なる民族集合体として区分された。同時に、少数民族文学は少数民族文学として区分され、主流民族文学の中に組み込まれ、抑圧され、自身の色を失っていった。しかし、その後、「少数民族文学」は独自の地位を確立し、自身を発信する権利を獲得してきた。

中華民族という国族意識形態の下、主流民族である漢民族と少数民族の関係が構築された。どの地域にも、どの時代にも、そこに住む人びとには「暮らし」があり、その「暮らし」に基づいて思想が生まれ、表現者が育ち、音楽・祈禱・物語・神話が生まれ、それらを伝承する方法をその時代に生きる人びとが残していく。このような過程を経て、これらを包括した文学が生まれ、人びとの思想を言葉に込めていった。当然のことながら、少数民族の人びとの中には、自身が「少数民族文学」を書き綴っているという認識はなく、純粋に物語を言葉として、文字として残していくだけであった。それはその地域の秩序を守るためであったのかもしれない。秩序が保たれることで、村では争いが減り、人口が維持され、発展が約束される。ある意味においては、「継承」という人間の本能である。

本書もある意味においては、中国語から日本語への翻訳という工程を経ている。ここには削ぎ落とされた中国語的空間、あるいは新たに加えられた日本語的空間が存在するのかもしれない。訳者として、中国語と日本語の空間を何度も往来し、なるべく原書に流れる一線の光を残したつもりである。

ただ最後に、訳者としてもう一つ説明しておかないといけない事項がある。それは本書の翻訳に当たって、原書にあった第五章を全部省略し、訳さなかったことである。その理由を端的に述べると二つある。一つは訳書の分量がすでに助成金を提供してくれた機関の規定をオーバーしていたこと。もう一つは内容的にも、第五章の主旨が前出四章のそれと通じるところがあるように感じたからである。誤解を招いてはいけないので、予め断っておくが、ここでいう「通じる」とは、決して内容的または資料的にその前後が重複しているという意味ではない。飽くまでも議論のたどり着いた結論たるものが、根本的には非常に近いところに帰着しているように感じたに過ぎない。分かりやすく例えると、富士山の特徴と性格は前出各章の議論によって、すでに分かった。しかし北側の山梨からみる富士山と南側の静岡からみる富士山は、むろん風景が違う。第五章の主旨は、この喩えで説明すると、もう一つの角度から富士山を眺める風景を提示したものとみていい。よって、翻訳を省略したのは飽くまでも字数の問題を勘案しての割愛であり、可能なら読者の皆さまには是非とも原文を参照して、第五章にも目を通していただきたい。もっとも、読者の皆様も気づいているものと思うが、本書の魅力の一つは、何気ない詳細な部分に突然非常に的確かつ深い見解や見識が現れたりすることである。第五章にも、以下のよう一節がある。

ただ各王朝ないし政府は、多くの場合、様々な非主流たる宗教活動に不信感をもって対処するものの、その関心は飽くまでもその宗教が政治利用され、反政府運動の一手段或いは武器になりはしないかにあって、宗教団体の教義そのものの可否にはほとんど無関心である。もちろん、これまでの歴史の中で、例えば仏教または道教を排除しようとした運動、或いは特定の宗教団体の思想を抑えようとした動きはあった。しかしその多くは、人倫的、政治的な角度からの反対であって、教義そのものとの意見対立から出てきたものはほとんどなかったと言える。言葉を変えて言えば、王朝ないし政権側が重視しているのは飽くまでも政治イデオロギーおよびそれによる社会秩序への影響であって、信仰または教義そのものの価値ないし意義の如何にはほとんど関心がなかったのである。仮にそれが怪しげな力をもって精神を攪乱しようとしたり、或いはまったく論証のしようがない話をもっていい加減な怪談を造ったりしても、それが主導思想に対して大した妨害にならない範囲であれば、だいたいはほったらかしにして、自生自滅に任せるという方法をとってきたように見える。よって、厳密な意味において、中国の中原地方あるいは主導的な王朝統治が存在する場所で、いわゆる宗教戦争は、まったくと言っていいほど、起こらなかったのである。（原書、三二二〜三二三頁）

多民族国家中国の歴史を概観すると、確かに著者の劉氏自身も言われているように、新疆で発生したイスラム教対仏教の戦争以外、宗教戦争はほとんど発生しなかった。この指摘は中国の民族問題、宗教問題、信仰問題を考えるときに、非常に重要な一つ現象であると思われる。
しかし前述のように、民族の問題は文化の問題であると同時に、どうしても政治的な問題になりがちである。著者の劉氏もこのへんの問題のデリケートさにずいぶん気を使われ、なるべく自分の立場を明記しないようにしているように見える。このような論じ方については、恐らく好き嫌いがあるだろうと思われるが、それは別として、できるだけ中立かつ国際的な視点で中国の民族問題を論証してみたいという姿勢自体は、大いに評価していいと、訳者は思っている。

二〇一九年七月一日

陳朝輝
山城智史

著者略歴

劉大先（Liu Daxian）

1978年、安徽省生まれ。北京師範大学大学院博士課程修了。文学博士。中国社会科学院民族文学研究所研究員、『民族文学研究』誌編集部副主任。著書に『時光的木乃伊』（安徽教育出版社、2012）、『無情世界的感情』（安徽教育出版社、2013）、『文学的共和』（北京大学出版社、2014）など多数あり、2018年に「必須保衛歴史」を以て魯迅文学賞（文芸批評部門）を受賞。

訳者略歴

陳朝輝（Chen Zhaohui）

1974年、吉林省生まれ。東京大学大学院博士課程修了。文学博士。現在は清華大学外文系准教授。著書に『文学者的革命：論魯迅与日本無産階級文学』（2016）、論文には『魯迅と上田進』（東方学、2004）、『魯迅と藏原惟人』（東方学、2009）、『魯迅が見た日本プロレタリア文学』（国文学·學燈社、2009）など多数ある。

山城智史（やましろ・ともふみ）

1978年、沖縄県生まれ。南開大学博士課程修了。博士（歴史学／南開大学）。東アジア国際関係史専攻。現在、公立大学法人名桜大学上級准教授。主要論文「日清琉球帰属問題と清露イリ帰属問題—井上馨·李鴻章の外交政策を中心に—」（『沖縄文化研究』、2011）、「1870年代における日清間の外交案件としての琉球帰属問題」（『社会科学研究』、2015）等。

书名：现代中国与少数民族文学
著者：刘大先
出版：中国社会科学出版社
2013 年 5 月第一版　ISBN 978-7-5161-2354-6

本書は、上記図書に基づき、
序論、第１～４章を翻訳したものです。

現代《げんだい》中国《ちゅうごく》と少数民族《しょうすうみんぞく》文学《ぶんがく》

二〇一九年九月一〇日　初版第一刷発行

著　者●劉大先
訳　者●陳朝輝・山城智史
発行者●山田真史
発行所●株式会社東方書店
東京都千代田区神田神保町一―三　〒一〇一―〇〇五一
電話〇三―三二九四―一〇〇一
営業電話〇三―三九三七―〇三〇〇
印刷・製本●平河工業社

定価はカバーに表示してあります

ISBN978-4-497-21807-0　C3098
乱丁・落丁本はお取り替えいたします。
恐れ入りますが直接小社までお送りください。